GLITTER

MELODIA DO CAOS

LITTLE BOY

GLITTER

MELODIA DO CAOS

JULLS

EDITORA EUPHORIA

CAPA
NAIANE SANTOS DE JESUS
NATHALIA BRANDÃO

ILUSTRAÇÕES
NAIANE SANTOS DE JESUS
MARIA CAROLINA MAILYCORE

REVISÃO
ANDRÉA SANTOS
NILMA GUIMARÃES

DIAGRAMAÇÃO
RAFAEL SALES

DADOS INTERNACIONAIS DE CATALOGAÇÃO NA PUBLICAÇÃO (CIP)
(CÂMARA BRASILEIRA DO LIVRO, SP, BRASIL)

Julls
Glitter : melodia do caos / Julls ; ilustração Naiane Santos de Jesus, Maria Carolina Mailycore -- 1. ed. -- Rio de Janeiro : Editora Euphoria, 2022.

ISBN: 978-65-84923-00-3

1. Ficção brasileira I. Jesus, Naiane Santos de. II. Mailycore, Maria Carolina. III. Título.

CDDB869.3
22-113508

ÍNDICES PARA CATÁLOGO SISTEMÁTICO:
ALINE GRAZIELE BENITEZ - BIBLIOTECÁRIA - CRB-1/3129

1. FICÇÃO : LITERATURA BRASILEIRA B869.3

GLITTER: MELODIA DO CAOS, VOLUME I. 1ª EDIÇÃO

EDITORA EUPHORIA

CNPJ: 39.317.627/0001-06
Rio de Janeiro - RJ
Contato: editoraeuphoria@gmail.com
Site: www.editoraeuphoria.com.br

DEDICATÓRIA

"Como uma estrela é esse amor, mostrando o norte seja onde for"

- Ao Ar Livre, Manu Gavassi.

À minha amada irmã, que acompanhou cada passo meu em direção ao sonho de publicar este livro, e aos demais membros da minha família, que têm me apoiado mesmo sem saber do que se trata minha narrativa. Espero um dia poder contar a vocês...

Você tem as suas qualidades infantis enterradas e eu tenho muitas qualidades destrutivas (A Hole In The Earth, Daughter). Acho que isso nos descreve bem. Ou, então, se soar muito simples, *Se eu deitasse aqui, se eu apenas deitasse aqui, você deitaria comigo e simplesmente esqueceria o mundo?* (Chasing Cars, Snow Patrol).
Desculpe, eu quis soar poética, mas não sou muito boa com isso. A você, a única pessoa capaz de deitar ao meu lado e contar as estrelas comigo enquanto exponho todas as minhas piores feridas.

GLITTER
I ♥ NY

Em respeito e admiração aos grandes nomes do rock, que mudaram o mundo com suas vozes e composições únicas. Sou infinitamente apaixonada por vocês e sou grata por terem preenchido a minha vida.

MELODIA do CAOS

ROCK
FESTIVAL
BANDA
GLITTER
05.05
GLITTER
ROCK ROLL
BANDA
GLITTER
FENOMENO
BANDA
GLITTER
HOJE
VOCÊ
NO ROCK
BANDA CONVIDADA
GLITTER
05.05

capítulo 1

PRIMEIRO E ÚLTIMO ACORDE

Manhattan, 2002

MADISON SQUARE GARDEN nunca esteve tão preparada para um show de rock. Depois da última apresentação do lendário baterista da banda Kiss, Eric Carr, em 1990, as pessoas não esperavam que, em 1994, Billie Armstrong, vocalista da Green Day, fosse superar o ato considerado histórico ao tocar *She,* completamente pelado, e ser preso logo depois.

Quando os burburinhos de que uma nova banda meio alternativa estava nascendo nas tripas do Brooklyn, os fãs do gênero não perderam muito tempo para profetizar que, em breve, ela estaria no palco do The Garden ou no do Carnegie Hall arrasando com o que quer que tivesse vindo antes.

Com respeito, é claro. Mas, para falar a verdade, quem é que se importa para valer com esse negócio de honrar memórias? As pessoas querem gritar por alguém, levantar as mãos para o alto e agradecer aos deuses pela ótima oportunidade. Além de, óbvio, encher a cara de bebida e o rabo de cocaína.

Glitter ou originalmente Poison era o que os tabloides chamavam de fenômeno modernista e o que os *haters* desocupados chamavam de viadagem sem limites. Os integrantes pareciam um bando de viados para estes, mesmo que a única explicação fosse apenas baseada na ideia de que "eles usam maquiagem colorida, é impossível que não gostem de uma boa banana!".

No dia em que isso definir alguma coisa, o mundo vai explodir.

O fato é que as pessoas ansiavam por uma coisa diferente, algo perto de AC/DC misturado ao Queen e Janis Joplin, então quem é que não ficou levemente interessado quando Glitter estampou as capas principais da *Rolling Stone*? Em menos de um mês depois disso, eles estavam com presença marcada para o The Garden e os fãs eclodiram como ovos bem quentes de Alien, prontos para idolatrarem ou devorarem seus mitos, dependendo do ponto de vista de cada um.

— *Little Boy*? — Tate sussurrou ao pé do ouvido de Sky.

Estavam prestes a começar uma entrevista com Carlson Hudson, apresentador renomado do programa Talk Show Memories Of Anyone. Nele, Hudson conversava sobre a vida simples que os astros do momento levavam antes da fama.

— Vamos, diga alguma coisa. Não precisa ficar nervoso, já fizemos isso muitas vezes. — Tate tentou mais uma vez, tocando de leve os cotovelos erguidos de Sky, que observava o palco bonito por trás das cortinas pesadas. — *Boy*…

— É a porra do coração de Nova Iorque, Tate. A porra do Empire State fica aqui ao lado. Tem noção de que a noite em que acontecerá o show tem o poder de nos destruir? De destruir tudo que construímos?

Tate lambeu os lábios, pensativo. Estava sorrindo de canto, mas os olhos acompanhavam os de Sky, que vibravam com o público cochichando em ansiedade do lado de fora.

— Já pensou na oportunidade que teremos se tudo der certo hoje? Já pensou em tocar no Super Bowl ou, então, em uma arena gigantesca no Brasil? Shows grandes por lá são feitos em estádios de futebol! — Os lábios de Tate tocaram a linha de seu maxilar, e as mãos grandes apalparam seus pulsos com um carinho meio bruto, que era tão a cara dele. — As pessoas amam você, Sky. É sua voz que faz todo mundo pular. E essa entrevista é muito importante, se lembra do que o Jaden disse? Vai nos deixar mais humanos.

— Não, não é. "É você." Sua guitarra. Você fundou a banda, é você quem as pessoas desejam todos os dias — tinha irritação na voz. — E essa entrevista também pode ser um fiasco.

Tate soltou um riso soprado, balançou a cabeça e puxou de leve a cortina, apontando para a plateia, para a imensidão de pontinhos coloridos escondidos no escuro das arquibancadas.

— Pessoas usando *glitter*, Sky. Se você não tivesse se oferecido para cantar na banda, ainda estaríamos tocando em uma garagem.

Sky não conseguiu responder, porque um agente do programa correu para perto deles a fim de anunciar que deveriam entrar. Ele estava tão nervoso que sequer percebeu Carlson sentado atrás da própria mesa grande e polida, no centro do palco, ao lado dos sofás de couro para convidados.

Espiou por trás da cortina mais uma vez sentindo o estômago revirar em uma latência que o fez resmungar de dor.

Tate acariciou sua cintura por cima da blusa de cetim rosa que o outro usava, como um tipo de consolo que funcionava em todos os momentos, exceto naquele. Respirou fundo e olhou para ele, dessa vez sem nenhum resquício de raiva. Sorriu meio torto quando Tate fez uma careta descontraída, com a língua para fora e olhos vesgos. Era tudo para fazê-lo desencanar da ideia negativa que vinha alimentando há cerca de cinco meses, desde o convite para participar do programa.

— Vai dar tudo certo. — Tate disse com a boca colada na orelha dele empurrando seu corpo pelo corredor estreito em direção ao palco. — Se ficar insuportável, se sentir que não vai aguentar, fica quieto e deixa comigo.

Foi a última coisa que ele disse antes do agente puxar as cortinas e dar sinal positivo para Carlson, que olhou diretamente para a câmera e sorriu daquele jeito que fazia tudo parecer fácil demais, como se estivessem só batendo um papo casual diante de milhares de pessoas.

"Ele só vai querer saber merdinha do passado, relaxa o cu". Palavras do Nolan. Talvez Sky devesse se agarrar a isso e deixar tudo correr naturalmente.

Olhou para trás conferindo as roupas que escolheram. Armin, com sua típica regata velha do Jimi Hendrix, jaqueta de couro verde, calça jeans larga e desbotada, um All Star laranja e o outro preto; Hyun usando um camisetão branco que chegava aos joelhos, bermuda ridícula azul de couro, botas pretas de veludo e meias nas canelas; Nolan, de camisa social preta, terno justo marrom, calça jeans apertada e *sneakers* vermelhos; Tate, com uma bandana longa preta e branca que alcançava sua cintura, camiseta florida larga de botões da mesma cor, calça preta justa e botas sociais. No pulso, Sky reconheceu a pulseira que usavam em conjunto (azul, trançada, com bolinhas brancas de pérola falsa). Para terminar, conferiu a si mesmo: blusa de cetim rosa folgada, calça branca simples e coturnos pretos bem pesados. Nos olhos, todos usavam *glitter* "azul" ou "*vermelho*".

Achou que estavam apresentáveis; bonitos como o público parecia exigir.

Quando terminou sua análise, já estavam de frente para o apresentador, tomando seus lugares no sofá preto confortável. Sentou-se ao lado de Tate mantendo a mão escondida atrás da cintura dele e torcendo para que ele tocasse seus dedos, como costumava fazer em todas as entrevistas, e sorriu quando sentiu aquele calor bom na pele do pulso.

— Sejam muito bem-vindos ao *Memories Of Anyone!* — Carlson jogou os cabelos loiros para trás manejando a cabeça em um cumprimento rápido. — Fico muito feliz que tenham aceitado vir, é uma honra finalmente conhecê-los.

Sky já tinha conhecido muitas pessoas como Carlson, mas era a primeira vez que um *abutre* parecia tão sincero e simpático, o que acabou por deixá-lo mais confortável, desfazendo a postura rígida aos poucos. Armin cutucou sua costela de leve, indicando que ele deveria falar. Às vezes se esquecia de que tinha sido escolhido pela banda para guiar as entrevistas e não ficar perdido demais em pensamentos negativos.

Respirou fundo.

— Obrigado, Carlson. É um prazer imenso estarmos aqui. Agradecemos o convite.

Sky sorriu com o carinho de Tate na base de sua coluna, disfarçando o pequeno tremor pelo toque em uma área sensível.

Depois de uma conversa leve e casual sobre compromissos da banda, contratos com revistas, produtos, outros artistas e significado das composições incríveis do álbum que explodiu e os lançou para cima, a pergunta mais temida finalmente chegou:

"— Como tudo começou?"

FENÔMENO
BANDA
GLITTER

Capítulo II

MELODIA DO CAOS

Subúrbio do Brooklyn, anos 2000

SKY MUHN DESLIZOU LENTAMENTE O PAPEL HIGIÊNICO pelos olhos cobertos de *glitter* azul e tragou o cigarro com pressa, mas seus dedos estavam tão trêmulos que quase deixou o papel cair na pia suja daquele banheiro público. Recuperou o controle e restabeleceu a respiração profunda mantendo os dedos quietos, e parte de sua pele se fez presente por trás daquela maquiagem toda, mas estava tão amortecida que Sky não sentiu a ardência do belo corte que lhe deram, deixando para analisá-lo mais tarde, quando já estivesse em seu apartamento no subúrbio do Brooklyn.

Respirou fundo mais uma vez, agora tentando controlar o coração que batia desgovernado contra as paredes do peito e parecia prestes a explodir. Mesmo que usasse aquela tática praticamente desde os treze anos, era sempre difícil conseguir o fôlego de primeira, então o choro que veio com a sensação de fraqueza foi simplesmente inevitável.

Fungou, tragou o cigarro mais uma vez e molhou com a língua os lábios cheios de *gloss* vermelho tentando arrancá-lo. Olhou-se no espelho, mas não se viu nele, viu apenas um garoto bagunçado, sujo, desgovernado, o rosto com uma mistura de brilho e o pescoço recheado de sêmen gelado.

Não se reconhecia mais.

Jogou o cigarro pela metade na privada e apoiou-se na pia meio quebrada, flexionando os ombros para cima e tentando inutilmente não perder a cabeça tão fácil mesmo que já estivesse à beira do colapso desde bem cedo. Seu corpo formigava e flutuava delicadamente para longe, como a fumaça das espumas de uma grande onda que bate contra as rochas e, por mais que tentasse se concentrar na música, nas vozes, nos beijos pelo seu corpo e nas juras de prazer, a sensação de estar perdendo o controle ficava cada vez mais forte, cada vez mais potente, cada vez mais perversa.

"Durma contra as pilhas de desespero que se formam em sua mente" — vermelho-manchado, vermelho-quente —, "jogue-se contra a tempestade fria que engole seu coração" — azul-borbulhante, azul-espesso.

Sky não queria dar ouvidos àquela sensação, à voz gorgolejante que sussurrava ao pé de seu ouvido junto ao homem que o tocava tão bem. Então, aceitou dormir com ele só para matar, pelo menos um pouco, a agonia que comia pedaço por pedaço de sua consciência, triturando dolorosamente suas beiradas antes de alcançar o centro, o que infelizmente acabou acontecendo depois que o gozo dele escorreu quente por seu queixo.

Não viu quando saiu correndo da boate, não viu quando alcançou um banheiro qualquer e não viu quando vomitou no chão ao lado da primeira cabine, sujando o que já parecia estar imundo. Só foi se enxergar de novo ao lavar a boca e sentir a água gelada despertá-lo do transe horrível que às vezes se apossava de seu corpo, desde que, há trezes anos, decidiu descer aquela colina de bicicleta com o melhor amigo, ignorando todos os sinais negativos e perigosos.

Disseram que era estresse pós-traumático. Também disseram que era transtorno de ansiedade generalizada, depressão, tanatofobia. Sky não acreditava em nenhum desses diagnósticos. Era difícil para ele aceitar que não era mais saudável, pois a vida simples e boa nunca mais voltaria e estaria sozinho para sempre, lidando com coisas que sequer sabia antes de o chamarem para conversar sobre os motivos de seus frequentes pesadelos que o impediam de dormir direito.

Sky sentia medo do que tinha se tornado.

Olhou novamente para o espelho captando a pequena lágrima espessa e azul que escorria pela bochecha.

— *One of these mornings.* — Sussurrou com a voz trêmula, o choro grudando na garganta e deslizando lentamente para fora. — *You're gonna rise, rise up singing. You're gonna spread your wings, child, and take to the sky.*

E era essa a música, essa bela música da Janis Joplin, que sempre acalmava o coração de Sky, não importava onde ele estivesse.

Eram três da manhã quando Tate Park acordou ensopado de suor depois de um pesadelo horrível. Pelo que ainda estava fresco na memória, Tate andava ao redor de um grande lago congelante e era observado por inúmeras pessoas vestidas de preto. Em dois segundos ou menos, ele pulou no lago por vontade própria, apertando o pescoço até quase morrer, com sangue escorrendo pelos olhos e ouvidos.

Não era a primeira vez que Tate tinha pesadelos estranhos como esse, mas era a primeira vez que se via cometendo suicídio. Parecia assustador, é claro, mas a sensação era mais de raiva do que de medo, porque Tate era medroso demais para tirar a própria vida e só a menção disso já era capaz de incendiar toda a sua paciência.

Sentou na cama e esfregou o rosto entre as mãos, bufando nelas. Raramente dormia bem, mas depois de encher a cara no bar com alguns amigos, Tate pensou que aquela noite seria maravilhosa.

Pelo visto não nasceu para ter sorte.

Levantou com um pouco de tontura e foi até a cozinha pegar uma lata de refrigerante. Passou pela bagunça do apartamento pequeno e abriu a geladeira, escolhendo o de sabor limão. Não era seu favorito, mas estava com muita raiva de si mesmo e, quando ficava desse jeito, gostava de se castigar como um verdadeiro maluco.

"Saúde!"

Abriu a latinha e chupou a espuma que escorreu antes de virar na boca de uma vez, engasgando um pouco antes de se acostumar com o fluxo. Depois de beber quase tudo, limpou a boca, arrotou alto e voltou ao quarto jogando a lata em qualquer lugar de seu lixão particular.

— O que Jimi Hendrix faria nessa situação? — Perguntou a si mesmo, colocando as mãos na cintura e observando as luzes da cidade, que insistiam em passar pelas persianas. — Ele tocaria, é claro.

Estalou a língua e puxou o violão soterrado no meio das roupas sujas, sentando-se na cama barulhenta e apoiando o instrumento na coxa esquerda. Começou a resmungar uma canção do Elvis antes de dedilhar o violão no mesmo ritmo, batendo o pé de leve no chão para criar um clima melhor e menos solitário, já que tocar sem seus companheiros de banda era mórbido demais.

— *Take my whole life too…* — Sussurrou e sorriu fechando os olhos para apreciar a melodia. — *For I can't help falling in love with you.*

Depois de Elvis, Tate tocou uma versão acústica de *Back In Black*, uma composição única de *Wish You Were Here* e tinha acabado de começar uma homenagem à Deep Purple quando batidas furiosas à porta o interromperam.

Rolou os olhos e colocou o violão na cama antes de correr para atender, já imaginando quem poderia ser e, quando abriu a porta, sorriu por ter acertado em cheio.

— Você pode, "por favor", parar de fazer tanto barulho durante as madrugadas? Você atrapalha meu sono com essa merda.

Escorou-se à porta para observar melhor o homem com *glitter* azul escorrendo pelo rosto e um machucado na bochecha. Ele possuía cabelos pretos e os mantinha sempre lisos, uma confusão suada e embaraçada, mas não estava deplorável, o que Tate achou ser bom.

Sorriu outra vez.

— Desculpa, Sky. Não sabia que estava em casa.

— Sério? — Ele levantou uma sobrancelha, mas não conseguiu intimidar Tate, que só aguardou o resto da bronca. — Você sabe que não sou o único vizinho, não sabe?

— Claro.

— Então, para de "nos" incomodar, entendeu? No plural.

Tate balançou a cabeça em seu melhor jeito presunçoso fazendo Sky remexer o rosto em uma carranca, que achou divertida.

— Entendi o recado, Sky. Não vou mais incomodar vocês.

— Essa é a décima vez que eu venho aqui reclamar. Sua sorte é que nosso síndico não passa de um drogado qualquer.

Sky deu as costas para entrar no apartamento 30B, que ficava de frente ao de Tate.

— Se candidata a síndico, então. — Tate sugeriu ironicamente, e Sky levantou o dedo do meio para ele antes de fechar a porta com força. — Quanta grosseria.

Tate voltou para dentro e jogou-se no sofá verde da sala, soltando um palavrão quando bateu com a bunda na madeira, o que o fez perceber que precisava parar de gastar dinheiro com besteiras para poder comprar um sofá novo.

Bufou mais uma vez e concentrou-se em dormir, obtendo sucesso cerca de trinta minutos depois quando começou a pensar em Brian Johnson usando o mesmo *glitter* azul de Sky.

Se Tate se achava azarado só por acordar de madrugada depois de um pesadelo horrível, após receber a notícia de que sua vocalista tinha sofrido uma overdose e morrido quase que instantaneamente, ele teve certeza disso.

Enquanto fritava ovos na lanchonete do bairro, seu irmão mais velho, Armin, entrou carregando a pior expressão facial que Tate já havia visto e, embora já soubesse que Jorja traria problemas cedo ou tarde, não imaginou que ela morreria três meses antes da estreia oficial da banda no maior bar do Brooklyn.

— Heroína, cara. — Armin sussurrou de olhos arregalados. Pela aparência horrível de seu cabelo cor-de-rosa desbotado, Tate imaginou que ele tinha acabado de acordar. — Não deu nem tempo da ambulância chegar.

— Está falando sério? — Sussurrou de volta, a espátula cheia de gordura balançando na frente do rosto. Armin hesitou, mas balançou positivamente a cabeça. — Puta que pariu!

Ele não sabia mais o que responder, não sabia sequer o que fazer. Não estava em seus planos que algo do tipo acontecesse, então não tinha nenhuma solução imediata, nada que pudesse reparar ou remediar. Jorja estava morta, sua banda estava incompleta e o show não aconteceria, simples assim. E, mesmo que ainda faltassem três meses para isso, quem ele encontraria para substituir a voz mais incrível que já ouvira?

Isso mesmo, ninguém, porque Jorja era única. Ela apareceu com suas mechas rosa incríveis e *piercings* coloridos durante a formatura do ensino médio, quando nenhuma pessoa sabia de sua existência. Tate e Armin estavam fumando maconha na quadra do colégio, e ela entrou cantando e cambaleando, uma garrafa de cerveja barata na mão e um punhado de confetes na outra. Quando escutaram aquela voz, sabiam que Jorja "tinha" que ser a vocalista deles, independentemente do que precisariam fazer para isso.

"Bicho! Você arrasa!", Armin disse. Jorja virou para eles e sorriu com os dentes bonitos, cutucando de leve o pescoço repleto de colares finos. "Precisa conhecer nossa banda!"

O que, na época, não era bem uma banda, só um grupo de três garotos caipiras tocando dentro de uma garagem e sonhando alto demais, mas Jorja não pareceu se importar com isso quando perguntou onde eram os ensaios.

"Na nossa casa", Tate respondeu. Os olhos azuis dela eram intensos, sempre observadores, felinos de um jeito sedutor. Eram intimidadores, mas não o suficiente para assustar Tate. "Aparece pra ver a gente tocar".

"Talvez".

Tate tentava assimilar a tristeza repentina. Quer dizer, vinha se preparando para a morte prematura de Jorja desde que se conheceram, mas ainda parecia irreal demais receber a notícia, sobretudo porque tinham se visto há três dias, em um ensaio aparentemente comum. Ela não parecia muito carente, não parecia desesperada, estava sorrindo e dançando e cantando como sempre, então Tate não pensou que algo do tipo aconteceria.

— Aquele cara com quem ela ficava algumas vezes, Agnus, foi quem encontrou o corpo. — Armin apoiou-se no balcão. — Sabe, depois de tantos avisos que demos... Como ela não nos ouviu? Como ignorou tudo e simplesmente... — Ele fez um gesto no ar, mas desistiu de continuar e só deixou a mão cair. — Não entendo.

— Agnus? — Seu tom de voz era o mais indignado possível fazendo Armin levantar as sobrancelhas em confusão. — Aquele cara de novo? Sinceramente, ela ainda andar com aquele bosta me surpreende, não entra na minha cabeça o fato de que ele quase a matou durante um sexo violento e tentou esconder o corpo!

Virou um dos ovos queimados com raiva, mas já não serviam mais para comer, então Tate os puxou com a beirada da espátula e os jogou de qualquer jeito na pia atrás de si. Começou a limpar as cascas da chapa só para evitar o olhar preocupado de Armin tentando explicar, com gestos, que sua pequena paixão por Jorja não era o motivo da explosão como parecia, mas, sim, Agnus e sua péssima índole.

Trincou o maxilar quando se lembrou de Jorja com o rosto repleto de lágrimas, o pescoço inchado e roxo, as mãos tremendo compulsivamente. Quis abraçá-la, mas aquele sorriso tempestuoso nunca abandonava seu rosto, então ele recuou e esperou ela explicar o que tinha acontecido.

"Agnus passou dos limites. Acordei com ele me enrolando na coberta como se eu fosse um cadáver", ela disse após dar de ombros e puxar a garrafa de cerveja da mão de Nolan, baixista da banda, para beber uns goles.

Aquela foi a primeira vez que ninguém disse nada sobre isso, mas o silêncio não durou muito, porque Jorja começou a cantar e os três pareceram se esquecer disso por um tempo, exceto, claro, Tate. Ele remoeu aquilo por cinco madrugadas seguidas, perturbado demais para conseguir pensar em outra coisa, mas seus esforços foram em vão, pois Jorja estava vendo Agnus outra vez, mesmo depois de este ter apertado seu rosto entre as mãos geladas e jurado que o deixaria para trás, que não era necessária tanta preocupação e que ele podia voltar a dormir tranquilamente.

Mentira, um monte de mentiras.

— Tate… — Armin deixou seu nome morrer, mas ele viu em seus olhos lacrimejados que o que viria seria incômodo.

— Não posso sair mais cedo do trabalho hoje. — Resmungou e, discretamente, olhou para a mesa do caixa, onde seu chefe estava. — Conversamos mais tarde.

— Mas você quase nunca tem tempo para mim, com exceção dos dias dos ensaios. Não me sinto bem com isso tudo.

Tate suspirou e balançou negativamente a cabeça, concentrando-se em jogar mais hambúrgueres na chapa. Ele continuou assim até Armin desistir e ir embora, ir para a casa da mãe deles, onde provavelmente choraria sozinho pelo resto do dia. Tate queria ajudá-lo com isso, claro que queria, mas já estava sofrendo demais e gostava de sofrer em silêncio. Além do mais, ele não era muito bom em entender as pessoas, principalmente quando envolvia a morte.

Durante todo o resto do expediente, Tate não conseguia parar de visualizar Jorja caindo no chão depois de seu coração parar. Ela teria tido tempo para pensar nele? Na banda? Na própria vida? Será que Jorja teria se arrependido? Teria se lembrado de todas as vezes que foi alertada, até mesmo presa na garagem para que não fosse atrás das drogas? Se sim, ainda sentia raiva disso? Seus últimos pensamentos foram cheios de mágoa ou cheios de carinho? Ela o amava na mesma intensidade que ele a amava?

Tate só soube responder à última pergunta e, para sua decepção, o "não" veio bem mais rápido que o "sim". Jorja era intensa, mas não sabia amar. Ela sabia se envolver em brigas, sabia como gritar e sabia como ser apaixonante a ponto de ter qualquer um em suas mãos, mas não sabia amar. Tate não a culpava no fim de tudo. Ela só não teve em quem se espelhar, não como ele teve.

Quando fechou a lanchonete, seu chefe repreendeu-o por ficar conversando em horários indevidos e por ter queimado os ovos. Segundo ele, "cada gema é um furo no meu bolso", mas Tate estava pouco se fodendo para o que ele achava ou deixava de achar.

Foi para casa em cima de sua velha bicicleta amarelo-mostarda e sentiu muita vontade de chorar, mas não teve êxito. Conseguiu olhar para o céu e gritar, mas nenhuma lágrima desceu, o que o fez se perguntar se os remédios tomados inibiam até mesmo seus sentimentos mais sinceros e necessários.

Passou a corrente pela bicicleta e puxou as chaves do bolso apertado da calça, subindo pelas escadas em vez de pegar o elevador porque queria sentir ardência nas pernas, qualquer coisa que o fizesse sentir algo além daquela tristeza profunda.

Topou com Sky fumando na entrada de seu corredor, encostado à parede descascada e olhando para os próprios pés cobertos por meias azuis. Ele estava usando um pijama branco e fino, quase transparente. Tate perguntou-se se ele não sentia frio.

— Dia difícil? — Perguntou com a voz em uma rouquidão exaustiva. Sky olhou para ele por apenas alguns segundos antes de voltar a atenção para os pés. — Imagino que sim.

— Vi alguém invadindo seu apartamento hoje. — Ele jogou a fumaça para baixo, mas ela voltou e atingiu seu rosto pálido. — Acho que ele ainda está lá. É um homem de cabelo rosa, estava chorando e falando um monte de coisas sem sentido.

Tate olhou para cima e suspirou. Implorou a qualquer deus que mantivesse sua paciência bem guardada dentro do peito ou, então, acabaria brigando muito feio com Armin, coisa que ele definitivamente não estava disposto a fazer no momento.

— E você não o impediu? — Levantou as sobrancelhas e guardou as mãos dentro da jaqueta vermelha. Sky olhou-o como se ele estivesse falando um absurdo. — E se fosse um ladrão?

— Já o vi por aqui outras vezes com você, não sou um imbecil.

Sky jogou a bituca do cigarro nas botas de Tate e terminou de subir o último lance com pressa, desaparecendo rapidamente da visão dele.

Tate esfregou o rosto com as mãos meio geladas e subiu, preparando-se psicologicamente para lidar com um Armin sensível e carente, do tipo que precisa de muita atenção e pouco sermão, mas Tate não tinha certeza se conseguiria deixar esse último passar batido, sobretudo porque o irmão tinha entrado em seu apartamento sem nenhuma permissão.

Empurrou a porta já aberta e encontrou-o deitado no sofá velho, as pernas puxadas até o peito, a cabeça tombada nas almofadas coloridas. A televisão estava ligada em algum filme preto e branco, e a janela estava escancarada fazendo o vento forte bagunçar as cortinas escuras.

— Não me lembro de ter deixado você entrar aqui, Armin. — Disse enquanto corria para fechar a janela. — Você sabe que eu odeio que entrem sem minha permissão.

— Foda-se! — Armin resmungou sem tirar os olhos da televisão. — Também odeio sentir que estou perdendo meu irmão mais novo, mas você caga pra isso.

Tate revirou os olhos e tentou bufar sem fazer barulho, mas não funcionou. Armin levantou-se de súbito e encarou-o com raiva, levantando-se para ir embora, sem dizer nada, mas quase sempre dizia. Tate, então, percebeu que ele estava realmente muito alterado, correu até o irmão e grudou os braços no peito dele, puxando-o contra o próprio corpo.

— Você não pode sair desse jeito. — Disse tentando fazê-lo parar de se debater como uma criança birrenta. — Porra, para com isso!

— Você está fazendo igual ao papai! — Armin gritou. — Está me evitando aos poucos até sumir de uma vez!

— Não sou o nosso pai. — Respondeu com a voz cheia de uma mágoa palpável. — Para de me comparar com aquele pedaço de bosta!

Armin debateu-se por mais alguns segundos até desistir de uma vez, pendurando-se nos braços de Tate como se fosse um filhote acuado, que precisa da proteção da mãe e que não consegue suportar a ideia de crescer longe dela.

Tate jogou Armin no sofá e sentou-se ao lado dele, recebendo pontapés furiosos e ofensas das mais cabeludas. Tentou ignorá-lo ao respirar fundo e encarar a televisão, porque sabia que seria inútil discutir. Não estava evitando Armin, nunca tinha pensado em sair da vida dele, mas admitia que estava distante. Não porque queria ou porque não o aguentava, mas porque estava lidando com pensamentos nebulosos e estranhos, ideias que lhe tiravam a paz até mesmo durante os ensaios. Apesar de ter certeza de que esses pensamentos não tinham nada a ver com Armin, não era capaz de reconhecê-los separadamente ou de encontrar uma fonte estável para eles, então se fechava e se proibia de viver fora disso.

A ideia de não saber lidar com a própria cabeça era inconcebível, coisa de outro mundo, e Tate só não queria encarar a realidade enquanto ignorava todo o problema. Além do mais, não queria que as pessoas soubessem, especialmente Armin. Começou a frequentar aqueles médicos "de cabeça" em segredo – pagando taxas pequenas, mas consideráveis –, depois de ver uma propaganda na televisão em que se reforçava a necessidade desses profissionais às pessoas "doentes".

Tate não se achava doente, mas sabia que tinha algo de errado com a própria cabeça, então achou melhor seguir a recomendação. No entanto, ninguém sabia e ele preferia que continuasse assim.

– Se quiser me abandonar também, pelo menos deixe um recado. – Armin sussurrou. – Não vou suportar ver outra pessoa indo embora sem me dar uma razão.

– Não vou embora. – Disse Tate com firmeza. – Tira essa ideia maluca dessa sua cabeça. E não invada mais meu apartamento, você vai acabar matando algum vizinho meu de susto.

Armin soltou uma gargalhada curta, e o assunto morreu ali.

Tate olhou para a televisão, mas não assistiu ao filme. Ele só conseguia pensar nos olhos fulminantes de Jorja quando se conheceram, na forma que ela sussurrou aquele "talvez" como se fosse boa demais para os dois – o que não era bem uma mentira – e no batom vermelho que deixava seu sorriso ainda mais brilhante.

Tate não conseguia parar de sentir falta dela. Na verdade, ele temia nunca mais ter outro sentimento dentro do peito depois daquele dia.

Sky lavou o rosto pela terceira vez naquele dia e cuspiu a água que estava na boca, observando-a deslizar vermelho-vivo pela pia. Levantou a cabeça e abriu um sorriso para avaliar se a ferida na gengiva ainda continuava muito aberta, bufando quando percebeu que sim. A noite de ontem continuava viva na memória, o soco que um cara qualquer acertou em sua bochecha continuava latejando como se dedos grossos estivessem por dentro da pele, esticando-a e arranhando-a.

Sky não conseguia mais se lembrar do motivo da agressão, mas provavelmente tinha sido culpa da maquiagem. Usava roupas comuns — camiseta gola alta preta, calça jeans apertada, botas de couro —, mas talvez tenha exagerado demais no *glitter* ou no batom, embora estivesse se achando muito bonito quando saiu de casa. Realmente não conseguia entender o porquê de as pessoas se incomodarem tanto com certas coisas, principalmente se nenhuma delas interferia em suas vidas, mas talvez fosse como sua mãe costumava dizer: "Mente do tamanho de um grão de areia, monstruosidade do tamanho do universo".

Já tinha se envolvido com muitos monstros desde pequeno e conseguia lidar bem com eles, uma vez que não eram imensos como os da própria cabeça, então estava tudo bem desde que os ignorasse completamente, coisa que ele fez com muito sucesso na noite passada.

Enxaguou a boca mais uma vez e foi para a sala assistir a alguma coisa na televisão antes de dormir. Sentou no sofá, pegou o controle e começou a mudar de canal enquanto brincava com os dedos dos pés, mania que carregava desde criança, meio ansioso e meio apavorado com a ideia de acabar "flutuando" outra vez, como gostava de chamar as intensas crises estranhas que o faziam companhia desde a adolescência.

Sky tinha acabado de achar um filme de terror qualquer que seria capaz de distraí-lo quando o violão do vizinho começou a tocar de novo, trazendo à tona sua irritabilidade com a música. Tate Park parecia "nunca" se importar com o incômodo que causava, assim como nenhum outro vizinho além de Sky, então quantas vezes mais teria que bater à sua porta e pedir para parar? Tinha sido tão educado das primeiras vezes, deixou bilhetes e bolos com recados, mas nada adiantava e, pelo visto, sequer a ignorância, o que fazia Sky se perguntar que tipo de problema aquele cara tinha.

Apertou a cabeça entre duas almofadas e jogou-a no encosto do sofá cruzando as pernas e tentando inutilmente prestar atenção no filme, *só* no filme, mas era impossível, então Sky estava prestes a se levantar quando reconheceu a melodia.

Take Another Little Piece Of My Heart, de Janis Joplin, sua cantora favorita. Sua antiga cantora favorita, na verdade. E de mais uma pessoa. Uma pessoa que Sky tentava a todo custo deixar no passado.

Ficou sentado na mesma posição, as lágrimas descendo quentes pelas bochechas enquanto se lembrava daqueles olhos doces que piscavam inocentes todas as vezes que saíam para andar de bicicleta, que saíam para roubar doces dos mercadinhos do centro.

Se Sky ao menos não tivesse ultrapassado sua frente naquele dia... Se ele tivesse ficado atrás, a uma distância segura... Se não tivesse se tornado tão competitivo de repente, se tivesse levado tudo na simples brincadeira...

Eram arrependimentos demais para uma só pessoa.

Sky desligou a televisão e saiu do apartamento com raiva crescente batendo à porta de Tate com tanta força que o quadro "não incomode um músico", pregado na parede ao lado, espatifou sobre seus pés e espalhou cacos de vidro nos tornozelos.

— Se foder! — Grunhiu alto e bom som pulando com uma perna só e tentando evitar se machucar ainda mais.

A porta abriu, e Tate apareceu com a mesma expressão de sempre: sorriso debochado e olhos sonolentos. A diferença era que seu cabelo tingido de cinza, levemente ondulado, não estava mais todo bagunçado, mas coberto por uma touca esfarrapada qualquer.

— A música de novo? — Tate perguntou e olhou para baixo, para os cacos de vidro espatifados aos seus pés. — Você quebrou isso de propósito?

— Não foi de propósito, ele caiu quando eu bati à porta.

— Você quase derrubou minha porta. — Tate apoiou-se nela, com o rosto no batente, e sorriu daquele jeito presunçoso de sempre. — Vou parar de tocar. Meu irmão está aqui, está de luto, então só consigo acalmá-lo completamente com a música, mas juro que não vou mais incomodar a partir de amanhã.

Sky suspirou e coçou a testa enquanto pensava. Tate geralmente dizia que ia parar, mas nunca jurava nada, sequer dava uma explicação para a enorme implicância que parecia ter com ele, então Sky estava ponderando se Tate estava sendo completamente honesto ou não. Olhou no fundo dos olhos dele, que não hesitaram nem por um segundo.

Então, suspirou outra vez.

— Não me perturbe outra vez, por favor! — Resmungou. — Boa noite, Tate.

— Sky, posso fazer uma pergunta? — Sky virou de volta para Tate, levantando uma sobrancelha ao vê-lo lambendo os lábios de nervosismo. Não respondeu, mas balançou positivamente a cabeça. — Não são nem nove da noite ainda. Por qual motivo você parece sempre incomodado com música, independente do horário?

— Isso não é da sua conta.

Deu as costas outra vez e entrou no próprio apartamento, batendo a porta com força moderada e arrependido de ter dado tanta brecha a Tate.

Mas tudo bem, ele era só um curioso idiota, de qualquer modo.

Um curioso idiota que finalmente pararia de cutucar suas feridas com a maldita música.

MELODIA do CAOS

Capítulo III
Pisando em Fissuras

A MAIORIA DOS FÃS DO CLÁSSICO ROCK costumava dizer que o amado gênero morreu quando Bon Scott, vocalista inicial do AC/DC, foi encontrado sem vida no banco detrás de um carro em 19 de fevereiro de 1980, depois de ter entrado em coma alcoólico no meio do inverno.

Sabe como é, prioridades.

De fato, uma parte do rock morreu naquela noite fria e esquisita, congelado em cima de um tecido velho todo rasgado, mas se pode dizer que outra coisa nasceu daquilo tudo, uma pequena erva-daninha que se alimentou do caos e da podridão, crescendo para cima e além, sem se importar com os obstáculos do caminho.

O que aconteceu foi que todo mundo acreditou e "tentou" propagar o discurso de que uma banda sempre morre se o vocalista morre, mas Brian Johnson apareceu para provar o contrário. Logo após entrar no lugar de Scott, AC/DC lançou seu álbum mais promissor, o *Back In Black*, o que causou euforia ilimitada nos fãs da banda *e* do gênero.

"Bon Scott morreu, mas a música não" era o que diziam, tornando a frase um ditado popular pouco utilizado nos dias de hoje.

O fato é que tinha muita verdade dentro daquelas poucas palavras, verdade essa que encheu de esperança o coração de diversos artistas, incluindo os companheiros de Kurt Cobain, que até tentaram reanimar a banda, mas infelizmente acabaram não perseverando com tanta fé e desistiram da carreira com rapidez.

E, depois disso, o mundo dividiu-se entre "bandas que se reconstruíram (AC/DC) e bandas que afundaram (Nirvana)", trazendo o medo do desconhecido para fora da zona de segurança e deixando aquele "quê" de dúvida dançar na garganta de praticamente todo aspirante a artista de rock.

Tate era um dos poucos que se sentiam verdadeiramente inspirados nesse quesito, pelo ídolo favorito, o guitarrista e fundador da banda AC/DC, Angus Young. Ele queria crescer como músico e, por mais que já soubesse que a vida de Jorja seria relativamente curta, não pensou que não estivesse preparado para lidar com as consequências — além do luto — que a morte dela traria. Para ser sincero, não pensou que fosse perder as esperanças tão cedo, mas, ao encarar o caixão descendo lentamente para a cova, Tate soltou um breve suspiro de choque.

Estava mesmo acontecendo, o que ele tanto temia estava mesmo acontecendo.

Jorja estava morta.

Ele juntou suas economias com as de Armin e Nolan para realizar o velório e o enterro. A mãe de Jorja tinha ido embora poucos meses antes, deixando-a completamente sozinha, assim não existia mais ninguém que pudesse fazer isso por ela, o que causou a Tate um enorme desconforto. Quer dizer, Jorja só podia contar com eles, então por qual motivo insistiu tanto na heroína a ponto de morrer? Como pôde ter sido tão ingrata? Como pôde fazer isso com eles?

A mãe de Tate e Armin, uma linda e rebelde mulher de cabelos descoloridos e tatuagens nos braços, chamada Susan, fez o que pôde para substituir a coroa de flores que não foi possível comprar, adornando o caixão com rosas pretas entre cravos torcidos e escrevendo "descanse em paz" na faixa de cetim com um batom vermelho que gritava "Jorja". Não era grande coisa, nem tinha ficado muito bonito, mas foi de coração, então Tate se conformou. Se não fosse pela mãe dele, nem mesmo faixa teria.

Não fizeram uma cerimônia nem um velório demorado. Em vez disso, Tate sugeriu tocar violão em volta do caixão e não permitir a entrada de mais ninguém até a hora do enterro, que acabou lotado de drogados e bêbados, surpreendendo-o de uma forma um tanto negativa.

Depois de chorar em silêncio nos braços de Susan, Tate sentiu os temores de aqueles pensamentos estranhos se abrigarem em sua mente, o que sem dúvida o fez chorar ainda mais, desejando intensamente poder encontrar paz algum dia em alguém especial ou na música.

— Amo você, querido. — Sua mãe disse beijando o topo de sua cabeça e puxando Armin para dentro do abraço. — Eu amo vocês dois.

O enterro acabou, e Susan correu para chegar a tempo ao trabalho, deixando os três completamente sozinhos no cemitério. Encaravam a lápide cinza e sem graça, que não condizia de jeito nenhum com a personalidade de Jorja, mas cumpria bem seu papel.

"Aqui jaz uma amiga fenomenal e uma artista deslumbrante."

Foi só o que Tate conseguiu pedir para escreverem. Era raso, claro, mas não partiria seu coração em mais mil pedaços.

Enquanto Armin e Nolan foram comprar algo para comer, Tate pediu para o encontrarem no apartamento e voou com a bicicleta em exatos vinte minutos, tão furioso com o rumo das coisas que, por várias vezes, quase foi atropelado, pensando se seria assim tão ruim simplesmente morrer.

Quando chegou ao portão do edifício, uma mulher que lhe parecia familiar fumava diante deste, mas Tate não parou para analisar seu rosto e trombou sem querer em seus ombros, fazendo-a perder o equilíbrio e quase cair. Ouviu quando ela o chamou de "filho da puta cego", só que nada disso importava quando ele só queria sentar-se em seu sofá e encarar a televisão até que tudo em sua cabeça simplesmente desaparecesse como uma poça de água em um dia quente de verão.

Tate entrou cambaleando no apartamento pequeno e amaldiçoando tudo e todos por não ter nascido um puto rico, com dinheiro para alugar uma suíte em hotéis caros todas as noites. Jogou chaves e carteira no balcão da cozinha, que a separava da sala, e fez exatamente o que estava com vontade de fazer: soterrar os pensamentos no cu da própria mente.

Ficou inerte por tanto tempo que só percebeu que estava anoitecendo quando Nolan o sacudiu sem nenhum tipo de delicadeza, batendo sua cabeça no encosto do sofá. Olhou, um pouco atordoado, para ele, levando longos segundos para reconhecer aquele brilho de preocupação em seus olhos escuros.

"Ele sabe", foi o que conseguiu pensar. "Ele sabe e vai contar para Armin. Ele sabe, ele sabe, ele sabe..."

Mas Nolan sorriu acalmando o coração de Tate.

— Armin pensou em dar uma volta antes de virmos, por isso a demora. — Ele explicou enquanto tirava o boné velho dos Dodgers e exibia seus cabelos pretos lustrosos. Tate sempre teve inveja do cabelo dele. — Mas trouxe cigarros e algumas cervejas, podemos passar no Kyle quando acabarem.

— Quanto te devo? — Tate apalpou a calça jeans em busca da carteira, mas estava tão perdido que não percebeu a rouquidão da própria voz. — Porra, onde foi que deixei?

— Relaxa, mano. Não me deve nada, não gastei muito mesmo.

Mas Tate sabia que era mentira. Olhando para as duas caixas de Marlboro e aquele engradado de Heineken, Tate soube que era o valor de seu salário da semana, então se sentiu envergonhado. Tudo bem que Nolan vinha de uma família muito boa e ajudava o pai nos negócios, recebendo quantias exorbitantes por isso, além de ser o filho único obediente e amado, mas Tate "detestava" se sentir uma carga para alguém.

No entanto, mesmo querendo devolver todo o dinheiro que Nolan gastou, não tinha um centavo no bolso, não depois de gastar praticamente tudo com o velório e o enterro de Jorja.

"Porra."

— Seu quarto parece um lixão. — Armin colocou a cabeça para fora do cômodo. Estava com uma careta de nojo no rosto, o que fez Tate abrir um sorriso. — Se mamãe vier te visitar de repente, ela tem um infarto. Faça o favor de limpar essa porra.

— Limpa para mim. — Tate respondeu alto. — Aproveita e procura a palheta oficial do Bowie que perdi. Deve estar aí no meio.

— Nada que cem dólares não paguem. — Armin fechou a porta e foi até Tate, sentando-se no chão de frente para ele. — Vamos beber.

Nolan sentou ao lado de Tate com um cigarro na boca sorrindo de um jeito tão melancólico que o clima não era mais de diversão, era de mágoa.

E existe forma melhor de afogar a mágoa que em álcool e nicotina?

Tate respondeu mentalmente a si mesmo enquanto abria uma cerveja e escutava o doce som do gás vazando do bocal.

O cheiro e o sabor favoritos de Sky eram, de longe, baunilha. Quando pequeno, sua mãe costumava assar um bolo de baunilha que ela carinhosamente chamava de "montinho de amor". Era simples, apenas massa e açúcar por cima, mas Sky achava a comida mais gostosa do mundo, jurava que conseguiria comer só aquilo para o resto de sua vida.

Depois de crescer, durante a conturbada adolescência, sua mãe diminuiu a frequência com que fazia os bolos, então Sky precisou se acostumar com aquelas coisas industrializadas que tinham gosto de corante. Com isso, passou a dar muito valor a exatamente tudo que o fazia se lembrar das tardes preciosas em que observava a mãe batendo a massa em uma tigela rosa cheia de flores.

Então, Sky conheceu Storm — só Storm, ela nunca lhe disse o sobrenome — e inconscientemente se apaixonou por ela, pelos lábios cheios de um batom que, ironicamente, tinha cheiro de baunilha. Storm dizia que ele só a tinha ligado a uma época boa da vida, mas isso não significava paixão ou amor. Talvez ela tivesse razão, mas Sky gostava de pensar em si mesmo apaixonado por uma pessoa ainda que não sentisse nada além de um carinho gratificante e meia dúzia de "borboletas no estômago".

Storm apareceu em uma das pequenas boates que Sky frequentava, captando a atenção dele quando pediu apenas Sprite com limão ao *bartender*, a bebida mais ignorada pelos adolescentes.

Storm era linda, tinha cabelos trançados, olhos escuros flamejantes, um pescoço comprido e charmoso, pintas minúsculas distribuídas pela face e uma boca tentadora. Sky, porém, não foi atraído por isso, e sim pela atmosfera diferente que a rodeava, como se ela fosse superior a todos aqueles corpos bêbados e dançantes, como se fosse uma deusa ou algo parecido.

No fim daquela noite, Sky ofereceu um cigarro a ela, que aceitou de muito bom grado. Quando saíram da boate, foram para a casa dele e transaram em silêncio em seu quarto, tão imersos nos próprios pensamentos que sequer perceberam quando já tinham acabado. Encontraram-se no outro dia para um café; depois, no outro para um cinema, e no outro para um jantar, e assim continuaram até Sky arrumar um trabalho e sair de casa, o que acabou aumentando consideravelmente a modesta distância emocional existente entre eles, deixando a vida de Sky ainda mais vazia.

No entanto, após acordar com uma dor de cabeça fodida por ter chorado até cair no sono na noite passada, Storm mandou uma mensagem curta que dizia "no seu apartamento depois do trabalho", e Sky conseguiu sorrir pela primeira vez depois de muito tempo.

Ele foi trabalhar na loja com um bom humor que assustou seu chefe. Enquanto colocava as roupas na arara e organizava o estoque, tagarelava sobre como a noite passada tinha saído do controle rápido demais, dando-lhe de presente uma bela marca na bochecha, e sobre como seu vizinho parecia não saber o significado de "não incomode". Falar tanto com uma pessoa não tão próxima pareceu assustador no começo, mas Sky decidiu "ligar o foda-se" e desabafar mesmo assim. Além disso, ele não queria ficar conversando sobre problemas com Storm depois de ficar tanto tempo sem vê-la.

Depois do expediente, já no apartamento dele, Sky podia experimentar os lábios de baunilha dela mais uma vez; depois do sexo, os carinhos tranquilos no cabelo; depois dos toques, as conversas descontraídas sobre tudo que não envolvia a vida complicada que levava, o que fazia Sky pensar como era fácil conviver com Storm; ela não sabia nada sobre ele, ele não sabia nada sobre ela. Sendo assim, podiam agir como dois fantasmas vagando tranquilos pelo mundo.

— Topei com aquele seu vizinho inconveniente enquanto esperava por você na frente do prédio. — Ela disse depois de puxar o lençol rosa para cobrir seus corpos nus. — Ele estava tão arrasado com alguma coisa que nem me viu, praticamente bateu com o ombro em mim e quase me derrubou. Ele parecia transtornado.

Sky levantou uma sobrancelha, surpreso. Nunca viu Tate desse jeito, nunca o viu sem o usual sorriso "cansado-barra-debochado", então Sky se lembrou de Tate ter dito que seu irmão estava de luto, o que poderia explicar bastante coisa.

Só que nada disso era da sua conta, então não fazia sentido ficar remoendo.

— Vou buscar cigarros mais tarde. — Sky mudou completamente de assunto sentindo o sorriso de Storm na pele de seu ombro. — Acabaram ontem, já estou sentindo minhas mãos trêmulas. Quer ir comigo?

— Claro! — Ela resmungou. — Preciso mesmo de mais um maço.

Tate empurrou a porta da mercearia e o sino acima dela ressoou um pouco irritante. Ele entrou junto a Armin e Nolan, esboçando um sorriso pequeno ao ver Kyle praticamente deitado no balcão com um pirulito na boca e uma bola de silicone na mão.

— Grande Kyle! — Tate bateu palmas pesadas correndo até ele para bagunçar seus cabelos tingidos de um verde-menta. — Ora, ora, se não é o babaca mais sensacional do planeta!

Kyle revirou os olhos e tirou o pirulito da boca, ajeitando a postura depois de quase ter perdido os cabelos para as mãos grandes de Tate.

— E aí, cara? — Armin bateu amigavelmente no ombro dele, sentando no balcão em seguida. Tinha uma expressão abatida, mas Tate preferiu ignorar. — O turno de hoje foi pesado?

— Você precisa tomar um pouco de sol, brô. Acho que consigo ver as veias da sua testa. — Nolan disse enquanto olhava as revistas da porta, indiferente como sempre, mas com uma pitada meio mórbida na voz. — Parece um prisma ambulante. Talvez eu deva te vender para algum colecionador maluco, o que acha?

— Os turnos sempre são uma merda. — Kyle apontou o pirulito para o peito de Armin colando o doce em sua camiseta. Armin fez uma careta e empurrou a mão dele para longe. — Me venda, quem sabe assim não consigo a grana de que preciso? Não se esqueça de colocar um pouco na minha conta, mesquinhos não têm vez.

— Ainda tentando sair daquela casa? — Tate perguntou, enquanto escorava os braços no balcão, observando o estranho brilho que rodopiou nos olhos de Kyle.

— Odeio aquele lugar, cara. — Kyle balançou a cabeça e colocou o pirulito na boca outra vez. — Ontem, tinha um bando de garotos, da idade da Sunny, brincando com armas. Armas, cara. Dá pra acreditar? Não gosto nem de deixá-la sair sozinha.

Sunny era a irmã mais nova de Kyle. Enquanto ele tinha vinte e sete, ela tinha apenas dezesseis. Kyle cuidava dela sozinho há cerca de oito anos, quando seus pais morreram repentinamente em um acidente de carro. O banco tomou a casa boa deles obrigando Kyle a alugar um muquifo no pior lado do Brooklyn, onde a criminalidade rolava solta.

— Pelo menos não fica no Bronx. Aquele lugar é pavoroso. — Nolan deu de ombros. — Já tem quanta grana guardada?

— Cinco mil dólares. — Nolan fez uma careta e Armin arregalou os olhos, mas Kyle pareceu inabalável. — Acho que vou ficar a vida toda tentando recuperar nossa casa.

— Sinto muito, Kyle. Se eu também não estivesse lutando para sobreviver, te ajudaria nisso.

Tate mordeu o lábio, sentindo a tão conhecida sensação de vazio dominando o peito. Ele tinha a tóxica mania de sofrer pelos outros, perdendo o sono e a paz por problemas que não eram dele. Sentia vontade de ajudar todos os amigos que precisavam, desejava mover o mundo por eles, e quando não conseguia e pensava em si mesmo como um cara inútil que nunca faria diferença, aqueles pensamentos estranhos tomavam conta de sua mente outra vez.

— Tá tranquilo, Tate. Eu me viro sozinho já tem tempo. — Kyle sorriu. — Só de vocês me ouvirem desabafar já significa muito. Não se preocupe.

Armin apertou o ombro de Kyle em um ato gentil, afagando-o em seguida. Apesar das palavras de consolo, Tate não se sentiu menos insuficiente. Ele queria fazer alguma coisa, como invadir o banco e pedir a casa deles de volta, mas sabia que nada disso funcionaria, então como não sentir tanta culpa como se fosse o responsável por tudo? Como faria essa avalanche ir embora? Não havia respostas, e era isso o que mais o frustrava. Ele nunca encontrava uma solução, era sempre dúvida atrás de dúvida, o que acabava lhe causando um belo cansaço mental.

Mas, foda-se e foda-se, a vida era tão injusta.

— Fiquei sabendo da Jorja. A notícia correu bem rápido por aqui. — Kyle resmungou com a voz em um timbre cauteloso, quase como se estivesse conversando com uma criança. — Não pude sair para ir ao velório, mas sinto muito pelo que aconteceu.

Segundos de silêncio preencheram a mercearia. Estavam todos de cabeça baixa, cada um perdido no próprio luto, mas Tate era o que mais sentia. Tinha se apaixonado de um jeito diferente por ela, era muito mais que simples atração e vontade de iniciar um relacionamento, era uma conexão que ele não conseguia explicar nem se tentasse.

Quando a viu na quadra do colégio, o coração bateu forte no peito e continuou assim, como se tivesse estabelecido um novo ritmo e congelado no instante em que ela sorriu com aquele batom vermelho e aqueles olhos intensos. Ficou uma semana inteira sentindo falta de ar e um aperto estranho no ombro, lembrando-se de como ela sussurrou aquele "talvez" com tanta confiança, de como jogou os confetes em sua direção e saiu dando mais um gole na cerveja como se tivesse o mundo nas mãos. Quando pensou que a sensação ruim nunca mais passaria, Jorja cantou pela primeira vez. Foi na garagem da casa da mãe dele, sentada no sofá xadrez empoeirado, com as pernas apoiadas no latão-mesa improvisado.

Tate nunca havia sentido coisa igual.

Nutria sentimentos complicados por ela, mas sentia que a paixão era formada por noventa por cento admiração e dez por cento atração, o que poderia explicar muita coisa, mas não tudo. Quando estava começando a desistir de encontrar uma razão plausível para isso, Armin apareceu na lanchonete para dar a notícia da morte dela fazendo os sentimentos borbulharem ainda mais intensos dentro do peito.

— Jorja foi uma idiota. — Conseguiu dizer depois de um tempo. Os olhares que recebeu foram de completo espanto, mas ele estava cansado de fingir as coisas. — Quantas vezes não a alertamos sobre isso? Sobre o uso descontrolado daquelas merdas? Gastei tanta energia com ela, passei noites em claro pensando quando seria encontrada morta em algum beco da região ou quando a veria adoecer pra valer. Jorja nunca teve consideração por nenhum de nós, morrer foi uma escolha que ela fez quando injetou aquela porra de agulha no braço pela primeira vez.

Silêncio outra vez.

Eternos minutos de silêncio.

Tantos que Tate já estava prestes a mudar de assunto, mas Armin decidiu se pronunciar: — Não parece real. Estou aqui, segurando meu choro e esperando que ela abra aquela porta e pule nas costas do Nolan. Não tem nem um dia direito, mas já sinto tanto a falta dela.

E, então, ele começou a chorar. Tate sabia que, sensível como o irmão era, não conseguiria se segurar por muito tempo. Desejando consolá-lo pelo menos um pouco, Tate abraçou-o meio desajeitado, pela diferença de altura, encostando a cabeça no peito dele para receber dedos quentes e curtos nos cabelos.

— Cara, ela deixou um buraco no meu peito. — Nolan sussurrou. — Nada nem ninguém vai conseguir preencher esse vazio.

Nolan não sabia, mas estava falando por Tate também. A diferença, claro, era que o buraco dele sempre teria o gosto do batom vermelho dela nas bordas. O gosto que Tate sentiu, em uma noite qualquer, quando Jorja apareceu em seu apartamento desolada demais para aguentar chegar a casa sem chorar.

"A dor que sinto nunca vai embora, Tate".

— Vou usar meu desconto de funcionário hoje. Peguem cervejas e cigarros, vamos beber um pouco. A vida é fodida demais para se levar sóbrio, não acham?

Tate esboçou um sorriso pequeno e observou Armin pular do balcão para começar a escolher as bebidas da geladeira. Queria beber a noite inteira, mas ao mesmo tempo não queria. Não sabia explicar o porquê, mas algo dentro do peito desejava que ele ficasse sóbrio e sentisse a tristeza com mais impacto, mais vivacidade.

Não parecia certo beber tanto enquanto Jorja estava morta.

— Armin, seu filho da puta, trouxe o baseado que te emprestei semana passada? — Nolan gritou. — Se você se esqueceu, juro que te acerto um murro.

— Já está até enrolado, porra! — Armin resmungou. — Quanto drama.

E ali estava algo de que Tate gostava "pra caralho": maconha.

— Cara, seu chefe está fora da cidade hoje? — Tate perguntou para Kyle, que só deu de ombros. — Você pode acabar se fodendo.

— Ele foi visitar a mãe no Queens, volta só semana que vem. — Kyle contornou o balcão e foi até Armin. — Vamos estourar a porra toda.

Storm tinha os braços enrolados na cintura de Sky enquanto andavam pelas ruas escuras do Brooklyn em silêncio. Ele gostaria de saber o que ela estava pensando, mas tinha medo de ser algo pessoal demais que acabaria estragando a relação estranha dos dois.

Manteve-se calado escutando o som suave da respiração dela contra seu ombro e os "cri cri" dos grilos pousados nos postes de luz laranja. De modo secreto e involuntário, começou a cantar mentalmente qualquer música que costumava acalmar seu coração quando criança, sentindo uma leve vontade de dançar com Storm ali mesmo. Ela jamais aceitaria, mas ele gostava de imaginar a cena; era muito divertido visualizá-la sapateando como uma verdadeira artista da Broadway.

Quando já estavam na rua da mercearia, viram uma garota se sufocando com um cigarro. Sky achou graça e caminhou até ela, pronto para rir das possíveis respostas previsíveis que receberia.

— Primeira vez?

Ele perguntou, e ela olhou para cima assustada. Tinha cabelos curtos muito bonitos e uma mecha azul na franja bagunçada. Sky não conseguiu ver direito os olhos dela, mas pareciam escuros.

— Ahn, é... mais ou menos. — Ela desviou o olhar e, pela voz macia, Sky deduziu que ela deveria ter entre doze e dezessete anos. — Quero participar de festas com meu irmão, mas ele diz que sou nova demais para isso. Acabei de sair da mercearia onde ele trabalha e roubei esses cigarros pra treinar.

Sky sorriu com uma sobrancelha erguida, surpreendendo-se com a astúcia dela.

— Fumar não vai te deixar mais madura, mocinha. — Storm resmungou. — É melhor escutar seu irmão, é provável que ele esteja certo.

— Ela tem razão. — Sky puxou o cigarro da mão delicada da garota e jogou no chão, pisando em cima em seguida. Ela não contestou e parecia aliviada por alguém se preocupar com ela. — Vá para casa, é perigoso aqui fora.

— Onde eu moro é muito pior.

Ela deu de ombros.

— Então, não deveria esperar seu irmão?

— Já sei me virar.

E, assim, ela se afastou para ir embora jogando a caixa de cigarros em um beco qualquer, sem nenhum tipo de remorso. Apesar de Sky detestar cigarro mentolado, não deixou de sentir uma leve dor no peito pelo claro desperdício.

Quando Sky abriu a porta da mercearia, o cheiro de maconha infestou as narinas, fazendo-o cambalear levemente para trás. Virou para Storm perguntando silenciosamente que porra era aquela, mas não permaneceu por muito tempo olhando para a garota, porque uma risada grossa e conhecida preencheu seus ouvidos.

A primeira coisa que pensou quando reconheceu a voz de Tate foi "puta que pariu, não tenho paz nem na rua", mas assim que viu que este — e o resto dos caras, com exceção do funcionário da mercearia do qual Sky não se lembrava o nome — chorava e gargalhava ao mesmo tempo, uma coisa doeu dentro do peito.

Doeu muito.

Eles estavam fazendo uma pequena festa particular, o que não era bem incomum naquela região, já que as pessoas eram perfeitamente acostumadas com bagunça dentro de estabelecimentos, mas Sky nunca tinha visto nada do tipo naquela mercearia, que sempre pareceu séria e respeitável, por isso ele não compreendia.

— Que caralhos...! — Storm sussurrou horrorizada. — Ei, cara, você mesmo! — Ela caminhou apressada até o funcionário, o homem de cabelo verde. — Somos clientes, você precisa nos atender!

Mas ele estava chapado demais para prestar atenção em qualquer coisa que ela dissesse, fazendo o sangue de Sky borbulhar. Seu peito ainda doía de um jeito estranho, mas isso não o impedia de sentir raiva pelo claro descaso, ainda mais porque sempre havia defendido aquela mercearia para todo mundo que reclamava da falta de profissionalismo do comércio do subúrbio, dizendo que ela era a única decente.

As pessoas acreditavam nele, droga! Estava fazendo papel de idiota, mas também estava com pressa. Queria fumar, desejava voltar logo para casa, e a festinha estava atrapalhando tudo.

— Estou pegando dois maços, filhos da puta. Vou deixar o dinheiro no balcão, se alguém aparecer depois e roubar, nem pensem em me acusar.

Sky puxou os cigarros com força da estante e jogou as notas sobre o balcão, parando na frente da porta aberta para que Storm pudesse passar.

— Sky, onde estão suas maquiagens hoje?

Escutou Tate gritar, então olhou para ele e viu o sorriso presunçoso de sempre naqueles lábios, mas também muitas lágrimas nas bochechas. Ele estava triste, tão triste que nem toda maconha do mundo poderia mudar aquele sentimento.

Sky amoleceu, mas não quis demonstrar, por essa razão só desviou o olhar, pronto para ir embora e, enquanto estava fechando a porta, conseguiu ouvir Tate dizer aos amigos que seu vizinho ficava lindo de glitter azul.

Capítulo — Voz no silêncio

É A PORRA DE UMA PIADA, NÃO É?

Tate estava com a banda em uma cafeteria desde as nove da manhã, de frente para Jaden Floyd, o cara que vinha tentando abrir-lhes as portas limitadas do sucesso.

Jaden era como o anjo da guarda da Poison. Quando Tate começou a tocar violão em bares e restaurantes, na parte requintada do Brooklyn, jamais imaginou que um dos "piolhentos da classe alta" fosse se interessar tanto por sua música. Porém, sentiu certo desconforto assim que ele apareceu misteriosamente na garagem de sua mãe, em um sábado quente "pra caralho", pedindo para assistir aos ensaios. Jorja, que na época vivia mais chapada do que sóbria, disse que não tinha problema, mas o que era para ser apenas uma vez se tornou rotina, transformando-o em um espectador assíduo e amigo inusitado que tentava de todas as formas promover a banda.

Sabia que ele acabaria pirando quando desse a notícia da morte de Jorja a Jaden, só não imaginava que fosse com direito a lágrimas e soluços. Foi surpreendente, Tate admitia e, então, se perguntou mais uma vez como Jorja teve coragem de simplesmente continuar usando aquela droga toda.

— Isso só pode ser mentira. — Disse Jaden sem acreditar.

— Queria que fosse. — Tate respondeu. — Queria muito.

Estava com a cabeça um pouco inclinada, encarando Jaden de baixo para cima, e desejava tirar dele toda dor e aquela frustração estampada em cada detalhe do seu rosto bonito e delicado. Jaden não merecia passar por isso, ele era simplesmente inabalável em tantas outras situações, lidava bem com quase tudo, e parecia tão errado aborrecê-lo dessa forma tão mesquinha e egoísta.

— E vocês não pensaram em me chamar para o velório? — Agora havia mágoa na voz. — Caralho, hein?

Ele colocou as mãos na cabeça e suspirou com um sorriso descrente, as pontas meio vermelhas da franja pingavam como sangue na testa. Jaden sempre teve a capacidade de se parecer com um "demônio gente boa", que sugaria sua alma no menor sinal de traição. Apesar de Tate já imaginar ser verdade, sabia que bem no fundo não passava de alguém se protegendo do resto do mundo. Sua reação desesperada diante da notícia da morte de Jorja só comprovava isso.

— Foi coisa pequena, cara. — Nolan disse daquele jeito meio dócil e meio "para de tanto drama, filho da puta". — Só nós três e a Susan.

Jaden balançou a cabeça, mas Tate não soube decifrar se foi em razão da desculpa possivelmente esfarrapada ou se pela ficha que tinha caído com força total.

Para ser sincero, Tate sequer se lembrou de Jaden. Ele sequer se lembrou de si mesmo. Passaria o dia do velório só na cama, se pudesse. Não havia pensado que Jaden ficaria tão chateado, nem fazia ideia de que eram tão próximos a ponto de a notícia da morte de Jorja acabar tão rapidamente com sua expressão de "rei do pedaço".

— Ela tinha tanto talento. — Jaden sussurrou. — Tinha tanta vida pela frente.

E um silêncio estranho se estendeu por minutos, cada um preso nas próprias reflexões, mas Tate pensou que aquilo não era justo. Não era justo levarem um luto tão egoísta como medalhão, que puxaria o pescoço para baixo a cada novo pensamento de felicidade. Jorja não deveria estar presente em forma de um espírito maligno querendo que as pessoas ao seu redor sofressem por toda a eternidade. Apesar de ainda estar com raiva dela, sabia que Jorja jamais lhes desejaria uma tristeza tão profunda, principalmente no começo das apresentações oficiais da Poison; e se ela pudesse falar através do vento, diria algo como "levantem a bunda desse café mesquinho e vão trabalhar, filhos da puta".

Não se privou de rir baixinho da própria imaginação atraindo um olhar meio chocado e meio ofendido de Jaden.

— Só estava pensando no que ela nos diria se tivesse acesso ao nosso mundo. — Explicou ainda com um sorriso de canto. — Achei engraçado.

— E o que ela diria?

Um pouco mais leve agora, Jaden pareceu curioso. Levou a xícara de café expresso já gelado aos lábios observando Tate com olhos inquisitivos.

Tate lambeu os lábios e sorriu outra vez.

— Levantem a bunda desse café mesquinho e vão trabalhar, filhos da puta.

Jaden quase engasgou com o café, e Armin deixou que ele escorresse pelo queixo. Enquanto isso, livre de qualquer bebida, Nolan soltou uma gargalhada tão alta que as pessoas ainda meio sonolentas olharam para a mesa deles com raiva. O que tornou a situação ainda mais desastrosa foi Tate imaginar Jorja levantando o dedo do meio para todo mundo.

Como se lesse todos os seus pensamentos, Jaden levantou o dedo do meio e provocou uma nova crise de risos, que não parou enquanto um dos garçons não lhes pediu "educadamente" para que se retirassem antes que "fosse preciso chamar a polícia".

— Estamos de luto! — Jaden gritou ao ser empurrado para fora do estabelecimento. — Insensíveis do caralho!

Tate terminou de gargalhar e enxugou as poucas lágrimas dos olhos, tentando lembrar qual acontecimento da noite passada as envolvia, mas sem saber exatamente o quê. Depois de beber tanto e entupir os pulmões de maconha, manter a memória se tornou uma tarefa praticamente impossível.

— Não queria dizer nada, mas sua fama de homem elegante acabou de desaparecer. — Armin disse com ironia e bateu com ambas as mãos nos ombros de Jaden tentando se grudar em suas costas. Jaden cedeu e passou os braços por baixo das pernas firmes de Armin. — Se seus pais ficarem sabendo, você tá fodido. Tem noção disso, né?

— Consigo reverter essa situação. — Jaden deu de ombros. — Sempre consigo tudo que quero.

— O que vamos fazer agora? — Nolan perguntou depois de um tempo, mas essa era a pergunta que Tate queria tanto evitar.

"Que porra fariam agora?"

— Hoje, não sei, mas amanhã podemos ir à festa do Galpão. — Armin sugeriu inocente. — O puto do Anderson foi preso semana passada por dirigir bêbado, então ele não vai estar lá.

— Aquele cara que trabalha no escritório? — Jaden perguntou com as sobrancelhas juntas. — Que cagou na mala do seu chefe e disse que tinha sido você?

"Armin e suas aventuras desproporcionais no escritório de engenharia em que trabalha", pensou Tate. Ele sempre arrumava um inimigo novo, e o da vez era Anderson Moore, um filho da puta preguiçoso e pleno de uma inveja imensa.

— O próprio. — Armin rolou os olhos e desceu das costas de Jaden cruzando os braços em claro descontentamento. — Então, vamos à festa amanhã?

— Não é disso que estou falando. — Nolan resmungou, e Tate fechou os olhos prevendo o que viria a seguir. — Estou falando de nós. Da Poison. O que vamos fazer sem uma vocalista?

Silêncio desesperador.

Silêncio de tristeza.

Silêncio de reflexão.

E, então, nada. Ninguém tinha ideia do futuro da banda, nem sabia se sugerir um substituto seria boa ideia. Tate sabia. Droga, como sabia, que os quatro estavam realmente pensando em sugerir isso, em perguntar se convidar um bostão qualquer para uma festa qualquer seria boa ideia.

Tate queria que colocassem isso para fora e concordassem com o que ele estava pensando e, quando olhou diretamente para Jaden, pôde concluir que este ponderava exatamente a mesma coisa, sem tirar nem pôr.

Esperou que ele dissesse alguma coisa, mas Jaden apenas abriu um sorriso cúmplice e desviou o olhar deixando para Tate a tarefa de anunciar a ideia, talvez por se colocar no lugar de simples espectador, que jamais deveria se meter nos negócios de uma banda que estava apenas começando.

— A Poison não pode parar. — Disse a voz em um sussurro quase imperceptível por causa do vento forte da manhã. — Não é isso o que quero.

— E você está sugerindo que a gente procure uma vocalista qualquer para substituir a Jorja? — Tate trincou o maxilar com o tom ríspido de Armin. — O corpo dela nem esfriou ainda, isso é cruel.

— Não é cruel. — Nolan contrapôs. — Ela morreu, Armin. E não foi por falta de aviso. Você quer que a gente desista de tudo? Caralho, você sabe como foi difícil conseguir uma chance no bar dos pais do Jaden, quer desperdiçar isso por um erro que não é nosso?

Armin chutou uma pedrinha, pareceu pensar um pouco, mas não respondeu nada.

— Ou encontramos uma substituta, ou a banda morre. — Tate resmungou. — E não estou há cinco anos nessa merda para abrir mão da Poison desse jeito.

Por minutos, nada mais foi dito. Tate sabia que esse era o jeito de o irmão analisar as coisas, por mais que não concordasse. Provavelmente, quando chegasse a casa, Armin começaria a pesar as vantagens e as desvantagens usando também o lado racional. No fim de tudo, por ser uma pessoa justa, ele acabaria percebendo que essa era a melhor escolha.

— Festa do Galpão amanhã, então? — Desviando do assunto, como um garoto bastante esperto. — Ouvi dizer que vai ter uma banda lá, mas os caras são tipo "Beatles", então não vou me animar tanto.

Jaden soltou uma risada alta.

— Beatles é de foder. — Ele disse. — A festa inteira vai dormir com aquela merda.

— Pode crer.

— Vou à festa, mas não vou exagerar na bebida dessa vez. — Nolan sussurrou com um sorriso perverso e olhou para algumas casas à esquerda deles focando uma em específico. — Vou levar a Madison para almoçar na segunda, não posso estar de ressaca na frente dela.

— Não era a Em quem ficava com ela nas segundas? — Tate sussurrou de volta, com medo de a mulher aparecer magicamente por trás deles.

Nolan riu contido e colocou uma das mãos em concha acima dos lábios.

— A mãe da Emily disse que ela está cada vez mais complicada. Boatos de que começou a andar com uns caras meio estranhos, então vou ficar com a Madison por alguns dias. Se tudo der certo, peço a guarda dela até o final do ano.

— Inteligente. — Tate pontuou e sorriu quando Nolan sorriu também, orgulhoso. Se existia algo na Terra mais importante que a filha dele, Tate desconhecia. — Podemos fazer uma fogueira no quintal da mãe hoje, né, Arminie?

— Boa ideia, ela vai gostar de se distrair um pouco depois de trabalhar tanto essa semana. Vocês topam?

Nolan e Jaden concordaram.

— Encontro com vocês mais tarde. — Tate disse e um a um se separaram.

A mãe de Sky tinha o costume de beijar as duas bochechas dele sempre que ia visitá-lo.

A pele dela tinha cheiro de amora, mas, às vezes, quando fazia pães doces para o marido, o aroma era de açúcar. Sky gostava disso, gostava de se sentir em casa mesmo estando tão longe e do fato de, apesar da mudança repentina de comportamento, seus pais ainda o amarem com todas as forças.

— Você parece cansado. — Sua mãe, Chloé Muhn, disse enquanto aguardavam o elevador. — Tem dormido bem?

— Sim, mãe. — Resmungou com um sorriso. — Só estou um pouco… — "Flutuante? Paranoico? Estressado?" — Nostálgico.

Ela sorriu outra vez.

— Nostálgico? — A mãe franziu as sobrancelhas, preocupada. Sky queria que o elevador chegasse rápido, mas sabia que o sistema do prédio era horroroso. — No que anda pensando, exatamente?

Sky mordeu o lábio e balançou a cabeça como quem diz "não se preocupe, apenas bobeiras sem sentido", mas depois das coisas que ocorreram quando ele tinha treze anos e o fato de o "aniversário" desses acontecimentos estar muito próximo, Sky tinha total noção de que não valeria a pena mentir para sua mãe.

— Filho? — Chloé insistiu, contudo Sky só torceu os lábios e respirou aliviado quando as portas do elevador se abriram. Eles entraram, encostaram-se ao fundo e ficaram em silêncio, apenas o barulho das instalações elétricas e do encanamento ecoava dentro daquele cubículo de aço.

Sky olhou para a mãe notando que nem todo tempo do mundo seria capaz de tirar a beleza dela, muito menos o semblante feliz que sempre carregava. Era muito parecido com ela, com exceção desse último detalhe, pois Chloé estava sempre sorrindo, e ele, emburrado. Sky tinha completa noção de que sua aparência sempre triste e infeliz frustrava sua mãe, mas não podia fazer nada sobre isso.

Era assim e ponto.

— Segura o elevador! Segura essa porra!

Ouviu a voz desesperada de Tate e sorriu diabolicamente ao imaginá-lo subindo todos os lances de escada, por isso nem fez questão de colocar o pé contra as portas. Estava louco para que seu desejo se realizasse, o que não aconteceu porque sua mãe grudou as mãos nelas, impedindo-as de fecharem.

Ela se jogou para trás quando o corpo de Tate bateu de frente com as portas, causando um estrondo cheio de eco. Ele empurrou primeiro um braço para dentro do elevador, depois se espremeu até cair com um dos joelhos no chão.

Quando pensou que o vizinho se levantaria completamente constrangido, foi surpreendido por um...

Sorriso presunçoso, como sempre.

Sky revirou os olhos.

— Valeu aí! — Ele disse ao se colocar no meio dos dois e enfiar as mãos nos bolsos da calça moletom preta. — E foi mal pelo palavrão.

— Não se preocupe, acontece. — Chloé deu de ombros sorrindo como sempre. — O elevador daqui é bem ruim, não é?

— Pode crer. — Tate resmungou. — Uma verdadeira merda.

— Sempre digo ao meu filho que ele escolheu o pior prédio da região, mas Sky é teimoso como uma mula.

Então, Tate sufocou um risinho olhando para Sky de soslaio. Este sentiu o peito queimar de raiva. Nunca tinha trocado conversas decentes com Tate, nem queria que ele soubesse absolutamente nada de sua vida. E, de repente, no meio de um elevador fodido, ele estava conhecendo sua mãe, descobrindo sua teimosia e sentindo o aroma cítrico de perfume novo dele.

Desastre, desastre e desastre. Mil vezes desastre.

— Mãe, para de falar sobre mim para meu vizinho. — Sky resmungou. — Posso apostar que ele não está interessado.

— Vizinho? — Ela pareceu genuinamente surpresa. — Pensei que tinha dito que seus vizinhos eram "velhos babões"!

Tate não sufocou a risada dessa vez, apenas a deixou fluir naturalmente, fazendo Sky se lembrar do acontecimento estranho da última noite na mercearia. Pelo modo tranquilo como Tate virava a cabeça para encará-lo algumas vezes, pôde concluir que este não se lembrava de estar chorando e rindo ao mesmo tempo, muito menos de ter dito que Sky ficava lindo de maquiagem.

Agradeceu mentalmente por isso.

— Menti, mãe. — Resmungou outra vez. — Só não achei que fosse importante falar sobre meus vizinhos.

— Seu filho quebrou o quadro da minha porta ontem, sabia? — Tate disse e Sky, por mais que só pudesse ver sua camiseta branca e os cabelos cinza da nuca, sabia que ele estava sorrindo. — Cortou os pés e tudo mais.

Chloé arregalou os olhos virando para Sky com tanta pressa que parecia ter superpoderes.

— Foi você quem bateu nele?! — Ela perguntou. — Foi você quem fez o corte na bochecha dele?!

— Mãe, para com isso!

— Não, senhora. — Tate sorriu daquele jeito de sempre e saiu do elevador, voltando-se para eles só para manejar um aceno rápido de cabeça e dizer: — Mas vou querer um quadro novo, se não se importa.

E, então, ele foi embora deixando Sky de boca aberta pela imensa ousadia.

— Não foi de propósito! — Disse à mãe quando já estava na frente da porta destrancando a fechadura. — Ele me deixou louco com o maldito violão, eu só bati à porta para reclamar do barulho. Não tenho culpa se ele pregou aquela coisa com o nariz!

Chloé entrou sem pressa, analisando o ambiente com aquele olhar crítico irritante. Gostava muito das visitas dela, mas normalmente acabavam discutindo em razão de Sky morar sozinho em um lugar tão "ruim" e trabalhar em uma loja ainda "pior". Ele a entendia e em geral tentava respeitar a opinião de sua mãe, mas era chato ser subestimado o tempo inteiro e cansativo ser tratado como uma criança. Por mais que tentasse explicar suas escolhas, nem seu pai nem sua mãe o compreendiam. Por isso, tinham a mania de criticar tudo que Sky fazia, inclusive sua decisão de não ingressar em nenhuma faculdade.

— Vou te deixar um dinheiro para comprar um quadro novo para seu vizinho. — Disse ela quando se sentou no sofá esticando as pernas na mesinha de centro. — Espero que não tenha sido muito caro.

— Tenho dinheiro. — Sky levantou uma sobrancelha e sentou-se ao lado dela. — Não compro porque não quero.

Ela abanou a mão como sempre fazia para indicar que o assunto estava encerrado, então ele apenas suspirou e concordou com a cabeça, olhando para a televisão e tentando ignorar a observação fervente dela e as possíveis perguntas que viriam.

— Vi Storm um dia desses. Vocês ainda estão namorando? Ela continua muito bonita.

Segurou a vontade de rolar os olhos. Já tinha perdido a conta de quantas vezes explicara à mãe como funcionava o relacionamento deles, mas ela parecia sempre disposta a ignorar tudo que ele lhe falava.

— Não somos namorados, mãe. Já te disse isso um milhão de vezes.

— Certo, certo. — Não pareceu convencida, mas Sky sabia que ela tinha coisas mais importantes para perguntar. — E como vão as coisas no trabalho?

"Bingo!"

— Ótimas.

— E sua vida social?

— Perfeita.

— E os estudos?

— Desnecessários.

— Sua saúde?

— Mais impecável impossível.

— E como está se sentindo sabendo que o aniversário do Danny é na segunda?

Trancou a respiração. Foi com tanta força que o peito doeu, o ar que descia pela garganta adquiriu o peso de uma bola de ferro e o estômago rodou tantas vezes que Sky ficou tonto instantaneamente.

"Danny". Era esse o nome que queria esquecer. Era esse o nome que atormentava suas noites de sono. Quanto mais tentava arrancar a parte do cérebro que nutria lembranças — boas e ruins —, mais Sky repetia em um *loop* infinito os sons da risada de Danny, os sons das conversas, do freio do carro, dos últimos suspiros.

Além de, é claro, sentir com frequência a textura do sangue entre os vãos dos dedos, escorrendo delicadamente pelo pulso como gotas tranquilas de vinho. Sky ainda se lembrava de ter pensado ser vinho o que saía de Danny.

"Falta uma rolha em você", Sky disse quando o pegou no colo, ainda sem saber direito o que estava acontecendo. "Que sorte a sua ter vinho no corpo, deve ser irado".

Sky queria ter continuado com aquele pensamento ingênuo e escasso, pelo menos conseguiria dormir direito depois. Fechou os olhos e suspirou, correndo as mãos pela calça jeans grossa e sentindo o suor delas grudando no tecido.

— Podemos não falar sobre isso? — Sky sussurrou sem olhar para ela. — É a única coisa que eu peço.

— Mas se não falarmos sobre isso, como é que você fica? — Encolheu-se um pouco com o tom autoritário dela, o tom que ele sempre ouvia quando agia errado. — Você parou de ir ao psicólogo que te arrumei, apareceu com um machucado na bochecha que até agora não tem explicação, quebrou quadros dos vizinhos e passou a não me ligar mais com tanta frequência. O que está acontecendo?

— Mãe, já disse que o quadro foi um "acidente".

— O quadro é o de menos, Sky. — Chloé apertou as sobrancelhas. — Só quero que se abra com alguém, nós dois sabemos que você guarda um monte de coisas até explodir e, também, que essas explosões não são nada saudáveis.

— Não sei o que você quer que eu diga! — Aumentou o tom de voz, mas sem ser rude. — Não "consigo" falar sobre isso, não "quero" falar sobre isso!

Sua mãe apertou os lábios em uma linha dura. Sabia que ela nunca ficaria satisfeita com essa resposta e depois exigiria mais do que isso, qualquer coisa que a fizesse insistir com o marido que o filho único deles não tinha condições de morar sozinho.

— Não sei o porquê de eu insistir tanto, você é igualzinho a mim. — Ela suspirou momentaneamente derrotada. — Mas diga que vai considerar voltar ao psicólogo, por favor. Tivemos tantas dificuldades para te fazer falar uma frase sequer depois do acidente, não queremos que isso se repita.

— Vou considerar, mãe. — "Mentira, mentira das grandes". Sky nunca mais pisaria em um consultório de psicólogo outra vez. — Vou considerar.

Ela sorriu, acariciou o rosto de Sky e deu um beijo forte e molhado na bochecha dele, fazendo-o rir como quando era criança.

Chloé ficou mais um pouco para comer um bolo que Sky havia comprado especialmente para ela, sabor floresta negra. Conversaram sobre qualquer coisa que não envolvia o passado ou as decisões "erradas" de Sky, o que era muito bom, pois o fazia se lembrar de como as coisas eram fáceis e naturais antes "daquele dia", de como a relação com sua mãe era gostosa.

Quando os minutos se tornaram horas, Chloé disse que precisava ir, mas que Sky "tinha" que almoçar em casa algum dia desses. Segundo ela, seu pai estava com tanta saudade que não conseguia mais ver um comercial de margarina sem engatar em uma crise de choro.

"Claro, mãe".

E essa parte não era uma mentira.

Sky despediu-se dela com um abraço e prometeu que ficaria bem, então a viu ir embora até sumir dentro do elevador, deixando no ar uma estranha sensação de vazio.

Voltou para o apartamento e fechou lentamente a porta, suspirando por conta do cansaço mental que mentir tanto para a mãe lhe causava. Era difícil não perder a cabeça com tantas perguntas, sobretudo na véspera de uma data tão... estranha.

Sky caminhou até o quarto — organizado, a propósito — e sentou-se na cama sentindo que não tinha mais um rumo. Era a primeira vez que tocavam abertamente no nome de Danny em muito tempo, então era como se a cabeça de Sky tivesse sofrido um *restart* em que restassem apenas a confusão e a falta de noção das coisas.

"O que estava mesmo fazendo ali?"

Não conseguia ao menos raciocinar direito, mas estava começando a ficar com raiva. Talvez da mãe, talvez de si mesmo, mas em parte também do destino. Ele foi muito cruel, do mesmo modo que sua mãe foi ao abordar um tema tão delicado sem preparar o terreno antes. Assim como ele estava sendo consigo mesmo, torturando o próprio coração por uma coisa que não era sua culpa ou que, pelo menos, tentava achar que não era.

Suspirou mais uma vez, lembrando-se automaticamente de como Danny era uma criança incrível. Ele era doce, gentil, engraçado e superprotetor. Sky não precisava escutar as risadas dos colegas de classe por culpa de seu "narigão" ou de sua "cabeça de melão" quando Danny estava por perto com seu estilingue cor-de-rosa. "Rosa- chiclete", dizia ele. Aquele estilingue significava tudo para Sky, significava segurança, assim como a presença imponente dele.

Mas eles se foram. O estilingue e o dono. Os dois se foram como o parquinho da esquina em que costumavam ir para deitar na grama e escutar Janis Joplin no velho aparelho de rádio gigante do pai de Sky, enquanto tomavam Coca-Cola e comiam balas de açúcar com cheiro de limão e laranja.

Observando as nuvens com formatos engraçados de pênis ou animais, Sky pensava em como era sortudo por ter um momento tão formidável com uma pessoa tão legal; só a música, o vento, as risadas e os doces, não existia nada melhor do que aquilo.

Com exceção, é claro, de andar de bicicleta.

As malditas bicicletas.

Balançou a cabeça e levantou de súbito esfregando o rosto entre as mãos suadas, trêmulas, fracas, tão fracas que as pontas dos dedos formigavam e ardiam de um jeito irregular, pulsando, dobrando, latejando.

Andou pelo apartamento em passos apressados e desconexos, as pernas leves parecendo subir por aí como balões. Escancarou a janela dura que dava para a rua sem saída mais calma dali e inspirou um monte de ar. Não sentiu nem metade dele entrando nos pulmões e começou a pensar no pânico que tomaria seu corpo se não arranjasse um jeito rápido de se acalmar.

Sky sentiu a garganta começar a fechar no mesmo instante em que a chuva bateu fresca no chão, então ele se apressou em fechar os olhos e concentrar todos os pensamentos na própria respiração e no coração acelerado que parecia batucar alguma música alternativa pouco aclamada.

Sem perceber, começou a cantar partes avulsas de *Summertime*, da Janis Joplin, e dedilhou o trinco enferrujado da janela, sentindo o metal entre os dedos como se quisesse furá-los, cravar na carne e deslizar quente até o pulso, para dentro dos músculos e dos nervos e das veias sem nunca parar, sem nunca se cansar.

Cerca de segundos depois, Sky estava praticamente gritando a letra da música como se sua vida dependesse daquilo, sua garganta em brasa reproduzia tantos agudos e baixos e nuances e detalhes, enquanto a cabeça girava em busca de um sossego que provavelmente jamais apareceria.

Estava começando a chover quando Tate escutou, ao longe, as seguintes frases "*but until that morning / honey, n-n-nothing's going to harm ya / no, no, no no, no no, no*", cantaroladas em um timbre tão sussurrado como se elas estivessem se escondendo de alguém.

Mas Tate se surpreendeu não com o fato de parecerem mesmo resmungos desconexos, mas com a voz que as reproduzia. Era delicada e masculina, mas não era forte ou vibrante; tinha uma onda de sentimentos verdadeiros deslizando por entre as subidas e descidas. Havia algo parecido com ternura, mas também tinha raiva, principalmente quando os resmungos cessaram para dar lugar aos gritos intensos, que fizeram o corpo inteiro de Tate arder em um choque incandescente. A sensação arrebatadora era semelhante à que sentiu quando escutou Jorja cantar pela primeira vez.

Não só estava revivendo aquele vínculo, como também colocava uma escada rente a ele e pulava para o próximo piso, que era desconhecido e instável e parecia ranger sempre que a voz ameaçava parar de retumbar pelo prédio.

Ainda meio atordoado e impressionado, Tate levantou-se do sofá, recheado de cobertas, latas de cerveja e bitucas de cigarro, e correu até a porta puxando a maçaneta com tanta força que ela estalou como se estivesse prestes a se quebrar, distraindo-o por apenas um mísero segundo, mas o suficiente para tudo aquilo terminar e o apartamento mergulhar no sombrio silêncio de antes.

Tate encarou o corredor vazio, apenas com o som do encanamento velho e da madeira pulsando, e sentiu o peito cheio de uma coisa que ele não saberia descrever nem se tentasse, nem se fizesse hipnose, nem se cavasse o coração com as unhas e rompesse as artérias.

Ele só sabia que era algo bom. Era quente como os braços da mãe, extasiante como os lábios vermelhos de Jorja na pele suave de sua bochecha, desesperador como o último abraço do pai e confortável como as risadas contagiantes de Armin.

Mas não era só isso que Tate sabia.

Ele também sabia que não conseguiria dormir enquanto não encontrasse o dono da voz que tinha sido capaz de ressuscitar uma alegria morta há muito tempo.

Capítulo — Veneno nas veias

TATE JÁ ESTAVA ATRAVESSANDO A PORTA para o quintal da mãe quando sentiu duas mãos geladas cobrindo seus olhos.

— Adivinha quem é? — A voz singular ressoou pelos ouvidos de Tate, e ele sorriu pensando numa boa resposta que a deixaria irritada. — É linda, toca bateria muito bem e ganhou um prêmio na escola de melhor compositora. E não estou falando de sua última namorada.

Tate colocou a língua para fora fingindo estar pensativo.

— É a Brenda?

Um silêncio mortal pairou no ar obrigando Tate a segurar uma gargalhada que com certeza sairia com força total se ele não estivesse dobrando um lábio no outro. Brenda era a vizinha dos Park, e sua mãe a detestava porque ela era a amante mais louca de seu marido, com aquelas ameaças e gritarias, sempre ingênua demais achando que era realmente a única mulher da vida dele.

— Vai se foder, garoto. — Susan resmungou e puxou Tate pela orelha até o lado de fora, onde Nolan, Armin e Jaden já estavam sentados em volta de uma fogueira pequena, com muita cerveja, uma garrafa cara de uísque e seis maços de cigarro, provavelmente, batizados com maconha.

— Tetê encheu seu saco de novo, mãe? — Armin abriu um sorriso de canto perverso. Tate detestava o apelido, e ele sabia disso. — Ele é mesmo um puto.

— Esse apelido de novo? — Tate disse enquanto levantava o dedo do meio para Armin. — E não fiz nada, ela que é sensível demais.

— Susan, seus filhos não te respeitam. — Nolan riu e acendeu um cigarro, enfiando-o entre os lábios trêmulos. — Acho que está na hora de você dar um sumiço nos dois.

Susan deu de ombros, sentou-se ao lado de Jaden e estendeu as mãos para a fogueira. Suas tatuagens tribais pretas contornavam os dedos e escorregavam até os ombros, parecendo brilhantes e intensas, quase como se estivessem prestes a sair do corpo dela.

— Criei dois monstrinhos. — Ela disse de um jeito dócil. — Pelo menos, minha alma rebelde eles puxaram, graças a Deus.

— Mas o Armin parece uma criança assustada. — Jaden rebateu irônico. — Você deve ter um lado emotivo muito intenso. Toda mulher tem.

Tate fez uma careta junto da mãe, porque os dois sabiam que ela não tinha um lado fraco. Susan era metade amor sem frescura e metade raiva, portanto a sensibilidade de Armin não saiu dela, saiu do pai. É claro que os amigos não sabiam disso e Tate tinha prometido à mãe nunca mais tocar nesse assunto, como se o pai nunca tivesse existido e eles tivessem sido adotados em um orfanato muito distante.

Tate não se importava com isso, diferentemente de Armin. Ele até preferia dizer que não tinha pai, porque era mais fácil de digerir o fato de o homem que deveria vê-lo crescer abandonar essa dádiva por uma mulher qualquer com um par de peitos bonitos.

Armin era outra história. Ele era complicado. Além de nunca ter aceitado o abandono, parecia ter desenvolvido certo tipo de trauma, desesperando-se toda vez que alguém lhe parecia distante ou recluso, o que se tornava um problema em suas relações com os outros, principalmente no que se refere ao irmão, já que Tate nunca foi muito fã de dar satisfações ou afeto a ninguém.

— Seu cu. — Susan respondeu com um sorriso de canto enquanto abria uma cerveja. — Mulheres não são robôs.

Jaden levantou as mãos em rendição, e Tate achou-o esperto. Ganhar uma discussão de sua mãe era completamente impossível, e isso estava escrito nos olhos azuis dela, selvagens e determinados.

Teria rido se pensar nisso não o tivesse feito se recordar de Jorja, mas o fez também se lembrar da voz que ele escutou antes de sair do apartamento. Aquela voz era sobrenatural, e Tate ficava revivendo cada nota como um mantra. Sua garganta coçava para acompanhá-la em pensamento e teria começado a cantar se não estivesse ao lado de pessoas que não entenderiam nada daquilo.

Queria contar a eles. Queria contar sobre seu leve fascínio pelo canto de uma pessoa totalmente desconhecida, e sobre aquela voz que honraria Jorja em todos os sentidos possíveis e traria de volta uma vivacidade perdida ao longo do caminho, quando o problema dela com as drogas ficou difícil demais para suportar e eles apenas passaram a agir no automático.

Abriu e fechou a boca, quase deixando a novidade escapar. Em seguida, abriu e fechou de novo, desejando colocar tudo para fora, cuspir as palavras e maravilhá-los com o som do paraíso, mas sabia que Armin faria um drama desnecessário, e Tate não queria brigar depois de tantos dias difíceis, então preferiu o silêncio.

— Os caras que iam tocar no Galpão desistiram. — Armin disse depois de dar um longo gole na cerveja. — Perguntaram se podemos substituir.

Tate piscou confuso.

— Não vou dividir o palco com um cantor qualquer. — Respondeu. — Da última vez que fizemos isso, o cara teve a coragem de me mandar parar de pular com uma perna só. Qual é, proibir minha marca *cover* registrada?

— O que ele disse? — Susan perguntou. — Lembro que vocês chegaram putos, mas nem me atrevi a perguntar.

— Ele disse que o Tate parecia um vândalo, o que indiretamente ofendeu o Angus Young. — Nolan respondeu. — Quase soquei a cara do filho da puta.

— Não brinca! — Susan fez uma careta e colocou um cigarro na boca. — Cuzão.

— Você sabe cantar, Tate. — Armin resmungou. — Antes da Jorja aparecer, você era nosso vocalista. Não faz mal você ficar na frente hoje, vai ser só uma hora e meia de show.

— Você sabe que não rola se eu não estiver inspirado. Além

do mais, minha voz não é tão bonita.

— Ah, cala essa boca, Tate. — A mãe o repreendeu com um timbre cortante, fino como um bisturi. — Sua voz é uma das melhores que eu já ouvi, não se sabota desse jeito.

Suspirou e ponderou a ideia encarando Nolan e Armin. Sabia que nenhum dos dois desistiria da ideia, ainda mais porque a festa do Galpão era um evento presente na vida dos três desde a adolescência, porque costumavam tocar lá com frequência, antes e depois de Jorja, mas os dias em que Tate fazia o papel de vocalista eram uma lembrança muito, muito distante.

Quando Jaden soltou uma risada baixa, Tate percebeu que não conseguiria dizer "não", por mais que quisesse. Armin insistiria até começar a chorar, e Tate detestava essa chantagem emocional, então preferia quase sempre fazer a vontade dele.

— Certo, mas não se acostumem. — Sussurrou. — Vai ser só dessa vez.

E, no dia seguinte, já perto da noite, Tate olhava-se no espelho procurando qualquer defeito em sua aparência. Não se achava um homem muito bonito, não tinha uma grande confiança e, em certos momentos de tristeza repentina, recusava-se a sair do apartamento só para não mostrar o rosto por aí.

Não era o caso daquele momento, ele não ficaria encolhido na cama esperando o coração parar de bater com força, mas também não queria seguir em frente sem antes descobrir o que tinha de errado com seus olhos, com seus lábios, com "tudo". Naquela ocasião, no entanto, talvez fosse aquela sobrancelha mais alta que a outra, a pele ressecada ou o cabelo que não parecia no lugar.

Passou as mãos pelos fios cinza de novo. Tirou a franja meio enrolada da testa e jogou para trás bufando de raiva quando ela voltou ao lugar de sempre. Tate, logo, teve um insight de que o problema estava em sua cara normal de sempre, no cabelo que nunca mudava, no sorriso que parecia sempre estranho. Ele era exatamente o mesmo desde a adolescência, talvez desde a infância. Enquanto muitas pessoas passavam por um monte de mudanças e se tornavam bonitas ou diferentes com os anos, Tate só enfiava tinta na cabeça e trocava de roupa.

Suspirou desanimado e puxou um boné velho azul de dentro do guarda-roupa bagunçado, escondendo os cabelos dentro dele e virando a aba para trás. Ajeitou a jaqueta jeans rasgada no corpo, desamassou a blusa preta do Hendrix e puxou a calça marrom para cima, com raiva por ela sempre descer quase até a bunda. Por fim, calçou as botas de couro e passou a alça da maleta da guitarra pelo ombro, saindo do apartamento em seguida.

O caminho de bicicleta para o Galpão era um pouco longe, mas Tate pelo menos teve o privilégio de ver o céu passando de amarelo-mostarda para laranja, e de laranja para roxo, e de roxo para azul-escuro. Era uma visão maravilhosa, algo sensacional, como a "paleta" mudava de cor radicalmente de um minuto para o outro, e se pudesse Tate ficaria parado no meio da calçada olhando para cima eternamente. Não queria, porém, ter que ouvir Armin resmungando pelo resto da vida, então tratou de acelerar as pedaladas até chegar ao Galpão, onde muita gente começava a beber e fumar e se drogar.

Prendeu a bicicleta com a corrente e avistou Armin e Nolan parados na frente do segurança que não era bem um segurança. Andou lentamente até eles e tentou evitar a todo custo tocar aquela noite. Acabaria aos prantos com a lembrança de Jorja tentando ensiná-lo a transbordar angústia e esperança na voz.

— Eu quero que ele vá tomar bem no meio do cu. — Tate chegou no meio da fala de Armin, que ria com Nolan enquanto segurava um copo transparente. — O Anderson já torrou toda minha paciência, tô pouco me fodendo se ele vai perder o emprego ou não. Sabe como é, ninguém mandou ser burro.

— Tem razão. — O segurança respondeu com um sorriso cúmplice. Tinha cabelos pretos até a cintura e parecia velho, mas não tão velho que não fosse capaz de cobrir uma festa cheia de jovens. — Que se foda!

— É assim que se fala.

Tate abraçou Armin por trás e colocou o queixo em um dos ombros dele, puxando-o para longe do chão como costumava fazer quando eram crianças, o que desencadeou uma crise de risos em ambos.

— Vou meter um murro na sua cara! — Armin disse enquanto gargalhava, tentando se soltar de Tate. — Larga, caralho!

Tate colocou-o no chão e tomou o copo de sua mão fazendo uma careta quando a ardência da vodca pura quase rasgava os músculos da garganta.

— Fala, Nolan. — Deu um soquinho no ombro de Nolan e devolveu o copo para Armin. — Vamos nessa.

A festa do Galpão era a pior coisa da vida de Sky.

Uma vez por semana, desde a mudança repentina para aquele lado do Brooklyn, Sky precisava acompanhar Storm em sua grande missão de encontrar o tão famoso "baseado diferente" que de modo inusitado ela experimentou da primeira vez que foram lá. Alguém tinha entregado para ela uma seda preta com alguma coisa meio esquisita dentro e capaz de causar em seu sistema uma *good trip* pelas longas horas excedidas naquela maldita festa.

Sabia que não tinha obrigação nenhuma de ir, mas também sabia que Storm faria qualquer coisa por ele, até mesmo caçar um baseado sem nenhum sentido, então ele fazia um esforçozinho para não magoá-la, muito embora soubesse que ela cagaria para isso. Ficava confuso, assim, sobre o que exatamente o tornaria mais desesperado, a decepção ou a indiferença.

Então, lá estava Sky sentado em um dos sofás, que cheirava à água sanitária, segurando um cigarro em uma das mãos e cerveja na outra e usando *headphones* vermelhos gigantescos, como sempre fazia em festas, só para não precisar escutar a música irritante que insistiam em colocar no máximo ou para não dar atenção às bandas que costumavam tocar durante as noites no Galpão.

Tragou o cigarro, bebeu a cerveja e observou Storm perguntar a mais uma pessoa aleatória sobre o tal baseado de seda preta. Ela estava bonita com os cabelos trançados em um coque grosso, os olhos esfumados em um preto intenso, que Sky também tinha colocado em si, e a pele negra brilhando sob as luzes rosa que escapavam do teto escuro.

Queria beijá-la até perder o fôlego, apertá-la contra o próprio corpo e dedilhar seu pescoço atraente e a lateral forte de seu rosto. Queria, mas não podia. Storm tinha deixado claro que a noite não era para o sexo, era para a festa e para o baseado, então respeitaria sem reclamar.

Suspirou e escorregou no sofá, praticamente deitando nele, mas só não o fez porque havia uma garota ajoelhada entre suas pernas, com a cabeça caída na frente do corpo, no chão sujo. Ela estava desmaiada de tanta cerveja, assim como quase todas as pessoas da festa.

Sky levantou-se devagar, jogou a bituca no cinzeiro e puxou-a do chão, pegando-a no colo antes de colocá-la em seu lugar no sofá. Ajeitou a cabeça dela no encosto, para que não acordasse com dores intensas no pescoço ao amanhecer, e sentou-se no chão onde ela estava evitando que algum homem tentasse se aproximar e permaneceu assim por incontáveis minutos que só acabaram quando Storm escorregou os dedos cheios de anéis por seu maxilar, tombando sua cabeça para cima pelo queixo.

Storm fez um sinal para ele tirar o fone por um momento, e Sky obedeceu de forma contrariada fazendo uma careta pela música extremamente alta.

— Achei! — Ela sorriu do jeito que Sky amava, com os dentes aparecendo e a ponta da língua entre eles. — Descobri quem embola, só preciso esperar o show começar para pedir um.

— O show? — Sky franziu as sobrancelhas em confusão. — Por quê?

— Porque é o baixista da banda que vai tocar hoje. O nome é Poison, acho que vão entrar daqui a pouco.

Quando Storm terminou de falar, a garota bêbada, sentada no sofá, começou a recobrar a consciência e a levantar-se lentamente enquanto olhava confusa ao redor. Os olhos claros dela pousaram em Sky, então ele sorriu para ela, que sorriu de volta e saiu de perto deles.

— Poison? Nunca ouvi falar. — Sky respondeu e levantou-se, também, sentindo coceira para voltar com o fone, mas tentou ser forte por Storm para manter a animação tão brilhante que escapava do corpo dela.

— Nem eu, mas acho que tocavam muito aqui antes. — Storm deu de ombros e enlaçou a cintura de Sky com um braço só encostando a cabeça no peito dele. — De qualquer forma, quero esperar. Você pode ficar comigo?

Como Sky conseguiria dizer "não"?

Balançou positivamente a cabeça, e Storm conduziu-o até a área do show, no meio do Galpão, onde um grupo enorme de pessoas esperava animado na frente do palco comentando a beleza dos membros e a qualidade da música, música essa que Sky não queria escutar de jeito nenhum, nem se lhe pagassem.

Respirou fundo várias vezes enquanto tentava controlar os pensamentos acelerados e a garganta que começava a fechar, indicando que, em breve, "flutuaria" novamente.

Inquieto, fechou os olhos e tentou levar a mente a outro lugar; ao trabalho de que tanto gostava, ao apartamento confortável, ao bolo de baunilha da mãe, aos toques de Storm em seu cabelo.

Respirou fundo outra vez, prestes a sair correndo dali quando sentiu as mãos geladas de Storm em suas bochechas.

Abriu os olhos e encarou a doçura dentro dos dela e o sorriso cúmplice de quem sabia o que estava acontecendo, pois tinha noção dos demônios dele.

— Fica comigo. — Storm disse. — Só comigo, não com a música.

Então, ela subiu o fone até as orelhas de Sky, ajustando-o na cabeça e fazendo todo o aperto no peito e a falta de ar irem embora instantaneamente.

Sky beijou-a nos lábios como uma forma de agradecimento e voltou a atenção para o palco, que começava a se preparar para o show, com luzes coloridas e gelo seco escapando do chão.

As pessoas engataram em pulos e berros, que Sky não escutava direito, fazendo o chão tremer e o ambiente se tornar mais abafado e úmido e causando-lhe uma breve sensação de sufocamento, mas nada que ele não pudesse aguentar com um pouco de esforço "sobrenatural".

As silhuetas subiram ao palco, e o barulho da plateia ficou mais alto, o que fez Sky se encolher de nervoso e apertar ainda mais o fone nas orelhas espiando tudo por um olho só.

No entanto, isso não durou muito, porque Sky reconheceu o sorriso retangular do vocalista assim como os olhos cansados de sempre e a expressão presunçosa.

— Caralho, é seu vizinho! — Storm disse depois de levantar um dos lados do fone de Sky. — Porra, é ele mesmo!

Sim, era ele mesmo. Tate Park era membro da banda que tocaria justo naquela noite, logo depois de lhe ter exigido um quadro novo, conversado com sua mãe e tirado onda com sua cara.

Cacete, a vida não colaborava de jeito nenhum, nem quando via Sky fodido o suficiente, praticamente se arrastando por aí e tentando inutilmente se reerguer.

Drama? Não, Sky chamava de esgotamento mental. Todo mundo tinha um limite, e o da semana de Sky já estava explodindo.

Tate começou a rir e abanar a mão pedindo para que fizessem menos barulho, porque ele provavelmente queria falar alguma coisa, então Sky, curioso como sempre, apoiou o fone no pescoço para poder prestar atenção, feliz por baixarem a música das caixas de som.

— Boa noite, Brooklyn! — Tate disse com a voz carregada de bebida, a língua enrolando no *broo* e deslizando astuta pelos lábios. — Sei que estamos invadindo o palco de outros caras hoje, mas que se foda!

A plateia gritou outra vez, as garotas subiam em cima de caixotes ou ombros, os garotos faziam o símbolo do rock com os dedos e levantavam para o alto em um tipo de saudação gostosa de ver.

— Vocês já devem saber da nossa vocalista, Jorja, então quem vai cantar essa noite sou eu, beleza? — Tate dedilhou a guitarra vermelho-sangue em um acorde baixo que ecoou pelo Galpão. Estava olhando para ela de forma tímida quase como se não quisesse estar ali. — Ontem, tive o privilégio de escutar um anjo rebelde cantando uma música da Joplin. Cara, foi lindo de sentir, tão incrível que preciso tocá-la como abertura. Estão de acordo?

A plateia gritou em afirmação, mas Sky estava tão assustado que tudo parecia abafado, zumbindo grave nos ouvidos e retumbando como um tipo de presságio ruim.

Escutar.

Cantando.

Música.

Joplin.

Tinha cantado tão alto assim? Tinha perdido o controle tão fácil assim? Que porra estava pensando quando foi soltar o peso do coração em forma de canção dentro de um apartamento minúsculo que ecoava até mesmo um peido? Era mesmo *tão* burro como pensava?

Arregalou os olhos em pavor quando Tate ajustou o microfone de chão perto da boca e começou a resmungar o início de *Summertime* sorrindo como sorriu quando o viu na mercearia pegando os cigarros.

Era um sorriso triste, mas tinha algo mais nele, algo parecido com admiração.

— *Summertime, time, time.* — Tate sussurrou cantando antes de bater os primeiros acordes na guitarra. — *Hmmm...*

O peito de Sky vibrou com a voz grossa e deprimente de Tate. Ela dava à música outro clima. Não era nada parecido com o desespero e a afobação da Janis Joplin, era mais mórbido e desesperançoso, o que entregou de bandeja que o coração de Tate era tão nebuloso quanto o seu, talvez até mais.

O baixista começou a tocar junto ao baterista, que Sky reconheceu como o homem de cabelo rosa, chorando na frente do apartamento de Tate, e lhe foi indiretamente apresentado como "o irmão".

"Meu irmão está aqui, está de luto.

Ele estava tão transtornado que nem me viu.

Vocês já devem estar sabendo da nossa vocalista, Jorja."

Agora, as coisas faziam sentido. Agora, Sky entendia a grosseria, o choro na mercearia, a necessidade de beber até esquecer o próprio nome, a de tocar para se acalmar ou acalmar alguém que ama.

Estava claro como vodca agora.

— *Your daddy's rich and your ma is so good-looking, baby* — Tate desceu ainda mais o tom de voz, praticamente assoprando as palavras, que pareciam atingir diretamente Sky. — *Hush, baby, baby, baby; don't you cry.*

Sky abriu a boca abismado. Ele não queria sair correndo, se esconder, abafar os ouvidos e focar os pensamentos em nenhum outro lugar que não fosse aquele palco, porque o que sentia, pela primeira vez depois de tanto tempo, não era ruim ou pesado, mas agradável e seguro, como se fosse um amigo pronto para lhe dar um abraço de consolo.

Tate abriu os olhos por milésimos de segundos, e Sky conseguiu notar um brilho conhecido nele, aquele típico brilho de lágrima que todo mundo tenta esconder de um jeito ou de outro, com exceção de Tate. Ou ele não fazia questão de ocultar o quanto estava sofrendo — porque estava, e Sky sabia que não era só emoção da música —, ou ele simplesmente não conseguia mais segurar seus sentimentos.

Sky acreditava na segunda opção, já que Tate só apareceu abalado duas vezes: quando estava chapado e agora. Ou seja, quando ele não tinha condições de se lembrar de tudo no dia seguinte e quando estava tocando.

Qualquer um acharia isso infantilidade, o fato de ele não saber lidar com seus conflitos mesmo já sendo um homem, mas Sky "entendia". Ele sabia exatamente como era engolir o sofrimento e se sufocar com ele até a única válvula de escape ser um surto.

Tate cantou a última frase e sorriu quando a plateia aplaudiu tão eufórica que não era possível escutar os últimos acordes do baixo.

Nas músicas seguintes (AC/DC, Led Zeppelin, Oasis, The Eagles), Sky não conseguiu se afastar e não "quis" se afastar, preso a um tipo de admiração interna. Todos os órgãos pareciam queimar como chamas intensas provocadas pela gasolina que era a dor vazando pela voz de Tate, e cada parte dele parecia praguejar uma vida inteira repleta de puro desespero.

Quando o show acabou, Sky observou Tate agradecer à plateia e desmontar o equipamento, então voltou o fone para as orelhas e se virou para Storm, meio constrangido e meio nervoso.

— Estou impressionada! — Ela gritou por cima da música alta que voltou a tocar, e Sky teve dificuldade para entender, mas conseguiu. — Ele mandou bem!

Storm não esperou Sky responder, só o puxou para o sofá em que ele a esperava inicialmente e pediu-lhe para sentar-se enquanto ela procuraria pelo baixista da banda.

Sky lhe obedeceria sem reclamar, mas antes precisava de uma bebida.

— **Q**ue porra de anjo rebelde, Tate?

Armin saiu sem fôlego atrás de Tate, as bochechas vermelhas como fogo e o cabelo rosa desgrenhado de suor. Tate cumprimentava as pessoas, beijava o rosto das garotas e abraçava os caras, sentindo-se momentaneamente amado e protegido.

Não queria explicar a Armin sobre a voz misteriosa, não queria que ele criasse uma tempestade em copo d'água, então só andava na frente dele com muita pressa, agradecido pelas caixas de som estarem em um volume absurdo. Quando chegassem ao bar, seria fácil distrair Armin e fingir que nunca tinha dito aquilo, que não havia homenageado uma pessoa que sequer conhecia.

No outro dia, ele nunca se lembraria.

Seria perfeito.

Bateu de frente com alguém enquanto pensava nesse plano, sentindo o corpo chacoalhar com o impacto e Armin parar quase em cima de suas costas.

— Ah, Tate, eu estava mesmo te procurando.

A voz fez Tate tremer da cabeça aos pés, e as lembranças acenderem o rastro de raiva, que estava lentamente se apagando conforme ele fazia exercícios mentais para superar o que acontecera.

— O que cê tá fazendo aqui? — Disse com uma voz cortante e voltou a caminhar até o bar.

— Me disseram que vocês iam tocar, então decidi aparecer.

Tate teve o ombro agarrado quando estavam diante do bar e foi só nesse momento que decidiu olhar o rosto que já estava perdendo a forma em sua mente. As bochechas pareciam escuras e ainda mais fundas do que Tate se lembrava. O queixo comprido com uma barbinha de bode horrorosa continuava o mesmo. Os olhos verdes apagados e apressados indicavam que ele ainda usava um baseado. Os lábios secos, como se não tocassem em água há meses, sorriam aquele sorriso sarcástico. As olheiras enormes contornavam as pálpebras inteiras, e o cabelo loiro, meio ralo dos lados, estava tão duro que Tate podia imaginar o fedor entre os tufos.

— Decidiu aparecer? — Repetiu com escárnio e soltou um riso debochado. — Me vê três cervejas, por favor.

Levantou o dedo para o *bartender*, que sorriu e se inclinou para pegar as garrafas na geladeira atrás dele.

— Agnus, mas que caralhos? — Nolan resmungou. Sua expressão estava péssima, era a mais furiosa que Tate já viu. — Deixa de viadagem e assume de uma vez que veio pra cá só pra pedir dinheiro, filho da puta.

Eles se afastaram do bar quando pegaram as cervejas e foram a uma área de descanso com sofás e mesas de centro, onde algumas pessoas dormiam ou cheiravam cocaína, o que só piorava ainda mais a raiva de Tate, porque o fazia se lembrar das infinitas vezes em que esse puto convidou Jorja para uma cabana, sabe-se lá onde, com a intenção de encher o nariz dela de pó.

— Vocês não me convidaram pro velório. — Agnus disse fazendo Tate revirar os olhos. — Qual é, mano?

— Vai tomar no cu, Agnus! — Tate praticamente gritou. — Jorja voltou a usar por "sua" causa, "você" foi o responsável pela morte dela. O que esperava que fizéssemos? Te convidar pra porra de um enterro que só aconteceu porque você é um "fodido" viciado com metade do cérebro funcionando? Vai se foder, cara.

Mal terminou de falar quando o soco forte acertou em cheio sua bochecha, lançando-o para os braços de Armin instantaneamente. Os ouvidos zumbiram e a pele borbulhou, provocando um formigamento que inchou da aba do nariz ao início do olho.

Armin gritou, e Nolan deu um passo à frente, mas Tate acertou a garrafa de cerveja na cabeça de Agnus, que bambeou e arregalou os olhos, descrente. Ainda com a raiva no controle, Tate jogou todo o líquido restante na direção dele, mas ele desviou e o líquido acertou o rosto de outra pessoa.

— Porra! — Resmungou e olhou de Agnus para a pessoa encharcada de cerveja mordendo a língua ao perceber que era ninguém mais, ninguém menos que Sky. — Foi mal, eu não...

E, então, Sky jogou algo de volta bem em seu rosto. Era transparente e tinha um cheiro intenso de álcool, mas Tate não teve tempo de supor que era vodca, porque Agnus tinha partido para cima outra vez, levando-o ao chão com facilidade.

Eles rolaram aos pés de pessoas ocupadas demais dançando para prestarem atenção no que acontecia. A sola de uma bota acertou um golpe em Tate, e o punho de Agnus acertou outro, então a vista balançou colorida; vermelho, azul e branco, e Tate sentiu o gosto do sangue na língua antes de chutá-lo em qualquer lugar ao seu alcance, bastando para isso escapar e se levantar.

Agnus correu, trombou com Sky, que o empurrou com tanta força que ele quase arrastou o rosto no chão e sumiu da vista de todo mundo, deixando Tate ferido e bufando de raiva por não ter conseguido dar o troco como gostaria de ter feito.

— Filho de uma cadela! — Berrou Tate virando para Armin e Nolan. — Viram isso? Como é que eu vou trabalhar com essa cara toda fodida amanhã?

— Odeio ele! — Armin gritou. — Aquele puto!

— Caralho, Tate, foi de repente. Porra, juro que, se esse viciado aparecer na minha frente algum dia, faço ele chamar pela "mamãe". — Nolan puxou o boné da cabeça de Tate analisando melhor a testa meio marcada pela sola de algum calçado, as bochechas vermelhas quase roxas e os lábios levemente inchados. — Ele te fez um estrago. E você ainda tá cheirando à vodca pura.

Foi quando se lembrou de Sky. Virou para ele, que ainda esperava por alguma coisa de braços cruzados e a maquiagem preta escorrendo pelo rosto. Sentiu-se culpado, não queria que outra pessoa saísse afetada daquilo tudo, mas não tinha feito de propósito, o que provavelmente não convenceria Sky nem se explicasse de joelhos.

Abriu a boca para dizer alguma coisa, mas ele simplesmente deu as costas e foi embora deixando Tate confuso e nervoso. Ficava incomodado de não pedir desculpas quando pisava na bola, mas falar com Sky era sempre muito difícil, ele era uma pessoa muito arisca e imprevisível e, algumas vezes, dava medo.

Respirou fundo e olhou para cima tentando se convencer de que não era problema seu, pois não tinha começado a briga e não havia mirado nele. Contudo, isso ia contra todos os princípios de Tate, aqueles que sua mãe tinha levado muito tempo para lhe ensinar, por isso foi atrás dele. Encontrou-o parado do lado de fora sem aquele fone vermelho enorme, encostado à parede de tijolos, com uma expressão nada agradável, fazendo Tate imaginar que tipo de ofensas ouviria quando o abordasse.

Respirou fundo outra vez e aproximou-se de fininho, encolhendo os ombros e dando um sorrisinho que significava "não me mate", quando Sky o viu e pareceu caprichar mais no semblante furioso.

Encostou-se à parede ao lado dele e, por um momento, a única coisa que se podia escutar era a respiração dos dois sobressaindo à música abafada de dentro, cada uma com um ritmo próprio; a de Tate acelerada, a de Sky serena.

— Desculpa ter jogado a cerveja na sua cara. — Começou quase com um sussurro. — Não era para ter acertado você.

— Sei. — Sky suspirou, e só então Tate notou o perfume cítrico gostoso dele. — Foi mal ter jogado vodca na sua cara. Fiquei com raiva.

— Eu sei, tudo bem. Acho que nós dois estávamos com raiva. — Deu de ombros e chutou uma pedrinha, encolhendo-se na jaqueta jeans. — Sinto muito pela maquiagem, vai dar um trabalhão limpar isso aí.

Sky riu e olhou para ele, olhou de verdade, olhou porque quis. Diferentemente das outras vezes, Sky não estava sendo superficial, estava sendo intenso e verdadeiro, o que pegou Tate de surpresa, fazendo-o abrir um sorriso meio sem graça.

— Então, aquele cara...?

— Só um idiota. — Abanou a mão e entortou os lábios deixando claro que não queria falar sobre o assunto. Sky assentiu rapidamente e não desviou os olhos dos seus parecendo interessado no assunto.

— E o que você está fazendo em um lugar como esse?

— Tem algum problema? — Sky levantou uma sobrancelha, e Tate fez que "não" com a cabeça esperando uma resposta. — Vim com uma amiga. Não gosto de qualquer música, por isso o fone.

Ele apontou para o fone, e Tate ficou curioso com o "não gosto de qualquer música". Teria Sky assistido ao show ou o ignorado completamente? Era importante para Tate saber disso, ainda estava meio inseguro por ter voltado a cantar depois de tanto tempo.

— Qualquer música? — Perguntou. — Você odeia me ouvir tocando, deve ter ficado de fone a noite inteira então.

Sky balançou a cabeça com um sorriso fazendo o coração de Tate bater mais forte. Ajeitou-se na parede para que pudesse observá-lo melhor, mas ele abaixou o rosto e passou a focar os coturnos pretos pesados.

— Fiquei curioso para saber como era sua voz. — Sky resmungou arrepiando um pouco a nuca de Tate. — Assisti ao show todo. Ouvi, na verdade. Ou os dois, tanto faz. Você entendeu.

Tate riu e lambeu os lábios, mas o machucado ardeu, então ele soltou um resmungo e fez uma careta de dor atraindo novamente a atenção de Sky.

— Isso vai ficar bem feio amanhã. — Ele disse e apontou, com o queixo, o maxilar forte em evidência deixando Tate meio bobo. — Tenta não amassar mais quando for dormir.

— Vai ser difícil, minha cara vira uma só com o travesseiro quando estou dormindo. Sabe como é, né?

Eles gargalharam juntos deixando o som morrer conforme se olhavam sem parar, e a intensidade do momento criava um clima constrangedor e acolhedor ao mesmo tempo, mas nenhum deles achava que prolongar isso seria bom, então, quase simultaneamente, encararam o chão.

Tate olhava de soslaio para Sky sentindo uma súbita vontade de dizer que ele era o único homem que ficava bonito de maquiagem, porém não sabia de onde vinha isso e o porquê de querer elogiá-lo sempre que o via assim, cheio de cor ou brilho. Talvez Tate o achasse triste o suficiente e pensasse que uma palavra amiga poderia fazê-lo se sentir melhor ou, quem sabe, passasse tempo demais imaginando a cara de Sky se escutasse algo do tipo. Seria um sorriso debochado como de todas as vezes? Um sorriso sincero como os de agora? Ou uma cara feia de raiva? Ele não sabia, mas sabia que a imprevisibilidade de Sky era uma coisa que o assustava e o fascinava ao mesmo tempo.

Sky virou de repente para Tate e abriu a boca para dizer alguma coisa, mas um barulho de sapatos pesados batendo no chão chamou a atenção dele. Tate seguiu seu olhar e viu uma garota — ou talvez fosse uma mulher? — Negra com tranças enroladas em um coque grosso e alto, vestido cinza de mangas longas e barra na altura dos joelhos e botas de saltos bem altos. Nos olhos, ela usava exatamente a mesma maquiagem de Sky, com a diferença de que não estava borrada.

— Sky, consegui a parada! — Ela gritou antes de alcançá-los deixando o sorriso morrer aos poucos conforme parecia reconhecer Tate. Sentia que já a tinha visto em algum lugar, mas não lembrava onde. — Oi.

— Oi. — Tate respondeu e olhou para Sky esperando alguma reação.

— Onde?

Sky aproximou-se dela tirando um pedacinho de cinza de cigarro grudado no rosto bonito de Storm. Tate deu um passo para trás mantendo uma distância respeitosa.

— Consegui falar com o baixista, e ele me descolou um. Ele me disse que não vende, só embola uns e distribui depois de usar o bastante.

Ela levantou o baseado de seda preta, e Tate reconheceu na hora. Aquilo era obra do Nolan, as pessoas ficavam piradas com a criatividade dele.

— É seu baixista, não é? — Sky virou para Tate, que assentiu rapidamente e sorriu. — Storm não ia sossegar enquanto não o encontrasse.

Ela deu de ombros e guardou o baseado no bolso do vestido encarando Tate em seguida. Storm tinha uma expressão cortante que passava uma impressão de dominância muito grande, e Tate gostou disso, gostou de ser lido de uma forma tão intensa.

— Você se lembra de ter esbarrado em mim na frente do prédio? — Ela resmungou e cruzou os braços levantando uma sobrancelha. — Você quase me derrubou.

Tate vasculhou a memória em busca da cena, mas não conseguiu encontrar nada.

— Não me lembro, desculpa. Quando foi isso?

— Sexta. Era quase fim de tarde.

Depois do velório e antes de Tate entrar em uma inércia esquisita em que praticamente não piscou e não pensou por horas. Claro que ele não se lembraria.

Encolheu os ombros e sorriu amarelo como mais um pedido de desculpas, então ela revirou os olhos e bufou desconsiderando a conversa.

— Vamos indo, tenho que levantar cedo amanhã. — Sky enlaçou os ombros dela com um braço só sorrindo de um jeito paquerador nunca visto por Tate, mas que foi capaz de deixar a boca dele levemente seca. — Vou passar em algum lugar 24 horas antes, por isso é melhor nos apressarmos.

— Claro. — Storm sorriu de volta, abraçando-o pela cintura. A boca de Tate secou outra vez. — Tchau. Você toca e canta muito bem.

— Valeu. — Gaguejou um pouco, pousando os olhos de um em outro, nervoso, esperando Sky dizer algo sobre o show também. — Fico feliz que tenha curtido.

— Até mais, Tate.

Eles se viraram para ir embora, e Tate quase puxou Sky pelos ombros para perguntar o que queria saber, mas se controlou e ficou parado ali observando as costas bonitas de ambos ao se moverem de um lado para o outro enquanto se afastavam cada vez mais.

E, quando Tate pensou que nunca saberia o que Sky havia achado da apresentação, ele olhou para trás por milésimos de segundos e disse:

— Você manda muito bem.

E, então, foram embora.

No dia seguinte, antes de sair de casa atrasado para o trabalho e com o cabelo em forma de uma grande bola bagunçada, Tate tropeçou em um pacote que estava bem diante de sua porta.

Xingou um palavrão qualquer e pegou a caixa pequena embrulhada em papel pardo girando nas mãos para se certificar de que não era uma bomba, mas suas suspeitas foram descartadas quando leu a frase "abra, não vai explodir" na lateral.

Olhou pelo corredor em busca de algum observador, mas não encontrou ninguém e decidiu abrir de uma vez rasgando o embrulho e puxando a tampa da caixa branca. Dentro, havia um pequeno quadro de entrada que dizia "não incomode um músico", mas o músico estava riscado com caneta grossa vermelha e ao lado dele estava escrito "insuportável".

Tate já sabia quem tinha deixado aquele pacote ali.

Puxou o quadro e riu com a mensagem, achando muito interessante saber que Sky também tinha um lado brincalhão e estava confortável o suficiente para mostrá-lo.

Pendurou o quadro no lugar do antigo e olhou a caixa outra vez notando um pequeno cartão azul com *glitter* da mesma cor nas bordas. "Esse glitter me lembra de alguma coisa", pensou quando o pegou para analisar.

"Da próxima vez que você me perturbar com o maldito violão, enfio o quadro onde o sol não bate :)"

E no verso:

"Sit there, count those raindrops
Feel'em falling down, honey, all around you
Honey, don't you know it's time?
I feel it's time
Somebody told you? 'cause you got to know
That all you ever gonna have to count on
Or gonna wanna lean on
It's gonna feel just like those raindrops do"
Little Girl Blue, da Janis Joplin.

A mesma cantora da música que a voz misteriosa de sábado estava cantando. Tate arregalou os olhos. Abriu e fechou a boca. Então, abriu e fechou de novo. E a ficha caiu.

LITTLE BOY BLUE

PEQUENO GAROTO TRISTE

QUANDO SKY VOLTOU CANSADO DO TRABALHO naquela noite de segunda, não esperava encontrar o irmão de Tate parado como uma estátua na frente de seu apartamento, com uma caixa azul na mão e batendo impacientemente o pé no chão.

"Que porra...?"

Aproximou-se, cauteloso, girando as chaves da porta no indicador e pensando em milhões de motivos para ele estar ali, e com aquela cara tão emburrada, como se fosse obrigado a fazer uma coisa que não queria.

Limpou a garganta e levantou as sobrancelhas atraindo a atenção dele. Ele levantou a cabeça, o cabelo rosa voando ao redor do rosto, entortou o nariz e puxou a boca para baixo, o que o deixou ainda mais parecido com um cãozinho raivoso.

— Boa noite? — A pergunta saiu firme de seus lábios, apesar do leve tremor nas mãos. — Precisa de alguma coisa? Um pouco de açúcar, talvez?

O irmão de Tate aproximou-se sorrateiramente levantando o queixo quando já estava perto o suficiente. Em pânico, Sky olhou para o apartamento de Tate, perguntando-se onde caralhos ele estava e se sabia o que acontecia naquele corredor.

— Então é você?

Sky engoliu em seco, confuso. Seus olhos estavam arregalados e levemente marejados, mas não sabia o que responder além de...

— Como é que é?

"Como é que é".

Isso pareceu deixar o homem ainda mais irritado, porque ele bateu com o peito no peito de Sky e o desequilibrou.

— Era de você que o Tate estava falando durante o horário do almoço, não era? O cara que pode substituir nossa vocalista com sua "belíssima" voz de anjo rebelde. Foi você quem ele ouviu cantando, não foi?

Sky não sabia como responder, então só levantou os braços em rendição e tomou uma distância segura dele regulando a respiração e tentando manter o controle da situação. Era um cara muito inteligente, havia estudado resolução de conflitos na adolescência e sabia como acalmar alguém, não sabia?

Claro, nada de pânico.

"Nada de pânico, Sky."

— Olha, era eu, mas não tive nada a ver com a decisão dele de me colocar como substituto, eu sequer canto em bandas. — Disse com uma voz leve, tranquila. — Ele só deve ter se empolgado um pouco, mas isso não é minha culpa.

— O quadro novo foi presente seu? — Perguntou com um tom de voz ainda cortante como uma navalha. — Lembro-me muito bem do Tate falando várias vezes que você odeia música.

— Quebrei o dele por "engano".

— Você derrubou da parede quando "esmurrou" a porta. — Corrigiu dando mais alguns passos para frente. — De alguma forma, a sua... voz... — o homem fez uma careta por um instante — prendeu meu irmão quase como um feitiço. Sei que ele vai conversar com você, sei que vai te convidar para participar da banda, mas como uma pessoa que odeia tanto a música poderia participar de algo assim?

— Não vou participar, eu...

— Você vai pensar a respeito. Sei que vai, porque Tate consegue ser muito encantador quando quer alguma coisa, e você vai ficar remoendo o que ele disser por "dias".

Sky balançou a cabeça em negação, mas parou quando o homem apertou os olhos duvidando. Sky sentiu-se ofendido. Aquele homem podia conhecer Tate bem demais, mas não sabia nada sobre a "sua" vida. Como tinha coragem de assumir com tanta propriedade que Sky aceitaria a proposta sobre a banda? Isso era um insulto.

— Olha, cara, quem te deu o direito de ficar por aí julgando as pessoas? — Aumentou o tom de voz indo de encontro a ele com rapidez e parando só a alguns centímetros. Detestava quando supunham coisas sobre si, detestava ser analisado. — Não canto em bandas, que parte disso você não entendeu? Precisa que eu desenhe?

O homem sorriu debochado. Ele bateu com a caixa no peito de Sky, e isso fez a tampa cair um pouco para trás.

— Eu não queria que tivéssemos um substituto agora, tão cedo assim, mas Tate nunca vai me ouvir. Talvez, se ele não tivesse escutado "você" cantar, teria levado mais tempo para isso. — Ele deu de ombros. Sky queria olhar o que tinha na caixa, mas tinha medo de ser atacado de surpresa por aquele maluco. — Nossa banda é séria e sofreu uma grande perda, então não ferra tudo caso ele te convença a aceitar.

— E agora tenho que ficar quieto porque você se sentiu ofendido com uma coisa que sequer foi culpa minha? Cara, não fode.

— Só que você nunca canta! — Ele explodiu e pequenas lágrimas brotaram nos olhos azuis. — Você odeia música e sempre perturba o Tate por causa disso! Por quê? Por que você começou com isso de repente?

Ele esfregou o rosto com as mãos pequenas, as mangas do casaco xadrez cutucando as bochechas vermelhas de raiva. Sky ainda estava irritado, mas não se impediu de ficar levemente preocupado pela condição do cara, especialmente porque ele parecia sempre muito triste.

— Não te devo nenhuma explicação. — Sky segurou a caixa com força, dando um passo para o lado, quando o homem sorriu de um jeito amargo e começou a caminhar para ir embora sem dizer mais nada. — Ei!

Ele se virou, ainda perto o suficiente para Sky sentir seu perfume amadeirado.

— O quê?

— Como você soube? — Resmungou. — Como você soube que era eu?

— Achei essa caixa no balcão dele hoje quando entrei escondido outra vez. — Ele sussurrou. — É para você.

Sky piscou confuso. Tate tinha comprado uma coisa para ele? Tinha mesmo gastado dinheiro com ele? Certo, tudo bem, Sky também havia gastado dinheiro com o quadro, mas só estava repondo um objeto que quebrou por acidente, não era como se Tate estivesse devendo algo e ele fosse cobrar a qualquer instante.

— Não é melhor você ficar com isso e esperar ele me dar? — Sky respondeu. Não queria receber um presente dessa forma, parecia muito errado. — Ele pode se irritar.

O homem abriu a boca parecendo se lembrar de alguma coisa. Aparentemente, ter batido com a caixa em Sky não estava nos planos, então ele correu para puxá-la das mãos deste e voltou ao apartamento de Tate sem dizer uma só palavra, tão desesperado que chegou a ser cômico. Enxergando uma brecha para sumir de perto dele, Sky destrancou a porta e entrou.

Um pouco mais tarde, enquanto assistia à televisão para tentar pegar no sono, Sky escutou batidas gentis à sua porta. Olhou curioso para ela, uma das mãos em um balde de pipoca amanteigada; a outra, entre os lábios. Colocou o balde no sofá e abaixou um pouco o volume da televisão espiando mais um pouquinho a cena de uma novela que acompanhava de vez em quando, curioso para saber se a protagonista bateria na vilã ou se fugiria como sempre, mas não conseguiu matar sua curiosidade porque as batidas à porta retornaram.

Rolou de leve os olhos e bufou, arrastando-se até a entrada com suas meias vermelhas que iam até as canelas e o pijama azul meio terninho aquecendo o corpo cheio de frio. Abriu a porta, surpreendendo-se ao ver Tate. Ele estava olhando para trás inquieto e meio nervoso. Usava uma camisa rosa de mangas compridas, uma calça moletom preta que deixava à mostra a borda da cueca da mesma cor e chinelos de dedo.

Apoiou-se no batente da porta, cruzou uma perna em cima da outra, achando graça ao ver que Tate ainda não o tinha percebido ali, e desviou o rosto por segundos quando ele levantou o braço para bater à porta outra vez.

— Nossa, oi. — Tate gaguejou passando a mão pela nuca e inclinando levemente a cabeça para baixo, mas com os olhos ainda nos seus. O rosto dele estava ferido em razão da briga ocorrida na noite anterior, e Sky sentiu pena. — Não percebi que já estava aberta.

Sky sorriu notando que Tate segurava a caixa azul na mão livre. Na tampa, escrito até mesmo com uma letra caprichosa demais, estava seu nome. Engoliu em seco tentando não transparecer que já sabia sobre o presente graças ao irmão maluco dele.

— Boa noite, Tate. A que devo a honra da visita?

Tate riu sem humor parecendo ainda mais envergonhado do que antes, o que pegou Sky de surpresa. Desde quando ele era assim?

— Só achei que precisava agradecer pelo quadro novo cheio de humor. — Ele encolheu os ombros. — Tenho que admitir, não pensei que você pudesse ser tão engraçadinho.

— Que insulto! — Colocou a mão no peito abrindo a boca em um "o" exagerado. — "Sou" engraçado!

Tate entortou os lábios e mexeu a cabeça como quem diz "se você insiste…", e aquilo fez Sky rir. A ousadia de Tate era sem limites, pois nunca sabia quando parar de ser tão... tão... Sky diria "cativante", mas ainda não tinha certeza disso.

— Bom, um presente para você também.

Ele entregou a caixa azul meio amassada para Sky, que hesitou um pouco antes de pegar. Seria muita falta de educação não aceitar, ainda mais porque Tate parecia muito nervoso ao lhe entregar o pacote.

— Só para reforçar, eu não queria nada em troca.

Tate fez um "pff" com a boca, e Sky puxou a tampa da caixa, colocando-a no meio das pernas em um movimento que Tate acompanhou com interesse. Ele puxou de dentro dela uma camiseta preta dobrada de qualquer jeito e, quando a desdobrou, sua expressão mudou de deboche para seriedade total.

Tate encarava-o com ansiedade, mas Sky simplesmente não sabia o que dizer enquanto sua garganta e boca pareciam secas.

— Meu Deus!

Ofegou.

— Você gostou?

A estampa era da Janis Joplin cantando. Tudo normal até aí, se Tate não tivesse pedido que acrescentassem *glitter* azul nos olhos dela e algo nos lábios que parecia uma mistura de batom vermelho e *gloss*, igualzinho ao que Sky usava quando saiu correndo da boate naquela noite. Abaixo da estampa, em letras garrafais, também cheias de *glitter*, estava escrito *Little* ***Boy*** *Blue.*

Era a camiseta mais linda que Sky já tinha visto.

— Porra! — Murmurou quando recuperou o fôlego olhando da estampa para Tate e achando adorável a expressão apreensiva dele. — Você deve ter gastado tanto dinheiro nisso, não precisava.

— Conheço um cara que trabalha em uma gráfica, e ele me deu um descontão, não se preocupe.

Sky olhou para Tate mais uma vez fixando sua atenção nele por tempo suficiente até perceber que estava sendo indiscreto, então voltou a olhar para a camiseta.

— É o presente mais bonito que já me deram, adorei. Muito obrigado.

Tate abriu o sorriso retangular que Sky tinha visto no show, mas não esperava que fosse tão mais bonito pessoalmente.

— Você viu, troquei *Little* **Girl** *Blue* para *Little* **Boy** *Blue.* — Tate inclinou-se para perto de Sky apontando para a escrita da camiseta e sorrindo de um jeito orgulhoso, com um canto da boca mais inclinado que o outro. — Achei que combinaria com você.

— Nada combinaria melhor. — Sky cheirou a camiseta e apertou-a contra o corpo sentindo uma estranha euforia. — Obrigado, obrigado. Agora me sinto um idiota por ter riscado seu quadro.

— "Nah", deu um toque especial.

Tate deu de ombros e sorriu de novo ajeitando o cabelo cinza com os dedos esguios, e o cheiro de lavanda do xampu impregnava o nariz de Sky.

— Então... Você já sabe? — Decidiu perguntar de uma vez guardando a camiseta na caixa. Tate levantou uma sobrancelha confuso. — Que era eu cantando *Summertime*?

— Ah.

"Ah."

— Descobri ontem com o bilhete que deixou na caixa. Nunca sequer cogitei que fosse você.

Sky mordeu os lábios, desconfortável, e lembrou-se das palavras do irmão de Tate, de como ele tinha certeza de que Tate o convidaria para ser o vocalista substituto. Jamais aceitaria, mas queria ouvir Tate perguntar, queria se sentir lisonjeado e elogiado, queria saber o que ele havia achado de sua voz e de seus sentimentos.

Um minuto de silêncio estendeu-se, então Sky supôs que Tate não diria nada e decidiu mudar de assunto.

— Passei na frente de uma loja de instrumentos de corda hoje e vi um panfleto que talvez te interesse. — Sky trocou o peso de uma perna para a outra. — Estão vendendo uma guitarra Black Beauty Custom de 1954. É uma raridade, e o valor não está tão alto.

Sky viu os olhos de Tate brilharem. Conhecia um pouco o dono da loja, porque ele às vezes aparecia em seu trabalho para renovar o guarda-roupa, então sabia da guitarra há muito tempo. Imediatamente, pensou em Tate e em como a guitarra vermelha que ele usava no dia do show estava ralada, meio descascada na tintura e amassada em alguns lugares.

— Não tenho dinheiro, mas agradeço a consideração. Eu bem que queria, mas... — Ele chutou uma pedrinha invisível e soltou um riso amargo. — Acabei gastando o que eu tinha guardado em uma situação meio merda.

— Você pode dar uma olhada e conversar com o dono. Eu o conheço, posso ajudar a negociar.

Arrependeu-se no instante em que Tate levantou os olhos surpreso. Na semana passada, tratou-o do jeito mais seco possível. Tudo bem, era só por causa da música, Sky não o detestava como fazia parecer, mas conversar normalmente com ele não passava por sua cabeça, ainda mais por Tate ser uma pessoa tão avoada, que geralmente não prestava atenção nas coisas.

Mas depois do show, algo mudou. Não um afeto, não um carinho, mas a necessidade de tratá-lo de forma gentil florescendo em seu peito, porque encarar Tate era como encarar um espelho; aqueles olhos que pareciam só cansados, agora, eram tristes para Sky, pois a opacidade da angústia deslizava lenta por entre os detalhes da íris, exatamente como acontecia com os seus. Foi ao observar Tate na noite passada que ele sentiu culpa pelo comportamento tão infantil, por descontar no vizinho as próprias frustrações sem ao menos pensar, por nenhum segundo, que não era o único no mundo a sofrer.

Sky sufocava a música no peito, Tate expulsava-a. O quão egoísta era por julgar algo assim? Por condenar um ato de desespero diferente do seu?

— Me ajudaria a negociar? — Ele perguntou com a voz mais baixa e rouca como de costume. — Você não acha que o vendedor vai me tirar da loja no chute, acha?

Sky riu e sacudiu negativamente a cabeça fazendo Tate sorrir.

— Ele só vai dizer que não pode baixar mais o valor, só isso.

Tate olhou para cima pensativo.

— Beleza, podemos ir. Que horas você sai para o almoço?

— Uma da tarde.

— Junto comigo, então. Onde nos encontramos?

Sky deu-lhe o endereço da loja em que trabalhava.

— Certo, combinado.

— Combinado. — Sky disse e entrou no apartamento mantendo só o rosto no vão da porta. — Boa noite.

— Se importa de eu levar os caras comigo? — "Os caras da banda", Sky supôs. E o irmão louco estaria junto, "claro". — Não consigo decidir nada sem eles.

Sky pensou um pouco, sentindo-se nervoso. Mas como é que ele explicaria a Tate que tinha conhecido o irmão dele do pior jeito possível?

— Não me importo. — Mentiu desanimado. Não valeria a pena mencionar o ocorrido quando sequer o conhecia. — Sem problemas.

Tate sorriu e resmungou um "boa noite" antes de entrar para o apartamento e fechar a porta, então Sky fez o mesmo, cheirando a camiseta outra vez antes de voltar ao sofá.

— Como está se sentindo hoje, Tate?

Eram as mesmas perguntas de sempre, as mesmas baboseiras motivacionais que não faziam um pingo de diferença. Tate só frequentava as sessões de terapia porque prometeu a si mesmo que não deixaria mais uma tarefa pela metade como fizera tantas vezes em tantas outras situações menos importantes, como aprender bateria com a mãe, por exemplo, ou então começar a se exercitar no campinho da quadra atrás de seu apartamento.

Suspirou juntando as mãos apertadas no colo, os joelhos juntos e os pés nas pontas dos dedos, uma postura que a psicóloga — Amelia, a propósito — tentava fazê-lo mudar, pois achava demonstrar insegurança demais. Ela dizia que Tate não deveria se sentir tão inseguro e precisava começar dando pequenos passos, como adotar outro jeito de sentar-se sempre que estava atrás de sua mesa ou então falar com mais certeza. Ele não tinha medo dela, mas "meio que tinha também". Sentia-se encurralado e analisado, era estranho olhar dentro dos olhos de uma pessoa que parecia explorar cada pedaço de sua mente.

Mas promessa é promessa, e Tate tentava não quebrar as suas.

— Não muito bem, eu acho. — Encolheu os ombros e desviou o olhar. — Tem sido uma semana difícil.

— Você acha? — Ela levantou as sobrancelhas grossas em compreensão, movimentando lentamente o nariz cheio de sardas. — Não precisa ter medo de conversar comigo, Tate. Não precisa esconder que não se sente bem. Você se lembra do que eu disse na semana passada?

— Quando não coloco para fora, meu corpo faz isso por mim. — Suspirou outra vez largando as costas na cadeira e separando levemente as pernas, com as mãos apoiadas nos joelhos. — Eu me lembro.

Ela balançou a cabeça, e os cabelos pretos pesados em cachos grossos cobriram uma parte do rosto quando os olhos azuis voltaram às anotações na mesa.

— E o que deixou sua semana tão difícil?

— Jorja morreu.

Amelia levantou o rosto com pressa parecendo tão surpresa que Tate precisou soltar um riso ácido. Aquilo doeu dentro do peito como o veneno de uma cobra. Entendia perfeitamente o que ela estava pensando ou sentindo. Afinal, na última semana, havia dito que Jorja parecia bem mais alegre que de costume, e que não via resquícios de heroína em seus olhos durante o ensaio. Então, uma semana depois, sentado na mesma cadeira branca, dura e encardida, Tate dizia que ela estava morta.

— *Overdose.* — Completou em um sussurro. — *Overdose* de heroína.

Amelia juntou os lábios em uma linha reta expressiva que não dizia muita coisa, e isso, de repente, deixou Tate enfurecido. Ele detestava não saber o que as pessoas estavam pensando quando decidia desabafar assim, sentia-se exposto, frágil e humilhado, implorando por ajuda de um jeito ridículo.

— Sinto muito.

E era só isso que todo mundo sabia falar.

"Sinto muito, Tate."

No entanto, ninguém realmente sentia, não como ele. Ninguém nunca entenderia, ninguém nunca poderia arrancar a dor de seu peito.

Soltou um barulho de deboche e abriu um sorriso triste, ansioso para ir trabalhar. Se soubesse que se sentiria tão indiferente durante as sessões, Tate nunca teria pedido a seu chefe uma hora disponível todas as terças, antes do expediente, para poder frequentá-las.

— Tate, sei que você está se perguntando o porquê de doer tanto, mas o processo de luto é necessário para sua reconstrução, vai devolver a você a chance de uma nova história. — Amelia juntou as mãos na mesa, e Tate abaixou a cabeça, mas ainda podia sentir o olhar dela queimando seu rosto. — Você pode passar por isso sem minha ajuda, mas não acho que seja o ideal depois de já termos discutido que sua forma de internalizar os sentimentos te prejudica.

Tate balançou a cabeça nervoso.

— Sinto raiva dela. Raiva por ela ter voltado a usar aquela porcaria. Raiva por ela ter morrido, por ter me prometido que ficaria bem mesmo quando sabia que não ficaria. — Sentiu um solavanco de frustração no peito. — Sou todo errado. Eu tinha que estar triste, não furioso. O que "caralhos" tem de errado comigo?

— Você está triste, Tate, mas está internalizando isso outra vez porque acha que demonstrar raiva te deixa menos frágil do que demonstrar tristeza. Ninguém precisa ser forte o tempo todo, isso é invenção social. Ninguém "é" forte o tempo "todo".

— Queria que Jorja voltasse do túmulo só para poder gritar no rosto dela e sacudi-la até tudo isso aqui sumir. — Tate bateu no próprio peito. Desejava chorar, mas não conseguia, e os olhos queimavam pela sensação das lágrimas contidas. — Como ela pôde fazer isso comigo? Como ela pôde se amparar em um filho da puta viciado quando "eu" estava bem "aqui"? "Eu estava bem aqui!".

— Talvez Jorja te achasse bom demais, talvez achasse que você não merecia tê-la por perto, então se apoiava em quem se via refletida.

Riu com escárnio bufando em seguida. Não fazia sentido para Tate. Tudo isso simplesmente não fazia sentido. Era difícil, esmagador e frustrante, seus sentimentos estavam confusos. Por mais que achasse que tinha condições de ajudá-la e que poderia ser um herói, Tate também se sentia aliviado por ela não ter lhe pedido ajuda. Isso porque lidar com o fato de não conseguir ajudá-la por ter sido afastado era menos devastador do que ter fracassado tentando ajudá-la.

Apesar disso, apesar dos sentimentos conflitantes, ainda estava furioso. Ele tinha o direito, não tinha?

— Ela morreu por me achar bom demais? Que irônico.

Tate conversou com Amelia por mais vinte minutos, mas não foi suficiente para ele expressar tudo o que estava sentindo, então ela disse que abordariam esse ponto na próxima sessão e lhe perguntou quantas caixas do medicamento ainda tinha. Tate respondeu que restavam três caixas e meia.

Depois de se despedir de Amelia com um abraço meio esquisito, ele montou em sua bicicleta e correu para a lanchonete, com medo de levar uma advertência pelos dez minutos de atraso que ele não estava com vontade de transformar em quinze, pois era uma completa lesma nas pedaladas.

E o tempo até o horário do almoço passou voando.

Tate estava com Armin, Nolan e Madison esperando por Sky na loja de roupas em que este trabalhava. Atrás do vidro escuro do que parecia ser uma boutique, Tate conseguia vê-lo pegando seus pertences dentro do balcão e gargalhando de alguma coisa que um senhor atrás do balcão lhe dissera.

Nervoso, Tate enfiou as mãos nos bolsos da calça jeans quando Sky saiu da loja. Ele olhou para todos os lados antes de vê-los na calçada da frente, do outro lado da rua. Sky acenou simpático, de um jeito estranho, e correu até eles depois de esperar alguns carros apressados passarem.

— Oi.

Tate sentiu o coração bater um pouco mais rápido ao reparar o *glitter* roxo nos olhos grandes dele e o leve melado rosinha nos lábios sorridentes. Toda aquela maquiagem ficava tão bonita nele, Tate nunca tinha visto um homem com maquiagem mais bonito que Sky.

Desviou o olhar ao perceber que já estava parecendo um esquisitão, quando o viu com a camiseta que lhe dera de presente, estava por dentro de uma calça jeans justa, contornada por um cintinho charmoso, e o rosto da Joplin encaixando perfeitamente naquele peitoral forte.

Balançou a cabeça a fim de afastar os pensamentos e sorriu para Sky para mostrar que havia gostado de vê-lo usando o presente. Sky sorriu de volta, gentil e carinhoso, e Tate pôde sentir um arrepio forte descendo pelo umbigo.

— Fala, cara. — Nolan disse e estendeu a mão para ele. — Sou o Nolan, legal conhecer você. Essa é minha filha, Madison.

Nolan afagou o ombro magro da garota entre suas pernas sorrindo quando a viu sorrir, uma janelinha charmosa dando um "olá". Os olhos azuis curiosos dela, quase cobertos por uma franjinha reta, observaram Sky de cima a baixo.

— Sou o Sky.

— Sky é um nome legal, não é, papai? — Madison olhou para Nolan fascinada.

— É sim, filha.

— Sua maquiagem é bonita, você pode fazer igual em mim algum dia?

— Claro que posso. — Sky acariciou os cabelos pretinhos de Madison. — Vai ficar linda em você.

— Legal!

Nolan sorriu mais uma vez quando ela ajeitou o vestido branco cheio de florzinhas amarelas, e seus gestos pareciam adultos demais para uma garotinha de apenas seis anos. Madison era completamente adorável, era ótimo tê-la por perto, ela sempre animava o ambiente com piadas muito boas, apesar de infantis, e com aquela gargalhada gostosa e enérgica.

Um silêncio pairou no ar quando Armin, o único que ainda não tinha cumprimentado Sky, cruzou o braço e fez aquela cara de poucos amigos que Tate detestava.

— Oi. — Sky disse acenando. — Sou o Sky.

— Armin. — Ele respondeu de forma seca. — "Daora" conhecer você.

Sky sorriu e desviou os olhos rapidamente para Tate, que sorriu de volta e encolheu os ombros, silenciosamente pedindo desculpas por Armin, coisa que Sky dispensou com um gesto de mão discreto.

— Vamos, fica aqui nesta avenida mesmo.

Sky foi à frente, mas não tão adiantado a ponto de não conseguir escutar quando falavam com ele, respondendo sempre com uma educação que surpreendeu Tate. Depois do show, era como se ele tivesse sofrido um *restart,* como se tivesse morrido e nascido de novo, tornando a versão rabugenta uma memória distante. Era legal, mas assustador ao mesmo tempo. Tate tinha receio de ser um tipo de pegadinha, tinha medo de Sky virar para trás a qualquer instante e dissolver sua linda ilusão ao mandá-lo se foder como tinha feito tantas vezes antes.

— Então, você é o dono da voz de anjo rebelde que o Tate não parou de falar ontem? — Tate acertou um soco no ombro de Nolan, que soltou um "au" inaudível e indignado.

Sky riu baixinho e virou de leve a cabeça para trás olhando novamente em seus olhos. Tate sentiu-se constrangido, então abaixou a cabeça só para não correr o risco de parecer um idiota perto dele.

— Se tem outra pessoa naquele prédio de merda que gosta de Janis Joplin, eu desconheço.

Armin revirou os olhos irritado com tudo que Sky dizia, e Tate ficou sem entender. Armin não gostava muito de Sky por causa das reações dele acerca da música, verdade, mas esse tipo de humor era novidade.

— Eu casaria com aquela mulher fácil. Não por ela ser muito bonita, mas, "caralho", aquela onda de sentimentos na voz, aquelas letras... Casaria com ela só para observá-la compondo.

— Ela é mais bonita que a mamãe. — Madison disse fazendo Sky soltar uma risada mais alta que fez tudo dentro do peito vibrar, e isso era uma coisa que ele também não entendia. No entanto, não queria nem chegar perto de começar a entender.

— Eu também casaria com ela.

Quando Sky parou diante de uma loja inteira aberta, com todos os instrumentos incríveis expostos em prateleiras limpas, Tate bateu os olhos na guitarra Black Beauty magnífica e o ar faltou dentro dos pulmões. Era tão linda que ele poderia morrer depois de vê-la, porque já não teria mais sentido viver sem tê-la em suas mãos, sem sentir aquelas curvas grossas entre os dedos e a madeira preta escorregando na barriga. Deus, jurava que poderia ficar excitado só olhando para aquela belezinha toda reta em um palco alto no meio da loja, brilhando como se o seduzisse.

— Puta que me pariu! — Disse completamente fascinado. — É ainda mais bonita pessoalmente.

Sky sorriu com orgulho e entrou na loja olhando os produtos enquanto um vendedor não aparecia para atendê-los. Tate, guiado por deuses do rock, foi direto à guitarra, tocando-a com todo cuidado do mundo e pensando em como o peso dela faria seu ombro queimar de um jeito delicioso.

Ela era simplesmente perfeita, mas quase caiu de costas quando olhou o preço.

"Dois mil e quatrocentos dólares?! Que porra?!"

— Boa tarde, parceirinhos! Procuram alguma coisa em específico? Tenho umas belezinhas aqui que são mais poderosas que pornô. — Ouviu uma voz masculina acelerada soar ao longe. As palavras eram ditas quase sem pausa, e a respiração do homem ficava sôfrega no final. — É assim, ó, só ver e "tchum!", o "negocinho" sobe na hora!

— Caralho, Hyun, é você mesmo, mano? — Nolan disse chocado. — Quase não te reconheci com esse cabelo.

— Grande Nolan?! O maior maconheiro de toda a escola? Ih, puta que me pariu, viu? Como é que vai, mano?

Olhou através da guitarra para onde Sky estava com Nolan e Madison e viu um homem de cabelo laranja usando uma camiseta branca com uma folha de maconha e fumando um baseado, vestia uma calça jeans clara caindo na metade da bunda, que deixava a cueca preta totalmente evidente.

— Onde está o dono da loja? — Sky perguntou. — Senhor Min?

— Meu pai foi se encontrar com fornecedores hoje, a loja está sob meus cuidados. — O homem respondeu com um sorriso que Tate não conseguiu ver direito por só ter a visão do perfil bem desenhado dele. — Sou Hyun Min.

— Eu queria negociar a Black Beauty com seu pai, ele é cliente da loja em que trabalho. — Sky apontou para a guitarra e olhou para Tate. — Será que você consegue fazer isso por ele?

— Não tem nada que eu não consiga fazer, camarada.

O vendedor caminhou lentamente em direção a Tate, com um sorriso arteiro e esnobe deixando-o desconfortável, e cumprimentou-o com um tapa na nuca tão forte que sentiu o topo da coluna arder.

— Dois mil e quatrocentos dólares é muito para você, não é? — Ele falava tão rápido que às vezes tropeçava nas palavras. — Quanto pode pagar?

Sky olhou rapidamente para Tate e, então, o pânico apareceu.

Como diria que não tinha nada disponível no banco além de uns... mil dólares?

— Sou eu o interessado na guitarra. — Tate resmungou atraindo a atenção de Hyun. — Mas não acho que ela vale tudo isso.

Mentia tentando passar a impressão de entendedor de guitarras. É claro que a belezinha valia tudo isso, provavelmente até mais.

— Ela não vale tudo isso? — Hyun franziu as sobrancelhas parecendo ofendido. — Amigo, você sabe como é achar uma dessa da primeira venda de 1954? É praticamente impossível.

Tate fez uma expressão de desinteresse, e isso fez Hyun franzir ainda mais as sobrancelhas.

— Não é a guitarra mais almejada. Ele pode muito bem encontrar uma mais antiga e inferior, ou seja, muito mais valiosa e pagar menos.

Sky cruzou os braços e deu um passo para frente praticamente encurralando Hyun. Tate ficou impressionado, não estava muito confiante de que a negociação daria certo porque, afinal, não tinha muito dinheiro mesmo, mas com Sky ali talvez tivesse uma chance de conseguir comprar a guitarra com seus últimos mil dólares.

— Entendo de guitarras mais do que você entende, cara. — Hyun dedilhou as cordas fazendo carinho nelas. — Você toca, certo? Mas eu também toco. Tá me tirando, caralho? Meu pai tem essa loja muito antes de eu nascer, sei "tudo" sobre instrumentos de corda.

Tate piscou confuso. Era difícil entender de primeira o que Hyun falava, no entanto, depois de muito processar, ele conseguiu decifrar as palavras ditas sem pausa. Não que quisesse desmerecer o trabalho do cara, não era isso, mas se realmente quisesse atingir um valor mais acessível — lê-se: praticamente de graça, precisaria tentar pisar nos calos dele.

— Seu cu, Hyun. — Nolan intrometeu-se, com uma voz nervosa substituindo aquela calmaria de sempre. — Quer mentir pra quem? Você tem a maior fama de mentiroso, aposto que nunca tocou em uma guitarra antes.

— Acho bom você retirar o que disse ou vou te fazer engolir palavra por palavra.

Hyun olhou para Nolan com uma expressão de surpresa. Nolan sorriu satisfeito, e Tate ficou sem entender o que exatamente estava rolando ali, porém, quando Hyun começou a fungar e alongar o pescoço, imaginou que algo não sairia bem daquilo tudo.

— Vou tocar algo bem gostosinho para você, Nolan. — Hyun piscou abusadamente para ele. — Aí quero ver se você vai falar de novo que nunca toquei na porra de uma guitarra.

— Mostra aí, então. — Nolan apontou para a guitarra com o queixo. — E não vale usar *playback.*

Hyun deu um sorrisinho meio ácido e puxou a guitarra do palco com uma facilidade que fez Tate perceber que ele não estava mentindo. Qualquer pessoa iniciante que pegasse uma guitarra pelo braço com uma das mãos só, como ele fez, acabaria espatifando-a no chão.

Hyun caminhou com pressa quase saltitando até o balcão, onde uma caixa amplificadora estava disponível para testes. Ele plugou o cabo que já estava na guitarra na entrada da caixa e sequer passou a alça pelo ombro antes de posicionar os dedos nas cordas e começar a tocar *Mama I'm Coming Home*, do Ozzy Osbourne.

Tate abriu a boca surpreso. O *timing* era perfeito, e os dedos ágeis indicavam muitos anos de prática, talvez até bem mais do que Tate tinha, com a postura do corpo tão ereta que chegava a ser surreal. Tate ficou encantado pela técnica de Hyun, poderia passar horas escutando essa versão da música e estava prestes a soltar um longo assobio fascinado quando, perto do refrão, Hyun trocou, sem nem piscar, para *No More Tears*, do mesmo cantor.

Tate olhou para Sky e para Nolan de olhos arregalados, os lábios partidos enquanto tentava processar a ponte impecável. Nolan, que estava tentando continuar emburrado e rabugento, tinha um olhar extasiado.

— Caralho! — Armin gritou quando ele parou a música bruscamente, mas sem soar como um amador. — Meu cu arrepiou!

Hyun voltou para perto deles com a guitarra e sorriu para Nolan, que só soltou um "pff" com a boca e virou o rosto, irritado demais para conseguir elogiá-lo.

— Toco desde os oito anos. — Ele disse e entregou a guitarra a Tate, que a segurou delicadamente com os dedos curiosos tocando no braço brilhante dela. — Essa é uma das melhores guitarras, você não vai se arrepender.

— Cara, a gente tem uma banda. — Armin disse eufórico, e Tate já sabia o que ele diria em seguida, mas não teve tempo de impedi-lo. — "Você precisa participar!".

— Armin, irmãozinho. — Tate murmurou entredentes e riu de nervoso ao perceber o olhar sombrio de Nolan. — Um cara como ele não deve estar interessado em participar de uma banda de garagem, não é?

Olhou para Sky, desesperado para conseguir convencer mais alguém disso, mas ele só deu de ombros. O que quer que fosse acontecer depois, Sky não poderia intervir. Não era assunto dele, afinal, isso era problema apenas da banda.

— Como você sabe que não estou interessado? — Hyun perguntou suavemente, agora tão devagar que parecia em câmera lenta. — Nem respondi.

— Tate, sempre falamos que você precisa de um guitarrista de apoio. Esqueceu que, no último show com Jorja, você ficou com tanta falta de ar que precisou ir ao hospital receber oxigênio?

Bateu com a mão na testa, irritado pela falta de noção de Armin. Ele sabia muito bem que Tate detestava se lembrar do ocorrido, mas parecia sempre fazer questão de mencionar.

— Sou o único guitarrista desde sempre, não preciso de mais ninguém.

— Mas…

— Vamos fazer o seguinte… — Hyun jogou os cabelos para trás como um galã de cinema e aproximou-se de Tate com a cabeça levemente inclinada para baixo. — Você me deixa participar da banda e eu te dou a guitarra. O que acha?

— O quê?! — Praticamente engasgou. O peito doeu no processo e Tate levou a mão até ele, massageando-o e apertando-o. — Ficou maluco?

Hyun deu de ombros e apontou para a guitarra com o queixo.

— Essa guitarra era minha. Nunca usei, só fazia coleção delas no quarto. Quis vender para poder viajar e tirar o estresse da cabeça, mas acho que tocar em uma banda já vai ajudar bastante. O que me diz?

Tate virou para Nolan. Estava receoso, mas não conseguia esconder o entusiasmo no olhar, e Nolan, percebendo isso, fez um gesto com a mão que dizia "vá em frente". Tate entendeu, então, que ter Hyun na banda não seria um problema para o amigo.

Contemplou a guitarra mais uma vez. Passou os dedos pelo corpo pesado dela e pensou que seria uma oportunidade boa demais para deixar passar. Quer dizer, estava com a mesma guitarra desde os quatorze anos e, provavelmente, ainda levaria muito tempo para trocá-la, e talvez sua *performance* com ela no show do bar dos pais de Jaden não saísse tão boa por causa disso, "mas com essa belezinha...".

Olhou para Hyun outra vez, mordendo os lábios em dúvida, e levantou uma sobrancelha, impaciente.

— Temos um show importante em três meses. — Disse Tate. — Você pode treinar com a gente na garagem durante todo esse tempo, mas tem que me dar sua palavra de que vai levar isso a sério. Se tocar bem no show, você entra como meu guitarrista de apoio.

— Por que acha que posso não me sair bem no show?

— Já tocou em uma banda antes? — Hyun balançou negativamente a cabeça. — Tocar sozinho é fácil, harmonizar com a bateria e o baixo é o verdadeiro desafio. Vamos treinar e veremos se você entra em sintonia e, em caso positivo, então está dentro. Fechado?

Hyun pensou um pouco, mas Tate o achava um cara esperto e sabia que caras espertos aceitariam aquele acordo na hora.

— Fechado.

E estendeu a mão para assinar o acordo.

capítulo VII

O QUE SUA ALMA NÃO QUER CONTAR

— SKY, VOCÊ PRECISA FALAR COM ELE POR MIM!

Rolou os olhos pela décima vez naquele dia sentindo os braços quentes de Storm envolverem seu pescoço por trás. Os seios desnudos grudaram em suas costas ainda suadas do sexo, e a respiração acelerada arrepiou levemente sua pele.

Era fim de semana e Sky tinha acabado de ter uma tarde maravilhosa com Storm. Ele estava satisfeito, e ela também, mas seus pedidos o atormentavam, pois não paravam de sair daqueles lábios que ele tanto amava beijar e chupar, deixando-o irritado. Sky já tinha dito "não", mas nenhum "não" era suficiente para Storm, uma vez que gostava de insistir até conseguir o que queria.

— Por que você mesma não bate à porta dele e pergunta? — Respondeu e virou de barriga para cima, com o lençol deslizando macio entre suas pernas. — Ele não morde, meu bem.

Storm bufou e apertou a cintura de Sky com as mãos quentes. Ela bufou novamente tentando chamar sua atenção. Sky não deu a mínima, apenas continuou olhando para o teto e evitando-a só para provocá-la, até que, derrotada, Storm enrolou as coxas esguias nas coxas dele e se jogou em cima do seu corpo.

Riu baixinho e fez carinho nos cabelos dela. Pegou o maço de cigarros e o isqueiro vermelho na cômoda ao lado da cama e deslizou um cigarro pelos lábios antes de acendê-lo, expandindo os pulmões na primeira tragada e trazendo aquela velha sensação de liberdade emocional. Com o cigarro, Sky sempre conseguia pensar melhor e aceitar mais facilmente seus sentimentos, era como se estes vazassem delicadamente através de toda aquela fumaça.

Passou o cigarro para Storm, que o tragou e soltou a fumaça bem rápido, aparentemente nada a fim de aproveitar o resto do dia de moleza na cama, fumando um cigarro atrás do outro e transando.

Sky rolou os olhos outra vez.

— Sky. — Ela chamou com uma voz manhosa dedilhando o ombro dele com as unhas compridas pintadas de preto. — "Por favoooor!". Parece que o Tate tem medo de mim, ele não vai aceitar!

Bufou e cobriu o rosto com um braço. Sua relação com Tate andava bem tranquila depois da estranha negociação na loja de instrumentos. Eles conversavam com frequência pelos corredores e, algumas vezes, tomavam uma ou duas latas de cerveja depois do trabalho, mas não era como se fossem amigos, não eram nem mesmo chegados, então aparecer pedindo favores seria, no mínimo, ridículo.

Já tinha dito isso a ela. Storm era equilibrada na maioria das vezes, porém, em outras, quando queria muito alguma coisa, se tornava impulsiva e "impossível". Lidar com ela em dias como esse era difícil, Sky precisava de muito tato para não começar uma briga do nada.

— Storm, o que te faz pensar que, se "eu" pedir para o Tate deixar você participar dos ensaios da banda para fotografá-los, vai resultar em alguma coisa? Somos só vizinhos, ainda nem nos conhecemos direito. — Ralhou, segurando a vontade de aumentar o tom de voz para ela entender de uma vez. — Isso pode até mesmo estragar a relação que nem construímos ainda.

Não achava que Tate seria reservado a esse ponto, mas não o conhecia, qual é? Ele teria todo o direito de se sentir ofendido com o pedido de Sky, que não queria de forma alguma passar uma imagem de interesseiro.

— Então, você pode ir comigo? Sabe, para aliviar minha cara que sempre parece afastar as pessoas? — Ela levantou um pouco o rosto para observar Sky beijando a boca dele, o queixo, o pescoço... Storm estava apertando todos os seus pontos fracos, e Sky detestou fechar os olhos e parecer tão vulnerável. — "Por favor!".

E, logo, Storm vinha com aquela voz sensual que sempre usava quando estava quase conseguindo convencer alguém de algo, era a cartada final para derreter pobres coitados. Olhou para ela incrédulo, mas Storm sorriu com os lábios entre os dentes branquinhos sabendo que já havia ganhado essa.

Rolou os olhos e soltou a respiração cortante pelos lábios espremidos expressando toda sua raiva. Não conseguiria fazê-la mudar de ideia mesmo, portanto era melhor ajudá-la antes que acabasse ficando doido com todas aquelas súplicas irritantes.

— Não vou falar "nada", entendeu? — Sky sentou-se na cama e puxou as roupas que estavam jogadas no chão. — "Você" fala, "eu" observo.

— Obrigada! — Storm abraçou-o pelo pescoço outra vez estalando um beijo em sua bochecha. — Você é o melhor, eu te amo!

— Claro que ama. — Resmungou em provocação e vestiu a regata branca simples, com o rosto torcido em uma careta de desgosto. — Se veste, vamos logo falar com ele.

Minutos depois, quando Storm finalmente conseguiu passar a calça justa pela pele suada, os dois saíram do apartamento e foram direto à porta de Tate, encarando-se como se estivessem prestes a enfrentar uma fera. Poderia não ser verdade, mas como Tate nunca o tinha convidado para ver os ensaios da banda — ou para ser o vocalista, inclusive —, Sky imaginava que não seria bem-vindo.

Storm bateu à porta mesmo assim. Ela não tinha como saber o que ele estava pensando e, de qualquer forma, Sky não queria compartilhar uma insegurança tão grande, seria se expor demais nunca faria isso.

Escutaram alguma coisa cair no chão, e uma voz firme gritar "porra, caralho, já vai!", e se encararam outra vez. Storm deu de ombros, indiferente como sempre, mas Sky disfarçadamente engoliu em seco e pensou em abandoná-la ali mesmo para voltar ao conforto de seu belíssimo apartamento, assim se pouparia de ouvir alguma grosseria.

No entanto, não teve tempo, porque o trinco da porta foi destravado e Tate surgiu mais perdido do que nunca, parecendo olhar através deles e não "para" eles, como se receber uma visita fosse algo completamente fora do comum.

Quando ele viu Storm e depois Sky, arregalou os olhos e escondeu-se atrás da porta. Tate estava sem camisa, mas Sky só conseguia ver o ombro largo e uma parte da lateral da barriga, com a pele dourada à mostra sendo muito… "atrativa", quase fascinante.

O rosto de Tate pareceu suavizar aos poucos, e um sorriso quase apareceu, mas acabou por morrer no meio do caminho.

— Boa tarde. — Tate disse com uma voz embargada, o rosto parecia meio amassado indicando que ele provavelmente estava dormindo. — Sky, se você ouviu alguém tocando violão, não era eu.

— Ah, cala a boca. — Sky riu e abanou a mão, Tate tinha pegado a mania de falar isso sempre que se esbarravam. — Eu disse que da próxima vez vou enfiar o quadro novo onde o sol não bate, vai ser tão rápido que você só vai perceber quando já estiver dentro.

— Eu realmente gostaria de ver isso. — Tate deu um meio sorriso lambendo os lábios antes de se apoiar à porta e olhar para Storm curioso. — Se não é pela música, o que estão fazendo aqui?

— Eu queria te perguntar uma coisa. — Storm disse de forma direta, porém o som de sua voz era como o de uma criança. Talvez Tate estivesse realmente mais intimidante que de costume, porque Storm nunca falava desse jeito com ninguém. — Mas tudo bem se não puder me ajudar.

— "Pedir", Storm. "Pedir". — Sky corrigiu-a sussurrando em sua orelha. Ela assentiu rapidamente, parecendo nervosa, e voltou a olhar para Tate, que encarava os dois com uma expressão de dúvida quase inocente. — Continua.

— Então… — Ela limpou a garganta. — Sou fotógrafa e meu portfólio é basicamente sobre coisas de que gosto muito. Como aprecio muito o rock, gostaria de assistir a alguns ensaios de sua banda para tirar umas fotos.

Tate piscou meio confuso. Ele olhou para Sky antes de voltar a olhar para Storm, piscando outra vez, e era como se não tivesse entendido nada do que ela havia dito. No entanto, isso não fazia sentido algum, porque Storm estava sendo lenta e cautelosa, tão lenta e cautelosa que até um bebê entenderia.

— Desculpe, não prestei muita atenção. Estou meio… distraído essa semana. Pode repetir?

Storm repetiu mais devagar, praticamente nem se importando com isso. Sky, por outro lado, achou estranho. Tate era sempre meio aéreo, verdade, mas algo ali parecia diferente de toda aquela distração usual.

— E então? — Storm concluiu. — Você se importa?

Tate olhou para Sky outra vez.

— Você quer ir também, Sky? — Tate perguntou, e os pelinhos da nuca de Sky se arrepiaram com o tom de voz mais baixo que o normal.

— Acho que sim. — Encolheu os ombros, meio constrangido. Não estava esperando receber um convite tão do nada. — Se vocês não se importarem, quero, sim.

Tate riu baixinho e balançou negativamente a cabeça, com os olhos sumindo entre as bochechas altas.

— Não estaria convidando se me importasse. — Ele bocejou e passou a mão pelo rosto outra vez. — Hum, vou me encontrar com os caras daqui a pouco na garagem da minha mãe. Podemos ir todos juntos, só vou tomar um banho antes.

— Obrigada, Tate! — Storm bateu palminhas animada. — Você salvou a minha pele!

— Ela estava morrendo de medo de falar com você, dá pra acreditar? — Sky empurrou Storm com o cotovelo rindo da cara feia que ela fez quando Tate arregalou os olhos e começou a rir. — "Uhhhh", estava tremendo de medo!

— Com medo de mim? — Tate se recompôs e jogou a cabeça para o lado, com um sorriso maroto no canto dos lábios. — Poxa, sou um "docinho".

— Vai se foder, Sky! — Storm empurrou-o de volta pelo peito com as duas mãos. — Não foi você quem disse que vir até aqui poderia estragar a relação que vocês nem têm ainda?

Sky calou-se aos poucos, sua voz morria gradativamente e o "hahaha" característico diminuiu até finalmente sumir, restando apenas um olhar mortal que ele não conseguiu evitar de lançar para Storm.

— Ora, ora, Sky… — Tate debochou com a cabeça inclinada para baixo fazendo alguns fios prateados da franja caírem na frente dos olhos bonitos. — O cara rabugento que morava aí dentro morreu, e eu não tô sabendo, é?

Sky sentiu o sangue fervendo nas bochechas e soltou o ar todo em um chiado pelo nariz, dando as costas para entrar no apartamento enquanto Tate e Storm riam sem parar.

Quando Sky saiu do apartamento com Storm para encontrar Tate no corredor, quase perdeu o equilíbrio ao vê-lo usando uma regata branca "transparente". Sky conseguia ver todo o corpo dele, desde o peitoral firme até as linhas em "v" do abdômen mesmo com a jaqueta de couro preta por cima. A calça jeans dele, larga e esfarrapada, deslizava um pouco abaixo dos quadris, revelando uma parte da cueca preta, e a guitarra vermelha descansava em um dos ombros.

Ótimo, Sky esforçava-se para esquecer que tinha visto Tate sem camisa mais cedo, mas parecia que o destino não queria cooperar. Quando teria um pouco de sorte para variar?

— Tudo bem? — Storm perguntou em um sussurro ao notar Sky parado no meio do corredor. — Está ficando sem ar de novo?

Sky continuava olhando para Tate. Este estava com um pé apoiado à parede e fazia uma concha com a mão na frente do cigarro para acendê-lo. A expressão no rosto dele era charmosa, e Sky não queria ter prestado tanta atenção naquele maxilar firme, nas sobrancelhas franzidas nem nos fios de cabelo caindo na frente dos olhos, mas se atentou mesmo assim. Suspirou baixinho, sentindo-se afetado. Nunca tinha percebido como Tate era bonito, nunca tinha se permitido notá-lo porque, quando olhava para ele, era sempre com raiva por causa da música, o que acabava por, de certa forma, cegá-lo.

Mas, como já havia constatado, alguma coisa depois daquele show mudou tudo.

E Sky não estava gostando disso.

— Sim, só me senti tonto por um segundo, mas já passou.

Storm sorriu e beijou a bochecha de Sky, depois o puxou pela mão em uma empolgação fofa. No entanto, não conseguiu sorrir como costumava fazer quando ela agia desse jeito, já que estava estranhamente nervoso perto de Tate.

Tate olhou para eles e tirou o cigarro da boca para soprar a fumaça para cima, expondo o pescoço que exalava um perfume forte e masculino. As clavículas charmosas subiram quando ele balançou a cabeça de um lado para o outro e, de repente, aqueles olhos azuis pareceram predadores.

— Pensei que não fossem sair nunca. — Tate disse e tossiu de leve cobrindo a boca com a mão. Ele limpou a garganta e sorriu, recompondo-se. — Porra, minha garganta tá toda fodida.

— Vida de fumante, colega. — Storm sorriu de volta. — Mas a culpa da demora é do Sky, ele parece uma "princesa" se arrumando.

— Qual é, Storm? Sou vaidoso. — Sky fez uma careta e cruzou os braços no peito evitando olhar para Tate só porque acabaria ficando ainda mais nervoso. — Não posso sair de casa parecendo um mendigo, posso?

Mesmo usando só uma camiseta na cor vinho por dentro da calça preta justa de sempre, cinto e, claro, coturnos, Sky sentia-se bonito e cheiroso. Ele tinha esse direito, não tinha? Nunca sairia na rua de qualquer jeito, detestava estar feio ou desarrumado.

— Sem maquiagens hoje? — Tate perguntou quando já estavam de frente para o elevador, esperando-o subir. Estava de costas para Sky, e este pôde admirar os ombros largos movendo-se sensuais quando ele colocou as mãos nos bolsos da calça, depois de apagar o cigarro na sola do tênis e jogar a bituca em qualquer lugar.

— Não estou no clima. — Deu de ombros e entrou no elevador. Parou entre Tate e Storm e sentiu o perfume dos dois misturados aos dele. — Além do mais, imaginei que talvez a garagem fosse quente então não queria que a minha cara derretesse, obrigado.

Tate riu e limpou a garganta outra vez, o som grosso disso causando um calafrio estranho em Sky, como se seu estômago tivesse perdido toda a temperatura de um minuto para o outro.

"Respira fundo, Sky."

— Acho que seu rosto fica legal com, você sabe, aqueles brilhos nos olhos. É diferente.

Sentiu a boca secar e soltou um suspiro desesperado. Se estivessem um de frente para o outro, Tate com certeza veria o pânico estampado em seus olhos. Assim, Sky não soube o que responder, então não disse nada, e continuou assim até chegar à casa da mãe dele.

A residência ficava em um bairro tranquilo bem perto do de Sky. Quando chegaram, a garagem já estava aberta e os instrumentos prontos. Lá dentro havia um sofá xadrez bem velho, latões que serviam de mesas — com muita cerveja em cima — e prateleiras com um monte de tranqueiras, como ferramentas e latas de tinta. Nas paredes, Sky reconheceu alguns pôsteres de bandas e cantores de rock como AC/DC, Metallica, Pink Floyd, Stevie Ray Vaughan ("que o rei descanse em paz") e outros. Era um lugar bem aconchegante que, secretamente, Sky adorou conhecer.

Ele notou algumas pessoas lá dentro, como Nolan, Armin, Hyun, um homem de cabelo preto e franja meio vermelha, alto, com um rosto elegante, o funcionário da mercearia do bairro e...

— Ei, vi você esses dias perto da mercearia, não vi? — Sky falou assim que reconheceu o rosto jovial e a mecha azul na franja. — Você não me disse seu nome.

A garota olhou assustada para Sky. Pela forma que ela arregalou os olhos e virou, sorrindo sem graça para o funcionário da mercearia, Sky entendeu que não estava autorizado a falar mais nada, então fechou a boca e assobiou tentando ridiculamente disfarçar.

Tate riu bem atrás dele parecendo próximo demais, a risada de repente provocou uma ondinha de vento quente em sua nuca. Deu um passo para o lado, deixando-o passar para cumprimentar os colegas, e observou outra vez as costas largas que se moviam a cada passo que ele dava.

— Acho que me confundiu com alguém. — A garota respondeu a Sky. — Mas sou a Sunny, prazer em conhecer você. Esse aqui é meu irmão, Kyle.

Ela apontou para o funcionário da mercearia, e Sky ficou feliz por ter entendido o recado que Sunny quis passar com o olhar, mas Kyle não pareceu muito convencido, olhou Sky da cabeça aos pés e ergueu uma sobrancelha.

— Já vi sua cara em algum outro lugar. — Kyle murmurou e,

então, olhou para Storm apontando para ela com um dedo preguiçoso. — E a sua também.

— Hã... Somos clientes da mercearia do bairro. — Storm respondeu com um deboche palpável. — Claro que nossos rostos são familiares. Além do mais, fomos até lá semana passada e você estava dando uma festinha particular. O lugar inteiro fedia à maconha.

Sky sentiu o pavor na garganta e olhou para Tate no mesmo instante em que este o olhou de volta, com uma expressão meio confusa e meio assustada acertando o peito de Sky como um soco, porque talvez ele tivesse finalmente se lembrado de ter dito que Sky ficava lindo usando *glitter* azul. Ele não sabia o motivo de desejar que aquilo ficasse para sempre no mar das memórias esquecidas, mas talvez só quisesse preservar a relação meio distante que tinha com Tate.

Se ele se lembrasse, provavelmente as coisas mudassem, mas também não sabia para qual direção e tinha medo de descobrir.

Tate engoliu em seco e voltou a mexer na guitarra ignorando a conversa deles. Sky fez o mesmo e andou ao redor da garagem de cabeça baixa até parar diante da bateria de Armin, que estava sentado atrás, com as mãos batucando uma baqueta na outra e a língua deslizando para fora da boca em concentração.

— Oi, Armin. — Disse com um sorriso de canto. Tate estava bem atrás, afinando a guitarra e resmungando pelo esforço, e Sky quis observá-lo fazendo isso, mas sentiu medo. — É uma bateria e tanto, deve ter sido bem cara.

— Desde quando você entende de baterias? — Armin revidou seco sem parar de batucar as baquetas. — Foi cara mesmo, mas é melhor você parar de elogiá-la, pode acabar quebrando.

— Aquele dia foi louco, não foi? — Escutou Kyle rindo e conversando com Storm. — Quase desmaiei de tanto beber.

— Oi, Sky. — Nolan acenou com a cabeça. Estava tocando algumas notas no baixo, dedilhando-o gentilmente. — Tudo bem?

— Oi, Nolan. — Foi até ele, ignorando completamente Armin. — Estou bem, e você? Onde está Madison? Oi, Hyun.

— Estou bem, e a Madison está brincando na casa de uma amiga da escola. — Ele sorriu. Nolan tinha um sorriso muito bonito. — Ficou curioso com nossa banda?

— Fala aí, cara. — Hyun resmungou, mas não olhou para Sky, estava ocupado demais embolando um baseado.

— Storm viu vocês tocando lá na festa do Galpão e pediu para Tate deixá-la tirar algumas fotos. Ela está completando um portfólio. — Apontou para ela com o polegar. — Você se importa?

Nolan parou o que estava fazendo para procurar por Storm, provavelmente querendo dar um nome ao rosto. Quando a viu, abriu um sorriso meio tímido e acenou rápido com a cabeça para ela antes de voltar a dedilhar o baixo.

— Me lembro dela. E tudo bem, não me importo. Fiquem à vontade, espero que gostem mais um pouco do nosso som. Quer dizer, se é que gostaram do show que fizemos.

— Foi legal. — Sky assentiu colocando as mãos nos bolsos da calça. — Quem é o cara de franja vermelha? Ele eu não conheço.

— Ah, é o Jaden. — Nolan deu de ombros. — É um amigo nosso, está tentando promover a banda.

— Pensei que fosse algum vocalista. — Comentou despreocupadamente. Desde o dia da festa, Sky perguntava-se o que havia acontecido com Jorja, a vocalista oficial. Além de, é claro, querer saber se já tinham arrumado um substituto para poder esfregar na cara de Armin, a fim de mostrar que realmente não fora chamado para a banda.

— Estamos sem vocalista no momento, então acho que o Tate vai cantar hoje de novo. — Nolan resmungou e seu semblante de repente se tornou triste. — Se não arranjarmos um substituto até mês que vem, estamos ferra…

— Vocês não têm um vocalista? — Hyun praticamente gritou atraindo a atenção de todos. Tate bufou e esfregou o rosto com as duas mãos parecendo irritado. — Quem vai cantar no show, porra?

Sky olhou para trás, nervoso, e pegou o olhar fervente de Armin em sua direção.

— Vamos arranjar alguém. — Tate respondeu. Sky voltou a olhar para ele, de repente esperando por "alguma coisa". Tate olhou de volta, mas não disse nada, parecia até mesmo indiferente ao assunto. — É melhor começarmos a tocar então. Vou ser o vocal hoje.

Quando eles se posicionaram com os instrumentos, e Storm ajoelhou-se para pegar os melhores ângulos com a câmera imensa, Sky sentiu-se confuso.

Em primeiro lugar, Armin tinha jurado que Tate o convidaria para a banda, mas até aquele momento ele não havia feito nem menção disso. Sequer tinha elogiado diretamente sua voz e parecia ignorar o fato de que morava de frente para um substituto em potencial. Em segundo lugar, Sky estava estranhamente ansioso para receber um convite e não sabia o porquê. Ele recusaria, é claro que recusaria, mas ser convidado seria uma resposta àquilo que tanto se perguntava ultimamente: O que Tate tinha achado de sua voz? De seus sentimentos? Porque Sky admirava em segredo os dele, compreendia os que tinham sido expostos no dia do show e estava estranhamente fascinado por eles, então por que Tate se recusava a falar ou até mesmo a enxergar a fina linha que os ligava? Não era possível ignorar, pois estava ficando cada vez mais visível.

Sky não teve nenhuma resposta para isso, então preferiu ignorar os pensamentos invasivos e prestar atenção na banda. Tate cantou primeiro *Stairway To Heaven*, do Led Zeppelin. Sky ficou encantado, porque poucas pessoas tinham paciência para ouvir ou tocar uma música de oito minutos produzida nos anos 1970, uma época do rock geralmente muito ignorada pelos jovens que costumavam gostar mais de Red Hot Chilli Peppers, Nirvana, Linkin Park ou Green Day.

Stairway To Heaven pode ser interpretada de muitas formas, mas Sky acreditava fielmente que ela falava sobre perseverança e otimismo. Na música, uma mulher acreditava que tudo que brilhava era ouro e traçou um objetivo de comprar uma escadaria para chegar ao Céu. Essa meta parecia impossível, porém aquela mulher reconhecia fielmente que a atingiria.

Tate tinha os olhos fechados e cabeça levemente inclinada para o lado, com uma voz sussurrada transmitindo todo o cuidado que ele tinha com cada palavra daquela música e as linhas deslizando doces pelos ouvidos de todos naquela garagem. Contudo, o mais importante para Sky foi perceber as dores de Tate sendo expostas bem ali, sua alma nua, crua e sensível pulsando no ar em busca de atenção.

"Era tão bonito."

Quando Tate parou de cantar, Sky estava quase chorando. A voz dele era a única que seu coração não rejeitava, a única que conseguia penetrar todos os seus nervos sem ativar a vontade fodida de gritar e arrancar os cabelos. Por mais incrível que parecesse, aquela voz colocava tudo no lugar e agia como um calmante poderoso, e Sky pensou que poderia ficar facilmente viciado nela. Ou melhor, "nele".

Tate abriu os olhos meio úmidos e encarou Sky. Um fio grosso de choque passou por sua coluna e quase fez com que um ofego fascinado escapasse. Tate tinha uma tristeza líquida banhando o rosto, mas também tinha outra coisa. Parecia uma selvageria arcaica, um desespero por algo ou alguém, como se fosse uma necessidade física animalesca gerada pela simples emoção de cantar.

— Vamos dar uma animada agora? — Tate virou para os colegas de banda, que assentiram. — *Smells Like Teen Spirit*, do Nirvana. Pode ser?

— Nirvana? — Hyun resmungou e fez uma careta.

— Ei! — Tate estalou o dedo e apontou para Hyun abrindo um sorriso de canto meio malandro. — Respeito com os caras, eles deram tudo para chegar aonde chegaram e eram realmente bons.

Hyun deu de ombros, e eles começaram a tocar assim que Armin guiou o ritmo. Tate era agressivo na guitarra, os dedos esguios subiam e desciam pelas cordas, o que deixava os braços fortes por baixo da jaqueta. Uma veia pulsava no pescoço, as pernas flexionavam todas as vezes que ele apertava os pedais e todas as vezes que batia o pé no chão no ritmo da música, cada músculo dele parecia empenhado a concluir a música, e Sky achou isso incrivelmente atraente.

Ele conseguiu passar a voz de poética para rebelde, os sons grossos, duros e estridentes acertavam em cheio o microfone, mas nunca desafinavam. Tate parecia bravo, mas também sedento, os olhos caçando os de Sky, desviando astutos e, então, caçando de novo enquanto gotinhas traiçoeiras de suor escorriam do pescoço dourado direto para dentro daquela regata transparente.

O ensaio durou mais ou menos duas horas. Durante esse tempo, Sky bateu um papo com Kyle, Sunny e Jaden. Kyle e Sunny estavam meio ocupados escrevendo loucamente em blocos de anotações iguais, e Sky descobriu que Kyle era técnico de mixagem de som e Sunny também queria ser. Aos fins de semana, eles desenvolviam arranjos para as músicas da Poison, mesmo que não tivessem nada muito original. Jaden disse que Tate era inseguro com composições originais, mas que estava tentando e que, talvez, até o dia do show eles pudessem ter algo surpreendente para apresentar depois dos *covers*.

Quando Tate encerrou o ensaio, todos estavam suando em excesso. Queria que essa fosse a única coisa marcante neles, mas Sky acabou por perceber, acidentalmente, mais uma.

Descendo os olhos pelo abdômen suado de Tate, ele notou a ereção marcada no jeans. Sky já sabia que artistas ficavam excitados quando tocavam — e comprovou isso quando viu que Armin, Nolan e Hyun estavam da mesma forma —, mas não conseguia parar de olhar ou de imaginar o quão quente o corpo dele estava.

— Boa noite, Poison.

Escutou uma voz feminina diferente soar bem atrás de si, Sky estava distraído e acabou se assustando. Quando olhou para Tate outra vez morrendo de medo de ter sido pego no flagra, ele o encarava de volta respirando pesado e ofegante por culpa do esforço. Os olhos dele estavam ligeiramente mais opacos e sedutores e pareciam mais determinados também, o que deixou Sky mais nervoso.

Engoliu em seco e virou para trás vendo uma mulher loira, alta e muito bonita, de olhos azuis e sorriso contagiante. Ela usava uma bandana vermelha, um vestido preto rendado bem curto e botas de salto tão alto que Sky se perguntou se ela conseguia sentir os pés com aquilo.

— Cassie, oi. — Ouviu a voz de Tate soar animada. Ele sorria de um jeito que não costumava sorrir, era um sorriso bem mais brilhante que os outros, e Sky perdeu alguns segundos tentando interpretá-lo. — Pensei que não viria hoje.

— Estava para pegar o ônibus, então corri até aqui só para te trazer a camiseta que você estava procurando há um tempão. — Ela riu, um som suave e melódico. De repente, Sky começou a achar que costumava rir de um jeito um pouco mais escandaloso e nada charmoso. — Estava no meio da gaveta, mas uso tanto preto que quase não percebi que não era minha.

Ela cumprimentou todo mundo com um beijo na bochecha, e Sky pôde sentir o cheiro suave de seu perfume, antes dela ir até

Tate e beijá-lo delicadamente na boca, com as mãos pequenas envolvendo timidamente o pescoço suado e bonito dele. Sky bufou pensando que era desnecessária aquela agarração toda na frente de tantas pessoas.

— Valeu! — Tate disse com outro sorriso, estendendo a camiseta com a estampa do Leatherface e analisando-a minuciosamente. — Caralho, achei até que tinha sido abduzida por alienígenas.

— Obrigado, Cas. Agora, o Tate vai parar de chorar na nossa orelha pela camiseta perdida. — Nolan deu tapinhas de consolo no ombro de Tate enquanto este guardava o baixo na capa de couro. — Eu disse a ele que provavelmente estava na sua casa.

— O dia em que o Tate não se desesperar antecipadamente vai chover canivete. — Cassie riu e olhou para Sky. Demorou tempo demais com os lindos olhos azuis em seu rosto, depois olhou para Storm e, por último, para Hyun. — Não conheço vocês. Namorada nova, Tate?

Tate riu baixinho e apoiou a guitarra no tripé.

— Sky é meu vizinho, Storm é a namorada dele. Ela é fotógrafa, veio terminar o portfólio com a gente hoje. E esse aqui... — Ele apontou com o queixo para Hyun. — É meu provável novo guitarrista de apoio.

— Ah, uau, prazer conhecê-los! — Cassie sorriu outra vez, mostrando os dentes brancos perfeitamente alinhados. Sky olhou para Tate tentando adivinhar que tipo de relacionamento eles tinham. — Gosto de fotografia também.

— Não sabia que vocês eram namorados, Sky. — Nolan comentou com um ar despreocupado. — Quero dizer, vocês não parecem namorados.

— Mas não somos namorados. — Storm riu. — Somos só... — Ela olhou para Sky procurando por uma resposta que não soasse tão casual. Afinal, por mais que tivessem um lance bem sexual, também se consideravam amigos.

— "Amigos com benefícios"? — Tate sugeriu primeiro.

— Isso, "amigos com benefícios".

Storm assentiu e virou para conversar com Cassie, sequer percebendo o clima meio estranho que ficou quando Tate se recusou a desviar o olhar do seu.

— Para onde está indo, Cassie? — Armin perguntou quando saiu de trás da bateria girando as baquetas nos dedos pequenos. — Tô querendo beber um pouco hoje.

— Naquele bar mexicano do centro, Min. — Cassie disse, empurrando o cabelo para trás da orelha. — Podemos ir todos juntos. Não me importo, ia sair sozinha mesmo. Acho que é uma boa recompensa depois de um ensaio longo. O que me dizem?

— Tem música? — Storm perguntou e colocou uma mão discreta nas costas de Sky, afagando-a calmamente.

— Só música ambiente, mas quase não dá pra ouvir, então não atrapalha a conversa.

— Ótimo. Você quer ir, Sky? — Ela sorriu e levantou uma sobrancelha, soando muito mais indagativa que o comum, então Sky soube que naquele momento precisava ser sincero.

Ele olhou para Tate, que continuava olhando de volta com um sorrisinho de canto presente.

— Quero.

— Então, vamos! — Cassie bateu palminhas e ajeitou o vestido antes de sair da garagem.

A música realmente era bem baixa deixando Sky bastante aliviado. Ele conseguia ouvir as vozes das pessoas e a própria respiração, o que era perfeito. Não sentia aquele comichão nos ouvidos, nem a falta de ar costumeira, muito menos vontade de chorar. Ele estava bem, estava até animado para comer, beber e conversar com mais pessoas, visto que seu único plano para a noite era se entupir de pizza assistindo a alguma novela antiga, apenas de cueca e meias.

Deprimente, mas melhor que nada.

Eles se sentaram a uma mesa bem grande, nos fundos, perto do bar e próximo à cozinha, com o cheiro de molhos picantes e temperos atiçando a fome. Sky sentou entre Storm e Nolan, Tate estava na sua frente, entre Cassie e Armin. Ao lado de Nolan, Kyle, e ao lado de Kyle, Sunny. Já ao lado de Storm, Hyun, e ao lado de Armin, Jaden. Estavam próximos o suficiente para conversarem sem ninguém ficar sobrando, mas longe o bastante para todos os pratos e bebidas caberem perfeitamente na mesa.

Praticamente todo mundo pediu cerveja, com exceção de Armin, que pediu vodca, e Sunny, que pediu Coca-Cola. Para comer, rodadas de tacos e tortillas e molhos diferenciados que ninguém sabia pronunciar direito o nome.

— E então… — Sky começou depois que Nolan contou uma piada sobre sexo que fez todo mundo rir, dando um gole na cerveja e tragando um pouco do cigarro. — Quando a Poison foi criada?

— 89, Armin? — Tate olhou para Armin, curioso, um cigarro entre os lábios e um copo cheio na mão. — Tínhamos quinze anos. Minha mãe toca bateria e ensinou o Armin quando ele era bem pequeno, mas me interessei pela guitarra por influência do meu avô. Toco desde os dez; Armin, desde os oito. Conhecemos o Nolan num… Caralho, onde foi mesmo?

— Você é um puto amigo desnaturado, fala sério... — Nolan fez uma careta magoada. — Foi em um… Em um… Armin, não me lembro, fala você.

Gargalharam, e Sky gargalhou junto. Os caras eram agradáveis, e Sky estava se sentindo muito bem perto deles, até mesmo de Armin que, quando bebia, ficava menos rabugento e mais amigável, fazendo perguntas a Sky e respondendo às dele sem aquele tom usual de raiva.

— Foi em uma festa de rico que entramos de penetra. Nolan estava tocando em uma banda muito ruim, e Tate disse que ele tinha talento demais para desperdiçar no meio daqueles panacas. — Armin levantou o dedo indicador para cima, como se pedisse uma pausa, e bebeu o resto da vodca em um gole só, partes do líquido escorrendo pelo queixo. — Aí, convidamos ele para nossa pequena banda de garagem, e assim nasceu nossa lindíssima amizade.

— Quanto sentimentalismo, daqui a pouco você começa a chorar. — Kyle rolou os olhos e sorriu. — Tate, quer apostar cinco pratas que ele chora até o fim da noite?

— Fechado.

Tate sorriu de canto e tirou o cigarro da boca para tragar fundo, brindando com Kyle para fechar a aposta, e Armin, irritado, cruzou os braços.

— Por que Poison? — Foi a vez de Hyun perguntar, com a boca levemente cheia de tacos.

— Porra, sei lá! — Tate gargalhou como se tivesse escutado uma piada muito engraçada, e os olhos praticamente sumiam pelas bochechas altas e macias. — Eu tinha só quinze anos e achei que nos chamar de "veneno" seria irado. Não tem nenhum significado específico.

— Show, show, show, show. — Hyun respondeu rapidinho comendo outro taco recheado de molho. — É um nome daora.

— E vocês compõem? — Storm perguntou animada. — Estou curiosa para ouvir algo original.

Tate passou a mão na nuca e soprou o ar em um riso nervoso, e a cabeça desceu até quase não ser possível ver o rosto dele.

— Sem previsão por enquanto, nós... — Ele limpou a garganta e levantou a cabeça parecendo se recuperar. — Estávamos trabalhando nisso com a Jorja, mas não tivemos um progresso, então... Eu meio que ainda não voltei a focar nessa questão.

A mesa ficou em silêncio por um tempo. Sky soube, pela expressão de Storm, que ela queria perguntar o que aconteceu com Jorja e quase deixou escapar que queria o mesmo. No entanto, fechou a boca e prendeu os lábios entre os dentes, concentrando-se em analisar Tate, aqueles olhos tristes que pareciam estar sempre perdidos nos seus.

Lentamente todo mundo voltou a conversar, e o clima de alegria embolou os corpos outra vez; os barulhos dos copos, garfos e isqueiros preenchendo o silêncio estranho que ficou por alguns segundos. Ninguém parecia ter se importado muito com o assunto, exceto Tate. Ele ficou mais quieto apenas bebendo e fumando, com os olhos distantes e inquietos e o pescoço e os ombros tensionados.

Sky tocou levemente o pé dele por baixo da mesa com a ponta do sapato, chamando a atenção dele.

— Tudo bem? — Sky sibilou silenciosamente, com medo de que outra pessoa pudesse entender.

Tate apoiou o queixo na mão, a expressão presunçosa tomava o controle aos poucos e um sorriso convencido adornava os lábios meio vermelhos. Ele assentiu e depois recostou na cadeira. Assumiu uma postura largada e soprou a fumaça para o lado, e o maxilar forte deixava Sky com uma sensação quente na nuca.

— Vou pegar uma tequila. — Levantou caminhando rapidamente em direção ao bar para respirar um pouco longe de todo aquele ar úmido com cheiro de pimenta e álcool.

Sentou-se na banqueta e esfregou o rosto, nervoso. As coisas estavam saindo de controle desenfreadamente e tomando um rumo perigoso. Sky não queria pensar no que estava pensando, não queria reparar tanto em Tate nem sentir aquele calor todo no corpo. Tate era só seu vizinho, um cara que mal conhecia, que o irritava há cerca de uma semana. Qual é? O que estava acontecendo? Por que a repentina admiração que começou a sentir por Tate e lentamente se misturava a uma atração física esquisita?

"Porra, porra e porra. Mil vezes porra."

— Uma dose de tequila, por favor. — Pediu ao *barman*. — Limão e sal na borda. Obrigado.

Batucava o balcão enquanto esperava, e a perna esquerda balançava loucamente pela ansiedade. "Merda", qual era a dificuldade de se controlar? Era só desviar os pensamentos, caralho! Era simples, fácil e direto. "Por que" não conseguia fazer isso?

Lambeu o sal da beirada do copo e jogou a bebida garganta abaixo, sentindo a ardência rasgar seus músculos e o efeito do álcool atingir quase diretamente sua cabeça. Levantou dois dedos para o *barman*, indicando quantas doses mais ele queria e, tão perturbado pelo fluxo estranho de pensamentos e pela tontura da tequila, não percebeu que alguém se sentava ao seu lado.

— Sky, certo?

Quase caiu com o susto. Segurou no balcão, fazendo força com os dedos suados, e olhou para o lado. Cassie estava bem perto de seu rosto sorrindo. Percebeu que o sorriso grande e bonito era um dos melhores acessórios dela e tentou sorrir de volta, mas, pelo risinho bobo que ela soltou, deve ter saído esquisito.

— Sou eu. — Respondeu, tomando mais uma dose de tequila e chiando pela ardência. — E você é a Cassie.

Cassie abriu os braços, cúmplice, e Sky conseguiu sentir o cheiro doce do perfume dela naquele pescoço fino e longo, ridiculamente elegante.

— Vou ser bem direta, Sky. — Ela voltou a se aproximar, com a mão pousando delicadamente em sua coxa trêmula e o sorriso sumindo aos poucos.

— Ahn... — Limpou a garganta nervoso e afastou-se um pouco dela, ciente de que isso poderia chatear Tate, caso eles tivessem algum lance. — Direta em qual assunto?

Ela respirou fundo e olhou para trás, parecendo preocupada, e prendeu os lábios entre os dentes.

— Você é gay?

Sky arregalou os olhos e gargalhou descrente. Quando ela não esboçou nenhuma reação divertida, ele endureceu o semblante percebendo que não era uma brincadeira.

— Por que você quer saber? — Cruzou os braços assumindo uma postura defensiva. — Tem algum problema com isso?

— Só... Responda. Não é o que você está pensando.

Analisou-a minuciosamente, demorando em seus olhos azuis intensos e buscando resquícios de mentira ou manipulação, mas não tinha nada neles além de uma doçura sincera. Desviou o olhar e bufou enquanto virava a terceira dose. Ele não confiava muito em quem acabava de conhecer, mas Cassie parecia sincera. Além disso, no fundo, Sky queria saber o que ela tinha a dizer.

— Gosto de homens "e" de mulheres. — Resmungou, com o nível do álcool fazendo a frase sair completamente embolada. — Satisfeita?

Ela sorriu com tristeza e virou para frente, os dedos brincavam com as lasquinhas de madeira e o corpo balançava de um lado para o outro na banqueta.

— Entendi tudo agora.

Sky piscou confuso.

— Entendeu? Entendeu o quê?

Cassie soltou um riso sem humor e lançou a Sky um olhar carregado, de repente parecendo bem mais velha do que aparentava ser quando apareceu na garagem. Ela balançou a cabeça, desconsiderando alguma coisa, e levantou uma sobrancelha.

— Tate nunca olhou para mim do jeito que ele olha para você, sabia? — Cassie sussurrou arrancando as lascas de madeira com as unhas. — Ele era muito doce, gentil, amável, mas nunca me olhou desse jeito tão... "desejoso".

Sky recuou como se tivesse levado um tapa, um pouco assustado com o assunto pessoal repentino.

— Do que você está falando?

— Vou te contar algumas coisas porque já não sei mais o que fazer, mas, por favor, não me entenda mal... — Ela levantou a cabeça olhando no fundo dos olhos dele. Sky enxergou desespero e cansaço no rosto de Cassie e, por ter um bom coração, se compadeceu.

— Vou tentar. — Levantou a mão em juramento. — O que foi?

— Tate, ele... — Ela suspirou cansada. — Nós namorávamos, mas ele não me tratava como namorada, parecíamos mais amigos. E o sexo... O sexo era... Automático, eu acho.

— Automático como?

— Ele se recusava a me tocar "direito", entende? — Cassie parou e respirou profundamente piscando algumas vezes para afastar as lágrimas. — Ele só me fazia gozar, saía de cima de mim, se trancava no banheiro e terminava sozinho. Era como se tivesse algo de errado em mim, no meu rosto, no meu corpo, no meu espírito. Estar comigo não o excitava, não o fazia chegar lá, mas algo dentro de sua cabeça sim, e acho que sei bem o que é.

Sky franziu as sobrancelhas entendendo mais ou menos o que ela queria dizer. Quando se descobriu bissexual, passou a conhecer muitas pessoas que tinham problemas de aceitação e ouviu discursos parecidos. No entanto, conheceu também namoradas e namorados que não entendiam ou não sabiam o que tinha de errado em certos pontos do relacionamento, o que os deixava confusos como Cassie estava.

— Por que está me contando isso? — Murmurou tentando não soar tão surpreso. — Não conheço Tate tão bem.

— Já estou desesperada, Sky. Não sei mais o que fazer para ajudá-lo, essa é minha última opção. — Ela encolheu os ombros e deixou uma pequena lágrima deslizar pela bochecha. — Não tenho intenção de ser maldosa, só preciso que alguém veja o que vejo, preciso que alguém, com vivência, ajude o Tate.

Sky estreitou os olhos desconfiado, mas Cassie ainda parecia honesta, então decidiu confiar nela mais uma vez.

— Tudo bem, continua.

Ela sorriu grata.

— Quando nos conhecemos em um festival de rock, eu queria transar com ele no banheiro químico, mas Tate disse que queria me levar para sair. Ele não me olhava do jeito que eu o olhava, nunca teve aquele peso de atração física ou sexual, era só... carinho e afeto? Não sei. — Cassie bufou. — Na primeira vez que fizemos sexo, seis meses depois, por insistência minha, Tate não me deixou tirar sua camiseta ou vê-lo de luzes acesas. Foi bom, eu gostava dele, mas foi tão robótico que era como se ele nem estivesse lá. Não estou dizendo que o problema é ele não querer fazer sexo, mas eu só... "Sinto" que o buraco é muito mais fundo, entende?

— Acho que sim... — Mordiscou os lábios. — Estou entendendo.

— Sexo com o Tate é só depois que você conquista a confiança dele e, mesmo assim, é cheio de inseguranças. Sabe a camisa que ele está usando hoje? A transparente? — Sky olhou para trás, para um Tate que ria de alguma coisa, e assentiu. — É o jeito dele de tentar, Sky. Ele está tentando quebrar essas barreiras, mas sei que ele vai chorar quando chegar ao apartamento e, nos próximos dias, só vai andar com roupas cobrindo tudo. Não aguento mais vê-lo desse jeito sofrendo assim.

Sky balançou a cabeça processando tudo bem devagar. Tate não era nada do que aparentava ser, pois se escondia tão bem atrás de uma aparência que não condizia em nada com a pessoa que ele era de verdade, com a pessoa que ele provavelmente "queria" ser. Talvez, por isso, ele parecesse tão triste, tão amuado. Quem sabe não tivesse só a ver com o luto, com dores que Sky julgava serem comuns, mas fosse muito mais que isso, profundo como o corte de uma adaga.

Droga, estava tudo tão claro agora. E Sky se sentia mal por ter sido tão escroto. Que merda tinha na cabeça, porra?

— E o que você quer que eu faça? — Olhou para ela com compaixão genuína e, embora entendesse um pouco melhor a situação, ainda não sabia onde ele se encaixava nessa história toda.

Cassie crispou os lábios hesitando. Parecia estar com medo de falar o que estava pensando, como se Sky fosse sair correndo depois, por isso ele colocou uma mão amiga no ombro dela, incentivando-a. Ela agradeceu com um sorriso.

— Como eu disse, Tate olha para você de um jeito que nunca olhou para ninguém e, vamos ser sinceros, é visível que você olha de volta. — Ela ergueu uma sobrancelha e cutucou Sky com o cotovelo. — Tate é uma pessoa muito preciosa e acho que com você, um homem que parece não ligar para nada nem para ninguém, ele vai se soltar de certas amarras. Não estou te pedindo para ajudá-lo, não quero te obrigar a nada, mas, se algum dia essa pequena relação florescer, não se esqueça do que estou dizendo. A base da insegurança do Tate está em algum lugar da mente dele que ninguém alcança, mas quem sabe você consiga se esgueirar e chegar lá. Tate precisa entender que não tem nada de errado com ele, então talvez ele seja finalmente livre. Era isso que eu queria falar.

Sky abriu a boca para responder, mas Nolan gritou o nome deles e pediu que voltassem para pedirem novas rodadas de cerveja e provavelmente mais algumas de tacos, e Cassie já estava de pé muito antes de Sky terminar de processar tudo.

— Eu… Eu não sei o que dizer. — Sorriu sem graça enquanto caminhavam de volta à mesa.

— Não diga nada, só considere.

Ela deu batidinhas em seu ombro, e eles voltaram às suas cadeiras, bebendo e rindo como se nada tivesse acontecido, mas Sky não tirou os olhos de Tate pelo resto da noite.

Tate e Sky voltaram juntos, e todo o resto se dissipou pelo caminho. Foram em silêncio, só o som dos grilos e do vento, as respirações tranquilas ecoando pelos ouvidos como algo confortável, tão calmos que nem pareciam estar andando em uma área perigosa no meio da madrugada.

Só quando estavam de frente para o velho elevador é que Sky decidiu falar alguma coisa, limpando a garganta antes.

— Gostei do ensaio. — A voz saiu em um sussurro. — Vocês tocam bem demais, dá pra sentir na alma.

Tate riu baixinho, tímido, e entrou no elevador esperando Sky parar ao seu lado.

— Valeu. — Ele se apoiou em uma extremidade, e Sky sentiu-se nervoso com o olhar dele queimando o seu. — Você gosta de Nirvana?

Só a menção disso fez Sky se lembrar de como Tate ficava sexy tocando a guitarra com raiva. Controlou a respiração e a porra do coração traiçoeiro.

— Gosto. — Deu de ombros. — Não entendo a implicância com eles.

— Também não entendo. Qual seu álbum favorito?

O elevador abriu e eles saíram, caminhando lentos como se não quisessem se separar e os ombros esbarrando levemente pela tontura da bebida e pela queda de pressão que o cigarro provoca.

— O primeiro, *Bleach*. E o seu?

— Também.

"Ah". Gostos parecidos. Tudo bem, tudo bem, nada de muito estranho.

— Ah. — Limpou a garganta outra vez e desviou os olhos, brincando com os dedos até estarem diante de suas respectivas portas. — Meu segundo favorito é *In Utero*.

Tate sorriu e encarou Sky por um tempo parecendo esperar por alguma coisa. Quando nada mais foi dito, ele começou a destrancar a fechadura para entrar.

— Tate, espera. — Disse um pouco rápido demais, uma das mãos estendida na frente do corpo. — Quero te perguntar uma coisa.

Tate colocou as mãos nos bolsos da calça e assentiu lentamente, os olhos pareciam ainda mais tristes e perdidos e os lábios retos passavam a impressão de que ele estava se segurando para não chorar ali, no meio do corredor.

— Pode perguntar.

— Por que não me convidou para sua banda? — Soltou tudo de uma vez, com uma voz cautelosa antecipando uma reação ruim pela pergunta inusitada. — Sabe, se você me ouviu cantar, se você gostou do que ouviu, então... Por que não me pediu para ser seu vocalista?

Tate nem piscou para responder.

— Porque não quero deixar você triste.

Sky fez uma careta confusa e apontou para si mesmo.

— "Me" deixar triste? Como assim?

— Sinto que seu incômodo com a música é algo realmente sério. — Tate suspirou. — Não queria te convidar para cantar, porque não gostaria que você se lembrasse de coisas ruins. Você tem uma voz fantástica, Sky, mas não merece passar por uma situação desagradável só pra encher meu ego em um show no centro do Brooklyn.

Sky abriu a boca, impressionado. Certo, certo, essa era nova. A única pessoa que sabia que ele tinha problemas com a música era Storm, mas ela o conhecia desde a adolescência, era fácil notar. Agora Tate? Ele prestava tanta atenção assim nas coisas? Ele realmente prestava atenção em Sky?

Tate abriu a porta quando o silêncio pairou no ar novamente, o corpo querendo sumir logo da vista de todo mundo.

— Eu cantaria, se você quisesse. — Sky disse apressado, capturando a atenção dele outra vez. Tate olhou-o por cima do ombro, o brilho de uma lágrima ondulando na bochecha pálida. — Você cantando não me traz sensações ruins. Estar perto de sua banda não me faz lembrar das coisas ruins. Eu cantaria, se você quisesse.

Mas Tate só sorriu e entrou no apartamento fechando gentilmente a porta atrás de si, e Sky viu-se sozinho outra vez.

TATE NÃO APARECEU POR TRÊS DIAS SEGUIDOS.

Na terça, quando Sky estava preocupado o suficiente a ponto de cogitar arrombar a porta dele para ver se não tinha um defunto no sofá, escutou a risada melodiosa vinda do corredor e exaltou-se por um instante, colocando uma perna na frente da outra antes de perceber que agia como um idiota.

Um imenso idiota. Um idiota que talvez merecesse um tapa na cara para aprender a pensar direito.

Tate não lhe devia satisfações sobre nada, muito menos sobre um simples sumiço. Sky estava meio agoniado pelo diálogo no fim daquela noite ter acabado todo errado, com um monte de pontas soltas, mas o que ele achava que aconteceria? Que Tate o convidaria assim, sem mais nem menos, para participar da banda dele?

Tinha sido tão ingênuo e impulsivo, normalmente não era desse jeito. Sky costumava pensar antes de falar, pensar antes de agir e de decidir. Que porra estava acontecendo com ele? Parecia um maldito adolescente, um maldito rapazote que se surpreendia com qualquer coisa.

Encostou o corpo à porta, de costas, e escutou Tate tagarelando com Armin do lado de fora. Ele quase não parecia a mesma pessoa que chorou antes de entrar no apartamento, depois de passar pelo menos metade de uma noite, que era para ser divertida, com um rosto melancólico que chegava a dar calafrios.

Sky suspirou cansado. Tinha pena de Tate, mas não queria se envolver demais, por mais que estivesse pensando constantemente nas coisas que Cassie lhe disse, no amontoado de informações pesadas que precisou ouvir de uma vez só. De repente, da noite para o dia, queria ver Tate o tempo inteiro e certificar-se de que ele estava bem, olhar nos olhos dele e dizer que o entendia, que sabia e que "sentia" suas dores. Só queria poder dizer que ele não estava sozinho e não precisava passar por nada desse tipo sem ninguém do lado.

Contudo, talvez Tate se sentisse ofendido. Talvez ele tenha sumido de propósito, para evitar uma conversa. Talvez...

Abriu os olhos e olhou para cima franzindo as sobrancelhas conforme se lembrava mais profundamente da conversa com Cassie, das partes que escaparam de sua mente "por culpa da bebida". Apertou hesitante a maçaneta da porta, puxando-a para trás lentamente depois de destrancá-la e colocando só a cabeça do lado de fora para comprovar a ideia que lhe rondava o cérebro.

Sim. Era isso. Exatamente como Cassie tinha dito.

— Sky? — Tate chamou, mas Sky não desviou os olhos do corpo dele, das roupas largas demais, compridas demais, que cobriam até mesmo seu pescoço e seus tornozelos. — Tudo bem?

Piscou aturdido, com a boca meio aberta e a respiração entrando rala pelo nariz. Cassie tinha razão. Ela estava certa. Provavelmente estava certa sobre todo o resto também.

Tate era infeliz.

— Ei! — Armin gritou sem entonação balançando a mão diante de Sky e chamando sua atenção. Sky piscou outra vez olhando para ele. — Deus do céu, você não é normal. — Armin bufou e bateu os braços nas laterais do corpo, cruzando-os no peito em seguida.

— Oi. — Sky respondeu e tentou sorrir, mas, quando Tate arregalou de leve os olhos, soube que aquele "oi" tinha saído muito estranho, então voltou a ficar sério, com o olhar passeando pelas roupas dele mais uma vez. — Não nos esbarramos pelos corredores depois de sábado.

— Fiquei assistindo à televisão o domingo inteiro e desde segunda tenho saído mais cedo para trabalhar, porque meu chefe me pediu para ajudar com a faxina. — Tate riu de verdade, riu com gosto, e Sky perguntou-se o que tinha ocasionado uma mudança de humor tão grande. — Mas como você está?

— Bem. — Mordeu os lábios, nervoso, e encarou-o nos olhos. — E você?

Sky viu o sorriso se esvair aos poucos até se tornar apenas um par de lábios levemente curvados para cima e os olhos se estreitarem lentamente conforme ele coçava a nuca, desviando o foco para Armin, que mascava um chiclete, distraído com os próprios pés.

— Tô legal. — Era mentira. Sky sabia. Tate era muito expressivo, não conseguia esconder o que estava sentindo e, apesar de ser sempre instável, lê-lo quando estava triste era muito fácil. — Preciso entrar, a gente se fala depois.

— Você não disse que ia esperar a Jennifer aqui fora? — Armin perguntou quando os dois já estavam de costas para Sky, destrancando a porta. — Não foi por isso que me pediu para ir até a farmácia com você?

— Calado, Armin. — Murmurou, mas riu baixinho, e Sky conseguiu escutar. — Você tem que fazer essas coisas por mim, é para isso que servem os irmãos. E ainda precisamos limpar o apartamento.

— Você tem vinte e seis anos e não consegue comprar camisinhas sozinho? Me poupe, Tetê.

Tate abriu a porta, e eles entraram rindo e deixando um Sky confuso para trás.

Normalmente era Tate quem puxava papo com ele, quem tentava conversar e quem dizia "tudo bem", "boa noite" depois de ouvir um "preciso entrar, nos vemos depois".

Estava tudo tão estranho, Sky não estava tão acostumado assim com mudanças de rotina. Ele não tinha amigos além de Storm, e ela era tranquila, não fazia seu cérebro dar mil voltas para tentar entender o que estava acontecendo.

É, as coisas estavam mesmo uma porra.

Armin foi embora depois de tomar uma cerveja e ajudar Tate a dar uma geral no apartamento, que estava imundo e bagunçado. Eles dobraram as roupas, colocaram as sujas na máquina velha da varanda, lavaram e secaram a louça, varreram o chão, passaram pano e tiraram pó. Tate o obrigara a ajudar porque era ele quem estava insistindo tanto em limpar o "cafofo maneiro". Não tinha disposição para nada e, se deixasse, continuaria ali no meio para sempre até ser sufocado pelas latas de refrigerante e de cerveja e pelas bitucas de cigarro.

Quando terminaram, e Armin saiu pela porta, Tate entrou na banheira para tirar o suor do corpo, que estava implorando por um pouco de refresco desde manhã, quando sentiu que naquele dia faria calor. Mergulhou a cabeça na água e soltou bolhinhas pelo nariz, limitando o próprio fôlego conforme o oxigênio lhe escapava. Abriu os olhos, enxergando as pequenas ondas causadas pelos próprios braços, que sustentavam seu peso na beirada, e os dedos molhados agarrando a cerâmica branca.

O peito comprimiu e ardeu, então Tate levantou e puxou o ar com força para os pulmões, tossindo pela súbita dor que os atingiu por causa da afobação para voltar a respirar, com a garganta queimando levemente. Passou as mãos pelo rosto e relaxou, dessa vez com a cabeça fora d'água, e pequenas gotículas transparentes escorriam dos cílios e pingavam nas bochechas meio coradas, descendo infinitas pelo pescoço e pelas clavículas e percorrendo o caminho de seu peitoral para baixo.

Tate suspirou cansado. O dia tinha sido duro e parecia que desde sábado não descansava direito, sempre acordando durante a noite com pesadelos que o deixavam aceso até começar a amanhecer. A luz que se firmava dourada, antes de deslizar para o amarelo e cair para o azul, irritava seus olhos sensíveis.

Ver Cassie acendeu uma coisa estranha em seu peito e, por isso, talvez, ele estivesse tão perturbado, tão ligeiramente desesperado. O relacionamento com ela tinha sido melhor que os outros dois. Tate gostava muito dela, mas também não gostava. Não que ela fosse ruim ou algo do tipo, mas Tate não se sentia realmente apaixonado, assim como nunca esteve pelas duas namoradas anteriores. Elas eram doces, bonitas, com peles macias e corpos delicados, mas faltava alguma coisa e, por mais que se esforçasse para sentir alguma coisa por elas, nada acontecia.

Cassie terminou com ele amigavelmente, mas dava para ver a tristeza naqueles olhos azuis. Era como se ela estivesse fazendo um esforço sobrenatural, como se não quisesse dizer que aquilo não estava mais dando certo e que Tate precisava se encontrar antes de encontrar outra pessoa — uma coisa que ele nunca, de fato, entendeu.

Vê-la de novo não tinha sido legal. Quer dizer, eles continuaram amigos depois de tudo, a via com frequência, mas algo "naquele dia" tinha feito essa rotina se tornar uma coisa pavorosa. E ele achava que tinha a ver com certas situações embaraçosas do namoro, como o fato de seu pau raramente subir quando iam fazer sexo e ele não conseguir chegar lá de jeito nenhum com os estímulos dela, precisando recorrer à mão depois.

Tate achava que tinha alguma disfunção erétil, mas era tímido demais para procurar um médico, então continuou seguindo em frente como se nada tivesse acontecido.

Mas, naquele sábado, ele de repente se lembrou de algo e sentiu vergonha. Era como se todo mundo fosse ficar sabendo disso, como se seu segredo estivesse sendo cochichado através dos olhos dela.

Então, depois de ficar completamente paranoico e ignorar todo mundo por longos três dias, implorando para o chefe deixá-lo limpar a lanchonete só para não ver Sky no mesmo horário da manhã, Tate decidiu que precisava dar um basta na própria cabeça fodida e convidou sua primeira namorada para passar a noite com ele. Jennifer não era apaixonada por Tate e só gostava muito de sexo, o que era ótimo, assim ele se sentia menos babaca.

Quando terminou o banho, colocou uma camiseta preta larga que Jennifer amava, só para convencê-la a não deixá-lo tirar. Não estava a fim de mostrar o corpo para ela, já tinha atingido a cota da vergonha com aquela regata transparente de sábado e de jeito nenhum repetiria o vexame. Da cintura para baixo, Tate escolheu só uma bermuda preta comum.

Assim que ouviu as batidas à porta, levantou-se meio preguiçoso do sofá para abri-la e sorriu curto em ver Jennifer toda bonita, com o cabelo comprido preto caindo em ondas até as costelas, os lábios pintados de um vermelho-escuro, os olhos só com um risquinho preto, que Tate achou que ficaria incrível em Sky e anotou mentalmente que deveria falar isso a ele quando o visse outra vez.

— Oi. — Jennifer disse com aquele sorriso que quase o derretia por completo quando tinha quatorze anos. Ela tinha um cheiro doce bom, o perfume vazando em gotinhas pelo pescoço branco, levemente coberto pela gola alta de sua regata de lã cinza. — Olha só, você deixou os cachinhos da franja crescerem!

Jennifer dedilhou o cabelo de Tate, enrolando alguns fios no dedo indicador, enquanto entrava no apartamento e olhava ao redor bem atentamente. Eles tinham terminado quando ainda eram adolescentes e, apesar de se verem uma vez ou outra, o apartamento dele era um lugar meio secreto.

— Você está bonita. — Tate elogiou-a e sentou-se no sofá sorrindo para ela. Não era mentira, Jennifer era e estava muito bonita, com uma saia curta de couro que se movia delicadamente pelas coxas roliças. — E cheirosa.

— Você quem está cheiroso. — Ela lhe devolveu o elogio e caminhou calmamente até Tate, sentando no colo dele, enrolando os braços no pescoço, deixando os rostos próximos e misturando as respirações. — Espero conseguir excitar você hoje.

Claro, Tate teve problemas com ela "também", mas não acontecia com tanta frequência.

Quando Jennifer o beijou devagar, ele não sentiu nada. Não sentiu o típico frio na barriga, não sentiu nenhum calafrio na espinha e não sentiu o calor deslizando sorrateiro pelo corpo e acendendo todos os seus sentidos.

Beijou-a de volta na boca, no pescoço, nos ombros, mas continuava não sentindo nada, nem mesmo aquele arrepio costumeiro na virilha, então percebeu que sua sensibilidade parecia cada vez menor, cada vez mais perto do zero.

Deus, era um "broxa". Como aquele seu amigo do terceiro ano, que todo mundo passou a tirar sarro depois que a namorada o chamou de gay no meio de uma festa alegando que ele não subia.

O desespero escalou a garganta, e Tate agarrou-a pelo quadril, pedindo silenciosamente para ela rebolar, com as bocas ainda coladas em barulhos eróticos que não tinham mais efeito nenhum sobre seu corpo, nem sobre seus nervos.

— Tate. — Ela chamou manhosa apartando o contato. Ele respirou fundo, olhando para baixo só para confirmar o óbvio: não estava duro. — Você está cansado hoje? Podemos tentar outro dia, não tem problema, essas coisas acontecem.

— Não estou cansado. — Respondeu com um pouco de rispidez, e o ar de repente parecia entalar no meio do caminho. — Porra.

Jennifer fez carinho em seu queixo, mas Tate não queria carinho, queria que seu pau subisse, então desviou meio brusco do toque dela arrancando um suspiro estressado dos lábios bonitos.

— Não fica assim, não é constrangedor. Está tudo bem.

— Não, não está! — Sua voz saiu meio grossa, meio pesada, e as mãos foram até os cabelos dela segurando algumas mechas. — Que caralho de pinto inútil!

Jennifer saiu do colo dele, jogando o cabelo brilhoso para trás e olhando-o com tanta pena que Tate só conseguiu sentir mais raiva. Por que "diabos" todo mundo parecia olhar para ele desse jeito? Como se soubessem de coisas que ele não sabia? Como se entendessem sua cabeça? Como se ele fosse um pobre coitado?

Levantou-se do sofá e foi até a porta, puxando-a com força e batendo a maçaneta na parede com tanta violência que a tinta vagabunda descascou e as lascas caíram aos seus pés.

Tate sentia tanta vergonha. Ele estava tão frustrado. Era uma coisa tão simples, todos os seus amigos transavam com um monte de gente, até mesmo Armin, o ser mais sensível de toda a família. Por que era tão difícil? Por que não conseguia? Era um velho no corpo de um cara novo e não sabia? Não tinha mais nenhuma outra explicação.

— Acho melhor você ir. — Tate resmungou de cabeça baixa, ainda encarando a bermuda sem volume nenhum. — Foi um erro ter te chamado aqui.

— Tate, você precisa conversar? — Jennifer perguntou com as mãos na cintura e uma expressão preocupada adornando o rosto bonito. — Está acontecendo algo sério? Você sabe que pode sempre falar comigo.

Ele soltou um riso debochado e umedeceu os lábios antes de olhar para ela, que recuou um pouco, assustada pelo olhar carregado dele.

— Claro, Jennifer, vamos ver. — Olhou para cima fingindo pensar. — Fico pensando sem parar que meu vizinho, um "homem", fica "bonito" de maquiagem, e agora a porra do meu pau não sobe. É isso o que está acontecendo comigo.

Ela abriu a boca, mas não conseguiu responder. Tate riu debochado outra vez, no entanto não tinha um pingo de humor em sua voz ou seu coração.

— Pode ir, Jennifer. A gente se vê por aí.

— Sinto muito, espero que as coisas melhorem.

Ela torceu os lábios e se esticou na ponta dos pés para depositar um selinho casto na boca dele, indo embora logo em seguida e deixando-o sozinho. Tate não queria ficar sozinho, mas não tinha outras opções.

Suspirou e começou a procurar pela carteira e pelo maço de cigarros no bolso, fechando a porta do apartamento para poder andar um pouco pela rua escura e fumar até sentir o enjôo no pé do estômago, talvez isso o afastaria do resto de seus pensamentos.

Preferiu descer pelas escadas dessa vez, pulando de dois em dois degraus até alcançar o segundo lance. Acabou dando de cara com Sky, que fumava encostado à parede, com a cabeça baixa encarando os pés. Ele usava meias e chinelos, a calça moletom apertava até sua cintura, a camiseta branca descia larga nos quadris e subia justa no peitoral e nos ombros.

Fez um som estrangulado meio de raiva e meio de fascínio. Queria evitá-lo a todo custo nem sabia direito o porquê, mas nada cooperava para isso, muito menos as noites mais quentes que Sky disse, uma vez, detestar.

Tentou dar meia volta para sumir em direção a seu apartamento novamente, porém Sky o viu e soltou aquele riso infantil que com certeza estava fazendo seu nariz enrugar. Tate engoliu em seco, virou-se devagar e pegou-o encarando seus pés que, a propósito, estavam meio gelados.

— Você estava saindo descalço? — Sky lhe perguntou e soprou a fumaça, com um biquinho adornando os lábios. — Não está chapado, está?

Só então se tocou que, sim, estava descalço.

Mas que se foda.

— Não estou chapado, só queria sentir a brisa geladinha nos meus dedos. — Balançou o dedão para cima e para baixo, fazendo Sky rir de novo, e tragou o cigarro em sequência. — Você gosta mesmo de fumar, né?

Sky balançou a cabeça olhando para baixo outra vez, e seu corpo parecia meio retraído fazendo Tate pensar que, desse jeito, ele parecia um adolescente. Um jovenzinho que iniciava uma conversa com uma paixonite da escola, tentando não parecer tão interessado.

De repente, decidiu esquecer que estava evitando Sky. Ele era inofensivo de qualquer modo, e Tate só precisava tirar da cabeça todas as vezes que o viu com maquiagem. Era só isso que deveria fazer. Talvez, também, conversar com ele pudesse distraí-lo do fiasco que foi o encontro com Jennifer.

— Vi uma garota arrumada demais para fazer parte de um lugar como esse. — Sky disse depois de soltar a fumaça, com um sorrisinho no canto dos lábios. — O que será que está fazendo desse lado do bairro?

Quis rir do destino filho da puta que provavelmente o detestava. Suspirou rendido.

— É minha ex-namorada, Sky. — Tate achou graça quando ele abriu a boca, meio confuso, meio sem graça. — Ela estudou com o Nolan, tem família rica.

— Ah. — Jogou a bituca no chão e amassou com a sola do chinelo, enfiando as mãos nos bolsos da calça e voltando a encarar Tate, que limpou a garganta nervoso. Quando Sky o encarava, era sempre intenso demais, Tate não estava acostumado. — Ela é bonita.

— É. — Deu de ombros e olhou ao redor, como se tivesse algo de interessante para ver. — Vou sair por aí para fumar, quer me fazer companhia?

Sky mordeu os lábios e deu um meio sorriso sacudindo de leve a cabeça.

— Quero.

Eles andavam calmamente pela rua deserta, Tate mancava um pouco por conta dos pés descalços e das pedrinhas que afundavam na pele sensível. A noite estava muito escura, quase toda a iluminação natural era ofuscada por nuvens pesadas, com os postes velhos sofrendo para iluminar. Tate conseguia escutar a própria respiração pesada, o coração martelando duro no peito, a mente girando e girando sem nunca parar, prestes a pegar fogo. Ainda estava frustrado com o que tinha acontecido e esperava Sky começar a falar sem parar sobre qualquer coisa, mas tudo que havia entre eles era um silêncio constrangedor.

— Você gosta da Janis Joplin há quanto tempo? — Decidiu começar olhando para ele com a cabeça meio baixa. — Minha mãe também é fã, sabia?

— Desde criança. Eu escutava com meu melhor amigo, e essa cantora esteve presente em nossos melhores momentos. — Sky sorriu nostálgico fazendo Tate sorrir junto. — Semana passada foi o aniversário dele, mas eu esqueci. Pensei que no dia em que finalmente esquecesse ficaria devastado, mas não fiquei. Eu só... me senti mais leve, entende? Eu estava distraído com outras coisas.

Tate percebeu que aquele era um assunto muito delicado e, apesar de estar curioso, não queria invadir a privacidade de Sky e fazê-lo se lembrar de coisas que não queria, então preferiu só ouvir balançando a cabeça para a pergunta que ele fez.

— Entendo. Quando meu pai foi embora, Armin e eu comemoramos o aniversário dele por uns dois anos, mas depois eu desisti e, um dia, simplesmente esqueci. A partir daí, decidi fingir que nunca tive um pai e fui adotado pela minha mãe. Acho que algumas coisas só deixam de nos assombrar dessa forma, por mais que seja doloroso no início.

— Talvez. Não sei se vou continuar me sentindo leve por muito tempo, pode ser que eu tenha uma recaída, mas é assim que me sinto por enquanto. — Sky soprou um risinho encolhendo os ombros. — Alguém pode me julgar?

Tate negou com a cabeça e tirou o maço de cigarros do bolso, puxando um da caixinha e colocando entre os lábios.

— A vida é uma porra. As pessoas são mais ainda. — Sorriu maroto para ele, que não correspondeu, só desviou os olhos. — Tem um isqueiro?

— Tenho.

Sky pegou um isqueiro vermelho do bolso da calça e entregou

a Tate. Este acendeu um cigarro e puxou a fumaça rápido duas vezes para esquentar de uma vez, tragando fundo e inalando com força, soltando mais fumaça e aspirando pelo nariz outra vez.

— Nossa, senti seu desespero bem aqui. — Sky riu e bateu de leve no próprio peito três vezes. — Isso dói pra caralho. E olha que fumo desde os quatorze.

Tate riu tossindo pela ardência na garganta. Tragou mais uma vez, parecendo ainda mais afobado, e a fumaça entrou toda errada no pulmão, obrigando-o a tossir mais vezes.

— Faço tanto que já me acostumei. Na primeira vez, meu nariz ardeu tanto que pensei que ele derreteria.

Sky soltou uma gargalhada alta, com a cabeça jogada para trás expondo o pescoço, que Tate observou por tempo demais, e o pomo de adão subindo e descendo.

— O meu também ardeu, por isso quase nunca faço.

— Jorja fazia tanto isso que acabei pegando essa mania dela.

Tate fechou os olhos quando percebeu que tinha falado demais. Trancou o maxilar e olhou para os próprios pés enquanto continuava a andar, desejando que Sky não tivesse ouvido, por mais que ele estivesse com a curiosidade estampada no rosto, com a boca levemente aberta e os olhos escuros focados e brilhantes.

— O que aconteceu com ela?

É claro que ele perguntaria, todo mundo perguntava.

— *Overdose* de heroína. — Resmungou e parou em um cruzamento, na calçada. Tate puxou um pouco as barras da bermuda para cima e sentou-se, mantendo o corpo de costas para uma padaria 24 horas que estava vazia. — Disseram que ela nem teve tempo para perceber que estava morrendo.

Sky sentou-se ao lado dele, tocou levemente os joelhos e os cotovelos, o cabelo preto comprido balançou com o vento fraco e cobriu um pouco das sobrancelhas e dos olhos.

— Janis morreu assim. — Ele suspirou magoado. — Foi cruel.

— Foi.

Eles ficaram em silêncio por alguns minutos, e Tate fumava um cigarro atrás do outro. Aquela fumaça envolvia os dois corpos que já estavam acostumados demais com a sensação e o cheiro do fumo.

— Sabe quando as pessoas dizem que entendem como você se sente, mas na verdade não entendem porra nenhuma? — Sky tornou a falar, com a voz mais baixa e aveludada, tranquila como a de uma criança sonolenta. Tate olhou para ele, que continuava só focando um ponto qualquer à sua frente. Tate balançou a cabeça assentindo. — Entendo como você se sente, Tate. Entendo muito bem. Sinto sua dor e sei que ela corrói tanto o peito que, depois de um tempo, você pensa que não está mais respirando, que morreu e é apenas uma marionete no mundo.

Era "exatamente" assim que Tate se sentia.

Ele continuava a olhar para Sky, seu coração batia rápido no peito, a pele formigava e queimava, e os dedos se mantinham inquietos. Os dois tinham um tipo de ligação que Tate ainda entendia muito pouco, mas tinha consciência de que isso existia, porque Sky sempre sabia o que lhe dizer, o que ele pensava, como estava se sentia e de que precisava.

De repente, toda a ideia de evitá-lo se tornou ridícula na mente de Tate. Era inconcebível. Não sabia nem o porquê de ter cogitado algo desse tipo. Teria mesmo deixado passar uma pessoa tão sensível como Sky? Uma pessoa que o fazia sentir-se menos tolo, menos ingrato, menos confuso? Sky era o único capaz de pegar os fragmentos de suas dores e distribuí-los organizadamente, cada um em uma fileira de emoções variadas.

Então, claro, seria muito burro se desse ouvidos a paranoias estúpidas.

Sky finalmente olhou dentro de seus olhos, os fiozinhos do cabelo contornavam o rosto e abraçavam o nariz. Por impulso, Tate esticou a mão para colocar a franja rebelde atrás da orelha de Sky, raspando os dedos de leve na bochecha gelada dele.

O tempo pareceu congelar enquanto eles se encaravam, nenhum dos dois queria ceder e desviar, transformando o momento em uma pequena competição amigável inconsciente.

— Você tem uma pintinha na testa. — Sky sussurrou levantando o dedo para tocá-la, mas recuou no último instante. — E uma sobrancelha mais alta que a outra.

— Odeio essa sobrancelha. — Eles se distanciaram ao mesmo tempo voltando a encarar a rua. — Deixa meu rosto deformado.

— Não vou nem me dar ao trabalho de retrucar esse absurdo.

Sky realmente não retrucou, então eles mergulharam em mais um silêncio confortável.

No dia seguinte, aproveitando a folga do trabalho, Tate decidiu que deveria conversar com a mãe sobre tudo que o afligia. Ele imaginou que possivelmente Jennifer tivesse razão. Talvez estivesse mesmo cansado e, por essa razão, reprimia tantos sentimentos que estes acabavam diminuindo seus desejos e seus sentidos e tornavam o ato de se sentir excitado algo impossível, porque se concentrar "só" no prazer nunca aconteceria.

Quando sua mãe abriu a porta toda descabelada, o rosto ainda inchado de sono e os olhos com resquícios de maquiagem, Tate sentiu-se uma criança de novo, completamente carente e triste. Ele a abraçou com muita força, afundando o rosto no pescoço dela, com os ombros um pouco curvados pela diferença de altura, e a respiração era completamente abafada pela pele apertada contra seu nariz.

— Jesus, meu filho. — Ela disse quando o abraçou de volta, desengonçada por ele ter crescido tanto que seus braços já não o acolhiam mais inteiro. — O que aconteceu? Que grude todo é esse? Por um momento, pensei que fosse seu irmão pulando em mim.

— Preciso conversar com alguém. — Tate resmungou sem soltá-la, e sua voz tomava um tom infantil, acuado. — Ou então vou morrer sufocado, mãe.

Ela se afastou só um pouco para passar a mão pelo rosto dele, apertando uma das bochechas gordinhas. Tate detestava quando ela fazia isso e depois dizia que o rosto de "menininho" tinha sumido, dando lugar ao rosto de um "homão". Ele não se achava um "homão". Ele não se achava nada, para ser sincero. Era só um cara qualquer.

— Então entra, vou passar um café.

Tate lhe contou tudo, pois estava cansado de guardar tantas coisas por tanto tempo, e a garganta tornava-se automaticamente menos apertada, o peito subia e descia com mais tranquilidade conforme ele colocava tudo para fora, um tópico atrás do outro, como se vomitasse e nunca passasse a náusea. As palavras embolavam uma na outra, algumas jogadas com brutalidade e outras com suavidade. Ele falou sobre Jorja e como estava sendo difícil passar pelo luto e superar a saudade. Contou-lhe também sobre os médicos, os remédios, a falta de sensações e a dificuldade de simplesmente chorar ou sentir vontade de se deitar com uma mulher — ocultando, é claro, que esse problema em específico acontecia desde sempre. Normalmente, ele não conseguia se abrir com ninguém, era complicado falar e ver que todas as preocupações eram na verdade mais sérias do que ele se obrigava a achar, somente para tentar diminuir a tristeza profunda, mas se não o fizesse, acabaria morrendo de desgosto.

Enquanto ele falava, Susan olhava-o atenta e apenas sacudia a cabeça vez ou outra com uma expressão neutra, deixando Tate mais confortável e seguro. Ele sabia que, se ela o julgava, pelo menos não demonstrava, o que lhe dava gás para continuar falando até sentir que já não tinha mais nada para lhe contar, com exceção dos pensamentos esquisitos sobre Sky.

Isso ele preferia guardar esse sentimento bem no fundo do coração.

— Eu te amo, filhote. — Ela disse antes de sorrir e começar a comentar cada uma das partes que Tate jogou na mesa, entendendo e agarrando as dores dele, dando alguns conselhos de mãe, que ele adorava. Susan era a melhor mãe do mundo e o melhor pai também, era a mulher mais forte que Tate conhecia, e se sentiu bobo outra vez por não ter dito nada antes, por não ter compartilhado com uma pessoa que faria de tudo para vê-lo melhor.

Era mesmo um idiota.

Terminaram de tomar um café e conversaram sobre questões rotineiras, como trabalho, estudos e "namoradas". Tate pulou esse tópico tão rápido que deu na cara, mas Susan só levantou uma sobrancelha e sorriu sem pressioná-lo mais.

Enquanto voltava para o apartamento, montado na velha bicicleta amarela e desejando do fundo do cu ter dinheiro para comprar uma moto, Tate sorria pequeno, pensando que já tinha resolvido o problema e fazendo planos para quando chegasse a casa.

Sentado na cama depois de um banho demorado e relaxante, Tate chutou a cueca para longe dos pés e suspirou animado. Com uma revista pornô nas mãos, que Armin o obrigara a comprar depois do término com Cassie, vieram pensamentos muito "maldosos" que envolviam corpos femininos bonitos sentados em cima de suas coxas e mãos pequenas deslizando sorrateiras por seu abdômen e arranhando-o até chegarem ao peitoral.

Tate deslizou uma página ou outra, mas desistiu e fechou os olhos, pensando que talvez imaginar fosse melhor. Ele se imaginou, então, fazendo sexo com Cassie ou Jennifer ou, quem sabe, com as duas juntas. Tinha fantasias com aquelas peles macias, lisas e quentes em cima da sua e a fricção dos lábios em um beijo triplo que parecia muito tentador, com as línguas passeando de uma para a outra banhadas de muita saliva e indecência.

Respirou fundo, esperando alguma reação, segurou o pau ainda mole entre os dedos, estimulou-o de um jeito lento que normalmente o agradava, desejando que subisse de uma vez para que o sofrimento fosse finalmente embora.

Pensou com mais intensidade, mas nada aconteceu. Tentou de novo, apertou o pênis e ondulou o quadril, porém nada adiantou, até que…

De algum jeito, Sky, com os olhos cheios de *glitter* roxo, inundou sua mente junto à imagem do corpo dele usando apenas a camiseta da Joplin, mostrando as pernas fortes descobertas em volta de sua cintura, evidenciando os braços com veias e tendões em seus ombros e as mãos grandes agarrando seu pescoço. Os dedos firmes de Sky pressionavam sua nuca, puxando seus cabelos com violência, e a voz dele deslizava em suspiros e resmungos e ofegos em seus ouvidos, com os lábios pressionados em seu maxilar.

E, então, aconteceu.

O calor típico cruzou seu estômago direto para baixo e espalhou-se pela virilha e pelo início das coxas, seu corpo solavancava de leve e as sobrancelhas se franziam pelo primeiro sinal de prazer.

Arregalou os olhos e olhou para baixo, sentindo a garganta secar. Estava ficando duro. Estava ficando muito duro. E não tinha imaginado praticamente nada.

Sentou-se de súbito, ao sentir uma bola na garganta, sua mão ainda segurava o pau, apertando-o levemente e fazendo-o subir e descer em movimentos experimentais, que lhe permitiam sentir-se bem e motivado, motivado a continuar.

— Meu deus! — Sussurrou em completo desespero, descendo da cama e repelindo as mãos da área sensível, e olhou para esta com os olhos do tamanho de bolas de golfe, sentindo as bochechas quentes e vermelhas. — Que porra é essa?!

Cutucou o pau com o indicador e deu batidinhas leves na cabeça dele, provocando-lhes arrepios, pelo simples toque, que percorriam todo seu corpo. Isso não podia estar acontecendo, Tate recusava-se a acreditar.

— Ele é um homem! — Tate gritou para o pênis como se este pudesse ouvi-lo. — Qual é o seu problema, cara?! Se manca, filho da puta!

Cutucou a cabeça de seu pau novamente e mordeu os lábios devido à sensibilidade. Não estava entendendo mais nada.

Puxou o ar para os pulmões com força, pressionando a bochecha com a língua. Não tinha sido nada, certo? Só estava muito reprimido e, talvez, pensar em ex-namoradas não ajudasse tanto, uma vez que todas elas tinham terminado com ele. Era uma lembrança ruim, não era? Nada de ruim seria capaz de excitá-lo, era um raciocínio que fazia sentido.

Sky apareceu somente para ajudá-lo a colocar certas coisas no lugar e a entender-se melhor, no entanto provavelmente seu cérebro lotado de tesão ignorado tivesse só confundido as coisas e cruzado admiração com desejo. Em algum momento, ele precisaria simplesmente gozar, certo? Era fisiológico, tudo bem ter pensado em Sky dessa forma. Foi só uma vez e fingiria que nada tinha acontecido, "porque nada realmente tinha acontecido".

Mas, se não gozaria se imaginando com uma mulher, então se recusaria a permitir que seu cérebro confuso lhe pregasse essas pegadinhas imbecis para fazê-lo gozar pensando em um homem. Suspirou e caminhou até o banheiro para tomar um banho gelado, com o pênis ainda duro feito pedra.

Era sábado e depois da noite de terça, Tate tinha desaparecido outra vez e somente reapareceu com a finalidade de convidá-lo para os ensaios da Poison, insistindo para que Storm fosse junto, uma vez que ela havia dito que ainda não tinha tirado fotos o suficiente.

Sky já não conseguia mais raciocinar quando Tate surgia do nada na porta de seu apartamento, às vezes sorrindo largo; às vezes, pequeno; às vezes, meio triste. Era estranho como sentia que era capaz de lê-lo com facilidade, mas ao mesmo tempo também ficava perdido diante de todas as diversas facetas dele, imerso em pensamentos que não descobriria nem se tentasse.

Na sexta, quando Sky atendeu ao seu chamado abafado no corredor, Tate não conseguiu mais sustentar seu olhar, sempre o desviando para outros pontos e parecendo, mais uma vez, uma pessoa totalmente diferente. Ele estava bem mais confiante enquanto sentado na calçada de frente para a padaria, deslizando a franja de Sky para trás da orelha e mantendo a atenção em todos os seus detalhes.

Subitamente, tudo tinha mudado outra vez, pois Tate parecia viver em cima de uma montanha-russa, e Sky não gostava disso, preferia a firmeza e a rotina, estimava coisas que o fizessem sentir-se seguro.

Aceitou o convite, afinal gostava mesmo do som deles e não teria nada para fazer no fim de semana.

No sábado, depois de colocar só uma jaqueta de couro por cima da camiseta da Joplin, calça de moletom justa que mais parecia jeans e uma sombra metálica vermelha nos olhos, Sky saiu pisando meio duro sobre os tênis de skatista muito feios, mas havia ganhado de presente de aniversário da mãe, que dizia combinar super bem com o esporte.

Tinha saído depois de Tate porque queria assistir ao *Pânico* e *Pânico* 2, para completar a maratona assistindo ao 3 no domingo, então o dispensou quando ele bateu à porta mais uma vez e perguntou se queria companhia para o caminho. Dessa vez, porém, parecia amigável de um jeito forçado fazendo queimar todos os parafusos de Sky.

Quando chegou à garagem, todo mundo já estava lá, alguns sentados no sofá; outros, no chão; outros, de pé, no entanto todos tinham uma garrafa de cerveja na mão e conversavam animados sobre alguma coisa que Sky havia pegado pela metade.

— Tô te falando, ele caiu de cara no palco de tão bêbado que tinha ficado antes do show começar! — Armin gritou com Kyle, mas seu tom de voz era risonho, os olhos praticamente fechados pelo sorriso enorme. — Ele nem se lembra de como conseguiu tocar, não foi, Tate?

— Cara, aquele dia bebi tanto que nem sentia mais minha boca, tô te falando. — Tate respondeu sentado em frente à porta de entrada, com uma perna flexionada e a outra esticada, os cabelos livres do boné usual, uma regata preta e jeans justos. — Acho que Jorja e Armin que me carregaram para fora do palco depois.

Kyle riu e deu um gole demorado na cerveja, notando Sky quando este finalmente se aproximou meio tímido.

— Oi, Sky. — Kyle cumprimentou-o e chamou a atenção de todos, que viraram os olhos para ele. — Quer uma cerveja?

— Oi, pessoal.

Sky acenou com uma das mãos e sorriu quando todos o cumprimentaram de volta, o sorriso, porém, morreu assim que escutou alguém engasgando. Ele virou rapidamente o rosto para Tate, que esfregava a regata preta toda molhada e tossia sem parar, com resquícios de cerveja escorrendo pelo queixo.

— Caralho! — Tate resmungou e olhou meio apavorado para Sky, deslizando a atenção pela camiseta dele e focando-a por tanto tempo que Sky pensou que ele simplesmente havia congelado. Mas que porra? — É, oi, e aí, tudo bem?

E, então, Tate sorriu daquele jeito forçado de novo, e Sky jurou ter visto um dos cantos da boca tremer.

— Me apresentem o garoto. — Sky escutou uma mulher falar

e olhou perdido pela garagem, encontrando um rosto desconhecido em um dos cantos, entre o sofá e a parede. Ela tinha cabelos descoloridos muito bonitos e tatuagens iradas nos braços. — Que falta de educação a de vocês, eu hein.

— Ah, é nossa, eu esqueci. Susan, esse é o Sky, é o vizinho do Tate. — Nolan falou calmo como sempre. — Ele está vindo nos assistir agora.

— Oi, Sky. — Susan respondeu com um sorriso nos lábios. — Sou a Susan, mãe do Tate e do Armin.

— Prazer, Susan.

Sorriu de volta e olhou para Tate outra vez, que ainda encarava sua camiseta e mantinha a boca meio aberta como se estivesse em outro mundo e pensasse em coisas aleatórias. Rolou os olhos, desistindo de tentar entender o que estava acontecendo.

— Vamos tocar de uma vez, meus dedos já estão coçando. — Hyun resmungou e largou a garrafa vazia em cima de um latão, dirigindo-se ao outro lado da garagem para pegar a guitarra.

— Porra, vamos!

Nolan foi atrás, assim como Armin, que sequer olhou para Sky, passando reto como se ele nem estivesse ali. Storm, que estava com Sunny no colo, fazendo tranças no cabelo dela, aproximou-se de Sky e depositou um beijo tranquilo na bochecha dele, posicionando a câmera antes de começar a fotografar a decoração do lugar e sorrindo entre um *flash* e outro.

— Você vai me ensinar a mexer nessa câmera algum dia? — Sunny perguntou enquanto roía uma unha.

— Prometi, não prometi? — Storm levantou uma sobrancelha, rindo quando Sunny assentiu animada. — Então, você vai aprender.

Ao longe, Susan observava Sky quieta.

Quando todos já estavam posicionados na frente de seus instrumentos, afinando-os e decidindo que música tocariam, a questão mais importante apareceu outra vez, fazendo Sky prender a respiração.

— Ainda sem um vocalista? — Susan perguntou e descruzou os braços, sentando confortável ao lado de Sunny no sofá e olhando fixamente para Sky, que desviou o olhar e umedeceu os lábios nervoso. Ela era intensa como Tate.

— Tate, cara, se não arrumarmos uma vocalista até mais ou menos um mês antes do show, nossa apresentação vai ser um fracasso. — Hyun falou meio estressado, tão rápido que Sky piscou confuso. — Não estou criticando seu vocal, mas o Armin mesmo disse que você cansa muito rápido quando canta e toca músicas agitadas ao mesmo tempo. Teria que treinar isso, mas encontrar um vocalista para dividir a tarefa com você seria muito mais rápido.

— Concordo. — Nolan assentiu e ajeitou o boné preto, mordendo os lábios enquanto olhava para Tate, cauteloso. — Temos que resolver essa situação bem rápido.

Sky percebeu que Armin o observava, com aquele olhar cortante e furioso de sempre, como se o mandasse ficar quieto e fora disso, fora de uma situação que não era de sua conta.

Foi então que ele decidiu dar um passo à frente.

— Eu vou cantar.

Todos viraram a cabeça para Sky, e um silêncio desconfortável invadiu o ambiente.

Armin abriu a boca incrédulo.

— O quê? — Storm soprou a palavra com tanto desespero que Sky quase se arrependeu, contudo ao ver que Tate o encarava intensamente, parecendo grato e receoso ao mesmo tempo, ele sentiu que precisava fazer isso. Não só por Tate, mas também por si mesmo. "Para se libertar". Para tentar quebrar a caixa grossa que o cercava desde a morte de Danny, roubando aos poucos sua voz, seu dom, sua forma mais sincera de se expressar.

Ele precisava arriscar.

— Eu disse que vou cantar. — Levantou a cabeça, confiante, desafiando Armin com uma sobrancelha erguida, quase dizendo "o que vai fazer quanto a isso?".

— Você tem experiência nisso? — Hyun sorriu feliz batendo uma palma alta, o que dissipou o clima tenso do ambiente. — Realmente sabe cantar?

Sky caminhou para perto do microfone, dedilhando-o enquanto olhava para Tate, que estava bem diante dele, com a guitarra que pesava de lado e descia um pouco a manga da regata, colocando o ombro largo à mostra.

Sky estava tentando dizer a Tate que precisavam confiar nele e deixá-lo tentar, que não os desapontaria. Não como Jorja fez. Quando Tate sorriu de canto, percebeu que ele tinha entendido perfeitamente a mensagem.

— Hyun, repete o que acabou de dizer. — Tate falou mais alto, sem desviar os olhos dos de Sky. Era a dualidade dele o afetando outra vez.

— Hã... Você realmente sabe cantar? — O tom de voz de Hyun era de confusão, mas nem Sky nem Tate se deram ao trabalho de se virarem para ele.

Tate riu baixinho e, depois de umedecer os lábios, disse:

— Você só vai saber se ouvir, cara.

Pêssego

— VOCÊ NÃO GOSTA DE MÚSICA. — Armin resmungou com tanta força que a raiva dele ficou visível em seu rosto todo. — "Qual é o seu problema?".

— Perdi alguma coisa aqui? — Hyun perguntou de braços abertos e expressão impaciente. — Porque parece que vocês têm algum tipo de intriga que não me interessa, não quando temos um show para fazer em menos de três meses, porra.

Sky usou sua melhor expressão esnobe quando olhou para Armin, levantando as sobrancelhas e abrindo um sorrisinho de canto.

— Não faço ideia do que ele está falando. — Disse inocentemente, e seus cílios praticamente desciam e subiam em câmera lenta. — Você sabe, Tetê?

Tate deixou o sorriso morrer assim que ouviu o apelido. Ele abriu e fechou a boca várias vezes, mas acabou por apenas balançar negativamente a cabeça e olhar para baixo, o que deixou Armin ainda mais furioso e com o queixo caindo instantaneamente.

— Você não é "bom o suficiente". — Ele respondeu ácido. — Eu...

— Você já deve ter me ouvido cantar então, não? — A voz de Sky estava mais alterada, contudo ainda era inocente, como se ele não soubesse que as intenções de Armin eram maldosas.

— Eu...

— Mas acho que você não quer estragar a surpresa, não é? — Levantou o queixo em um desafio claro, ao citar indiretamente o incidente com o presente que Tate lhe deu. — Estragar surpresas é muito feio, Armin.

Armin contorceu o rosto inteiro em uma fúria tão grande que Sky pensou que, se estivessem sozinhos, provavelmente acabaria levando um soco ou uma sequência deles bem na cara, mas sorriu convencido e levantou uma sobrancelha, porque pelo menos tinha conseguido confrontá-lo do jeito certo dessa vez.

Quando Sky pensou que Armin se levantaria daquela bateria e acabaria com sua raça, uma risada animada de Susan dissipou toda a tensão e trouxe a realidade de volta.

— Armin está tão vermelho que acho que vai explodir. — Ela disse. — Vou pegar uma água, filho. Tenta respirar fundo.

— Mãe!

Susan saiu, e Sky sufocou um riso junto a Tate, que claramente debochava de Armin sem sentir medo do perigo.

— Ai, ai, Arminie... — Tate permitiu-se rir alto e balançou a cabeça de um lado para o outro, afastando-se do microfone. — Eu te amo, irmãozinho.

— Ah, não fode! — Armin resmungou e agarrou as baquetas outra vez, acertando-as em um prato com violência. — Também te amo.

— Fofos e tal, mas vamos ensaiar agora? Tipo, meus dedos estão realmente coçando. — Hyun dedilhou rapidamente a guitarra e colocou a língua para fora da boca, provocando-os. — Kyle e Sunny, não se esqueçam de anotar meus improvisos dessa vez, vai ser legal fazer uma montagem deles depois.

— Pode deixar. — Sunny respondeu afastando a franja azul dos olhos. — Kyle vai anotar os seus, e eu vou anotar os do Tate. Nolan e Armin não improvisam, por isso não vamos gastar caneta.

— Olha só, cê tá ficando boa nisso, pirralha. — Kyle bagunçou o cabelo dela, que empurrou os lábios em um biquinho infantil.

— Sky, o que você gosta de cantar? — Jaden perguntou. Ele estava encostado à parede, os braços cruzados no peito e um sorriso amigável no rosto.

Susan voltou com um copo de água para Armin. Ele bebeu tudo

com pressa, e a expressão irritada no rosto fazia Sky sentir vontade de rir outra vez, porque naquele momento, sendo censurado pela própria mãe, Armin não poderia fazer absolutamente nada além de só ficar emburrado.

Sorriu maroto.

— Canto de tudo, posso ser o que vocês quiserem que eu seja.

— Nossa. — Tate resmungou e, quando Sky o olhou outra vez, o sorriso forçado ressurgiu de repente. — Legal, né, Nolan? Muito interessante.

Estreitou os olhos, mas não disse nada. Tate desviou o olhar do seu imediatamente, e seus dedos nervosos serpentearam as cordas da guitarra.

— Então, mostra pra gente. — Nolan disse. — Confesso que estou curioso.

Sky deu uma volta entre eles, entre os instrumentos, batendo propositalmente o ombro em Tate — que só se afastou, esbaforido —, e olhou provocativo para Armin.

— Posso ser o Freddie Mercury.

Sky parou, flexionou um joelho e levantou um braço para cima com o punho fechado, depois virou o rosto para o lado na pose icônica que ficou perfeita, arrancando suspiros surpresos de todo mundo.

— Ou posso ser a Janis Joplin.

Agarrou o fio da guitarra de Tate, que o encarava fascinado, e começou a girá-lo na lateral do corpo, deixou o braço que não estava ocupado estendido com a mão em punho, e a garganta poderosa emitia o grito afinado que Joplin sempre dava quando estava animada, só o som disso provava que Sky sabia "sim" cantar.

— Santa Deusa! — Susan exclamou. Sky virou para ela e deu uma piscadela, sentindo-se muito confiante.

— Ou… — Voltou para Tate, sorrindo de canto antes de dizer: — Posso ser o vocalista da AC/DC, Brian Johnson.

Sky pegou o microfone e começou a andar com ele do lado, um passo duro na frente do outro, os quadris balançando charmosos, o braço levemente flexionado de forma que sua mão ficasse na altura de seu rosto enquanto ele cantava um pedacinho de *Highway To Hell*.

— *Living easy, living free…* — Resmungou contra o microfone, os olhos pregados no rosto extasiado de Tate. — *Asking nothing, leave me be.*

E, quando ele parou, Tate soltou um ofego tão alto que daria para escutar do outro lado da cidade, mas facilmente foi abafado pelos aplausos de todos e os assobios exagerados de Hyun, que pulava e dançava animado.

— Você é nosso cara! — Ele disse junto a Nolan. — Vamos arrasar!

Sky sorriu animado para eles, porém, quando olhou para Armin, sorriu debochado, fazendo-o bufar.

— Já que você mandou bem demais, agora que tal escolher uma música? — Jaden sugeriu olhando para o pessoal da banda para ver se aprovariam.

Nolan e Hyun sacudiram a cabeça, Armin fez uma careta, e Tate só continuava a encarar Sky como se seu espírito estivesse longe dali.

— Pensei em cantar…

— Uma música de maricas? — Armin soltou um riso soprado maldoso, batucando de leve a bateria. — Aposto que sim.

— Armin. — Susan repreendeu-o com um olhar cortante, mas rolou os olhos em seguida.

Sky ia cantar *Love Me Two Times*, da banda The Doors, mas como Armin era um pé no rabo que só existia em sua vida para causar irritação, colocou as mãos na cintura e balançou a cabeça fingindo pensar, já sabendo exatamente o que fazer para conseguir tirar Armin ainda mais do sério.

— Vou cantar *Girls & Boys*, da Blur.

— Ahn… aquela música que fala sobre o cara gostar de garotas "e" de garotos? — Nolan perguntou com as sobrancelhas franzidas e o tom de voz meio preocupado. — O que acham?

— É só uma música. — Hyun deu de ombros. — Não precisa ficar tão encabulado.

— Concordo. — Susan respondeu confiante.

— Não vamos tocar essa música. — Armin disse. — É ridícula, nem é a vibe da nossa banda!

— Mas eles disseram que "eu" podia escolher a música, e "eu" escolhi "essa". — Sky posicionou-se atrás do microfone e olhou para trás só para pegar Armin inflando as bochechas até elas ficarem vermelhas como cerejas. — Prontos?

— Armin, guia o ritmo. — Tate resmungou afetado com alguma coisa. — Vamos lá.

Contrariado, Armin contou com as baquetas, ritmando o começo antes de as guitarras e o baixo se juntarem ao som. Storm posicionou-se agachada diante deles para tirar um monte de fotos. Já Sky abriu um sorriso orgulhoso que incendiava todo seu corpo, e o fazia se mover conforme a música. Movimentava-se batendo o quadril para um lado e para o outro, e seus cabelos balançavam com agitação e caíam na frente dos olhos.

— *Streets like a jungle, so call the police. Following the herd, down to Greece on holiday!*

No instante em que Sky começou a cantar para valer, imitando até mesmo o sotaque britânico e a postura de palco do Damon Albarn, sentiu que certas amarras que circulavam seu coração se afrouxaram, deixando escapar a alegria que ele sentia em simplesmente se expressar dessa forma. Então cada nervo vibrava com o ritmo agitado, a respiração entrava rápida no pulmão e saía grossa, chiada, mas suficiente, e o aperto típico no peito não dava nem sinal de vida.

— *Love in the 90s. Is paranoid on sunny beaches. Take your chances looking for…*

Sky virou de frente para a banda, encarando cada um deles nos olhos, e suas palavras deslizavam afinadas da boca, sendo doces e intensas ao mesmo tempo, masculinamente charmosas e profundamente sensuais, com o inglês britânico dando o toque final para tudo sair perfeito.

E então, no refrão, encarou só Tate enquanto cantava:

— *Girls who are boys, who like boys to be girls, who do boys like they're girls, who do girls like they're boys. Always should be someone you really love.*

Tate desafinou alto, seus dedos de repente escorregaram pelo braço da guitarra, e o ruído incomodou os ouvidos de todo mundo, mas Sky só estava se divertindo e nada atrapalharia o momento, muito menos o pânico estampado no rosto de Tate, cujo suor escorria aos poucos atrás da franja enrolada rebelde.

Sky voltou à frente, o calor tomava conta de cada parte de seu corpo, as pernas se moviam sozinhas, os passinhos de pés tornavam a *performance* mais atraente e convidativa, e o sorriso enorme mostrava os dentinhos provando que ele foi concebido para aquilo, nascido para ser um artista.

Sky cantou as últimas partes da música e virou para a banda outra vez, engatando tão rápido em *Back In Black* da AC/DC que eles quase não conseguiram acompanhar, porém Sky estava cheio de fôlego e pouco se fodendo para os erros, pois só queria cantar e dançar até sentir que não aguentava mais.

– *Back in black, I hit the sack. I've been too long, I'm glad to be back. Yes, I'm let loose from the noose that's kept me hangin' about. I been livin like a star 'cause it's gettin' me high.*

E Sky trocou de Damon Albarn para Brian Johnson mais uma vez, puxando o boné de Nolan e colocando-o na própria cabeça com a aba para trás. Subia e descia as sobrancelhas para Tate, que focava tanto todos os seus movimentos que a boca continuava aberta. Ele franzia a testa em concentração e deixava os braços expostos, empenhados no instrumento, tornando os músculos naturais marcados pelo esforço e fazendo o suor cobrir toda a pele dourada.

Sky mordeu os lábios e voltou para frente, encarando Susan, cantou diretamente para ela apenas porque tinha gostado muito de sua personalidade. O sorriso galã nunca abandonava seu rosto, apesar de a maquiagem praticamente derreter nos olhos e, provavelmente, escorrer indecente pelas bochechas.

– *Forget the hearse, 'cause I never die. I got nine lives, cat's eyes, using every one of them and runnin' wild 'Cause I'm back! Yes, I'm back!*

Sem dúvida, Sky tinha uma presença de palco contagiante e "sabia" disso. Ele sentia cada vibração de nota bem no fundo do peito, e a única reação possível era dançar, pular e gritar. No entanto, Sky não parecia um completo maluco, porque cada movimento seu era de uma elegância calculada que não tinha nada a ver com cantores de rock nem com nenhum de seus ídolos. Era uma marca própria natural, uma coisa que só ele conseguia executar com perfeição.

No solo final, Sky tornou a virar para a banda, observando Tate dar voltinhas no lugar, com uma perna levantada e a cabeça sacudindo para cima e para baixo exatamente como Angus Young fazia. Era difícil, Sky conseguia ver a veia saltada no pescoço, os ombros tensos e a postura meio largada, mas Tate era capaz de tocar com maestria e encarar Sky com intensidade "ao mesmo tempo". Seu olhar cortante desviava somente quando ele estava de costas, e a regata colada de suor permitia a Sky enxergar os músculos de seu corpo.

No momento, nem mesmo Armin, de cara feia, conseguia atrair a atenção de Sky, porque Tate era tão bonito que ele sentia que ficaria cego de tanto observá-lo.

Quando a música acabou, Tate jogou a última nota para o máximo e deslizou a guitarra para o lado, fazendo-a bambear para cima e para baixo, e seus lábios reproduziam uma respiração ofegante e resmungos grossos cansados.

Susan, Jaden, Sunny, Kyle e Storm bateram palmas, Sky sentia a euforia percorrer todas as veias e artérias de seu corpo como lava fervente, e toda a sua pele parecia gritar e expulsar o que estava guardado por tanto tempo.

Hyun praticamente jogou a guitarra no chão e pulou o baixo de Nolan para chegar até Sky, levou uma das mãos no ar para um *high five*, e este conseguiu bater nela antes de ele voltar ao chão.

— Foi do caralho! — Hyun gritou animado, os braços fortes praticamente tiraram Susan do chão para girá-la, e a gargalhada dela percorreu a garagem. — Porra, você é bom demais nisso!

— Cacete, Sky, você é muito talentoso, estou sem palavras. — Nolan disse com os olhos arregalados de surpresa, e seus cabelos bagunçados fizeram Sky se lembrar de que ainda estava com o boné dele, então o tirou da cabeça para devolvê-lo. — Você já fez aula alguma vez?

— Não. — Deu de ombros. — Sempre detestei estudar.

— Então, é um dom incrível! — Sentiu as mãos de Susan em seus cabelos, bagunçando-os em um gesto de mãe que Sky apreciou muito. — Nem faço parte da banda, mas posso dizer que qualquer um que faz meu filho desafinar está mais do que apto a participar dela. Não é, Tate?

Todos viraram para ele, que estava sentado no chão recuperando o fôlego, com as costas apoiadas ao amplificador da Meteoro, os braços em cima dos joelhos e a cabeça ligeiramente inclinada para o lado, revelando partes do pescoço cobertas de suor.

— Não foi tão feio assim. — Ele disse com a voz falhando e o timbre ainda mais grosso que o normal, fazendo Sky sentir todos os pelos do corpo se arrepiarem. — Foi só um deslize, me distraí quando ele se virou para nós.

— Cara, o Brooklyn inteiro conseguiu ouvir o som rasgado da sua guitarra, não fode. — Hyun lhe advertiu, abrindo um sorriso brincalhão nos lábios. — Mas tudo bem, acontece.

— Você tem uma energia ótima, vai contagiar a galera. — Kyle bateu palminhas e fechou os olhos de tanto que sorriu. — E acho que sua voz combina com qualquer música, sem exceção.

— Você está dentro por enquanto. — Tate assentiu, mas estava com a cabeça baixa e massageava a nuca com ambas as mãos. — Mas vai ter que ensaiar com a gente até o dia do show, como Hyun.

E, então, ele estalou o pescoço de um lado e depois do outro, com os lábios massacrados entre os dentes. Tate provavelmente sentia muita dor, ele fez mais esforço que todo mundo ali, pois sua guitarra era a mais pesada.

Sky socou o ar antes de dizer *yes* e abrir um sorriso maior ainda, seu nariz enrugava aos poucos, e os olhos franziam nas laterais, fazendo Sky sentir uma coisa molhada entre eles e lembrar-se de que a sombra provavelmente estava distribuída por todo seu rosto.

Levou os dedos às têmporas, puxando a beirada dos olhos e fazendo um rastro úmido de maquiagem, xingou um palavrão pelo trabalho que daria para tirar.

— Porra. — Tate resmungou outra vez, mas quando Sky virou para observá-lo, ele disfarçou apertando o pescoço novamente.

"Que caralhos…?"

Decidiu ignorar mais uma vez, suspirando pelo cansaço que se apossou de seu corpo e de sua mente; além disso, suas pernas imploravam para ele se sentar um pouco ou, então, dormir até o outro dia.

— Podemos sair para beber? — Jaden sugeriu, com as mãos dentro das calças sociais que não combinavam em nada com o lugar. — Estou cheio de sede.

— Passo. — Sky resmungou. — Estou cansado demais, vou para casa dormir até o outro dia.

— Justo. — Jaden concordou com a cabeça. — Alguém mais vai para casa?

— Eu. — Tate levantou a mão e depois saiu do chão, gemendo de dor e fechando os olhos por uns segundos. — Tô fodido de cansado.

— Justo também. E, então, mais alguém?

Tate e Sky voltaram juntos. O céu começava a escurecer para o azul-profundo, cheio de pequenas estrelas, com a lua iluminando, aos poucos, o caminho, e os postes criavam sombras ondulantes dos corpos. Ao longe, era possível escutar músicas de bares, pessoas conversando e crianças brincando, e o som abafado deslizava ligeiro pelo ar que começava a esfriar, causando um calafrio em Sky.

Tate andava um pouco ziguezagueando, uma perna cruzava na frente da outra, os ombros esbarravam propositalmente em Sky, que ria baixinho e o empurrava de volta. Aquela era a única interação entre eles por longos minutos, durante a qual nenhum dos dois realmente se cansava. Estar daquele jeito com Tate, em silêncio, escutando apenas as gargalhadas controladas dele e sentindo o pequeno contato da pele quente na sua, era bom e agradável, íntimo, mas não tanto, e Sky gostava disso.

Quando estavam quase chegando ao prédio, Tate parou e olhou fixamente para alguma coisa do outro lado da rua. Sky franziu as sobrancelhas e o acompanhou, notando que era uma loja de conveniência 24 horas.

— Sky, sabe o que estou morrendo de vontade de fazer agora? — Tate perguntou com a voz monótona e o rosto sendo iluminado aos poucos por um sorrisinho sapeca.

— Não? — A afirmação saiu mais como uma pergunta, mas Tate não pareceu se importar. — O quê?

Ele olhou para Sky, as sobrancelhas subindo e descendo em diversão, a língua mantinha-se entre os dentes, com um brilho infantil nos orbes escuros.

— Vem comigo.

Tate pegou delicadamente Sky pelo pulso e atravessou a rua com ele, que só o acompanhava calado, com a boca meio aberta em um misto de indignação e curiosidade, e os pés praticamente batendo duros no chão para não perder o ritmo de Tate, que parecia eufórico e desesperado, deixando escapar um risinho diabólico.

Eles entraram na loja, mas Sky tinha se esquecido completamente de que estava com a maquiagem toda escorrida, então tentou esconder um pouco o rosto olhando para baixo. A senhora atrás do balcão, contudo, parecia já ter percebido, arregalando os olhos de leve e coçando o queixo com uma das mãos.

Deu um sorrisinho amarelo para ela e foi para perto de Tate, que estava debruçado sobre um freezer gigante de sorvetes, com o corpo praticamente suspenso, fazendo a regata larga subir até mais ou menos o meio das costas, o que dava a Sky a visão do abdômen dele pressionado, da pele dourada, que brilhava sob as luzes fracas do estabelecimento, e do braço flexionado pela mão apoiada à borda.

Sky suspirou baixinho, sentindo-se afetado. Porra, Tate era "muito" bonito.

— Achei! — Tate gritou e levantou com pressa, o sorriso retangular brilhando em excitação. — Sky, olha!

Ele lhe mostrou dois picolés de pêssego idênticos.

— Era isso que você estava com vontade de fazer? — Sorriu pequeno e cruzou os braços no peito, levantando uma sobrancelha. — Chupar picolé de pêssego?

— Não toco em um picolé de pêssego há anos! — Tate fez uma cara feia que não saiu assustadora, mas extremamente adorável. Ele deu de ombros depois e caminhou para as máquinas de raspadinha, cutucando o queixo com o picolé enquanto escolhia um sabor. — Era uma mania do meu pai, mas acabei largando com o tempo. Ele era viciado nesse sabor.

— E você vai chupar os dois? — Parou ao lado dele, empurrando-o com o cotovelo e fazendo-o equilibrar-se em uma perna só antes de voltar à posição inicial. — Não vai nem me oferecer um?

Tate rolou os olhos sorrindo de canto.

— É claro que um deles é para você, mané. — Fez um biquinho quando pegou dois copos grandes, segurando os picolés com apenas uma das mãos. — Morango, morango... Cadê você, morango?

— E o que te faz pensar que quero um picolé de pêssego e uma raspadinha de morango?

Gostava muito de provocar Tate. Era divertido vê-lo impaciente, com os lábios torcidos em uma clara careta de descontentamento e, embora ele tentasse parecer bravo, nunca conseguia intimidar Sky dessa forma.

— Meu pai tinha essa combinação meio maluca que parecia muito legal na época, então vamos chupar picolé de pêssego com raspadinha de morango. — Ele encheu os dois copos, fechou a boca deles e enfiou os canudos nos buracos, caminhando animado em direção ao caixa, para onde se encontrava a senhora que ainda analisava Sky, chocada e desconfortável. — Outro dia, se você quiser, podemos fazer algo de que você goste muito. Hoje é minha vez.

— Quem decidiu isso? Por que não me lembro de termos conversado sobre o assunto. — Olhava ao redor com uma expressão entediada e tentava não transparecer que estava gostando de retrucar tudo que Tate dizia só para vê-lo respirar fundo.

— Te deixei entrar para minha banda, quer motivo melhor que esse? — Tate respondeu e abriu um sorriso convencido quando percebeu Sky franzir o nariz, contrariado. — Quanto deu?

— Dez dólares. — A senhora resmungou enquanto colocava os picolés na sacola.

— Ahn... Pode fazer por oito?

Então, Sky notou a típica expressão de pânico no rosto de Tate e, prontamente, tirou do bolso da calça os trocados que faltavam, estendendo discretamente para ele, que só balançou a cabeça como se não quisesse aceitar, e prendeu os lábios entre os dentes.

— São dez dólares. — Ela repetiu o valor, com uma voz monótona causando irritação em Sky, que só puxou a mão de Tate por baixo da vista dela e depositou as moedas em sua palma, apertando os dedos dele contra os metais gelados. Tate suspirou derrotado e entregou o dinheiro. — Obrigada por escolher nosso estabelecimento e volte sempre.

Tate puxou a porta para Sky passar, entregando a ele um picolé e uma raspadinha, mas seu rosto entristecido cortou completamente o clima animado de antes, fazendo Sky se preocupar um pouco com o nível de instabilidade dele.

Era sempre assim, Tate constantemente passava da água para

o vinho em instantes, o que não era algo muito bom para uma pessoa que vivia de monotonia como Sky.

Eles atravessaram a rua novamente, mas em vez de ir direto para casa, Tate foi em direção ao parquinho vazio que decorava a avenida e sentou-se no balanço azul, movendo-se silenciosamente com o canudo na boca. Ele nem parecia apreciar realmente a raspadinha e apenas sugava tudo para dentro como se não importasse mais.

Sky sentou-se ao lado dele, no balanço vermelho, e pegou um ritmo calmo enquanto abria o picolé, apoiando o copo entre as coxas.

— Te devolvo depois. — Tate resmungou sem olhar para Sky, mantendo a atenção meio presa às árvores em frente aos balanços.

Sabia que ele estava falando sobre o dinheiro, então só balançou a cabeça e sorriu para tranquilizá-lo mesmo que ele não estivesse vendo.

— Não precisa, Tate. Sério, não fica bolado com isso.

Chutou um pouco o chão com os dois pés para continuar balançando, mas virou o corpo para observar melhor Tate e notou seu rosto inexpressivo iluminado pelo poste amarelo e as sobrancelhas franzidas devido a algum pensamento que Sky nunca saberia decifrar.

— Posso te falar uma coisa? — Ele mudou de assunto, abriu o picolé, colocou a raspadinha no chão e abraçou o doce até a metade com seus lábios macios. Sky assentiu, colocando o picolé na boca também, olhos nos olhos dele. — Promete que não vai dar risada de mim?

— Não dou risada de ninguém.

Tate balançou a cabeça, impulsionou o balanço de um lado para o outro e virou o corpo em direção a Sky.

— Você fica muito bonito de maquiagem, Sky. — Ele resmungou lentamente e mordeu os lábios, nervoso. — Você continua bonito mesmo com ela toda escorrida assim.

Sky riu e fez Tate rir junto, com a animação tomando conta aos poucos.

— Minha cara tá um horror, e você nem para me avisar antes de entrarmos na loja, fala sério! — Eles riram outra vez, chupando o picolé, e Sky passou os dedos com força pelo rosto tentando tirar as manchas.

— Espera aí, eu ajudo você, segura aqui.

Tate entregou o picolé para Sky, levou a mão até a bochecha dele, esfregou com delicadeza de um lado para o outro, mantendo o rosto a centímetros de distância, as respirações quentes e doces se misturando, os perfumes e o leve suor dançando entre os narizes.

Sky sentiu uma coisa esquisita no peito. Os toques de Tate eram brutos e gentis ao mesmo tempo, e a sensação dos dedos com calos, causados pelo uso da guitarra, tocarem sua pele sensível e a arranharem era boa, era morna, e fazia seu coração disparar um pouco mais rápido. O pesar do peito sufocando era apenas um detalhe, dissolvendo-se na forma de um suspiro de deleite. Fechou os olhos e desejou que ele não parasse de tocá-lo, fazendo-o soprar um riso em sua testa.

— Pronto, melhorou um pouco. — Tate colocou a franja de Sky atrás da orelha outra vez, demorando o toque no maxilar dele por alguns segundos e retirando rapidamente depois. — Ainda está meio manchado, mas consegui tirar o excesso. O engraçado é que você está parecendo um personagem daqueles desenhos japoneses que vive com as bochechas vermelhas.

— Você assiste à anime, Tate Park? Olha só, mais uma peculiaridade sua. — Sky riu e cutucou o peito dele com o indicador, descendo ligeiramente para uma das costelas para fazer uma cosquinha singela. — Vou começar a te chamar de otakinho agora.

— Ei, para! — Tate contorceu-se com o dedo na parte sensível, sufocando uma risada que escapou alta de qualquer forma, e inclinou a cabeça para trás enquanto cobria o peito para se proteger de Sky. — Nem sei o que é isso, só vi passando na televisão algumas vezes!

— Não vou acreditar em você, todo otakinho diz isso. — Sky enfiou o picolé na boca novamente e pegou a raspadinha do meio das pernas para alternar no sabor, surpreendendo-se com a mistura de sabores. Era mesmo bom, o pai de Tate tinha um ótimo gosto. — Acho que você esfregou a maquiagem pela minha cara inteira só para eu sair por aí parecendo esses personagens toscos. Confessa agora ou jogo essa raspadinha em você.

— Joga essa raspadinha em mim que te faço engolir esse picolé. — Tate disse com uma sobrancelha levantada, apontando o picolé direto para os lábios de Sky.

Tate estreitou os olhos, Sky também, e eles ficaram se encarando assim por segundos até caírem na risada outra vez, e seus corpos balançavam quase ao mesmo tempo para frente e para trás.

— Você é muito besta. — Sky disse contrariado e balançou negativamente a cabeça, com um sorriso bobo no rosto.

— Sou um besta agradável, tem que me classificar direito.

Eles ficaram em silêncio por um tempo, só terminando o picolé e a raspadinha, agruparam o lixo em um canto para jogar fora quando fossem embora. O céu já estava completamente escuro, e o vento parecia cada vez mais frio.

— Por ter me deixado entrar na banda, vou te recompensar com uma *performance* pessoal, só observa.

Em seguida, ele limpou as mãos molhadas e geladas na calça, esfregando os lábios que formigavam, e se levantou do balanço, parando na frente de Tate, que observava tudo calado, com a garganta engolindo em seco e os olhos meio arregalados.

Sky bateu uma palma baixa e deu um passinho para o lado, depois bateu outra palma e deu um passo para o outro, girando com os braços para cima quando começou a cantar *Mercedes Benz*, da Janis Joplin, uma música divertida que ela criou só para animar o público entre os intervalos.

— *I'd like to do a song of a great social and poetical import, it goes like this!*

Então Sky disse, e sua voz falou com uma melodia por trás, o corpo sem parar de se mover de um lado para o outro em uma dança de poucos movimentos, só passinhos e palminhas.

— *Oh Lord, won't you buy me a Mercedes-Benz? My friends all drive Porsches, I must make amends. Worked hard all my lifetime, no help from my friends. So Lord, won't you buy me a Mercedes-Benz?*

Ele começou a rir da expressão abobalhada de Tate, que ficou de boca aberta em admiração. Seus olhos chegavam a brilhar e deslizavam astutos por seu corpo sempre que levantava os braços para bater as palmas, revelando um pedaço de sua barriga.

— *Oh Lord, won't you buy me a color TV? Dialing for Dollars' is trying to find me. I wait for delivery each day until three. So Lord, won't you buy me a color TV?*

Dando três pulinhos para perto de Tate, continuou com a dança ainda mais próximo dele, um pé na frente do outro, e chutou o ar como Joplin fazia, deixando ainda mais visíveis pedaços de sua pele levemente bronzeada. Sky quis chamá-lo para dançar quando percebeu as mãos dele inquietas nas coxas, parecendo desejar tocar em sua cintura, talvez em seu pescoço, mas não deixou que ele fizesse isso, só continuou dançando e cantando.

— *Oh Lord, won't you buy me a night on the town? I'm counting on you, Lord, please don't let me down. Prove that you love me and buy the next round. Oh Lord, won't you buy me a night on the town?*

Depois Sky deu dois rodopios e voltou com os passinhos para os lados, sua respiração tornou-se meio ofegante e a risada animada fez Tate sorrir automaticamente, mas os olhos dele ainda continuaram perdidos em seu corpo, em suas pernas.

— Canta comigo, Tate! *Oh Lord, won't you buy me a Mercedes-Benz?*

Ele parou de cantar e olhou em expectativa para Tate, que pareceu acordar do transe e começou a cantar baixinho e depois aumentou a voz, engatando na animação de Sky em menos de três segundos.

— *My friends all drive Porsches, I must make amends…*

Tate bateu palmas ritmadas, e os pés acertavam o chão vez ou outra.

— *Worked hard all my lifetime, no help from my friends.*

Sky andou em volta dele e puxou-lhe alguns fiozinhos do cabelo cinza para cima, só o suficiente para brilharem sob a luz da Lua.

— *So Lord, won't you buy me a Mercedes-Benz?*

E Sky finalizou a música com:

— É isso!

"É isso."

Sky engatou em uma gargalhada enquanto batia palmas pela pequena apresentação dos dois, "só dos dois", e voltou ao seu balanço, apoiando o joelho na madeira e olhando Tate, que também ria, com as bochechas altas apertando os olhos.

— Você é inacreditável, Sky. — Tate sussurrou com uma voz

impressionada, e a gargalhada morria para dar lugar ao sorriso pequeno de sempre, fazendo surgir um pinguinho de timidez entre os lábios. — Espero que não seja só uma alucinação da minha cabeça. Já pensou que bizarro? Você ser fruto da minha imaginação?

Sky sentiu o coração bater mais rápido com isso, notando as bochechas se tornarem quentes, e mordeu os lábios, sorrindo.

— Que linda imaginação, hein? — Empurrou o ombro dele de leve com o joelho livre, sustentando o peso do corpo nas correntes do balanço, mas, quando Tate resmungou de dor, Sky arregalou os olhos e sentiu-se culpado. — Desculpa, não sabia que ainda estava dolorido.

— Relaxa, acho que só dei uma torcida no músculo enquanto girava, isso acontece o tempo todo.

Então Sky fez um biquinho, pensativo.

— Minha mãe diz que sou um ótimo massagista, deixa eu te ajudar.

Ele foi para trás do corpo de Tate e, quando estava prestes a tocar os ombros dele, teve os pulsos segurados por uma só mão forte.

— Não precisa, Sky, estou bem. — Tate soltou uma risada nervosa, olhando para cima, direto nos olhos de Sky. — É sério.

— Qual é, Tate, você vai acordar parecendo uma múmia engessada amanhã, vai ser bem rápido, juro que não dói.

Ele se soltou da mão de Tate, mas este segurou seus pulsos outra vez, fechando a expressão que antes era nervosa para dar lugar a uma mais séria, e fez Sky murchar instantaneamente, com o sorriso sumindo entre os dentes.

— Já disse que estou bem, obrigado.

Lentamente Sky assentiu, se soltando da mão dele de novo e guardando os braços atrás do corpo, e olhou ao redor para diminuir um pouco a vergonha. Talvez tenha sido invasivo demais e ultrapassado uma linha complicada, então Tate estava no direito de se irritar.

Sky colocou-se de joelhos no balanço, segurando nas correntes. Surpreendentemente, Tate roçou de forma delicada sua perna para chegar até a tábua do brinquedo, empurrando-a para frente e para trás, com um ventinho balançando seus cabelos rebeldes.

— Por que pensou que eu riria de você? — Tate franziu as sobrancelhas, e Sky explicou: — Quando disse que fico bonito de maquiagem. — Resmungou sem olhar para ele, que não fez questão de olhar de volta, e Sky percebeu pelo canto da visão.

— Porque homens não falam isso a outros homens. — Tate murmurou de volta, balançando-se também. — Talvez você se ofendesse ou me achasse estranho.

— Estranho? — Soltou um riso gentil, tentando mostrar a Tate que esse tópico poderia ser simples, sem tanto mistério ou tabu. — Por que eu acharia estranho alguém elogiar minha aparência?

— Fiquei pensando que talvez você achasse que sou… — Tate parou no meio da frase, então Sky olhou para ele, com o rosto sério e os lábios espremidos em uma linha reta. Então, quando Sky pensou que ele não diria mais nada, viu-o respirar fundo e abrir a boca para dizer: — Você sabe, uma bicha.

Sky tinha tudo para se sentir ofendido, mas não conseguiria nem se tentasse. Ele tinha pena de Tate e sabia que seus pensamentos eram frutos de uma criação provavelmente cheia de preconceitos. Embora imaginasse que Susan tivesse uma mente aberta, sabia também que existe uma enorme dificuldade de quebrar certos pensamentos problemáticos de colegas de escola, trabalho ou faculdade.

Pode ser que Susan não conversasse o suficiente com Tate sobre isso ou talvez ele nunca tivesse dado uma chance a ela para explicar determinadas ideias preconceituosas em relação ao sexo. De qualquer forma, Sky sabia que Tate não tinha aquele tipo de coração e era só um homem de vinte e seis anos confuso, vivendo um ano difícil, um ciclo complicado.

Sky jamais julgaria Tate sem antes mostrar-lhe que não tem nada de errado em elogiar outros homens ou até mesmo gostar de outros homens.

— Não tenho problema com "bichas". — Preferiu usar uma abordagem mais fácil de compreender, e o sorriso gentil nunca abandonando o rosto. Tate olhou para cima, e pequenas pocinhas de lágrimas adornavam o canto de seus olhos. — E homens podem elogiar homens, isso não te faz uma… "bicha".

Tate riu sem humor, coçando o rosto para despistar as lágrimas de um jeito nada discreto, mas Sky preferiu não incomodá-lo com isso.

— Não sei, é só que as pessoas, meus amigos, falam muito sobre isso.

— Você parece não concordar. — Quando Tate assentiu, o rosto suavizando a ponto de parecer charmoso, Sky segurou a vontade de tocar em suas bochechas e enxugar o rastro sereno do quase choro. — Você não precisa encarar como verdade tudo que dizem.

— Sei, mas... — Ele mordeu os lábios, sem desviar os olhos, que mantinham um brilho quase infantil. — Não sei me expressar direito, pareço um imbecil. Deixa pra lá.

— Você não é um imbecil, Tate. — Sentiu o coração apertar e doer. — Olha só, não acha que seria libertador se me dissesse alguma coisa que tem guardado por medo do que vão pensar? Juro que não vou te julgar, nunca julgo ninguém.

Tate pareceu pensar sobre essas questões e desviou os olhos por alguns segundos, mas voltou o olhar ao rosto de Sky instantaneamente como se ele fosse um ímã.

— Qualquer coisa? — Ele perguntou, e a voz parecia soar mais firme dessa vez.

— Qualquer coisa.

Ele sorriu, provavelmente achando engraçado, então umedeceu os lábios e disse:

— Kurt Cobain era um gato.

"Ah, Tate...." Sky queria tanto abraçá-lo, mas novamente preferiu não arriscar.

Ele riu com Tate, não "de" Tate, observando as bochechas espremerem os olhos dele mais uma vez, e o som melodioso que escapou de sua garganta arrepiou todos os pelinhos de Sky.

— Kurt Cobain era mesmo um gato, mas você sabe quem é ainda mais gato?

— Quem?

Sky quase disse que Tate era mais gato que Kurt Cobain, mas pensou que isso talvez o deixasse incomodado, então preferiu falar sobre outra pessoa.

— Layne Staley, o vocalista da Alice In Chains.

Tate abriu a boca pensativo, então pareceu se lembrar e sacudiu a cabeça em afirmação, rindo mais uma vez.

— É verdade, ele é mesmo um gato.

Os dois ficaram conversando por longas horas no parquinho, tomando mais picolés de pêssego e raspadinhas de morango, que Sky insistiu em comprar, só discutindo sobre artistas que ambos achavam bonitos. Tate parecia se soltar cada vez mais e se mostrava menos intimidado, menos reprimido, mas Sky sabia que ainda havia um longo caminho a percorrer. Como de costume, em momentos de descoberta, alguns homens acham que conversar sobre outros caras ou até mesmo desejar outros caras não faz parte do que são, mas essas coisas estão ligadas ao âmago, mesmo que não sejam determinantes para a homossexualidade.

Mas tudo bem, Sky teria toda a paciência do mundo para ajudar Tate a enxergar que, independentemente de qualquer coisa, amor é amor, e ninguém tem o direito de meter a porra do dedo no meio.

Tate estava sentado de frente para Amelia, sua psicóloga.

Ele não tinha ido à sessão de terapia na semana anterior por conta do turno extra, faxinando a lanchonete, mas não achou que precisaria ligar para avisar, o que o fez quase perder a vaga no sistema público. No entanto, graças aos esforços e intervenção de Amelia, Tate teve uma segunda chance para dar continuidade ao tratamento.

Pensou que ela ficaria irritada ou que lhe daria um sermão, contudo nada disso aconteceu, e Tate foi recebido com um sorriso tranquilo e um "vai ficar tudo bem".

— Como passou a semana, Tate? — Amelia perguntou enquanto anotava algumas coisas em uma pasta aberta cheia de folhas organizadas. — Tudo bem?

— Bem. — Encolheu os ombros. — Aconteceram algumas coisas legais essa semana.

— É mesmo? — Ela alisou um pouco a folha e olhou para Tate, e seus olhos azuis brilharam em animação. — Vamos falar sobre essas coisas, então?

Tate assentiu lentamente, sem saber com exatidão por onde começar. Seus dias tinham sido cheios de altos e baixos, mas ele procurava focar mesmo as coisas boas, os momentos com a banda e com Sky, a conversa íntima com a mãe. E mesmo que o ocorrido com a masturbação ainda fosse perturbador demais para ele sequer conseguir mencionar a alguém, já não o incomodava tanto. Era como se os poucos sorrisos e risadas compensassem tudo, tópico por tópico.

— Conheci um cara legal. — Começou contando esse fato a Amélia, com uma perna cruzada em cima da outra de modo largado, em formato de quatro. — É meu vizinho, o nome dele é Sky.

Amelia apertou as mãos e levantou uma sobrancelha, curiosa. Tate gostava do modo que ela conseguia deixar o clima leve no início de cada sessão, de como era amigável e não se parecia em nada com aqueles psicólogos que ele via tantas vezes em filmes ou seriados. Amelia era gentil, não grosseira ou assustadora. Ela tinha uma expressão convidativa e afável, e não aqueles olhos redondos inquisitivos e um sorriso de maluco que a ficção quase sempre tentava forçar.

— Ele é descendente de coreanos também, pelo visto.

— Vi a mãe dele no elevador um dia desses, ela realmente tem traços coreanos, mas não sei se são naturais daqui ou de lá. — Tate sorriu um pouquinho, lembrando-se de como Sky parecia bravo e rabugento, bufando o tempo inteiro.

— Olha só, que legal. E como você o conheceu?

— Bom. — Tate soltou uma risada alta por todas as vezes que Sky Muhn bateu à sua porta por causa do violão, chegando a deixar um bolo de chocolate com um bilhete "para de me incomodar, eu imploro" em cima. — Costumo tocar violão quando preciso clarear a mente ou perco o sono, e Sky detesta música ou parecia detestar, não sei. Ele sempre aparecia no meu apartamento me pedindo para parar de tocar, mas eu achava engraçado, então nunca levei isso tão a sério.

Amelia riu, com a mão cobrindo a boca, os ombros chacoalhando bonitos e os cabelos enrolados caindo em cascatas na frente do rosto.

— E então? — Ela perguntou depois de rir, inclinando-se um pouco mais sobre a mesa, parecendo realmente curiosa, o que incentivou ainda mais Tate. — O que aconteceu? Você disse que ele parecia detestar música, então algo deve ter mudado isso.

Tate contou a ela tudo que aconteceu depois, detalhando como se sentiu ao ouvir Sky cantar, como esperou desesperadamente que ele continuasse na banda, como se apaixonou pelo timbre de voz dele e por seus sentimentos, o que aconteceu na noite do show, a briga ocorrida com Agnus, o quadro e o bilhete, como descobriu que era Sky cantando, a camiseta da Janis Joplin que deu a ele, a guitarra lindíssima que Sky o ajudou a encontrar , o ensaio com a banda, o encontro com Cassie — ocultando, porém, o que acontecia no relacionamento deles —, o bar e depois o segundo ensaio quando Sky se ofereceu para cantar e como ele arrasou na apresentação. Depois, contou sobre a noite agradável que tiveram após saírem da garagem e ficarem conversando no parquinho perto do apartamento.

Tate falava tudo com um sorriso enorme, sentindo o peito vibrar a cada palavra e acordando para sentir as alegrias da vida e os pequenos prazeres dela. Não pensava em Jorja, não pensava no incidente com Jennifer nem no incidente com a própria imaginação, mas pensava em como se sentia bem com Sky. Era uma coisa nova, leve, não o deixava para baixo nem o deprimia. Ele nem se lembrava dos remédios, das sessões, do vazio típico e da tristeza constante, e esquecer-se dessas coisas era como nascer de novo e encontrar uma oportunidade brilhando bem na frente de seu nariz.

— E ele usa maquiagens, você acredita? — Disse com um tom de fascínio, lembrando-se dos olhos vermelho-metálicos de Sky e da sombra escorrida por seu rosto. — Sempre achei que ele fica, você sabe… — Fez uma pausa, mas respirou fundo e obrigou-se a dizer: — bonito, mas só consegui dizer isso no sábado, no parquinho, e ele não riu de mim como pensei que faria.

Automaticamente, lembrou-se de Sky cantar *Mercedes Benz* e dançar animado, de seu cabelo pulando na frente dos olhos e do sorriso enrugando seu nariz. Depois se recordou também de como ele tentou tocar em seus ombros para fazer uma massagem e de como reagiu a isso, não entendendo muito bem o motivo de ter sido tão brusco.

— Ele teria motivos para rir de você? — Ela umedeceu os lábios e levantou a sobrancelha mais uma vez. — Por que acha que ele faria isso?

— Porque sou um homem, ele é um homem... — Suspirou, largando ainda mais a postura e a cabeça rolando de um lado para o outro. — Fiquei com medo de ele me achar esquisito.

— Esquisito como? — Amelia indagou. — As pessoas gostam de receber elogios, ele não te acharia esquisito por isso. Talvez você pense que seja esquisito, mas consegue perceber que está sofrendo por suposições?

— Acho que sim. — Sussurrou, desviando os olhos por um instante e mordendo os lábios. — Sky me disse que não tem problema um homem elogiar outro, que isso não faz dele uma bicha, então eu disse que acho o Kurt Cobain um gato.

Tate gargalhou alto, fazendo Amelia rir junto. Ele se lembrou de como falar aquilo foi libertador, de como não ser julgado o deixou mais confiante, mais seguro de si, como se uma partezinha de seu "eu" oculto, que nem mesmo ele próprio conhecia direito, tivesse aparecido para dar um "olá".

— E ele está certo. Elogiar outro homem não faz de você gay, mas, se você for, o que tem de errado nisso?

Gay.

Tate nunca tinha parado para pensar nessa palavra. Ele sabia o que significava, claro, mas nunca tinha parado "de fato" para pensar na dimensão dela. O que era um homem gay? O que ele pensava? Como ele se sentia? Como descobriu que era gay?

Depois da noite com Sky, Tate começou a parar de ter medo dessa palavra e a pensar mais na classe dela, nos homens que a formavam. Estava curioso, porém ainda receoso, como se algo incômodo dentro do peito fosse despertar com isso. Era só uma sensação que ele não sabia de onde vinha, mas tinha consciência de que estava lá, sempre cutucando seu coração.

— Não gosto de homens, apenas acho alguns bonitos, então

não sou gay, o que significa que não preciso me preocupar com isso, não é? Quer dizer, se não sou e sei disso, então não tenho que me preocupar com o que vão dizer se eu elogiar um homem.

— Se você tem tanta certeza, então só isso deve bastar.

Eles conversaram mais um pouco sobre Sky e sobre essa questão da sexualidade, e Tate sentiu-se mais compreendido e mais acolhido. Sua vida era sua de qualquer forma e não era da conta de ninguém quem ele achava ou não bonito, então prometeu a si mesmo que tentaria seguir essa linha de pensamento para que conseguisse colocá-la em ação. Tinha noção de que seria difícil, mas ele podia contar com Amelia e Sky também.

Depois disso, ela perguntou se Tate queria falar sobre Jorja, mas ele não tinha certeza. Não havia parado para pensar nela. Faria sentido "falar" sobre ela? Quer dizer, sentiu saudades no bar quando Storm perguntou sobre as canções originais compostas por ela, mas depois disso, depois do peito arder e ele chorar copiosamente no apartamento quando chegou a casa, sua mente não reproduziu mais nada por longos dias, talvez por ele estar se sentindo tão bem a ponto de amortecer um pouco o luto.

Se na semana seguinte ele voltasse a sentir a raiva, a angústia e a tristeza de antes, conversaria com Amelia sobre o assunto, pois poderia se aprofundar um pouco mais nisso, e não se limitaria à forma rasa feita naquele momento em razão das boas sensações que se apossaram de seu corpo.

Ele saiu do consultório com um sorriso singelo no rosto, cumprimentou a secretária antes de se direcionar à saída e parou só ao ouvir uma voz conhecida chamando-o por trás. Quando se virou cauteloso, viu a última pessoa que esperava encontrar depois de tudo que havia acontecido.

Claire, a mãe de Jorja.

— Claire? — Sussurrou incrédulo, com os olhos arregalados e a boca escancarada.

Claire era só um fantasma da mulher bonita que já havia habitado aquele corpo. Os cabelos escuros estavam na cintura, soltos e estufados, com fios brancos por todas as partes; a pele, que não deveria ser tão flácida no auge dos cinquenta anos, não brilhava sob a luz fraca do lugar; os lábios estavam curvados em uma carranca devastada, e os olhos azuis, intensos olhos azuis, encontravam-se apagados e repletos de pequenas lágrimas.

— Não esperava ver você aqui. — Ela murmurou quase sem vida e se aproximou um pouco, usando um vestido meio justo vermelho que refletia uma antiga elegância e agora balançava nos joelhos. — Tentei te procurar quando voltei, mas não me lembrava de seu endereço, acho que minha filha… — Ela parou, mordeu os lábios e segurou o rosto com uma das mãos trêmula. — Acho que Jorja nunca me contou.

Tate não sabia o que dizer. Não sabia se Claire já estava sabendo o que havia acontecido, mas, pela expressão arrasada no lugar da enraivecida usual, supôs que ela tinha noção.

— Você… Você a abandonou. — Foi tudo que conseguiu dizer. A voz dura fazia Claire pular um pouco, completamente fragilizada. — Foi embora, sequer apareceu para o velório da própria filha.

— Eu sei, eu sei… — Ela sussurrou, respirou fundo e começou a chorar. — Sinto tanto. Deus, se eu pudesse voltar atrás só um pouco.

— Mas você não pode! — Tate aumentou o tom de voz, levantando os braços em uma postura um pouco ameaçadora, que não pretendia tomar. — Você não sabe como ela ficou arrasada quando chegou a casa depois de um ensaio e encontrou o quarto vazio, as gavetas reviradas e um bolo de dinheiro "ridículo" que nunca poderia suprir a sensação de ser abandonada!

Claire tinha a cabeça baixa, e o rosto entre os braços magros e flácidos. Ela soluçava sem parar, e seu corpo chacoalhava-se em uma tremedeira que fez Tate se acender de tanta raiva.

— Você não "merece" se aliviar chorando desse jeito, merece sim carregar esse peso pelo resto da vida. — Aproximou-se dela e falou bem perto de seu ouvido, sentindo o sangue borbulhando dentro das veias. — Você foi uma "péssima" mãe.

Tate achava que o abandono havia acarretado na volta de Jorja ao vício e havia sido o limite para ela, então nutria sentimentos muito negativos por Claire, sempre pensando no que diria à mulher se a visse outra vez. Mas, diante dela, não conseguiu falar sequer metade de seu discurso planejado, pois estava com tanta raiva que as palavras ficaram presas na garganta.

— Sinto muito.

— Você não sente! — Tate gritou de súbito, e a voz grossa atraiu a atenção de todas as pessoas que observavam quietas. — "Eu" sinto! "Armin" sente! "Nolan" sente! Você não sente nada, você não tem o direito de sentir!

Estava descontando nela. Estava dizendo a ela o que queria ter dito à Jorja quando recebeu a notícia de sua morte. Claire não disse nada, só continuou chorando encolhida, os grunhidos e resmungos cada vez mais audíveis, cada vez mais desesperados, e Tate segurou a vontade de pegá-la pelos ombros e chacoalhá-la para arrancar daquela boca alguma coisa além de sons hipócritas e mentirosos.

Quando ela continuou parada, Tate riu com escárnio e balançou negativamente a cabeça, sentindo um dos olhos tremer.

— Você é patética.

Tate olhou-a uma última vez antes de virar as costas para caminhar até a saída outra vez, mas a mão fina agarrou seu ombro e puxou-o para trás com brusquidão.

— Eu... Eu nunca vou poder compensar tudo que fiz, todas as decisões erradas que tomei, mas quero que fique com isso!

Claire limpou o rosto cheio de lágrimas e soluçou três vezes seguidas antes de começar a mexer dentro da bolsa velha em busca de algo, tirando de lá uma carta toda amassada e embolando-a entre as mãos de Tate. A pressão em volta de seus dedos era tão forte que ele pensou que tinha muito pavor dentro dela.

Tate afastou-se bruscamente, puxou o braço com força para trás e encarou-a com fúria genuína antes de sair do posto de saúde, respirando fundo e andando de um lado para o outro na calçada, em busca de um local com sombra.

Sentia o coração batendo rápido e nervoso, o barulho do sangue bombeando abafava seus ouvidos, tornando difícil raciocinar, agir ou se acalmar.

Puxou o ar três vezes, o rosto queimava como lava, as bochechas doíam tanto como se tivessem esfolado sua pele, a visão ficava turva conforme ele se lembrava de como Jorja chorou angustiada em seus braços na noite em que a mãe foi embora. O batom vermelho dela manchou todo o seu ombro desnudo, seu pescoço e seu peito, e as lágrimas deslizavam ferventes.

Sentou-se com tudo no chão e encolheu os joelhos no peito, a mão suada amassando a carta. Quando conseguiu se concentrar na própria respiração e controlá-la, Tate abriu os dedos com cuidado, olhando a bolinha que o papel tinha se tornado.

Desamassou o máximo que conseguiu e desdobrou a carta, aspirando o cheiro do cigarro impregnado nela antes de começar a ler.

Olá a qualquer um que começou a ler esta carta patética de uma garota que nunca soube muito bem como se expressar com palavras em voz alta.

Armin disse para mim que, quando está triste ou nervoso, costuma escrever o que o aborrece para depois queimar, mas eu não quero queimar isso, eu quero que alguém encontre em algum momento e sinta o que eu senti, de preferência quando eu já estiver morta, o que eu sei que acontecerá em breve, então isso aqui será como uma despedida digna.

Maneiro, né? Tate teria concordado comigo, embora fosse começar a chorar pensando em mim morrendo, mas preciso ser justa com ele. Não vou durar tanto quanto as outras cantoras iniciantes e sei disso.

Bom, como as coisas que me aborrecem são frutos de um passado distante, vou começar por onde me lembro, mas não ria de mim, posso parecer muito sentimental e preciso manter minha pose de durona, não é?

Enfim, lá vamos nós.

Eu tinha cinco anos quando comecei a cantar. Mamãe era aspirante a artista e nós morávamos com o meu pai em cima do bar dele, onde ela geralmente fazia suas apresentações vestida em um hobbie de pele falsa, com meias pretas cobrindo as pernas longas e elegantes, sapatos de salto fino ajustados nos pés firmes e colar de pérolas em volta do pescoço charmoso.

Eu consigo me lembrar do sorriso que ela abria todas as vezes que os shows acabavam e as pessoas aplaudiam em êxtase, sua voz rouca tocando cada coração solitário e bêbado, sua postura de mulher forte bambeando joelhos. Eu gostava dos sorrisos da minha mãe, mas eu gostava ainda mais do batom vermelho que ela usava, um batom que marcava minha bochecha sempre que ela a beijava, apertando meu nariz em seguida.

Eu escutei Blues pela primeira vez com seis anos, me apaixonando instantaneamente. Eu também amava o Country, mas meu pai dizia que era coisa para pessoas de mente pequena, para pessoas que não queriam sair de sua zona de conforto e preferiam morar para sempre em um bairro velho e feio do Brooklyn.

Quando comecei a cantar, sempre durante as refeições ou antes de ir à escola, mamãe batia palmas e dizia que eu tinha puxado o talento dela, que eu seria grandiosa um dia e que ninguém nunca mais se esqueceria do meu nome.

Bom, mãe, isso vai acontecer, mas eu acho que já estarei morta e os aplausos já não me importarão tanto, não é? Posso apostar que você nem estará aqui para saber o que aconteceu.

As brigas constantes começaram quando o dinheiro para o aluguel do bar faltou e mamãe parou de cantar, ficando tão deprimida que eu pensava que seu espírito tinha tomado o controle do corpo, suas pernas sempre tão elegantes se arrastando pela madeira velha da casa, as mãos fantasmagóricas penteando meus cabelos com violência, descontando em mim um erro que não tinha sido meu, me culpando por dar gastos demais.

Eu tinha dez anos.

Meu pai tinha sido demitido do primeiro emprego, uma fábrica que mantinha todas as nossas contas, e como o bar era relativamente novo, os lucros não supriam as necessidades, então fechá-lo foi inevitável, mas a minha mãe não conseguia viver sem a música. Se ela não tivesse a música, se ela não fizesse música, então ela não tinha nada, os abraços desesperados de sua filha magricela não importavam e eu percebi, pela primeira vez, que os sorrisos da minha mãe nunca foram totalmente para mim.

Durante todas as brigas, eu me trancava no quarto e colocava um disco para tocar, minhas mãos firmes nos ouvidos, os olhos fechados transbordando lágrimas, os joelhos no peito e, pouco a pouco, a falta de ar, o coração acelerado, a raiva desenfreada se tornaram companheiras. De algum modo, o que eles sentiam refletia em mim e, por mais que eu me negasse a sentir, eu sentia, e sentir era como morrer para mim, minha essência escorrendo quente pela alma exposta que meus pais puxavam com os dentes a cada nova discussão até não sobrar nada, até a forma crua dela abandonar o meu corpo, agarrar minhas mãos para não me deixar, mas enfraquecendo de vez quando meu pai adoeceu e morreu.

Foi no inverno dos meus treze anos. Pneumonia. Ele estava tão ocupado tentando fazer minha mãe não ir embora que não percebeu a fraqueza, as tosses constantes, as dores no peito e os calafrios. Eu, que ainda era uma criança e não tinha mais voz alguma dentro de casa, o observei definhar no sofá, o sorriso fraco para mim que só me fazia sentir raiva, porque era desse jeito que ele sorria quando ia ao meu quarto dizer que ficaria tudo bem depois de acertar o rosto da minha mãe com qualquer coisa que estivesse ao seu alcance.

Eu detestava aquele sorriso.

E eu o detestava também.

Meu pai morreu, mas minha mãe já estava morta há muito tempo e eu, sem nem notar, também estava.

Os anos antes de eu conhecer a melhor pessoa da minha vida foram tão difíceis que, mesmo agora, depois de morta, não consigo me lembrar. Não me lembro da primeira vez que cheirei cocaína, mas eu me lembro da euforia, da adrenalina correndo em minhas veias, da sensação de sentir qualquer coisa diferente do simples nada, do vazio

Também não me lembro de quando dormi com um homem pela primeira vez, mas eu me lembro de detestar.

Não me lembro de quando frequentei minha primeira festa maluca, mas me lembro do tapa no rosto que levei de uma mãe bêbada e descontrolada quando voltei para a nossa decrépita casa que ficava em cima de um bar que, um dia, foi a única coisa que nos mantinha unidas.

Não me lembro da primeira vez que injetei a heroína, mas me lembro da paz amortecendo meus músculos, dos pensamentos desacelerados e dos batimentos lentos, tranquilos, como os de uma criança feliz que eu poderia ter sido se nada tivesse dado errado.

Com a vida que eu levava, acho que eu poderia ter morrido muito antes, logo depois de completar o ensino médio. Sim, eu poderia, eu não teria me importado, mas, então, na noite de formatura, depois de beber litros de álcool e pintar o cabelo de rosa com uma tinta que eu nem sabia de onde tinha vindo, na quadra do colégio podre do bairro, sentado em uma arquibancada com um baseado na boca, estava Tate.

Olhar para ele era como olhar para o mar tranquilo, as pequenas ondas curvando nas pedras, desmanchando-se em espuma espessa depois, os respingos no seu rosto e o sal nos seus lábios.

Olhar para Tate era a única coisa que me fazia esquecer da droga, do desejo de usar. Eu o amava tanto que doía, eu o amei assim que ele me convidou para participar da banda e não para uma transa rápida no carro ou no vestiário. Eu o amei assim que ele tocou meu queixo com o polegar e me enxergou como Jorja, não como uma simples viciada. Ele me viu, viu minha dor, não meu corpo, não minha nudez. Ele me enxergou de verdade.

Eu gostaria de dizer tudo o que Tate ou Armin ou o resto dos garotos significa para mim, mas eu não consigo, eu não posso fazer isso com nenhum deles, não posso fazer promessas que eu sei que nunca vou cumprir, não posso estender uma esperança que acabará assim que eu injetar de novo.

Eu os observarei de cima e saberei que estão no caminho certo, que me guardar no coração, sem me deixar detonar o resto de suas vidas, foi a melhor opção. Armin, eu não culparei você, eu não odiarei você. Tate, você não conseguiria fazer muito mais por mim, mas eu conseguiria fazer mais por você, então me desculpe por não ter tentado, por ter me escondido de um jeito tão covarde.

Ao resto do mundo que tem a minha marca, eu gostaria de dizer que minhas tentativas foram verdadeiras, que eu não fui rasa ou mentirosa, eu só nunca soube amar direito e, apesar de sentir um pinguinho do sentimento pulsando no meio do meu peito, exteriorizá-lo era difícil, me machucava.

Eu amei, eu vivi e eu errei, e talvez eu nunca consiga sair desse ciclo vicioso, talvez eu acabe sem vida em algum sofá mofado, de algum prédio abandonado, como ando prevendo ultimamente. Reconheço que meus caminhos foram desastrosos e que eu poderia mudar se tivesse mais força, se não me sentisse tão vazia, mas eu não tinha e eu me sentia.

Tentem. Não se deixem derrotar. Não fiquem no chão como eu fiquei, se levantem, se recuperem, se empurrem para cima e além e, quando sentirem que vão cair de novo, arranquem pedaço por pedaço do corpo até a leveza tomar conta outra vez e, quando chegarem lá, os pedaços nascerão de novo um por um, porque vocês estarão curados de alma, e o poder de uma alma saudável é muito mais forte do que nós imaginamos.

Despeço-me aqui com um grito de rock irado que eu sei que vocês gostam HAHAHA!

Com muito carinho e malandragem,
Jorja.

LÁGRIMAS QUE CINTILAM NO CÉU

SKY TINHA ACABADO DE SAIR DO TRABALHO, e seu rosto estava uma bagunça de sombra preta derretida, suor e água de chuva, visto que um temporal o atingiu bem no meio do caminho, enquanto andava tranquilamente pelas ruas escuras, sentindo o ventinho gelado na nuca quente e o cheirinho de café dos estabelecimentos da avenida.

Quando parou na frente da porta do apartamento, olhou para trás por cima do ombro e se perguntou se Tate já estava em casa, se já tinha terminado o expediente, porque talvez saísse para comer alguma coisa depois de um bom banho e o convidasse para lhe fazer companhia.

Sorriu ao se lembrar de sábado, da longa conversa no parquinho e das brincadeiras inocentes. Tate era uma pessoa muito agradável, e Sky gostava dele, gostava de tê-lo por perto e de ajudá-lo com os assuntos complicados sobre sexualidade. Àquela altura, Sky já sabia que Tate era gay, e queria estar por perto quando a ficha dele finalmente caísse, porque sabia que não seria nada fácil, que ele tentaria reverter a situação de todas as formas possíveis até entender que não é possível reverter a si mesmo.

Então, bom, se pelo menos Tate tiver em quem se apoiar, a constatação não machuque tanto.

Entrou no apartamento e foi direto ao banheiro. Tirou as roupas pesadas da chuva e assustou-se com a aparência deplorável quando parou para se olhar no espelho. Seus cabelos estavam pingando no rosto completamente manchado de maquiagem preta, e sua pele estava pálida, praticamente transparente, por causa do frio.

Céus, parecia que tinha saído do lixo.

Cheirou a pele do braço e fez uma careta de nojo com o odor dela. Não tinha nada a ver com suor, mas com uma coisa característica que só Sky parecia notar e detestar, por isso andava sempre o mais perfumado possível.

— Credo.

Sky tomou um longo e relaxante banho, colocando um conjunto de moletom rosa-queimado que mais parecia um vermelho, um par de tênis de corrida que nunca era usado para correr — porque detestava ser ativo — e um boné. Espirrou no pescoço uma colônia não muito forte e finalizou tudo com a mesma sombra preta de antes, pensando, sem querer, no que Tate diria quando o visse, animado para vê-lo se soltando mais.

Deu uma voltinha básica e piscou para o próprio reflexo, sorriu meio tímido quando sentiu o coração acelerando e o estômago borbulhando. Era meio besta, mas Sky estava ansioso para ver Tate outra vez e contar que estava pensando em compor algumas músicas para a banda, visto que andava muito inspirado nos últimos dias.

Pegou a carteira, o celular e as chaves e saiu, trancando a porta antes de bater à de Tate e mordendo os lábios em nervosismo enquanto esperava. Não queria parecer desesperado, mas também não queria parecer desinteressado, então tinha medo de estar exagerando para um dos lados. Bateu mais uma vez quando não teve resposta, mas o resultado foi o mesmo, e Sky checou o horário, imaginando que Tate ainda pudesse estar no serviço.

Assim, suspirou e decidiu esperar por ele nas escadarias. Sentou em um dos degraus para descansar um pouco as pernas doloridas pelo esforço do dia e pensou se parecia muito infantil ao chamar Tate para sair o tempo todo. Desde sábado, eles pareciam ainda mais próximos, porém era Sky quem abordava conversas ou o convidava para tomar cerveja no apartamento. Por isso, temia soar bobo demais, como um garotinho animado fazendo uma amizade depois de um longo tempo sozinho, o que não era exatamente legal para um homem de vinte e quatro anos pensar de si mesmo.

Na verdade, parecia até humilhante.

Bufou e pegou o maço de cigarros no bolso, decidido a espairecer e afastar todos aqueles pensamentos ruins da cabeça, mas passos duros vindos da escadaria do andar inferior chamaram sua atenção.

— Porra de elevador velho do caralho.

Escutou a voz resmungona de Tate e logo a cabeleira cinza dele apareceu em seu campo de visão, fazendo-o se levantar apressado e abrir um sorriso largo inconscientemente nos lábios.

— Oi, Tate. — Disse assim que Tate entrou na sua frente, mas sua animação murchou quando ele pareceu sequer ouvir ou vê-lo ali. Passou reto, com uma expressão tão séria que Sky sentiu um pouco de medo, mas mordeu os lábios, decidido a ir atrás dele, e o chamou outra vez.

Tate parou no meio do corredor e virou para trás, observando minuciosamente seu rosto em silêncio.

— Sky... — Tate disse como se saboreasse o nome na língua, contudo algo em seu rosto, talvez os olhos opacos e abatidos, indicava que ele não estava gostando muito da sensação. — Preciso entrar, boa noite.

— Espera. — Deu um passo à frente, nervoso, e recuou com o olhar duro e instável de Tate. — Quer sair para comer alguma coisa comigo?

Tate balançou negativamente a cabeça.

— Hoje não, Sky. Não tô no clima.

Ele voltou a dar as costas, mas Sky não queria que ele fosse, não quando parecia extremamente abalado com alguma coisa, tão frágil e vulnerável, então insistiu.

— Aconteceu alguma coisa? — Perguntou e correu para perto dele, segurando a vontade de tocá-lo no ombro. — Você não parece nada bem.

Tate suspirou impaciente e soltou um riso debochado, confundindo Sky, que nunca tinha visto esse lado dele.

— Estou "perfeitamente" bem, mas quero ficar sozinho, se não se importa.

Sky importava-se sim. Não queria que Tate ficasse sozinho, não de novo, e não quando sabia que ele provavelmente desapareceria por dias. De um jeito estranho, Sky queria muito que Tate desabafasse mais e o deixasse entrar melhor em sua vida.

— Não precisamos conversar se não quiser, mas vamos sair para comer alguma coisa. — Respondeu, com a pressa evidente na voz denunciando seu desespero. — Você não precisa ficar sozinho, Tate.

Tate riu incrédulo dessa vez, parando com os braços abertos e os olhos arregalados.

— Como não pensei nisso? — Ele debochou outra vez e bateu com a mão na testa. — Uau, não preciso ficar sozinho? Que porra, hein?

— Não faz assim. — Sky rebateu e deu mais um passo à frente, parecendo lidar com um homem cheio de explosivos escondidos nas roupas. — Posso te fazer companhia, nós...

— Não, Sky, você "não" entendeu. — Tate disse com a voz tão cortante e grossa que Sky ficou abalado por um momento. Por que "caralhos" estava se sentindo tão inútil? — Quero ficar sozinho, será que "pode" respeitar isso?

Olhou no fundo dos olhos de Tate, sentindo vontade de chorar. Eles eram tão parecidos, Tate só não sabia o quanto, mas Sky sabia, e encarar o próprio reflexo era pavoroso, fazia-o querer encolher-se no sofá e nunca mais sair. Pensou no passado. Sky nunca teve um amigo sincero depois que Danny morreu. Ele não teve ninguém para desabafar, pelo menos não uma pessoa que parecesse disposta a ouvi-lo sem querer analisá-lo como um psicólogo e, quando descobriu que gostava de homens, teve que passar sozinho pela fase de aceitação, sofrendo em segredo.

Por essa razão, se ele tinha condições de ajudar Tate, por qual motivo não faria isso?

— Não! — Respondeu firme e cruzou os braços no peito, levantando o queixo em desafio. Tate franziu as sobrancelhas confuso. — Já me isolei como você está fazendo e sei muito bem que isso não ajuda em nada. Você pode simplesmente falar comigo, estou disposto a ouvir e...

— Se é tão fácil assim, então me fala sobre você, Sky. — Tate interrompeu-o com rispidez e aproximou-se lentamente. — Por que você não me conta com detalhes o que te deixou tão traumatizado com a música? Não é fácil "simplesmente falar"? Estou ouvindo, vamos lá.

Tate colocou as mãos em concha nas orelhas, exigindo uma resposta que não veio de imediato. Sky tinha sido pego de surpresa, não sabia o que dizer, mas sabia que ele estava certo em apontar indiretamente sua hipocrisia, só que jamais admitiria isso em voz alta.

— Já te contei o que aconteceu. — Resmungou com a pose confiante murchando aos poucos.

— Não, você não contou. Você contou que gostava muito de música, mas não o porquê disso ter mudado. — Tate sorriu de canto, levantando uma sobrancelha e exigindo mais uma resposta que também não veio. — Foi o que pensei. Boa noite, Sky.

— Só quero ajudar você. — Sussurrou, achando que Tate não escutaria, mas ele escutou e virou para trás outra vez, os olhos entristecidos impulsionando Sky a repetir. — Só quero ajudar.

— Talvez você precise "se" ajudar antes.

Então, Tate destrancou o apartamento e entrou, batendo a porta com força e fazendo Sky dar um pulo.

Em vez de ficar com a cara amarrada, Sky decidiu que não desistiria assim tão fácil, que insistiria o máximo que pudesse, porque abrir mão era um ato de covardia sem tamanho. Ele nunca teria coragem de fazer isso, não quando era visível a dor imensa de Tate.

Pegou o telefone do bolso e discou o número da mãe, mordendo as unhas em ansiedade enquanto a esperava atender.

— "Oi, pitico!" — A voz dela soou animada do outro lado da linha e Sky sorriu com o apelido tosco. — Sabe o que seu pai está fazendo agora mesmo? Chorando com um comercial de fraldas geriátricas, porque ele acha que será jogado em um asilo quando estiver velho, mas sempre tento acalmá-lo, sabe como é…

— Meu filho Sky? — Escutou a voz do pai se aproximando a cada palavra até um ruído alto incomodar seus ouvidos, e sua mãe reclamar de alguma coisa. — Filhote, vem me ver! Ainda não estou velho para ser despachado para um asilo, então não dou trabalho algum, você só precisa me dar um abraço quando chegar e me deixar chorar por três horas até minha tristeza acumulada passar.

Sky revirou os olhos e apertou a linha do nariz, franzindo o cenho. Seu pai era um homem muito carente e apegado, não perdia a oportunidade de ser um completo dramático. Se Sky desse atenção, seu pai começaria a implorar para ele "parar de palhaçada e voltar para casa".

Amava o pai, mas também amava a própria independência.

— Pai, eu ligo amanhã e aí podemos conversar a noite toda, mas agora tenho uma coisa importante para fazer e preciso da mamãe.

— Chloé, nosso filho não me ama mais.

Bateu a mão na testa e fechou os olhos, impaciente.

— Pai, tudo bem, tudo bem, não precisa chorar!

— Chloé, ele quer falar com você! — O pai disse com a voz chorosa. — Pega o telefone antes que eu me mate com ele!

— Deus do céu... — Bufou e agarrou o celular com mais força. — Posso falar com você, pai.

— Ah, você pode? — O choro findou completamente para dar lugar à animação típica de sempre. — Legal, campeão, e do que você precisa?

— Sabe fazer o "montinho de amor" da mamãe?

Mais um longo silêncio, como Sky já esperava, então um suspiro derrotado e um ruído forte.

— Filho, é a mamãe. Seu pai desistiu.

— É claro... Mãe, preciso da receita do "montinho de amor". — Pediu enquanto destrancava o apartamento, segurando o celular entre o ombro e a orelha.

— Faz tempo que não ouço isso. — Ela cantarolou nostálgica. — Por que você quer? Saudades de casa?

— Tipo isso.

Largou chaves e carteira na mesa de centro e foi até a cozinha, fuçando os armários assim que a mãe começou a ditar os ingredientes necessários.

Sky conseguiu fazer o bolo com perfeição e sem sujar a cozinha inteira, o que, com certeza, foi motivo para vitória, visto que já era bem tarde da noite e não teria tempo para limpar tudo antes de dormir ou de sair para trabalhar no dia seguinte.

Colocou o bolo em um prato feio de florzinhas, que tinha ganhado da mãe, e salpicou o açúcar em cima até cobrir quase tudo em uma camada bem fininha que se parecia com neve. Sorriu com orgulho e coçou o nariz sujo de farinha, caminhando para fora do apartamento com o prato na mão. Estava decidido a fazer Tate se sentir menos triste ou enraivecido, porque o bolo "montinho de amor" sempre fazia Sky se sentir bem, então ele "com certeza" teria o mesmo efeito sobre Tate.

Bateu à porta dele e esperou, sentindo vontade de espirrar. Quando Tate não respondeu, Sky bateu outra vez, contudo também não deu em nada.

— Tate Park, sei que está aí dentro! — Gritou e bateu à porta de novo. — Acho bom você saber que posso ficar aqui a noite toda!

Sky escutou passos arrastados e afastou-se um pouco quando a trinca girou e a porta abriu, revelando um Tate todo descabelado e com uma cara amassada de sono, usando um pijama de urso panda tocando guitarra e calçando pantufas encardidas. Tate bocejou e coçou a nuca, observando Sky de cima a baixo até notar o bolo que ele segurava rente ao peito.

— Seu nariz está cheio de farinha, sabia disso? — Tate resmungou depois de bocejar novamente, e a voz grossa de sono parecia intimidante.

— É? — Cutucou o nariz e ficou vesgo para tentar enxergá-lo, mas sentiu dor de cabeça e parou. — Não ligo, faz parte de ser um cozinheiro nato.

Tate não falou nada por alguns segundos, apenas suspirou e rolou um pouco os olhos.

— Muito fofo, mas ainda quero ficar sozinho e preciso dormir para acordar cedo amanhã, então...

Começou a fechar a porta, mas Sky colocou o pé entre ela e o batente, empurrando-a com a mão livre para passar. Tate ficou surpreso e perdeu o equilíbrio, acabando por baixar a guarda e deixar Sky entrar em seu apartamento.

— Ei, Sky! — Tate ditou com a voz grave, parecendo mesmo irritado, mas Sky não se importou. — Não pode fazer isso, é invasão de propriedade!

— Fiz esse bolo para você, seja educado e coma um pedaço. — Resmungou enquanto olhava ao redor, constatando que o lugar até parecia limpo e organizado. — É de baunilha.

— Não gosto de baunilha. — Tate respondeu com pressa e entrou na frente de Sky antes que ele pudesse andar muito mais pelo apartamento. Tudo em sua postura gritava "caia fora", mas Sky sentia que não passava de fachada. — E não gosto que entrem em meu apartamento sem que eu tenha convidado.

— Não gosto de pêssego e mesmo assim chupei o picolé que você comprou. — Sky deu de ombros e continuou com a expressão impassível. — Come a porra do bolo.

Tate olhou para cima e soltou a respiração de uma vez pelo nariz, segurando-se para não ser grosseiro. Ele umedeceu os lábios e fechou os olhos por um instante, parecendo pensar em alguma coisa, porém depois só balançou a cabeça e puxou o prato da mão de Sky, caminhando com ele para o balcão da cozinha em que tinha três frascos laranja de remédio.

— Por que você é tão grosso? — Tate murmurou de costas, provavelmente pegando uma faca na gaveta, e Sky aproximou-se dele por trás, inclinando a cabeça para ler discretamente a bula.

— Por que você é tão teimoso? — Rebateu com uma voz perdida, apertando os olhos para conseguir decifrar as letrinhas minúsculas, mas a única coisa que conseguiu distinguir foi o nome e o sobrenome de Tate.

Tate bufou de novo e virou para frente com dois pires, dois garfos e uma faca de pão. Sky ajeitou a postura e encarou um ponto qualquer, tentando disfarçar a falta de modos, no entanto Tate sequer pareceu perceber.

— Se eu comer esse bolo, você vai embora depois e me deixa dormir? — Tate perguntou enquanto cortava duas fatias do bolo e colocava os pedaços nos pires. — Meu dia foi péssimo.

Tate puxou os frascos com uma das mãos apenas e colocou-os para dentro do balcão. Depois, empurrou um pires com bolo para Sky.

— Claro. — Sorriu pequeno. Tate encarou-o com desconfiança, parecendo tentar captar sinais de mentira em qualquer lugar do rosto de Sky. Rolou os olhos e levantou a mão em juramento. — Prometo.

Ele o encarou por alguns segundos a mais, em seguida deu de ombros e espetou um pedaço do bolo com o garfo, brincando com ele de um lado para o outro antes de colocá-lo na boca.

Sky mordeu os lábios em expectativa enquanto observava Tate mexer a boca de um lado para o outro, saboreando a receita. Pensou que ele não diria nada, mas então escutou um gemido de satisfação e sorriu de novo, dessa vez um pouco mais largo, sentindo-se orgulhoso e animado por ter acertado em cheio na receita.

— Gostoso. — Tate murmurou de boca cheia e comeu mais um pedaço, levantando os olhos para Sky, que sentiu um calor típico na borda do pescoço e nas bochechas, porque Tate estava bonito, mesmo com a cara toda amassada de sono e os cabelos em pé. — Simples, mas gostoso.

Sky assentiu lentamente e sentou na banqueta do balcão, colocando os cotovelos nele antes de começar a comer, e sentiu os olhos encherem de lágrimas pelas lembranças no mesmo segundo. Ele não comia aquele bolo há muitos anos e praticamente nem se lembrava direito do sabor, mas com certeza se recordava do que ele significava e do quanto parecia acolhedor.

Era essa a intenção, conseguir se abrir para alguém pela primeira vez em sua vida depois de tantos anos guardando um segredo.

— Sky, você está chorando? — Tate perguntou preocupado. Ele limpou os olhos com a manga do moletom, sem se importar com a maquiagem preta que provavelmente ficaria toda borrada. — Sky, o que aconteceu? Gostei do bolo, olha só! É uma delícia, estou sendo sincero!

Tate partiu um pedaço grande e enfiou inteiro na boca, soltando sons de deleite para mostrar que realmente tinha gostado, porém isso serviu somente para fazer Sky chorar ainda mais, as lágrimas explodindo grossas nas bochechas e os soluços escapando altos da boca.

Tate parecia não saber mais o que fazer, e Sky só queria chorar até secar, então foi isso o que ele fez, deitando a cabeça no balcão para esconder o rosto contorcido em agonia, o corpo chacoalhando com a intensidade dos sentimentos que apertavam seu coração e as pernas bambas tornando quase impossível a tarefa de continuar sentado naquela banqueta pequena.

Então Sky sentiu dedos carinhosos em seus cabelos e depois braços fortes em torno de seus ombros, que o puxaram em direção a um peitoral seguro e confortável.

— Desculpa. — Conseguiu sussurrar quando os soluços diminuíram, mas as lágrimas ainda molhavam o pijama de Tate. Ele era quentinho e macio, e Sky segurou a vontade de agarrá-lo pela cintura feito um coala. — Sou ridículo.

— Não é. — Tate retrucou com uma voz gentil, sem parar de afagar os cabelos dele. A respiração meio trêmula e o coração acelerado completavam o misto de sons que Sky conseguia ouvir. — Está tudo bem.

Ele chorou incessante por mais alguns minutos antes de começar a sentir aquela típica vontade de parar, a leveza tomando conta pouco a pouco do peito e o ar voltando a entrar calmo nos pulmões. Empurrou delicadamente Tate pelo abdômen e secou o rosto com o moletom, tomando cuidado para não ficar inteiro pintado de preto. Depois, respirou profundamente e expirou forte, deixando escapar um último soluço atrevido.

— Minha mãe chamava esse bolo de "montinho do amor". — Sky começou a falar, cutucando a borda do balcão com as unhas. — Ela fazia todas as vezes que meu melhor amigo ia a nossa casa para brincar comigo, e comíamos até sobrar apenas os farelos. Depois, quando já estávamos de barriga cheia, saíamos para andar de bicicleta. Danny gostava muito de apostar corrida no morro do final do meu bairro, que dava em uma rotatória.

— Sky, eu não estava falando sério quando te pedi para contar sobre seu trauma com a música, estava só um pouco irritado, mas você não precisa...

— Então, um dia, depois de comermos o bolo e tomarmos leite para ajudar a descer mais rápido, Danny montou na bicicleta antes de mim e decretou a corrida, mas não era justo, eu tinha ficado para trás. — Cortou Tate e mordeu os lábios, sentindo o coração acelerar outra vez. Ele nunca tinha contado a história a ninguém, nem a seus pais, no entanto Tate passava uma sensação de segurança que o fazia sentir vontade de desabafar. — Eu o alcancei com um pouco de dificuldade, mas ainda estava em segundo lugar e eu sempre ficava em primeiro, assim, quando finalmente consegui uns segundos de vantagem, empurrei Danny com o pé e ele caiu, mas não do jeito que imaginei que cairia... — Fechou os olhos e respirou fundo, tentando não se lembrar do grito, do som da bicicleta derrapando, do corpo dele batendo contra o asfalto e da buzina do caminhão. — Danny saiu voando para a rotatória, e o motorista do caminhão não conseguiu parar antes de acertá-lo, então o vi ser jogado por muitos metros. No instante que consegui chegar até ele, achei que aquele sangue todo era vinho escorrendo. Eu tinha treze anos, e ele deu o último suspiro no meu colo, olhando para mim. Depois disso, nunca mais consegui escutar música de novo, não do jeito que eu escutava antes, porque Danny e eu costumávamos deitar no jardim e escutar Janis Joplin enquanto chupávamos bala e tomávamos refrigerante. Ouvir música, principalmente Janis, me trazia lembranças, e essas lembranças me causavam muita culpa.

Tate não disse nada por um momento e, quando Sky pensou que ele ficaria em silêncio para sempre, foi surpreendido pela mão grande circulando delicadamente seu rosto e limpando uma gotinha de lágrima no canto do seu olho.

— Você se sente culpado? — Tate praticamente soprou a pergunta, e Sky assentiu rapidamente, sem coragem de olhá-lo. — Você o empurrou para matá-lo, Sky?

— Não. — Sussurrou e sentiu as lágrimas queimando nos olhos outra vez, porém o choro agora era silencioso, um choro mais de alívio do que de tristeza. Estava tirando um peso das costas, estava finalmente compartilhando isso com alguém. — Eu não queria que ele morresse, não imaginei que isso fosse acontecer.

— Posso apostar que ele não te culpa por isso, ele sabe que você não fez de propósito, então precisa começar a dizer isso a si mesmo até que faça sentido na sua cabeça, porque é a verdade. — Tate fez um carinho singelo nos cabelos de Sky, que fechou os olhos para aproveitar melhor. — Sei que é difícil, mas ninguém vai te julgar por simplesmente superar e seguir em frente.

— Você não me acha um monstro? — Perguntou baixinho, secando as lágrimas outra vez.

— Ninguém acha isso além de você mesmo.

Sky balançou a cabeça e fungou, absorvendo a resposta. Na época em que o acidente aconteceu, seus pais não o olharam diferente, os pais de Danny não o olharam diferente, seus amigos da escola não o olharam diferente, mas ele se afastou de todo mundo por deduzir que pensavam que ele era um assassino, que era uma criatura horrível que não merecia nada além de culpa para o resto da vida. Assim, era difícil seguir em frente, difícil achar que merecia alguma coisa boa, e o trauma cresceu dentro de seu coração como um maldito câncer.

— Nunca mais falei com os pais dele. — Disse depois de um tempo de silêncio. — Não tive coragem.

— Acha que eles sentem raiva de você?

Sky lembrou-se do abraço que recebeu deles no velório, como se lamentassem junto a ele, como se o consolassem mesmo que a maior dor fosse dos dois e não dele.

— Não. — Encolheu os ombros. — Acho que não.

— Algum dia, você pode conversar com eles, quando se sentir confortável para isso.

— É.

Sky terminou de comer o pedaço do bolo e levantou-se para ir embora, mas um violão encostado ao sofá chamou sua atenção. Sorriu, lembrando-se das intrigas constantes que tinham por causa dele e de como, às vezes, queria arrancar os próprios ouvidos para conseguir dormir ou assistir à televisão tranquilamente.

— Lembra-se de quando nos falamos pela primeira vez? — Tate perguntou com um sorriso divertido e sentou-se no sofá, puxando o violão para o colo. — Acho que você estava usando uma maquiagem preta. Parecia com essa de agora que, aliás, estava bem bonita mais cedo.

Sky riu e sentou-se ao lado dele, curioso com o rumo da conversa, mas ainda atento o suficiente para não se deixar levar por ela e se esquecer do verdadeiro motivo de ter ido até o apartamento de Tate, que era ouvi-lo desabafar.

— Derrubei uma caixa de roupas e caiu bem na sua frente.

Acho que você estava chegando do trabalho, porque senti cheiro de bacon.

Tate jogou a cabeça para trás e gargalhou, o som da voz dele era tão gostoso que Sky não conseguiu não rir junto, sentindo um friozinho na barriga e uma vontade de gravar aquilo em uma fita só para poder reproduzir quando estivesse triste ou desanimado.

— Eu estava mesmo, você quase surtou quando comecei a te ajudar, achou que eu sujaria tudo com gordura, mas minhas mãos estavam bem limpinhas.

— Não tenho culpa, você inteiro cheirava a bacon e ovo, pensei que tinha pulado em uma frigideira cheia de óleo.

Tate riu outra vez e balançou negativamente a cabeça, os olhos ficando pequenos pela largura do sorriso, os cabelos caindo singelos na frente do rosto e contornando um pouquinho o nariz.

— Eu disse que me chamava Tate e você disse: — Tate levantou a postura, estufou um pouco o peito e juntou as sobrancelhas em uma imitação fajuta da expressão de deboche de Sky, que só abriu a boca em descrença e sentiu vontade de empurrá-lo para fora do sofá. "— Eu não ligo para seu nome, você engordurou tudo e vai ter que lavar!"

— Você é muito idiota, eu "não" falo desse jeito nem faço essa cara, que imitação horrorosa! — Acertou um tapa fraco no ombro dele. Tate fingiu uma careta de dor e jogou-se para trás em um drama encenado. — Espero que eu tenha te causado um infarto com esse empurrão, assim você para de ser tão ridículo.

— Com essa mãozinha minúscula? Você não consegue nem dedilhar um violão com esses dedos, então abaixa essa bola, Sky. — Tate sorriu de um jeito convencido e levantou uma sobrancelha em desafio.

— Tate?! — Praticamente gritou em descrença e olhou para as próprias mãos, começando a perceber que, sim, eram pequenas, ainda mais se comparadas às de Tate. — Me dá sua mão aqui.

Grudou a palma da mão na dele e abriu a boca ao constatar a diferença. Não era muita, mas a ossada mais fina e elegante de Tate fazia com que parecesse, e Sky fez um biquinho por ter sido contrariado mais uma vez. Quando encarou Tate de volta, ele ainda estava sorrindo, mas era um sorriso mais tímido, os olhos brilhantes encarando as duas mãos juntas e a língua cutucando a beiradinha da boca em provocação.

— Viu? — Ele perguntou e soltou um risinho animado. — Eu disse que você tinha dedinhos.

Bufou e soltou a mão de Tate para pegar o violão dele. Segurou-o todo desengonçado, do jeito que via na televisão algumas vezes, o braço parecendo grande demais para se deslizar por inteiro, o corpo cobrindo o abdômen de forma a prejudicar sua postura e os ombros ardendo pelo simples contato. Choramingou e ajustou o joelho abaixo do corte do violão. Tentou outra vez e outra vez falhou, o que fez Tate rir.

— Me ensina? — Pediu gentilmente e olhou para ele. Tate mordeu os lábios, nervoso, e olhou para o violão. — Por favorzinho?

Tate pareceu hesitar, no entanto suspirou e se aproximou de Sky. Passou um braço por trás dos ombros dele para poder ter acesso às cordas do corpo e abriu as pernas para se ajustar melhor, ficando praticamente de joelhos, a outra mão por cima da de Sky nas cordas do braço. Primeiro, Tate mostrou a Sky todas as partes de um violão, da ponte às tarraxas; depois, especificou as notas, que são as cordas, e como certas junções delas formam os acordes. Era difícil, memorizar tudo era difícil, mas Tate explicava de um jeito muito doce, a voz gentil aquecendo o peito de Sky e transparecendo uma confiança confortável e acolhedora.

— Seus dedos devem pressionar as respectivas cordas nas respectivas casas, como te ensinei. Assim... — Tate resmungou e mostrou a Sky como fazer, tocando uma melodia bem simples e cantarolando junto a ela, o hálito quente batendo contra o rosto de Sky, que suspirou afetado. — Entendeu?

— Sim.

Então, Sky tocou algumas coisas que Tate pediu. Permanecia na linha de iniciante, o coração batendo forte todas as vezes que Tate apertava seu corpo contra o dele e arriscava mostrar acordes mais difíceis, o riso tímido batia em sua orelha e causava-lhe arrepios em sua nuca.

— Não é tão complicado quanto parece, posso te ensinar algumas vezes por semana depois do trabalho. — Tate disse depois que Sky reclamou de dor nos dedos. Ele tirou o vilão do seu colo e o posicionou em cima das coxas. — Mesmo com esses dedinhos, acho que você aprende fácil.

— Você vai tirar sarro dos meus dedos para sempre? — Correu os olhos pelo rosto concentrado de Tate, que só soprou uma risada e dedilhou timidamente o violão.

— É claro que vou.

— Como você é chato. — Revirou os olhos.

— Não sou chato.

— Sim, você é.

— Não sou.

Tate fez uma expressão falsa de raiva, e Sky sentiu o peito tremer, porque Tate era muito adorável e já não conseguia mais fingir que não se afetava com isso.

— Toca uma música pra mim então, Otakinho. — Sky empurrou Tate com o ombro e segurou a vontade de apertá-lo nas bochechas pela expressão constrangida que ele fez.

— Só se você parar de me chamar por esse apelido feio, já disse que não assisto à anime.

— Então, inventa um apelido para mim, assim ficamos quites. — Tate olhou para Sky, que balançou as sobrancelhas e inclinou o corpo um pouco mais para perto, cutucando de leve a costela dele como uma ameaça de cosquinhas. — Me mostra sua criatividade.

Tate recostou melhor no sofá. Sorria enquanto pensava, produzindo algumas notas sem ritmo no violão e cutucando a bochecha com a língua. Segundos se passaram, e Tate continuava pensando, mas quando Sky estava prestes a dizer que não precisava mais, ele disse:

— *Little boy.*

Sky abriu a boca para responder, mas não conseguiu, porque estava esperando um apelido tosco, não um tão bonito e com tanto significado. Tate mordeu os lábios em expectativa, e Sky sorriu largo, sentindo o nariz enrugar e os olhos fecharem, o estômago parecendo dar mil voltas em si mesmo e o coração traiçoeiro disparando em euforia. Foi quando percebeu que, talvez, estivesse gostando de Tate mais do que deveria.

— Deixo você me chamar assim só se usar sotaque britânico. — Sussurrou no que era para ter sido uma brincadeira, mas Tate não riu, só continuou olhando seu rosto em um tipo de transe, os olhos pousando em seus lábios várias vezes. — Tate?

Tate esticou a mão para tocar seu rosto, deslizou os dedos por seu queixo e depois para a linha de seu maxilar, apertando-o delicadamente entre o polegar e o indicador e aproximando-o do dele até quase se tocarem, as respirações mescladas fazendo Sky arregalar os olhos.

— Sky, você é tão bonito. — Tate sussurrou. A voz estava trêmula e os olhos meio úmidos, o choro parecendo prestes a distorcer o rosto bonito dele. — O que você está fazendo comigo?

Tate fechou os olhos e respirou fundo, parecendo fazer uma força sobrenatural para se controlar, o maxilar trincado e as sobrancelhas franzidas indicando um desespero interno. Devagar Sky encostou a testa na de Tate, com medo de que pudesse assustá-lo, e segurou o pulso da mão que apertava a lateral de seu rosto, fechando os olhos e praticamente implorando por qualquer carícia que Tate estivesse disposto a dar.

— Também te acho bonito, Tate. Muito bonito. — Sussurrou de volta e inclinou o rosto, mas voltou sentindo medo.

— Posso… — Tate parou no meio da frase hesitando, mas se obrigou a continuar: — Seria muito estranho se eu dissesse que estou com vontade de beijar você? Eu posso fazer isso?

Sky sorriu pequeno e mordeu os lábios antes de assentir. É "claro" que ele podia.

Sentiu a respiração quente de Tate aproximar-se mais. Enquanto o coração batia desesperadamente no peito, os lábios dele tocavam receosos seu queixo, apenas um pedacinho da boca encostando-se à sua antes de ele se afastar ofegante.

Sky franziu as sobrancelhas, necessitado, e apertou o pulso de Tate, abrindo a boca e esperando pela dele, que não veio. Soltou um muxoxo descontente. Nunca na vida tinha desejado tanto um beijo, uma pessoa, um toque. Naquele momento, era tudo que Sky queria de Tate. Abriu seus olhos e fitou os olhos angustiados de Tate, pequenas lágrimas contornando as bochechas douradas.

— Não consigo, Sky. — Ele disse com uma voz baixa e magoada. — Não consigo fazer isso.

— Tudo bem. — Sky sorriu e inclinou-se para secar o rosto de

Tate, devolvendo o beijo no queixo. — Podemos nos beijar assim, não me importo.

Tate soltou um riso fraco e permitiu a Sky esfregar delicadamente seu rosto, capturando na manga de seu moletom todas as pequenas novas lágrimas.

— Eu estava nervoso hoje cedo porque recebi uma carta da Jorja. A mãe dela voltou, achou na casa e me entregou.

Sky piscou, confuso, e sentou sobre as panturrilhas. Observou Tate de perto e balançou a cabeça para mostrar que estava ouvindo.

— Não sabia que tinha sido suicídio.

— Não foi. — Tate suspirou e baixou a cabeça, batucando os dedos no violão. — Jorja deixou uma carta como um tipo de despedida para quando esse acidente acontecesse. Ela já sabia que morreria cedo, Sky.

— E por que você ficou nervoso, Tate?

— Porque... — Ele mordeu os lábios e batucou o violão com mais força. — Ela me pediu para seguir em frente. Disse que eu não poderia fazer muito mais por ela, mas que ainda posso fazer algo por mim e não preciso ficar caído no chão, esperando por um milagre.

— Ela fez parecer que é tudo muito fácil, não é?

— Sim. — Tate fungou, ameaçando chorar a qualquer momento. — Como se eu fosse simplesmente acordar amanhã e me esquecer do que aconteceu, como se eu fosse deixar para lá todos nossos momentos juntos, todas as vezes que a vi cantar, dançar, rir ou gritar. Tenho a sensação de que ela foi egoísta esperando que eu superasse rápido, que não fizesse diferença tê-la ou não em minha vida, mas fazia muita diferença, Sky, porque eu a amava demais.

— Talvez ela se sentisse tão inferior que não achou que a própria morte faria muita diferença, Tate. — Afagou-o no ombro e chegou mais perto dele para abraçá-lo de lado. — A percepção de uma pessoa sobre si mesma nunca é igual à percepção dos outros, ainda mais se tem um vício envolvido.

— Ela disse que olhar para mim fazia com que sentisse menos vontade de usar, então quando isso mudou? Por que não fui suficiente? Por que fez isso comigo? Por que me deixou uma carta que só piorou a situação? Por que me fez sentir tão inútil e tão pequeno? Ela me pediu para lutar, mas ela não lutou, não tentou com mais força, só desistiu!

Tate aumentou o tom de voz e praticamente gritou a última frase, largando o violão de qualquer jeito no chão e jogando a cabeça com força no encosto do sofá.

— Ela amava você também, por isso te deixou a carta. Se eu desistisse de viver, imploraria para que meus pais não fizessem o mesmo. — Sky sussurrou. — É difícil entender agora, mas, como você me disse mais cedo, pense nisso com toda força até aceitar.

Tate ficou em silêncio por alguns minutos, digerindo as palavras, mas a expressão neutra incomodava Sky, porque ele não conseguia prever o que viria em seguida.

— Eu pensava que estava apaixonado por ela, sabe? — Baixinho, ele disse. — Foi a única garota que conseguiu me derreter com um beijo.

— Ela era mesmo especial, então.

Tate abriu um sorriso melancólico.

— Quando Jorja me beijou pela primeira vez, depois que a mãe dela foi embora, consegui corresponder e quase caímos em cima da mesa de centro. — Ele riu com a lembrança. — Depois, ela chorou no meu ombro, me deixou todo manchado de batom vermelho e disse que a dor que sentia nunca ia embora. Não quis mais beijá-la depois disso, só protegê-la. E tentei "muito".

Foi a palavra "conseguiu" que preocupou Sky, porque ele se lembrou de Cassie e das coisas que sabia sobre Tate, coisas que talvez ele nunca conseguisse falar. Quis perguntar, mas talvez isso o enfurecesse, então não disse nada.

— Sei que você tentou e ela também sabe disso, mas não podemos ajudar todo mundo.

Tate assentiu lentamente e, assim que se sentiu mais seguro, começou a falar que sentia raiva, mas que também sentia saudades, e ele estava tão confuso que Sky não conseguia completar uma frase sequer antes de ele jogar outra informação por cima, enrolando-se nas palavras e nos próprios sentimentos. Algumas vezes chorava, outras ria, ou explodia de raiva, mas Sky estava orgulhoso de vê-lo se abrir sobre um assunto tão delicado e expor a alma ferida e, também, sentia-se especial por poder ouvi-lo e acolhê-lo dessa forma.

Quando ele já havia dito tudo que o incomodava em relação à carta de Jorja, tocou *Take Away My Pain*, de Dream Theater, no violão, apenas para dissolver um pouco o clima. Tate cantarolou baixinho a letra, olhando para Sky algumas vezes e abrindo o sorriso retangular que não parecia mais tão triste.

— *Take away my pain, leave the cold outside. Please don't let it rain, don't stumble on my pride...*

Sky estava encantado, pois Tate tinha uma voz linda, que fazia seu peito ficar quente, e o fato de não ser agressiva ou intimidante era só um ponto extra. Tate era capaz de transitar por todos os subgêneros do rock sem nenhuma dificuldade, tinha um talento enorme. Apesar de se sentir lisonjeado pela letra inicial bonita da música, Sky experimentou a agonia quando Tate cantou o verso final, uma vez que este falava sobre um homem quebrado tentando reconstruir o coração com o amor para, no fim, perdê-lo, preferindo nunca tê-lo experimentado, porque não sabia mais viver sem ele.

— *Let the cold inside, it's time to let it rain, there's nothing left to hide. Take away my pain, I'm not frightened anymore, I'm learning to survive without you in my life...*

Sky percebeu como Tate tinha medo de se machucar, e aquilo doeu porque ele não podia prometer não machucá-lo, pois era um ser humano cheio de falhas e de ego natural. Por essa razão, uma hora acabaria cometendo um erro e não seria capaz de lidar com o quanto uma pessoa como Tate ficaria abalada com a quebra de confiança, mas Sky podia tentar e estava disposto a isso, queria mostrar a Tate que, apesar de tudo, a vida era boa e ele não precisava passar pelas ondulações dela sozinho.

Quando terminou de tocar, Tate levantou e disse que precisava mesmo dormir, então acompanhou Sky até a porta. No instante que ele saía, Tate puxou-o delicadamente pelo pulso e segurou em sua bochecha para deixar um beijo molhado em seu queixo, soprando um risinho ao se afastar, o que fez Sky instintivamente se encolher.

— Boa noite, Tate. — Sky disse, devolvendo o beijo como tinha feito mais cedo. — A gente se fala amanhã.

— Boa noite, *Little Boy*.

Tate sorriu e fechou a porta. Sky caminhou para o próprio apartamento e jogou-se na cama, cansado demais para sequer tirar a maquiagem borrada do rosto, e o coração batendo forte no peito até finalmente pegar no sono.

Algumas semanas depois, Tate parecia menos instável, mas ainda oscilava entre uma alegria exacerbada e uma tristeza profunda, o que não era realmente um problema, já que Sky estava começando a se acostumar. Sabia que, quando os sorrisos dele começavam a ficar menos frequentes ou praticamente inexistentes, era necessário manter uma distância segura e animá-lo de longe, sem tocá-lo e sem fazer piadinhas muito íntimas. Na maioria das vezes, a tática funcionava, porém em outras Tate parecia ficar ainda pior, como se enfrentasse o dilema de "agarrar ou deixar ir", e com isso Sky ainda não tinha se acostumado.

O relacionamento deles era bom e parecia caminhar para frente em passinhos de bebê. Embora os sinais parecessem minúsculos demais, eles estavam ali, como uma carícia rápida nos cabelos, na nuca ou nos ombros; abraços mais demorados, e beijos no queixo com mais frequência. Sky tinha consciência de que estavam se tornando amigos com facilidade e que talvez seu coração ainda jovem estivesse indo mais rápido do que deveria, muitas vezes desejando quebrar todas as barreiras para agarrar o coração de Tate e fazê-lo seu, sem nem saber se ele queria o mesmo.

Evidentemente era um dilema, e estar perto de Tate tornava tudo pior, contudo Sky não queria se afastar como um garoto bobo, afinal o considerava um amigo antes de qualquer coisa. Ainda não estava totalmente apaixonado por Tate, mas acreditava que caminhava a passos largos para isso e não sabia o que aconteceria depois. Quando já não desse mais para voltar atrás, precisaria passar pelo difícil processo de desvincular o cérebro do interesse romântico que não sentia o mesmo por você. Para sua sorte, pelo menos achava que estava se saindo bem em disfarçar seus sentimentos ou Tate era ingênuo demais para não os notar, por mais que algumas raras vezes lhe correspondesse de um jeito desengonçado muito adorável.

Sky estava se dando bem nos ensaios da banda e praticamente já era o vocalista oficial, só precisava passar pelo grande show e aí estava dentro, independentemente dos protestos de Armin, que parecia cada vez mais abalado com isso tudo. Isso deixava Sky um pouco preocupado, porque já não era mais raiva que via no olhar dele, e sim tristeza, o que indicava que a situação era mesmo séria, e Sky só não sabia por qual motivo.

No sábado, em vez de ensaiarem normalmente na garagem, Jaden apareceu com um panfleto de contratação de banda para um fliperama local que inauguraria pela noite e disse que eles estavam avaliando apresentações durante toda a tarde. Tate ficou apreensivo, mas Sky disse que era uma boa oportunidade, porque, se o grande show não desse em nada, pelo menos estariam tocando em algum lugar e recebendo por isso, mesmo que bem pouco.

Depois de muito insistir, conseguiu convencer Tate, que propôs tocar o que a galera geralmente ouvia quando queria jogar, beber, fumar ou fazer os três juntos: AC/DC. Passariam pelas melhores músicas e depois tocariam as mais novas. Ensaiaram por cerca de duas horas antes de se encontrarem com os proprietários do estabelecimento, que vibraram com a apresentação-teste e pediram para que voltassem perto das oito da noite.

Após o banho, Sky colocou a camiseta do último álbum da banda, uma boina que parecia com a de Brian Johnson, calça justa de sempre, botas pesadas e no rosto *glitter* azul e *gloss* vermelho, espalhando bem o *gloss* para não ficar tão chamativo.

Passou um perfume e respirou fundo sentindo um pouco de medo. Seria sua primeira apresentação para um público mais ou menos grande e não sabia se se sairia bem e se conseguiria se manter afinado mesmo com todo o nervosismo. No entanto, precisava fazer isso por si mesmo e se arriscar, então fez um discurso motivacional para o próprio reflexo no espelho e repetiu três vezes que arrasaria aquela noite.

Assim, saiu do apartamento e esperou por Tate para que pudessem ir juntos na bicicleta dele. A ideia não parecia assim tão boa, pois Sky tinha um pouco de medo de bicicletas, mas Tate prometeu que pedalaria devagar, então decidiu simplesmente confiar sem pensar demais ou se torturar.

Somente um pouco mais tarde, Tate saiu, o cheiro forte da colônia agradou e incomodou um pouco o nariz, mas Sky nem ligou para isso quando viu o que ele estava vestindo, a boca secava conforme o coração acelerava e as pernas bambeavam.

Tate estava com um sobretudo preto leve de couro, uma blusa gola alta de lã azul-royal por dentro de uma calça jeans escura com cinto transpassado e coturnos pretos pesados. Na cabeça, uma touca também de lã da mesma cor dos coturnos e, apoiada no ombro, a maleta da guitarra.

Se Sky não estivesse encostado à parede, teria caído de costas no chão.

— Nossa. — Deixou escapar.

Tate virou a cabeça por cima do ombro para olhar para Sky enquanto trancava a porta, analisando-o da cabeça aos pés, a expressão mudando radicalmente de neutra para surpresa quando ele notou a maquiagem azul e o gloss vermelho.

— Caramba. — Tate disse depois de soprar um riso tímido, coçando a nuca e prendendo um lábio entre os dentes. — Você está muito bonito como sempre.

Sky sorriu e desviou o olhar, sentindo um pouco de vergonha. Depois que Tate disse isso pela primeira vez naquele parquinho, não conseguia mais parar de dizer, era como se não tivesse mais controle sobre os elogios.

E Sky não estava reclamando, é claro.

— Você está arrumadinho. — Sky provocou enquanto caminhavam para o elevador, empurrando-o de leve com o ombro. Tate riu e balançou a cabeça, desconsiderando. — Você não vai me derrubar da bicicleta por isso, vai?

— Só se continuar me chamando de arrumadinho desse jeito tão prepotente. — Tate levantou as sobrancelhas grossas, e entraram no elevador, o lugar pequeno fazendo ambos os perfumes se misturarem. — Está nervoso para hoje, *Boy*?

Sky deu de ombros e estalou a língua no céu da boca, decidindo que ser honesto seria melhor.

— Bastante, mas vou tentar pensar positivo durante todo o caminho.

— Você vai se sair bem, nasceu pra isso. — Tate sorriu e cutucou o queixo dele com o dedo indicador, parecendo achar graça quando Sky fez um bico e desviou o rosto, constrangido. — Armin diz que tenho um olhar tranquilizador, então vira pra mim caso se sentir sufocado.

Tate arregalou os olhos e Sky riu quando ele riu, sabendo que aquilo nunca funcionaria, mas quis parecer grato mesmo assim. Se olhasse para Tate vestido com essas roupas e tocando guitarra, acabaria deixando a baba escorrer.

Quando já estavam do lado de fora e com a bicicleta posicionada ao lado da guia, Tate montou primeiro e olhou para trás com uma expressão sapeca, como se desafiasse Sky a subir.

— Não me deixa cair. — Ele disse depois de respirar fundo algumas vezes e sentar na garupa, abrindo as pernas para se equilibrar melhor e pousando as mãos nas coxas, sem saber exatamente se podia tocar ou não em Tate. — Posso segurar em você?

Tate hesitou, mas balançou a cabeça e virou para frente quando Sky enlaçou sua cintura com braços fortes, praticamente colando os corpos. Desse jeito, conseguia sentir a respiração e o coração dele em um ritmo acelerado.

— Não me solta. — Tate gritou quando começou a pedalar, sustentando o corpo pelas pernas para pegar o impulso e a força iniciais, então as mãos de Sky desceram quase no pé da barriga dele.

— Não vou.

Sky apoiou a cabeça nas costas dele um tempo depois, no instante que Tate voltou a se sentar para não perder o equilíbrio. Ficou assim durante todo o trajeto, só com os olhos fechados, sentindo o vento bagunçar o cabelo e refrescar o rosto, a sensação de segurança se instalando em todos os seus nervos e acalmando um pouco as memórias turbulentas.

Tate parou antes do fliperama lotado e beijou gentilmente o queixo de Sky, aproveitando a camuflagem das sombras dos arbustos altos. Ele disse que ficaria tudo bem e que Sky daria conta da noite, então eles se encontraram com a banda na calçada da frente para cumprimentá-la antes de entrarem, os olhares curiosos seguindo-os por todos os lados.

O lado de dentro estava abafado, barulhento e cheio, pessoas demais bebendo demais e jogando demais, mas Sky se concentrou na mão de Tate apertando delicadamente sua nuca enquanto andavam para os fundos do fliperama, onde estavam o palco e o bar, mesas pequenas separadas dos eletrônicos e sofás de couro. Tudo brilhava em roxo, azul e branco, e as luzes ondulavam os pisos estilo discoteca e as paredes prateadas.

— A bateria está na caminhonete do Nolan, nos fundos. Vamos lá pegar! — Armin gritou para Tate e saiu com Nolan enquanto Hyun subia no palco junto de um assistente, a guitarra balançando no corpo e um sorriso excitado crescendo nos lábios.

Sky respirou fundo e controlou a respiração que queria sair acelerada, sentindo orgulho por, pelo menos, estar conseguindo manter bem longe os pensamentos pessimistas e as memórias perturbadoras.

— Tudo bem? — Sky deu um pulo quando Tate sussurrou em cima de sua orelha, a boca encostando de leve nela e arrepiando sua nuca. Olhou para ele de olhos arregalados, um pouco surpreso e um pouco animado, o que o fez rir. — Desculpa, não quis te assustar, é só que a música está meio alta.

E realmente estava. Ela pulsava nos ouvidos de Sky e fazia o coração bater com mais intensidade, a sensação de "flutuar" "dominava" aos pouquinhos suas pernas e braços, e o rosto formigava junto à garganta e à língua, que pareciam inchar.

Balançou a cabeça, fechou os olhos, contando até três e agarrou-se à emoção de ter o calor do corpo de Tate próximo ao seu, acolhendo suas costas e seus ombros. Estar junto a Tate passava um sentimento bom de segurança e de que não estava dentro da própria cabeça, mas em um fliperama, prestes a cantar músicas reais, com sensações reais, para um público real.

— Estou bem. — Sussurrou de volta na orelha de Tate, sentindo quando a pele dele arrepiou em sua. — Só preciso subir logo no palco.

Soltou uma risada nervosa, e Tate riu junto acariciando sua cintura com tanta leveza como se os dedos dele nem estivessem nela, então Sky suspirou e desejou que ele continuasse, mas isso não aconteceu.

— *Sit there, hmm, count your fingers...* — Tate cantarolou com a voz meio trêmula de vergonha fazendo Sky sorrir. — *Oh sit there, oh count those raindrops. Oh, feel'em falling down, honey, all around you.*

Era Joplin, e Tate sabia que suas músicas sempre acalmavam Sky.

Quando ele virou para trás, Tate tinha o sorriso retangular constante e um brilho apaixonado nos olhos.

— Gosto quando você canta.

— Não sou tão bom quanto ela, mas tento.

Quando Sky ia responder, Armin apareceu correndo, com a jaqueta de couro praticamente escorrendo pelos ombros e o cabelo rosa todo desgrenhado na testa.

— Tudo pronto. — Ele disse ofegante. — Amo minha bateria, mas ela é pesada pra caralho, puta que pariu.

— Vamos? — Tate perguntou ao Sky, que mordeu os lábios e assentiu nervoso. — Storm vem?

— Ela estava um pouco atrasada com alguns trabalhos da faculdade, mas disse que tentaria vir. Provavelmente chegue no meio do show.

— Entendi. — Tate sorriu mais uma vez, e Sky quis saber o porquê de ele sempre parecer interessado nela. — Talvez minha mãe venha também, mas não podemos esperar mais, então vamos subindo.

Sky concordou, e eles foram para trás do palco, Tate na frente e Armin atrás, que parecia observá-lo de perto e analisava cada um de seus movimentos e falas, só esperando para captar qualquer sinal de erro. Sky não gostava disso, mas não tinha o direito de realmente reclamar, afinal, estava praticamente invadindo um espaço que não era seu. Ao menos, não ainda. Depois do grande show, as coisas mudariam e ele se certificaria de colocar Armin em seu devido lugar.

Em cima do palco escuro, as pessoas da plateia, que se sentavam às mesas ou se encontravam em pé em volta delas, pareciam não vê-los, e Sky agradecia por isso, assim conseguiria se preparar melhor e controlar a náusea que subia e descia pela garganta, tornando respirar uma tarefa difícil.

Olhou para o público e pensou em si mesmo cantando diante dele, sendo o centro das atenções e expondo-se da forma mais íntima possível. Não sabia se seria capaz de fazer isso, nem se estava pronto para deixar que o enxergassem e o lessem tão bem, porque tinha dúvidas se se encontravam abertos a entendê-lo e se poderiam tomar todas as suas dores como Tate o fez.

Hyun parou ao lado de Sky com os braços na cintura, sorria de canto e parecia orgulhoso, porém Sky estava tão nervoso que não conseguiu sorrir de volta, porque o estômago apertava e afrouxava, ameaçando soltar tudo. Abriu a boca para respirar, enquanto o barulho alto retumbava ao redor e o peito chiava em desespero.

E se sua voz não saísse? E se parecesse patético? E se rissem? E se jogassem coisas em sua cabeça? E se o vaiassem? E se a banda ficasse decepcionada com ele? E se Tate detestasse sua apresentação e nunca mais quisesse vê-lo outra vez? "E se não conseguisse fazer isso?".

— Caralho, relaxa aí, você vai sair voando igual a um balão daqui a pouco. — Hyun tentou tranquilizá-lo e bateu com força moderada em seus ombros, o que era para ser um toque de conforto. — Depois você desconta tudo na cerveja e aí fica tudo bem.

Fez uma careta. Como ele conseguia estar tão tranquilo?

— Você não vai ser o centro de tudo. — Sky resmungou e cruzou os braços no peito, mas isso só piorou tudo e sua voz escapou trêmula no final, chamando a atenção de Hyun.

— Cê tá legal, Sky?

Antes que pudesse lhe responder, sentiu uma mão na nuca e soube que era Tate, o toque carinhoso era inconfundível. Virou para trás com pressa, praticamente implorando por um abraço ou um beijo no queixo, mas nenhuma dessas atitudes veio, só um olhar preocupado e uma expressão confusa.

— Consegue fazer isso? — Tate perguntou e apertou os lábios em uma linha reta firme, olhando ao redor. Sky não foi capaz de responder, só fechou os olhos para evitar o pranto. — Você parece prestes a chorar, não quero mais que cante, não desse jeito. Desce e espera por mim no bar.

— Não! — Balançou a cabeça e quase gritou, dando graças pela música do fliperama ainda estar no volume máximo. — Vou cantar!

— Cara, se estiver se sentindo mal, não precisa cantar. — Hyun respondeu e sorriu com gentileza, mas Sky não queria nenhum tipo de brandura, queria sim provar que conseguia. — Vamos entender.

— Já disse que vou cantar!

— O que está acontecendo? — Armin aproximou-se com as sobrancelhas franzidas, olhando de um rosto para o outro até perceber que Sky estava quase chorando. — Está dando para trás?

— Não, eu...

— Coloca o amplificador aqui na frente, vou cantar hoje. — Tate puxou a touca da cabeça para jogar os cabelos para trás antes de colocá-la de volta, ajustando-a bem à testa.

— O quê? — Armin soltou um riso incrédulo, fuzilando Sky com o olhar. — Porra nenhuma, Tate! Você vai passar mal, não vou te deixar fazer isso!

— Só que já decidi, Armin. — Tate deu de ombros, sua voz cortou duramente o ar e deixou Sky estático. — Pega o amplificador pra mim.

— Não! Caralho, Sky, o que você fez?! — Armin parecia prestes a ter um infarto, com as veias saltadas no pescoço e as bochechas vermelhas. — Disse pra você "não" foder com tudo!

— Quando você disse isso? — Tate levantou uma sobrancelha, a expressão cansada de antes foi substituída por uma desconfiada. — Quando você disse isso, Armin?

— Eu... — Armin mordeu os lábios e desviou o olhar, parecendo fragilizado, quase abatido. — Isso não importa, eu disse que Sky não era bom o suficiente!

— Você não respondeu à minha pergunta.

— Tate, já chega! — Sky aumentou o tom de voz, atraindo a atenção dos três, inclusive a de Hyun, que estava distraído observando a poeira caindo do teto. — Vou cantar, eu só... eu só estava nervoso.

— Que caralho de briga é essa aqui? — Nolan apareceu com um baseado entre os lábios e uma cara nada boa. — Estamos prestes a fazer um show, e vocês estão discutindo desse jeito minutos antes de ele começar? Se foder, porra.

— Isso é culpa de vocês. — Armin resmungou e voltou a ficar vermelho. — Eu disse que colocar esse cara na banda seria péssima ideia e que ele não daria conta disso.

— Chega, Armin! — Tate praticamente gritou nervoso. — Ou era o Sky ou não era ninguém, será que dá pra entender isso? Pelo menos, tentei!

— Só que não tínhamos que ter tentado, Tate! Ninguém nunca vai conseguir substituir a Jorja, ninguém! Sem ela, nossa banda não é nada, e você sabe disso!

— Ainda sou eu! — Sky bateu o pé no chão e caminhou para frente do microfone, ameaçando começar a falar. Hyun arregalou os olhos e estendeu a mão, implorando silenciosamente para que ele não fizesse nada. — Peguem a porra do instrumento de vocês e comecem a tocar.

Um silêncio preencheu o ar, e Sky não vacilou, encarando cada um deles nos olhos. Precisava fazer isso e estava cansado de ser subestimado, de se deixar dominar pelos pensamentos obscuros e pelo passado que nunca daria para mudar. Provaria para si mesmo que era capaz de fazer o que quisesse e tinha controle da própria cabeça, nem que precisasse passar por um colapso nervoso depois de tudo. Pelo menos, ele teria tentado, não aceitado e desistido como sempre fazia.

— Sky, você...

— Já pra guitarra, Tate. — Sky interrompeu-o, levantando uma sobrancelha para mostrar que falava sério.

Tate suspirou e levantou as mãos em rendição, caminhando para o instrumento sem que Sky precisasse falar duas vezes, e os outros fizeram a mesma coisa, apenas Armin ficou parado na sua frente feito uma estátua, com os olhos espremidos em intensa observação.

— Você não está pronto para isso, Sky. — Ele resmungou e sorriu de canto, ácido. — Muito menos nós, mas estamos dispostos a arriscar. Pelo menos, não somos covardes.

Então, ele deu as costas e se sentou na bateria, deixando Sky virar para frente enquanto as luzes acendiam aos poucos, iluminando devagar seu corpo até que as pessoas conseguissem vê-lo perfeitamente, os ofegos de surpresa faziam seu coração doer de novo, mas sem saber se de um jeito bom ou ruim.

— Boa noite! — Colocou para fora sua melhor voz vibrante. Todo mundo pareceu responder, e o espaço de frente para o palco começou a encher vagarosamente assim que a música alta parou para dar lugar aos instrumentos da banda. — Espero que estejam todos muito animados, porque hoje a Poison vai colocar pra foder.

Virou para trás e sorriu pela expressão orgulhosa de Tate, que começou a tocar assim que Armin contou o ritmo. *Thunderstruck* soou baixa no começo e alta segundos depois, e Hyun e Nolan acompanhavam os acordes de Tate perfeitamente.

Sem precisar pedir, as pessoas começaram a fazer o coro do início da música, o "ah-ah-ah" foi ganhando força à medida que Sky começou a bater palmas para cima, incentivando o público a fazer o mesmo, resmungando *thunder* em batidas específicas da bateria e sorrindo ao ser acompanhado.

— *I was caught in the middle of a railroad track (thunder). I looked 'round and I knew there was no turning back (thunder)* — Sky agarrou o microfone e cantou, deixando o cabelo, que antes estava atrás da orelha, cair na frente do rosto. — *My mind raced and I thought, "what could I do?" (Thunder) and I knew "there was no help, no help from you" (thunder). Sound of the drums, beating in my heart, the thunder of guns tore me apart. You've been…*

Sky parou quando a guitarra também parou e deixou que o público completasse com *thunderstruck!*, então voltou a cantar com força total, balançando tanto a cabeça que a boina quase caiu. Os gritos e a animação das pessoas deixavam tudo mais intenso e gostoso, sua confiança aquecia lentamente o corpo, que já não parava mais quieto, o coração pulsava excitado e a voz saía firme, intensa e afinada.

Olhava para trás com frequência somente para ver Tate empenhado na guitarra, com os olhos dele sempre grudados aos seus, o sorriso de canto passava um ar de tranquilidade que só incentivava Sky a continuar ultrapassando limites e barreiras e quebrando pedras traiçoeiras que havia deixado acumular em sua mente.

— *Rode down the highway. Broke the limit, we hit the town. Went through to Texas, yeah, Texas, and we had some fun, we met some girls, some dancers who gave a good time. Broke all the rules. played all the fools.*

E Sky só parou para retomar o fôlego quando precisou engatar outra música; depois, em outra e mais outra, até começar a sentir falta de ar pelo esforço e ardência nas pernas pelos pulos, danças e giros. A garganta seca implorava por um pouco de água ou cerveja, as mãos trêmulas esmagavam o microfone e os pés inquietos batiam repetidamente no chão escorregadio.

Cantaram *You Shook Me All Night Long, Hard As Rock, Love Bomb, Shoot To Thrill* e mais tantas que Sky quase perdeu a conta. Algumas vezes improvisava um verso ou outro, mas tudo cabia tão bem na melodia que era impossível não amar e reconhecer o talento dele escorrendo e derretendo pelo palco.

Já no final, quando estavam na última música, Sky viu Susan e Storm paradas bem diante do palco, as duas cantavam juntas e se divertiam por causa "dele", porque "ele" conseguia passar a própria energia para cada corpo ali. Essa reação positiva, com certeza, fez com que parasse de se preocupar se conseguiria ser bom ou não, porque "sabia" que era e nenhum pensamento paranoico estragaria isso.

Quando acabou a apresentação, os aplausos e assobios pareceram abafados e em câmera lenta. Sky respirava ofegante, o sorriso enorme adornava o rosto, a ponto de os olhos quase se fecharem, e lágrimas de alegria deslizavam pelas bochechas suadas.

— Boa noite, porra! — Gritou antes de as luzes se apagarem e recebeu mais gritos animados, e algumas vezes conseguiu escutar *Poison* no meio.

Olhou para trás e viu Tate sorrindo radiante, logo Sky teve certeza de que havia feito a escolha certa.

— **S**aúde!

Brindaram com cervejas e vodca, as bocas das garrafas e dos copos batiam umas nas outras acima das cabeças, e um pouco do líquido transbordava. Depois do show, os donos do fliperama disseram que a banda podia beber um pouco no salão e nenhum deles recusou, uma vez que as gargantas secas imploravam por um pouco de álcool.

Kyle chegou com Sunny e Jaden um pouco depois, estavam trabalhando em mixagens e demoraram para finalizá-las. Kyle estava chateado, queria ter assistido ao show para poder anotar mais arranjos, mas pelo menos ele estava feliz por ter sido uma noite de foder.

Sky colocou um cigarro na boca e procurou pelo isqueiro. Tate cutucou-o com o cotovelo e acendeu o fogo de um isqueiro vermelho. Sky inclinou-se para perto dele e o olhou diretamente nos olhos, deixando-o sem graça, antes de acender o cigarro.

Sorriu diante da expressão fofa de Tate, com a boca aberta e as sobrancelhas franzidas.

— Obrigado, Tate. — Piscou para ele e tragou fundo, porém não voltou ao lugar, apenas continuou encarando-o, e sua atenção descia lentamente para os lábios vermelhos e convidativos dele.

— Por nada. — Tate sussurrou e olhou direto para a boca de Sky, coisa que não passou despercebida por ele.

Sky queria beijá-lo. Já desejava isso muito antes, principalmente depois do show, quando ele desceu suado, com uma respiração ofegante e um olhar intenso, desejoso e excitado. Sky quis puxá-lo para perto e tomá-lo na boca até não conseguir mais respirar, porque, Deus, também estava excitado, excitado como nunca esteve antes, e sabia que era, em parte, por causa da adrenalina da apresentação, mas sabia que Tate estar tão quente completava a outra metade, pois a ereção apertada na calça deste piorava a situação.

Reclinou levemente na cadeira e continuou olhando para Tate, e um sorriso de canto cresceu quando percebeu que este simplesmente não conseguia tirar o foco de sua boca.

— Sky… — Storm estava sentada ao lado e chamou-o baixinho, tirando-o do transe. — Quer ir à minha casa depois daqui?

Virou para ela, analisando os lábios presos entre os dentes e o brilho de tesão nos olhos escuros.

— Desculpa, Storm, mas hoje não vai dar. — Enrolou uma trancinha dela no dedo e tentou soar o mais gentil possível. — Quem sabe na semana que vem?

Ela piscou lentamente, olhando através de Sky para Tate e depois para ele outra vez, e um sorriso sapeca brotou nos lábios charmosos.

— Quando quiser, é só me chamar.

— Vocês são namorados? — Ouviu Susan perguntar e virou para ela, uma sobrancelha erguida em dúvida. — Parecem namorados.

— Amigos com benefícios, mãe. — Tate resmungou uma resposta, bebericando a cerveja. — Não é, Sky?

Sky tragou mais uma vez e soprou a fumaça para cima balançando a cabeça.

— Ele não tem mais tempo para mim ultimamente, sabiam? — Storm riu. — Anda ocupado demais com outras coisas.

— Que coragem, Sky. — Nolan disse e arregalou os olhos. — O que tem feito que é mais importante que estar com ela?

Olhou discretamente para Tate, que só girava a garrafa de cerveja com um sorrisinho tímido no rosto.

— Provavelmente, treinando com o Tate, vocês são harmônicos demais. — Susan disse e cravou os olhos em Sky, e a maquiagem preta como a de Storm deixava a expressão mais intimidadora. — Tate não harmonizava tão bem assim com Cassie, não é, Armin?

— Mãe? — Tate soltou um riso nervoso. — Que isso?

— Tenho que concordar! — Nolan quase gritou e pegou mais uma cerveja do balde. — Cassie manda bem na bateria, mas não dava tão certo com o Tate.

— Ei, eu harmonizo bem com o Tate. — Armin resmungou.

— Filho, não estamos falando de laços de sangue. — Susan abanou a mão e fez uma careta.

— Do que estamos falando, então? — Sky indagou sorrindo arteiro. Ela estava estranha, quase como se soubesse de algo que ninguém sabia.

" — Quem sabe?"

Ela deu de ombros, mas, antes que pudesse responder, alguém cutucou levemente sua boina. Olhou para trás, confuso, e viu um homem de rabo de cavalo enorme e cavanhaque descolorido segurando uma lata de cerveja.

Ele usava uma camiseta da AC/DC.

— Poison, né? — O cara perguntou, contudo Sky não respondeu verbalmente, só balançou a cabeça. — É o vocalista?

— Sim.

— É viado, não é?

A mesa caiu em um silêncio constrangedor, e Sky abriu a boca completamente chocado para responder de imediato, deixando o cigarro escorregar dos dedos e indo parar em cima da mesa.

— Como é? — Resmungou, sem entender o motivo daquela pergunta.

O cara riu e puxou a boina de Sky fazendo com que o rosto dele ficasse mais visível e os cabelos caíssem na frente dos olhos.

— É viado, sim, olha essa cara toda enfeitada. Tudo nela grita "gayzão".

Sky fechou os punhos sentindo o sangue correr fervente pelas veias. Mesmo que não fosse gay, geralmente não tinha problema algum com a palavra, mas quando a usavam para ofender, ele só faltava cuspir fogo.

— É mesmo? — Sky perguntou e abriu um sorriso, puxando de volta a boina da mão dele. — Sinto cheiro de pau na sua boca, quanto tempo ficou chupando um hoje?

— Seu filho da puta!

Ele lançou o braço para acertar um soco em Sky, mas Tate se levantou tão rápido que algumas garrafas espatifaram no chão e segurou o punho do cara.

— Cai fora! — Tate grunhiu, no entanto o cara só soltou uma gargalhada e fez um gesto obsceno para Sky. — Qual seu problema, porra? — Tate gritou e puxou-o pelo colarinho.

Assustado, Sky recuou um pouco com a cadeira.

— Não fode, olha a porra da cara dele desrespeitando a banda desse jeito! — O cara gritou de volta e tentou se soltar, mas Tate o puxou para perto com ainda mais brutalidade. — Me solta, caralho!

— É com a porra da maquiagem que você está com problemas? — Tate virou rápido para Sky e, com uma das mãos livre, dedilhou meio bruto a sombra escorrida pelas bochechas dele, esfregando-a de qualquer jeito nos olhos. — Se levantar o braço pra ele de novo, vai sair chorando daqui depois de levar um cacete de um cara de maquiagem, você entendeu?! Cai fora!

Tate empurrou-o e, depois de olhar para Sky por alguns segundos, o homem deu as costas para ir embora.

— Mete o pé daqui, seu fodido! — Hyun gritou e jogou uma lata de cerveja amassada nas costas dele, que nem se atreveu a voltar. — Cuzão!

Tate sentou-se com uma expressão séria e irritada, o *glitter* azul cobrindo delicadamente os olhos e o cabelo escapando rebelde da touca preta.

Sky soltou o ar devagar, extasiado demais para conseguir dizer alguma coisa.

— Em conclusão, os homens são idiotas. — Susan suspirou.

— Vou ter que concordar. — Storm disse e acariciou de leve as costas de Sky, que ainda olhava Tate com fascínio.

— Eu também. — Disse Kyle.

— Eu também. — Disse Jaden.

— E eu! — Sunny levantou a mão, animada.

— Ficou irado em você, Tate. — Hyun apontou em círculos para o próprio rosto. — Show de bola, quero também.

Hyun passou os dedos na outra bochecha manchada de Sky e então esfregou a maquiagem nos olhos. Ele balançou as sobrancelhas e fez o sinal de rock com as duas mãos provocando um riso em Sky.

— Uau, hein? — Susan disse em um tom divertido.

— Estou sexy, não estou? Admitam.

— Também quero! — Nolan sorriu e depois fez uma careta. — A sombra do Sky acabou.

— Usa a minha. — Storm molhou de leve os dedos na garrafa e depois esfregou a maquiagem preta dos olhos para conseguir deslizá-la nos olhos de Nolan. — Pronto.

— Me sinto selvagem.

— Você é muito ridículo, cara. — Jaden disse depois de afogar com a bebida.

— Falta o Armin. — Susan disse e todos olharam para ele, que estava de braços cruzados e com uma cara nada agradável. — Coloca um pouco também, filho.

— Nem fodendo, você não vai me obrigar!

— Nunca mais deixo você usar as minhas baquetas autografadas pelo baterista da Floyd. — Ela levantou uma sobrancelha em desafio fazendo Armin abrir a boca, incrédulo.

— Como você sabe que eu pego as baquetas?! Tate, você contou?!

Tate negou com a cabeça e levantou as mãos como se dissesse "não sei de nada".

— Nenhum de vocês me engana. Agora, coloca a porra da maquiagem.

Armin bufou e começou a esfregar os dedos em uma garrafa molhada, depois os direcionou para os olhos de Susan, que se esquivou.

— O que foi? — Ele perguntou confuso.

— Vai ficar melhor com a maquiagem da Sunny, é rosa e combina com seu cabelo.

— Mãe!

Mas Armin não teve outra escolha e, quando Susan terminou de esfregar seus olhos, passou o resto da noite com cara de bunda, tão irritado que chegava a ser cômico.

Após duas semanas, depois de infinitas brigas e milhares de conversas fervorosas, todos os membros da Poison — com exceção de Armin, é claro — decidiram que a banda precisava de um significado maior para mostrar personalidade, então abriram uma votação a fim de escolher um novo nome para a banda. Queriam algo que representasse uma luta importante, uma voz firme em um mundo cheio de guerra e falta de empatia.

O que decidiram?

Bom, Poison não seria mais Poison.

A partir daquele dia, ela seria *Glitter.*

SKY
MARRY ME
AI AI
SE EU
TE PEGO!
GLITTER
MEUS
PENSAMENTOS
TE SEGUEM!
TATE
SOU SUA!
LOVE

Capítulo XI

Estes e aqueles estigmas

UM MÊS E MEIO A MAIS COM SKY e Tate achava que estava ficando maluco.

Não conseguia parar de olhar para ele nem de sorrir quando estava perto dele. Não era capaz sequer de pensar direito quando estava com ele, principalmente ao sentir o cheiro suave do perfume cítrico misturado ao doce do xampu, destruindo qualquer resquício de sanidade. Tate só sentia vontade de beijá-lo, e isso o fazia perceber ainda mais que estava realmente ficando louco, perdendo a porra da cabeça.

Desde o dia em que Sky apareceu com o bolo em sua porta, Tate sentia que o coração tropeçava nas batidas. Não era normal, não era natural, mas, mesmo que tentasse se convencer disso todos os dias antes de dormir, não conseguia evitar o ritmo cardíaco acelerado e a falta de ar todas as vezes que o via, praticamente se esquecendo de que era isso que devia fazer.

A tentativa de beijar Sky tinha sido um erro enorme, uma burrada terrível. Não sabia onde estava com a cabeça no dia que lhe disse aquelas coisas vergonhosas, muito menos de onde tinha tirado coragem para se aproximar tanto dele, então imaginou que Sky o detestaria depois daquilo. Pensou que ele acabaria se afastando ou contaria a todo mundo, e nunca mais se falariam, pois ele sumiria de sua vida como se nunca tivessem se conhecido.

Mas Sky não fez nada disso, apenas retribuiu aquele beijo no queixo, tornando as coisas muito mais difíceis, porque ele era carinhoso e manhoso, como um gatinho, e Tate não sabia lidar com homens tão entregues e… apaixonados? Sim, Sky parecia apaixonado, mas talvez ele só gostasse de receber elogios e atenção, então Tate não parava, porque ele ficava lindo se encolhendo e sorrindo todo bobo. Essa reação de Sky só fazia Tate sentir ainda mais vontade de beijá-lo, porém procurava dominar esse desejo beijando-lhe o queixo e não a boca e tornando o ato tradição quando estavam sozinhos.

Tudo bem, um beijo não significava nada, e Tate tinha certeza disso, contudo seu pau subir sempre que Sky decidia ser ousado e atrevido já era se deixar ir longe demais, por isso entrava em desespero tão rápido que Sky com certeza devia notar.

Não sabia mais o que fazer. Quando queria beijá-lo, beijava-o no queixo, e a vontade diminuía um pouco, mas, quando queria se masturbar pensando nele, tomava um banho gelado e rápido, o que só aumentava ainda mais seu desejo. Estava diante de um dilema e suas bolas pareciam prestes a explodir, tinha certeza de que isso aconteceria da próxima vez que ficasse duro e corresse para o chuveiro, então precisou arrumar uma solução para isso, recorrendo à mãe na primeira folga da semana.

— Está me dizendo que quer bater punheta, mas que, por alguma razão que prefere não me contar, não consegue e já está entrando em desespero?

Susan perguntou espantada e colocou as mãos na cintura, com o pano de prato esfarrapado grudado no ombro. Tate jogou a cabeça sobre a mesa e cobriu-a com os braços, soltando um suspiro tão alto que daria para ouvir do outro lado da rua.

— Sim. — Resmungou como uma criança.

— Por acaso, fica excitado pensando em crianças?

Tate levantou-se rápido, os olhos arregalados e a boca escancarada em descrença.

— É claro que não! Jesus, mãe!

Ela deu de ombros e virou para terminar de secar a louça, soltando um risinho indecifrável.

— Você se excita pensando em pessoas mortas?

— Não, mãe!

— Em forçar alguém a fazer algo que não quer?

— Não, mãe, eu...

— Em violar corpos?

— Deus do céu, que nojo! Chega!

Tate bufou e cruzou os braços acima do peito, contorcendo o rosto em uma expressão emburrada, os cabelos cobrindo levemente os olhos.

— Então, não está cometendo nenhum crime, não entendi qual é o problema.

— "Tem" um problema, mas não "posso" te contar, que droga. — Murmurou e rolou uma xícara de um lado para o outro, observando o desenho de um ursinho nela, o ursinho favorito de Armin.

— Você se tortura demais, filho. Para de pensar um pouco e faça o que tem vontade de fazer. — Suspirou e um sorriso doce contornou seus lábios. — Contanto que não quebre nenhuma lei, porque não tenho dinheiro para te tirar da cadeia. — Riu e rolou os olhos.

O conselho não tinha sido tão útil, porém não podia culpar a mãe, já que ela não sabia que ele ficava de pau duro pensando em um homem. Se ela soubesse, talvez o condenasse também, porque todo mundo sabia que isso não era normal.

— Acho que vou morrer. — Confessou. — Morrer de tesão acumulado.

— Uma vez vi na televisão que isso mata mesmo. — Susan comentou e jogou o pano em Tate, sentando de frente para ele em seguida. — Se está se sentindo tão mal assim, então faça só uma vez e finja que nunca aconteceu, pelo menos vai aliviar um pouco.

Tate olhou para cima pensativo. Conseguiria lidar com isso depois? Seria capaz de seguir em frente sem sentir vontade de fazer de novo? Bom, talvez isso até tirasse de sua cabeça os pensamentos maliciosos com Sky ou seu cérebro finalmente se satisfizesse depois de tanto tempo sem um estímulo sexual e o deixasse em paz.

É, talvez funcionasse.

— Vou pensar. — Respondeu, mas já estava decidido a tentar. — Espero não me arrepender.

— Faça isso. — Ela piscou e acariciou de leve a mão de Tate, apertando duas vezes como fazia quando ele era criança. — Vocês mudaram o nome da banda, não foi?

Recostou na cadeira e sorriu, lembrando-se de como Sky quase havia chorado de alegria no instante que Hyun sugeriu que mudassem o nome. Significou muito para ele, e Tate sentia-se bem sabendo que seria uma forma interessante de passar uma mensagem importante às pessoas que os ouvissem.

— Foi ideia do Hyun, ele disse que teria muito mais significado que Poison. — Explicou à mãe e sorriu de novo. — Sky ficou emocionado.

— Ele é um bom garoto, foi horrível o que aconteceu no fliperama. — Susan suspirou e passou as mãos nos cabelos, ajeitando-os para trás. — As pessoas são tão intolerantes.

— Aquele cara era só um idiota que queria supor coisas e agredir pessoas de graça. — Resmungou. — Sky não é gay só por usar maquiagem. Ele definitivamente não é gay.

— Mesmo se ele for gay, não é certo fazer o que aquele imbecil fez. — A voz de Susan saiu dura, como se ela estivesse impaciente com alguma coisa, mas Tate não conseguiu descobrir. — Ele não é gay por usar maquiagem, assim como também não é hétero por não usar. Suposições são ruins, mas atacar alguém por não ser o que você espera que seja também é. Ninguém deve nada a ninguém, as pessoas são o que querem ser.

— Mas o Sky não é gay, mãe.

É claro que não era, porque, se fosse, então Tate também era, já que eles se olhavam exatamente da mesma forma.

Logo, se Tate não era gay, Sky também não era.

— Como você sabe que ele não é? Alguma vez ele te disse?

Tate abriu a boca para responder que sim, mas então percebeu que Sky nunca tinha falado sobre sua sexualidade, nem mesmo naquele dia no parquinho.

— Ele nunca me disse, mas ele dorme com a Storm.

— Então, para de supor as coisas que nem aquele idiota, filho. Ele pode gostar dos dois, já pensou por esse lado? — Susan rolou os olhos.

— Mas não seria errado eu supor que ele é gay, como aquele imbecil? — Tate franziu as sobrancelhas, confuso, o que a fez gargalhar.

— Desse jeito, você considera que ser gay é uma coisa ruim.

— Mas "é" ruim... — Resmungou e olhou para baixo, as dúvidas rondando sua mente. Não estava entendendo nada. — Está dizendo que não fiz bem em defender o Sky naquela noite?

— Estou dizendo que deveria não só ter se incomodado com as suposições, mas também com o fato de que aquele cara ia bater em Sky porque acha que ser gay é uma coisa desprezível. — Susan acariciou a mão de Tate outra vez voltando para a postura dócil. — Você fez bem, me deixou orgulhosa, mas tinha que ter se indignado com as duas coisas. Entendeu agora?

Respirou fundo assimilando a ideia. Tudo isso ainda era muito novo para Tate, e ele não sabia direito o que pensar ou como processar as informações, já que ninguém da família sequer tocava nesse assunto e os relacionamentos homossexuais nunca foram foco de nenhuma conversa.

Preferia pensar nisso depois, ainda nem tinha se acostumado com o fato de que elogiar outro homem não era uma coisa ruim, e todas essas ideias a mais estavam confundindo sua cabeça, que parecia cada dia mais lerda.

A porta da frente bateu, e Tate virou para trás para ver quem era, sorrindo largo para Armin, que correu em sua direção e se jogou em cima de seu colo, rodeando seu pescoço com os braços cobertos pelas mangas da camisa social.

— Tetê, meu pão com patê! — Tate fez uma careta pela comparação horrível que existia desde que eram crianças e tentou empurrar Armin de brincadeira, porém ele era forte demais. — Estava com saudades, não te vi mais depois de sábado. Oi, mãe.

— Oi, meu pãozinho de mel. — Susan levantou-se para deixar um beijo na testa de Armin, saindo da cozinha em seguida.

— Pensei que estaria bravo comigo por causa do lance com o nome da banda. — Resmungou e fez um biquinho que podia derreter o coração do irmão. — Então, achei melhor te dar um tempo.

Armin olhou para baixo e suspirou mordiscando o lábio inferior.

— Não é sua culpa.

Sabia que Armin queria dizer que a culpa era de Sky. Desde o show no fliperama, Tate tentava arrancar dele quando aquela tal conversa acalorada entre os dois tinha acontecido, quando ele tinha dito a Sky para não foder com tudo, mas Armin se esgueirava e fugia da pergunta, então Tate tinha simplesmente desistido, já que nem perguntar a Sky adiantou.

"Armin deve ter se confundido", foi o que ele disse, e Tate achou estranho Sky protegê-lo dessa forma, ainda mais com as discussões cada vez mais frequentes entre eles.

— Como foi no escritório hoje? — Tate perguntou baixinho e fez carinho nos cabelos de Armin, puxando-o para deitar a cabeça em seu colo.

— Chato. O porra do Anderson voltou, e meu chefe disse que, apesar de perturbado, ele é um funcionário confiável que sabe tudo sobre o trabalho.

Tate riu com gosto, imaginando a cara que Armin tinha feito ao ouvir isso. Provavelmente a mesma de quando foi obrigado a usar maquiagem no dia do show.

— Espero que ele não mexa com você de novo, senão quebro aquele puto no soco.

Armin olhou para Tate com uma sobrancelha erguida e um sorrisinho debochado, rolando os olhos em seguida.

— Todo mundo sabe que você não machuca nem mosca, Tate. — Armin disse e apertou o nariz do irmão. — A única vez que te vi prestes a bater em alguém foi quando aquele cara nada a ver apareceu para começar uma briga no fliperama.

— Ele era um idiota. — Tate bufou, e Armin concordou levemente com a cabeça. — Preciso ir, Sky vai passar no apartamento mais tarde para me mostrar uma música que escreveu e depois vamos ver um filme.

— Ah, Tate, mas você disse que faria alguma coisa comigo essa semana! — Armin reclamou e fechou a cara, saindo do colo de Tate e parando na frente dele, com os braços cruzados no peito. — Saí mais cedo hoje, é a noite perfeita para maratonar *Halloween*.

— Você não me disse nada, já marquei com o Sky. Vamos assistir exatamente ao *Halloween*, porque ele insistiu comigo que o Freddy era o melhor vilão.

Abriu um sorriso maléfico só de imaginar Sky admitindo admirado que Michael Myers era o assassino mais temido de todos os tempos.

— Tate, mas vocês já assistiram ao *Pânico*, *Beijos Que Matam* e *Poderoso Chefão* semana passada! Três dias seguidos! Isso não é justo!

Tate levantou-se e puxou Armin para um abraço apertado, cheirando o xampu de camomila que ele usava e balançando-o de um lado para o outro, os resmungos abafados vibrando em seu peito enquanto ele tentava se soltar.

— Amanhã? Prometo que amanhã assistiremos a alguma coisa.

Armin empurrou bruscamente Tate, puxando o ar com força por ter ficado um tempo com o rosto espremido no moletom preto. Ele continuava emburrado, mas agora com as bochechas vermelhas, o que o deixava super adorável.

Tate soprou um risinho e beijou o nariz dele como costumava fazer para manter promessas entre os dois, mas acabou sendo empurrado outra vez, o que definitivamente foi esquisito, já que Armin nunca o afastava desse jeito tão grosseiro.

— Não acredito que vai ver o "nosso" filme com ele. — Disse com uma voz baixa cortante fazendo Tate recuar. — Ele não é a Jorja, para de se agarrar a uma pessoa só para suprir o vazio de outra.

— Está falando besteira. — Rebateu nervoso, no entanto Armin deu de ombros, com uma expressão neutra que parecia endurecer o clima entre eles. — Não estou usando Sky de tapa-buraco.

— Você não era desse jeito tão grudento com ela, não é tão grudento comigo e não sei qual é a mágica do Sky, mas não importa, porque ele não pertence ao nosso lugar. A Jorja pertencia, ela era "certo", parecia "certo". Sky não parece, tem alguma coisa entre vocês que não me cheira bem e não sei o que é, mas se sair machucado disso tudo, não diga que não avisei.

— Só está com ciúmes! — Gritou quando Armin deu as costas, porém não obteve resposta, então decidiu ir logo para casa antes que a situação piorasse. As palavras dele sopraram em sua mente durante todo o trajeto.

Um pouco mais tarde, já perto da noite, Tate estava esperando Sky chegar, e o sorriso imbecil no rosto fazia um formigamento irritante contornar as bochechas e se estender até o maxilar. Sempre que Tate o percebia, fechava a boca e concentrava-se na televisão, mas ele voltava automaticamente atormentando a porra de seus pensamentos.

Sacudiu a cabeça com força e jogou o pescoço no encosto do sofá, soltando um longo suspiro. Pensar demais era cansativo, contudo impedir certos pensamentos era muito mais, e Tate quase podia sentir o cérebro derreter pelas orelhas e pingar nos ombros. Se pudesse andar só com o pescoço por aí, o faria sem hesitar. Assim, talvez, tivesse um pouquinho de sossego, coisa de que não sentia o gosto há uns bons anos, provavelmente desde o começo da adolescência.

Além de estar preocupado com o fato de não parar de sentir saudades de Sky, também se preocupava com Armin. Não precisava ter saído daquele jeito nem ter sido tão babaca. Ademais, ele alimentava paranoias sobre ser abandonado outra vez e refletia a frustração pelo pai ter ido embora em qualquer pessoa que começasse a se afastar, porque ele só se via como uma criança de novo, mas nutrir esse trauma foi muita crueldade.

Armin tinha razão, Tate estava passando tanto tempo com Sky ou pensando em Sky ou falando sobre Sky, que não prestava mais atenção ao redor, o que era uma babaquice sem tamanho. Armin era seu irmão, sua prioridade, o resto sempre deveria ficar em segundo plano.

Levantou-se do sofá e pegou o celular velho que raramente funcionava, esperando longos minutos até concluir a ligação. Quando finalmente conseguiu acessar a caixa de mensagens, convidou Armin para assistir ao filme com os dois, sem nem saber direito se ele aceitaria dividir o mesmo espaço com Sky depois da discussão de mais cedo.

Tate

vem ver filme com
a gente :(

Pãozinho

não

Tate

qual é, Armin...

Pãozinho

não quero
atrapalhar

Tate

não vai,, juro que não
Percebi que assistir ao
halloween sem você não
vai ter graça
desculpa pisei na bola

Pãozinho

é claro que não vai ter
graça sei todas as falas
desse filme
você ficaria entediado
assistindo a ele com o Sky
metido a cantor

Tate

ele é um cantor -_-
vocalista da glitter
queira você ou não
e então, vai vir? to doido
pra te ver incorporando
a laurie stronde de novo

Tate riu quando se lembrou de que Armin chegou a usar até a peruca dela no Halloween, andando para lá e pra cá com uma voz fina ridícula e ganhando um monte de doces pela criatividade, porque a fantasia era mesmo muito maneira e bem feita.

Pãozinho

ta, eu vou

Fechou a aba da conversa com Armin e abriu a de Sky, decidindo trocar algumas mensagens com ele antes que seu celular simplesmente morresse outra vez, como sempre acontecia.

Tate

adivinha quem conseguiu ligar o celular hoje?

Little boy

isso significa que está com tantas saudades que forçou o celular a ligar?
que bonitinho

Tate

precisei falar com meu irmão

Little boy

eu vou fingir que acredito na sua desculpa
a noite de hoje ainda está de pé?
quero mostrar pra você que freddy é o melhor vilão
nada vai me convencer do contrário
comprei picolé de pêssego pra gente :D

Tate mordeu os lábios, nervoso. Não queria contar a Sky que Armin passaria a noite com eles, talvez isso o fizesse desistir da ideia, mas também não queria esconder e lidar com uma discussão de surpresa acalorada, por mais que achasse que Sky não faria tanto caso assim.

Respirou fundo e decidiu ser sincero, coçando a nuca em ansiedade.

Tate

ainda de pé
não vou perder a
oportunidade de te ver
quebrar a cara, né?
mas tem uma coisa
Armin vai ficar com a gente
tem problema?

Little boy ☮

por mim, não
por ele, não sei
o apartamento é seu, de
qualquer modo

Tate

tem certeza?
ele anda se sentindo muito
sozinho ultimamente...
está com ciúmes haha

Little boy ☮

não tenho culpa se ele tem
um irmão muito legal que dá
vontade de ficar perto o
tempo inteiro
hahaha

Tate

assim você me deixa
nervoso, né?

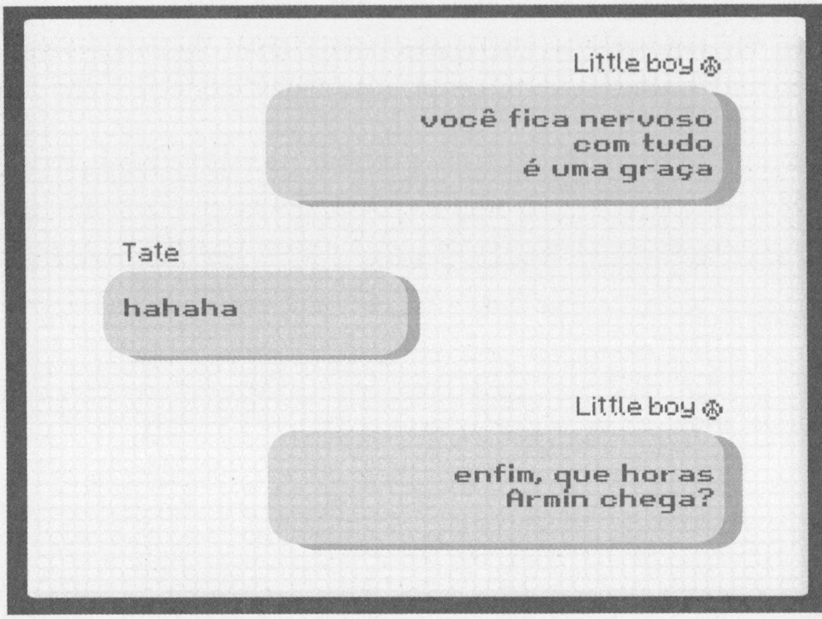

Quando ia responder, o celular desligou sozinho e Tate grunhiu de raiva, amassando as teclas pequenas e a tela preta, odiando mais uma vez ser pobre. Se pelo menos tivesse conseguido um emprego melhor que não fosse fritar ovos naquela lanchonete de merda, teria um celular novinho em folha e de última geração igual ao de Nolan, o Nokia que vinha com um jogo irado de cobrinha.

Jogou o aparelho em algum lugar da mesa de centro e levantou-se, espreguiçando e resmungando de preguiça, fechou os olhos quando sentiu o ardor nos ombros e nas costas, por causa dos ensaios frenéticos todos os sábados e também domingos, para que ficassem perfeitos até o grande show, que seria no próximo fim de semana. Por causa do peso da guitarra e dos movimentos cada vez mais complicados, estava com dores intensas, e a ideia de passar por uma sessão de massagem com Sky parecia extremamente tentadora agora.

Fez uma careta e estalou o pescoço, correu para um banho antes que seus "convidados de honra" chegassem para o filme, terminando cerca de meia hora depois quando escutou batidas à porta.

Enrolou rápido a toalha na cintura, correu para abrir a porta e sorriu ao ver Armin com uma mochila nos ombros e uma coberta nos braços, indicando que ele dormiria por ali aquela noite, provavelmente no sofá, já que Tate não gostava de dividir a cama com ninguém.

— Oi. — Armin disse e entrou, abraçando Tate pela cintura antes de jogar as coisas no sofá e sentar-se. — Estou surpreso que você tenha conseguido manter o apartamento limpo, pensei que viraria um chiqueiro de novo em menos de duas semanas.

Tate deu de ombros e caminhou até o balcão, puxando um copo da pia e enchendo de água para tomar os remédios de sempre. Desde que Sky entrava e saía de seu lixão particular com frequência, ele não conseguia mais deixar imundo e bagunçado como antes, obrigando-se a mantê-lo aceitável.

Engoliu o comprimido e tomou um gole da água, fazendo careta. Não tinha nenhum gosto, mas depois de tomar tantos, Tate podia jurar que eles soltavam um amargor específico que incomodava até mesmo o estômago, que parecia embrulhar sempre que os sentia descer.

Se pudesse nunca mais tomá-los, já teria jogado tudo no ralo bem antes de começar a ficar enjoado com eles.

Sentou-se ao lado de Armin e sacudiu a cabeça para enchê-lo de água, recebendo um chute fraco na barriga e uma reclamação sem fundamento. Soltou uma gargalhada alta e esfregou os cabelos de Armin com força, puxando-o para um abraço de urso que não dava já há algum tempo, com o corpo quentinho dele encaixando perfeitamente no seu.

— Você é um frangote. — Provocou quando Armin começou a empurrá-lo para tentar se soltar, fracassando em todas as tentativas. — Fala que sou o cara mais lindo e pirocudo do mundo que te solto.

— Sem chance! — Armin gritou e escorregou as mãos pelos braços de Tate, não movendo um músculo sequer do corpo dele, o que o fez gargalhar outra vez. — Solta, Tate!

— É só falar o que eu te pedi, você não vai morrer se admitir. — Apertou-o com ainda mais força, bateu a cabeça dele contra seu ombro e amassou o rosto nele, tornando sua voz anasalada. — Vamos, Arminie!

— *Sãi dãqui, pãu no cum.* — Ele falou modificando a voz as bochechas gordinhas formavam um biquinho de peixe conforme Tate mantinha a firmeza em volta de sua cabeça. — Ai!

Tate estava prestes a deitar Armin no sofá para enchê-lo de cócegas até ele pedir piedade, mas batidas gentis na porta atrapalharam seus planos, e ele percebeu que estava quase nu. Levantou-se com pressa para trocar de roupa, tão estabanado que quase deixou a toalha cair enquanto passava pelas pernas de Armin, tropeçando nelas por um segundo.

— Armin, pede pra ele entrar. — Disse antes de se trancar no quarto, puxou uma calça moletom qualquer da gaveta, vestiu-se sem cueca mesmo, passando uma camiseta do filme pela cabeça e ajustando-a no corpo.

Deu uma voltinha no espelho e decidiu que estava bom assim, então ajeitou os cabelos rebeldes com os dedos e correu para a sala, fazendo uma careta ao perceber que Armin mudava preguiçosamente o canal na televisão e ignorava completamente Sky pedindo para entrar.

— Traz ele logo para cá, as batidas estão me irritando. — Armin resmungou, porém estava com um sorrisinho de canto provocador, indicando que ainda estava de bom humor, o que era ótimo.

Tate mostrou a língua para ele, abriu a porta e sorriu animado ao ver Sky, que usava uma maquiagem rosa bem escura nos olhos, realçando ainda mais as íris castanhas brilhantes, as bochechas meio vermelhas de um possível banho quente e os lábios abertos enquanto ele parecia concentrado demais em analisar o fim do corredor que estava vazio.

Cutucou o nariz de Sky e tirou-o do transe, rindo baixinho quando ele arregalou os olhos e fechou a boca, surpreso.

— Oi, *Boy*, que prazer ver você de novo. — Disse em uma provocação e balançou as sobrancelhas, sorrindo quando ele sorriu, os dentinhos proeminentes fazendo com que parecesse mais jovem. — Sabe que vai morder a língua hoje, não sabe? Espero que esteja bem preparado.

Sky fez uma careta e estendeu a mão para tocar a nuca de Tate, dando um passo à frente para beijar o queixo dele, que desviou apressado, e olhou em pânico para o sofá, com medo de Armin ter visto. Sky esticou o pescoço para acompanhar Tate, amassando o lábio entre os dentes e encolhendo os ombros como um pedido de desculpas.

— Não sabia que ele já estava aqui, foi mal. — Ele sussurrou. — Às vezes, é incontrolável.

Tate só assentiu rapidamente, e Sky passou segurando uma sacola com picolés e um aparelho de VHS para rodar o filme em fita que Tate tinha comprado em uma barraquinha pirata alguns anos atrás.

Nesse momento Tate o olhou da cabeça aos pés e suspirou por ele estar usando uma bermuda um pouco acima dos joelhos que deixava suas pernas bonitas, praticamente dançando provocantes por aí, e as coxas firmes delineando o jeans com um pouco de folga. Ele também usava uma camiseta toda preta, com exceção da estampa rosa chamativa, imitando o símbolo da Rolling Stones, um pirulito deslizando entre a língua e os lábios, que eram mais carnudos que o original, deixando tudo meio indecente e explícito.

Alguns pensamentos sujos passaram por sua cabeça mais uma vez e, quando Sky olhou no fundo de seus olhos como se soubesse quais eram, Tate soltou uma risada nervosa e tentou sorrir para fingir que nada tinha acontecido, mas obviamente não saiu do jeito que esperava.

Sky lançou-lhe uma piscadela e sentou-se no sofá ao lado de Armin, olhando atentamente para ele como se esperasse por alguma coisa.

— Oi. — Cumprimentou-o e sorriu pequeno. — Trouxe o aparelho e picolé de…

— Sky é apaixonado por pêssego desde criança, não é, Sky? — Tate perguntou alto demais, atraindo a atenção dos dois, que o encararam com uma careta. — "Não é?".

Assim que Armin deu de ombros e voltou a olhar para a televisão, Tate arregalou os olhos para Sky em um tipo de recado, quase implorando silenciosamente para ele não falar sobre a noite no parquinho e o costume de tomar picolés com raspadinhas, porque tinha parado de fazê-lo com Armin e, se ele soubesse, ficaria furioso.

— Ahn… — Sky torceu os lábios e murmurou enquanto balançava a cabeça, pegando a mensagem. — Estava na padaria e só tinha esse sabor. É de pêssego, espero que goste.

Armin olhou cautelosamente para Sky, analisando o que ele tinha dito, depois virou para a sacola e, devagar, tirou de lá os doces, abrindo um sorrisinho tão inocente que Tate sentiu o coração doer, porque sabia que Armin estava pensando no pai e em como as tardes, sempre depois da escola, eram divertidas com ele do lado.

Mais uma vez, Armin olhou para Sky, abrindo e fechando a boca várias vezes, então abaixou a cabeça e brincou com o plastiquinho laranja da embalagem.

— É meu sabor favorito. — Praticamente soprou uma resposta, fazendo Sky sorrir gentil. — Valeu.

— Por nada.

Tate sentou-se ao lado de Armin e puxou-o para um abraço, deitando o rosto dele em seu peito e sibilando um "obrigado" para Sky, porque sabia que ele provavelmente tinha ido buscar mais picolés quando ficou sabendo que Armin passaria a noite com eles.

Armin ficou quieto por alguns bons minutos enquanto Tate e Sky trocavam sorrisos cúmplices, esperando ele se recuperar das lembranças boas que não traziam sentimentos assim tão bons e dos pensamentos tão turbulentos que quase se tornaram audíveis.

— Sky, você trouxe a música que escreveu? — Tate perguntou, os dedos ainda mergulhados nos cabelos de Armin, que não fez questão de levantar.

Sky pareceu se lembrar, puxando do bolso da bermuda uma folha de papel vermelha dobrada, que quase escorregou de suas mãos trêmulas. Ele era tão adorável quando ficava nervoso, Tate sentia vontade de tocá-lo nesses momentos e cantarolar qualquer coisa da Joplin que o deixasse tranquilo, porque gostava de vê-lo se derreter e se encolher, principalmente se encolher para dentro de seus braços, coisa que andava acontecendo com frequência.

Em seguida, Sky desdobrou a folha e entregou a Tate, que analisou a caligrafia bonita em caneta branca, sentindo medo do que veria, porque ele disse que a letra era uma homenagem à Jorja e ao Danny, então não sabia se estava pronto para se identificar com isso ou para tocar qualquer coisa que tivesse relação com ela.

Respirou fundo e leu o título, mordendo os lábios em expectativa e medo, com um súbito calor percorrendo todo seu corpo.

These And Those Stigmas
Estes e Aqueles Estigmas

— Acho que ela combina mais com o violão, Tate. — Sky resmungou constrangido e virou o rosto para a televisão, deixando-se entrever as bochechas meio vermelhas e as sobrancelhas franzidas. — Se os caras gostarem da música, então você pode levar o violão também, aí toca na hora. Podemos deixá-la para o final, depois de *Little Girl Blue.*

Tate não respondeu nada, apenas voltou os olhos para a folha e começou a ler o que estava escrito, e o ar parecia escapar forte dos pulmões conforme passava de linha para linha.

These And Those Stigmas
Estes e Aqueles Estigmas

There was a day when my wrists were not covered in blood
Houve um dia em que meus pulsos não estavam cobertos de sangue
And my hands didn't smell like heroin
E minhas mãos não cheiravam à *heroína*
Guilt didn't corroded my chest
A culpa não corroía meu peito
Breathing and smiling was easy
Respirar e sorrir era fácil
Innocence pulsing deep in my boyish soul
A inocência pulsando bem no fundo da minha alma de menino
If I knew the things would change in such a short time
Se eu soubesse que as coisas mudariam em tão pouco tempo
I would've kept you in my arms and never let go
Eu teria te guardado em meus braços e nunca mais soltado
Would you had let me hold you?
Você teria me deixado te segurar?
Would you have breathed the same air as mine without complaining?
Você teria respirado o mesmo ar que o meu sem reclamar?

Would you have hugged me back?
Teria me abraçado de volta?
Told me that things would be okay?
Me dito que as coisas ficariam bem?
Dried my tears?
Secado minhas lágrimas?
And kissed my heart?
E beijado o meu coração?

I have the marks of your red lipstick on my shoulders
Tenho as marcas do seu batom vermelho nos meus ombros
And the sounds of your laugh around my neck
E dos sons da sua risada no meu pescoço
Melancholy oozes hot
Melancolia escorre quente
Regret oozes cold
Arrependimento escorre gelado
I wish you could see me now
Eu queria que você pudesse me ver agora

[Chorus/Refrão]
To spit or hit me
Para cuspir ou me bater
To make me feel the raw reality around me
Para fazer com que eu sinta a realidade crua à *minha volta*
Spit or hit me
Cuspa ou me bata
Come on, I can handle
Vamos lá, eu aguento
Just spit
Apenas cuspa
Or Just hit
Ou apenas bata
Come on, come on, come on
Vamos lá, vamos lá, vamos lá
Be brave
Seja corajoso

These and those stigmas
Estes e aqueles estigmas
Blue glitter and boys loving each other
Glitter azul e garotos se amando
But These and those stigmas too
Mas estes e aqueles estigmas também
Pain of loss and genuine insecurity
Dor da perda e insegurança genuína
I wish I didn't just have your lipstick and your laughs
Eu queria não ter apenas seu batom e suas risadas
Cause I feel so lonely
Porque me sinto tão sozinho

[Chorus/Refrão]
I wish you could see me now
Eu queria que você pudesse me ver agora
To spit or hit me
Para cuspir ou me bater
To make me feel the raw reality around me
Para fazer com que eu sinta a realidade crua à minha volta
Spit or hit me
Cuspa ou me bata
Come on, I can handle
Vamos lá, eu aguento
Just spit
Apenas cuspa
Or Just hit
Ou apenas bata
Come on, come on, come on
Vamos lá, vamos lá, vamos lá
Be brave
Seja corajoso
And help me face all these stigmas
E me ajude a enfrentar todos esses estigmas

— Caralho, Sky.

Foi a única coisa que conseguiu responder, porque, se dissesse mais mais alguma coisa, acabaria chorando como um bebê, pois o peito comprimia todo o ar e o coração acelerado sentia medo, culpa, saudade, orgulho, desejo e dor. Queria ouvir Sky cantando, mas também queria tanto beijá-lo até não sentir mais a boca, em uma mistura de libertação e paixão, um ato que sabia ser capaz de acalmar seus nervos que estavam praticamente borbulhando, sangue fervente queimando as veias.

Olhou para ele, captando as pequenas e sinceras gotinhas de lágrimas nos cantos dos olhos escuros, um sorriso tímido e orgulhoso adornando os lábios que pareciam gritar por Tate, o rosto sereno indicando que aquele tinha sido um de seus maiores desabafos, se não era o maior, até mesmo mais importante que a conversa que tiveram na noite do bolo.

Inclinou-se para perto de Sky e estendeu a mão para o rosto dele, tocando delicadamente em seus olhos e limpando a umidade deles. Depois desceu para o queixo e apertou-o de leve, como se estivesse depositando um beijo a distância. O fato de Armin estar observando tudo não fazia mais diferença.

Sorriu para ele, que sorriu de volta e fechou os olhos com carinho, afastando-se, provavelmente, para não criar um clima estranho entre os três.

— Você gostou? — Sky perguntou apreensivo, pegando delicadamente a folha do colo de Tate e entregando a Armin em seguida. — Me diz o que acha, Armin.

Armin voltou a se sentar, segurando a folha para ler, e juntou as sobrancelhas em concentração, com os lábios sibilando silenciosamente as palavras.

— Eu me casaria agora com ela, se fosse possível. — Sky gargalhou, e Tate o acompanhou, apaixonado pelo som da risada dele. — Ficou incrível, *Boy*, e vai combinar demais com sua voz.

Sky prendeu o lábio entre os dentes e assentiu lentamente, e o contato visual estendeu-se por tanto tempo que Tate até se esqueceu de que não estavam sozinhos, os sons da televisão e da respiração de Armin simplesmente desapareciam, deixando apenas as batidas aceleradas de seu coração e o sangue bombeando os ouvidos.

— Está falando sobre Jorja aqui? — Armin cortou o que é que estivesse acontecendo entre os dois, a voz em um murmúrio tão baixo que pareceu quase falha. — Mas não é só sobre ela, é?

Sky olhou para Armin e aproximou-se um pouco dele para apontar para alguns versos da música, ao mesmo tempo a mão firme deslizou meio sorrateira para o pescoço de Tate, com o braço apoiado no encosto do sofá. Suspirou afetado, com os dedos acariciando sua nuca, seus cabelos, subindo e descendo quentes pela pele, contornando o ossinho da coluna e voltando para os ombros.

— Tem coisas pessoais na música, aqui e aqui, mas achei que honrar Jorja é o mínimo que poderia fazer por substituí-la na banda. — Sky respondeu. — Não estou tomando o lugar dela, Armin. Sei que é difícil para você, mas prometo que nunca vou fingir que não existiu outra vocalista antes de mim. Não vou apagar a memória dela.

Armin não respondeu nada, só crispou os lábios e devolveu a folha a Sky, balançando a cabeça em seguida, com o rosto contorcido em uma expressão arrependida, que Tate conhecia muito bem. Toda sua postura, porém, indicava que ele não daria o braço a torcer, pelo menos não tão cedo.

Depois disso, Sky levantou-se para arrumar o aparelho que rodaria o filme, encaixando-o na estante velha que rangeu quando ele se apoiou com o joelho na lateral, deixando os braços firmes marcados pela camiseta expostos à medida que ele se esticava para conectar os fios na televisão.

Tate desviou o olhar e sentiu uma aflição apertando a garganta enquanto tentava lidar com a onda de sentimentos que pareciam tomar conta de si. Era um misto de tesão, admiração, orgulho, algo parecido com paixão, mas não sendo paixão, é claro, porque ele não era gay.

Quando a televisão parecia estar com algum problema, Tate levantou-se de onde estava e deu um soco em cima dela. Não era recomendado, porém a merda do eletrônico com certeza tinha a idade de sua bisavó e provavelmente não voltaria inteira do conserto, então os socos eram uma alternativa econômica bastante eficaz.

Depois de longos minutos tentando fazê-la funcionar, eis que a tela inicial do filme apareceu toda brilhante, e Tate soltou um grito em comemoração e se jogou no sofá um pouco antes de Sky apertar o *play*.

— Vai ver só, Sky. —Disse provocativo e estreitou os olhos para ele, que levantou uma sobrancelha em desafio. — Freddy vai ficar no chinelo.

— Freddy é um cu, tô falando. — Armin resmungou e soltou um risinho debochado divertido, enfiando um picolé na boca. — Covarde, precisa atacar as pessoas durante o sono, *blé!*

— O Michael ataca todo mundo pelas costas, isso não é ser covarde? — Sky bufou e relaxou no sofá, abrindo as pernas e cruzando os braços no peito, com uma expressão contrariada no rosto. — Sem contar que ele é tão ridículo que precisa usar uma máscara para cobrir aquela cara.

— O Freddy não precisa de máscara porque a cara dele é toda fodida. — Armin retrucou, com a voz um pouco mais alta, indicando que uma discussão começaria em breve. — Ele é apelão, não morre nunca!

— Olha aqui…

Tate bateu uma palma, e isso dissipou a tensão, porque se distraíram com o barulho a ponto de contorcerem o rosto pelo incômodo sonoro, virando para ele e quase perguntando ao mesmo tempo que porra tinha sido aquela.

— O filme começou, fiquem em silêncio, obrigado.

Mas nenhum deles ficou, e Tate afundou-se no sofá enquanto tentava se concentrar nas falas do filme. Sua paciência diminuía até praticamente se esgotar, o que o fez soterrar um sentimento incômodo dentro do peito, aquela sensação ruim corroía partes dele até não sobrar mais nada, sendo empurrada para o fundo da alma.

Enquanto os créditos subiam na tela, ele chegava ao quinto picolé, já que Armin ignorou o sorvete completamente para discutir com Sky que não só Michael era o melhor vilão, como também *Haloween* era o melhor filme de terror. A contenda entre os dois acendeu uma nova fase de ira, e os dois começaram a gritar ao mesmo tempo e tentar provar os próprios pontos de vista.

Tate levantou-se calmamente e puxou a fita da boca do aparelho, guardando-a na caixa e depois na gaveta da estante. Parou, com as mãos nos quadris, de frente para eles, observando tudo com uma sobrancelha erguida e um silêncio devastador que nem era capaz de criar autoridade naquele meio.

Deixou que discustissem mais um pouco e saiu da sala para jogar as embalagens de picolé no lixo, pegando o último maço de cigarros no armário antes de voltar para perto deles, sentar-se no chão de pernas cruzadas e colocar um entre os lábios, acendendo a ponta. Tragou lentamente, e o barulhinho de queimado era abafado pelas vozes alteradas.

— A Laurie é perseguida pelo Michael por sei lá quantos filmes, isso nem é possível! — Sky reclamou. Ele estava falando alto, mas não parecia nervoso, diferentemente de Armin.

— Ah, certo, tudo bem, fã do cara mais roubado do cinema!

Tate rolou os olhos, fumou mais um pouco e apagou o cigarro antes da metade no cinzeiro de cabeça de urso da mesa de centro, então assobiou como se chamasse um cachorro, conseguindo parar a discussão mais uma vez.

— Chega, né? — Disse sem sorrir, com a cabeça doendo pelo barulho desnecessário. — Estão parecendo duas garotinhas brigando por causa das *Patricinhas de Beverly Hills*.

Armin bufou e calou-se, então Sky deu um sorrisinho para Tate, mostrando que realmente se divertia com toda a raiva de Armin sobre o assunto.

Ele era mesmo um cara muito levado, e Tate tinha acabado de pontuar isso na própria cabeça, achando graça do pensamento e de como Sky conseguia parecer bem mais jovem quando queria fazer gracinhas.

— Desculpa ter estragado a noite, Tate. — Sky disse arrependido e suspirou, olhando para Armin e esperando que ele fizesse o mesmo, mas quando ele não o fez, Sky só riu. — Me desculpo por você, Armin.

— Se fode, Sky. — Armin resmungou e encarou Tate, que continuava sério, porque sabia que ele sempre se sentia culpado quando o via tão sério. — Desculpa, Tetê.

— Armin, pede uma pizza pra gente e pendura a conta, diz pro Robertito que pago semana que vem quando meu pagamento cair. — Armin gargalhou quando Tate falou o nome do dono da pizzaria, que achava que colocar "tito" no fim dele o deixaria com mais cara de italiano, o que era uma tremenda bobeira. — Sky, faz aquela massagem em mim? Meus ombros estão me matando. Depois disso, aceito as desculpas de vocês.

Armin pulou do sofá e foi logo à cozinha usar o telefone fixo. Enquanto isso, Sky caminhou preguiçosamente para as costas de Tate, ajoelhou-se e puxou rapidamente a cabeça dele para trás pelo maxilar, beijando demoradamente o queixo e um pedaço minúsculo da boca devido à posição em que estavam.

Quando separou o contato, Tate sorriu achando que ele sorriria do jeito adorável de sempre, mas isso não aconteceu. Sky olhou direto nos olhos dele, a maquiagem rosa escura fazia a expressão inteira parecer meio erótica, a boca aberta respirava lentamente e tão próxima que Tate conseguia sentir o hálito do pêssego e observar a pintinha no lábio inferior.

— Posso? — Sky perguntou de modo tímido, e Tate assentiu rapidamente, quase ofegante em expectativa, porque não queria a massagem só para diminuir a dor, mas também sentir como Sky era com as mãos. — Pode.

Suspirou e não desviou o olhar, permitiu descer as mãos para seu pescoço, sentiu os dedos gelados na pele quente antes de irem aos ombros, apertando de um jeito tão gostoso que Tate fechou os olhos e resmungou. As manobras de Sky o fizeram sentir uma dor eletrizante por todos os músculos.

— Está muito tenso. — Disse Sky, apertando seu dorso de novo e quase dobrando os dedos nas partes que mais queimavam, e Tate deixou um grunhido alto escapar da garganta. — Relaxa.

Tate tentou seguir seu conselho, mas Sky tinha uma pegada forte e difícil demais de ignorar, pois não era como os toques leves de suas ex-namoradas, mas sim preciso e profundo. No entanto o tocava com carinho sempre que descia suas mãos pela coluna de Tate, massageando em círculo as laterais dela com os polegares, o resto dos dedos pressionando as costelas.

— Porra. — Resmungou e deixou a cabeça cair para frente, apertando as sobrancelhas e chiando quando ele pegou no ponto certo, entre a nuca e os ombros. — É bom pra caralho.

— É. — Sky respondeu depois de soprar um risinho, o vento

batendo direto no pescoço de Tate, fazendo-o se arrepiar. — Você é sensível, isso ajuda.

Tate teria notado a conotação pervertida se não estivesse tão concentrado na massagem e em evitar a ereção, porque Sky tinha uma voz sensual e lenta que o provocava propositalmente, com as coxas encostadas às suas costas e os dedos ousados. Malditos dedos dos quais ele havia tirado um sarro há um mês.

Desejou que Sky descesse as mãos para seu peitoral, mas ele não passou da linha dos ombros, respeitando um limite que estava estipulado desde o começo e deixando Tate maluco, porque ele queria que Sky o ultrapassasse, mas também não queria, o medo do que aconteceria depois consumia até mesmo seu sono.

Porra, ele era um homem, não era certo quase implorar que outro o tocasse melhor e mais para baixo, talvez escorregando pela barriga e além. Isso sim era ser gay, e Tate não era, só estava sexualmente frustrado e necessitado.

— Tate, fiquei todo esse tempo tentando convencer Robertito a deixar você pagar semana que vem e, graças ao seu histórico honesto, ele acabou cedendo. — Ouviu Armin dizer animado e arregalou os olhos, afastando-se um pouco de Sky, que recuou as mãos e sentou-se ao seu lado sem nem pensar duas vezes, como se nada tivesse acontecido. — Pedi de pepperoni e quatro queijos.

— Gosto de pepperoni. — Sky disse e levantou-se, esticando a mão para Tate, que se levantou em seguida. A tímida ereção no moletom obrigou-o a jogar a camiseta larga por cima antes que alguém percebesse.

Enquanto comiam, tomavam cerveja e fumavam, Tate tentava prestar atenção em qualquer outra coisa que não fosse a boca ou os olhos de Sky, que pareciam estar sempre dentro dos seus. Um choque percorria toda sua coluna toda vez que mantinham um contato mais próximo, o ar entalava na garganta e o pé do estômago gelava, fazendo seu pau endurecer gradativamente.

No final da noite, já estava desesperado. Não sabia mais o que fazer para afastar os pensamentos sujos e depravados e não queria mesmo recorrer à punheta, mas sua mãe pareceu ter tanta convicção quando disse que aliviaria, que já não restava nenhum outro caminho.

Quando Sky estava indo embora, Armin trancou-se no banheiro para tomar banho e ajeitar-se para dormir, então Tate o acompanhou até a porta, encostando-se ao batente enquanto, mais uma vez, se encaravam.

— Desculpa estragar sua experiência com o filme, podemos marcar outro dia só nós dois, assim presto mais atenção. Armin fica engraçado desse jeito irritado. — Sky disse se divertindo e riu, fazendo Tate rir junto, e o coração acelerou só com o som da voz dele.

— A massagem já cobriu o prejuízo. — Tate respondeu e acertou um soquinho no ombro dele, que cambaleou um pouco e voltou para frente, os lábios presos entre os dentes com tanta força que acabaria sangrando. — Eu estava mesmo precisando, valeu.

— Vamos repetir isso também, você vai acabar ficando travado antes do show da semana que vem. — Sky brincou e fez uma careta, mas até assim ele ficou bonito. Os olhos de Tate estavam descendo tantas vezes para a boca dele que acabariam caindo da cara. — Me ajudar com o violão deve ter piorado, você fica muito torto atrás de mim.

— Pode ser. — Deu de ombros. — Mas gosto de ensinar a você. Aprende fácil.

— O professor é bom.

— Está dizendo isso só porque somos amigos, confessa.

Sky rolou os olhos e inclinou-se para beijar Tate no queixo, tocando delicadamente na lateral de seu maxilar para fazer um carinho antes de se afastar.

— Boa noite, insuportável. — Sky apontou para o quadro com o queixo e piscou antes de se virar para entrar em seu apartamento. — A gente se fala amanhã.

— Boa noite, *Boy*.

Então, ele bateu a porta atrás do corpo, e Tate fechou a própria, caminhando meio extasiado para o quarto, podendo respirar aliviado. Era como se Sky roubasse todo o seu fôlego, o que era engraçado, porque nunca sentiu isso com ninguém antes.

Gritou um "boa noite" para Armin no banheiro e, quando ele gritou de volta, se trancou no quarto e tirou todas as roupas antes de se jogar na cama, um braço atrás da cabeça e o outro repousando tranquilo em cima da barriga, os dedos batucavam a pele abaixo do umbigo e brincavam com os pelinhos da virilha que subiam até ali, um arrepiozinho gostoso apertava a região.

Olhou para baixo, o pau meio duro no meio das pernas incomodava com o constante pulsar, a sensação entorpecente contornava a pele do interior das coxas e a da pélvis, cada pedacinho arrepiava e esperava para ser tocado.

Fechou os olhos, respirou fundo e permitiu-se pensar em Sky pela primeira vez, sem se condenar ou levantar barreiras. Assim o rosto dele surgia rapidamente em sua mente, com os olhos com a maldita maquiagem azul escorrida, os lábios melados de *gloss* vermelho e saliva e os cabelos caindo no nariz.

O coração disparou e o sangue começou a correr mais rápido, parecendo ir direto ao meio de suas pernas e obrigando-o a abri-las para aproveitar melhor. O corpo subia até ele estar com as costas na cabeceira e a cabeça jogada nela, a boca aberta suspirava e o suor acumulava na testa.

Escorregou uma mão tímida do peitoral para o umbigo, brincando e enrolando com ele e imaginando como seria se Sky estivesse ali, apertando seu corpo inteiro como apertou seus ombros, os lábios molhados beijando e chupando seu pescoço, o peso inteiro das pernas nuas em volta das suas, a camiseta da Joplin subindo enquanto Tate o tocava na cintura, quadris, costelas, suor grudando no suor e calor arrepiando as peles.

Abrigou o pau duro e sensível na mão quente, ofegando quando ele puxou para cima, o formigamento na glande e o pré-gozo escorrendo no menor contato, molhando os dedos e uma parte da virilha, e a imaginação criando a imagem de Sky tocando-o do jeito certo.

Murmurou choroso um palavrão e movimentou o quadril para cima e para baixo, fodendo lentamente o aperto da mão, medo e tesão correndo pelas veias, lágrimas de arrependimento e alívio escapando dos olhos.

Puxou o ar com força entre os dentes quando acelerou, tentando não fazer nenhum barulho, a quentura insuportável devorava seu corpo e choques intermitentes disparavam da cabeça do pau para a virilha. A barriga tremia todas as vezes que Tate pensava em Sky chupando partes dela, cabeça enfiada entre suas pernas e mão escorregadia trabalhando com habilidade, a outra segurando sua cintura para mantê-lo no lugar, unhas poderosas riscando a pele de vermelho.

Nunca tinha sentido nada parecido. Nunca tinha se masturbado desse jeito. Nunca tinha se explorado de verdade. Nunca tinha desejado outra pessoa com tanto desespero, e a garganta chegava a secar, a saliva descia quadrada ou escorria indecente pelas bordas da boca aberta que só sabia resmungar baixinho e ofegar, lufadas de ar escapando inconscientes.

— Sky. — Sussurrou e a perna apoiada tremelicou, o quadril subiu com força e desceu ondulando, os olhos escuros de Sky dentro dos seus, o sorriso sapeca de sempre adornando os lábios vermelhos. — S-s-sky.

Cobrindo a boca com a mão livre antes que deixasse escapar alto demais, os dentes esmagavam a carne dela, suspiros voltavam para a língua e sons eram abafados entre as linhas dos dedos melados.

Deus, era tão bom, mas era tão errado, tão fodidamente pecaminoso, tinha que arranjar forças para parar, mas sabia que nunca conseguiria. Logo continuou e jogou o corpo de volta na cama, com a cabeça espremida no travesseiro, as costas arqueadas e as pernas completamente abertas. O peito subia e descia rápido conforme ele deslizava, com pressa e raiva, os dedos duramente fechados, o som molhado de seu pré-gozo lubrificava toda a extensão que pulsava e implorava pelo orgasmo, e as veias salientes denunciavam toda a agonia.

Franziu as sobrancelhas e escancarou mais a boca, um gemido mudo fez o pescoço esticar por um prazer que não sentia há muitos anos. O rosto de Sky ondulava nublado por sua mente, com aquela maquiagem toda escorrida de forma explícita, os ombros fortes, largos, firmes por baixo da camiseta, a bunda subindo e descendo lenta e provocativa, em cima de sua barriga, enquanto a mão continuava por trás do corpo, massageando-o.

Arfou, suspirou, ofegou, gemeu e virou de barriga para baixo, afundando o rosto no travesseiro e movimentando o corpo conforme se imaginava em uma situação molhada, quente e deliciosa com o homem que não queria sair de seus pensamentos de jeito nenhum.

Investiu com raiva e desejo, o pau apertado entre o abdômen e o colchão, praticamente derretia de tanto pré-gozo e a cabeça dele inchada pulsava entre os lençóis.

Tate agarrou os tecidos e levantou o tronco, apoiando-se nos antebraços, mantendo os olhos fixos na imensidão branca da cama. Imaginava Sky por baixo, e então projetou os ombros e as costas para cima, o quadril firme nos movimentos e as pernas ajudavam, flexionando para frente, depois para trás. Os fios molhados do cabelo caíam no rosto, e a boca aberta respirava com ódio e gemia baixo de um jeito sujo.

Deixou só a cabeça cair no colchão, a testa no travesseiro, e flexionou uma perna para cima, quase como se estivesse por cima do corpo de Sky, o joelho apoiado na coxa dele. Puxou o ar com força e imaginou-se fodendo com ele, em movimentos tão rápidos e firmes que a cama balançava, o pau pulsava em seu abdômen e melava tudo. Os olhos se fechavam automaticamente quando sentiu o orgasmo vindo intenso, e toda sua barriga contorcia pela sensação que parecia descer do estômago à ereção.

Mordeu as costas da mão e gozou pela primeira vez depois de infinitos meses, socando o colchão e terminando de se esfregar nele. A porra espirrava pelo seu peito e umbigo, o coração acelerava e um formigamento insuportável de bom parecia não ter fim. A vermelhidão tomava conta do rosto, do pescoço, das relhas, tanto pelo esforço quanto pela vergonha do que tinha acabado de fazer.

Deixou-se cair, a respiração escapava grossa e afoita pelos lábios vermelhos e babados, as sobrancelhas ficaram apertadas e os olhos marejados, praticamente cheios de lágrimas, tantas que a visão estava embaçada. O rosto de Sky sumia gradativamente de sua frente, tão real que era quase como se Tate pudesse tocá-lo.

Ele não conseguiu dormir e viu o dia nascer, mal tendo se mexido. Ficou na mesma posição por longas horas, com a boca meio aberta e as pupilas paradas, como se tivesse morrido e não soubesse.

Bom, uma parte de Tate realmente morreu naquela noite, ele só não estava preparado para descobrir qual.

No sábado, alguns dias depois, Tate já tinha aceitado o fato de que tinha batido uma para Sky, e seu cérebro desencanava disso com uma facilidade estranha. Por mais que quisesse se sentir culpado por aquilo, não conseguia, porque tinha sido delicioso, e o que seu lado racional condenava, seu lado emocional abraçava e incentivava a obter mais, caçar por um prazer que escapava sempre de seus dedos desde o início da adolescência.

Às vezes, ele queria ser um animal. Animais não pensam demais, não se torturam, não sentem. Eles agem por instinto, o que passa disso não é tão importante e, se for, só a satisfação que vem depois disso é o que realmente conta. Sem arrependimentos, mágoa ou culpa, apenas ações incalculadas e desejos selvagens.

Já na garagem, esperando Sky chegar, encarava Storm de longe, pensando que as coisas seriam bem mais fáceis se fosse uma garota. Ele poderia sentir tesão por outro homem sem querer morrer depois. Poderia beijar um, tocar um, e sorrir ao ser tocado de volta. Ele nem perderia o sono com um maldito pau duro que só subia quando pensava em corpos masculinos e gemidos graves. Seria "tão" mais fácil, menos confuso, menos perturbador.

Não estava tão arrependido, mas também não estava pulando de alegria, ainda mais porque aquela masturbação só serviu para ele ficar com mais vontade, as sujeiras da mente pareciam cada vez mais intensas e insuperáveis, o coração batendo rápido sempre que via Sky e se lembrava daquilo, sempre que controlava o desejo de beijá-lo.

Bom, sua mãe estava errada.

Pela primeira vez na vida.

Suspirou e desviou os olhos de Storm quando percebeu que ela encarava de volta, confusa. Ótimo, nem conseguia mais ser discreto, estava parecendo um maldito adolescente imbecil.

— Desculpem o atraso, precisei ajudar meu chefe a organizar o estoque hoje.

Sky entrou todo afobado, puxando a jaqueta jeans que escorregava pelo braço descoberto e ajeitando os cabelos esvoaçantes.

Ele não estava usando nenhuma maquiagem, o que deixou Tate mais aliviado, assim não correria o risco de ficar excitado do nada.

— Relaxa, acontece. — Hyun disse calmo e deu de ombros.

— Tranquilão hoje?

Sky cumprimentou todo mundo, ajoelhou na frente de Madison para fazer cosquinhas nela, apertou o queixo infantil antes de se levantar e apoiar as mãos na cintura e respirou bem fundo, talvez em razão do cansaço de ter vindo correndo.

— Tate disse que você conseguiu terminar a música. — Nolan resmungou enquanto afinava o baixo, sem olhar para cima. — Trouxe pra gente ver?

— Ah, trouxe. Está no meu bolso.

Sky deu um pulo e olhou para Tate, sorrindo pequeno antes de puxar o papel da calça jeans apertada e entregar a Nolan, que deu uma boa olhada antes de começar a ler em voz alta, franzindo as sobrancelhas a cada linha.

Quando ele terminou, ninguém disse nada por longos segundos, fazendo Sky sentar cauteloso no sofá ao lado de Tate, tremendo levemente de nervosismo e a respiração saindo chiada e acelerada.

Discretamente, Tate acariciou o pulso dele, apenas alguns círculos com o polegar calejado. Observou-o se acalmar um pouco, um suspiro de alívio escapou dos lábios secos e sorriu para deixá-lo ainda mais tranquilo, recebendo outro em seguida.

— Caralho! — Kyle respondeu por fim. Os olhos arregalados e a boca aberta. — É muito dolorosa. Está pensando em compor no violão? Acredito que combina melhor com ele.

— Sim. — Sky disse mais seguro e mordeu os lábios, olhando para baixo como se estivesse com vergonha. — Uma melodia meio parecida com *Wish You Were Here*, sabe?

— Sky, a letra ficou incrível, sério. — Nolan sorriu e devolveu-lhe a folha. — Podemos tentar com o violão, não é tão complicado. Posso incrementar com o baixo também, talvez no refrão. Hyun pode dedilhar a guitarra durante todo o resto, só umas notas mais agudas.

— Sim. — Hyun balançou a cabeça, animado. — Podemos passar bem a melancolia, meu irmão me ensinou técnicas legais para isso.

— Você não tem irmão, cara. — Nolan fez uma careta, indignado. — Você sempre disse que era filho único rico, para de ser doido.

— Eu nunca disse isso, mano.

— Sim, você dizia isso na escola! — Ele aumentou o tom de voz, fechando os olhos e respirando fundo em seguida. — Esquece, não vou entrar nessa de novo.

Hyun sorriu e deu de ombros, fazendo uma bolha de chiclete e deixando-a estourar na cara toda, tão indiferente que chegava a ser estranho. Ele parecia inabalável, e Tate não estava acostumado com pessoas assim, com exceção de Jaden que, a propósito, ainda não tinha aparecido.

— É uma música longa. — Armin resmungou como sempre. — Consegue chegar até o final dela, mesmo cantando quinze músicas antes?

Sky assentiu sem nem pensar duas vezes, depois virou para Tate, com um olhar esquisito e um sorrisinho desafiador, a língua umedecendo os lábios antes de dizer:

— Mas quero que o Tate cante comigo.

Tate arregalou os olhos, recuando um pouco como se tivesse levado um tapa.

— O quê? — Ele riu nervoso e coçou a nuca, e as sobrancelhas franziam automaticamente. — Eu não canto muito bem, *Boy*.

— Ah, vai se foder, Tate! — Kyle bufou e cruzou os braços, enfurecido. — Vou bater em você, estou avisando!

— Não pode bater nele! — Madison gritou, os bracinhos indo para cima da cabeça, o rosto fechado em uma expressão emburrada. — Eu que vou bater em você!

— Sem violência, Mad. — Sunny repreendeu, a atenção dividida entre a conversa e as anotações no caderno de sempre. — Violência é feio.

— Você escutou, Madison. — Nolan a pegou no colo, sustentando-a com um braço só antes de beijá-la forte na bochecha. Ela continuou emburrada. — Você é a minha princesa, e as princesas não batem em ninguém.

— Mas não pode bater no meu melhor tio!

Tate jogou a cabeça para trás e gargalhou alto, acertando a mão repetidas vezes na coxa e o corpo balançando com o esforço.

— Ei, você não tinha dito pra mim, semana passada, que "eu" era o melhor tio?! — Kyle perguntou e apontou para o próprio peito, arregalando os olhos. — Como você é traidora, garota!

Madison mostrou a língua para Kyle e escondeu o rosto no pescoço de Nolan, enlaçando-o com os braços, os cabelos pretinhos espalhados pelo ombro dele.

— Enfim, um dueto com o Tate? — Hyun voltou ao assunto. — Acho que fica legal.

Armin abriu a boca para dizer alguma coisa, mas, quando Tate virou para ele com uma sobrancelha erguida, só fechou e desistiu balançando negativamente a cabeça.

— Você topa, Tate? — Sky perguntou, com a voz doce e aconchegante que Tate amava e olhos inocentes e escuros que o deixavam extremamente tentador. — Por favor?

Tate mordeu o lábio, pensativo. Tinha medo de fracassar e deixar Sky nervoso, ainda mais com uma composição original tão bonita. E se não conseguisse passar todos os sentimentos que ela exigia? E se começasse a chorar a ponto de não conseguir terminar?

Olhou para Sky mais uma vez, e o coração derretia com a expectativa pairando ao redor dele, praticamente o abraçando. Respirou fundo, tão fundo que foi audível, a atenção voltando para as mãos espremidas entre as coxas.

— Tudo bem. Canto com você.

Sky sorriu largo e, logo depois, eles ensaiaram a música nova até não terem mais voz, e a sincronia estava tão perfeita que ninguém daquele bar conseguiria ir embora sem antes derramar uma boa porção de lágrimas.

Era finalmente o dia do grande show e todos os membros da Glitter estavam uma pilha de nervos no camarim único.

Storm juntou-se a Cassie e Jennifer para preparar as roupas e a maquiagem, assim as três andavam de um lado para o outro enquanto escolhiam o que cada um deveria vestir. Praticamente o guarda-roupa de todos eles encontrava-se espalhados por todos os cantos do espaço enorme, além de maletas de sombra e batom dispostas nas penteadeiras iluminadas, acessórios pendurados nos espelhos e cadeiras e sapatos jogados por aí.

Cassie colocou em Tate uma bandana vermelha que jogava seu cabelo um pouco para trás, a franja caindo charmosa na testa, *glitter* da mesma cor nos olhos e *gloss* transparente só para que os lábios não parecessem tão secos. No corpo, ela pediu para ele usar uma camiseta de cetim leve, de mangas longas, na cor pêssego com brilhinhos decorando as mangas e uma calça jeans preta justinha. Nos pés, botas de combate pretas bem pesadas.

Estava se sentindo bonito, muito bonito, mas ficou com vergonha quando Sky disse exatamente isso, bem baixinho para que ninguém, além dele, escutasse, e suas bochechas queimavam ao mesmo tempo que o coração acelerava.

O restante dos caras também usava maquiagem, nenhum deles realmente se importava com isso, com exceção de Armin, que fez a mesma cara de bunda de sempre, quando Jennifer passou nele uma sombra rosa extremamente brilhante. Nolan usava uma preta, e Hyun, uma laranja, ambos com jaquetas pretas de couro, Nolan com uma camiseta do Mercury em forma de arte como estampa por baixo, e Hyun com uma regata azul que deixava à mostra as costelas. Já Armin usava só uma camiseta simples da *Mountain, Mississippi Queen,* bordada em vermelho, abaixo do logo da banda.

— Estou ridículo, Tate. — Sky sussurrou e olhou para ele em desespero, buscando uma confirmação disso. — Não sei como fui aceitar me vestir assim, vão rir de mim.

Sky estava com um visual *hippie*, igualzinho ao de Janis Joplin, como forma de homenageá-la. Ele usava um lenço verde com estampa indiana rosa, um par de óculos redondos com lentes rosa, uma blusa em um tom de roxo-escuro estilo ciganinha com início de mangas na metade dos braços e final delas aberto em boca de sino; calça preta justa de veludo e sapatos sociais. Nos olhos, uma maquiagem lilás com os cantos esfumados em preto e *gloss* rosinha tentador nos lábios.

— Você não está ridículo, *Boy*. — Tate sorriu e esticou a mão para tocar no rosto dele, mas recuou no último instante quando se lembrou de que não estavam sozinhos.

— Está lindo. — Sussurrou e piscou para ele, sorrindo ainda

mais largo quando o viu torcer o rosto em uma careta de dúvida e os olhos arregalados com medo da reação do público.

— Não sou como ela. — Sky disse, com as mãos trêmulas agarrando os colares com pingentes de madeira e pérolas, os dedos cheios de anéis enrolando nas cordas de couro. — Não sou a Janis. Não sou bom como ela.

— Você é bom como Sky. É injusto se comparar a outros artistas, porque você é um, e cada artista tem sua própria marca. — Acariciou de leve um dos pulsos dele para confortá-lo, e a pele quente arrepiou com o contato. — Só seja você. É só isso que precisa fazer.

— Ei, garotos, olhem para cá! — Storm chamou, e Tate olhou para o lado, colocando a língua para fora quando viu o gravador enorme dela, o que a fez cair na gargalhada. — Sky, olha aqui.

Relutante, Sky olhou, mas não sorriu ou brincou, estava nervoso demais para isso, mas Tate não sabia se era por causa do estilo ou por causa das memórias. De qualquer forma, estava contando que ele não se forçasse demais, nem que isso significasse abandonar o palco, porque não queria que ele começasse a chorar como no dia do bolo, sentia que seu coração não aguentaria.

Depois de alguns minutos de preparação, eles saíram do camarim e foram direto ao palco com os equipamentos montados; um banquinho para Sky sentar-se quando fossem cantar a composição original (um dos fatores de nervosismo da Glitter), o microfone de chão todo decorado em pedras brilhantes azuis e os instrumentos logo atrás, o violão ao lado da guitarra Black Beauty que Hyun tinha prometido dar a Tate se entrasse para a banda.

Sky respirou fundo e olhou para a plateia, com rostos curiosos e surpresos, alguns encantados e outros neutros. As pessoas estavam sentadas nas várias mesas de madeira escura, a iluminação amarela e rústica dava um ar aconchegante ao local, diversos itens de rock foram espalhados pelas paredes e balcões e garçons passavam de um lado para o outro com bebidas caras e comuns, petiscos grandes e pequenos.

— Boa noite. — Disse depois de abrir um sorriso charmoso tentando dissipar o nervosismo. — Somos a Glitter e essa é nossa estreia oficial, espero que curtam o show.

Olhou para trás e Tate acenou, o rosto dele conseguia passar toda a tranquilidade que precisava antes de Armin tocar o ritmo nas baquetas. Tate começou *Enter Sandman*, Metallica, braços fortes e dedos ágeis nas cordas, ombros flexionados e a língua para fora da boca, então o som começou de verdade, todos eles concentrados nos próprios instrumentos, a introdução já sendo capaz de animar o público, que acompanhava a guitarra em murmúrios agitados.

Virou para frente finalmente, fechando os olhos antes de começar a cantar e ser Sky, não Janis Joplin ou Brian Johnson, apenas ele, com toda sua agressividade elegante, olhar debochado com sobrancelhas franzidas e voz melodiosa dando um toque ainda mais sensual à música.

— *I tuck you in, warm within Keep you free from sin Till the sandman he comes.* — Sky forçava a cada sílaba final, só para não perder a marca de James Hetfield, e então estendia em um som delicado que, para qualquer um que não soubesse fazer, renderia críticas e ódio, mas Sky sabia, e a plateia percebeu, gritando todas as vezes que ele fazia isso.

Soltou-se no refrão, o corpo balançava no mesmo ritmo, a bandana quase descia pelos cabelos e os óculos escorregavam para a ponta do nariz; o sorriso enorme, que encantava qualquer um, fazia presença em todos os versos; a cabeça tombava para o lado conforme ele agarrava com força o microfone, praticamente colando a boca a ele para manter a agressividade.

— *Exit light. Enter night. Take my hand, we`re off to never never land.*

Virou para Tate e contornou o palco para chegar até ele, apoiava o braço em seu ombro e olhava no fundo de seus olhos, balançando as sobrancelhas em diversão e fazendo ele rir. O esforço com a guitarra fazia tremer todos os seus membros, e o corpo suado ia e vinha. O pescoço estava com as veias saltadas e os cabelos molhados escorriam pela bandana.

Voltou à frente e terminou a música, apontando para a plateia, e depois, girando o braço ao lado do corpo, engatou rápido em *Seek And Destroy*, da mesma banda, o ritmo apressado quase não permitindo uma respiração mais profunda, as guitarras chiando perfeitamente pelo ar e a bateria retumbando pelo peito, fazendo tudo vibrar, seu coração acelerado pela adrenalina deixando tudo mais excitante e animado, pulos de um lado para o outro praticamente acontecendo sozinhos, suas pernas não respondendo mais ao lado racional e inseguro do cérebro.

— *Running, on our way hiding, you will pay dying, one thousand deaths searching, searching, searching…*

Apontou o microfone para a plateia agitada que já estava toda de pé, dançando e empurrando uns aos outros, então ela gritou "*destroy!*", e Sky gargalhou animado, correndo pelo palco enquanto cantava. A voz não perdia a afinação nem quando ele estava fazendo esforço, a respiração mantinha-se controlada e garganta estava flexível.

As músicas seguintes foram:

3 - *Born to be wild*
4 - *Bad To The Bone*
5 - *Smoke On The Water*
6 - *People Are Strange*
7- *Californication*
8 - *Little friend*
9 - *Pour Some Sugar On Me*
10 - *Under The Graveyard*
11 - *Iron Man*
12 - *Otherside*
13 - *Wonderwall*
14 - *Little Girl Blue*
15 - *These And Those Stigmas*

Quando entraram em *Wonderwall*, já suados e cansados, Sky sentou-se no banquinho e desceu um pouco o microfone, respirando de forma acelerada e ofegante e sorrindo ao parar para engolir saliva e retomar o fôlego. As pessoas ainda gritavam o nome da banda como incentivo e, sedentas por mais, todo o apoio batia direto na alma, alimentando-a de esperança e carinho, inchando-a tanto que Sky quase conseguia senti-la arranhando a pele para escapar e dar o próprio grito de liberdade.

— Bom, acho que agora podemos relaxar um pouco, o que acham? — Sky perguntou com uma voz rouca e grossa, o peito subindo e descendo bem rápido. As pessoas gritaram qualquer coisa, e ele sorriu balançando rapidamente a cabeça. — Podem sentar, acendam um cigarro e aproveitem.

Tate posicionou um banco ao lado de Sky e sentou-se nele com o violão no colo, suor escorrendo pelo rosto e pescoço, respiração forte escapando pelo nariz enquanto ele ajeitava as tarraxas, concentrado. As sobrancelhas encontravam-se franzidas e o maxilar parecia afiado.

Ele começou a tocar, dedos tranquilos nas cordas, pernas flexionadas no apoio do banco, pés batendo ritmados vez ou outra, um sorriso de canto enquanto olhava para Sky, incentivando-o a começar.

Sky abriu a boca para cantar, voz calma e encantadora rodeando o palco e cada um abaixo dele, olhos fechados e língua passeando ligeira pelos lábios vez ou outra, a franja caindo no nariz e incomodando a pele, mas não o suficiente para Sky largar as mãos do microfone para ajustar.

— *And all the roads we have to walk are winding, and all the lights that lead us there are blinding. There are many things that i would like to say to you but I don't know how.*

O peito ficou leve enquanto Sky sentia a música no fundo do coração, o calor de Tate agarrava o seu e tornava tudo emocional demais. Cada verso saía com significado oculto, o desejo por ele crescia e crescia até se transformar em lágrimas grossas, e a emoção transbordava pelos olhos e apertava as bochechas geladas.

— *I said maybe you're gonna be the one that saves me and after all you're my wonderwall.*

Encarou Tate e sorriu para ele, a expressão confusa contornava o rosto, e então voltou para a plateia, orgulhou-se em vê-la inteira balançando de um lado para o outro, vozes baixinhas acompanhando a música e palmas singelas formando uma tradição.

E então, finalmente, Sky estava cantando *Little Girl Blue*, e dessa vez não segurava o choro, o que tornou a apresentação tão emocional que assobiaram em incentivos. A tristeza de tanto anos atrás assolava o peito e comprimia a respiração, o que fez sua voz falhar um pouco, mas ninguém se importou, porque o que Sky estava sentindo era tão real que todo mundo conseguia perceber que tinha algo por trás, memórias ruins cavando para fora da mente.

— *And I know how you feel, and I know you ain't got no reason to go on, and I know you feel that you must be through...*

Derramou-se, voz alta e intensa, rasgando a garganta e pendurando em todos os corações daquele lugar, o timbre tão profundo que até o próprio corpo ficava arrepiado.

— *Oh honey, go on and sit right back down, I want you to count, oh, count your fingers.* — Apertou ainda mais o microfone, mãos escorregadias de suor e lágrimas salgadas. — *Oh, my unhappy, my unlucky and my little, oh, boy blue.*

Trocou *Little **Girl** Blue* para *Little **Boy** Blue*, a música encerrando lentamente conforme Sky abria os olhos embaçados, sorria pela chuva de aplausos ainda mais sinceros que os outros, o coração batia feliz pela recepção, seus sentimentos eram acolhidos com carinho.

— Ah, vocês são incríveis! — Disse após limpar a garganta, com a cabeça meio de lado. — Para encerrar, vamos agora com uma composição original da banda. É a nossa primeira e esperamos que agrade.

Olhou para Tate, que acenou e puxou o segundo microfone para perto, o rosto meio choroso iluminado por um sorriso retangular enorme, o início de *These And Those Stigmas* começando a ecoar. O peito de Sky já rejeitava qualquer nervosismo, então ele não teve problema nenhum quando voltou para a plateia e começou a cantar a própria letra, orgulho e satisfação rolando solta dos lábios. Tate acompanhando bem baixinho só como vocal de apoio, preparando-se para pegar a segunda estrofe.

— *There was a day when my wrists were not covered in blood and my hands didn't smell like heroin. Guilt didn't corroded my chest, breathing and smiling was easy, innocence pulsing deep in my boyish soul.*

O solo simples de guitarra começou quando Tate parou com o violão, ecoando melancólico e artístico e definindo a identidade da banda como metade rock psicodélico e metade grunge.

— *If i knew that things would change in such a short time, I would have kept you in my arms and never let go* — Tate cantou, e a voz grossa, baixa e profunda entrava em contraste com o apoio de Sky, voz delicada e abafada. — *Would you have let me hold you? Would you have breathed the same air as mine without complaining? Would you have hugged me back?Told me that things would be okay? Dried my tears? And kissed my heart?*

Quando a música terminou, a euforia do público indicou que eles estavam no caminho certo.

Olhou para Tate, e ele fez um gesto com a mão como se pedisse para Sky virar para a plateia. Ele obedeceu, olhou, sorriu, juntou os dedos indicadores e médio na frente dos lábios e esticou para as pessoas, mandando um beijo flutuante para elas.

Tate desceu do palco pegando fogo.

Ele quase não conseguia prestar atenção no sucesso do show, muito menos no que os companheiros de banda falavam, porque seu corpo inteiro ardia e retraía, e a mente encontrava-se uma confusão de desejo, repulsa e dúvidas.

Queria Sky.

Queria desesperadamente Sky.

Tinha sido tão provocado enquanto tocava, tão fodidamente provocado, Sky nem sequer tentava esconder que estava sendo propositalmente sacana, sorrisos cafajestes e olhares luxuriosos, mãos subindo levemente a blusa até o umbigo e a pele bronzeada brilhando em suor bem em sua direção.

Não conseguia mais conter o calor do próprio corpo e as batidas erradas do coração. A energia de Sky era deliciosamente palpável, a aura sensual e elegante que o envolvia enquanto cantava era contagiante, fazia o peito inteiro de Tate vibrar como asas agitadas de pássaros assustados, bicos pontudos cutucando suas costelas.

Tate estava cheio de tesão pela provocação descarada, queria se masturbar até se esquecer do próprio nome e tudo bem, acontece, mas a vontade de beijar Sky parecia infinitamente maior, uma necessidade de se aliviar misturada a alguma outra coisa difícil de identificar, uma coisa que acendeu logo quando Sky sossegou e começou a cantar as músicas tranquilas, em especial *Little Girl Blue*. Tate parou de pensar que queria gozar e começou a pensar que queria beijar. Beijar Sky enquanto ele se derramava em cima daquele palco, pegá-lo nos braços e balançá-lo até o choro cessar.

Porra, o que estava acontecendo? Era desejo sexual, mas também não era, era algo a mais. Até onde seu cérebro de merda estava disposto a ir? Até onde ele queria chegar? Já tinha se tocado e se aliviado, por qual motivo parecia sedento por mais? Não sabia, tinha medo de descobrir, mas sentia que se soterrasse tudo outra vez, acabaria morrendo, então precisava conversar seriamente com Sky.

A banda direcionou-se ao camarim, eufórica e feliz. As vozes e risadas e gritos davam dor de cabeça em Tate, que só foi para a parte mais afastada do espaço para arrancar a porra da camiseta ensopada de suor, pois o tecido estava grudando na pele e provocando uma raiva fervente que corria veloz para os ouvidos.

Desabotoou e jogou no chão de qualquer jeito, respirando fundo e rápido, e a visão turva pelo esforço dificulta as coisas.

Depois do show, a confusão veio com tudo, porque em cima do palco, Tate fez de tudo para fingir que estava tudo bem, que Sky se balançavar indecente não provocava nada em seu corpo.

Mas ele estava errado.

— Tate, conseguimos! — Sky gritou animado, e Tate sentiu o toque gentil dos dedos dele em seu ombro. Encolheu-se e afastou-se como se tivesse se queimado. — O que aconteceu?

Olhou para trás sem virar o corpo, e viu uma expressão confusa e magoada no rosto de Sky que fez seu coração doer.

— Desculpa, só me assustei. — Resmungou e franziu as sobrancelhas, a atenção descendo diretamente à boca aberta dele. Deus, mas que porra? — Conseguimos, sim.

Sky mordeu os lábios e esticou o braço para tocar em Tate, mas recuou e suspirou no último instante.

— Vira pra mim, Tate. — Ele pediu gentilmente, e Tate colocou a camiseta preta, que estava usando quando chegou, antes de obedecer. — Me diz o que te incomoda.

Desviou os olhos para os sapatos e quando pensou em responder com uma mentira, mas Jaden abriu a porta com tudo, chamando atenção de todo mundo.

— As pessoas estão perguntando se a banda será fixa aos sábados! — Ele gritou, estava agitado e empolgado, a franja vermelha caindo nos olhos. — Foi demais, o show foi demais! Meus pais adoraram vocês!

E então, todo mundo voltou a comemorar, gritos e assobios e aplausos, mas Tate não estava tanto no clima, então ele só sorriu pequeno, invisível aos olhos de todos, exceto aos de Sky, que também não parecia disposto.

— Vamos comemorar! — Hyun disse e saíram do camarim, sem nem notar que Tate e Sky ficaram para trás, se encarando.

Um silêncio estendeu-se, e Tate suspirou cansado, abaixando a cabeça e sentindo vontade de chorar. O interior do nariz queimava de tanto que ele estava se segurando e a garganta estava fechada em agonia. Se não falasse, ia morrer. Se não falasse, explodiria, mas se falasse, quem garantiria que não morreria da mesma forma?

Sky chamou baixinho, mas Tate não conseguiu olhar para ele, não antes de deixar sair o que estava entalado no peito.

— Faça alguma coisa, Sky. — Sussurrou, com voz rouca e trêmula. — Faça alguma coisa, porque não vou conseguir fazer.

Levantou a cabeça e estava com o rosto banhado em lágrimas grossas e quentes. O nariz puxava com força o ar, tentando preencher os pulmões que pareciam vazios.

— Do que você está falando? — Sky franziu as sobrancelhas, curioso, e Tate chorou com mais força, soprando um riso amargo e ácido.

— Faça alguma coisa! — Aumentou o tom de voz, empurrando-o levemente pelos ombros e fazendo-o bambear um pouco para trás e arregalar os olhos, assustado. — Vamos, Sky, faça alguma coisa! — Empurrou outra vez, dando um passo à frente, para perto. — Faça alguma coisa! Faça alguma coisa! Vamos, seja corajoso!

— Tate, para! — Sky tentou segurá-lo pelo pescoço, mas Tate desviou e empurrou-o de novo, as costas dele bateram em uma penteadeira e derrubaram as coisas de cima.

— Me beija! — Gritou, chorando e soluçando, enquanto a saliva molhava os lábios em abundância junto às lágrimas. — Me faça sentir alguma coisa, me faça entender! Me beije de uma vez! *Be brave,* Sky!

Recuou e suspirou quando, em um impulso, Sky puxou-o pela gola da camiseta e apertou a boca na sua, com a respiração saindo chiada pelo nariz e o coração acelerando.

Sky afastou-se, cauteloso, as mãos ainda perto de seu pescoço, dedos quentes roçando pela pele e era demais, muita coisa para aguentar, então Tate puxou-o de volta pela nuca e beijou-o de novo. Aquele ato surpreendente fez Sky abrir a boca para ofegar e engolir a de Tate, com lábios macios, molhados e quentes deslizando sobre os dele.

Tate empurrou-o ainda com mais força para cima da penteadeira, praticamente sentando-o nela, ao mesmo tempo que a coxa firme montava na sua, com uma das mãos em sua nuca e a outra em sua cintura. O corpo dele inclinava-se um pouco para o lado enquanto o ritmo ganhava velocidade e força, com sentimentos de raiva, medo e desejo guiando a coisa toda. Ouviam-se suspiros e resmungos grossos provocando os corpos que se esfregavam sem pudor. Estava quente e Tate conseguia sentir o suor de Sky grudando ao seu, e seus dedos curiosos embrenhavam-se nas costas molhadas dele por cima da blusa. A linha da coluna encaixava-se perfeitamente nos seus movimentos, arqueando para frente sempre que apertava e puxava e contornava, com o quadril pesado batendo no de Tate e fazendo-o abrir a boca para gemer, porque Sky estava excitado e ofegante, unhas curtas cravando de seu pescoço para baixo.

Empurrou a língua contra a de Sky, puxou-o pelas coxas para cima, e o baque do traseiro dele na penteadeira, que começou a ranger, fez rolarem maquiagens e colares pelo chão. As mãos firmes agarravam os ombros de Tate, e pernas duras mantinha-o por perto pela cintura, perfeitamente cruzadas em suas costas.

Tremeu e chiou, puxando os cabelos dele para trás e afastando-o apenas por um segundo para retomar o fôlego, depois mergulhou em outro beijo intenso, com saliva suficiente só para fazer os lábios deslizarem mais fácil. Estalos e chupões ecoavam por aí, e Tate estava tão extasiado que sentia seu coração quase parar de bater. A nova sensação espancava cada parte de seu corpo e esticava sua alma em mil direções diferentes, tornando a mente nublada e levando a racionalidade para a puta que pariu.

Sky chupou sua língua, quando se separaram outra vez, e manteve o músculo entre seus lábios apertados, e naquele momento Tate só não queria mais parar de experimentar aquela sensação gostosa, enfiando as mãos por baixo da blusa de Sky para sentir sua pele quente. Enquanto uma boca batia desengonçada na outra, sua cabeça girava em busca de mais, muito mais, mais sensações e mais agonia. Tudo isso não foi suficiente para suprir o vazio dentro do peito, assim mais uma vez a língua voltou a deslizar sedenta pela cavidade buscando saciar seu corpo e sua alma.

Debruçou por cima do corpo de Sky, afagando suas pernas cobertas pela calça de veludo, e apertava o que conseguia, sentindo a firmeza daqueles músculos duros, tão fodidamente diferentes de músculos de garotas e tão fodidamente mais atraentes, gostosos e sedutores.

Tate soltou a boca de Sky em um estalo e apertou a testa na dele, respirando ofegante, trêmulo, sufocado. Não estava acreditando no que tinha feito, não estava acreditando que tinha cedido tão fácil, que tinha se rendido tão rápido, que tinha "gostado".

Sky afastou Tate pelos cabelos da nuca, prendendo o lábio inferior dele entre os dentes antes de passar a língua ao redor, para cima e para baixo, e convidando-o para mais um beijo, que não aconteceu.

— Sky, o que está acontecendo? — Sussurrou a pergunta e olhou para as próprias mãos trêmulas segurando as coxas de Sky, com os paus marcados em ambas as calças e levemente pressionados um no outro. — Estou enlouquecendo.

Não esperava que fosse se sentir tão bem e completo, mas, ao mesmo tempo, sentia que havia algo errado. Isso era tão difícil de aceitar que o choque se fez presente e o impedia de chorar ou gritar, mantendo apenas a voz monótona e o olhar estático, assustado e sofrido.

— Não está. — Sky respondeu baixinho, afastando-se um pouco para observá-lo melhor. — Não está.

Mas Tate não acreditava em Sky.

Para ele, aquele beijo tinha se tornado o pior erro do planeta.

NÃO INCOMODE
UM MÚSICO
INSUPORTÁVEL

ERA O QUINTO CIGARRO SEGUIDO que quase se desfazia em seus dedos enquanto ele pensava na dor aguda que sentia.

Era completamente ignorado por Tate, mas não de um jeito inocente como das outras vezes, com todos aqueles sumiços esquisitos e os olhos desviando dos seus. Daquela vez, Tate era frio e cruel e fingia que Sky não existia.

Cinco dias, desde o grande show, se passaram, e Sky não imaginou que a relação entre eles se tornaria um caos. Sabia que seria difícil para Tate e ele negaria até não conseguir arranjar mais desculpas e, talvez, o evitasse por um tempo, mas não estava preparado para receber tanto desprezo. Algo dentro daqueles olhos mais escuros que o usual fez Sky perceber que a situação era mesmo séria, como um "não se aproxime" riscado em sangue nas pupilas.

Mas Sky "queria" se aproximar. Queria beijá-lo de novo, ter as mãos fortes dele em sua cintura, sentir os toques doces e carinhosos, ser beijado de forma singela no queixo, trocar olhares envergonhados e risos contidos, qualquer coisa que o fizesse se sentir ainda mais rendido.

Tate tinha se transformado em uma casca vazia impenetrável. Não se parecia em nada com o Tate que ele conheceu, não tinha nem mesmo os resquícios tímidos e adoráveis de antes, além de parecer muito mais distraído e arredio, esbarrando em Sky sem sequer percebê-lo.

Jogou a bituca do sexto cigarro pela janela e mordeu os lábios, nervoso. Se pudesse voltar atrás, não teria beijado Tate. Pelo menos, ainda seriam amigos. Sky estava só cansado de perder pessoas, se sentir tão sozinho e não conseguir fazer ninguém ficar. Ele queria que Tate ficasse, queria "desesperadamente" que ele ficasse, porque assim todos os pensamentos negativos sobre si mesmo continuariam desaparecendo até que pudesse finalmente superá-los.

Respirou fundo o ar fresco que vinha do lado de fora e fechou os olhos, quase conseguindo sentir o gosto da boca de Tate na sua. Ele beijava bem, muito bem, e tinha uma pegada boa que até agora causava arrepios em sua nuca sempre que decidia reviver aquele momento.

Mas o coração disparado no peito e os calafrios que deslizavam quentes na coluna indicavam que não tinha sido "só" tesão reprimido.

A primeira vez que Sky começou a gostar de alguém foi aos dez anos de idade quando conheceu Danny. Este tinha cabelos castanhos que desciam nos ombros e olhos azuis intensos, tão brilhantes que chegavam a cegar, dando a impressão de serem dois diamantes incrustados nas cavidades. Sky amava fazê-lo rir porque as covinhas das bochechas dele apareciam e as sardas no nariz ficavam mais evidentes. Sua voz fazia seu coração acelerar, assim como acontecia quando estava com Tate.

Por isso, era provável que já soubesse exatamente o que estava acontecendo.

Estava se apaixonando.

Depois que Danny morreu, Sky não gostou de mais ninguém, porque mais ninguém conseguia fazer seu peito doer de amor. Não era apaixonado na época, mas talvez ficasse se ele continuasse vivo, talvez até se tornassem um casal. No entanto, não importava mais, era passado. O presente, o que enfrentava no momento, era diferente, porque parecia mais intenso e mais profundo. Chegar a essa conclusão parecia rasgá-lo por dentro para sair, mas também parecia sufocá-lo, porque Sky segurava no peito com toda a força que ainda possuía.

Sim, era o começo da porra de uma paixão e, pior, paixão por uma pessoa que ainda nem se conhecia direito. Sky estava ficando sem forças, não conseguiria ajudá-lo se ficasse pensando tanto em beijá-lo, mas também não suportaria sufocar tudo isso por muito mais tempo. Desse jeito, sem dúvidas se encontrava diante de um dilema: ceder à paixão e piorar ainda mais a situação de Tate ou dissipá-la completamente e ver Tate melhorar?

Era uma das decisões mais difíceis de sua vida.

Suspirou e conferiu o horário no celular: 19 horas. Tate provavelmente estava prestes a chegar. Sky saiu do apartamento e ficou esperando por ele na frente da porta, mãos nos bolsos da jardineira jeans curta e lábios queimando entre os dentes e o gosto ferroso do sangue escorrendo na língua.

Ele apareceu alguns minutos depois. Vestia uma camiseta cinza manchada de alguma coisa, talvez de gordura, e calça jeans extremamente larga, quase caindo pelos quadris. Na boca, tinha um cigarro de baseado que fedia muito. O odor desagradável da maconha incomodava o nariz de Sky mesmo que estivesse bem longe, ainda invisível aos olhos de Tate, que olhava para os próprios pés.

Quando Tate passou a chave pela fechadura, Sky deu um passo à frente. Estava tão nervoso que sentiu que explodiria assim que dissesse alguma coisa.

— Tate? — Chamou baixinho e pensou que provavelmente ele não tivesse escutado, mas os ombros dele retesaram e os movimentos pararam, indicando que ele prestava atenção. — Podemos conversar?

Um minuto de silêncio torturante, tão torturante que Sky sentiu dor de barriga e um tipo de onda congelante escalar a garganta, vazando como ar sôfrego pela boca.

— Não.

"Não". Simples assim. "Não". Um maldito "não" seco e ignorante, como se Sky fosse qualquer cara na vida dele.

Crispou os lábios e fechou os punhos. Ainda era um ser humano e ainda tinha sentimentos, não era porque tentava ser compreensível que aguentaria toda e qualquer grosseria vinda de Tate, seu coração não era de ferro e muito menos saco de pancadas.

— Será que pode ser mais educado? Consegue fazer isso? — Ralhou, recebendo como resposta mais silêncio. — Por que você está me tratando desse jeito?

Queria ouvir direto da boca dele. Queria que ele dissesse, que confessasse, que encarasse, que fizesse tudo ser real. Enquanto Tate sufocasse seus questionamentos na própria cabeça e fingisse que nada havia acontecido, continuaria se negando, se torturando e machucando-o no processo.

— Não estou fazendo nada. — Tate virou de frente para Sky, com as sobrancelhas franzidas e o baseado quase caindo da boca. — Está imaginando coisas.

Abriu a boca, incrédulo. "Imaginando coisas"? Praticamente tinha sido empurrado pelos ombros durante cinco dias, não recebeu nem um "olá" ou um "boa noite", muito menos olhares ou pedidos de desculpas pelos esbarrões acidentais e estava "imaginando coisas"? Tinham se beijado no camarim de um bar e depois passaram a agir como dois estranhos, porque, claro, Tate saiu correndo, e era "ele" quem estava "imaginando coisas"?

— Inacreditável. — Soprou um riso debochado e umedeceu os lábios, andando para frente até estar a centímetros do rosto dele, que não suavizou em nada. — Você está sendo cruel, Tate. Não jogue suas frustrações em cima de mim, não te fiz nada.

— Sim, você fez! — Ele aumentou o tom de voz. Foi irritado e cortante e, surpreso, Sky deu um passo para trás. Tate era muito instável e, algumas vezes, se esquecia disso. — Você me confunde, não quero ficar confuso! Quero ser normal, me deixa ser normal!

Foi como um tapa. Ardeu tanto que Sky contorceu o rosto em uma careta magoada, o coração começou a bater mais devagar, o sangue a correr grosso pelas veias e as pequenas lágrimas formaram-se invasivas no canto dos olhos. O que doeu não foi o fato de Tate chamá-lo de anormal, mas o fato de saber que lhe causava ainda mais mal e lhe machucava ainda mais profundamente a alma dele.

— Está se confundindo sozinho! — Falou no mesmo tom que ele, tentando provar a si mesmo que não tinha sido o responsável por essa merda toda, mesmo que o cérebro negasse e negasse e negasse. — Foi "você" quem me pediu um beijo, lembra-se disso? Foi você! Está "se" iludindo, Tate. Está "se" machucando!

— Eu?! "Eu" estou "me" machucando?! — Tate apontou para si mesmo e bateu de leve no próprio peito, a voz grossa e grave subiu gradativamente até ele quase gritar e o baseado caiu no chão. — Minha vida virou uma bagunça desde que "você" entrou nela com essas... essas... maquiagens bonitas e esse jeito rabugento! Pelo amor de Deus, algumas vezes, eu até tocava de propósito só para te fazer bater à minha porta! Você me deixou maluco!

Sky piscou aturdido. De propósito? Então, todas as crises de ansiedade que enfrentou desde que chegou foram causadas por um motivo tão mesquinho? Tate queria vê-lo, então tocava, fazia seu cérebro virar gelatina morna e depois dizia "ah, foi mal, esqueci"? Era por "isso"?

Respirou fundo, sentindo o corpo tremer. Tinha que se controlar, tinha que controlar a vontade de mandá-lo ir se foder, porque, de qualquer forma, Tate não sabia dos problemas que ele tinha com a música, então não podia condená-lo. Detestava saber que, até em situações como essa, sempre pensava primeiro no outro e não em si mesmo, mas não conseguia mudar seu jeito de ser.

— Não tenho culpa de ter vindo morar aqui. — Praticamente sussurrou, sentindo o estômago inteiro revirar, pronto para soltar tudo o que tinha comido. — Não tenho culpa de você ser desse jeito, então não me coloque como vilão da história.

— De que "jeito", Sky?

— Reprimido.

Tate arregalou os olhos e parecia ainda mais irritado do que antes. O rosto inteiro dele ficou vermelho e endurecido, uma veia pulou na lateral do pescoço e os ombros retesaram tanto que pareceram duas placas de pedra, a respiração saiu tão acelerada que, se prestasse bastante atenção, daria para escutar o coração dele martelando no peito.

Sky mordeu os lábios, mas não desceu a postura. Cruzou os braços no peito e levantou o queixo, encarando-o com firmeza.

— Por que "todas as pessoas" sempre agem como se soubessem coisas sobre mim que nem mesmo "eu" sei? — Ele não gritou como Sky pensou que gritaria, mas manter a voz baixa e dura foi muito pior, o fez engolir em seco e se arrepender de ter dito aquilo. — Você não me conhece, então para de ficar agindo como se me conhecesse e me deixa em paz de uma vez.

Sky segurou o choro, mas não era muito bom escondendo emoções, então seu lábio começou a tremer e sua pele ficou fria de repente, como se a pressão tivesse descido. Afastou-se um pouco de Tate e observou-o. A expressão raivosa dele não mudou nem mesmo depois de dizer coisas tão ruins, o que fez Sky perceber que, sim, não o conhecia. Não o conhecia como pensou que conhecesse. Tate era maldoso de propósito e sabia disso, queria machucar Sky ainda mais.

— Tudo bem. — Resmungou, e uma lágrima solitária desceu pela bochecha. — Se eu soubesse que agiria dessa forma, não teria te beijado naquela noite.

— Aquilo foi um "erro", Sky. — Tate aproximou-se até estarem com os rostos quase colados, e Sky viu a umidade de lágrimas naqueles olhos azuis. — Se eu soubesse que algo assim aconteceria, não teria deixado você se aproximar tanto.

Recuou, verdadeiramente devastado. Abriu a boca para responder, mas não conseguiu dizer nada, então fechou e balançou negativamente a cabeça, esperando Tate retirar o que disse.

Quando isso não aconteceu, ele entendeu a dimensão daquelas palavras duras.

— O que você quer dizer com isso? — Fungou o nariz, apertou as bochechas com raiva e espulsou as malditas lágrimas que já estavam descendo sem parar, com um soluço irritante escapando logo depois. — Vamos, Tate! Diga com todas as letras, seu covarde!

Empurrou-o de leve, sem intenção de machucar, só desejando que ele desembuchasse de uma vez e parasse com todo aquele mistério imbecil que já estava dando nos nervos.

Tate suspirou e olhou para cima, parecendo pensar em uma explicação simples, como se Sky fosse burro demais para entender qualquer outra explicação mais arquitetada. Isso só serviu para deixar Sky ainda mais puto, e ele empurrou Tate outra vez, batendo as costas fortes dele na porta do apartamento.

— Que droga, Sky?! — Sentiu o corpo ser empurrado também, mas se manteve firme, apertando os pés contra o chão sujo e devolvendo na mesma moeda, dessa vez com mais força. — Para com isso!

— Está arrependido de ter me conhecido?! — Gritou nervoso. Nem sabia o porquê de ser tão extremo, porém algo nisso tudo acendeu um pavio curto que ele tentava manter preso no peito e tornou as palavras emboladas e trêmulas. — Fala de uma vez!

Tate segurou-o pelos ombros, mantendo-o no lugar. As mãos grandes e fortes dele machucaram um pouco sua pele e os olhos claros cintilaram de raiva e expressavam alguma coisa que Sky não soube reconhecer, mas não importava tanto, não quando já sabia exatamente o que ouviria em seguida.

— Sim, Sky. — Tate soprou a resposta, praticamente nem piscando. — "Eu me arrependo de ter conhecido você".

Então, ele simplesmente se virou, abriu a porta e entrou, batendo-a com tanta força que o quadro que Sky comprou caiu no chão e espalhou vidro para todos os lados.

Permitiu-se chorar e abaixou para pegar o quadro, apertando-o no peito depois de ler, com muita dor no coração, o que tinha escrito com caneta vermelha. Estava tão magoado que nem conseguia sentir mais o próprio rosto, a pele parecendo amortecida. Tate havia sido muito maldoso, nunca imaginou que ele diria coisas tão duras assim nem que ele explodiria dessa forma justo consigo, uma pessoa pela qual estava tão perto de se apaixonar. Porra, ele não enxergava isso? Não enxergava o brilho em seus olhos? Os sorrisos imbecis e os flertes descarados? Como tinha tido coragem de falar aquilo? De partir um coração daquela forma?

Soluçou algumas vezes e fungou, entrando no apartamento para trocar de roupa. Precisava sair, espairecer a mente, ir ao único lugar em que ninguém o julgaria por gostar de homens, porque lá todo mundo também gostava.

Eram quase 20 horas e Armin estava arrumando a bolsa para ir para casa depois de um turno extremamente cansativo no trabalho.

O imbecil do Anderson preencheu mais de cinquenta relatórios com uma péssima ortografia, então sobrou para ele reescrever tudo, já que a porra da gestão da empresa era tão inútil que não conseguia nem contratar um funcionário só para analisar as folhas antes de elas serem anexadas às pastas.

Estalou o pescoço de um lado, depois de outro, então suspirou e jogou a bolsa de couro no ombro antes de afrouxar a gravata e desabotoar os primeiros botões da camisa que parecia espremer seu pescoço.

Dirigiu-se ao elevador, sentindo o gostinho da liberdade na ponta da língua. Não gostava de seu trabalho, mas, pelo menos, ali dentro ninguém ligava para a cor do seu cabelo, o rosa chamativo que tanto amava. O ambiente era estressante e exaustivo, mas, só de poder ser ele mesmo perto dos colegas, e até mesmo do chefe, já compensava um pouco.

Chegou ao térreo e caminhou pelo *hall*, os sapatos sociais fazendo um eco irritante por todo o local e seus ouvidos, sensíveis pelo cansaço, começaram a dar indícios de que zumbiriam de novo, como andava acontecendo com frequência nos últimos meses.

Cumprimentou o zelador, e ele liberou sua saída. Os olhos fecharam-se tranquilos quando a brisa refrescante da noite atingiu sua testa ligeiramente suada e os pulmões se expandiram automaticamente em busca de uma respiração mais natural. Sorriu e arrumou os cabelos com os dedos curtos, abrindo um pouco os olhos. Observou a boate que ficava de frente para a empresa. As luzes azuis e roxas piscavam psicodélicas do lado de dentro, e as silhuetas masculinas dançavam indecentes de um lado para o outro.

Chamava-se *Pretty Boys* e era uma boate gay. A primeira e única tão explícita da região, já que todas as outras ficavam em lugares escondidos, com menos luzes e muito mais fechadas. Armin não gostava dessas boates e não gostava de trabalhar de frente para uma. Sempre que estava indo para casa, enxergava a placa gritante e, inevitavelmente, pensava em Tate. Quase sempre, conseguia calar a própria mente com um sacudir de cabeça, mas as coisas que vinham acontecendo nos últimos tempos só faziam com que as lembranças e suposições ficassem mais fortes e mais vívidas.

Mordeu os lábios e caminhou até a pequena loja de fumo ao lado do prédio para comprar um cigarro e sentia o cérebro traidor reproduzir imagens da infância, como cheiro de pipoca amanteigada e bolinhos de chuva, briga dos pais e a constante infelicidade do irmão.

Os dois eram crianças muito diferentes e, antes da adolescência, não havia afinidade entre eles, mas se davam bem e se amavam muito. Armin sempre compartilhava com Tate suas intensas paixonites, desde as da infância até as da vida adulta, mas Tate nunca falava sobre nenhuma e, quando questionado, só dava de ombros e dizia que não achava nenhuma garota da turma — ou de qualquer outra — interessante.

Até os dez anos, Armin achava que Tate era só muito difícil de conquistar, mas depois de certa noite, enquanto descia as escadas escondido para dar um susto nele e no amigo da escola que estava lá para fazer um trabalho, Armin viu uma coisa que fez tudo ficar um pouco diferente.

— Marlboro, filtro vermelho. — Disse ao atendente e suspirou, apoiando o queixo na mão enquanto esperava. — Obrigado.

Naquela noite, abriu a porta do quarto de Tate em um vão pequeno e preparou-se para assustá-los. Antes que pudesse gritar, Armin pegou o amigo beijando-o na boca em um selinho forte e ingênuo. Armin teria entrado com raiva para questionar o que aquele zé mané pensava que estava fazendo, mas ficou em choque quando, depois de se separarem, Tate inclinou-se para beijá-lo de volta, em um selinho durando um pouco mais que o anterior. Lembrava-se da sensação de o rosto perder a cor, de a pressão cair quase que instantaneamente, e de ser obrigado a se segurar na parede para não levar um tombo feio.

O que tinha acontecido, afinal?

Entrou no quarto mesmo assim, para evitar que algo além acontecesse, e tentou disfarçar a cara de pânico, mas Tate o conhecia como a palma da mão e conseguiu ler, em seus olhos, que ele vira tudo. Então, depois que o amigo foi embora, Tate puxou Armin para perto e apertou as mãos dele entre as suas, com um choro intenso retumbando pelo quintal, o nariz escorrendo e o rosto, coberto de desespero, inteiro vermelho.

"Eu só queria saber como era beijar", ele disse com uma voz dolorida e lágrimas que desciam em cachoeira pelas bochechas.

"Por favor, não conta pro papai, Arminie! Por favor, não vai acontecer de novo. Juro!"

Armin não contou. Ele nunca tocou no assunto com ninguém, muito menos com a mãe, mas não estava certo de que que eles não soubessem, porque Armin conseguia escutar os dois cochicharem pelos cantos da casa quando Tate estava tomando banho ou dormindo, e as palavras atacavam seu coraçãozinho de criança.

"Ele não é normal, Susan!", o pai dizia. "Tem alguma coisa de errado com aquele garoto, eu sinto isso!"

"Não vai falar assim do meu bebê, seu filho da puta!", ela respondia tão furiosa que Armin conseguia imaginá-la toda vermelha. "Tate é só um garoto que não segue o padrão que você quer que ele siga!"

"Está mimando ele, mulher! Vai deixá-lo se transformar em um homem depravado e cheio de princípios errados?! Pode acabar machucando ele!"

Foi assim que Armin percebeu, de uma vez por todas, que um homem gostar de outro homem não era mesmo coisa boa. Seu irmão, seu lindo irmãozinho, se transformaria em um monstro se continuasse desse jeito. Ou ainda pior: em um monstro que seria caçado pelas pessoas, como o Frankenstein.

Ele não queria que isso acontecesse. Não queria que Tate se machucasse. Não queria que ele virasse uma criatura verde toda costurada e feia. Tate era Tate, seu melhor amigo e a outra metade de sua laranja, não podia deixar que isso acontecesse.

No ano seguinte, o pai foi embora. Sumiu de casa e, lentamente, foi cortando contato até desaparecer de uma vez, deixando em Armin um buraco enorme, um vazio que nunca mais seria preenchido.

Internamente, culpou Tate. Seus pais constantemente discutiam sobre isso, sempre falando sobre padrões, monstros e anormalidades, então algo nisso deveria ter explodido no relacionamento, fazendo seu grande herói sair sem olhar para trás e abandonando-o sem pensar duas vezes.

"Não tenho culpa", pensava, chorava e soluçava, e os braços quentes da mãe apertando seu corpo. "Culpe Tate, mas não me culpe. Puna ele, mas não me puna. Não fiz nada de errado".

A raiva era grande, contudo, apesar disso, ainda eram do mesmo sangue, uma só pessoa, então ela se dissipou com o tempo, em especial quando, no oitavo ano, Tate finalmente arranjou uma namorada, fazendo Armin se sentir aliviado e esperançoso, porque poderia procurar o pai algum dia e dizer que as coisas tinham voltado ao normal, que conseguiriam ser uma família feliz de novo.

O nome dela era Pandora e, estranhamente, apesar de muito bonita, parecia um garoto. Ela usava roupas dois números maiores, moletons desbotados e calças sempre na cor cinza ou preta. Seus cabelos pretos, repletos de cachos lindos, eram curtos, na altura da nuca, mas estavam quase sempre escondidos por um boné. A pele negra dela também nunca aparecia de fato, pois não gostava de se expor como as outras garotas.

Armin não entendia como conseguiam ser um casal, já que sequer ficavam juntos como dois pombinhos apaixonados, mas, pelo menos, Tate saía com alguém do sexo oposto, o que já era uma vitória.

Então, subitamente, no primeiro ano do ensino médio, o namoro terminou e, alguns meses depois, Jennifer estava substituindo o lugar da ex. Ela também era bonita, com longos cabelos pretos sedosos, vestidinhos delicados que mostravam as coxas macias e levemente vermelhas e batons escuros que realçavam seus olhos castanhos e achatados.

Tate perdeu a virgindade com ela, mas agiu como se nada tivesse acontecido. Quando Armin perguntou todo animado e curioso, Tate apenas deu de ombros e disse que havia sido "legal". Só legal, nada extraordinário como tinha sido a própria primeira vez, nada extasiante e psicodélico como todos os garotos costumavam descrever.

Naquele dia, as lembranças da infância voltaram e Armin pensou no amigo da escola que, a propósito, tinha se assumido *gay* no dia em que Tate e Pandora terminaram. Gay, pau com pau e músculo com músculo. Gay, uma palavra que parecia sempre piscar no fundo dos olhos do irmão, olhos cansados e angustiados, com um tom macabro que nunca ia embora.

Tate pareceu ainda mais triste naquele ano, arrastando-se pelos cantos e evitando sair, então o namoro com Jennifer não durou nem cinco meses, e ele ficou um longo tempo sem chegar perto de outra garota até Jorja aparecer bêbada na quadra do colégio com mechas rosa e confetes na mão.

De repente, Tate estava falando sobre ela o tempo inteiro, com um sorriso retangular lindo e sincero, do tipo que Armin "nunca" tinha visto, então ele soube na hora.

Tate estava apaixonado.

Da noite para o dia, Jorja significava tudo para Armin. Esperança, animação e alegria, uma visão de futuro em que o irmão pudesse ser "feliz" namorando uma mulher. Isso, claro, se Jorja soubesse amar alguma outra pessoa que não fosse aquele maldito drogado escroto que nunca ia embora.

A última namorada de Tate foi Cassie, enfim, e Armin gostava mais dela do que das outras duas. Ela era inteligente, doce, habilidosa e muito sexy. Embora já soubesse como aquilo tudo acabaria, Armin não conseguiu não ficar abismado quando descobriu que havia acabado.

"Como você deixou uma mulher como aquela ir embora?!", Perguntou quando Tate disse que ela havia terminado tudo, mas ele só se mostrava desinteressado, como sempre, e continuou tocando o violão, sequer falando sobre ir atrás dela ou pedir uma reconciliação.

Foi entre isso e a morte de Jorja que Tate ficou ainda mais fechado que o normal, revelando sorrisos cansados, falta de atenção excessiva, sumiços longos e instabilidade emocional frequente. Não sabia o que era, não teve coragem de perguntar, mas sentia que ele se afastava aos poucos, e perceber isso doeu, porque, se Tate fosse embora também, Armin não suportaria mais viver.

E isso continuou até Sky, o cara que não aguentava música, aparecer "do nada".

De repente, Tate estava feliz de novo. Estava empolgado. Estava irritantemente sorridente. Parecia um bocó andando de um lado para o outro, com olhos brilhantes e voz leve, fluida, e um estranho interesse por maquiagens e pela boca de Sky que, a propósito, ele não conseguia "parar" de encarar.

Já estava ficando tão óbvio que até o presidente dos EUA poderia notar lá da Casa Branca.

Então, Armin sentiu-se uma criança outra vez, espiando pela fresta do quarto e escutando os cochichos do pai e a promessa de Tate de nunca mais beijar um garoto. Sabia que essa promessa seria quebrada, "sabia", porque a tensão entre eles era visível e, se não explodisse entre quatro paredes, explodiria em público, e Armin sinceramente não sabia o que seria pior.

Tate se transformaria no homem depravado que o pai mencionou, ele viraria um monstro e seria caçado, mas Armin não queria que o machucassem, não queria que o levassem.

Se Sky nunca tivesse aparecido, então Tate continuaria livre e limpo, não estaria correndo riscos e continuaria a ser seu irmãozinho pequeno e fácil de proteger. Mas a situação já tinha fugido do seu controle e, lentamente, Armin aceitava que não conseguiria fazer mais nada para evitar o que estava claro desde que eram crianças.

Pegou a cartela de cigarros e entregou o dinheiro ao vendedor, dispensando educadamente o troco de três dólares antes de sair e parar para observar a boate outra vez. Seu coração doía sempre que atrelava os caras daquele lugar ao irmão. Enquanto refletia, tragou fundo o cigarro e soprou a fumaça para longe, observando-a ondular no ar frio.

Ficou parado ali, esperando por uma resposta para seus pensamentos confusos, por vários minutos, mas era óbvio que não conseguiria, não era um cara religioso e Deus não daria nada assim de graça, embora, às vezes, ele rezasse de qualquer jeito antes de dormir, pedindo proteção não para si, mas para Tate.

Amassou a bituca na calçada e começou a caminhar para o ponto de ônibus. Alguma coisa do outro lado da rua chamou sua atenção, então estagnou no lugar e reconheceu dois riscos azuis acima de olhos achatados.

"Sky."

Abriu a boca e acompanhou-o com o olhar, praticamente deixando o queixo cair quando ele parou para conversar com o segurança da boate, rindo e parecendo extremamente confortável, como se já o conhecesse há tempos.

— Filho da puta! — Sussurrou incrédulo e atravessou a rua tão rápido que nem olhou para os dois lados antes, com o coração batendo desesperado no peito. Parou atrás de Sky. A movimentação acelerada chamou a atenção, e ele virou lentamente a cabeça, parecendo levar segundos para processar o que estava vendo.

Então, ele arregalou os olhos, denunciando que tinha sido pego no flagra.

— Armin? — Resmungou, estático, com o rosto cheio de pânico. — O que você está fazendo aqui?

— Trabalho do outro lado. — Apontou para o prédio da empresa, e Sky seguiu com o olhar engolindo em seco. — Estava entrando na boate, não estava, Sky?

Ele parecia sensível, como se o dia tivesse sido ruim, assim não demorou muito a começar a chorar. Soluços fortes pularam da garganta de Sky enquanto ele estendia a mão para tocar em Armin, na gola da camisa e nos ombros, puxando-o desesperadamente para perto.

— Não conta para o Tate, Armin! — Os dedos embrenharam no tecido branco de sua roupa, e Armin deixou-se confrontar com corpo dele, de rosto impassível e raiva contornando a língua. — Não conta para ele, por favor!

"Não conta para o papai, Arminie!"

"Não vai acontecer de novo!"

— O que você não quer que eu conte? — Grunhiu, e os olhos profundos e molhados de Sky faziam um bolo estagnar na garganta, porque ele parecia "tanto" com Tate. — Que você é gay? Ou que estava prestes a entrar em um lugar "cheio" de homens que provavelmente vão querer te tocar? Qual dos dois, Sky? E por qual motivo acho que é a segunda opção?

Sky fungou e abriu a boca para chorar com ainda mais força, e o corpo tremia com tanta intensidade que a blusa da Joplin subia e descia, contornando os quadris.

— Faço o que você quiser! — Disse alto, tão alto que qualquer um conseguiria escutar, e se jogou para cima de Armin, apertando-o em um abraço. — Vou embora, não vou ficar, mas não diz que eu estava aqui!

— Está apaixonado por ele, não está? — Sussurrou, segurando-o pelos ombros para afastá-lo. — Responda.

Sky passou as mãos pelo rosto para limpar as lágrimas, bochechas vermelhas e maquiagem escorrida, então mordeu os lábios e fechou os olhos, sacudindo a cabeça com força para cima e para baixo, como Armin suspeitava.

— Sim. — Respondeu baixinho, controlando o choro. — Estou, Armin. Estou apaixonado por ele.

Armin suspirou e apertou o meio do nariz, sentindo o zumbido no ouvido voltar, e a dor aguda parecia atingir o fundo de seu cérebro.

Sky estava apaixonado e, a julgar pelo comportamento abestado de Tate, o sentimento era recíproco.

Não conseguiria fazer nada para impedir e, permitindo-se pensar racionalmente pela primeira vez na vida, Armin entendeu tudo. Seu irmão também gostava de homens, exatamente como o pai sempre suspeitou. Pensou que conseguiria evitar que a ficha caísse e impedir que Tate deixasse esse lado escapar, mas, no fundo, sempre soube que não seria firme o suficiente. Apesar disso, Tate era seu irmão e não o deixaria ser caçado ou machucado, nem por Sky nem por ninguém.

— Não vou mandar você voltar. — Armin disse e empurrou Sky de leve, devorando os olhos arregalados dele. — Não vou te proibir de fazer nada. Você já corrompeu meu irmão, agora lide com isso e seja homem, porque se machucá-lo, se algum dia pensar em ferir o coração dele, "acabo" com sua raça. Você entendeu, Sky?

Sky demorou a processar, mas quando entendeu, suspirou aliviado e agradeceu um milhão de vezes, sorrindo vez ou outra, um sorriso que fez Armin pensar em como Tate se sentia quando o recebia.

— Só quero dançar. — Sky justificou e apontou com o queixo para a boate. — Só beber e dançar.

— Faça o que quiser, só não magoe meu irmão. — Disse com ignorância e virou as costas para ir embora, tão exausto que sentia que desabaria na rua a qualquer instante, a porra do zumbido pulsando ainda mais forte nos ouvidos.

Era sexta-feira e Tate estava completamente arrependido.

Além de cansado e estressado, é claro. Fazia dias que ele não sabia o que era comer alguma coisa decente ou tomar um banho de mais de dez minutos, o nervosismo de todos os dias parecia grudar em seus ombros como crostas de suor, a barba por fazer pinicava o queixo e os braços preguiçosos, até mesmo para levantarem uma simples lâmina de barbear, pesavam toneladas.

Estava sentado no sofá, desde o fim do expediente, na lanchonete. Na vitrola velha, que conseguiu por uma mixaria em uma venda de garagem, tocava um dos álbuns favoritos de Blues de Tate, o icônico *The Sky Is Crying*, de Stevie Ray Vaughan, lançado em 5 de novembro de 1991, um pouco mais de um ano após a morte do artista em um acidente de helicóptero nas fronteiras de Wisconsin.

No momento, a faixa reproduzida era uma regravação instrumental de *Little Wing*, uma das melhores de Jimi Hendrix. Tate estava de olhos fechados, um cigarro na boca e um copo barato de uísque na mão, que balançava levemente de um lado para o outro enquanto sentia os vibratos da maravilhosa guitarra *Fender Stratocaster* atingirem o fundo de seu peito machucado.

Já havia perdido a conta de quantos copos tinha tomado e de quantos cigarros havia fumado, mas não importava tanto, porque ele queria simplesmente cair daquele sofá e dormir direto, sem pensamentos ou remorso, só sono profundo e tranquilo, um pouco de paz depois de tantos temporais seguidos.

Ignorar Sky era muito mais difícil do que imaginava. Era ridículo como seu cérebro repassava as cenas do beijo no camarim e da briga na noite anterior, repetidas vezes, como páginas de um livro, praticamente obrigando-o a voltar atrás na decisão de fingir que Sky não existia.

Evitava Sky há cerca de seis dias, porém o coração não havia diminuído em nada no ritmo dolorido e seu corpo continuava a implorar por mais dele, mais toques e mais beijos, mais daqueles ofegos em seu rosto, mais das pernas firmes em sua cintura, mais das mãos grossas em seu pescoço.

I wanna be close to you, baby
Yeah, let me be close to you
I wanna be close to you darlin'
'Til you don't know what to say or do

Chegava a ser uma putaria o jeito que o destino tentava forçar as coisas, ao pular uma música do disco para que *Close To You* começasse a tocar exatamente quando pensava, de novo, em como Sky era forte em seus braços e em como havia sido um completo imbecil com ele. Não que estivesse realmente mentindo quando disse que se arrependia de tê-lo conhecido, mas, se Sky nunca tivesse se aproximado tanto, não estaria nessa situação horrorosa e nunca teria encostado os lábios nos de outro homem.

Foi uma delícia, mas qual é, não podia ser normal. Não podia ser normal sentir mais coisas beijando um cara do que beijando uma mulher, e Tate não conseguia de jeito nenhum engolir isso de maneira tranquila.

Suspirou, balançou a cabeça no ritmo da música, tirou o cigarro da boca para jogar o último gole quente do uísque garganta abaixo, praticamente nem sentindo mais a ardência. Colocou o copo no chão perto do pé e tragou o cigarro até ficar sem fôlego, a queimação gostosa descia pelo peito e parecia expandir os pulmões, fumaça saindo em linha reta dos lábios mais ou menos abertos e o resto escapando pelo nariz até a sensação de alívio começar a dar as caras.

Olhou preguiçoso para a porta quando escutou batidas, mas não estava disposto a abrir. Se fosse Sky, sabia que não reagiria do jeito mais são e não queria nem imaginar o que acabaria acontecendo caso o deixasse entrar.

Assim, jogou a cabeça no encosto do sofá e fechou os olhos para tentar dormir, contudo as batidas aumentaram de tom e as pancadas ficaram mais altas e estridentes, parecendo entrar no fundo de seu cérebro.

— Quem é, porra?! — Gritou para que a voz bêbada sobressaísse à música da vitrola, mas sua cabeça doeu pelo esforço. Levantou-se com dificuldade para desligá-la e jogou o cigarro em qualquer lugar. — Sky, não vou abrir se for você!

— Tate, sou eu, Cassie!

Franziu as sobrancelhas, confuso, e esfregou os olhos para se certificar de que não sonhava acordado. Caminhou vagarosamente até a porta e a abriu com cuidado, espiando pela fresta antes de descer a atenção pelo rosto meio preocupado de Cassie.

— Cassie, o que foi? — Resmungou com a voz toda enrolada pelo excesso de bebida, e o porre ficou mais evidente agora que ele estava falando baixo e não gritando. — O que aconteceu?

— Como assim "o que aconteceu", seu idiota?! — Cassie abraçou o próprio corpo de frio, e Tate notou que ela vestia apenas uma regata branca finíssima e shorts de dormir. — Você me mandou uma mensagem toda esquisita, me pediu para vir rápido! Não está lembrado? Só vi quando já ia dormir, por isso estou vestida assim. Vai me deixar entrar ou não? Estou congelando!

Tate olhou para cima, pensativo, mas a puxou pelo braço e fechou a porta, correndo para pegar um casaco no quarto. Tropeçou nos móveis e no copo de uísque, fazendo-o rolar para algum lugar. Quando voltou, cobriu-a delicadamente nos ombros com um moletom preto de botões e o ajeitou um pouco antes de se sentar no sofá para processar as informações.

— Não me lembro de ter mandado mensagem para você. — Disse com uma voz irritantemente embargada e esfregou o rosto para tentar acordar um pouco do efeito do álcool.

Cassie suspirou e levantou uma sobrancelha, parecendo nervosa, o que fez Tate se encolher, preocupado. Se mandou qualquer coisa, estava tão bêbado que nem percebeu, já que estava dormindo, fumando e enchendo a cara desde cedo, a memória foi afetada durante os cochilos.

— Cadê seu celular? — Ela perguntou e começou a procurar na bagunça do apartamento, pulando as pernas esticadas de Tate com tanta graça que ele achou adorável. Soltou um risinho, e ela olhou para trás curiosa. — O que foi? Me ajuda a procurar, Tê.

Tate rolou os olhos e bufou quando ouviu o apelido "ridículo" propagado por Armin desde o ensino médio.

— Cas, não sei onde está, deve estar perdido em qualquer lugar, você vai ficar a noite inteira procurando. — Deu de ombros e apoiou a cabeça pesada na mão. — Cadê o seu?

Ela levantou-se do chão e arregalou os olhos, sorrindo meio sem graça ao puxar o celular do bolso do short do pijama. Ela arrumou delicadamente os cabelos atrás da orelha enquanto mexia no celular, deixando Tate fascinado. "Tão bonita", pensou. Nunca a teria deixado ir embora se fosse um cara normal.

— Fiquei tão preocupada que esqueci que trouxe. Aqui, olha o que você me mandou.

Tate piscou para afastar a visão embaçada e pegou o Nokia — que tinha o jogo irado da cobrinha, aliás — e começou a rir das mensagens ridículas que tinha mandado para Cassie, a ortografia toda cagada e o desespero, que só aparecia quando estava muito, muito, muito bêbado, presente em cada frase.

Jogou a cabeça para trás, e uma gargalhada forte e intensa ecoou pelo apartamento. Quase não se reconheceu ali, e se não fosse pelo seu contato salvo — Tatequitos, a propósito — acharia que Cassie estava delirando.

— Que porra é essa?! — Perguntou quando recuperou o fôlego. — *Cas eun n me mexo mais, corrie p cá?* O que isso significa?!

— Acho que "Cas, eu não me mexo mais, corre para cá". — Ela se sentou ao lado de Tate e esperou ele terminar de ler todas as mensagens, o sorriso sumia conforme descia mais pela conversa. — Tate, é sério, o que aconteceu?

Ele fechou os olhos com a vergonha corroendo cada parte de seu corpo. Frases como "estou chorando", "estou sozinho", "não consigo respirar" e "fiz merda" era o de menos. O que realmente pegou foi a sequência que veio logo depois disso.

"Quero Sky".

"Sinto falta dele".

"Sinto saudades".

"Quero beijá-lo".

Tate nem conseguia pensar em uma mentira para contar porque tinha sido pego de surpresa. E por que "caralhos" tinha mandado mensagens logo para "ela"? A única explicação era a de que seu cérebro imbecil escolheu Cassie como primeira opção para essa onda de vergonha, porque estava pensando muito nela desde que foram ao bar mexicano depois daquele ensaio. Isso acarretou em todas as suas memórias sobre a dificuldade em fazer o pau subir quando se envolvia com mulheres, o que consequentemente o fez tentar se masturbar pela primeira vez depois de tanto tempo e não conseguir, porque Sky apareceu em sua cabeça para atrapalhar — ou melhorar — tudo.

Era tão previsível, não acreditava que tinha sido tão burro em ficar com a porra do celular enquanto bebia. Nessas horas, ele resolvia funcionar, não é? Aquele pedaço de porra velha!

— Caralho, meu grau até passou. — Resmungou e entregou constrangido o celular a ela, afundando o rosto entre as mãos suadas. — Sou muito burro!

Sentiu uma mão carinhosa esfregar gentilmente suas costas, contornando os ombros até chegar à sua nuca. Ela lentamente massageou seu músculo tenso, esfregando-o de um lado para o outro.

— Não consigo nem imaginar o que aconteceu para te deixar nesse estado. — Ela disse com uma voz dócil e riu baixinho em seguida. — Mas pode conversar comigo, se quiser. Sabe disso, não sabe?

Balançou a cabeça, levantando-a depois de bufar, e relaxou o corpo, olhando para Cassie de soslaio. A expressão atenciosa dela aquecia seu coração.

— Cas, você gostava de mim? — Perguntou depois de alguns segundos ponderando a ideia. — Você gostava mesmo de mim?

— "Gosto" de você, Tate. Minha paixão ainda não passou, mas está quase lá. — Ela sorriu, era tão bondosa que ele se sentiu um bosta inútil por quebrar o coração dela dessa forma. — Não faz essa carinha, vou ficar bem. Sou uma mulher adulta!

Tate riu um pouco sem graça e desviou os olhos para as mãos trêmulas apoiadas nas coxas. Se pensasse com força, conseguiria sentir a cintura de Sky em seus dedos, os cabelos molhados de suor e as coxas firmes. Porra, estava tão desesperado para tê-lo de novo, mas seu lado racional simplesmente levantava barreiras e mais barreiras.

— Alguma vez consegui satisfazer você? — Sussurrou, os olhos ainda presos nas mãos. — No sexo, quero dizer.

— Algumas boas vezes, mais quando você estava inspirado.

Tate não sabia definir o que exatamente o deixava excitado quando, nas poucas vezes, faziam sexo, nem no que pensava para se desfazer na própria mão depois. Em alguns momentos, enquanto fechava os olhos e se permitia vagar pelas obscuridades da própria mente, imaginava-se com um pau na boca. Em outros, quando conseguia ficar em cima de Cassie mais um pouco, depois de ela se satisfazer, imaginava um corpo masculino no lugar do dela, o que era tão estranho que, depois de gozar, simplesmente se esquecia do que tinha acontecido.

As memórias estavam voltando todas de uma vez e Tate não estava gostando, sentia-se pressionado e encurralado, assustado também.

— Acho que você foi uma guerreira. — Soltou um riso sem humor. — Não sei fazer sexo direito, provavelmente não tenha feito mais de quinze vezes e, quando fiz, foi sempre tão… automático.

Pensou em como se masturbou ao imaginar Sky. Tinha sido o melhor orgasmo de sua vida, e ele só se esfregou na porra do colchão, e aquele tesão insuportável era coisa de outro mundo. Estava começando a juntar as pecinhas, mas tinha medo de terminar o quebra-cabeça.

— Você só não encontrou aquela pessoa que acende a química, Tate. E se serve de consolo, você tem dedos fantásticos.

Tate gargalhou e a empurrou com o ombro, recebendo um empurrão de volta, o corpo parecia mais leve e tranquilo.

— Acho que encontrei, Cas. — Respondeu e mordeu os lábios, sentindo a culpa voltar com força. — Mas simplesmente não posso ceder. Não é certo, sabe?

— Tate, você está apaixonado?

Olhou para ela, sem saber o que dizer. Estava apaixonado? Realmente estava apaixonado por um "homem"?

— Não sei. Não tenho certeza.

Cassie tocou delicadamente a bochecha de Tate com a ponta dos dedos e se inclinou lentamente, apertando os lábios contra os deles em um ato de carinho indescritível, fazendo-o fechar os olhos e suspirar, sentindo-se amado e acolhido.

Quando ela se afastou, pegou no pulso de Tate e apertou a mão dele contra o seio esquerdo, perto das costelas. Tate arregalou de leve os olhos quando sentiu o coração acelerado dela, o ritmo tão rápido que chegava a ser surreal.

— Quando você beija a pessoa, sente seu coração assim? — Cassie sussurrou a pergunta e apertou a mão dele com mais força, as batidas retumbando nos seus dedos. — Sente, não sente?

Tate engoliu em seco e sentiu lágrimas descerem pelas bochechas, porque, caralho, ele sentia. Quando beijou Sky pela primeira vez, sentiu que estava prestes a ter um infarto de tão desesperado que o coração batia.

— Cas, você acha que sou anormal? — Perguntou e começou a chorar, encolhendo-se para dentro dos braços dela e deixando a cabeça cair na curva do pescoço cheiroso. — Você acha?

— Não, meu amor. — Ela fez carinho em seus cabelos encaracolados e mergulhou os dedos neles. — Você não é anormal, é um ser humano livre para amar quem quiser. A vida é sua, só deve dar satisfações a si mesmo.

E pelo resto da noite, Tate chorou nos braços de Cassie até finalmente pegar no sono.

No dia seguinte, quando acordou completamente morto por ter dormido na pior posição possível, levantou-se e esticou o corpo, ouvindo-o estalar inteiro, e partes do pescoço e ombros queimavam incessantemente.

Puxou Cassie do sofá. Ela tinha ficado sentada a noite inteira ali, com a cabeça dele no colo. Carregou-a para a cama, cobrindo-a com os lençóis antes de ir à cozinha e conferir as horas no relógio de parede.

Os ponteiros marcavam 12h40min.

Tinha dormido tanto assim?

Olhou ao redor, notando a bagunça no apartamento, com copos, garrafas vazias de uísque, cerveja ou vodca e bitucas de cigarro por todo o lado. Como não estava mais vendo Sky, não tinha mais ânimo para limpar nada, muito menos para organizar, então ficaria do jeito que estava até Armin aparecer de saco cheio de novo.

Sentou-se no sofá e suspirou, só a pequena menção mental sobre Sky fazia sua cabeça doer. Não sabia se deveria falar com ele ou deixar as coisas como estavam, mas seu coração estava incomodado com todo o andar da carruagem e a resposta pulsava clara no fundo dele. Não era exatamente a que Tate queria, então tentava ignorá-la e fingir que ainda precisava pensar com mais calma.

Mesmo assim, a conversa com Cassie tinha sido esclarecedora, por mais que ainda fosse difícil demais enxergar o que acontecia. Não se lembrava de sentir coisas tão loucas por nenhum outro homem, então talvez algo em particular em Sky o atraísse e não necessariamente pessoas do mesmo sexo.

Bufou irritado, mas, ao mesmo tempo que bufou, sorriu bobo ao lembrar de como o beijo dele era gostoso e de como parecia encaixar perfeitamente bem no seu, a língua molhada pressionando a sua…

— Caralho, Tate! — Sussurrou e bateu na própria testa, esfregando-a como se tentasse puxar todos os pensamentos nojentos e pervertidos para fora. — Não seja um homem "depravado"!

Tate levantou-se para tomar um banho e, quando chegou à garagem para o ensaio, pouco preparado para ver Sky de novo, depois de seis longos dias o evitando ao máximo, percebeu que tinha tomado a melhor decisão, porque Storm estava sentada no colo dele, fazendo trancinhas nos cabelos macios que Tate tanto queria tocar e sorrindo de um jeito que ele nunca conseguiria fazer se estivessem em público.

Sentiu o coração doer e murchar, porque mesmo que estivesse decidido a não pensar mais em Sky "daquela" forma, algo lá no fundo incomodava. Olhou-os outra vez, e lágrimas formaram-se nos cantos dos olhos pela constatação do óbvio: Storm era o "certo", Tate não era. Ela era boa para ele, não o magoava, conseguia mostrar como se sentia sem medo dos julgamentos ou de parecer nojenta.

Ela era tudo que Sky merecia.

Respirou fundo, engoliu o choro, fingiu um sorriso e entrou na garagem com a noção de que parecia deplorável, com olheiras fundas, barba por fazer e cabelos desgrenhados dentro de um boné velho.

— Nossa senhora, que cara de merda é essa? — Nolan foi o primeiro a notá-lo, fazendo todo mundo virar a cabeça em direção a ele. — Parece que passou uma semana inteira chapado.

— Tipo isso. — Demonstrou desinteresse e caminhou para perto da guitarra linda que já não o animava mais. Passou a alça pelo corpo e a conectou no amplificador antes de começar a dedilhar algumas notas. — Vamos tocar? Qual a setlist de hoje? — Resmungou, continuou com o rosto voltado para baixo, e a falta de coragem impediu-o de olhar para Sky ou para qualquer um dali. Tinha a sensação de que todo mundo sabia de alguma coisa, que estavam só esperando ele contar ou deixar escapar em um momento de fraqueza.

Como o pai dizia, "mentira tem perna curta".

— Tate, tudo bem? — Armin desceu do banquinho da bateria e pegou as bochechas dele entre as mãos pequenas. Olhou-o no fundo dos olhos, e uma expressão preocupada adornava o rosto angelical. — O que foi?

— Nada. — Sussurrou com a noção de que a voz havia saído quebrada, mas limpou a garganta e desviou-se delicadamente do toque dele, voltando a olhar para a guitarra. — Só estou cansado.

Era mentira e Armin sabia, mas Tate não entendeu o porquê de, ao invés de franzir as sobrancelhas e ameaçar chorar como sempre fazia, Armin olhar para Sky com aparente fogo nos olhos e raiva abundante quase transbordando pelos poros.

Seguiu-o lentamente e seu olhar conectou com o de Sky por poucos segundos antes de ele desviar, magoado, e voltar a fazer carinho nos ombros de Storm, que riu e puxou alguns fiozinhos do cabelo dele para cima.

Precisava "mesmo" esquecê-lo. Pelo bem dos dois.

— Estávamos esperando você para montar uma *setlist.* — Hyun tirou Tate dos devaneios. Suspirou e virou para olhá-lo, fazendo uma careta ao notar a tiarinha ridícula que puxava a franja meio encaracolada dele para trás. — Que foi?

— Que tiara é essa, cara? — Apontou para a cabeça dele. Hyun só deu de ombros e pegou a guitarra do apoio, figurinhas novas de bandas mais famosas coladas por todo o corpo laranja dela. — Cadê o Jaden, a propósito?

— Teve um compromisso e disse que vai aparecer só no show. — Nolan respondeu, posicionando-se com o baixo no corpo. — Kyle e Sunny também, ele ficou preso na loja hoje.

— E a mamãe? — Virou para Armin, levantando uma sobrancelha em dúvida. — Ela disse que estaria aqui hoje.

— Turno extra. — Armin respondeu e voltou a se sentar atrás da bateria, girando as baquetas autografadas pelo baterista da Floyd. — Alguma ideia pra *setlist*?

— Pensei em seguir um estilo mais clássico hoje. — Ouviu a voz doce e firme de Sky soar bem perto, mas não desviou os olhos da guitarra, apenas a dedilhou com um pouco mais de força por culpa do nervosismo. — Pra mostrar que sabemos tocar qualquer coisa.

— Interessante. — Nolan disse. — Que tipo de clássico?

— Jazz.

— Somos uma banda de rock, não de Jazz. — Armin retrucou com uma voz ácida. — Pode desmontar toda nossa imagem, Sky.

— Não exatamente. — Hyun respondeu. — Se puxarmos para uns acordes agressivos vez ou outra, a combinação pode surpreender. Aliás, Jazz Fusion é um gênero pouco explorado por bandas de rock. Já ouviu *Muffin Man*, do Frank Zappa?

— É claro que já! — Armin aumentou o tom de voz, indignado. — Mas o que o Sky está pedindo é para transformarmos Jazz clássico em Jazz Fusion em menos de seis horas!

— Que música você está pensando, Sky? — Hyun perguntou e Armin tentou protestar, mas se calou depois de gaguejar um pouco. — *God Bless The Child*, da Billy Holiday? *Down Hearted Blues*, de Bessie Smith? *Summertime*, da Ella Fitzgerald, mas na composição da Joplin?

— *Solitude*, da Nina Simone.

Tate parou, desafinando na guitarra e arregalando os olhos.

Nina Simone era uma de suas cantoras favoritas de Jazz e contou isso a Sky em uma das noites que tomavam cerveja depois do trabalho, no corredor do prédio, com a língua meio embolada citando *Solitude, Love Me Or Leave Me, Satin Doll* e outras. Sky tinha um brilho lindo nos olhos enquanto ouvia tudo com atenção, sorrindo vez ou outra, focando sua boca molhada vez ou outra, concordando vez ou outra, porque ele também gostava de Nina, mas não na mesma intensidade que Tate. Gostava dela porque *Little Girl Blue,* da Janis, era um *remake* de uma composição no piano dela, então ele tinha pesquisado um pouco e se interessado.

Solitude, da Nina, fala sobre solidão romântica e desespero em ter de volta um amor que foi embora. É uma música de versos curtos, com solos bonitos, e Tate sempre se sentiu reconfortado por ela, agradecido por não ser o único a sentir um vazio no peito.

E Sky sabia disso.

— *Solitude*? — Armin perguntou e soltou um riso debochado. — Como você pretende transformá-la em Fusion, cara? Vai dar muito trabalho.

— Vamos modificar apenas ela, o resto da *setlist* pode ser Fusion simples, como Frank Zappa, Jack Bruce, Lee Ritenour e até mesmo Jimi Hendrix, apesar do ritmo dele ser um pouco diferente. — Sky propôs, com uma voz aveludada descendo como seiva pelos ouvidos sensíveis de Tate, que já sentiam saudades dela. — Não é assim tão difícil, precisamos arriscar.

— Mas arriscar seis horas antes do show? — Armin bufou, acertou um prato com a baqueta, e fez o som estridente retumbar pela garagem. — Não vamos ter tempo de ensaiar as outras músicas.

— Não podemos ensaiar durante a semana, Armin. — Nolan respondeu. — Todos nós trabalhamos, não dá para arrumar mais tempo.

— Se não conseguirmos nenhum resultado em três horas, montamos outra *setlist.* — Hyun disse, e Tate quase conseguiu enxergar um sorriso animado entre as palavras. — É uma ideia excelente, pode atrair mais público.

— E por último deixamos *These And Those Stigmas.* — Sky concluiu, com um timbre nervoso na voz. — Tate? O que você acha?

Tate fechou os olhos e pensou no que responder, mas decidiu parar de agir como uma criança, levantou a cabeça e encarou cada um deles nos olhos, com a visão meio embaçada por ter ficado tanto tempo focando o chão ou a guitarra.

Enfim, depois de enrolar um pouco, virou para Sky, sentindo um raio partir sua coluna em duas. Os olhos intensos e escuros dele pareciam opacos, como se tivessem perdido todo o brilho depois de quinta, e a pele dos lábios estava seca, sem *gloss* ou hidratante, fazendo Tate desejar beijá-la e cuidá-la com a própria saliva.

— Acho bom. — Soprou uma resposta, e a voz rouca e sôfrega denunciava toda a dor que vinha sentindo, e era como se ele não tivesse mais forças nem mesmo para chorar. — Acho muito bom.

Armin suspirou e acariciou as têmporas meio vermelhas de raiva, mas então balançou a cabeça e franziu as sobrancelhas, em uma expressão de como se dissesse "fazer o quê, né?". Tate quis se encolher para dentro dos braços dele porque estava cansado demais de lidar com tantas coisas novas e confusas, desejando só familiaridade, segurança, carinho e atenção.

Sky sorriu pequeno e desviou o olhar. Ele respirou fundo, parecendo ter feito muito esforço para uma simples pergunta, e Tate sabia exatamente como ele se sentia, porque somente olhá-lo era como perder todo o ar e toda a energia. O corpo amolecia tanto que os pés precisavam fincar no chão para que os joelhos não cedessem.

— Ótimo, então. — Hyun levantou os dois polegares para cima e abriu um sorriso gigante que fez seus olhos fecharem em uma expressão infantil. — Vamos decidir o resto das músicas?

— Quero que o Tate cante essa comigo. — Sky sussurrou, mas a voz tomou força no final, decidida e firme, e ele virou a cabeça para olhar no fundo de seus olhos. — Na verdade, queria que o Tate fosse meu vocal de apoio em músicas mais tranquilas, sinto que combinamos.

Tate quis dizer "não". Abriu a boca para responder, mas quando olhou para Nolan, ele torceu os lábios em repreensão, então percebeu que não podia mais tomar decisões por si só e, algumas vezes, teria de deixar as próprias emoções de lado para satisfazer o crescimento da banda, que já caminhava para alcançar um nível profissional.

Puxou o ar com força para os pulmões e soltou em um suspiro, observando o rosto determinado de Sky murchar para dar lugar à decepção. Era só isso que conseguiria dar a ele, uma lista imensa de decepções. Não era uma mulher, não era Storm, não era seguro. Nunca conseguiria satisfazê-lo do jeito que ele esperava que fosse acontecer.

— Só não vou poder cantar com você as músicas agitadas. —

Respondeu e deu de ombros, tentando expulsar a tristeza profunda que cutucava seu coração inchado. — Só isso.

— Está de bom tamanho para mim, calmaria combina com a gente.

Tate estreitou os olhos. Sky não parecia falar "só" da música, mas, antes que desse início a qualquer tipo de questionamento, ele virou para frente e apertou o microfone entre os dedos antes de ajustá-lo na altura exata para começar a listar músicas que combinariam com a entrada de Nina Simone.

Tate estava nervoso para cantar uma música tão íntima com ele, mas, como Nolan indiretamente indicou, não havia mais espaço para reclamações fúteis.

Sky estava mais bonito do que nunca quando eles subiram ao palco para dar início ao show. Ele usava uma blusa de botões com estampa de zebra, uma jaqueta vermelho-sangue brilhosa, calça preta justa e botas sociais lustrosas.

Tate quis tocá-lo. Quis ainda mais quando o observou deslizar, bruto, com a ponta do dedo indicador, uma sombra prateada nos olhos. Ele estava concentrado, sobrancelhas franzidas e boca meio aberta, mas parecia perdido também, com pupilas desfocadas dançando de um lado para o outro no espelho, como se procurasse por alguém ou alguma coisa, então Tate se virou antes que acontecesse qualquer contato visual.

Ficaram lado a lado na frente do palco, e Sky cumprimentou a plateia daquele jeito charmoso de sempre, com o bar parecendo ainda mais lotado que no sábado passado. Cartazes simples da banda, com o telefone e o nome de Jaden para contato bem pequenos no rodapé, estavam pendurados nas paredes e luzes azuis e vermelhas balançavam um pouco acima deles.

Armin iniciou *Solitude* com batidas fracas e sensuais nos pratos, e o resto do instrumental acompanhava de forma mais acelerada e seguiam a modificação de ritmo que conseguiram fazer mais cedo com o tempo quase estourando.

Sky apertou o microfone de chão e fechou os olhos para começar a cantar. A voz baixa e grossa, tão diferente das outras vezes, quase fez Tate desafinar, porque era linda e impactante, um timbre afinado que parecia rasgar o peito e atingir o coração como uma flecha poderosa, banhada em tantas mensagens escondidas que era impossível decifrar todas.

— *In my solitude you haunt me with reveries of days gone by. In my solitude you taunt me with memories that never die…*

Sky segurava as últimas sílabas e as estendia como Nina fazia, trazendo mais poesia à melodia. Ele estava tão imerso que não sorriu quando o público começou a acompanhar, acanhado, algumas palavras fora de ordem. Muitas pessoas pareciam perdidas nas ondas de sentimentos que o fôlego dele produzia, outras completamente encantadas e outras emocionadas.

— *I sit in my chair, filled with despair, nobody could be so sad. With gloom ev'rywhere, I sit and I stare. I know that I'll soon go mad.*

Sky abriu os olhos quando Tate cantou. O primeiro contato visual da noite, com o instrumental de fundo e a voz grave dele ecoando intensa pelas caixas de som, foi como um banho de água fria. As peles se arrepiavam e os corações se aceleravam, com a angústia de ambos. Estendiam os braços para um toque aprofundado e os dedos quase se entrelaçavam, mas perdiam as forças conforme os versos chegavam ao seu fim inevitável.

— *In my solitude I'm praying, dear Lord above send back my love.*

Cantaram juntos a última parte, olhos nos olhos e dor transbordando. Tate puxou a respiração com força e sentiu o peito inchar, prestes a esguichar tudo que estava preso, o que talvez fosse bom, mas, naquele momento, não deixaria acontecer, então só desviou para o público e se distraiu quando começaram a aplaudir.

No instante que o show acabou, Tate não ficou para beber e comemorar com os demais, ele colocou a guitarra no ombro e montou na bicicleta instável, pedalando a toda velocidade para casa. O vento jogava seu cabelo para trás e secava seus olhos, e ele estava de tal maneira distraído que não verificou a rua antes de atravessar. A buzina de um carro em alta velocidade soou tão alta e estridente que ele ofegou de susto e apertou os freios com tudo, sendo praticamente arremessado para a calçada segura.

Sentou-se de súbito, meio chocado e meio apavorado, assim que o carro atropelou sua magrela e espatifou pedaços dela no asfalto e outros voando por aí. Seus olhos foram crescendo à medida que ele processava o que tinha acontecido. Quando se tocou de que teria que andar a pé até ter dinheiro para comprar outra bicicleta, virou o rosto para cima e gritou furioso, punhos apertados contra as canelas ardidas.

— Puta que pariu! — Gritou de novo, com um grunhido de raiva arranhando a garganta. — Vai se foder, caralho!

Choramingou e fechou os olhos quando sentiu dores no corpo, com braços, joelhos e queixo ralados, quadris extremamente doloridos e pernas pulsando por terem sido o apoio da queda.

Levantou-se com dificuldade e caminhou mancando para casa, levando cerca de quarenta malditos minutos para chegar, com o fôlego curto pelo esforço, pelo susto e pela dor.

E, para piorar, o elevador não estava funcionando…

… De novo.

Sentou-se derrotado, com as costas apoiadas na parede do elevador, e estendeu as pernas doloridas no corredor, com a cabeça para trás, os olhos fechados e os lábios soltando um suspiro.

"A vida não pode piorar, Tate".

— O que aconteceu?

"Sim, ela pode sim".

Abriu um dos olhos e enxergou um Sky preocupado de pé bem ao seu lado, com o rosto forte e delicado, como o de um anjo, brilhando sob as luzes fracas do corredor.

— Caí. — Respondeu simples. — Me estabaquei na avenida principal.

— Ah.

"Ah."

Queria que Sky subisse de uma vez e o deixasse para trás. Era nele que estava pensando quando atravessou a rua sem prestar nenhuma atenção, então era culpa dele.

"Só me deixa respirar aliviado, Sky. Só por uma vez, para de me confundir".

— Tem coisas em casa para tratar isso aí? Seus braços estão em carne viva. — Ele levantou as sobrancelhas, e Tate só desviou o olhar para a pele esfolada, permanecendo em completo silêncio. — Pode infeccionar.

— Tenho remédio em casa. — Respondeu a contragosto. Era mentira, não tinha esse tipo de coisa guardada, não gastava dinheiro com isso. — Obrigado.

Porque não era mal-educado, é claro.

— Tudo bem.

Sky subiu pelas escadas sem pensar duas vezes, e Tate até se sentiu meio ignorado. Esperava que ele insistisse mais, o puxasse do chão e o levasse para o apartamento, mas surpreendentemente nada aconteceu.

Decidido a deixar todos os pensamentos ruins para trás, suspirou pelo que parecia ser a décima vez no dia e fechou os olhos para cochilar um pouco antes de enfrentar a escadaria.

— **B**eijei o Sky.

Amelia apenas tirou o rosto das anotações, encarou Tate com uma expressão neutra, e olhou-o com carinho incentivando-o a contar mais. As sardas nas bochechas pareciam deixá-la ainda mais acessível e confiável, como uma amiga de infância que você faz durante as férias de verão e depois nunca mais encontra.

— E como foi?

Tate já estava preparado para essa pergunta, mas mesmo assim não sabia como responder sem parecer estranho. Como contaria a ela que se enfiou nas pernas de um homem e experimentou o sabor da língua dele enquanto suspirava e ofegava, desejando mais? Que seu coração bateu com tanta força que pensou que fosse parar? Que pareceu "certo" e que o encaixe do corpo dele era perfeito para o seu? Que, em alguns segundos de puro delírio, pensou que morreria feliz se a última coisa que fizesse fosse beijar Sky?

— Foi... — Mordeu os lábios pensativo, a perna esquerda balançava sem parar, e a sola do sapato fazia um "tec tec tec" irritante no piso de linóleo azul. Se ele dissesse, conseguiria conviver com isso depois?

— Tate?

Olhou para ela, cansado e assustado. "Como foi, Tate? Como você se sentiu? Porra, seja honesto pelo menos uma vez na sua vida. Confesse pelo menos uma vez na sua vida. Faça chover, faça sair, jogue para fora!"

— Foi... — Respirou fundo e soltou o ar bem devagar, dando espaço para a coragem meio cambaleante entrar e as palavras escorregarem doces e amargas dos lábios secos: — O melhor beijo que já dei na minha vida. Me senti tão vivo, como se recebesse um novo fôlego.

Ela sorriu e então riu, parecendo orgulhosa e aliviada, quase como se esperasse que Tate dissesse isso há um bom tempo. A ficha dele caiu lentamente em cima da cabeça, como um véu sedoso de noiva, e ela sabia, assim como todo mundo parecia saber.

"Por que todas as pessoas agem como se soubessem coisas sobre mim que nem mesmo eu sei?"

— Essa é uma boa notícia, não é? Você tinha me dito que parecia sempre difícil se conectar romanticamente com todas as namoradas que teve.

Amelia levantou uma sobrancelha e apoiou o queixo na mão aberta. Os lábios rosados e finos adornavam seu rosto afetuoso e tranquilo, um porto-seguro no meio de todo o caos que era sua vida nos últimos dias.

— Três. — Resmungou e sorriu meio sem graça, desviando os olhos dos dela e encarando a perna, que já não balançava mais com tanta rapidez. — Só tive três namoradas.

— Bom, é, desculpe. — Ela balançou a mão em um gesto arrependido e arrumou os cabelos enrolados atrás das orelhas, com uma pontinha da franja contornando a sobrancelha. — Mas, mesmo assim, o que eu disse ainda é válido.

— Não sei. — Retrucou e franziu o nariz, com os dentes arrancando pelinhas dos lábios. — Estou confuso, não sei o que sinto. E ele ainda continua sendo um homem. Somos dois homens. Não faz sentido.

— Você se sente atraído por ele e ele por você, por isso se beijaram, como todo ser humano faz. Esse é o sentido que está deixando escapar, não precisa ser tão complicado assim.

Tate não entendia. Se era assim tão fácil, então por qual motivo ele simplesmente não conseguia? Por qual motivo não conseguia simplesmente voltar atrás, pedir desculpas a Sky por ter sido um imbecil e beijá-lo de novo?

— Preciso de um tempo para pensar. — Respondeu depois de alguns segundos, com voz baixíssima e olhar exausto. Nesses momentos de reflexão, Tate se sentia tão fraco e derrotado, tão invisível, que era difícil até mesmo pensar. Apesar de muitas vezes desejar sumir, não gostava de sentir que não pertencia a lugar nenhum, que não pertencia a "ninguém". — Só preciso de um tempo.

— O tempo que quiser, mas lembre-se de que, muitas vezes, enrolamos demais em um caminho que é só seguir reto, nos cansamos e então pensamos que a decisão errada foi tomada, quando, na verdade, é a mais certa de todas, só que não enxergamos por culpa do esforço.

Tate absorveu aquilo, balançou a cabeça e mudou de assunto. Contou sobre o tombo que levou e sobre os shows oficiais. Ocultou que encontrou com a mãe de Jorja na recepção, ocultou que ela lhe deu aquela carta e também que se masturbou do jeito mais indecente possível enquanto pensava em Sky de maquiagem. Essas partes Tate preferia resolver sozinho, se possível nunca mais pensar nelas.

Quando saiu do consultório, sentia-se muito mais leve do que antes.

UM MÊS DEPOIS

Era sábado e Tate estava atrasado para o ensaio que, segundo Storm, era o mais importante da banda. Corria como um louco pela rua, desviando das pessoas, pulava caixas e cestos de lixo jogados de qualquer jeito nas calçadas, se espremendo entre becos e contornando portões, e os pulmões pareciam brasa enquanto ele respirava com força.

Storm queria fotografá-los profissionalmente para o jornal da faculdade. Isso incluía maquiagem, roupas específicas e poses. Embora Tate detestasse essas coisas, principalmente sair em fotos em que quase sempre parecia feio e desengonçado, era importante para a minúscula carreira da Glitter, porque Storm exporia em um campus enorme, cheio de jovens, que adoravam curtir shows depois de uma longa sexta-feira cansativa de estudos. Além disso, ela também passaria alguns vídeos das apresentações deles em salas específicas, em forma de documentário para um projeto pedido pela direção.

Não era pouca coisa, e Tate tinha que ter aparecido na garagem da mãe uma hora atrás, mas perdeu muito tempo dormindo depois de beber como um louco na noite anterior. Ao acordar assustado e ainda meio zonzo, teve que tomar uma ducha apressada e fazer rapidamente a barba ridícula que todo mundo parecia amar criticar. Storm faria picadinho dele e depois jogaria em algum esgoto por aí, o que não seria tão ruim assim, já que Tate se sentia mesmo um pedaço de bosta flutuante, principalmente quando decepcionava alguém desse jeito.

Derrapou ao virar a esquina e parou com as mãos nos joelhos assim que chegou na frente da garagem, com saliva espirrando da boca junto com as lufadas de ar azedas de uísque.

— Uma hora atrasado, Tate! — Escutou a voz exasperada dela e só balançou a cabeça como quem diria "não consigo responder nada agora, espera um minuto". — E você está todo descabelado, vou ter que te arrumar antes de começar.

Assim que recuperou o fôlego, levantou o corpo e apertou as mãos na base da coluna, alongando-a e ouvindo-a estalar dura, e a dor eletrizante percorria os nervos. Porra, estava todo travado.

— Perdi a hora dormindo, foi mal. — Resmungou e coçou a nuca constrangido. Olhou para os companheiros da banda e arregalou os olhos surpreso. Estavam muito bem-arrumados, usando roupas de qualidade e maquiagens coloridas. — Estão boa pinta.

Sorriu e entrou na garagem, encolhendo os ombros ao encarar a expressão enfurecida de Storm. Ela usava um batom vermelho chamativo que o fez se lembrar de Jorja, o corpo retesando por poucos segundos antes de ele decidir empurrar, para o fundo da mente, lembranças dolorosas e focar o que realmente importava no momento.

— Tetê, pensei que não viria mais. — Armin disse aflito e fez um biquinho. Estava adorável com maquiagem rosa. — Tudo bem?

— Tudo. — Respondeu e balançou a cabeça, assentindo. — Nolan, Hyun, como estão?

— De boa. — Nolan resmungou, com uma voz meio monótona como sempre e os cabelos divididos para o lado daquele jeito charmoso.

— Tranquilão, mas de porre. — Hyun abriu o sorriso enorme de sempre. — Bebi igual a um desesperado ontem, a festa à que fui estava irada.

— Você não disse que passaria a noite estudando pra matéria de cálculo da faculdade de engenharia que seu pai te obrigou a fazer, mano? — E, de novo, Nolan parecia disposto a pegar Hyun na curva. — Cê é muito mentiroso mesmo. Nossa senhora, cara.

— Tá delirando, não disse nada pra você.

Nolan ficou vermelho de raiva e soltou o ar em um chiado pelo nariz, apertando os punhos nas laterais do corpo.

— Disse, sim! Fomos comer hambúrguer na quinta com o Kyle, e você disse exatamente isso!

— Não tô lembrado, não.

— Cara!

Tate deu de ombros e virou para Storm, esperando pelas ordens dela. Queria cumprimentar Sky, mas eles praticamente não socializavam mais, com exceção de quando cantavam juntos, então sequer tentou.

— Storm, você vai fotografar um por um e depois todos juntos, não é? — Sky, que usava uma sombra linda azul de glitter, disse curioso e esfregou os lábios cheios de gloss brilhante. Olhou para Tate em seguida e se sentiu intimidado pela firmeza da voz dele, voz que sentia saudades de ouvir gargalhando, chamando seu nome ou suspirando afetado.

— Vou. — Ela franziu as sobrancelhas e ajeitou as traças em coque acima da cabeça. — Qual é sua ideia?

— Faço a maquiagem do Tate e arrumo o cabelo dele. Onde estão as roupas que você separou?

Tate entortou os lábios incomodado. Não queria ficar muito próximo a ele, não queria sentir o cheiro do perfume ou da pele dele, porque sabia que teria vontade de beijá-la e tocá-la, e de repetir tudo o que fez no camarim depois do primeiro grande show.

Mas, novamente, repreendeu-se. Era tudo pela banda, precisava priorizá-la e, de qualquer forma, não sabia fazer maquiagem. Se Sky fizesse, Storm aceleraria o processo e depois conseguiriam ensaiar para a noite.

— Ah, certo, pode ser. Use a vermelha nele, tá? Vai ficar bonito. As roupas estão na caixa do sofá, só tem as dele ali. Valeu, Sky.

Meio constrangido Sky sorriu, e Storm ajustou a câmera no pescoço antes de ir até Nolan, Hyun e Armin, que ainda discutiam sobre mentiras e compromissos, coisas que não interessavam a um Tate inseguro por este estar finalmente prestes a trocar algumas palavras com Sky depois de tanto se manter longe.

Seguindo as orientações de Storm, Sky caminhou até o sofá e tirou de lá uma jaqueta preta de veludo com detalhes de lantejoulas, uma camisa branca de botões e gola social, uma calça jeans clara com rasgos nos joelhos e tênis brancos de cano alto, com duas faixas pretas nas laterais.

Sky estendeu as roupas para Tate sem olhar para ele, ainda fuçando a caixa em busca de uma outra coisa e, quando se levantou com um brinco de pressão que era só uma argola com um fiozinho prata pendurado, sorriu largo, o tipo de sorriso de que Tate mais gostava.

— Vai se trocar que preparo a maquiagem. — Ele disse calmamente e voltou a olhar a caixa em busca das maquiagens. Tate entrou em casa para se vestir e, quando terminou, girou na frente do espelho como um bobão por estar se achando muito bonito.

Voltou à garagem, achando que Sky parecia um garoto de escola usando jaqueta colegial azul e laranja, florzinhas bordadas enfeitando a parte do peito, cabelo penteado no meio e tênis brilhantes. Apesar disso, ele estava lindo, tão lindo que Tate precisou se segurar para não dizer nada, mas acabou não aguentando, e arrependendo-se em seguida, quando Sky o olhou de forma indecifrável, sem sorrisos envergonhados ou corpo molinho.

— O que disse? — Ele franziu as sobrancelhas confuso. — Não prestei atenção direito, estava escolhendo uma cor. Gosta desse vermelho ou desse?

Sky apontou para uma sombra puxada para um laranja e depois para um vermelho-metálico.

— Eu não disse nada. — Soprou uma resposta e sorriu sem humor. — Vermelho-metálico.

— Ótimo. Sente-se aqui.

Tate obedeceu e jogou-se no sofá, deixando as pernas abertas para que Sky pudesse ficar entre elas. Os dedos delicados dele puxaram seu queixo para cima, e Tate só desejou ganhar um beijo ali, um selinho, qualquer coisa que trouxesse de volta o costume que tinham adquirido antes das coisas pegarem fogo no camarim.

Fechou os olhos, sentindo o indicador dele pressionar de leve sua pele, realmente como se o beijasse a distância, exatamente como Tate tinha feito depois de ler a letra de *These And Those Stigmas.*

Não durou muito, porque Sky se afastou e começou a esfregar a maquiagem em suas pálpebras, meio brusco como fazia em si mesmo, contornando só até o côncavo e descendo, o simples toque fazia Tate suspirar. Estava necessitado e com saudades, não dava para negar. Pelo menos, não por muito mais tempo.

Sky terminou de passar a sombra e pediu para Tate abrir os olhos, e o sorriso pequeno inocente foi a primeira coisa que viu. O coração tropeçou nas batidas e as bochechas fizeram um esforço sobrenatural para não retribuir o sorriso.

— Seu cabelo está uma bagunça. — Sky riu e ajeitou os fios prateados, alisando-os até estarem contornando o rosto, com a franja dividida ultrapassando as sobrancelhas e cobrindo um pouco os olhos. — Bonitão, hein?

Tate sufocou uma gargalhada, mas deixou que ela morresse, procurando não ceder com facilidade. Precisava esperar todos os sentimentos confusos e indecentes passarem para que sobrassem apenas amizade genuína e zero vontade de beijar, aí, sim, poderia voltar a conversar normalmente com Sky.

Ignorando seu comportamento, Sky enfiou o dedo em um tubinho de *gloss* vermelho bem discreto e espalhou pelos lábios de Tate, sendo um pouco mais delicado dessa vez, apenas deslizando de um lado para o outro até preencher tudo, olhos nos olhos dele, tão profissional que já não precisava mais olhar para o que fazia.

Vergonhosamente Tate deixou um ofego escapar, e Sky riu baixinho, guardando as maquiagens antes de apontar com o queixo para Storm e ir até ela. Ele parou com as mãos na cintura e a observou tirar um monte de fotos de Armin, que parecia animado e feliz fazendo um monte de poses, e a maquiagem rosa já nem incomodava mais.

Em pouco menos de três semanas, eles estampavam o jornal da faculdade de Storm que, secretamente, era uma das mais ricas e requintadas do Brooklyn.

NEWS
00-00-0000
DAILY CONTENT
GLITTER
Um fenômeno que mistura AC/DC e Janis Joplin sem perder a essência de nenhum dos dois, criando uma nova fórmula para o rock que vai explodir cabeças.
GLITTER

PAUL ANKA

Capítulo XIII

O AMOR EXIGE SACRIFÍCIO

ERA POSSÍVEL ESCUTAR CHOPIN tocando na sala de estar, no primeiro andar, e Storm não sabia ao certo se era a mãe dançando no tapete egípcio ou se era o pai meditando em frente à lareira.

Quando acordou às cinco da manhã para ver, da varanda do quarto, o Sol nascer, sentiu que um dos pais levantaria agitado, porque o ar estava mesmo com uma sensação agradável e inspiradora, do tipo que te faz ter vontade de fechar os olhos e dançar por aí. Os Moyo eram altamente sensitivos, o que geralmente os faziam ter uma rápida ideia de como o dia correria, dependendo da energia no ar; para Storm, aquele dia seria criativo; para a mãe, enérgico e para o pai, reflexivo.

Ada e Robert Moyo eram nomes gigantes do mundo fotográfico de Nova Iorque. Durante a faculdade — formação em Artes, na *Columbia University*, a propósito —, Ada era considerada uma das melhores em utilização de *Chiaroscuro* em fotografias, conseguindo reproduzir toda a melancolia de pinturas, em especial *Caravaggio*, em suas poses e cenários. Já Robert, tinha como foco mostrar diferentes culturas em seus portfólios, possuía facilidade imensurável de transferir conhecimento em tudo que fazia e chamava a atenção por ser um dos poucos a abordar polos distintos do mundo em suas fotografias.

Após um casamento bonito na praia, Ada e Robert juntaram técnicas e ficaram abundantemente conhecidos por reproduzirem belíssimas obras barrocas em fotografias, que esbanjavam *Chiaroscuro* e cultura oriental pouco explorada, e os modelos eram de diferentes partes do "outro lado" e os cenários, em sua maioria, computadorizados.

Então, depois da explosão de sucesso, Storm nasceu.

Na escola, ninguém conversava com ela sem mencionar seu sobrenome. No ensino médio, precisou pedir para a direção chamá-la de outro jeito, então ficou mais fácil de conviver com as pessoas, mas era como se nem se reconhecesse mais, porque fingia até mesmo o jeito de ser, com medo de virar o centro das atenções mais uma vez.

Até que Sky apareceu.

Com Sky, Storm era só Storm. Ele nunca perguntou seu sobrenome, nem insinuou que a conhecia de algum lugar, nem perguntou sobre sua família ou sobre as coisas pessoais que tentava manter escondidas. Perto dele, ela conseguia ser quem era de verdade, porque Sky deixou um vínculo se formar mesmo que não soubesse absolutamente nada sobre a vida dela, tornando fácil a tarefa de se soltar sem precisar justificar de onde vinha sua personalidade culta e intensa.

Naquele dia criativo e gostoso, Storm terminava de editar as fotos da Glitter para o jornal da faculdade, aproveitando o que tinha recebido da luz do Sol — inspiração excessiva e pacificidade — para extrapolar no *design*. Não queria que tudo parecesse muito exagerado, mas também não queria que parecesse vago demais, então apenas recortou os corpos e colou em fundos coloridos que exalavam os interiores de cada um, finalizando com flores em partes aleatórias da imagem e detalhando com um ruído que lembrava muito os anos 1980.

Apoiou o queixo na mão e estreitou os olhos para verificar, na imagem de Hyun, se faltava alguma coisa. Seu cérebro meio perfeccionista focava pontos específicos que seriam capazes de arruinar sua reputação se não estivessem bem alinhados com a ideia apresentada, que era a de "nascimento e superação".

Para Storm, era isso que a Glitter representava. Todos aqueles homens tinham sentimentos profundos para mostrar e, embora parecessem inabaláveis algumas vezes, ela conseguia sentir que, na verdade, eram só um bando de quebrados tentando recuperar certas partes por meio da música, como Sky tentava fazer desde que conheceu Tate.

Sorriu orgulhosa. Estava tão feliz por ele, por vê-lo sorrir com mais frequência, derramando-se em palavras cantadas que pareciam um grito de liberdade há muito tempo preso na alma. Não eram amigos que falavam sobre os problemas da vida, no entanto isso não a impedia de se importar com ele, porque o conhecia praticamente desde a adolescência e era óbvio que o considerava muito mais do que qualquer outra pessoa de sua vida. Além disso, era evidente que o conhecia como a palma da mão mesmo que não soubesse muita coisa do passado dele, então conseguia dizer, com propriedade, que Sky estava muito mais feliz nos últimos dias e que a banda lhe fazia bem.

E, é claro, Tate Park também.

Tate tinha virado a vida de Sky de cabeça para baixo, era nítido. Ele era um cara de vinte e seis anos, com manias muito peculiares e uma falta de confiança em si mesmo e nas outras pessoas até estranha para um guitarrista de banda lindo de morrer. Apesar de Storm ainda não ter sacado completamente o que raios acontecia com ele, sabia que tinha tantos problemas quanto Sky e isso os conectava de uma forma muito especial.

Para Storm, Sky nem precisava dizer com todas as letras que estava apaixonado, era muito fácil perceber e ela não poderia estar mais feliz por isso, porque sempre desejou que ele encontrasse alguém especial. No entanto, a única coisa que a preocupava era o fato de Tate ser um gay dentro do armário. Tinha medo de que ele machucasse Sky e atacasse para se defender, o que, com certeza, seria um problema e tanto. Isso porque, se acontecesse, seria o suficiente para destruir o castelo de fadas que Sky parecia montar aos poucos, usando esperança e empolgação como base.

Não sabia se ele aguentaria uma decepção desse nível. Sky era forte, era sim, mas, quando se tornava frágil, era preocupante, porque tinha aquelas crises assustadoras que deixavam Storm desesperada. Ela não sabia lidar muito bem com isso, não quando a situação fugia de seu controle e ele explodia, respirando com dificuldade, tremendo e chorando, as unhas arranhando partes aleatórias do corpo.

Viu Sky assim algumas vezes, e nenhuma delas tinha sido mais fácil que a outra. Para ser sincera, pareciam cada vez mais difíceis de encarar, como se novos sintomas nascessem de um dia para o outro e o obrigassem a criar novas técnicas para confrontá-los. Assim, Storm passou a enfrentar dilemas na tentativa de ajudá-lo, como abraçar ou se afastar; acudir ou permitir; pedir para respirar ou ficar quieta. Era tudo muito instável e nunca sabia o que melhoraria ou o que pioraria, Sky ficava tão fora de órbita que sequer respondia às suas perguntas.

"O que eu faço?!", ela gritava, e ele gritava de volta em um urro desesperado.

"Sky, se acalma!", ela gritava, e isso o deixava mais afobado.

"Vai passar", ela fingia indiferença, e isso o fazia começar a chorar.

Depois, quando tudo acabava, Sky só fingia que nada tinha acontecido, parecendo constrangido demais para abordar o assunto, então Storm realmente nunca teve uma resposta exata sobre o que precisava fazer para ajudá-lo. Diante dessa dificuldade, ela se tornou atenta a qualquer pequena falta de ar que pudesse se transformar em hiperventilação, porque assim poderia impedir que a crise chegasse com força.

Storm percebeu que era assim que Sky lidava com o nervosismo e a frustração, mas também percebeu que ele parecia muito melhor nas últimas semanas, o que fazia ela se perguntar como ele reagiria se, de repente, Tate decidisse ser maldoso.

Definitivamente não seria bom.

Apertou o botão da impressora para que pudesse passar as edições para o papel fotográfico, e o ruído ritmado fez seu corpo dançar instintivamente, um braço na frente do outro como se imitassem os de um robô. Riu baixinho e levantou-se da cadeira com rodinhas. Puxou as folhas uma por uma e alinhou-as separadamente para que não manchassem. Depois, conferiu mais uma vez o vídeo da primeira apresentação da banda, satisfeita com o efeito retrô que tinha colocado em cima dele. Os riscos de televisão velha cobriam delicadamente os rostos sofridos dos integrantes e davam uma sensação nostálgica muito gostosa.

Enquanto terminava de imprimir a última foto, pegou o celular e discou o número de Jaden. Ele estava começando a investir pesado no futuro da banda e perguntou se ela poderia ajudá-lo com a parte estética das divulgações. Com certeza, seria um prazer enorme, ainda mais pelo dinheiro que receberia e pela oportunidade de crescer como fotógrafa.

— Jaden falando. — Ele disse do outro lado da linha, tão animado que chegava a ser engraçado.

— É a Storm. — Respondeu e puxou a última folha da impressora, colocando-a ao lado das outras. Pronta para um banho, caminhou para o banheiro grande do quarto, mão livre tateando as roupas para jogá-las no cesto. — O café ainda está de pé?

Olhou-se no espelho e ajeitou uma parte da trança que escapou do coque alto, dando de ombros antes de ligar a água da torneira da banheira enorme e mergulhar um pé cuidadosamente na pequena poça que se formou para conferir a temperatura.

— Claro. Estava esperando você me ligar, e também... Ei, filho da puta, estou na faixa de pedestres! — Escutou uma buzina soar bem alta ao longe e levantou uma sobrancelha, curiosa. Sempre que se falavam por telefone, Jaden parecia correr no meio da rua, como um típico homem de negócios de Nova Iorque. — E também vou me encontrar com Nolan em alguma cafeteria, ele disse que tem uma ideia legal para a divulgação. Você se encontra com a gente mais tarde?

— Aham. — Resmungou e sentou-se na banheira, fechando os olhos com o relaxamento instantâneo. — Me passa o endereço.

Depois do banho, correu para se encontrar com Jaden e Nolan. Atravessou o jardim enorme da casa, que não era a que ela usava quando se encontrava com Sky, era uma menor e isolada da confusão da cidade, específica para quando precisava se inspirar. Cumprimentou o zelador antes de entrar no carro e, como estava atrasada demais, deixou de respeitar os limites de velocidade do bairro rico.

Quando entrou na cafeteria, sentiu o olhar carregado de Nolan deslizar certeiro por seu rosto e sentou-se de frente para eles, pronta para montar um plano de divulgação tão foda que impressionaria até o maldito presidente.

"E se eu fosse embora sem dizer nada a ninguém?"

Algumas poucas vezes, quando Tate estava cansado demais para lutar contra a própria cabeça, abria a janela do apartamento e observava as pequenas estrelas que pareciam dizer que o mundo não era só o Brooklyn e que ele desperdiçava a vida naquela lanchonete de quinta. Nesses momentos, a ideia de subir no vagão de um trem e fugir para um lugar que ninguém conhecesse parecia viável. Tão viável que a língua inchava de ansiedade e ele precisava beber um copo enorme de água para a saliva não entalar no meio da garganta, porque a percepção de que o vasto planeta poderia facilmente engoli-lo, sem deixar vestígios, entrava tentadora no cérebro como o efeito de uma droga.

Queria ser engolido por qualquer coisa que estivesse disposta a isso. Pelo menos, teria uma desculpa para dar quando lhe perguntassem o porquê de seu fracasso constante. "Fui engolido por uma baleia", ele diria e as pessoas acreditariam, batendo em suas costas como consolo. "Fui engolido pelo mundo inteiro", ele diria caso a primeira opção não soasse tão persuasiva, e essa Tate tinha certeza de que colaria, porque o mundo engole mesmo qualquer um, que deseje isso ou não.

Em uma noite de quarta, ao chegar a casa após um dia exaustivo de trabalho, cheirando a hambúrguer, gordura e suor, Tate desabou no sofá e chorou. Não aguentava mais a própria vida e ainda nem tinha chegado aos vinte e sete anos, a idade em que a maioria dos músicos famosos desiste de viver. Não faltava muito para isso, o tempo estava passando muito rápido e dezembro parecia tão perto que ele quase conseguia sentir o cheiro do inverno e dos jantares de Natal. Achava, porém, que não restaria mais sanidade até lá, nem mesmo para acabar com tudo, e que seu cérebro murcharia até virar uma massa gosmenta cheia de pensamentos sombrios e famintos por uma lasquinha.

Suspirou cansado. Queria dormir, queria tanto dormir, mas os pesadelos atormentavam até mesmo seus cochilos durante os horários de almoço. Em alguns desses sonhos pesados, via incessantemente um garoto. Ele beijava sua boca, mas não de forma indecente como Sky o beijou, porque era um beijo muito ingênuo e inocente. O corpo magricela e pequeno de criança indicava que a experiência do beijo parecia mais uma tentativa de descoberta de sensações, contudo o sorrisinho sapeca dele fazia tudo revirar em seu estômago. Não era tão assustador quanto parecia, Tate tinha pesadelos piores envolvendo suicídio e monstros babões, mas o fato de parecer tão real a ponto de ser palpável era o que tornava a situação toda um completo caos.

Estranhamente, era como se tivesse vivido aquilo. Os olhos pretos enormes do garoto, o cabelo da mesma cor e o ambiente, seu quarto de infância recheado de livros e cadernos da escola pareciam "muito" familiares, tão próximo que Tate conseguia sentir até mesmo o hálito de cereja quando se esticava para retribuir o beijo.

E ele "retribuía" com gosto e desejo. "Queria" retribuir, "queria" sentir, "queria" mais.

Então, subitamente, o pesadelo levava-o à noite do grande show. Tate sentia a língua curiosa de Sky amassar a sua, as mãos fortes dele apertarem sua nuca e as unhas curtas arranharem sua pele em uma trilha fervente tão gostosa que a dor não importava.

Acordava excitado, quente, necessitado e assustado. Não conseguia nem mesmo se tocar para aliviar a tensão acumulada no meio das pernas, e seu chefe, abismado, chamava-o de pervertido, porque ele se levantava atordoado da mesa, sem se lembrar de esconder a ereção pulsante e sem ter noção até mesmo de onde estava.

Das duas situações, só o beijo com Sky era certeza em sua cabeça, contudo as sensações das duas eram idênticas e Tate achava que tinha sentido os toques dos dois, embora estivesse com muito medo de pensar profundamente a respeito.

Levantou-se com um pouco de dificuldade por conta da dor infernal nas pernas, que ficavam esticadas o dia inteiro, e abriu a janela para se perguntar, mais uma vez, se seria assim tão ruim simplesmente partir e esquecer-se do mundo turbulento a ser enfrentado. Olhou para as estrelas, e o vento frio e leve acariciava seu rosto e fazia seus cabelos balançarem um pouco. A sensação sufocante parecia crescer com o fato de que Tate não desejava apenas uma resposta para essa pergunta, mas também para todas as outras.

"Gosto de homens? Sinto atração por eles? Ou gosto somente de Sky? Ou só estou frustrado sexualmente? Essa tristeza profunda em meu peito é normal? Essa vontade constante de desistir de tudo é normal? Essa falta de confiança é normal?".

Não tinha ideia, porém certos confrontos pareciam se desenrolar a cada dia, as tímidas pétalas de sua alma abriam lentamente e revelavam segredos que Tate ainda não estava pronto para ver. Por mais que tentasse evitar, o padrão emergia delicado do mar tempestuoso que reprimia seu coração, mostrando pontos específicos que sempre estiveram ali, mas que passavam despercebidos por causa do véu que tinha nos olhos. Como, por exemplo, o jeito que seu corpo reagia sempre que um cliente em específico aparecia na lanchonete para tomar um café.

Da janelinha da cozinha, Tate conseguia vê-lo no balcão, sentado, pedindo, em um resmungo, um coado intenso com dois cubos de açúcar. Não sabia como ele se chamava, mas não importava tanto, porque estava mais ocupado em reparar no maxilar forte coberto por uma barba grossa e simétrica; no nariz meio grande que combinava perfeitamente com o rosto sempre fechado em uma expressão de tédio; nos olhos pretos pequenos e afiados; nos cabelos ondulados presos em um coque desajeitado acima da cabeça; nas tatuagens pelo pescoço convidativo e nos braços fortes à mostra nas regatas de bandas clássicas.

"Gostoso", Tate pensava sem nenhuma intenção, torturando-se quando notava o que fazia. Ele olhava imediatamente para a moça do caixa, uma mulher um pouco mais velha com um corpo de babar e um sorriso bonito, para ver se tinha a mesma reação, mas nada acontecia, então, quando virava novamente para o homem, seu corpo pegava fogo e fazia seu cérebro entrar em colapso.

"Gosto de homens? Sinto atração por eles? Se qualquer homem, além de Sky, me tocar, sentirei alguma coisa?"

Esperou por alguma voz celestial, no entanto nada veio, nenhuma mensagem esclarecedora nem de consolo, assim Tate percebeu que estava sozinho. Completamente sozinho. Deus não existia e, se existisse, não conversaria com uma pessoa tão "depravada" como ele.

Teria que encontrar sozinho algumas respostas para seus questionamentos, mas e se não conseguisse? E se nada aparecesse? E se ele continuasse com as dúvidas para sempre?

Fechou a janela e decidiu tomar um banho antes de ir a um lugar que o faria entender, pelo menos, metade de seus problemas, crente de que, quando fizesse o que imaginava fazer, descobriria que o cérebro só estava mesmo ficando doente de tesão.

Tinha que ser isso.

— **E**ntão, você gosta dele?

Sky estava esparramado na cama de Storm desde o fim do expediente na loja. Depois de nadar na piscina aquecida do quintal da casa dela, Sky jogou-se pelado nos lençóis branquinhos, com um cigarro na boca e uma barra de chocolate meio amargo na mão, e começou a falar sem parar sobre como Tate estava bonito da última vez em que o vira. Ele usava um boné com a aba para trás, um palito no meio da boca, uma camiseta da Aretha Franklin e uma bermuda que deslizava pelos quadris.

— Não conversamos sobre essas coisas, esqueceu? — Sky sorriu e tragou o cigarro, olhando para Storm de cabeça para baixo e balançando os cabelos de um lado para o outro na beirada da cama. — Está com ciúmes?

Ela negou com a cabeça, ajoelhando-se com a câmera na frente do rosto e captando o momento exato em que Sky fechou os olhos para soltar a fumaça do cigarro.

— Não. — Resmungou uma resposta, concentrada, e mudou de posição para pegar outro ângulo dele, mais especificamente o corpo nu e a pele bronzeada repleta de gotículas de água. — É só que nunca te vi assim.

— Também nunca me vi assim. — Mordeu um pedaço do chocolate, observando o lustre bonito do teto. — É tão estranho, mas também é sem sentido, porque nem conversamos mais. Pelo menos, não do jeito que conversávamos antes.

Olhou diretamente para a câmera enquanto falava e tentou decifrar a expressão no rosto de Storm, mas ela estava ocupada demais tirando um monte de fotos, um "clic" atrás do outro que soava cansativo aos seus ouvidos.

— Acho que Tate gosta de você. — Ela disse depois de subir na cama para fotografá-lo de cima. Sky fechou um dos olhos para observar melhor as pernas nuas dela e a calcinha pequena de renda preta, tragando o cigarro outra vez. — Vai precisar ter paciência com ele.

— Tate me machuca, meu bem. — Soprou a fumaça em direção a ela, que só abanou para longe e continuou a tirar fotos, com um sorrisinho sapeca nascendo nos lábios tentadores. — Dói gostar dele.

— Posso apostar que ele "se" machuca também. — Ela deu de ombros e desceu da cama, com os dedos ágeis mexendo nas configurações da câmera profissional. — Talvez ele sinta muito mais dor que você.

Sky fez um biquinho, pensando nisso. Sabia que Tate também sofria e provavelmente fosse muito difícil passar pela autoaceitação, mas não que conseguisse ignorar cem por cento o que sentia desde a briga no corredor, pois seu coração ferido revivia cena por cena, lágrima por lágrima, grito por grito. Ainda estava muito chateado e não conseguia fingir o contrário, muito embora o coração disparasse, contente, sempre que o via.

— O irmão dele parece saber. — Murmurou, lembrando-se das palavras exatas de Armin naquela noite desgraçada em que exatamente tudo deu errado. — Disse que corrompi Tate e vai acabar com minha raça se eu magoá-lo.

Storm soltou um riso debochado e colocou a câmera ao lado de um *Macbook* de última geração que ficava em cima de uma enorme escrivaninha branca. Ela deitou ao lado de Sky, apoiou a cabeça e a mão no peitoral dele enquanto uma perna enlaçava-o na cintura.

— É o que todo mundo diz quando percebe que alguém da família não é hétero, Skyie. — Ela acariciou a pele relativamente seca do seu ombro, com dedos esguios contornando desenhos invisíveis. — Não é culpa sua e não é culpa dele também.

— Eu sei. — Passou o braço pelos ombros de Storm, puxando-a para mais perto e apoiando o queixo na cabeça dela. — É só que não entendo. A mãe deles parece ser tão descolada e mente aberta, por isso pensei que talvez ela tivesse uma influência boa nessa questão.

— Quem é seu maior exemplo, Sky?

Sentiu um beijo delicado no pescoço, depois outro na clavícula. Eram beijos carinhosos e inocentes, sem nenhuma intenção sexual, e Sky gostava de ficar desse jeito com alguém.

— Meu pai. — Respondeu e tragou uma última vez, jogando a bituca no cinzeiro de vidro ao lado do corpo. — Meu maior exemplo é meu pai.

— Você deixa de admirar sua mãe por isso? — Sky mordeu os lábios e balançou a cabeça negando. — Vê? A Susan é incrível, mas talvez ela não seja a figura mais importante para eles.

Sky suspirou ao se lembrar de como Armin pareceu sensível ao ver os picolés de pêssego. Que tipo de pai abandona duas crianças quando elas mais precisam? Que tipo de pai simplesmente vai embora sem olhar para trás, para os rostos confusos e magoados dos próprios filhos? A julgar só por isso, já era possível chamá-lo de imbecil, e Sky não queria nem imaginar que tipo de coisas ele falava a Armin e Tate sobre relacionamentos que fugiam do padrão "natural".

Suspirou outra vez, sentindo-se inútil, o que era um pouco engraçado, já que ainda estava triste e um pouco enraivecido. Simplesmente não conseguia priorizar os próprios sentimentos, não quando sabia bem que a dor de se enxergar gay dentro de uma sociedade tão preconceituosa é devastadora, muito provável uma das piores.

— Só não gosto de ver ele daquele jeito. Não aguento ver alguém passar por isso sozinho.

O que era verdade. O que mais o incomodava nisso tudo, infelizmente, era o fato de Tate estar sozinho com os próprios demônios, enfrentando verdades duras de engolir sem ninguém ao lado para lhe dar tapinhas nas costas sempre que começasse a engasgar.

— Dê tempo a ele e dê tempo a você. — Storm disse firmemente e levantou um pouco o corpo para olhá-lo nos olhos, com uma sobrancelha erguida e um sorriso arteiro. — Não se esqueça de que ele te machucou e precisa pedir desculpas por isso. Você não é de ferro nem precisa ser, então estabeleça seus limites.

Sky mordiscou os lábios e assentiu lentamente, assimilando o conselho. Tanto tempo havia passado e, no início, era difícil sequer olhar para Tate sem sentir mágoa ou raiva. Seu rosto se contorcia em uma expressão chorosa sempre que o via, mas isso se diluiu em especial quando percebeu o quão acabado ele estava; sempre com a barba por fazer; olheiras gigantes e ressaca intensa. A maior parte da raiva dissipou-se, e o que restava facilmente iria embora com um pedido simples de desculpa, assim não seria negligenciado, certo?

"Certo!"

— Rola uma cervejinha antes de eu ir embora? — Perguntou mais alegre e cutucou Storm nas costelas. Ela riu e levantou-se em um pulo, com as mãos na cintura e uma expressão falsa de raiva. — Por favor?

— Só uma, você ainda tem que pegar um táxi para voltar. Lembra-se do que aconteceu da última vez que bebeu aqui e voltou de táxi?

Sky revirou os olhos para a lembrança. Havia sido há meses, e o fato de ter caído de sono no banco e ser necessário ser chutado para fora pelo motorista não foi lá "uma experiência das melhores". Storm sempre fazia drama sem necessidade e preocupava-se como se ele tivesse entrado em coma alcoólico.

— Você vai se esquecer disso algum dia? — Perguntou bufando. — Será que algum dia terei paz?

— Sky, você ficou jogado na calçada a madrugada inteira e o cara te roubou cinquenta pratas. Você chorou na minha orelha por duas semanas.

— Eu estava de estômago vazio, por isso subiu mais rápido! — Gritou quando ela saiu do quarto e acabou por receber um dedo do meio como resposta. — Minha pancinha só não estava bem alimentada.

Rolou de barriga para baixo e mordiscou a barra de chocolate, esticando os braços para pegar o maço de cigarros do chão. Estava ansioso para beber um pouco e simplesmente se esquecer, por um momento, do cara que preenchia todos os seus pensamentos desde o maldito show naquela festa infeliz do Galpão.

No meio daqueles corpos suados e dançantes, Tate só conseguia enxergar uma luz azul-neon. A umidade do suor e dos hormônios grudava em sua pele à medida que caminhava para o miolo da multidão, desejando alcançar rapidamente o bar, e música eletrônica alta explodia nos ouvidos, com a marola de cigarro com maconha embrulhando o estômago.

Tate estava em uma boate e precisou fumar, pelo menos, uns cinco cigarros e respirar fundo umas oitenta vezes antes de arranjar coragem para entrar. Os pulmões pareciam murchar sempre que a fila andava um pouco, o coração acelerava, massacrando as costelas e causando uma tontura esquisita, e calafrios de pavor escorriam pela coluna.

"Primeira vez?", um cara perguntou perto demais de seu ouvido e tocou sem permissão seus ombros rígidos. "Relaxa e aproveita, depois você nunca mais vai querer entrar em outra boate".

Não conseguiu pedir para ele se afastar, porque estava nervoso demais para isso, mas felizmente não foi preciso, porque a fila andou e o contato se dissipou. Um grupo animado puxou o cara para uma conversa liberal que não abria brechas para pessoas tão confusas como Tate.

Foi empurrado com brusquidão quando parou diante do segurança. Ele não perdeu tempo analisando seus documentos, vergonhosamente estendidos e molhados por algumas lágrimas de pavor, que escorreram sem parar de seu rosto quando processou o que estava prestes a fazer, e o mandou entrar.

Pretty Boys era um lugar para homens que gostavam de outros homens. Era a primeira tão explícita da região e ficava de frente para o prédio em que Armin trabalhava. O nome brilhando era tentador aos olhos de Tate desde a inauguração e fez seu cérebro traiçoeiro pensar que seria legal ver como era por dentro.

Ao entrar, depois de muito esforço, conseguiu chegar a um espaço mais vazio e bateu com as costas em um pilar quando alguém esbarrou os ombros em seu peito, com metade do corpo grudando ao seu e desgrudando como se estivesse cheio de cola. Uma risada bêbada e animada atingiu diretamente seus ouvidos atordoados.

Puxou o ar com força e franziu as sobrancelhas, ajustando os olhos à meia escuridão do salão. A garganta secou com a visão de tantos homens diferentes dançando ao som de uma música sensual. As silhuetas bonitas e livres pareciam sentir a emoção de estarem perto de outras de mesma vibração. Tate viu beijos longos e molhados, mãos bobas contornando corpos, olhos fechados em excitação, empolgação, êxtase — o que fosse — e sorrisos insinuantes.

Balançou a cabeça e sentiu-se muito confuso por estar gostando daquilo, mas voltou a andar procurando pelo bar. Precisava de uma bebida ou provavelmente teria um surto nervoso ali no meio daquelas pessoas porque o coração tão dolorido e assustado batia forte nos ouvidos, e o "tumtumtumtum" ritmado e grosso do sangue parecia enfaixar suas têmporas.

Sentou-se em uma banqueta e bateu as unhas no balcão. Olhou para todos os lados, sentindo-se observado, como se estivesse nu e não soubesse ou como se conseguissem ler tudo o que ele pensava ou acessar sua imaginação meio suja e bagunçada, com os desejos com os quais não sabia lidar e a mente naquele caos de tesão e pavor.

Tudo parecia espremer seu corpo e tornava-o uma linha fina e frágil que escorreria pelos dedos de qualquer um se não conseguisse entender e aceitar o que realmente acontecia de uma vez por todas.

— Tequila. — Pediu ao *barman*, que lhe lançou um sorriso de canto cúmplice. Os olhos gentis indicavam que até mesmo ele sabia o que acontecia.

— Cerveja antes ou...?

Balançou freneticamente a cabeça, porque não estava com dinheiro para tomar nada além de uma dose de alguma bebida muito forte e não desperdiçaria com cerveja.

— Só tequila, por favor.

Descansou a testa na mão e suspirou, e o ar saía trêmulo e difícil dos lábios. Seus dentes batiam loucamente, e Tate sentiu-se no meio de uma nevasca, mas a umidade e o calor da boate faziam seu corpo quase entrar em choque, pois as pernas pareciam molengas e a língua embolava no céu da boca.

Finalmente, para seu alívio, o *barman* bateu com o copo no balcão e encheu-o com tequila pura, respingando limão na superfície antes de se afastar. Sem perder tempo, jogou tudo na garganta e chiou com a ardência que amorteceu instantaneamente os músculos dela, e o estômago pulsava desesperado por estar vazio.

Deixou uma única nota no balcão, suficiente para pagar a bebida, e voltou ao pilar em que havia esbarrado com aquele bêbado assim que chegou. Estava um pouco arredio, mas os olhos curiosos observavam como os homens eram livres ali, dançando, tocando-se e gargalhando, tudo isso sem culpa ou julgamento, nenhum deles realmente se importando com o que qualquer um fora dali pensaria.

— Novo por aqui?

Escutou uma voz grossa e intensa soar bem atrás de sua orelha. Apesar de próxima, a voz também parecia longe o suficiente para não ser invasiva. Virou levemente a cabeça a respiração trancava no meio da garganta ao ver um homem negro, alto, forte e bonito. Ele tinha olhos estreitos e charmosos, escuros como o fundo de um lindo lago, e as luzes da boate refletiam-se e faziam parecer que pequenas estrelas nadavam na superfície.

Mas o que mais chamou a atenção de Tate foi o sorriso largo, caloroso e reconfortante. Não era presunçoso ou insinuante, era só amigável e gentil, o que lhe proporcionou um pouco de fôlego depois de toda aquela falta de ar.

— Não sei o que estou fazendo aqui. — Confessou, com as sobrancelhas apertadas em desespero e as mãos inquietas nos bolsos da calça jeans escura. — Estou perdido.

Literalmente perdido. Tão perdido que a vista já estava embaçada, e Tate sentia que se encontrava no meio do nada, em um bairro distante e desconhecido, sem saber como voltar para casa, esperando por uma ajuda que nunca apareceria.

— Perdido, não é? — O homem perguntou e um riso divertido fazia a barba grossa e aparada subir até as bochechas. — Está perdido por dentro, não está? Dá para notar.

Ele disse com tanta naturalidade que Tate abaixou a cabeça e escondeu o rosto, sentindo-se muito bobo. Não estava sabendo lidar com o fato de ter ido a uma boate gay, com os próprios sentimentos, com os pensamentos conflitantes de "querer, mas não poder", com os desejos insistentes e perigosos e muito menos com o pavor que escalava a garganta. Não conseguia mais agir racionalmente e, por mais que quisesse muito, sentia que também, quase de forma contraditória, a racionalidade parecia apertar uma corda grossa em seu pescoço, cortando seu oxigênio e matando seu espírito aos poucos, com cada parte dele se esvaindo através de seus olhos opacos e desanimados.

Fechou os olhos e deixou que as perguntas de mais cedo voltassem à sua cabeça, inundando todos os pequenos pedaços vazios de sua mente: Eu gosto de homens? Sinto atração por eles? Se qualquer homem, além de Sky, me tocar, sentirei alguma coisa?

Respirou fundo e abriu os olhos para encarar o homem apoiado de lado na pilastra, com os braços fortes cruzados no peito. Ele o observava minuciosamente, com um sorriso divertido indicando que ainda esperava uma resposta, e Tate, naquele momento, devorava os olhos dele, sem pensar em mais nada que não envolvesse "lindo" e "atraente" na mesma frase.

Deixou um suspiro escapar, percebendo que, pouco a pouco, uma aura instigante os envolvia. As luzes da boate brilhavam tentadoras, escondendo-os dos olhares intrusos, e a música psicodélica esquentava o que antes estava morno, fazendo seu coração pulsar excitado nas costelas e provocar o primeiro impulso maluco da noite.

— Foda-se.

Puxou-o pelo pescoço e beijou-o na boca. Seu movimento já era totalmente esperado, porque ele o beijou de volta. As mãos fortes envolveram sua cintura, apertando sua pele da forma mais intensa possível, e os dedos longos esmagaram indecentemente os músculos. Tate sentia que o desejo transbordava por seus poros e banhava de luxúria o amasso, fervendo-o de segundo em segundo e tornando aquele beijo o mais selvagem de sua vida.

A barba espessa roçou em seu queixo e em seu maxilar, a sensação dela nesses pontos específicos arrepiou a nuca e fez a respiração sair em um chiado. A língua dele contornou a ponta da sua antes de espremê-la, e foi tão pervertido que Tate soltou um resmungo de prazer, puxando-o pelos ombros largos, masculinos e duros, ombros de homem, ombros que o excitavam de verdade, ombros que pareciam se encaixar perfeitamente em suas palmas e estavam tão quentes que era impossível não arquear o corpo em busca de mais, colando o peitoral suado no dele e sentindo todo o seu corpo tremer.

Deslizou as mãos pela nuca fervente quando o beijo findou em um estalar, sentindo lábios inchados e cheios de saliva, formigando e pulsando, e jogou a cabeça para trás quando a boca macia tocou seu pescoço. Ele chupou seu pomo de adão com uma pressão deliciosa, arrancando um gemido contido de sua garganta, e seus dedos trêmulos buscaram um apoio melhor quando a coxa teimosa, e agindo quase que de forma independente, subiu até o quadril dele, com uma pegada firme na traseira de sua perna fazendo o corpo dar um tranco.

Experimentou descer os toques para os braços fortes, apalpando músculos firmes. Era tão diferente dos músculos femininos, e Tate quase delirou ao sentir os pelos singelos na pele banhada em colônia masculina. Assim, ainda guiado pelo prazer, contornou as costas dele com as unhas e desceu-as delicadamente para a cintura grossa, que quase não cabia em suas mãos, o que deixava tudo um pouco melhor, porque Tate se sentia preso e domado e a sensação era uma das melhores.

Depois de ter todo o pescoço beijado, lambido e levemente chupado, a boca dele voltou para a sua, que praticamente implorava por mais, e a língua deslizou pela sua. Foi empurrado com mais força contra a pilastra e pôde sentir o quadril dele roçando em sua ereção, que ele nem tinha notado até o momento.

O ar escapou tão rápido dos pulmões que ele só teve tempo de empurrar o homem e sair correndo para o banheiro mais próximo, apoiando o corpo na pia e encarando o próprio reflexo destruído, com cabelos bagunçados, lábios inchados e vermelhos, rosto e pescoço suados e um olhar desejoso e "depravado".

— No que é que você estava pensando, caralho? — Perguntou a si mesmo, tão desprovido de energia que não conseguiu sequer respirar, e os canais lacrimais pareciam queimados. — Um passo maior que a perna, seu burro!

Bateu na própria testa e ligou a torneira, jogou água no rosto quente e esfregou as partes em que tinha sido beijado, com o medo voltando todo de uma vez à cabeça, disposto a deixá-la completamente perturbada.

Olhou para baixo e viu a ereção pulsar dentro da calça. Tate já tinha uma resposta para a pergunta mais difícil, mas não queria considerá-la como verdadeira. Se fingisse que nada tinha acontecido, então nada tinha acontecido e ele voltaria a viver normalmente, como sempre fez.

Problema resolvido.

A porta abriu, e o homem entrou cauteloso. Tate olhou para ele através do espelho e o corpo reagiu, todos os pelos estavam arrepiados e a nuca ficou quente. Ele era tão lindo que chegava a doer a vista, e seu sorriso cúmplice tornou tudo mais difícil para Tate porque, "caralho", ele tinha visto sua pior parte, o que era horrível, mas ao mesmo tempo muito bom.

— Caleb. — Ele disse, sem dar mais nenhum passo, e encostou as costas à porta de ferro e apoiou um pé nela.

Tate abriu a boca confuso. Não conseguia sequer formular uma resposta, tamanho medo e ansiedade.

— C-C- Como? — Gaguejou, fechou os olhos, engoliu a saliva e se recompôs. — Foi um erro, aquilo não deveria ter acontecido, eu…

Já tinha o discurso pronto, porém parou de repente, lembrando-se de Sky. O cérebro doeu por uma maldita consciência que ele não sabia de onde vinha e não tinha nada a ver com o fato de a heterossexualidade se desmontar aos poucos. Pensou no rosto magoado de Sky e sentiu-se magoado também, culpando-se por uma sensação infernal, ainda sem explicação, que pulsava no fundo do peito. Tinha um milhão de sentimentos sem origem e parecia se sufocar com todos eles, não sabia mais o que fazer e doía tanto que não era mais possível ignorar nem se tentasse, nem se tomasse um litro de álcool e fumasse oitenta maços de cigarros.

— Não sei do que você está falando. — Caleb disse meio confuso e, finalmente, aproximou-se devagar, estendendo um pedacinho amassado de guardanapo com uma anotação em vermelho dentro. Tate olhou para ele, desconfiado, mas recebeu como resposta uma piscadinha singela. — Se quiser conversar com alguém, liga pra mim. Ficarei feliz em te ajudar com algumas coisas. Boa noite.

Então ele saiu, fechando delicadamente a porta. Tate olhou para o papel e observou o número anotado com uma caligrafia bonita bem abaixo do nome, causando uma vibração no estômago.

Tate encarou o número por um tempo, enfiou o papel no bolso e terminou de refrescar o rosto, aguardando alguns bons minutos para os hormônios "assentarem" antes de correr para longe daquela boate.

Quando o elevador abriu, Tate conseguiu escutar alguns acordes de violão, mais especificamente da música *Please Don't Take My Sunshine Away*. A composição ainda estava meio estranha aos ouvidos dele porque o som não era tão preciso e profissional.

Sabia que era Sky. Ele conseguiu comprar um violão barato em alguma venda de garagem há um tempo e treinava sozinho desde o beijo, o que com certeza partia o coração de Tate em milhões de pedaços, porque se sentia muito especial ao ajudá-lo. O momento era tranquilo e mágico, apenas tocavam alguma música calma, riam de piadas imbecis, tomavam uma cerveja e aproximavam-se de forma confortável.

Então, de repente, não tinham mais nada.

Sem treinos, sem conversas tranquilas depois do trabalho, no meio do corredor, bêbados e empolgados com alguma coisa que pairava no ar sempre que estavam juntos. Mas, o pior de tudo com certeza era ficar sem os beijos no queixo. Tate já estava tão acostumado com eles, era como se fizessem seu dia completo, como se iluminassem todo o seu coração triste e solitário, e perder isso foi como perder tudo, todo o sentido das últimas semanas.

Arrastou-se pelo corredor, quase desabando de cansaço por ter corrido tanto. Abriu um sorriso triste, melancólico e carente ao ver Sky sentado na frente do próprio apartamento, com os joelhos dobrados sustentando o violão e os dedos fortes, ainda novatos, dedilhando lentamente as cordas. Ele balançava um pouco a cabeça no ritmo da música. Suas sobrancelhas formavam um vinco toda vez que errava, e o lábio inferior, cheio de um *gloss* vermelho tentador, dobrava em um biquinho fofo.

Sentou-se apoiado na porta do apartamento, de frente para ele, e esticou as pernas para tocá-lo com as botas pesadas, o que fez Sky levantar a cabeça assustado. Sorriu de novo, jogando a cabeça para trás e mantendo os olhos nos dele. Os cílios pretos de Sky desciam suaves pelas bochechas meio inchadas de sono, e os cabelos contornavam um pouco do nariz, cobrindo boa parte de sua expressão ainda indecifrável, mas bonita mesmo assim.

Olhar para ele não estava mais doendo tanto, não depois do que tinha feito na boate, e era como se tivesse passado um pecado por cima de outro, a consciência pesada e leve ao mesmo tempo, porque, pelo menos, não se sentiria mais tão nojento lembrando-se do beijo com ele, já que tinha feito até pior com Caleb.

— Está soltando os dedos antes da hora. — Disse com a voz meio rouca por causa da quantidade de cigarros que havia fumado no caminho de volta para a casa. — Precisa pressionar com mais força.

— Meus dedinhos atrapalham, lembra? — Sky sorriu. Não um sorriso adorável como todos os outros, mas um amargo e intenso, um mais difícil de sustentar. — Estive treinando essa semana.

— Eu ouvi. — Sorriu de volta, sentindo tristeza escorrer pelos lábios em um líquido viscoso e picante que queimou a pele. — Você está indo bem.

Sky assentiu e deixou o violão ao lado do corpo. Ele esticou as pernas no meio das suas, e os pés descalços tocaram suas panturrilhas cobertas pela calça jeans. Tate soltou um risinho, sentindo cosquinhas pelo resvalar de um dedão em uma parte sensível de sua perna esquerda. Assim, decidido a dar o troco, cutucou as coxas de Sky com a ponta das botas, a provocação indo e voltando inocente, um pouco da proximidade confortável de antes preenchia o ambiente bem lentamente e fazia uma sensação estranha de segurança aquecer o peito.

— Você está péssimo, Tate. — Sky falou depois de alguns minutos, só rindo sapeca pela brincadeira boba. — Parece triste.

Tate respirou fundo e umedeceu os lábios, sentindo vontade de conversar. Normalmente, reprimia tudo e não deixava ninguém se aproximar demais. Tinha medo de que os demônios da cabeça escapassem sedentos atrás de um pouco de sangue que vazaria do peito quando começasse a desabafar. Depois de trazer Sky para perto, com todo o desespero que ainda cabia em seu corpo, e ultrapassar um limite que nunca pensou que ultrapassaria, Tate já tinha sangrado sozinho até secar. As línguas violentas dos demônios sugavam tudo que ele tinha e não havia muito mais o que temer, como se precisasse colecionar novas dores e erros para voltar a sentir alguma coisa.

Refazendo a lista: 1) beijar um completo desconhecido em uma boate de merda no meio de um bairro de merda.

Conversar com Sky não seria nada perto daquilo, e ele saberia lidar com isso depois. Já lidava com tanto que o corpo parecia até blindado.

— Sinto muita dor, Sky. — Resmungou sem desviar os olhos dos dele, brilhantes e intensos, atentos e gentis. — Muita, muita dor.

— Onde? — Saiu como um sopro, e Tate quase pôde sentir o vento no cabelo. — Onde dói, Tate?

— Aqui.

Apontou para a cabeça.

— Aqui.

Apontou para o peito.

— E aqui também.

Apontou para o meio das pernas, sugerindo a virilha, o que fez Sky rir, o som tão contagiante que ele riu junto, sentindo a pele vibrar de alegria.

— Alguém te acertou um chute no saco? — Sky perguntou, erguendo uma sobrancelha e abrindo um sorriso de canto.

— Não. — Respondeu com a cabeça um pouco inclinada para baixo, parecendo tímido por um momento. Não conversava sobre isso com ninguém e tinha noção de que Sky sabia do que ele falava.

— Hum... — Sky olhou para cima pensativo. — Então você caiu de pernas abertas em algum lugar? Talvez em um hidrante?

Tate mordeu os lábios e sufocou um riso, mas não conseguiu se segurar muito mais. Riu de verdade, quase não reconhecendo a própria voz, que estava animada e tão diferente daquela de quando passava longas madrugadas chorando.

— Não, não caí em cima de um hidrante.

Sky sustentou o sorriso, mantendo o contato visual por tanto tempo que os segundos pareceram congelar e segurando um momento bom que talvez se desfizesse assim que o dia nascesse outra vez, porque Tate era inconstante e complicado e, embora soubesse muito bem disso, ainda não sabia o que fazer para mudar essa situação.

Suspirou e sentiu os olhos encherem de lágrimas. Sky estava tão bonito e bem diante dele. Ele estava simplesmente parado ali, parecendo esperar por alguma coisa. Tinha uma súplica específica que pingava das pupilas dilatadas e um fôlego esperançoso dançava entre os lábios abertos, mas Tate não sabia se podia atender a algo assim, não quando tinha sido um completo imbecil há algumas semanas, nem tão cruel e impulsivo.

— Quer ver a música que aprendi essa semana? — Sky cortou o silêncio constrangedor e voltou a sorrir, mas era um sorriso melancólico. Ele puxou o violão para cima das coxas e dedilhou as cordas.

Tate queria ser capaz de correspondê-lo, mas não sabia como, então se limitou a apenas ouvir a música.

— Quero, Sky.

Tate cruzou as pernas para dar um espaço maior a Sky, e ele esticou a língua para fora enquanto se confundia com as cordas. Os dedos trêmulos tentavam alcançar o braço inteiro do violão, de uma maneira tão adorável que Tate sentiu tudo dentro do corpo derreter, órgãos, ossos, nervos e, infelizmente ou felizmente, partes de todas aquelas barreiras invisíveis.

Sky começou a tocar com dificuldade e riu constrangido por estar apanhando um pouco, mas pegou o ritmo alguns segundos depois e Tate não precisou nem piscar para reconhecer a melodia.

Iris, Goo Goo Dolls.

— *And I'd give up forever to touch you 'Cause I know that you feel me somehow. You're the closest to heaven that I'll ever be and I don't want to go home right now.*

Sky cantou bem baixinho, olhos concentrados nos movimentos dos dedos e os cabelos balançando de leve nas bochechas.

Tate sacudiu a cabeça de um lado para o outro, sem conseguir acreditar que Sky jogava tão baixo assim. Ele simplesmente pegava o resto de suas estruturas fracas e torcia nos dedos suados até o sangue escorrer, um pouco disso pingando pelos pulsos e alcançando o chão, que grudava nos sapatos e se recusava a sumir.

Soprou um riso incrédulo, e Sky levantou a cabeça encarando-o com tanta profundidade que seu corpo literalmente tremeu, com um calafrio gostoso e doloroso descendo veloz pela espinha, tão poderoso que paralisou suas pernas e braços.

— *And all I can taste is this moment, and all I can breathe is your life, and sooner or later, it's over. I just don't wanna miss you tonight.*

Tate entendeu o que Sky dizia e que doeu. Espatifou seu coração já quebrado e esmagou sua alma. As lembranças da briga com ele voltaram tão severas, tão de repente, que a cabeça latejou, obrigando-o a estreitar os olhos, um ofego de surpresa escapando selvagem ao perceber que, "porra", o quadro não estava mais pregado na parede. Sendo bruto e estúpido, derrubou-o espatifando-o. Até mesmo no quadro tinha descontado a própria frustração e se perguntou quantas coisas — ou pessoas — especiais continuaria quebrando e quebrando sem parar.

— *And I don't want the world to see me 'Cause I don't think that they'd understand. When everything's made to be broken, I just want you to know who I am.*

Sky estava a ponto de chorar, respirando fundo para que não acontecesse. Quando terminou os versos, limpou rapidamente o rosto cheio de angústia e esticou o violão para Tate, que ainda estava em choque, encarando-o como se encarasse um tesouro, porque Sky realmente era um, ele era uma pedra preciosa demais para ser quebrada de um jeito tão covarde como havia feito.

— Por que você parou? — Perguntou com a voz falha e craquelada.

Sky estendeu-lhe de novo o violão, praticamente empurrando-o no colo de Tate, que o segurou sem saber o que fazer.

— Não consegui aprender o resto, quero que toque para mim. — Ele disse determinado. Ele ia muito bem antes, o que fez Tate duvidar de suas palavras. — Termina a música pra mim, por favor.

Tate conseguiu entender o que ele realmente queria, então assentiu e continuou de onde Sky havia parado, dedos ágeis e profissionais criando um som perfeito que retumbava por todo o corredor, tão alto e confiante como um grito de liberdade.

— *And you can't fight the tears that ain't coming, or the moment of truth in your lies when everything feels like the movies. Yeah, you bleed just to know, you're alive.*

Olhou para ele tão firme e certo do que fazia que o coração inchou e acelerou, com a primeira confissão saindo de seus lábios em forma de música, porque tudo nele e em Sky era feito de música, cada célula e cada veia, cada nervo e cada órgão, cada medo e cada coragem.

Eram música e refletiriam música.

— *And I don't want the world to see me 'Cause I don't think that they'd understand.*

Tate terminou de cantar e largou cuidadosamente o violão ao lado do corpo antes de engatinhar para perto de Sky, movido por uma força estranha que se embrenhou nos pulmões e o guiava até o que quer que o coração estivesse pensando em fazer.

Apertou o queixo dele entre dedos calejados, com as sobrancelhas franzidas, e aproximou-se desejoso da boca aberta cheia de *gloss*, e ele o teria beijado se Sky não tivesse desviado o rosto no último segundo, fazendo seus lábios baterem direto na bochecha dele.

— Não me machuca de novo. — Sky sussurrou sem conseguir encará-lo, a voz tão baixa e tímida que quase não parecia vir dele. — Você machucou muito meu coração, e sei que não foi proposital, mas se não tiver certeza, se não souber se vai sumir ou ficar, não force, porque você me quebra no processo e não aguento ser quebrado muito mais.

Tate ficou em silêncio por um tempo, pensando nas palavras de Sky. Tinha certeza do que queria? Tinha certeza de que ficaria? Tinha certeza de que não o magoaria de novo?

"Você tem, Tate?"

Suspirou e puxou o rosto de Sky para cima, beijando-o no queixo. Não era uma promessa de que ficaria, mas de que "tentaria". Fechou os olhos para conseguir passar, naquele gesto simples e significativo, tudo o que sentia, sua energia correndo veloz pela pele dele e tornando-a quente e sensível.

— Quando eu puder te dar tudo de mim, o beijo vai ser aqui. — Esfregou o lábio inferior trêmulo dele com o polegar calejado e grudou as testas por alguns segundos antes de se afastar e levantar-se. — E a parte de mim que quer vai tentar lutar contra a que não quer. Isso posso prometer.

Sky sorriu e fungou para impedir uma lágrima de descer. Ele parecia emocionado demais para responder, então apenas balançou freneticamente a cabeça. Tate tentaria com todas as forças porque algo naquela boate, naquele momento desengonçado com aquele homem e com o cliente da lanchonete, no coração acelerado sempre que via Sky, na masturbação secreta e no beijo do camarim, pareceu quebrar uma imensa barreira dentro do peito, fazendo uma parte da alma encontrar caminho para irradiar a luz que sabia possuir.

Tentaria, porque estava cansado de só observar. Tentaria, porque estava cansado de deixar tudo passar. E tentaria, porque estava cansado de se sentir tão vazio.

— Sabe o que percebi? — Tate perguntou e estendeu uma das mãos para Sky, ajudando-o a sair do chão. Ele sussurrou um "não" bem baixinho e bateu as mãos na bermuda jeans justa para limpar a poeira, depois se inclinou para pegar o violão. — Nunca te mostrei minha coleção de discos. Tenho Paul Anka, Righteous Brothers, Frank Sinatra, Louis Armstrong, Doris Day, Kitty Kallen, Frankie Valli e muitos outros. Eram do meu avô, mas, depois que ele faleceu, minha mãe me deu todos.

— Você tem um disco do Paul Anka e nunca me disse? — Sky franziu as sobrancelhas e fingiu uma cara indignada, fazendo Tate rir. O clima era leve de novo e isso era bom, era suficiente.

— Qual sua favorita dele? — Perguntou enquanto abria o apartamento e pegou-o delicadamente pelo pulso, puxando-o para dentro. Fechou a porta, acendeu a luz e deixou o violão na entrada.

— O que está fazendo? — Sky perguntou e estreitou os olhos, desconfiado. — Não vou te ajudar a limpar essa zona.

Então Tate percebeu que Sky finalmente via seu lado bagunceiro e desleixado. Deu de ombros, pela primeira vez pouco se importando com isso, e correu para a vitrola na mesa de canto, abaixando na frente de uma caixa enorme de papelão que guardava seus preciosos discos.

— Você não respondeu à minha pergunta. — Resmungou alto o suficiente para que ele ouvisse, puxando, um por um, os discos da pilha até achar o de Paul.

— O que foi mesmo?

Sky caminhou despreocupado até perto de Tate. Apoiou as mãos nos joelhos e inclinou o corpo para baixo, observando as raridades que ele tinha, com os lábios presos entre os dentes e os olhos brilhando de admiração.

— Sua favorita do Paul Anka.

Levantou-se e posicionou o disco na vitrola. Soltou delicadamente a agulha sobre ele, e os ruídos característicos da leitura provocaram um comichão gostosinho no peito.

— Ah. — Ele sorriu sem graça e se jogou no sofá, formando um biquinho charmoso enquanto pensava. — *Put Your Head On My Shoulder.*

Tate assentiu e levantou a sobrancelha sugestivo. Era a primeira música do álbum, por sorte. Gostou da expressão de surpresa de Sky, a boca aberta em um "o" estreito, olhos arregalados e cenho franzido, as pupilas agitadas pulando de um ponto para outro do seu rosto.

Puxou Sky para perto. Ele tropeçou e esbarrou em seu corpo. Foi quente e Tate também gostou muito daquilo. Segurou delicada e respeitosamente a cintura dele com uma das mãos e com a outra o pressionou na nuca, fazendo-o deitar a cabeça em seu ombro.

— Tate!

Sky tentou retrucar, mas Tate começou um balançar não tão lento e não tão agitado com o corpo, passos de um lado para o outro enquanto girava por aí, ria contra os cabelos pretos dele todas as vezes que sentia os dedos curiosos espremendo seu peitoral em uma tentativa de apartar o contato.

— Sky, se você gosta tanto da música, então siga o que ela diz! — Girou outra vez, apertando a cintura dele com força para não deixá-lo cair, e a gargalhada gostosa vibrava em todo seu pescoço. — *Put your head on my shoooooulder, hold me in your arms, baaaby. Squeeze me, oh so tigh, shooow me that you looove me toooo!*

Sky mergulhou a cabeça ainda mais no ombro de Tate e abraçou-o com força, como se tivesse medo de que ele fugisse. A dança continuou animada e singela até o final da música, mas eles não pararam e, uma após a outra, montaram novas coreografias, com os minutos passando lentos e tranquilos para que pudessem aproveitar ao máximo a companhia um do outro, ora abraçados, ora separados, mas quando longe, olhos nos olhos, e isso não se desfez em momento algum, nem quando cansaram e se sentaram no sofá, risadas tímidas e sinceras ecoando de ambas as bocas.

— Você é um péssimo dançarino. — Sky disse em tom de deboche e empurrou Tate de leve com o ombro. — Me esmagou e quase me deixou sem ar. Encerro aqui nosso contrato de dupla, quero viver até os oitenta anos.

— Você quem esmagou meus dedinhos preciosos do pé, *Boy*. — Fez uma careta e cutucou o queixo dele com o indicador, achando graça de como ele se encolheu. — Nós dois somos péssimos dançarinos, mas juntos fazemos dar certo.

Sky ficou em silêncio por um tempo, mas depois sorriu e levantou-se outra vez, fuçando gentilmente a caixa de discos até achar um de Frank Sinatra. Ele trocou o de Paul e desceu a agulha, quadris moles batendo de um lado para o outro ao som de *Fly Me To The Moon* enquanto se aproximava sorrateiro de Tate, puxando-o para dançar outra vez. Sky esticou o braço dele e juntou as mãos, segurando-o no ombro com a outra.

— *Fly me to the moon, let me plaaaay among the stars, let me see what spring is like ooon Jupiter and Mars.* — Tate observou deslumbrado Sky cantar e desceu uma mão contida para a cintura dele outra vez, gingando para frente e para trás no ritmo da música.

— *In other words, hooold my hand...* — Cantou e apertou a mão dele entre a sua, sorrindo quando ele apertou de volta. — *In other words, baby, kiss me...* — Beijou o queixo dele em um estalar molhado, recebendo outro logo em seguida.

Fill my heart with song
And let me sing for ever more
You are all I long for
All I worship and adore

In other words, please be true
In other words, I love you

Tate dançou com Sky até não conseguir respirar mais, girando e balançando, puxando e empurrando, e tudo dentro do peito parecia completo e cheio, parecia certo e, pela primeira vez na vida, Tate não se sentiu culpado por achar certo, não se achou nojento ou indecente por simplesmente se permitir sentir com intensidade o que estar perto de Sky provocava.

Cansado, Sky disse que precisava ir embora e dormir, já que levantaria cedo no outro dia, mas Tate o segurou no cotovelo, só com um aperto gostoso que o fez sufocar um risinho.

— Não vai. — Pediu vergonhosamente e esmagou o lábio inferior entre os dentes. Não queria ficar sozinho. Se ficasse, se Sky fosse, se torturaria de novo e de novo e de novo, e então daria um sentido ruim ao que tinha acontecido na boate, coisa que ele não queria fazer no momento, não queria regredir.

— Está me pedindo para dormir aqui? — Sky levantou uma sobrancelha e apontou para si mesmo. Tate balançou positivamente a cabeça, e Sky abriu a boca surpreso. — Não posso dormir no sofá, vou acordar destruído.

— Minha cama é grande o suficiente. — Com medo de soar pervertido, completou: — Você de um lado e eu de outro… Só não vai, por favor. Fica comigo.

Sky cedeu mais rápido do que Tate imaginou. Ele vestiu um de seus pijamas — o do urso panda segurando uma guitarra — antes de se enfiar, de barriga para cima, nas cobertas quentinhas, encarando o teto e parecendo nervoso de um jeito adorável.

— Vai ficar parado aí me olhando igual à besta? — Sky perguntou depois de segundos sendo encarado. Tate sorriu de um jeito quase infantil e deitou-se ao lado de Sky, mantendo uma distância significativa e apoiando a perna em cima da dele. — Que isso?

— Você está quentinho... — Deu de ombros e soltou um longo suspiro aliviado, sentindo-se melhor com Sky ali. — Ei, *Boy*?

— Que é? — A voz impaciente e meio embargada de sono bateu profunda no peito de Tate, que a acolheu como se segurasse algo muito precioso, sentindo um calor bom inundando forte os nervos. — Estou quase dormindo, fala rápido.

Respirou fundo e obrigou-se a dizer o que já estava meio entalado na garganta:

— Desculpa.

Um silêncio confortável tomou conta do quarto, e Tate pensou que Sky fosse perguntar o motivo, mas ele não fez isso.

Tate sentiu a mão de Sky entrelaçar delicadamente na sua em um aperto firme e intenso, o formigamento corria grosso do braço ao ombro e o coração disparava só de sentir o quão doce Sky poderia ser.

— Tudo bem. — Ele sussurrou e apertou sua mão de novo, sem pretensão de soltar. — Está tudo bem.

— Não me arrependo de ter te conhecido. — Disse e fechou os olhos. Um sono que ele não conseguia sentir há muito tempo chegava, embalando todo seu corpo. — Não me arrependo.

— Eu sei.

E, lentamente, Tate foi vencido pelo cansaço e sonhou com Sky beijando seu queixo.

Um pouco mais tarde, Sky acordou com a garganta seca.

Olhou para o lado, para Tate dormindo tranquilamente ainda com a mão em cima da sua, e sentiu o coração errar uma batida. Ele ficava lindo dormindo, tão frágil e pequeno que chegava a ser adorável, principalmente com o pequeno biquinho adornando os lábios por culpa das bochechas amassadas nos travesseiros.

Sorriu e, com a mão livre, acariciou os pequenos cachinhos da franja platinada, passeando com os dedos pela testa à mostra, a pele quente incendiando a sua e provocando um ofego tímido em sua boca. Era bom tocá-lo. Era tão bom que Sky achava que conseguiria ficar assim para sempre, só sentindo a pele dele em suas palmas e a temperatura, geralmente mais alta que o normal, arrepiando todos seus pelinhos.

Deitou-se de frente para ele, observando as sobrancelhas grossas, que quase sempre estavam franzidas de preocupação, descansando suaves acima dos olhos fechados; os cílios grossos e meio caídos roçando as bochechas vermelhas e molhadas de pequenas lágrimas que, algumas vezes, escapavam; o nariz angular charmoso respirando lento e tranquilo; a barba começando a despontar no maxilar, no queixo e acima dos lábios; os cabelinhos ondulando perto das orelhas como uma leve costeleta e as pintinhas distribuídas por todo seu rosto.

— Tão lindo. — Sussurrou quase inaudível e mergulhou mais os dedos nos cabelos macios. — Acho que estou apaixonado por você, Tate.

Sorriu mais uma vez quando Tate deu um pequeno pulo, um sonho ruim perseguindo-o. Beijou a testa dele, sentindo-o relaxar outra vez, e o afagou nos cabelos por mais um tempinho antes de se levantar para beber água, tão feliz que poderia até mesmo sair saltitando.

Chegou à cozinha e, enquanto bebia, no copo de vidro de algum personagem da turma dos *Looney Tunes*, Sky não conseguia conter o coração acelerado ao pensar no que Tate tinha dito mais cedo.

"A parte que quer vai lutar contra a que não quer."

Significava tanto, significava que Tate estava dando passos mais consideráveis à frente e também que estava muito próximo de ter todos seus intensos sentimentos correspondidos. Não queria beijos, não queria pegações em camarins, só queria saber que ele sentia o mesmo e que sua alma boba fosse agarrada pela dele da forma mais carinhosa possível.

Soltou um risinho sapeca e voltou à cama. Deitou-se com cuidado para não acordá-lo, os olhos observando tediosos o cenário do quarto que mais parecia os escombros de um furacão. Estava tão bagunçado que nenhum ser humano em sã consciência conseguiria ficar mais que dez minutos olhando para ele sem sentir vontade de limpar tudo.

Deixou o copo na cômoda ao lado da cama, decidido a voltar a dormir. Quando estava virando de volta para Tate, notou uma única bolinha de papel amassada entre canetas e bitucas de cigarro. Curioso, pegou-a com os dedos trêmulos e desamassou o máximo que conseguiu, apertando os olhos para conseguir ler no escuro, com apenas uma luz forte de algum poste maldito do lado de fora.

Quando conseguiu decifrar o bilhete, sentiu o coração sofrer a porra de um solavanco.

Estava olhando para a cara de Sky desde que ele simplesmente brotou na porta de sua casa mais cedo, dizendo que precisava conversar sobre uma coisa muito séria.

Bebeu um gole de cerveja e estreitou os olhos desconfiado. Tinha deixado ele entrar e agora estavam sentados à mesa da cozinha, de frente um para o outro, e nenhum dos dois tomava a iniciativa da conversa, o que tornava o clima algo denso e tão estranho que pareciam personagens de faroeste se encarando com as mãos nas pistolas

– Desembucha, Sky! – Disse e rolou os olhos. Estava perdendo um episódio importante de uma novela mexicana que acompanhava desde o começo, e essa enrolação toda irritava. Só queria deitar no sofá, vestindo o pijama de veludo confortável rosa que tinha ganhado da mãe, comer uma pizza inteira, beber um fardo de cerveja e chorar com o casal protagonista que brigava sem parar.

– Você, às vezes, me dá medo. – Sky resmungou e desviou os olhos dando um gole na cerveja que ele ofereceu. – Estou esperando um olhar diferente.

– Olhar diferente? – Fez uma careta. – De que porra você está falando?

Sky suspirou e balançou a cabeça, desconsiderando o que quer que estivesse prestes a falar. Sky, ao invés de retrucar, puxou alguma coisa de dentro do bolso da calça e estendeu para Armin, com o punho fechado tão forte que chegava a suar, dedos trêmulos tentando manter a força.

– Tate não está bem, Armin. – Sky disse com a voz quase amortecida e os olhos escuros repletos de lágrimas. – Eu queria que você soubesse.

Soou como uma ofensa. É claro que Armin sabia, ele sabia há muito tempo, mas Tate nunca se abria com ninguém, nunca falava o que estava sentindo. Já tinha perguntado infinitas vezes e a resposta era sempre a mesma: "Só estou cansado. É só cansaço, Arminie". Sky não tinha propriedade nenhuma para chegar à sua casa insinuando que ele não sabia dos problemas emocionais do próprio irmão, chegava a ser um absurdo de tão infundado, ele era só um cara que tinha chegado "ontem". Como poderia saber mais do que a família de Tate?

Soltou um riso debochado e passou a língua pelos lábios, sentindo-se irritado.

— Entra na fila, cara. — Armin disse e levantou-se. Bebeu mais um gole da cerveja e fuzilou Sky com os olhos.

— O quê? — Sky seguiu-o até a sala. Parecia nervoso demais, tão nervoso que Armin pensou que ele acabaria explodindo. — Para de ser tão imbecil e escuta o que tenho a dizer!

— Vai se foder. — Resmungou, jogando-se no sofá com as pernas para cima, e ligou a televisão no canal da novela. — Droga, perdi a metade!

— Achei esse papel no meio da bagunça do apartamento do Tate e acho que você vai querer ler. — Sky estendeu o punho para Armin outra vez, mas ele não queria ver, não quando sabia que ficaria abalado com o que quer que estivesse escrito ali. — É sério, Armin.

Armin olhou para ele, entediado. Apertou os lábios antes de suspirar e pegar o papel de dentro da mão suada, fazendo uma careta ao sentir o suor dele em seus dedos.

— Você não está acostumado com uma pessoa como Tate, Sky. — Disse enquanto desdobrava o papel, o coração implorando para que não continuasse. — Quando você acha que começou a entendê-lo, depara-se com mais um muro, um maior e mais forte. Entra na fila, porque eu e minha mãe tentamos fazê-lo desabafar já tem muitos anos, só que nunca aconteceu.

Armin finalmente terminou de abrir o papel. Era só uma folha comum de caderno, com três linhas escritas, alguns rabiscos e desenhos aleatórios. Respirou fundo, tentando não demonstrar que estava nervoso. Seria a primeira vez que teria acesso a algo tão íntimo de Tate e estava com medo do que encontraria. Como já tinha ido longe demais aceitando o papel de Sky, decidiu, por si só, que seria melhor ler logo de uma vez.

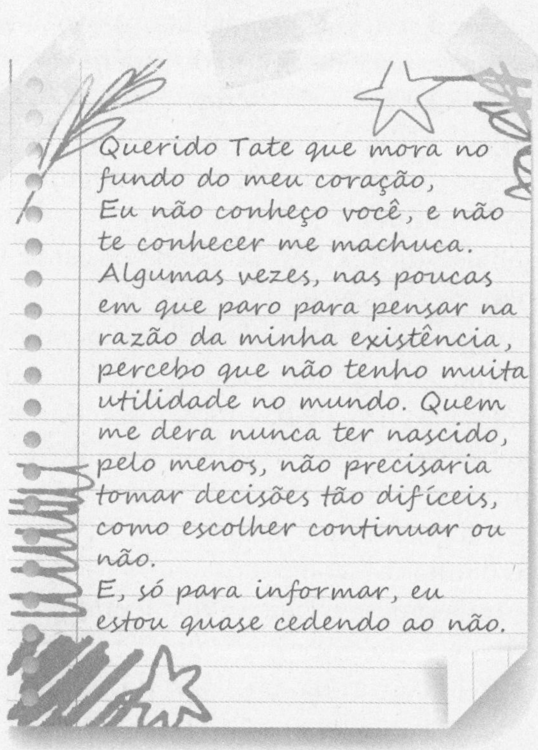
Querido Tate que mora no
fundo do meu coração,
Eu não conheço você, e não
te conhecer me machuca.
Algumas vezes, nas poucas
em que paro para pensar na
razão da minha existência,
percebo que não tenho muita
utilidade no mundo. Quem
me dera nunca ter nascido,
pelo menos, não precisaria
tomar decisões tão difíceis,
como escolher continuar ou
não.
E, só para informar, eu
estou quase cedendo ao não.

Seus olhos arregalaram. Na escola, Armin nunca foi tão bom em interpretação de texto, mas não precisava ser um gênio para entender do que o bilhete se tratava.

Levantou-se assustado e olhou para Sky, buscando uma confirmação para o que estava pensando, seu corpo inteiro se agitando em desespero quando ele curvou a boca para baixo e balançou a cabeça, concordando.

Leu o bilhete outra vez. Então, mais uma e mais uma e mais uma. Sentiu o pavor deslizando certeiro pelo seu estômago e tudo que ele tinha comido revirando lá dentro, ameaçando subir em vômito para a garganta.

— Não vou conversar com ele, não acho que seria bom. — Sky disse tão baixo que Armin demorou a entender, o cérebro atordoado implorava para que tudo fosse mais devagar. — Eu não queria ter traído a confiança dele dessa forma, mas fiquei com medo de... Você sabe...

— Onde... — A voz morreu. Estava se negando a cooperar, com os olhos ardendo em lágrimas ácidas que, sozinho ou na companhia de Sky, acabariam descendo de qualquer forma. — Onde você achou isso? "Quando" ele escreveu isso?

Sky mordiscou os lábios. Ele estava receoso, com a franja contornando a expressão preocupada e o nariz fungando delicadamente de segundo em segundo.

— Estava amassado na cômoda ao lado da cama. — Sussurrou. — Não sei quando escreveu.

Armin parou para assimilar a ideia. Sky esteve no quarto de Tate tempo o suficiente para perceber uma bolinha de papel escondida na cômoda que vivia cheia de bagunça. Era estranho porque Tate detestava que ficassem lá dentro, tinha uma postura tão arredia quanto a isso que nem mesmo a mãe insistia, então como "caralhos era possível que Sky tenha passado tanto tempo no quarto dele?".

Apertou os punhos e levou pouco tempo para desenvolver uma paranoia que, no momento, fazia muito sentido.

— Vai embora. — Resmungou e virou as costas, sem energia para levantar a voz, o corpo parecendo fraco de repente. — Vou conversar com ele, mas quero que vá embora agora.

— Não é o que você está pensando. — Sentiu a mão dele em seu ombro, mas se afastou bruscamente, a raiva borbulhando tão forte no peito que era difícil raciocinar.

— Sai, Sky! — Gritou e virou para ele, empurrando-o pelos ombros. — Some da minha frente! Isso tudo é culpa sua!

— Culpa minha?! Não fiz nada, você é maluco! — Sky gritou de volta, com as sobrancelhas franzidas e um olhar furioso. — Tate precisa de ajuda desde sempre, está jogando em mim uma responsabilidade que não é minha!

— Você nem o conhece! — Armin soltou um riso tão debochado que, se pudesse criar forma, seria uma espada de dois gumes furando o próprio peito ao furar o de Sky. — Tate não era "tão" melancólico do jeito que ficou depois que "você" apareceu. Não notou isso? Você "realmente" não notou que, nas últimas semanas, ele tem estado "pior"? "Você" está fazendo ele se questionar sobre coisas que, se ficassem do jeito que estavam, não machucariam tanto.

Sky parou aturdido. Estava com os lábios prontos para uma resposta, mas seus olhos perderam o brilho e, de repente, ele parecia uma criança assustada por estar levando bronca de um pai.

Armin sorriu satisfeito.

— Já aconteceu, Armin. — Sky resmungou. Estava soando duro, mas o rosto dele indicava que estava abalado, bochechas vermelhas e boca torcida para baixo. — Faça Tate entender por que, se ele continuar se rejeitando desse jeito, será pior. E não estou falando só da tristeza constante.

Sky apontou com o queixo para o papel e simplesmente deu as costas, batendo a porta de tela com tanta força que as janelas ao lado tremeram e pareceram prestes a cair, e isso fez Armin revirar os olhos, disposto a não ceder.

No entanto, contraditoriamente, olhou para o bilhete suado entre os dedos e sentiu o coração doer. Era tão difícil lidar com Tate e estava tão difícil entender todos os sentimentos dele, então como faria? Como ele o abordaria sem criar uma confusão em que negaria até ficar tão nervoso que explodiria em gritos e ofensas diretas? Das últimas duas vezes em que tentou conversar com Tate sobre ele… "gostar de homens também", as coisas não saíram do jeito que Armin pensou que sairiam. Na primeira tentativa, aos treze anos, seu queixo acabou sentindo toda uma fúria reprimida em forma de soco e a pele inchou como um balão, o roxo característico deformando todo o resto. Na segunda, aos vinte, Tate só fingiu que não tinha escutado e continuou tocando violão pelo "resto" da noite, das 18 às 23 horas.

O que as duas tentativas tinham em comum? Armin tinha pegado leve e macio, como se conversasse com uma criança, então talvez, agora, precisasse pegar mais pesado. Armin estava furioso por Sky ter despertado um lado ainda pior de Tate, um lado que parecia devorar toda a alegria dele, mas Sky tinha razão em dizer que "já aconteceu".

"Aconteceu, e o que mais posso fazer além de fazê-lo aceitar?"

Suspirou e amassou o bilhete no bolso do pijama, jogando-se no sofá para assistir a qualquer besteira enquanto esperava Tate chegar.

Mais tarde, observou a mãe enfiar um capacete rosa ridículo na cabeça de Tate enquanto ria animada com o fato de que ele começaria a andar de bicicleta.

Tate perdeu a bicicleta para algum carro maluco enquanto voltava para casa depois de um show e estava reclamando aos quatro ventos sobre andar a pé para todos os lados, então sua mãe teve uma belíssima ideia que envolvia um patinete velho cheio de fitas coloridas amarradas nos guidões, com rodinhas pequenas e instáveis. Tinha sido presente do vovô quando ela era bem jovem, coisa especial e tal, e parecia extremamente ridículo visualizar Tate em cima dele, mas ainda era melhor que nada.

— Mãe, não vou usar esse capacete feio do caralho! — Tate reclamou, cruzando os braços no peito e fazendo careta. — E não vou andar com esse patinete, ele nem é tão rápido assim!

— Você que pensa, mocinho. — Ela gargalhou e apertou a trava de segurança no queixo dele, fazendo aquela cara típica de mãe orgulhosa. — Está lindo, filho. Parece uma bonequinha.

— Vão rir de mim usando esse troço. — Ele resmungou e virou para Armin, buscando apoio. — Posso tirar esses frufrus pelo menos?

— Não! Seu avô enfeitou para mim, não vai tirar nada!

— Mãe!

Armin deixou que eles discutissem e foi ao antigo quarto de Tate, jogando-se na cama e sentindo o cheiro característico dele, um cheiro familiar que não parecia mais tão familiar assim. De um jeito estranho, Tate estava quase irreconhecível e Armin ficou nervoso de repente, porque não sabia prever qual reação ele teria quando a conversa começasse.

Não conhecia esse novo Tate e tinha medo de não se dar bem com essa versão, a versão monstruosa citada tantas vezes pelo pai. Balançou a cabeça e suspirou, desconsiderando aquela ideia. Ainda eram irmãos, ainda eram mesmo sangue, seu inconsciente automaticamente saberia lidar com a forma oculta de Tate, ele saberia domar a fera.

Um pouco depois, Tate apareceu com o capacete em uma das mãos e o patinete em outra, encostando-os à parede ao lado da porta. Tinha um sorrisinho indecifrável, mas adorável, e Armin sentiu o corpo tremer ao pensar que logo ele evaporaria.

— Que cara de baiacu é essa? — Tate perguntou e jogou-se ao seu lado na cama.

— Cara de baiacu? — Armin fez uma careta. — O que seria uma "cara de baiacu"?

— Quando você está pensando em uma coisa muito estranha, fica com essas bochechonas infladas que parecem as de um baiacu.

Soltou um grunhido e acertou um soco fraco no ombro dele, desviando os olhos para qualquer outro lugar enquanto pensava em algo para dizer, qualquer coisa que não soasse nem tão ofensiva, nem tão delicada, qualquer coisa equilibrada que o deixasse chocado a ponto de começar a refletir.

— Se pareço um baiacu, então você parece um esquilo. — Respondeu primeiro à provocação, porque deixar um clima leve antes talvez fosse crucial.

— Um esquilo?! — Tate praticamente gritou, olhos arregalados e expressão infantil. Era um rosto que Armin conhecia, mas algo dentro das pupilas parecia diferente. — Baiacus são venenosos, te dei um animal irado! Os esquilos são inúteis e estou cansado de ser inútil.

Tate abaixou a cabeça e tentou rir, mas Armin o conhecia bem demais para saber que ele falava muito sério sobre se sentir um inútil. Essa palavra estava sempre presente na boca dele, era o único jeito que Tate tinha de se definir.

"Ah, podem ir sem mim, sou meio inútil".

"Tudo bem, Armin, nosso pai foi embora porque sou um inútil".

"Tudo bem, mãe, não sei mesmo essa matéria de cálculo, sou só um inútil".

"Tudo bem, Cassie, não sou tão bom na guitarra assim, sou muito inútil".

Armin detestava quando ele falava desse jeito. Se Tate soubesse como ele detestava, nunca mais falaria isso na vida. Era ridículo vê-lo se pondo tão para baixo e era desesperador também, porque não conseguia fazer nada a respeito nem penetrar aquela casca infeliz que parecia endurecer a cada ano que passava.

— Eu disse que você parece um esquilo por causa de seus olhos, Tetê. — Acariciou a franja de Tate e sorriu tentando soar o mais gentil possível. — Quando você está pensativo, ficam passando de um lado para o outro de um jeito engraçado. Você não é inútil, para com isso.

Tate deu de ombros e não respondeu, apenas deitou de costas na cama e encarou o teto, mordiscando os lábios. Toda a animação pareceu simplesmente sumir, dando lugar à tristeza profunda de sempre, que mais parecia com uma ferida larga que nunca fechava, fazendo Armin se sentir pequeno e negligenciado, porque a atenção sempre foi toda de Tate. Todas as vezes que ele mudava de humor de um segundo para o outro; todas as vezes que se distraía com tudo ao redor por estar preso na própria cabeça; todas as vezes que se recusava a sair de casa por motivos toscos que envolviam "se achar feio" e "não estar com vontade"; todas as vezes que olhava estranho para um garoto, fazendo o pai torcer o nariz, e todas as vezes que fazia drama sem necessidade.

Armin estava cansado de girar em volta de Tate e também estava cansado de ver o mundo girando ao redor dele. Sua mãe parecia sempre olhar para ele, nervosa e atenta; seu pai estava sempre falando sobre ele, reclamando dele e prestando atenção nele; seus professores, os mesmos até o último ano do ensino médio, eram sempre gentis e cuidadosos, como se ele fosse uma criança, e agora até mesmo a banda não caminhava se ele não caminhasse junto.

— Tate, o que está acontecendo? — Perguntou sem hesitar, apenas deixando as palavras saírem como o cérebro queria que elas saíssem. — O que você está fazendo se destruindo desse jeito?

Tate tirou os olhos do teto e colocou-os em Armin tão lentamente como se ainda processasse a informação, o rosto inexpressivo indicando que ele ainda não tinha entendido que rumo a conversa tomaria.

— O quê? — Umedeceu os lábios, com uma voz tão tranquila e robótica que parecia de outra pessoa, uma pessoa mórbida com pensamentos sombrios, e isso assustou Armin. — Do que você está falando?

Irritou-se com a presunção dele e acertou um tapa fraco no colchão para mostrar que não tinha gostado daquela resposta, de uma resposta tão fria.

— Qual é, Tate? — Aumentou o tom de voz, a garganta ardendo ao menor sinal de esforço. — Não sou um idiota, então para de falar comigo como se eu fosse!

Tate deu de ombros de novo e voltou a encarar o teto, coisa que ele sempre fazia quando começava a ser encurralado. Armin soltou um suspiro alto e forte de raiva, levantando-se com pressa e com a coragem na ponta da língua. Estava magoado, frustrado e disposto a fazer Tate falar de uma vez, sem se importar com a briga que aconteceria assim que começasse a apelar, porque estava cansado de ele sempre fugir e se fazer de vítima.

— Está parecendo um baiacu de novo. — Tate murmurou e soltou um riso meio ácido que fez tudo em Armin ferver. — Vai acabar explodindo, é melhor ir com calma.

Puxou o ar com força e expandiu o peito. Soltou tudo de uma vez, com um sorriso debochado que daria medo em qualquer um.

— Tate, você se lembra daquele nosso amigo da escola que vivia com a gente?

Tate tentou sorrir para disfarçar, mas os cantos tremeram, e Armin soube que ele se lembrava, soube que ainda estava fresco na memória dele como se tivesse acontecido ontem.

— Não. — Ele respondeu ainda olhando para o teto, as mãos tateavam a barriga em busca de alívio e a perna esquerda começava a tremer como uma máquina ligada ao nervosismo. — Não sei de quem você está falando.

— Não? — Armin usou um tom de voz inocente só para provocá-lo ainda mais. — Acho que o nome dele era... Adam. Isso, era Adam. Você lembra, não lembra? Ele tinha cabelos nos ombros e vivia aqui em casa para fazer trabalhos em dupla.

— Não me lembro. — Tate resmungou com uma voz embargada e meio chorosa. — Não sei quem é.

— É claro que você sabe, porque beijou ele na boca quando era criança.

E foi tudo muito rápido a partir disso.

Tate sentou-se de súbito, com olhos arregalados e um sorriso maníaco assustador. Ele soltou uma gargalhada alta e escandalosa, tombando a cabeça para trás à medida que seu peito tremia e tremia e tremia, agindo como se Armin tivesse contado uma piada muito engraçada.

— Isso nunca aconteceu! — Ele gritou rindo, com os braços abertos ao lado do corpo em uma pose claramente intimidadora e defensiva. — Nunca aconteceu, Armin! Está ficando maluco!

Armin grunhiu e pegou Tate pelos ombros, colocando-o de pé e afundando os dedos na carne quente. Encarou os olhos assustados dele e sentiu raiva, porque estava escrito neles que Tate sabia, que ainda se lembrava, então por qual motivo estava complicando as coisas? Por que não parava um pouco para pensar que "todas" as suas atitudes, desde as de criança até as de agora, prejudicavam "todo" mundo?

Balançou a cabeça furioso e chacoalhou Tate, que tentou se soltar, com as unhas curtas dele arranhando seus braços e seus dedos, a saliva pingava enquanto se agarravam, se puxavam e se empurravam ,e as vozes saíam mais como urros de raiva e de frustração.

— Aconteceu, seu grande cabeça dura! — Gritou na cara dele tentando fazê-lo olhar em seus olhos claros e perdidos. — Vi você beijando a boca dele, vi você sorrindo depois e vi você me "implorando" para não contar ao nosso pai! Aconteceu e você precisa aceitar isso de uma vez por todas, porque está "se" destruindo e "nos" destruindo!

Tate tentou empurrá-lo de novo, mas Armin apenas abraçou o corpo dele com toda a força que tinha, uma veia saltando no pescoço pelo esforço e a cabeça sofrendo com pontadas absurdas que faziam tudo zumbir e girar. Aquele "piiiiiii" insuportável ecoava pela porra do cérebro como a porra de um apito.

Girou com ele e quase caíram na cama quando Armin tropeçou, mas continuaram de pé, lutando um contra o outro, enquanto as palavras anteriores pairavam no ar como fumaça radioativa, derretendo as peles e penetrando os órgãos, e sangue quente parecia deslizar no lugar do suor.

— Foi só um sonho, aquilo nunca aconteceu! — Tate gritou aos prantos e parou de lutar, agora se derramando em lágrimas.

— Não aconteceu, apenas sonhei que aconteceu!

— Então, como sei que aconteceu? — Diminuiu o tom de voz e apertou-o mais forte, os olhos praticamente esbugalhando de tanta pressão. — Como sei que aconteceu, Tate?

— Eu... — Saiu sussurrado, preso, dolorido. Tate abriu lentamente os olhos molhados e encarou Armin como se dissesse "não me faça ver, não me faça encarar, não me faça entender". — Te contei. Você sabe que contei.

Armin balançou a cabeça e franziu as sobrancelhas. Ia doer, mas Tate precisava finalmente começar a enxergar, a tirar o véu que cobria seus olhos, que alguém "dissesse" com todas as letras.

— Você gosta de homens, Tate. Você também gosta de homens.

Só sentiu as costas atingindo o chão, o sabor amargo das palavras ainda borbulhando na garganta. A cabeça acertou uma parte da parede, e Armin arregalou os olhos, assustado e irritado, porque já estava com dores demais e Tate não tinha o direito de empurrá-lo desse jeito quando não estava fazendo nada de errado.

— Não sou gay! — Ele gritou com tanta força e com tanta raiva que Armin ofegou surpreso. Nunca tinha visto Tate desse jeito, nunca tinha visto tanta escuridão dentro daqueles olhos. — "Não sou gay! Não sou gay! Não. Sou. Gay!".

— Que merda está acontecendo aqui?! — Susan abriu a porta em um rompante e parou ao ver a cena, as mãos cobrindo delicadamente a boca ao ver um filho largado no chão e o outro tão armado que parecia prestes a estourar em vermelho-vibrante. — Parem com isso!

E, quando ela veio tentar se colocar entre os dois, Armin levantou-se e empurrou Tate de volta, fazendo o corpo dele capotar na cama e ir parar do outro lado em uma cambalhota não intencional. Estava com tanta raiva, estava fervendo, sentia a pele do rosto descolando do músculo, sentia a garganta trabalhar dolorida para fazer a saliva descer, sentia o coração disparar e a cabeça maldita reproduzir um "piiiii" atrás do outro, uma pontada atrás da outra, e só queria socar Tate por ele ser tão idiota e estragar tudo; sua família perfeita, a alegria de seu pai; a habilidade da mãe de dar atenção aos dois; a banda, colocando Sky como vocalista e estragar Jorja, sendo um maldito depressivo insensível.

" — Odeio você! — Berrou tão forte que a língua endureceu e o peito tremeu. — É tudo culpa sua, é tudo culpa sua! Você fez nosso pai ir embora, você estragou tudo e agora está agindo como se fosse o único a sofrer! Você destruiu tudo que eu tinha, destruiu a minha vida!"

Tate levantou-se e foi para cima de Armin com toda força que possuía, puxando-o pelo colarinho e quase o tirando do chão, os rostos colados um no outro pelo nariz e pela testa, respirações bagunçadas e abafadas se embolando com tanta intensidade que se tornavam uma.

— Tate, solta seu irmão "agora!". — Sentiu a mão gelada da mãe tocar seu braço e viu a outra tocar a de Tate, mas eles não se separaram e ela começou a chorar desesperada. — Parem com isso, parem "já" com isso!

— Não é culpa minha, não fiz nosso pai ir embora! — Tate gritou, mas sua voz já não era mais enraivecida, era chorosa, tão chorosa que falhava no final e se tornava fina, nula, inaudível. — Não sou gay e não é culpa minha! Não estraguei sua vida, Arminie, não estraguei! Não fiz nosso pai ir embora!

— "Você fez!" — Armin conseguiu se soltar e quase caiu no chão, mas se apoiou na mãe. Começou a chorar também, acertando uma sequência de tapas fortes no peito de Tate, que não conseguia nem mais se defender, só colocar os braços na frente do corpo e dar passos para trás até a cintura acertar a cômoda. — Ele foi embora porque você gosta de homens; porque você ia se transformar em um monstro; porque não queria ser seu pai! Ele era meu pai também e ele me deixou por "sua" causa! Te odeio, te odeio!

Armin foi agarrado por trás e seu corpo pareceu se acalmar um pouco quando sentiu a pele da mãe contra a sua, um abraço materno que fazia tudo melhorar, mas que, no momento, só piorava tudo, porque ela deixou Tate ser o que queria e deixou o pai ir embora sem nem pensar duas vezes, sem nem lutar por ele.

— Ele não é seu pai! — Ela gritou quando conseguiu afastá-lo de Tate, que chorava e soluçava e ofegava, o nariz escorrendo e se misturando com lágrimas salgadas que praticamente transbordavam dos olhos. — "Eu" sou seu pai! "Eu" criei vocês dois! "Eu" sou o pai e a mãe de vocês, aquele idiota foi embora por ser um covarde inútil com um pau maior que o cérebro!

Soltou-se dela e caminhou a passos largos para trás, para perto da porta, as costas atingindo-a sem que percebesse porque estava furioso demais para notar qualquer outra coisa que não fosse o absurdo que ouvia.

— Você pode fingir que ele não existe, mas ainda lembro. — Resmungou alto o suficiente para que ela escutasse. — E você não é meu pai, nunca vai conseguir ser.

— Você ouvia, não ouvia? — Susan perguntou, com uma voz tão magoada e cortada que fez tudo em Armin estremecer. — Ouvia o que ele dizia, não ouvia?

Armin limitou-se a balançar a cabeça, fechando os olhos e soltando um grunhido pela pontada nas têmporas e perto dos ouvidos.

— Arminie, não fiz nosso pai ir embora, não sou gay. — Tate sussurrou e tentou aproximar-se, mas Susan o segurou delicadamente, cobrindo-o com o próprio corpo e olhando para Armin com tanta frieza que ele detestou simplesmente ter nascido. — Arminie, eu…

— Cala a boca. — Soprou uma resposta e voltou a chorar, abrindo a porta para ir embora. — Só cala a porra da boca.

— Ele não ama você, filho. — Susan disse suavemente, e ele olhou para ela por cima do ombro, o coração murchando assim que processou aquelas palavras. — Ele não ama ninguém. Eu amo. Eu amo você. Eu amo vocês dois.

— Vocês tiraram "tudo" de mim.

Foi a última coisa que ele disse antes de sair do quarto e bater a porta com força.

Já era tarde da noite quando Sky escutou barulhos altos vindos do apartamento de Tate. Estava no corredor, tocando violão e esperando ele aparecer em algum momento para mostrar a nova música que tinha aprendido, mas o único sinal que teve foi o som de vidro espatifando e de coisas pesadas caindo no chão velho do prédio.

Levantou-se assustado e olhou para a porta dele, largando o violão no chão antes de tentar abri-la. Girou a maçaneta e empurrou a porta, mas ela não abriu, estava trancada e Tate estava gritando do lado de dentro, os barulhos mais intensos e fortes à medida que a voz aumentava até se tornarem urros furiosos e cheios de dor.

— Tate! — Berrou e bateu à porta tão desesperado que o coração parecia preso na garganta. — Tate, me deixa entrar!

Não teve uma resposta, mas também não teve silêncio, então se afastou um pouco e acertou um chute perto da fechadura, a madeira velha rangendo pelo impacto. Tomou um novo fôlego e chutou de novo, dessa vez conseguindo fazê-la ceder, o barulho do trinco quebrado sendo o suficiente para Sky, que entrou desesperado.

Arregalou os olhos ao ver tudo quebrado. O sofá estava virado, a mesa de centro também, a televisão espatifada no chão, junto a todos os dvd's preciosos de terror, e todo o resto, que parecia frágil, estava agora em pedaços, cerâmicas e vidros cobrindo a maior parte do chão.

Ofegou e procurou por Tate. Ele estava sentado perto da varanda, ao lado da vitrola tombada, com todos os discos jogados ao seu redor. Ele tinha os joelhos dobrados no peito e a cabeça tombada em cima deles, com o rosto amassado entre os vãos dos dedos e os olhos desesperados jorrando lágrimas.

— Tate! — Correu para perto dele e praticamente escorregou no chão ao se jogar ao lado dele, puxando-o para perto sem nenhuma resistência, um corpo frágil e fraco demais para conseguir lutar. — O que foi? O que aconteceu? Fala comigo.

Tate não respondeu, apenas começou a soluçar forte e tombou o corpo ainda mais para dentro de seus braços, deitando a cabeça em seu peito. Apertou os ombros dele e beijou a testa suada, penteando a franja orvalhada de suor para o lado.

Doía em Sky na mesma intensidade que doía em Tate, e não sabia o que fazer além de só abraçá-lo e consolá-lo em silêncio, sentindo a respiração acelerada dele arrepiar os pelinhos de seu braço e o choro intermitente fazer seu coração se agitar em medo; medo de perdê-lo; medo de não ser suficiente; medo de não conseguir ajudá-lo.

Continuou com Tate até ele pegar no sono. Enquanto o observava ronronar baixinho de cansaço, conseguia apenas pensar na merda que havia feito entregando o maldito bilhete a Armin.

ARMIN ESTAVA COM TANTA DOR DE CABEÇA que não conseguia sequer pensar direito, o nariz inteiro estava entupido por conta do choro incessante e os ouvidos zumbiam sem parar como se fossem explodir. Por dentro, parecendo abraçar o cérebro, dedos congelantes faziam tudo piorar, junto de unhas agudas pinicando sua massa cinzenta, prestes a rasgá-la.

Estava há algumas horas trancado no quarto, apenas se revirando na cama e remoendo todos os passos da briga como se estudasse para uma prova, os lábios reproduziam as próprias palavras involuntariamente, o estômago girava trapaceiro e parecia perder toda a temperatura assim que o rosto embargado de Tate surgia como um maldito holograma feito só para atormentá-lo.

"Não fiz nosso pai ir embora, Arminie!"

Depois que Armin colocou isso para fora, fazia ainda mais sentido para ele. Antes era como uma raiz presa entre as artérias do coração, sempre cutucando para sair, crescendo e crescendo em busca de um espaço maior, em busca de dominar tudo, em busca de ar. Em sua cabeça, a ideia era apenas uma ideia, conseguia espantá-la com um suspiro, duas ou mais doses de vodca se ficasse muito intensa, mas agora, agora que estava dura e imponente em sua frente, era um "fato".

O pai tinha ido embora por causa de Tate. Armin ouvia, ele ouviu tantas e tantas vezes e, depois, era como um mantra que repassava em sua cabeça todas as noites antes de dormir, parecido com uma oração assustadora da avó em línguas estranhas que perseguia seus sonhos e impedia-o de descansar direito.

"Não aguento mais você, Susan! Não aguento mais aquele garoto maluco! Não aguento mais essa casa!"

Agora, Armin tinha certeza, agora ele podia olhar para o teto e ter uma resposta, porque estava clara, bem na frente de seu nariz. A constatação disso o fazia-o chorar de tristeza pela primeira vez na vida, não mais de raiva, não mais de mágoa, só pela tristeza pesada demais para carregar e pelo desespero profundo daquele tipo que formiga nos braços e faz tudo parecer meio aéreo e cintilante.

Foi então que percebeu que estava "destruído". Muito tempo somado a coisas demais afundadas no peito, sempre pensando em Tate e unicamente em Tate, com proteção subindo por cima de proteção, com receio por cima de receio, e Armin só não teve tempo para enxergar que destruía também, que estava machucado e não só irritado. Demorou a entender que tinha uma ferida profunda no peito e que essa ferida não sararia se fingisse que nada havia acontecido.

Engasgou com um soluço e sentiu um pouco de saliva pingar na bochecha, os ombros tremendo por uma nova crise de choro que parecia tão difícil de suportar, tão difícil de enfrentar. Não queria que a briga tivesse acontecido, não queria que Tate tivesse começado a se questionar, não queria ter começado a *se* questionar, não queria ter percebido que, inconscientemente, nutria raiva por ele, pela mãe, pela vida, pelo mundo, por si mesmo.

Se Sky nunca tivesse aparecido, nada disso teria acontecido. Se Sky nunca tivesse se aproximado, Tate seria só triste e não escritor de um bilhete suicida; Armin seria só rabugento e não um poço fundo de tristeza e ressentimentos; e sua mãe seria só desatenta e não...

Armin percebeu que todos eles usavam máscaras, porém perceber isso doeu demais, porque quando a dele caiu, uma que carregava rancor para distraí-lo de toda agonia de uma infância inteira sem um pai, sobraram apenas músculos expostos e sensíveis que pulsavam para mostrar que sempre estiveram ali.

Estava cru e estar cru era desesperador, porque não sabia mais para onde correr ou como voltar a se esconder, um abraço e um puxão eram as únicas coisas que Armin desejou no momento em que arrancou a casca que o cobria, mãos abertas e expressão que dizia "tem alguém para mim aqui? Tem alguém para me amar aqui fora? Tem alguém para beijar essa parte feia e dizer que vai ficar tudo bem? Tem alguém que se importe comigo?".

Não tinha. Armin esperou, encarou a mãe e o irmão nos olhos, mas tudo que viu foi desgosto. Estava ferido, dolorido e gritava, mas nenhum deles pareceu disposto a ajudar nem gostou do que viu, da parte estranha que ele nem sabia que habitava por trás de seu corpo, uma parte que os dois também tinham e externaram tantas e tantas e tantas vezes, sempre sendo abraçados e acolhidos por ele.

Mas tudo ficaria bem no final, porque se acostumou com o abandono. Estava acostumado a ser quem segurava Tate pelos braços quando ele tinha um ataque de fúria sem sentido uma vez a cada milhões de anos e a ser quem limpava as lágrimas da mãe depois de ela se embebedar e soltar, com arrependimento e constrangimento, que queria apenas ter feito faculdade e viajado o mundo solteira, não dado a um cara bonitinho do ensino médio, que fez sua vida ser difícil e cansativa.

Tudo bem, Armin era sempre o que acolhia, mas nunca o acolhido, e já estava acostumado demais com isso.

"Acostumado demais."

Levantou-se com um pouco de dificuldade e abriu a gaveta do guarda-roupa que já caía aos pedaços, a porta cedia em cima de seu pé em um movimento tão brusco que ele gritou e puxou a perna para cima, pulando com uma só e choramingando pela dor formigante que alcançou todos os tendões.

— Filho da puta! — Resmungou entredentes, olhos bem apertados, enquanto massageava os músculos doloridos. — Porra velha do caralho!

Sentou-se na cama e respirou fundo, enxugando o rosto molhado de lágrimas antigas e recentes. Quando se acalmou, voltou à gaveta e chutou, com o mesmo pé, a porta tombada na lateral, fazendo-a voar para longe. Depois, fuçou as cuecas, pijamas, meias e camisinhas até encontrar um *beck* que embolou para emergências e se esqueceu de que existia por um tempo ao sair para comprar cerveja para Tate, que parecia mais triste que o usual certa noite.

Colocou-o entre os lábios e procurou por um isqueiro perdido entre os lençóis, e acendeu-o tão rápido que acabou engasgando com a fumaça fedorenta que descia meio perdida pelo lugar errado e escapava grossa da boca aberta. Limpou a garganta, fungou um pouco e tentou de novo, dessa vez tragando certo e resmungando pela sensação boa no peito.

Saiu do quarto fumando e decidiu ir à garagem, para tocar um pouco de bateria. Fazia um bom tempo que não extravasava na música e queria sentir o suor escorrendo, grudento na nuca, até perder a noção do tempo e do espaço. A maconha estava firme no organismo e ajudava no processo.

— O que vai fazer? — A mãe perguntou quando passou pela sala para chegar à garagem, então Armin parou e olhou para ela, contudo seu coração doeu com tanta intensidade que ele só desviou o olhar e tragou com mais força, ignorando-a completamente. — Armin Park, estou falando com você!

"Me abrace, me pegue, me segure, me puxe, diga que vai ficar tudo bem, diga que tudo vai passar, diga que não estou sozinho, diga que me ama sem envolver Tate no meio, diga que se importa."

Olhou para ela outra vez e esperou, mas a expressão fria e seca ainda era a mesma, o que só terminou de quebrá-lo.

— Bateria.

Foi só o que respondeu antes de abrir a porta para a garagem e batê-la com força atrás do corpo.

Era de manhã quando Sky finalmente sentiu Tate se mexer em seu colo. Ele tinha passado a noite inteira com a cabeça jogada em suas coxas, uma mão firme pressionando a base aveludada de seu joelho com tanta força que, com certeza, deixaria marcas quando o soltasse, e a respiração meio agitada batendo contra sua pele.

Não quis acordar Tate e preferiu deixá-lo dormir, porque ele parecia cansado demais para sequer respirar, então cedeu um pouco de suas horas de descanso de um dia de folga para confortá-lo com, pelo menos, uma boa noite de sono, muito embora ele tenha se mexido o tempo inteiro como se tivesse pesadelos.

Sky resmungou, dolorido. Só tinha conseguido deitar de um jeito absolutamente ruim — de lado, com a testa apoiada no braço — e sentia o corpo reclamar por isso, com a coluna estalando e os músculos queimando.

Tate levantou-se um pouco sonolento e olhou ao redor. Parecia perdido e assustado, como se tivesse batido com a cabeça em algum lugar. Tinha uma língua umedecendo os lábios e olhos grandes agitados passando de um lado para o outro, da vitrola tombada ao sofá revirado.

Então, lentamente, virou para encará-lo.

Sky sentiu-se estremecer quando Tate pareceu recuperar a memória do que havia acontecido e os olhos escureciam gradativamente enquanto a mente provavelmente trabalhava. Seu rosto passando a mensagem de "se afaste!".

Diante disso, Sky engoliu em seco e esperou que ele dissesse alguma coisa, que dissesse "vá embora!" ou "nunca mais quero te ver!" ou "me arrependo de ter te conhecido!". Mas não foi o que aconteceu. O que aconteceu foi que Tate voltou a deitar nas coxas de Sky e agarrou novamente o joelho dele.

Sky ofegou surpreso.

— O que aconteceu? — Sky arriscou e mordeu o lábio, nervoso. — Ontem, à noite... O que aconteceu?

Tate ficou em silêncio por um tempo, mas se mexeu desconfortável, e Sky sentiu os dedos dele apertarem com mais força sua carne.

— Não quero falar sobre isso. — Ele sussurrou. Não era grosseiro e não era duro, era só dolorido e magoado. — Estou cansado. Muito cansado.

Algo na voz de Tate fazia Sky se perguntar se era apenas cansaço usual ou aquele tipo de cansaço que te faz ter vontade de simplesmente desistir de tudo.

Quase abriu a boca para perguntar, contudo se deteve.

Não lhe respondeu. Em vez disso, mergulhou os dedos nos cabelos cinza emaranhados e começou uma carícia lenta no couro, ouvindo-o respirar profundo e praticamente amolecer em suas coxas, e o aperto em seu joelho diminuía pouco a pouco.

Olhou discretamente para ele, torcendo os lábios ao se lembrar do que tinha feito. Tinha entregado o bilhete a Armin com a esperança de que tudo desse certo, com a ingênua esperança de que Tate voltasse para o apartamento com uma melhora significativa, talvez mais disposto a aceitá-lo, mais aberto a…

A que, Sky? Beijar você e decidir ficar? Dizer que sente o mesmo? Te abraçar como se você fosse a última pessoa no planeta?

Sentiu vergonha, a quentura firme deslizava do pescoço para cima e abraçava seu rosto como uma mão sufocante, enquanto o peso da vaga inocência estúpida esmagava suas bochechas. Era um erro atrás do outro e Sky não sabia mais o que fazer para parar de ser tão impulsivo e idiota.

Pouco tempo depois, Tate levantou-se sem dizer nada e caminhou até o sofá, os pés cobertos por botas espremendo vidro e cerâmica pelo chão, levantou-o com um pouco de esforço e xingou um palavrão.

Tate deitou-se no sofá e olhou-o por alguns segundos, com olhos escuros úmidos de lágrimas que imploravam por alguma coisa, e Sky sentiu tudo dentro de si chacoalhar como se fosse arremessado por um carro, porque o olhar de Tate era perigoso e decidido, mas tímido também e muito constrangido, e Sky percebeu que não sabia mais lê-lo.

O contato apartou-se, e Tate descansou a cabeça no braço do sofá. Se não fosse pelas pernas inquietas, balançando de um lado para o outro como um tique nervoso, Sky acharia que ele tinha voltado a dormir.

Não sabia direito o que fazer, mas decidiu levantar-se e sentar-se ao lado dele, espremido entre os pés grandes e o canto do sofá, encarando-o enquanto esmagava o lábio inferior e pensava no que dizer. Estava nervoso, sempre sabia o que dizer, porém naquele momento, naquele momento em que uma energia meio estranha pairava no ar, Sky sentiu-se acanhado e levemente intimidado.

Timidamente, puxou os pés dele para cima de seu colo e parou, esperando por uma reação negativa. Tate sequer se mexeu, então ele retirou as botas e jogou-as no chão, começando a acariciar o tornozelo gelado em círculos e ganhando tempo para alguma coisa que não sabia o que era; conversa ou atitude, Sky não tinha ideia.

Preferiu a conversa.

— "Onde fica a saída?", perguntou Alice ao gato que ria. — Sky soprou as palavras, umedecendo os lábios ao ter os olhos de Tate em seu rosto, apenas um resvalar deles, já que continuava deitado.

— O quê? — Ele resmungou e apertou as sobrancelhas, com uma voz embargada de sono e de choro.

— "Depende", respondeu o gato. — Sky continuou apertando o tornozelo dele com mais força e fazendo-o gemer pela dor e pelo alívio, em uma massagem bruta para palavras doces. — "De quê?", replicou Alice.

— Sky, do que você está…

— "Depende de para onde você quer ir."

Tate ficou em silêncio, e Sky sorriu gentil. Era um de seus livros favoritos e em geral gostava de citar para si mesmo partes dele quando se sentia encurralado ou perdido, sempre que começava a achar que enlouquecia. Para Sky, Alice era liberdade de expressão e combinava perfeitamente com seus pensamentos desconexos algumas vezes, pensamentos meio doidos que não faziam tanto sentido para quem os visse de fora.

"Não sou louco, minha realidade é apenas diferente da sua", sua mãe dizia isso o tempo todo quando ele era criança. Começou a dizer com ainda mais frequência depois que Danny morreu e as pessoas apontaram que Sky perdia a cabeça, refletindo maluquice nas crises explosivas de "pelanca" por se achar responsável pelo que aconteceu.

— Isso é um livro? — Tate perguntou depois de um tempo, agora voltando a olhar para o nada, para a televisão jogada de ponta-cabeça no chão. — Esquece, é claro que deve ser.

— Você não é obrigado a conhecer, só que é o meu favorito, então sei de cor. — Sky respondeu e voltou a massagear os pés dele, subindo um pouco para as canelas, mas ainda contido o suficiente para não assustá-lo. — *Alice no país das maravilhas.*

— É. — Tate resmungou e estalou a língua no céu da boca,

balançando lentamente a cabeça para cima e para baixo. — Acho que li ele na escola, mas nunca fui muito bom com estudos, provavelmente me forçaram a ler.

Sky deu de ombros e soltou um risinho, porque quase todo mundo lia *Alice* por obrigação, o que era completamente normal. Na escola, ele era o único que realmente gostava da história e identificava-se com o contexto. Depois que cresceu, o livro passou a ser algo a que ele se agarrava, então tinha muito significado em sua vida.

— Tudo bem. — Disse. — Não tem problema.

— Mais uma. — Tate pediu e olhou-o outra vez, mas foi tão rápido que Sky piscou e ele estava aéreo de novo.

— O quê?

— Cita mais uma frase. — Tate mexeu-se e virou de barriga para cima, apoiando as mãos no peito e encarando o teto. Dessa posição, Sky conseguia ver perfeitamente a linha grossa do pescoço dele, com a pele dourada brilhando em gotículas de suor e lágrimas frescas. — Gosto de ouvir você falando de coisas especiais assim, me faz esquecer que estou na merda.

Sky ajeitou-se melhor no sofá e puxou os pés dele completamente para cima de seu colo, segurando-os pelos tornozelos com uma mão só enquanto pensava no que responder, com um biquinho ligeiro nos lábios e os olhos estreitando em dúvida.

— "Se eu tivesse um mundo só meu, tudo seria bobagem. Nada seria o que é, porque tudo seria o que não é. E, ao contrário, o que é, não seria. E o que não seria, seria. Entende?".

Olhou para Tate, curioso, mas ele tinha no rosto uma expressão de confusão engraçada, tão engraçada que Sky precisou rir, o que o fez rir junto. Ainda era uma risada pequena, curta e limitada, porém era uma risada, e uma risada é melhor do que uma crise de choro ou de raiva.

— Não entendi porra nenhuma. — Tate disse divertido e chutou Sky de leve no estômago, fazendo-o arquear o corpo em um reflexo rápido. — Deve ter sido por isso que não me lembro desse livro direito, porque é complicado demais para uma cabeça burra como a minha.

Sky negou e inclinou-se para perto, cutucando a costela dele através da camiseta para fazê-lo rir mais um pouco, mas ele apenas sorriu e se contorceu, expulsando a mão com tanta rapidez que até pareceria rude se Sky não o conhecesse o suficiente.

— Então, aqui vai mais uma: "Entenda seus medos, mas jamais deixe que eles sufoquem seus sonhos".

Sky voltou ao lugar de antes, raspando a mão na barra da roupa de Tate, que levantou e expôs um pouco da barriga. Educadamente e antes que Tate pudesse fazê-lo, Sky cobriu-o e sorriu, dando batidinhas na canela dele em seguida como se dissesse "tudo bem, está tudo bem".

— Acha que estou sendo um chorão medroso, não acha? — Tate sussurrou e grudou as mãos na camiseta para que ela não subisse de novo. Estava olhando diretamente para Sky agora, não para o teto. — Você me acha covarde, Sky?

— Te acho humano. — Respondeu. — Humano como eu, humano como todo mundo. Você é só humano, Tate.

Tate suspirou um som parecido com deboche, e Sky levantou a sobrancelha curioso. Estava esperando que ele contasse o que havia acontecido e voltasse a se abrir como timidamente fazia antes de tudo dar errado no camarim, mas Tate não disse nada. Nem uma só palavra. Era apenas o silêncio e uma respiração desregulada.

Continuou olhando para ele e, pouco a pouco, o silêncio não era mais constrangedor, era diferente e parecia criar impulso para alguma coisa, um impulso selvagem do fundo do peito. Sky sentiu vontade de se aproximar e de tocá-lo direito, com força e intensidade, porque Tate era demais para se achar tão pequeno e inferior e não era um cara qualquer. Sky queria mostrar isso a ele, que ele visse e parasse de se prender tanto a coisas tão miseráveis.

Queria, então foi o que fez.

Inclinou-se só por alguns segundos, coisa ínfima demais para sequer ser notada, no entanto, quando o corpo de Tate se enrijeceu e ele pareceu perdido, Sky soube que ele pensava o mesmo.

Esperou. Esperou Tate se inclinar de volta e soltar a corda, esperou ele permitir qualquer ação além disso. Piscou aturdido, e Tate não se mexeu, então voltou ao próprio lugar e mordeu os lábios constrangido.

— Sou um humano com mais covardia do que coragem, Sky.

Foi o que Tate disse antes do celular dele começar a tocar em algum lugar daquela bagunça e ele se levantar para atender, meio descabelado e ainda zonzo de sono, procurando pelas coisas caídas e pisando na cerâmica na ponta dos pés para não se cortar.

— Não ligo. — Sky resmungou baixinho para Tate não escutar. — Não ligo, porque gosto de você de qualquer jeito.

Tate deu as costas, alheio ao que Sky disse, e pegou o celular jogado na estante, grudando-o na orelha em seguida, com uma expressão meio nervosa depois de ter lido o visor.

— Oi, mãe. — Ele disse, e Sky levantou a cabeça atento. Não queria parecer tão intrometido, então cruzou uma perna em cima da outra e apoiou o queixo na mão. — Espera aí, fala mais devagar, não estou entendendo nada. A noite inteira? Espera aí, não saiu nem para trabalhar? Mãe, mãe, espera, devagar! Sangue? No chão? O quê? No rosto também? Estou indo aí, me espera na frente da garagem.

Tate desligou e correu para o quarto sem se importar com o chão cheio de cacos, e Sky levantou-se com pressa, seguindo-o com o coração um pouco disparado, com medo do que tinha acontecido, porque Tate de repente estava afobado, procurando por roupas limpas, cheirando uma atrás da outra para conferir se estavam mesmo limpas, ajeitando os cabelos no processo e resmungando coisas inaudíveis.

— O que aconteceu? — Sky perguntou e desviou o olhar quando Tate puxou a camiseta do corpo com força e pressa, praticamente nem percebendo que tinha mais gente no quarto. — O que foi, Tate?

Ele passou as mãos nervosamente pelo rosto e vestiu qualquer coisa que Sky não prestou atenção, calçou os chinelos que estavam diante da cama e tropeçou em uma garrafa na hora de sair da porta, praticamente derrubando Sky no processo, que se segurou no batente, e abriu a boca para reclamar.

— Preciso... — Tate resmungou e, já na sala de novo, puxou o patinete de dentro de um armário que guardava um monte de tranqueiras. — Preciso ir, droga, preciso ir à casa da minha mãe agora.

Ele se atrapalhou com o capacete rosa e, quando saía, Sky pegou-o pelo pulso, puxando-o de volta com um pouco de brusquidão, porque ele estava alterado e afobado demais para prestar atenção em qualquer coisa.

Os olhos grandes dele procuraram os de Sky, e ele pareceu se acalmar, com a boca parando de tremer gradativamente, mas estalou a língua e voltou à porta do apartamento, abrindo-a com muita força.

— Tate, vamos de táxi! — Sky disse alto e impediu-o de sair de novo. — Não vai sair desse jeito com essa coisa toda instável.

— Não tenho dinheiro para táxi, não tenho. — Ele resmungou e tentou se soltar mais uma vez, porém Sky o abraçou por trás de um jeito nada casto, praticamente quase o derrubando para frente. — Preciso mesmo ir, me deixa ir!

— Tenho dinheiro, eu pago.

Sky tirou o patinete das mãos dele sem nenhuma resistência e depois o capacete, jogando-os em algum lugar do apartamento antes de fechar a porta atrás deles e guiá-lo pelo corredor. Sabia que Tate queria reclamar e esperava por isso porque, então, talvez, a situação não fosse tão feia quanto ele imaginava que fosse, mas Tate permaneceu em silêncio até estarem já na calçada, caminhando apressados para um ponto de táxi.

— Sky, acho melhor você ficar. — Ele disse quando Sky apontou o dedo para o carro amarelo que vinha vagarosamente em direção a eles. — Sky, está me ouvindo?

— Não vou ficar. — Respondeu decidido. — Não vou ficar, vou com você.

O carro parou, e Tate tentou protestar, mas Sky o empurrou para dentro e entrou logo depois, batendo a porta com força e pegando na mão de Tate assim que o percurso começou.

Olharam-se profundamente e, no rosto dele, Sky enxergou gratidão.

Assim que viraram a esquina, Sky viu Susan parada no meio da calçada. Ela estava com as mãos na cintura e os cabelos descoloridos presos em um coque todo desengonçado, o pijama vermelho amassado ainda no corpo, pés descalços que congelariam pela temperatura meio baixa da manhã.

Ao longe, Sky conseguia escutar a bateria de Armin tocando freneticamente e desesperadamente, sons tão curtos e apressados que não fariam sentido para uma pessoa que não entendesse o avançado de música para identificar diferenças entre um verso e outro.

Olhou de relance para Tate, tentando adivinhar o que tinha acontecido como se a resposta estivesse escrita no rosto aflito dele, mas, antes que tivesse a chance de decifrá-lo, já estavam na frente de Susan e ao lado da porta fechada da garagem, que vibrava com os sons da bateria.

— Quanto tempo? — Tate perguntou assim que se aproximaram, e Sky poderia ter dado um passo para manter a privacidade, mas sentia que tinha tudo a ver com o bilhete e queria desesperadamente saber o que sua impulsividade havia causado.

— Desde que você foi embora até agora. — Susan respondeu e olhou rapidamente para Sky. Ela fixou a atenção por alguns segundos, talvez pensando em perguntar o porquê de ele estar ali, contudo uma batida forte no prato da bateria a assustou. — Ele sequer me escuta. Tate, tem tanto "sangue!". Não sei o que fazer!

Tate respirou fundo e esfregou o rosto com as mãos, indo e voltando com o corpo como se estivesse com medo de tomar uma atitude, como se estivesse com medo de encarar Armin, e Sky perguntou-se que nível sua merda havia alcançado.

— Não consigo falar com ele agora, mãe. Não depois de ontem. — Tate sussurrou com o maxilar trincado e umedeceu os lábios, fechando os olhos com força. — Sky, tem um cigarro?

Sky apalpou a calça jeans, mas percebeu que tinha deixado em casa, então balançou negativamente a cabeça e encolheu-se quando Tate grunhiu furioso. O rosto dele estava mergulhado em um ódio tão esquisito que se tornou irreconhecível, com os olhos escuros e os dentes apertados.

— Tate, o que está fazendo?! — Susan perguntou quando ele

deu as costas resmungando alguma coisa sobre comprar um maço de cigarros antes de entrar. — Filho, volta aqui!

Sky abriu a boca para chamá-los, mas eles desapareceram na esquina tão rápido que bastou apenas um piscar, então estava sozinho diante da garagem, escutando a fúria de Armin na bateria. Um barulho meio molhado provocava calafrios na espinha, e os resmungos cansados ultrapassavam até mesmo o portão fechado.

Puxou o ar com força para os pulmões e decidiu entrar. Se tinha causado aquela situação, então teria que se responsabilizar pelas consequências, por mais feias que fossem. Estava morrendo de medo, mas estava ainda com mais medo de deixar Armin sozinho naquela situação por muito mais tempo.

Abriu a porta bem devagar, ouvindo-a ranger. Dentro da garagem era tudo muito escuro, poeira densa passando de um lado para o outro nos únicos feixes de luz disponíveis — as janelinhas do portão e a lâmpada pendurada por uma cordinha, mas Sky conseguiu enxergar Armin muito bem.

Sentado na banqueta da bateria e tocando desesperadamente, estava um homem que Sky nunca tinha visto na vida. Ele estava com os cabelos grudados no rosto e completamente encharcados de suor, com respingos de sangue nas pontas. Da testa ao queixo, tudo brilhava em vermelho-fogo, inclusive as veias dos olhos, veias salientes que pareciam prestes a explodir. As bochechas, infladas por culpa do esforço, tinham filetes finíssimos de sangue, e eles brilhavam junto com o suor e pareciam cintilar no meio da escuridão como joias raras da morte.

— Armin? — Sky chamou com delicadeza e aproximou-se lentamente, uma perna na frente da outra como se estivesse aprendendo a andar. — Armin, você precisa parar.

Sky notou que das mãos dele escorria sangue vivo. O sangue caía pelo pulso e pingava no tronco nu, deslizava para as pernas e encontrava o chão, que estava inteiro respingado como se alguém tivesse tido uma hemorragia no nariz e espirrado olhando para baixo.

— Armin, está se machucando. — Tentou outra vez e parou na frente dele, mas os olhos estavam simplesmente fixos no portão e era como se ele dormisse sentado, sequer sentindo que os dedos e as mãos estavam em carne viva. — Armin, por favor!

Sky esperou, porém nada aconteceu, então, por impulso, simplesmente se enfiou entre ele e a bateria e segurou-o com força, arrancando as baquetas de suas mãos e puxando-o para cima pelos pulsos escorregadios, encharcados de sangue que fez tudo em seu estômago girar, com a imagem de Danny brilhando vivo em sua cabeça como se aquele maldito acidente tivesse acontecido ontem e não há longos dez anos.

Armin ficou furioso e tentou empurrá-lo, mas Sky colou o peito nas costas dele e o tirou de perto da bateria, praticamente arrastando-o para perto da entrada da casa com tanta força que bufou e se desequilibrou, caindo sentado com ele no meio de suas pernas, e um cotovelo acertou sem querer o pé de seu estômago.

Armin não dizia nada, apenas se levantou e se esgueirou, mas Sky o manteve firme nos braços como se segurasse o amigo que morreu, como se mudasse parte do passado, sentindo tudo de novo com o mesmo impacto; vinho no lugar de sangue, caminhão no lugar da bateria.

Chorou quando Armin começou a chorar e, quando menos percebeu, os dois estavam com as bocas abertas, derramavam alma por motivos completamente distintos e brigavam entre si pelo controle e poder, força indo e voltando à medida que tudo começava a ficar mais quente e apertado.

— Para! — Sky gritou e gritou, apertando-o contra o peito. — Para de se debater!

Armin inclinou o corpo para sair do abraço e foi então que Sky fez a primeira merda do dia. Acertou um tapa no rosto dele, um bem-dado que praticamente o amoleceu. Armin caiu sentado e olhou para trás tão forma tão lenta como se estivesse em um filme, mas, quando se encararam, Sky recuou assustado.

Armin estava tão vazio e aéreo que parecia "morto". Seus olhos não tinham foco e estavam escuros de um jeito pavoroso, assustador.

— Armin, olha para mim. — Apertou o rosto dele entre as mãos ensaguentadas e balançou-o de um lado para o outro, dando batidinhas, vez ou outra, nas bochechas vermelhas. — Ei, Armin! O que aconteceu ontem? O que aconteceu?! Fala alguma coisa!

Então, ele simplesmente puxou o ar com força e tombou a cabeça em seu peito.

Sky arregalou os olhos e começou a chorar, pensando que ele tinha simplesmente parado de respirar, mas sentiu um ronronar baixo e suave vibrar em sua clavícula. Sentiu alívio, mas um alívio momentâneo, porque o medo de ter sido responsável por isso atingiu bem no fundo de seu peito em uma pontada que o fez perder o ar, ficando com a boca aberta para recuperar oxigênio.

Sky jogou a cabeça para trás e abraçou o corpo de Armin, que começava a escorregar. Abriu as pernas para acomodá-lo melhor e fechou os olhos para controlar os nervos borbulhando pelo corpo e pareciam prestes a explodir de tão acelerados e desesperados, e ansiedade corria traiçoeira pelo seu cérebro.

Quando Tate chegou, estava com um cigarro pela metade na boca. Ele congelou diante da porta, por um tempo sem nenhuma reação, depois entrou apressado e se ajoelhou na frente de Sky, acariciando os cabelos de Armin com um cuidado doce e delicado, com dedos lentos circulando o couro cabeludo encharcado de suor.

— Eu tinha que ter ficado ontem. — Tate sussurrou quando Susan se aproximou para aninhar Armin nos próprios braços e sentou-se com ele entre suas coxas, em um choro silencioso molhando o rosto e o pescoço. — Não era para eu ter ido embora daquele jeito.

Sky ficou em silêncio. Sentia que não conseguia falar e estava esgotado e que a situação tinha cortado fora sua voz, porque sua garganta estava seca como o inferno e extremamente fechada, respiração entrando chiada nos pulmões.

— Obrigada por isso, Sky. — Susan disse, e Sky olhou para ela. Estava tão cansado que seus olhos quase rolaram para dentro das pálpebras. — Muito obrigada.

— Sky? — Tate chamou, e lentamente Sky voltou a atenção para ele, sentindo que acabaria desmaiando. O cheiro do sangue estava forte demais, e as lembranças giravam com intensidade ao redor de seu cérebro como um filme. — Está tudo bem?

Sky apenas respirou, e Tate franziu as sobrancelhas preocupado. Ele tocou delicadamente sua bochecha com a ponta dos dedos, limpando uma gotinha de sangue na curva dela. Seu toque era quase invisível, e a pele de Sky tão dormente sequer sentiu o calor e o carinho, esforço demais consumindo suas sensações.

— Me ajuda a levar ele para dentro, Tate. — Susan pediu, e Sky fechou os olhos engolindo a saliva com dificuldade. Tudo tremia e parecia estranho à visão, e bolotas coloridas surgiam por aí.

— Sky, já volto. — Escutou-o sussurrar e sentiu-o levantar-se, com um calor gostoso se afastando de seu corpo. — Vou cuidar de você.

Então, Sky respirou fundo e aguardou.

Tate colocou Armin na cama e, depois de umedecer um pano liso na pia do banheiro do corredor em que a água era quente, limpou as mãos feridas dele, sentindo o coração doer ao ver o estado delas: cortadas, cheias de calos, assadas e vibrando em um líquido viscoso transparente.

Suspirou e deslizou por entre os dedos pequenos, segurando a vontade de chorar. Armin tinha sido tão cruel, mas ainda era seu irmão e estava tão confuso que não sabia se o abraçava ou se o empurrava para fora da cama, com a raiva e a tristeza embolando todo seu corpo.

Balançou a cabeça para expulsar esses pensamentos. Precisava focar o Armin no momento, precisava cuidar dele antes de se deixar remoer o que havia acontecido, porque essa era a primeira vez que o via desse jeito tão descontrolado e exposto. Era a primeira vez que o via sangrar dessa forma o via dormir no colo de uma pessoa estranha.

— Só faça sem pensar, Tate. — Sussurrou para si mesmo quando se levantou para ir ao banheiro lavar o pano. — Apenas faça, para de pensar tanto.

Esfregou o pano ensanguentado e voltou ao quarto, levantando levemente os pulsos de Armin para limpá-los, finalizando com as gotículas no peito nu e no rosto corado e penteando os cabelos dele para trás com carinho.

"Só faça, Tate. Só faça."

Beijou a testa dele e cobriu-o com o lençol antes de sair do quarto, apagando a luz e encostando a porta.

— Ele ainda está dormindo? — Sua mãe perguntou quando chegou à sala e puxou suas mãos para dentro das dela, com seu olhar aflito e lágrimas no rosto preenchendo o ambiente. — Como estão as mãos?

— Armin vai dormir por um bom tempo. — Resmungou e olhou para trás em direção ao quarto. Sentiu a raiva voltando aos poucos e arrancando sua tristeza para ocupar todo o espaço.

— Sim, mas e as mãos? —Ela perguntou mais alto, praticamente estridente, e Tate fechou os olhos para evitar uma dor de cabeça.

— Não cuidei delas para não acordá-lo, mas vou ficar aqui hoje e as enfaixamos mais tarde, tudo bem?

Ela balançou a cabeça e o beijou na bochecha, abraçando-o com muita força antes de ir direto ao quarto de Armin, fechando delicadamente a porta.

Tate suspirou e entrou na garagem, sentindo o ar faltar ao ver Sky sentado quieto no chão, com as mãos sujas tremendo em cima das coxas, cabeça tombada para frente e lábios cantarolando baixinho *Summertime*.

Caminhou até Sky e abaixou na frente dele, tocando-o no queixo. Sky levantou o olhar e, quando se encararam, as pernas de Tate tremeram instantaneamente com a expressão intensa e magoada dele, os lábios inclinados para baixo e as sobrancelhas franzidas.

— Vamos lá para dentro. — Sussurrou para ele, e beijou-o no queixo, demorando tanto tempo que fechou os olhos para sentir melhor. — Vamos, vamos limpar essa sujeira.

Tate ajudou Sky a levantar-se e guiou-o para a casa com cuidado, sustentando o corpo mole e pesado pela cintura, mãos firmes nela enquanto caminhavam lentamente para o sofá. Colocou-o sentado nele e foi buscar outro pano na cozinha, umedeceu-o antes de se ajoelhar diante dele e puxou os pulsos para perto, mas mãos e braços manchados de sangue meio seco o assustaram um pouco.

— Ele não parava de tocar. — Sky resmungou um tempo depois, balançando a cabeça de um lado para o outro como se tentasse negar alguma coisa. — Ele não largava as baquetas, não me escutava. Dei um tapa nele, um bem forte, contudo não queria fazer aquilo.

Tate franziu as sobrancelhas e olhou para cima, para os olhos aflitos de Sky. Sorriu para confortá-lo enquanto lhe esfregava os dedos grudentos, aplicando um pouco mais de força para que não ficasse para trás nenhum respingo.

— Foi só uma reação, Sky. — Respondeu e deslizou o pano para os antebraços. — Não se preocupe, você não fez de propósito. Está tudo bem. Vai ficar tudo bem.

— Sangue demais, Tate. — Tate mordeu os lábios, pensando em como Armin estava acabado e assustador de um jeito que ele nunca tinha visto antes. — Havia muito sangue. Tentei não encostar e não consegui, não consegui fugir. Achei que eu já tinha superado e que não me afetava mais, mas, quando senti aquilo nos dedos, me lembrei e era como se eu estivesse pegando Danny no colo de novo.

Tate parou e olhou para Sky outra vez, entendendo aonde ele queria chegar, e só ao notar as pequenas lágrimas nas bochechas se sentiu um pedaço de bosta ambulante por ter permitido que ele visse o que acontecia com Armin. Sabia que tinha sangue no cenário, porque a mãe lhe dissera por telefone, mas não sabia que era tanto nem imaginou que Armin tivesse destruído as mãos a ponto do fluxo de sangue nunca cessar, ferida em cima de ferida e bolha em cima de bolha.

Abaixou a cabeça, constrangido. Parecia nunca pensar direito, era tão burro que saiu para fumar quando Armin precisava dele lá, quando Sky precisava que ele cuidasse da situação por si só. Era tão inútil que não conseguia sequer lidar sozinho com os dramas da própria família, do próprio irmão. Sentia-se tão inútil por não conseguir segurar as pontas sem surtar.

Umedeceu os lábios e apertou as mãos de Sky entre as suas, tomando coragem para olhá-lo outra vez. O coração virou uma ameixa seca ao ver que as lágrimas caíam ainda com mais intensidade e mais força.

— Sinto muito que você tenha visto aquilo, Sky. — Sussurrou e inclinou-se para cima, para colar as testas como gostava de fazer. — Sinto muito, fui irresponsável. Me desculpa.

Sky não disse nada, mas desviou do contato e deixou o rosto cair no ombro de Tate. Sky começou a chorar e abraçou-o meio desengonçado pela posição, o som quente e sofrido da voz dele contra sua pele era tão áspero que parecia ferver e derreter. A única reação de Tate foi abraçá-lo de volta até que ele só soluçasse e sofresse em completo silêncio, apertando suas costas com dedos firmes e desesperados, difíceis de ignorar quando mergulhados nos músculos doloridos.

— Quero ir para casa. — A dor de Sky atingiu profundamente seus ouvidos, e Tate assimilou a ideia concordando com a cabeça. — Quero voltar.

Não respondeu, apenas se levantou e o trouxe para perto com um braço na cintura, segurando-o pelos ombros para olhá-lo bem nos olhos. Não sabia se deveria deixá-lo sozinho, mas Sky tinha uma expressão decidida, e Tate percebeu que, naquele momento, era o melhor que podia fazer, porque afinal ainda era apenas um ser humano lidando com demônios demais para que conseguisse ajudá-lo de qualquer forma que não parecesse superficial.

Pediu que ele esperasse na sala e correu até o próprio quarto, respirando fundo após se lembrar da briga com Armin. A cama ainda estava desarrumada por terem rolado em cima dela, e a cômoda parecia figurativamente achatada por sua cintura pressionada na borda há apenas algumas horas.

— Só faça, Tate. — Sussurrou e puxou uma gaveta de roupas, tirando de lá uma camiseta limpa, branca e sem estampas. — Faça. Só faça. Não pense.

Voltou para Sky e entregou-lhe a camiseta. Ajudou-o a tirar a que estava suja e depois a passar pela cabeça a limpa, ajeitando-a no quadril meio trêmulo e alisando-a só porque queria tempo para se recuperar emocionalmente por vê-lo com o tronco nu. Sua pele bronzeada chamava sua atenção, e os músculos naturais contornavam os espaços.

Em completo silêncio, Tate acompanhou Sky até o ponto de táxi e perguntou se precisava de alguma coisa, mas ele negou com a cabeça e entrou no carro, colando uma mão na janela e olhando-o profundamente enquanto se afastava, e a esquina finalmente os separou em questão de segundos.

Quando voltou para dentro, foi direto ver Armin. Ainda precisava cuidar das feridas dele que, em algumas horas, estariam insuportáveis de tão doloridas. Empurrou a porta lentamente e entrou, deixando-a aberta. Aproximou-se da cama e a mãe virou a cabeça para encará-lo, olhos encharcados de lágrimas que denunciavam seu frágil estado emocional desde a noite de ontem. Uma noite difícil de esquecer depois de tudo o que aconteceu.

— Acha que devemos acordá-lo? — Ela perguntou em um sussurro e se inclinou para cima da cama, fazendo carinho nos cabelos de Armin, que respirava profundo como se hibernasse. — Acha que seria melhor dar um banho nele para tirar todo esse suor? Talvez ele descanse melhor e...

— Mãe, ele está descansando bem demais. — Riu baixinho para passar segurança a ela, que apenas mordeu os lábios com força e balançou a cabeça, despistando um pensamento ruim. — Pega a caixa de remédios no banheiro e algumas faixas, vamos só cuidar das mãos e deixá-lo dormir. Armin tem problemas com sono desde novo, provavelmente esse seja o melhor momento da vida dele.

Susan hesitou, mas então se levantou apressada e sumiu pelo corredor, deixando Tate sozinho com um Armin desacordado que parecia muito frágil e inofensivo. Não se parecia com o Armin da noite passada que lhe disse coisas tão horríveis. Aquele não se parecia com o Armin que ele conhecia desde que eram apenas bebês. Essa era uma versão que nunca tinha visto, que nunca tinha presenciado.

Não sabia se gostava dela nem se gostava de tê-lo dessa forma tão vulnerável, porque não parecia possível depois de tanta maldade que precisou ouvir. Não sabia se gostava, porque sentia que cederia fácil demais se ele lhe pedisse desculpas. Queria o Armin monstruoso, o Armin irritado, o outro Armin, um Armin que merecesse ser ignorado por tanto tempo que seus cabelos já seriam brancos quando a barreira descesse.

Esse Armin era apenas... apenas um desconhecido, e Tate não gritava com desconhecidos, muito menos os ignorava.

Tate cuidou das feridas com antibactericida e pomadas para assaduras, enfaixando-as logo depois e cobrindo o corpo dele outra vez com o lençol, puxando-o até quase o queixo ainda vermelho e febril.

Quando estava saindo do quarto, olhou rapidamente para trás e sentiu o coração doer.

Não teve notícias de Sky nem de Armin no dia seguinte, mas estava mais preocupado em ficar completamente sozinho no apartamento para limpar a bagunça que tinha feito depois da briga, praguejando pelo fim terrível de sua televisão e sua parceira de inúmeras noites solitárias.

Depois de terminar de varrer cacos de vidro, bitucas perdidas e papéis desnecessários, Tate recebeu uma ligação no telefone. Era Storm lhe passando um endereço estranho. Ela disse que ele precisava ir até lá, de preferência de banho tomado e cabelo limpo, porque tinha tido uma ideia para divulgação e era melhor que fosse tudo à noite, já que as noites deixavam as fotos mais bonitas.

Quando chegou lá, em uma casa bonita, afastada da civilização e com um quintal gigante, Tate franziu as sobrancelhas enquanto pensava que não sabia absolutamente nada sobre Storm, muito menos o que ela fazia da vida além de estudar fotografia. A única coisa que sabia era que ela transava com Sky nas horas vagas e que era um doce de pessoa, mas ocupações e *hobbies* ainda eram um buraco em branco em sua cabeça.

Tocou o interfone e encolheu-se um pouco por causa do frio daquele lado do bairro. Estavam mesmo muito próximos do inverno, mas o tempo ainda não estava tão estranho na parte feia do Brooklyn, pelo menos não onde morava.

" — Entra, o portão está aberto."

Empurrou as barras brancas grandes e entrou cauteloso. Olhou para todos os lados procurando por Storm, porém viu que somente os fundos da casa estavam com as luzes acesas e que vozes e risadas vinham de lá, então apenas passou pela lateral da casa e chegou até eles.

Tinha uma piscina pequena com fumaça saindo de dentro na lateral e um caminho de pedras que levava a um chafariz central. Ao lado dele, havia banquinhos de leitura acolchoados com tecido vermelho bem escuro e recheados de almofadas coloridas. As luzes eram específicas de dois postes enormes e estranhos, com placas em cima que mais pareciam satélites.

Aproximou-se silenciosamente e espetou as costelas de Nolan com os polegares. Ele deu um pulo para trás e uma espécie de grito estagnado, respiração acelerada acertando o rosto de Tate quando ele se virou para olhar, indignado.

— Ficou maluco? — Ele perguntou em alto tom, sobrancelhas apertadas e olhos arregalados. — Eu poderia ter infartado, seu puto!

Tate riu e notou que estavam todos olhando para ele, então apenas chacoalhou a mão de um lado para o outro em um cumprimento geral, procurando por Sky instantaneamente.

Ele sorria de um jeito tão dócil que parecia que o acidente com Armin cheio de sangue nunca havia acontecido, o que o deixou ligeiramente confuso, com os lábios torcidos e um ponto de interrogação em cima da cabeça.

Para Armin, não direcionou o olhar. Não queria vê-lo nem encará-lo. Ainda estava nervoso, magoado e em dúvida do que fazer, então não queria correr o risco de se aborrecer com qualquer expressão raivosa que ele carregasse.

— Por que estamos aqui? — Perguntou para Storm depois de se sentar ao lado de Sky e passar o braço pelo apoio do banquinho, quase o tocando nos ombros. — Eu tinha acabado de limpar o apartamento.

— Alguma coisa útil você sabe fazer, então. — Jaden brincou com um sorriso enorme iluminando todo seu rosto forte e bonito. — Aquele lugar parece um chiqueiro.

— Nenhum homem limpa o próprio apartamento direito, cara. — Hyun respondeu e fingiu uma careta de desgosto, caminhando para perto deles, e sentou-se no braço do banquinho ao lado de Sky, praticamente caindo em cima dele. — Somos porcos por natureza.

— Fale por si só. — Jaden replicou e abanou o próprio nariz. — O sangue de vocês dois deve feder à bituca de cigarro e comida estragada, então.

Tate riu e levantou o dedo do meio para ele, logo virou para Storm outra vez, esperando uma resposta. Ela arrumava uma câmera gigante em um tripé e xingou um palavrão pelo esforço que aparentemente o trabalho exigia.

— Tive uma ideia de vestirmos figurinos específicos para essa sessão de fotos. — Nolan respondeu por ela e coçou a nuca envergonhado. — Tipo, precisamos chamar a atenção de alguma forma, e Storm disse que seria legal se a gente se vestisse como alguns nomes grandes do rock.

— Para mostrar que sabemos cantar de tudo e que ainda somos uma banda *cover* em ascensão? — Sky questionou e Tate o sentiu se aconchegar em seu peito, quase como se largasse todo o peso na lateral dele, o calor específico incendiando seu corpo.

— Exato. — Nolan respondeu.

— Mas isso não tiraria o foco principal? — Hyun pontuou. — Não nos faria parecer "apenas" uma banda *cover*?

— Uma banda *cover* com potencial para crescer sozinha. — Storm disse e se juntou a eles, mãos na cintura e sorriso travesso. — Vocês estarão praticamente dizendo que, se alguém quiser contratá-los para uma gravadora, não se arrependerão, porque podem fazer de tudo.

Tate levantou uma sobrancelha desconfiado.

— Que tipos de artistas? — Perguntou.

— Artistas que gostem, que representem o que são no palco. Sky pode ser Joplin, você pode ser Angus e Hyun pode ser, sei lá, Hendrix? Armin, você tem algum baterista favorito?

Um silêncio flutuou no ar e, quando Tate finalmente virou para encarar Armin, ele estava tão aéreo que olhava para Storm sem realmente parecer escutá-la. Ele tinha uma expressão neutra que fugia completamente da rabugenta de sempre, mas que não se aproximava de nenhuma outra, como se fosse a face de um *android*.

— Nick Mason. — Ele respondeu depois de um tempo, voz mórbida deixando o clima estranho. — Nick Mason, Pink Floyd.

— Vamos ter que colocar um bigodão em você. — Hyun disse e riu, apontando para ele, mas Armin não riu e não era como se Hyun se importasse com isso. — E aquelas regatas coladinhas.

— O que aconteceu com suas mãos, cara? — Jaden perguntou, e Armin as apertou entre as coxas, sem responder de imediato. — Aliás, o que aconteceu com "você"?

— Toquei demais por esses dias e acabei me machucando, mas até amanhã estarão melhores. — Armin resmungou e mordeu os lábios. Tate ficou esperando que seus olhos se cruzassem, mas isso não aconteceu, porque ele só estava olhando para Storm e apenas para Storm. — É sério.

— Você vai conseguir tocar? — Nolan questionou. — Storm vai divulgar as fotos de hoje na faculdade amanhã cedo, então o show tem que sair perfeito. Você vai conseguir tocar?

Um segundo de silêncio passou antes de Armin apenas confirmar com a cabeça e se recostar no banquinho, desviando a atenção para o chafariz que transbordava água da coluna central.

— Mas espera, e se rirem da gente? — Sky falou e Tate olhou para Armin por mais um tempo antes de virar para o lado, captando a expressão assustada de Sky. — Quer dizer, não somos grandes como esses artistas, pode parecer forçado.

— Sky, você é um camaleão do cover, até expressões faciais você consegue imitar. — Storm resmungou e levantou uma sobrancelha. — As pessoas piram nisso, piram com a ideia de shows tão grandiosos quanto os originais com um valor menor. Se vocês se vestirem como eles, o sucesso vai ser enorme. Confie em mim.

Sky estalou a língua no céu da boca e olhou para Tate, perguntando silenciosamente o que ele achava da ideia.

Tate achava horrível.

Ele não era tão bom quanto Angus Young, seria muito estranho se vestir como ele e passar a ideia de que conseguia fazer tudo que ele fazia, de que tinha as mesmas habilidades e a mesma experiência musical.

Se cometessem um erro, as críticas seriam massivas e o *hate* ainda mais grotesco. Não sabia se conseguiriam lidar com isso no momento, se a banda conseguiria passar por coisas pesadas logo no início.

— Não sei. — Confessou. — Correremos riscos de críticas difíceis de engolir. Não sei se será bom ter um começo assim.

— Todo mundo é criticado hoje em dia, Tate. — Hyun disse, e levantou-se do banquinho para poder cruzar melhor os braços no peito. — "Qualquer" começo pode ser cheio de críticas, não temos como saber. Estamos de olhos vendados e qualquer petisco se torna uma grande refeição se tivermos coragem de dar um grande passo à frente.

Tate suspirou e olhou para Nolan, que balançou a cabeça em concordância. Depois, olhou para Jaden, que fez o mesmo gesto. Por último, Armin, mas ele estava distraído demais olhando para as estrelas, o que o fez perceber que não conseguiria dar uma resposta sã em momento algum daquela noite.

— Precisamos arriscar, cara. — Nolan deu de ombros e inclinou a cabeça para o lado, apenas um leve chacoalhar indiferente. — Ou então vamos tocar para sempre na garagem e em bares.

Sentia que estavam esperando sua resposta.

Era o fundador da banda e, apesar de todas as vezes decidirem juntos, havia um respeito silencioso sempre que precisavam da "cartada final" e sobrava para Tate confirmar ou negar.

Passou a mão pelo pescoço e fez um barulho com a boca parecido com "tsc", pesando as consequências que, até o momento, eram infundadas, porque Tate não tinha certeza se aconteceriam. Ou entravam de cabeça com tudo e seguravam as merdas que viriam junto com os benefícios ou davam para trás e morriam desconhecidos, coisa que Tate não estava disposto a deixar acontecer.

Se cometessem um erro...

Mas... e se não cometessem?

E se não cometessem...

— Vamos nessa, então. — Ele disse e viu quando os rostos de todos se iluminaram, exceto o de Sky e de Armin. — A merda a gente cheira depois e chuta pra privada.

— É melhor ela descer do cu e nos dar certeza de que é merda, do que continuar presa no intestino fazendo a gente acreditar que são gases. — Hyun fez uma cara orgulhosa, e Nolan balançou negativamente a cabeça rolando os olhos enquanto ia para perto de Storm discutir figurinos.

— Nunca ouvi essa expressão na minha vida. — Sky disse-lhe enquanto ria, o clima tenso se dissipando aos poucos. No final, não teriam mesmo como adiar. — Quem te ensinou isso?

— Nolan, na escola. — Hyun sussurrou com a mão na lateral da boca para Nolan não escutar, e Sky arregalou os olhos surpreso. — Ele falava muita merda naquela época.

— Ele não tem cara de quem fala coisas assim. — Sky replicou. — É certinho demais.

Tate sabia que Hyun estava mentindo. Em todos esses anos de amizade, Nolan nunca falou nada parecido, mas ele não contestaria, porque Hyun nunca levava nenhuma contestação a sério.

Levantou-se e deixou os dois conversando e rindo de coisas sem sentido, e aproximando-se de Storm com curiosidade. Queria saber qual seria o próximo passo e estava um pouco animado para ver o que ela havia preparado, já que ninguém dali tinha roupas para algo do tipo.

— O que vamos vestir? — Perguntou a ela, que desviou rapidamente os olhos de Nolan para encará-lo.

— Tenho caixotes de figurino em uma sala dentro da casa, acredito que vamos achar coisas interessantes lá. — Ela respondeu e olhou para Sky, por trás do ombro de Tate, sorrindo sapeca. — Vou fazer ele usar penas no cabelo. Vai ficar lindo.

— Então, vamos fazer isso agora? — Jaden perguntou após surgir do nada atrás deles fazendo Tate dar um pulo. — Quanto mais cedo, melhor.

— Sim, me ajudem a buscar as coisas.

Em duas horas ou menos, estavam prontos e Tate quis rir da bermuda ridícula que estava usando. Era uma bermuda como a de Angus Young, que o fazia parecer um adolescente de escola rica, a camiseta branca de botões por baixo de um terninho azul deixando tudo pior. Para completar, uma gravata listrada verde e amarela muito feia e mocassins pretos lustrosos.

Armin foi obrigado a colocar uma regata branca coladíssima que deixava praticamente seu tronco inteiro marcado, uma calça jeans larga com barras gigantes e botas pretas simples, do tipo *cowboy*. Por cima da regata, um colete de couro sintético marrom com franjas.

Hyun estava pulando de um lado para o outro enquanto Storm organizava as maquiagens e a calça grudada, e ainda por cima boca de sino, que ele usava o acompanhava como uma maldição, marcando seu traseiro e suas coxas bonitas. Na cabeça, ele tinha uma bandana de cetim amarela com detalhes em vermelho e, no tronco, apenas uma camiseta de manga comprida toda colorida com um decote em "v" que praticamente descia até o umbigo. Hyun também usava colares, pulseiras e anéis diferentes que praticamente não combinavam em nada com o resto. Nos pés, sapatos sociais pretos.

Nolan tentava imitar Ian Hill, o baixista da Judas Priest. Vestia uma calça de couro com tarrachas nas barras, uma camiseta preta de mangas compridas e um colete também de couro com o zíper fechado e brilho nos bolsos. Nos pés, apenas botas de combate.

E então Sky.

Sky estava o mais parecido possível de Janis Joplin e quando ele saiu da casa todo arrumado, Tate sentiu o estômago inteiro se contorcer com vontade de beijá-lo até a boca secar. Ele usava uma calça de veludo como as do grande show, mas não era azul, era rosa e descia apertada nas pernas até as barras, que tinham formato de sino e cobriam até mesmo seus pés. A blusa era turquesa e toda larga, enfiada por dentro da barra da calça, com uma gola que deixava exposta boa parte de seu peitoral, bronzeado quente e atraente, enfeitado por colares de madeira diferentes. Na cabeça e cobrindo seus cabelos pretos intensos, faixa de penas rosa, vermelhas, azuis e verdes.

Quando ele se sentou em um dos banquinhos com a pose da Joplin na capa do último álbum dela, o *Pearl,* Tate crispou os lábios e xingou mentalmente um palavrão, porque ele estava sexy demais com o corpo inclinado para o lado, cotovelo apoiado no braço do banco e uma perna em cima da outra, a cintura fina ficando ainda mais evidente pela posição.

— Assim? — Ele perguntou quanto Storm ajeitou uma pena caída de sua cabeça. — Desse jeito? Estou bonito, Storm? Me sinto estranho.

— Lindo.

Quando todos os rostos viraram em sua direção, Tate levou alguns segundos para processar que o elogio tinha saído de sua boca. De sua maldita boca grande como a de uma maldita sacola.

— Você acha? — Sky perguntou, inocente, e pareceu nervoso por um instante, olhando para si mesmo. — Não ficou feio?

— Seu cabelo. — Respondeu alto demais, a voz meio falha no final, sorriso sem graça adornando o rosto. — Seu cabelo ficou... "daora" com as penas.

Um silêncio constrangedor fez Tate querer se jogar dentro de um buraco e nunca mais sair.

— Ô climão. — Hyun gargalhou e bateu forte nas costas de Tate, o que era para ser, de novo, um tapinha de consolo. — Vou fazer ele sumir com uma piada agora, um minuto da atenção de todo mundo.

E o silêncio continuou, mas agora estavam esperando Hyun contar a piada. Quando cinco segundos se passaram, Tate abriu os braços como se perguntasse "e a porra da piada, cara?", mas ele só deu de ombros e abriu um sorriso estranho, completando com uma piscadela.

— Pensei que tivessem entendido que a piada foi o Tate, nada seria mais engraçado que isso.

— Vai se foder, cara!

Depois disso, Storm passou as maquiagens neles. Vermelha em Tate, laranja em Hyun, preta em Nolan, azul em Sky e rosa em Armin, mas quando terminou a dele, ela parou pensativa, com um dedo no queixo e um olhar concentrado.

— Sabe o que ficaria bonito em você? — Ela perguntou um tempo depois e se inclinou para o lado, para a maleta de maquiagens.

— O quê? — Ele resmungou e coçou um pouco a mão enfaixada, fazendo uma careta pela dor.

— Batom vermelho.

Storm levantou-se com um tubo de batom vermelho fosco e Armin arregalou os olhos, pronto para começar a retrucar, mas ela apenas puxou a tampa e o rosto dele para cima, mantendo-o parado com dedos fortes nas bochechas.

— Não!

Armin tentou dizer, mas Storm não deu ouvidos e começou a deslizar o batom pelos lábios cheios dele, pintando tudo de um vermelho tão intenso que seria facilmente visto até no escuro.

— Gracinha, hein, Armin? — Nolan começou a gargalhar quando ela terminou, batendo as mãos nas coxas enquanto perdia o ar. — Sua cara é hilária, mano!

— Vai tomar no cu, imbecil. — Ele resmungou e deslizou um lábio em cima do outro, sentindo a textura meio pegajosa do batom.

Então, quando todos estavam arrumados e o relógio bateu onze da noite, Storm começou a fotografá-los um por um, indicando poses e trocando ângulos, abaixava-se, subia, descia e ajoelhava-se, sempre perfeccionista demais, com seu sorriso orgulhoso enfeitando o rosto bonito.

Quando ela acabou, já era uma da madrugada.

Armin foi o primeiro a ir embora, e Tate sequer conseguiu vê-lo quando ele simplesmente atravessou o portão e caminhou na direção contrária, o corpo apressado praticamente correndo pela calçada. Foi em silêncio com Sky para o ponto de táxi mais próximo, e a falta de sons continuaria presente se não fosse pelo pequeno comichão no peito que o fez abrir a boca para falar:

— Estava lindo, Sky.

Sky soltou um risinho e balançou a cabeça concordando.

— Você também estava.

— Não, meu Deus, aquela bermuda era ridícula! — Ele o empurrou com o ombro, segurando-o pelo pulso para que não saísse da calçada. — Minhas canelas pareceram muito finas.

Sky sorriu e olhou para ele, olhos escuros cheios de pequenos pontinhos de luz causados pelos postes excessivamente brancos daquele bairro de rico. Ele estava doce e tão lindo, tão lindo. Ainda tinha resquícios do *glitter* azul nos olhos e do *gloss* transparente nos lábios, os cabelos estavam caídos na frente do rosto, balançando delicadamente com o vento. O corpo ia e vinha livre e solto, apenas contrastando com as sombras dos muros altos e envernizados das casas enormes.

— Suas pernas são bonitas, Tate. — Ele disse e começou a caminhar no meio-fio, braços abertos para se equilibrar e os pés indo um na frente do outro. — Você inteiro é bonito.

Deu de ombros, observou-o manter o corpo em linha reta, oferecendo-lhe a mão para que não se machucasse, puxava-o para perto vez ou outra quando o via começar a se inclinar para a rua, o equilíbrio se perdendo enquanto pareciam mais próximos, praticamente colados. As costas de Sky apoiadas em boa parte de seu peito, e as pernas se batiam em alguns momentos.

— Sky, você ficou bem ontem? — Resmungou e apoiou a mão livre na cintura dele, fazendo força para não deixá-lo escorregar.

Sky balançou positivamente a cabeça e deu um pulinho singelo, voltando a caminhar cuidadosamente, um pé na frente do outro e assim por diante.

— Cantei *Summertime* até dormir e fiquei pensando na nossa dança na sala. — Ele respondeu em voz baixa e tranquila. — Me ajudou a focar que estou aqui, não no passado. Segurei Armin e não Danny. Ele machucou as mãos e não foi atropelado por um caminhão.

Tate não soube o que responder, então beijou delicadamente a lateral do rosto dele, um pouco acima da bochecha. Isso o fez rir e se encolher, daquele jeito adorável que Tate amava vê-lo fazendo.

— Sinto muito por ter deixado você sozinho com ele. — Confessou constrangido. — Fui imbecil.

— Tudo bem, Tate. Como ele está?

Tate deu de ombros meio indiferente. Não sabia, Armin tinha acordado só de manhã e Tate já tinha saído para trabalhar quando aconteceu, então ainda não tinham conversado e não estava com vontade de falar com ele.

— Não sei direito.

Levemente Sky se soltou e começou a girar com os braços abertos, a camiseta branca do dia anterior esvoaçando com a brisa gelada. Ele fechou os olhos e começou a cantarolar alguma coisa sem sentido, segurando-se em um poste e flexionando um pouco as pernas enquanto o abraçava, quase como se pudesse arrancá-lo do chão.

De repente, Sky parou, pernas separadas e uma das mãos aberta com a palma para cima, e o rosto olhava o céu com um sorrisinho lindo. Com a outra mão, ele fingiu fechar alguma coisa, talvez um guarda-chuva, logo depois de dar de ombros, e voltou a andar, dessa vez no meio da calçada, pose de galã e gingada de ator de cinema.

— *I'm siiiingin' in the rain, just siiiingin' in the rain. What a glooorious feeling, I'm haaaappy again.* — Ele cantou baixinho, mas alto o suficiente para Tate escutar. — *I'm laughing at clooouds, so daaark up above. The sun's in my heeeart and I'm reeeady for love.*

Tate riu quando Sky começou a girar e girar, braços abertos e passinhos antigos de dança, possivelmente do filme. Ele pulou, bateu os calcanhares, então o puxou para dançar e só rodopiaram por toda a calçada até o momento de atravessar a rua chegar, olhos grudados e sorrisos cúmplices que indicavam que estavam no mesmo ritmo, sentindo exatamente a mesma coisa.

— *La ri la la ri la, I'm happy again!* — Tate cantou para ele e puxou-o para perto, completamente protegido pela escuridão da madrugada e pelos muros altos das casas chiques, prendendo-o contra um poste enquanto sentia o coração acelerar ainda mais pelo contato quente.

Inclinou-se para beijá-lo no queixo, mas, em um impulso, o beijou no pescoço também, produzindo um choque doloroso que atravessava sua espinha pela percepção do que tinha feito. Olhou para ele, nervoso, mas recebeu apenas um sorriso bonito e mãos aconchegantes na nuca, uma permissão para que simplesmente continuasse, então foi o que fez.

Não conseguia parar de beijar a pele fervente de Sky, tocando o maxilar dele, o pomo de adão, a divisão entre garganta e peitoral, uma parte do ombro. Subiu para o queixo para repetir todo o percurso; pescoço, garganta, ombro e maxilar, enquanto o tocava na cintura, dedos curiosos roçando a pele que parecia ter sido feita para as suas mãos.

— Está me fazendo cócegas. — Sky disse depois de um ofego, risadinha baixa preenchendo seus ouvidos e fazendo-o voltar à realidade. — Vou começar a rir de um jeito estranho, para!

Tate parou, lábios formigando pelo contato, e inclinou a cabeça para ele, encarando-o na boca de um jeito que parecia quase vicioso, porque era a única coisa em que conseguia pensar repetidamente enquanto o segurava contra o poste, com peitos quentes colados.

— Queria beijar você, Sky. — Deixou que saísse do jeito mais natural possível, mas a voz tremeu no final. — Queria muito.

— Você vai ficar? — Ele perguntou e o puxou para trás levemente pelos cabelos da nuca mantendo uma distância segura. — Se me beijar agora, vai ficar para me segurar?

Tate mordeu os lábios pensativo e tentado. Era só fazer sem pensar, mas parecia tão mais complicado quando envolvia todas aquelas emoções e sensações esquisitas, parecia tão mais complicado quando envolvia Sky.

— Não sei. — Respondeu, por fim, vendo os olhos dele perderem o brilho. — Não sei.

Sky balançou lentamente a cabeça e saiu de dentro de seu quase abraço, puxando-o pela mão para que atravessassem a rua e fossem ao ponto de táxi.

Não conversaram durante todo o percurso, e Tate sentiu-se o cara mais idiota do mundo.

No sábado de manhã, Tate já tinha se arrependido de ter convidado Caleb para tomar um café em uma padaria comum perto da casa da mãe.

Em um momento de impulso maluco, discou o número do guardanapo no celular e gaguejou infinitamente até conseguir dizer que queria conversar com alguém em um lugar que não fosse seu apartamento por motivos óbvios.

Estava sentado a uma mesa do lado de fora com um cigarro na boca e a perna esquerda balançando irritantemente, o cheiro de café do lado de dentro enganando apenas um pouco de seus sentidos nervosos.

— Sou muito burro. — Resmungou para si mesmo e tragou o cigarro, franzindo as sobrancelhas enquanto olhava para todos os lados, com medo de ser pego. Por mais que estivesse sentado sozinho, tinha beijado Caleb de qualquer forma e parecia que isso estava escrito em sua testa. — Um burro do caralho.

Soprou a fumaça para qualquer direção e, quando estava prestes a se levantar para ir embora, ele apareceu na esquina e parecia ainda mais bonito longe das luzes psicodélicas da boate, o rosto forte e marcado carregando uma expressão meio indecifrável, olhos cobertos por óculos de sol escuros no estilo aviador.

Tate quase tragou de novo com desespero, tentando não se lembrar de que tinha sido tocado pelas mãos dele e gemido feito uma garota necessitada, mas seu cérebro traiçoeiro simplesmente reproduziu uma cena atrás da outra, sensações da ereção marcada no jeans praticamente fazendo sua garganta fechar.

Caleb sentou-se na cadeira de frente para Tate e sorriu daquele jeito amigável e gentil, tirando os óculos para colocá-los acima da cabeça, assim seus olhos escuros queimaram os de Tate, mas não era uma ardência como as de Sky, tinha uma pitada diferente que parecia ainda muito sem sentido, então preferiu ignorar por enquanto.

— Ficou muito tempo me esperando? — Ele perguntou e coçou a barba do queixo, e a voz grossa e tranquila fazia Tate se acalmar pelo menos um pouco, com o cigarro esquecido entre os dedos.

— N-N-Não. — Respondeu e jogou a bituca do cigarro na calçada, esmagando os lábios entre os dentes enquanto o observava. — Cheguei não tem muito tempo.

— Ótimo. — Caleb balançou as sobrancelhas e olhou para dentro da padaria. — Você já pediu alguma coisa?

— Não.

— O que quer?

— Só café.

Caleb pediu dois expressos duplos e apoiou os antebraços na mesa, encarando Tate, e foi somente então que ele se lembrou de que tinha feito o convite e deveria, nesse momento, falar alguma coisa ao invés de ter uma crise nervosa de vergonha alheia e tesão. Não conseguia parar de olhá-lo e de pensar que tinham se pegado daquele jeito, havia deixado um homem tocá-lo daquela forma e, pior, tinha gostado.

— Não sei seu nome. — Caleb falou depois de um longo intervalo de apenas silêncio. Tate piscou, aturdido, e ficou com vergonha quando ele sorriu de novo, todos os dentes à mostra. — E por telefone você me disse que queria conversar com alguém.

A garçonete apareceu com as duas xícaras, e Caleb agradeceu antes de levá-la ainda fervente aos lábios, soprando um pouco antes de tomar um gole, com as sobrancelhas franzidas pela quentura evidente.

— Tate. — Respondeu e também assoprou o café antes de tomá-lo. — Me chamo Tate. Tate Park.

— Tate Park, é? — Ele olhou para cima, saboreando o nome na língua e balançando a cabeça em seguida como se tivesse aprovado. — Coreano?

Tate riu.

— Geralmente chutam japonês, você foi o único que deduziu ser coreano.

— As pessoas são muito desinformadas ainda. — Ele deu de ombros. — Nascido aqui? Você tem sotaque nova-iorquino bastante acentuado, aposto que não fala bem a língua de origem.

— Não falo nada de coreano. Nasci no Brooklyn, meu pai era coreano, mas nascido aqui também. Não tivemos contato com nossas raízes.

Caleb tinha uma expressão gentil no rosto e parecia prestar atenção em tudo que Tate dizia sem fingir interesse. Ainda não o conhecia completamente, mas se sentia relativamente confortável perto dele, mesmo que tivessem trocado beijos tão quentes dentro daquela boate.

— E o que você faz, Tate? — Ele tomou mais um gole do café e se remexeu na cadeira, apoiando o maxilar na mão aberta. — Parece ser um cara com *hobbies* interessantes.

— Só trabalho em uma lanchonete de merda perto do meu apartamento. — Balançou a mão em um gesto de desconsideração e bebericou o café. — Tenho uma banda também.

— Está escrito no seu rosto, sabia? E, claro, na sua camiseta do *Cream*. — Ele levantou as sobrancelhas, e Tate abriu a boca surpreso. — Eric Clapton é o rei, não é?

— Você é bom lendo pessoas, acho que estou assustado! — Tate gargalhou e inclinou-se um pouco para trás na cadeira, acertando o pé no pé dele e pedindo desculpas por isso em seguida. — Clapton é um dos melhores, sem dúvida.

— Eu disse. — Ele fez uma expressão orgulhosa e sorriu outra vez, fazendo Tate sorrir junto. — Eric coloca qualquer um no chinelo.

— Ele coloca. — Tate concordou. — E o que você faz?

— Empresário, mas por enquanto me sinto entediado, porque estou liderando os negócios do meu pai.

— Oh.

"Oh!" Agora Tate se sentia um pé de chinelo, que incrível. Suspirou mentalmente e mordeu os lábios, terminando de tomar todo o café e lambendo o açúcar da boca antes de voltar a olhar para ele, que olhava de volta.

— E com o que você queria trabalhar exatamente? — Puxou o assunto apenas para não parecer um esquisitão. — Ser empresário não parece muito fácil.

— E não é. Eu queria abrir uma empresa de produção musical...

Tate ficou conversando com Caleb por muito tempo, o gelo desfazendo aos pouquinhos enquanto se conheciam e se permitiam falar sobre tudo sem peso na consciência. Isso porque, quando entraram no assunto "bandas", Tate esqueceu-se de que surtava minutos antes com o fato de que sentira o gosto da língua dele na sua, o que já era um avanço.

Depois da terceira xícara de café ou mais, Tate decidiu falar sobre o que o incomodava nas últimas semanas.

Envolvia Sky, e ele não queria conversar sobre isso com uma pessoa que o conhecia, seria muito estranho e uma completa insanidade, porque todo mundo que conhecia Sky não fazia a mínima ideia de que eles já tinham se beijado no camarim e pretendiam se beijar mais quando Tate deixasse de ser tão covarde.

— Não sou gay. — Completou depois de contar a ele a história inteira. — E não queria beijá-lo sem saber se vou conseguir segurar as pontas depois, porque o Sky é... "especial" para mim.

Caleb franziu as sobrancelhas e recostou-se na cadeira, cruzando os braços em cima do peito para analisar a situação, fazendo Tate se sentir pequeno e ingênuo. Caleb era decidido e firme, fazia tudo parecer fácil demais, mas, quando Tate falava e expunha suas dificuldades, elas não pareciam tão simples assim e o medo voltava com tudo.

— Você não quer magoá-lo? — Ele perguntou interessado, e Tate sacudiu a cabeça confirmando. — Acha que ele está apaixonado por você?

"Apaixonado"... Tate não tinha pensado nessa palavra tão forte, então não sabia se era assim que Sky se sentia e esperava que não, porque não estava apaixonado por ele e nunca poderia corresponder de qualquer forma, já que "não era gay e nunca" seria.

— Não sei. — Resmungou e brincou com a borda da xícara, encarando-a para não encarar os olhos intensos dele, olhos que pareciam sábios. — Quero beijá-lo, mas não acho que seja por… sentimentos. Acho que tem a ver com sexo e não sei se… se posso corresponder qualquer coisa além disso, então é por esse motivo que não quero ultrapassar essa barreira de novo.

— Entendi sua questão e ela é válida, mas talvez você deva se descobrir mais e avançar para saber do que gosta, porque, se ficar preso desse jeito, nunca vai tirar essa dúvida da cabeça.

— "Se" eu fosse gay, já estaria apaixonado por Sky, porque ele é apaixonante desse jeito. — Retrucou nervoso. — Só estou… reprimido sexualmente.

— Então, transe com uma mulher. — Caleb disse firme e levantou as sobrancelhas com um ar desafiador. — Assim você libera toda essa energia.

— Não consigo. — Murmurou constrangido. A face inteira estava quente, e Tate queria sair correndo como sempre fazia, mas também queria ficar. — De algum jeito estranho, não fico excitado com mulheres.

Caleb olhou para cima e juntou as mãos na mesa, inclinando o corpo para encarar Tate mesmo que ele não encarasse de volta, o cheiro da fragrância masculina inundava seu nariz e mexia novamente com seus instintos.

— Então, se você tem certeza de que é hétero, se você sabe que nunca vai se apaixonar por ele, então beija. Beija e continua. Você é hétero mesmo, será só sexual, então não vai te afetar, não é?

— Não posso fazer isso, Caleb! — Bateu de leve na mesa e arregalou os olhos. Não estava nervoso, mas estava frustrado por "ninguém" entender direito suas indagações. — Prometi que só o beijaria se ficasse!

— Prometeu que ficaria, não que se apaixonaria. Se sabe que não vai se apaixonar, então beija ele e fica, fica até o dia amanhecer, passa um café e beija de novo. Você é hétero, não tem motivos para correr depois.

E a mente de Tate se iluminou.

Ele recostou na cadeira e abriu a boca, olhando para cima enquanto pensava que fazia todo sentido do mundo. Era hétero, não era? Era hétero demais, porque nunca tinha se apaixonado por uma garota assim como nunca tinha se apaixonado por um garoto, o que fazia dele… indefinido? Foda-se, não importava, o que importava era que ele tinha uma solução perfeita para o problema.

— Você é um gênio! — Tate disse mais tranquilo e abriu um sorriso enorme, feliz da vida.

— É claro que sou.

Tate balançou a cabeça e colocou em mente que o pensamento básico para sua sobrevivência seria conviver com Sky, beijando-o como fosse possível, porque, enquanto não se apaixonasse, tudo ficaria bem.

Mais tarde, já na hora do show, o bar estava tão lotado que Jaden precisou abrir espaço entre as pessoas para que a banda pudesse passar.

Tate estava na frente e segurou a mão de Sky, que segurou a mão de Nolan, que segurou na de Hyun, que segurou a de Armin, e então eles atravessavam aquele mar de corpos que falavam sem parar sobre como a noite prometia uma diversão agitada, já que a *setlist* divulgada na entrada e em panfletos, que Jaden imprimiu um pouco mais cedo, listava músicas mais aceleradas que fariam todo mundo pular.

Quando conseguiram chegar ao camarim, Jaden bateu a porta atrás deles e pediu para que se arrumassem enquanto ele organizava o palco, então saiu e a porta bateu outra vez, mas a tensão que deveria ter sumido apenas aumentou enquanto percebiam o que acontecia ali.

O reconhecimento estava chegando e, com ele, as críticas.

Estavam fodidamente nervosos com a opinião pública.

— Gente demais. — Sky resmungou enquanto mexia nas maletas de maquiagem deixadas nas penteadeiras mais cedo. — Gente demais, não sei se consigo fazer isso.

— Você consegue, Sky. — Hyun pontuou e puxou a camiseta com força para fora do corpo, pegando a colorida do ensaio da noite anterior e passando-a pela cabeça com rapidez. — É o mais adaptável daqui. Você consegue fazer isso, apenas não pense na derrota.

— Vamos conseguir, é apenas uma apresentação comum como todas as outras. — Nolan respondeu e subiu o zíper do colete de couro, olhando-se no espelho antes de umedecer os lábios e balançar a cabeça como se estivesse falando isso para si mesmo. — Vai dar tudo certo.

Tate entrou atrás de uma cortina para se arrumar e, enquanto se vestia, sentiu que já estava suando. O clima não estava muito quente, mas seu pescoço estava, sua nuca e seus ombros também. Queimava de nervosismo e temia tremer os dedos nas cordas como um verdadeiro imbecil se continuasse nesse ritmo acelerado de pensamentos e coração.

Respirou fundo e repetiu "só faça, não pense" pelo menos umas dez vezes antes de puxar o tecido roxo entre as palmas suadas. Encarou a banda inteira quase pronta, apenas passando maquiagem de qualquer jeito com os dedos, já que Storm não conseguiria aparecer, e suspirou enquanto pensava em um discurso motivacional para se acalmar um pouco.

— Tate, vem aqui. — Sky chamou e levantou o indicador melado de uma sombra vermelha pastosa. — Vem, vou passar em você.

Tate caminhou até estar de frente para ele e fechou os olhos, sentindo o geladinho a deslizar pelas pálpebras com um pouco de brutalidade, o pulso trêmulo de Sky não passava despercebido.

— Só vamos tocar como fizemos no ensaio de mais cedo. — Tate disse em alto tom para que todos escutassem, e a respiração de Sky mesclava-se com sua, com o hálito de cigarro misturado ao cheiro do *gloss* de cereja fazendo seu corpo arrepiar. — Só vamos tocar e imaginar que estamos sozinhos, dando nosso melhor. Se desistirmos agora, é o fim para nós, então vamos mostrar que sabemos lidar com a pressão.

— Certo. — Hyun resmungou e soltou um risinho. De todos ali, ele era o único que não parecia prestes a ter um ataque. — Fechem os olhos e sintam a música, assim será mais fácil.

— Beleza! — Nolan respondeu. — Só sentir a música, né? Consigo fazer isso. Beleza, beleza.

Tate ficou esperando por uma resposta de Sky, mas ela não veio e o contato quente se findou. Quando abriu os olhos, encarou-o como se perguntasse se estava no caminho certo e ele apenas acenou uma vez com determinação, virando para fechar a maleta e ajeitar as penas na cabeça, com o corpo levemente inclinado na penteadeira.

— Então, vamos nessa.

Armin disse e, quando abriu a porta, a plateia começou a gritar.

Quando a última nota soou, Tate fechou os olhos para sentir os aplausos altos que entupiram seus ouvidos, o corpo tão em êxtase por ter dado seu melhor que tudo pareceu estar em câmera lenta por um momento, a mente girava e girava à procura de um apoio emocional, com o som de sua respiração soando abafada e grossa.

Chegava a ser psicodélico de tão surreal.

Abriu os olhos.

Os berros e as palmas pareciam tão acelerados que seu corpo bambeou por um momento e seus sentidos lentos demoraram a processar o que realmente acontecia, o que realmente "tinha" acontecido.

Eram idolatrados e a sensação era excruciante, tão excruciante que sentia a calça apertada na virilha, corpo sensível e arrepiado como se fosse gozar a qualquer momento, coração acelerado como se estivesse transando, talvez transando com aquele momento, com a memória fotográfica que tinha acabado de captar com a mente.

Quando Sky o puxou para frente pelo pulso, Tate sentiu a realidade bater ainda com mais força, e o suor escorreu grosso pela nuca de repente, por um segundo ou dois, parecendo congelado na base do crânio. A gola da camiseta estava extremamente encharcada e fervente, como se tivesse passado um dia inteiro dentro de uma sauna.

Olhou para os lados, agora mais atento que antes, pupilas aceleradas focando Sky, Nolan, Hyun e Armin, enquanto o prazer de ser aplaudido descia em euforia por sua coluna e amolecia seus joelhos e tornozelos, praticamente desejando afundá-lo na madeira.

— Boa noite! — Sky gritou, e as luzes se apagaram de uma vez para que pudessem sair sem esbarrar nas próprias pernas.

A histeria da plateia ainda soava como adrenalina nas veias enquanto se empurravam para dentro do camarim, com corpos suados batendo uns nos outros e murmurando sem parar coisas que não faziam sentido para Tate, porque ele ainda estava perdido demais para processar qualquer coisa.

Ouviu alguém gritar algo parecido com "sangue" e depois "mãos", mas apenas se olhou no espelho e sentiu o rosto derreter. Parecia que tinha usado algum tipo de droga que o tirava do ar de segundo a segundo, e o sorriso besta surgia enquanto pensava em simplesmente descer as calças ali mesmo e foder a própria mão até toda tensão se esvair.

Foi puxado bruscamente pelos ombros e chacoalhado, então piscou rapidamente algumas vezes e identificou Hyun diante dele, com o rosto banhado em preocupação e a boca abrindo e fechando como se ele falasse alguma coisa.

"— … Armin!"

— Armin. — Repetiu e estalou a língua, reconhecendo o nome.

Somente quando levou um tapa na cara e a cabeça balançou para trás, Tate voltou a si.

— Armin precisa ir ao hospital agora! As mãos dele vão cair, cara! — Hyun gritou contra seu rosto e saliva voou em sua bochecha. — Acorda pra vida!

Resmungou alguma coisa e esfregou as mãos pelo rosto por um momento, procurando por Armin, que estava sentado em uma banqueta baixa. Ele estava praticamente urrando de dor, com as mãos estendidas na frente do corpo curvado, com sangue vazando delas até os pulsos e pingando no chão.

— Nolan, vamos tirá-lo daqui. Hyun, encontra o Jaden e pergunta se podemos sair pelos fundos. — Sky falou preocupado e ajoelhou-se na frente de Armin, esfregando as mãos dele com camisetas secas que pareceram raspar nas feridas, e o pano duro era passado de um lado para o outro em um farfalhar horrível que fez Tate fechar os olhos e se arrepiar. — Cacete, o que você fez com essas mãos? — Nolan disse em um tom indignado e segurou a cabeça de Armin para trás para que ele não perdesse o equilíbrio na banqueta. — Como você conseguiu tocar essa noite, cara?

Armin gritou de dor quando Sky apertou as duas mãos dele com força e foi só então que Tate percebeu que ele estava trêmulo e com um olhar assustado, mexendo com sangue "mais uma vez".

Quis ir até ele e puxá-lo para longe, mas, ao olhar para Armin e encará-lo, sentiu a mágoa de antes voltando e não conseguiu prosseguir, não conseguiu mover as pernas. Não queria ajudá-lo nem apoiá-lo, mas não querer fez todos os órgãos doerem como se fossem retirados com uma pinça. Ele era seu irmão e irmãos nunca viravam as costas um para o outro, mas era exatamente o que fazia.

Fechou os punhos e puxou o ar com força para dentro. Forçou-se a ir, mas Sky parecia bom no que fazia, parecia saber mexer com feridas, então ele simplesmente se sentou na penteadeira e o observou, com respiração acelerada, terminar de enfaixar as mãos de Armin para cortar o fluxo de sangue.

Nolan puxou Armin para cima, e Sky pegou-o pelo pulso para que pudessem sair do camarim e, quando iam abrir a porta, esta foi aberta com tudo e revelou Hyun, mas não só ele.

— Uau, Armin Park? É você mesmo?

Escutou uma voz feminina e conhecida soar ao longe e estreitou os olhos para identificar quem estava atrás de Hyun.

— Ela me parou no caminho e disse que conhecia vocês.

Viu apenas um cabelo preto enorme que descia até a cintura e olhos verdes tão intensos que seu corpo vibrou na hora com a lembrança, porém o cérebro ainda lento não conseguiu dar um nome ao pedaço do rosto que via, rosto contorcido em uma expressão selvagem familiar.

— Heather? — Armin perguntou e, então, Tate arregalou os olhos surpreso. — O que você está fazendo aqui?

Heather, última namorada de Armin, e a garota mais detestável de todo o planeta Terra.

Pelo menos, para Tate.

— Fiquei sabendo que estão tocando para valer agora. — Ela disse e finalmente saiu de trás de Hyun. Ainda continuava a mesma, pálida e esquisita como sempre, com um sorriso tranqueiro adornando os dentes brancos e retos. — Decidi dar um pulinho para ver como você estava.

Tate abriu a boca para falar alguma coisa, mas, quando os olhos dela cruzaram com os seus, ele se calou. Tinha medo dela, porque alguma coisa não parecia certa quando ela estava por perto e fazia com que tremesse instintivamente como se encarasse o perigo em pessoa.

Heater piscou para ele, mas não era uma piscadela sensual e paqueradora, era uma piscadela que parecia dizer "estou aqui e você não pode fazer nada a respeito".

— Fodi as mãos nas baquetas, não posso conversar com você agora. — Armin disse já nervoso, e Nolan começou a empurrá-lo para a saída, mas ela colocou um braço na frente do batente, impedindo a passagem. — Heather, estou indo ao hospital, dá licença.

— Deixei meu número com o bonitinho aqui. — Ela apontou com o queixo para Hyun e riu um pouco, um riso rouco com um humor ácido por trás. — Estou mexendo com umas coisinhas por esses dias, acho que vai ser útil para o começo de carreira. Me liga se precisar.

— Que tipo de coisas? — Tate perguntou alto e bom tom, contorcendo o rosto em raiva quando ela o olhou outra vez, com a língua travessa deslizando pelos lábios finos pintados de preto.

— Só vou contar se me ligar. — Ela disse de forma misteriosa e então tirou o braço da frente, sumindo para fora do camarim tão rápido que pareceu até mesmo um corvo do mal dando um ultimato.

Nolan e Sky não perderam tempo e voltaram a caminhar com Armin, levando-o direto para fora.

— Não vou conseguir fazer vocês passarem pelos fundos, há uns caras fumando maconha no corredor e não saíram quando pedi. Vai ter que ser pela frente.

Jaden indicou com a cabeça e guiava o caminho, empurrando algumas pessoas para que pudessem passar. O bar estava tão cheio que chegava a se tornar sufocante em um nível nada legal, e o pulmão de Tate implorava por um pouco de ar fresco e gelado, do tipo que perfura o peito e faz tudo parecer mórbido por um instante.

Quando chegaram ao lado de fora, Nolan correu para a caminhonete e puxou as duas portas, empurrando Armin para o banco do passageiro.

— Vão ter que subir na caçamba, não cabe aqui na frente.

Nolan gritou já do banco do motorista, pela janelinha única, e Hyun e Jaden começaram a se empoleirar nos apoios do carro para subirem na traseira, corpos bambos passando uma perna na frente da outra antes de se jogarem lá dentro como pinos de boliche atingidos pela bola pesada.

— Tate, me ajuda aqui. — Sky pediu e Tate segurou-o pela cintura para que ele pudesse subir, por um momento olhando para trás, para o bar, e captando os olhos ameaçadores de Heather, cobertos por uma maquiagem preta pesada sem nenhum brilho.

Ela sorriu, soprando fumaça de maconha e, antes que Tate pudesse dizer alguma coisa, desapareceu entre os corpos das pessoas que dançavam, com seu perfume doce pairando pelo ar mesmo a uma distância considerável.

No instante em que se acomodou na traseira da caminhonete e Nolan deu partida, experimentou a sensação de perigo no pé do estômago e soube que o que quer que viesse depois daquela apresentação poderia fazer tudo desmoronar se não fosse "muito" cuidadoso.

GLITTER

Capítulo XV
O trovão que escalou no céu

ERA NA INFÂNCIA QUE SKY PENSAVA enquanto esfregava as mãos ensanguentadas no fluxo intenso de água no banheiro do hospital para onde levaram Armin.

Ele se via como uma criança novamente, com os olhos estáticos observando a mãe desesperada limpar, no chuveiro, seus braços melados e inteiramente vermelhos. Os pedaços estranhos de alguma coisa carnuda grudando nos cotovelos e pulsos eram outro impulso de desespero. Sua mãe afirmava que tudo ficaria bem, repetindo tantas vezes que se tornou algo banal após alguns minutos, já que o choro, preso na garganta, fazia Sky perceber que nada estava bem e só pioraria depois. Mas era apenas uma criança. Assim como veio, a ideia desapareceu em um piscar de olhos.

Conseguia sentir os dedos grossos do pai em volta de seu rosto, acompanhado do incessante "o que aconteceu?". Sky cobriu os ouvidos para não escutar nada, e a agitação no ar tornava tudo ainda mais assustador e real. Seu coração acelerado dificultava a passagem de ar.

Sky achava que suas estranhas crises começaram daí. A dificuldade de inspirar não tinha a ver com esforço de corridas animadas pelo quintal, e sim com pânico. Era um pânico cremoso que entupia suas malditas veias.

A partir daquele dia, Sky nunca mais conseguiu respirar direito.

Tudo se repetia nesse momento. Esfregava sangue de mais uma pessoa nos braços, conforme o sabão escorria rosa pela pele e a água descia densa pelo ralo, marcando a cerâmica branca.

Levantou a cabeça e olhou-se no espelho, praticamente não reconhecendo o próprio reflexo. Mas, ainda que suasse um pouco, tentava retomar o controle do corpo. As pupilas estavam levemente dilatadas e as narinas abriam e fechavam muito rápido, em um ritmo fora do normal. O vidro tornava-se embaçado a cada suspiro.

— Vai ficar tudo bem. — Disse a si mesmo, com uma voz esganiçada rasgando a garganta seca enquanto um calor de mãe envolvia seu corpo trêmulo. — Você está no presente, não no passado. Não aconteceu de novo, não vai acontecer. Só precisa respirar, então respire, seu maldito!

"Um, dois, três..."

Sky secou as mãos e saiu do banheiro, com a contagem ainda vívida na mente, dando um passo na frente do outro. Seus olhos estavam atentos para não tropeçar nas próprias pernas, e a respiração acompanhava o ritmo lento de "quatro, cinco, seis" até o coração começar a diminuir as batidas desenfreadas.

Quando se aproximou da banda na sala de espera, Sky quase não conseguiu olhar para Tate. Estava com raiva dele. Raiva por ter sido deixado com Armin mais uma vez, com aquela quantidade assustadora de sangue escorrendo. Ele "sabia" de seu passado e "sabia" que lidar com situações assim era coisa demais para seu cérebro traumatizado, mas, mesmo assim, não fez "nada" para impedi-lo.

Sky não podia simplesmente abrir a porta do camarim e sair sem olhar para trás, porque foi o único disposto a ajudá-lo de verdade.

Não era irmão de Armin, não era sua responsabilidade, não tinha de fazer aquilo duas vezes seguidas e não tinha de se obrigar a engolir saliva dura como pedra, somente por conta de birras e brigas que não o envolviam. Merda. Talvez o bilhete tivesse aflorado aquilo tudo. Tudo bem, tudo bem! Era um pouco de culpa sua, mas não cem por cento e, simplesmente, não conseguia mais remediar duas pessoas adultas que sabiam o que estavam fazendo.

Tate era egoísta, Armin era implicante, e Sky estava no meio dos dois como uma maldita corda de combate, com seus braços sendo puxados de um lado para o outro com tanta força que pareciam prestes a romper.

Mais uma situação como essa, e Sky se partiria ao meio, tinha certeza disso.

— E foi assim que consegui meu primeiro calo profundo. — Hyun tinha acabado de completar alguma frase, mas Sky estava tão distraído que não prestou atenção, recebendo um olhar questionador que fervia seu rosto. — Tudo bem, cara? Quer trocar de camiseta comigo?

Sky olhou para baixo e notou que sua blusa turquesa estava em um tom avermelhado, levemente manchada de sangue por ter levantado Armin às pressas da banqueta. Fez uma careta e puxou o ar com força, mas negou rapidamente com a cabeça, não queria entrar no banheiro de novo e reviver a lembrança de minutos atrás.

— Nunca o vi daquele jeito. — Nolan resmungou, sentado no banco do meio, entre Hyun e Tate, com uma expressão séria e assustadora e o lábio levemente caído em descontentamento. — Nunca o vi tocar até foder com as próprias mãos daquela maneira. Tate, você sabe se aconteceu alguma coisa com ele?

Tate sequer se deu o trabalho de levantar a cabeça, apenas respondeu um "não" seco e ignorante, acompanhado de uma voz meio grossa de raiva. Ele estava puxando alguns fios da bermuda social, fazendo com que Sky ficasse com ainda mais raiva, porque, simplesmente, não conseguia olhar nos olhos de ninguém e contar que tiveram uma porra de briga feia que ocasionou aquilo tudo.

— Está óbvio que você sabe, Tate! — Sky explodiu. A voz alta era contida por estar em público, porém suficiente para assustar os três, que o encararam com olhos arregalados e sobrancelhas apertadas. — Será que pode nos contar as coisas, pelo menos, uma vez na vida?

Tate piscou lentamente, absorvendo as palavras. Sky sabia que estava sendo injusto e que, provavelmente, forçava uma barra pesada, mas estava cansado e irritado, precisando descontar em alguma coisa ou em alguém, antes que explodisse sem, nem mesmo, chegar a casa.

— Não vou contar o que Armin não contou, não tenho esse direito. — Tate respondeu calmamente, e Sky estreitou os olhos incrédulo. — Ele vai contar quando quiser, não coloque a culpa em mim.

Prestes a começar uma discussão, escutou um arrastar de pés ao longe.

Virou a cabeça para a área médica e notou Armin se aproximando. Ele tinha as mãos enfaixadas, quase até os pulsos, e segurava uma receita entre os dedos congelados que não se moviam nem quando fazia uma careta de dor, e uma expressão cansada adornava o rosto.

— Até que foi rápido. — Hyun comentou e sorriu, o mesmo sorriso tranquilizador de sempre. — Como foi lá dentro?

Armin suspirou e cravou os olhos em Sky, um brilho meio estranho contornando as pupilas enquanto se preparava para falar, as bochechas rosadas de constrangimento se inflaram quando abriu a boca.

— O médico disse que foi bom ter protegido os ferimentos antes de virmos para cá, por conta de sujeiras no ar, então acho que preciso agradecer ao Sky. — Armin resmungou e desviou os olhos dos seus ao terminar, parecendo aliviado por não ter demorado mais que cinco segundos. — Só preciso tomar medicações anti-inflamatórias, limpar bem uma vez por dia e não tocar enquanto não cicatrizar.

— Por nada. — Sky respondeu e tentou sorrir, mas não conseguiu, então somente acenou com a cabeça.

— Quanto tempo? — Tate perguntou de repente.

— O quê? — Armin franziu as sobrancelhas. — Quanto tempo para quê?

— Quanto tempo para cicatrizar tudo?

Armin umedeceu os lábios e olhou para as mãos feridas, balançando o corpo para frente e para trás, conforme a resposta saía quase inaudível de sua boca contorcida. Quando Sky a processou, percebeu que estavam completamente ferrados.

— De uma a duas semanas.

De uma a duas semanas. De uma a duas semanas. De uma a duas semanas, sem o único baterista da banda, logo no início da trajetória deles para o reconhecimento.

Era como jogar a porra de uma manada de búfalos contra seus corpos.

— Porra, Armin. — Tate disse e levantou-se, penteando os cabelos para trás com tanta força que o couro de sua testa parecia prestes a rasgar. — Como é que você fode a gente desse jeito?

Sky ficou tenso de repente, dando um passo para trás quando Armin soltou um som indignado.

— Eu? — Armin apontou para si mesmo e riu, um riso amargo cheio de rancor. — Me desculpe, Tate, por ter problemas como você. Me desculpe por errar. Me desculpe por ter tido um surto como todos têm, como você sempre tem.

Tate arregalou os olhos e balançou a cabeça, como se estivesse verbalizando "não começa com essa merda agora", mas, ao invés de ficar quieto como normalmente ficaria, ele grunhiu de raiva, uma raiva selvagem que fez Sky se lembrar de um animal faminto.

— Ainda estou tocando, seu imbecil! Minhas mãos estão inteiras, caralho! — Ele gritou e Sky se assustou olhando ao redor.

As pessoas os observavam curiosas, e um segurança ameaçava avançar, com o corpo ereto esticado em uma coluna.

— Porque você sempre tem alguém para segurá-las quando surta!

Armin ficou vermelho de repente, como sempre ficava ao começar a se irritar, e Sky tentou segurá-lo pelos ombros, contudo não funcionou, já que ele se mexeu para afastar com movimento brusco, fazendo suas pernas bambearem para trás.

Armin ameaçou falar alguma coisa, até movimentando o rosto e o corpo para isso, mas fechou os olhos de uma vez e rangeu os dentes, com um som dolorido escapando pelo respirar babado dos lábios espremidos. Ele colocou uma das mãos machucadas na cabeça e deu um passo para trás, praticamente trombando com uma enfermeira.

— Armin? — Nolan perguntou ao levantar-se e puxá-lo para sentar, inclinando-se para observá-lo nos olhos. — Que porra é essa? Que porra está acontecendo com vocês?

— Dor de cabeça infernal. — Armin resmungou e soltou outro som de dor, dessa vez, mais intenso. — Pergunta ao Tate. Ele vai saber responder direitinho que porra está acontecendo entre nós dois.

Nolan olhou para Tate, que levantou os braços e se jogou em outro assento um pouco mais longe deles, claramente se abstendo da questão. Fechou o rosto e encarou os sapatos até os segundos se tornarem minutos, e o clima condensar com tanta força naquela área que, até mesmo, se mover parecia duro demais.

— Vou fumar um baseado. — Hyun disse tentando acalmar os ânimos e olhou para Sky em seguida, parecendo sugestivo. — Quer ir também?

Sky mirou Tate por um tempo, esperando que ele levantasse a cabeça ou lhe pedisse para ficar, mas nada aconteceu. Então, puxou Hyun pelo pulso e caminhou rápido para fora do hospital, ansioso para respirar longe daquela horrível bolha de tensão, que parecia aumentar a cada dia.

Parou na calçada e apoiou as mãos nos joelhos para pegar fôlego, com o ar saindo com um chiado pelos pulmões, enquanto se perguntava que caralhos tinha na cabeça quando aceitou fazer parte de uma banda de rock, cujo guitarrista era um cara gay não assumido que virava seu estômago do avesso e fazia seu coração disparar. Fora que o baterista era um homem desequilibrado, com problemas de raiva; o baixista era um maconheiro alheio ao mundo e o apoio era um mentiroso compulsivo.

Como "pensou" que isso daria certo? Como pensou que conseguiria lidar com tanta pressão? Porra, as coisas estavam só começando, e Sky já se sentia completamente exausto, com saudade da monotonia e da calmaria de antes.

Respirou por mais alguns minutos e levantou o tronco, escutando-o estalar um pouco. Hyun estava ao seu lado, procurando por alguma coisa nos bolsos da calça enquanto um baseado se encontrava entre os dentes e outro na mão livre.

— Tenho um isqueiro. — Sky ofereceu e estendeu o objeto que tinha comprado mais cedo, antes de chegar ao bar do show. — Tenho sempre um isqueiro disponível.

Hyun riu e aceitou, acendendo a ponta do baseado antes de entregar o outro para Sky, que o recebeu de bom grado, queimou a ponta, e tragou lentamente para sentir melhor a sensação gélida escorrendo para os pulmões que pareceram gritar de alegria.

Fechou os olhos e sorriu, finalmente em paz por um momento do dia.

— Pensei que ficaria lá para segurar a bomba. — Hyun resmungou, depois de um tempo, fazendo Sky olhar para ele, notando, pela primeira vez, como seu rosto era realmente bonito, principalmente o perfil. — Quer dizer, você sempre fica com o Tate, sabe?

— E pensei que "você" ficaria lá para rir da bomba.

Desviou o assunto, como um profissional, e soltou fumaça, guardando o baseado próximo ao quadril para prestar atenção em Hyun, que ria contido, com o cabelo laranja voando levemente ao vento.

— Não gosto dessas brigas. — Ele disse contrariado, e o sorriso murchou um pouco se transformando em algo bem próximo do deprimente. — Acho que são besteiras.

— Você sempre parece se divertir com elas, não entendi.

— Brigas familiares. — Ele deu de ombros. — Não gosto delas. Família, a gente protege, cara. Família, a gente protege.

Hyun tragou fundo e depois soltou para cima, o pescoço ondulante sob a luz laranja dos postes e os olhos fechados para aproveitar a sensação repentina de relaxamento.

Daquele ângulo, Sky pensou que ele estivesse triste e, quando virou para encará-lo, teve certeza, porque lágrimas cobrindo as pálpebras nunca mentem, pelo menos, não em situações que não há motivos para fingi-las.

— Nunca briguei com meus pais. — Sky sussurrou e voltou a tragar o baseado. — Pelo menos, não de um jeito feio.

— Isso só encurta relações. — Hyun mordiscou os lábios, enquanto a fumaça escorria suave por entre eles. — Você briga, briga, briga e, quando percebe, é tarde demais para consertar. Você se pergunta o porquê de não ter aproveitado mais, o porquê de simplesmente não ter deixado para lá. A vida é um sopro, cara. Quando você menos espera, está lamentando em cima de um caixão de merda.

Sky analisou a fala dele por um tempo, concordando com a cabeça em alguns rápidos movimentos. Hyun estava completamente certo no que dizia. Ele parecia sempre certo em tudo, talvez até mais que Nolan. Suas frases eram boas e possuíam coerência. Sky começou a pensar que, talvez, Hyun tivesse experiências difíceis que não tinham tanto a ver com maconha e guitarra.

— E quando você se culpa pela morte de alguém? — Perguntou, depois de muito pensar a respeito, captando os olhos escuros e brilhantes dele, levemente amuados. — O que você faz quando uma pessoa que ama morre por um ato seu?

Hyun passou a língua pelos lábios secos, franzindo as sobrancelhas enquanto pensava.

— Eu tinha um irmão, sabia? — Ele confessou e Sky arregalou os olhos surpreso. — Dez anos mais velho, um verdadeiro galinhão. Algumas vezes, acho que ele nunca conheceu o amor de verdade.

— Mas Nolan disse... — Desistiu de falar e encolheu os ombros, tragando mais um pouco do baseado e encarando-o de forma meio temerosa.

— Ele morreu há um ano. Suicídio. Foi com um trinta e oito do meu pai, uma arma que deixava guardada para nos proteger em casos de assalto. Irônico, não? — Hyun riu sem humor e jogou o baseado no chão, pisando em cima dele com bastante força, com os braços cruzados em cima do peito.

— Sinto muito, Hyun. Sinto muito pelo que aconteceu.

— Ele estava tentando carreira como guitarrista *country*, mas não deu muito certo. Dos meus dez aos vinte anos, eu o via uma ou duas vezes por mês, porque ele estava sempre viajando em busca de oportunidades. Aprendi a tocar um pouco antes, quando ele ainda morava comigo. Acho que foi uma das melhores épocas da minha vida.

— Ele foi um bom professor, porque você é um dos melhores guitarristas que conheço. — Sky aproximou-se dele e apertou delicadamente sua nuca, como um gesto de consolo simples. — Parece ter sido uma infância feliz também.

— Foi. — Hyun suspirou e fechou os olhos para apreciar o carinho na pele, quente e tensa. — Mas ele foi embora e fiquei com raiva. Me deixou sozinho com nosso pai... Não que meu pai seja uma pessoa ruim, mas sempre fui mais apegado ao meu irmão, porque ele era meu maior exemplo.

— Tudo bem ter sentido raiva. Você ainda era muito novo e sufocar sentimentos não seria saudável. — Disse. — Está tudo bem.

— Era por isso que eu dizia ser filho único no colégio, porque na prática era. — Hyun continuou e Sky sentiu o baseado queimar nos dedos, então jogou em algum lugar na calçada. — Quando eu tinha vinte, ele voltou para casa e passamos grandes momentos juntos, mas nem todos, porque eu ainda sentia raiva dele, então brigávamos com muita frequência. Brigamos muito feio no dia anterior ao que encontrei sua carta na mesa da cozinha. Uma carta suicida de merda que estava cheia de motivos, a maioria em relação à carreira que nunca foi para frente, mas nada sobre mim ou sobre nosso pai. Na verdade, a carta era amorosa. Mesmo assim, mesmo sabendo que ele não fez o que fez por minha causa, me culpei por meses. E essa foi a pior época da minha vida. Não porque ele morreu, mas porque a culpa quase me destruiu.

Sky não sabia o que dizer, porém acreditava que nada que dissesse poderia confortar melhor do que um abraço, então simplesmente o puxou para dentro dos braços e apoiou o queixo na cabeça dele, respirando regular pela primeira vez no dia, com seu coração confortável em bater junto a outro que passava pela dor latente da perda e da culpa.

Hyun circulou sua cintura e permitiu, mais rápido que Sky pensou, o contato, fungando contra seu ombro e apertando os corpos. Era confortável estar assim e podia sentir que também era consolado, de certa forma, porque Hyun tinha uma energia acolhedora gostosa, que transparecia empatia, mesmo quando ele estava só sorrindo ou fazendo alguma piada tosca.

— Entendo sua dor e fico feliz que tenha confiado em mim. — Resmungou contra os fios laranja. — Você é muito forte.

Hyun afastou-o gentilmente para passar a mão pelo rosto meio úmido e, quando Sky piscou, já tinha a expressão divertida de sempre, talvez com uma pitada meio mórbida por trás dos olhos escuros, mas ainda era reconfortante.

— Nunca encontramos o corpo dele, também nunca encontramos a arma. Acho que ele se despediu em um lugar bom, um lugar livre. Fico bem com isso, porque meu irmão era coisa demais para um caixão minúsculo de merda, assim como a guitarra dele era preciosa demais para ficar juntando poeira na parede.

Sky parou confuso. Pela sobrancelha levantada de Hyun, ele soube, mais ou menos, o que estava escondido nas entrelinhas.

— Guitarra? Espera, a Black Beauty que está com o Tate?

— A própria.

Abriu a boca, surpreso.

— Eu queria que ela ficasse nas mãos de uma pessoa apaixonada por música como meu irmão era, então fico feliz que tenham entrado na loja do meu pai para rebaixá-la daquele jeito. — Hyun continuou. — Toquei, fui convidado para uma banda irada e estou feliz como nunca. Meu irmão está naquela guitarra e, agora, nós dois estamos traçando o caminho para o sucesso. Sei que isso vai acontecer, somos bons e temos potencial.

Sky sorriu e concordou com a cabeça.

— Vamos. O mundo que se prepare para nossa entrada triunfal.

Sky abriu os braços e fez uma pose exagerada, juntando as mãos na cintura depois, com uma expressão de galã assumindo o rosto.

Hyun gargalhou e acertou um chute de leve na canela dele, empurrando-o pelos ombros, isso fez Sky cambalear para trás e empurrá-lo de volta.

— Mas, Sky, o que eu queria te dizer com isso é que a culpa mata, cara. — Hyun disse e deu de ombros. — Ela corrói a cabeça e, no fim, não vale a pena, porque não muda o passado. Eles não vão voltar, cara. No fim, você está aqui respirando, e eles estão lá. Não se deixe morrer junto, Sky. Não faça isso, não desista.

Sky olhou para Hyun com carinho. Ele entendia e sabia como era, então Sky se sentiu confortável em apenas absorver o conselho, por mais difícil que parecesse praticá-lo no momento.

Pelo menos, estava considerando ideias novas, o que era bom, ou seja, Sky estava em movimento mesmo quando tudo tentava fazê-lo simplesmente parar.

— Belo conselho. — Disse agradecido e levantou as sobrancelhas mostrando a língua para ele.

— É claro, tudo que vem de mim é belo.

— Claro que é, cara.

Sky e Tate voltaram com Nolan. O caminho foi completamente silencioso, os dois espremidos no banco do passageiro, porque estava frio demais para irem na caçamba. O clima era estranho e meio taciturno, fazendo as lembranças do show bem-sucedido passarem direto para o cérebro e vazarem pelos ouvidos como se nunca tivessem acontecido, com a vitória longe demais para ser sentida.

Quando a caminhonete parou diante do prédio e eles desceram, Sky foi na frente, os braços agarrando o corpo abalado pelo vento gélido. Conseguia sentir o cheiro de sangue na blusa e era horrível, era ferroso e quase parecia cobrir toda sua língua, dando aquela sensação desagradável de inchaço, quase como se tivesse comido um porco-espinho.

Tate alcançou-o em corridas leves e tentou tocar seus ombros para uma aproximação, mas Sky se afastou delicadamente, um passo para o lado e um balançar de cabeça um pouco enojado.

Ainda estava com raiva dele.

— *Boy*? — Tate perguntou quando entraram no elevador, contudo Sky apenas se encostou no canto e respirou fundo, soltando o ar com um suspiro alto. — Está bravo comigo?

Não respondeu, a expressão fechada focando apenas as portas de metal que grunhiram e sacudiram ao abrirem e revelarem o andar. Sky saiu, com Tate ao seu encalço, e parecia angustiado e nervoso, com uma respiração forte quase tocando os cabelos de trás da própria cabeça como dedos curiosos e gelados.

Quando encaixou a chave na fechadura, sentiu a mão de Tate acariciar sua cintura, então parou e olhou para ele, com a sobrancelha erguida enquanto estudava o rosto bonito e meio salpicado de *glitter*. A maquiagem vermelha praticamente escorria pelo suor de mais cedo, e os olhos agitados exigiam uma resposta.

— Me deixou com ele de novo, Tate. — Resmungou e girou a chave, empurrando a porta para frente, e a trinca, meio fodida pelo tempo, deslizou rápido. — Te contei sobre meu problema com sangue, e você me deixou com Armin de novo. Agora, minha blusa está uma bagunça, "eu" estou uma bagunça e parece que não consigo pensar em mais nada, além daquelas mãos rachadas dele.

Sky soltou tudo de uma vez e, contrariando o que pensou, sua voz não tremeu e não embargou, era só muito firme e intensa, um pouco alta demais para o corredor pequeno, mas suficiente para passar a mensagem que queria: estava profundamente magoado.

Tate pareceu recuar atordoado. Ele abriu e fechou a boca algumas vezes, sem desviar os olhos dos seus, e a única coisa que saiu dos lábios cheios foi um suspiro entregue e um:

— Desculpa, Sky. Desculpa, não pensei direito.

Desolado Sky torceu os lábios e desviou o olhar para dentro do apartamento escuro, de repente achando o vaso de girassóis mortos bem mais interessante que Tate, porque, se o encarasse mais um pouco, se o mantivesse na linha por mais um segundo, acabaria chorando como uma criança e não queria que isso acontecesse, não quando estava tentando se impor um pouco.

— Não posso me colocar entre vocês todas as vezes. — Respondeu, e as mãos duras torturavam as mangas esgarçadas da blusa. — Não posso fazer isso de novo, não posso tocar em sangue novamente, não agora, não tão cedo.

— Eu sei, eu sei, é só que… — O som da voz baixa e rouca dele fez com que Sky o encarasse, sendo encarado de volta, sem hesitação. — Não vou me justificar, me desculpa.

Olhou para Tate por mais alguns segundos, antes de aceitar o que ele estava dizendo. Soltou, por fim, um bufo cansado. Era a única coisa que poderia ser feita, já tinha acontecido mesmo. O que esperava que acontecesse? Um pedido de desculpas era melhor do que nada, então Sky pensou em considerar isso, principalmente porque Tate parecia disposto a repetir mais mil vezes, se fosse necessário.

Deu de ombros e balançou a cabeça, coçando um pouco do olho recheado de *glitter* azul. Umedeceu os lábios secos em seguida, com o sangue parecendo dançar nos dentes, mesmo que nunca tivesse tocado seu rosto.

Sentiu um arrepio correr pela espinha e fechou os olhos pela súbita dor de cabeça, desejando apenas tomar um banho rápido antes de se jogar na cama para dormir tranquilamente até o outro dia.

— Boa noite, Tate. — Disse entristecido e virou-se para entrar, mas seu ombro foi segurado por um segundo, fazendo-lhe voltar meio curioso.

— Não sei se consigo dormir essa noite. Podemos assistir à televisão?

Tate tinha uma expressão chorosa diferente, uma amarga e arrependida que Sky nunca vira, mas queria naquele momento apenas ficar completamente sozinho por um tempo, sozinho com seus pensamentos difíceis e sentimentos aflorados, sentimentos não correspondidos, então negou levemente com a cabeça, observando-o entristecer gradativamente até os lábios estarem curvados para baixo.

— Preciso ficar sozinho. — Resmungou. — Só... Preciso colocar a cabeça no lugar.

Tate sorriu, mas era um sorriso doce difícil de decifrar. Não era melancólico ou forçado como os outros, era só compreensível.

— Tudo bem. — Tate respondeu e virou-se levemente, observando-o por cima do ombro. — Boa noite, *Boy*.

Ele destrancou a porta e abriu, mas Sky teve uma ideia e deu um passo para frente apressado.

— Pode assistir à minha televisão, se quiser. — Disse meio rápido e meio embolado, recebendo um olhar surpreso. — Vou dormir, mas você pode ficar na sala até conseguir pegar no sono.

— Não precisa, Sky, não quero te incomodar.

— Me sinto mal pela sua televisão, então só aceita logo. — Levantou as sobrancelhas e apontou com o queixo para a própria sala, o que fez Tate soltar um riso baixinho, com as bochechas altas cobrindo os olhos manchados de vermelho.

— Vou tomar um banho antes. — Ele respondeu. — Obrigado.

— A porta vai ficar destrancada.

Sky encostou-a e caminhou para o banheiro, sentindo-se um pouco leve. A verdade é que ainda se achava responsável pela briga de Tate e Armin, então, se a televisão dele estava quebrada, tecnicamente era um pouco sua culpa, já que não pensou nas consequências de mostrar aquele bilhete.

Olhou-se no espelho antes de tirar todas as roupas, notando as olheiras escuras que adornavam boa parte do rosto. Estavam ali para lembrar a ele que seu limite se aproximava e que era hora de frear um pouco as emoções intensas e descansar mais do que pensar, parar mais do que andar.

Quando entrou no quarto para se vestir, depois do banho, passou pelas pernas uma cueca preta comum e, pela cabeça, a camiseta da Joplin, porque, apesar de querer ficar sozinho, queria ficar com Tate ao mesmo tempo e como não era possível, pelo menos dormiria sentindo que estava com uma parte dele por perto, uma parte que o deixava emocionado, tão emocionado que quase chorou ao se encarar no espelho.

Estava tão apaixonado que doía. Não era uma dor boa, era uma dor massacrante. Sky não estava acostumado com isso, nunca tinha se apaixonado na vida. Estava sendo pior do que ele imaginava, e o mais estranho era que ele não queria parar de sentir, não queria que seu coração batesse mais devagar, não queria não ser afetado toda vez que olhasse para Tate.

Almejava que a paixão rasgasse seu peito e puxasse as bordas até deixá-lo completamente oposto, porque aí, talvez, Tate enxergasse como o sentimento era forte, como era intenso e como era difícil de deixar de lado. Se ele enxergasse, poderia beijar sua ferida e fazê-la cicatrizar com a própria saliva, os lábios apertados acariciando seus desesperados batimentos cardíacos.

Ainda, pelo visto, não estava aberto o suficiente, mas sabia que ficaria.

Era só questão de tempo.

Fungou e enfiou-se debaixo das cobertas, cobrindo-se praticamente até o queixo e soltando um suspiro de alívio por enfim estar deitado. Depois de um dia cheio e estressante, seu corpo relaxou instantaneamente pelo calor confortável e acolhedor.

Após alguns bons minutos, quando já estava quase sucumbindo ao sono, escutou batidas gentis à porta e levantou de leve a cabeça para olhá-la, captando o exato momento em que Tate colocou a face entre o vão, procurando por ele antes de achá-lo na cama.

— Sei que quer ficar sozinho, mas fiz uma coisa para você. — Disse baixinho, como se temesse uma reação nervosa. — Posso entrar?

Sky hesitou, mas mordeu os lábios e acenou com a cabeça, sentando-se na cama, com a coberta na cintura, enquanto ele se aproximava na ponta dos pés, segurando um potinho de plástico verde e uma caneca de cerâmica com um desenho estranho na lateral.

— O que é isso? — Sky perguntou e ajeitou os cabelos ainda meio molhados, puxando-os para trás quando incomodaram os olhos. — O que você fez?

Tate sentou-se na borda da cama, um pouco perto de seu corpo, e foi nesse momento que Sky sentiu o cheiro suave do perfume dele — uma colônia masculina fraca e agradável, que parecia ter molhado parte da camiseta preta com uma estampa desgastada do Pato Donald.

— Lembra-se de quando eu disse, pela primeira vez, que queria ficar sozinho? — Tate questionou meio sem jeito e balançou o que estava no potinho, o barulho parecido com um farfalhar aveludado preenchendo o quarto. — Quando fui um grosso sem noção?

Sky riu contido.

— Me lembro, Tate.

— Você me deu um bolo, mas eu não sei fazer nada além de ovo frito, então...

Tate estendeu a caneca e o pote para Sky, que levantou uma sobrancelha, antes de pegá-los para ver o que tinha dentro.

Na caneca, algo parecido com chá, e no pote biscoitos de cor creme que, quando levados ao nariz, tinham cheiro de...

— Baunilha. — Sky disse e sorriu animado. — São de baunilha.

Tate fez um biquinho e levantou um polegar para cima confirmando.

— Não sou de comer biscoitos, mas achei no armário, por acaso, enquanto procurava algo de bom para te dar. Minha mãe deve ter trazido em algum momento, mas estão na validade. — Ele riu e coçou a nuca, parecendo de novo com o Tate do começo, o Tate que lhe entregou a camiseta. — O chá é de camomila. Não sei se você gosta, mas tudo bem, se não gostar, posso jogar fora.

— Gosto de chá, Tate. — Respondeu Sky, e soprou um pouco do líquido antes de bebericar, arrepiando-se com a quentura nos lábios e o sabor docinho. — Maracujá e camomila são meus favoritos. Obrigado por isso.

— Não quero que agradeça. — Sentiu o polegar dele coçar levemente seu queixo, aquele cutucão usual que sempre o fazia ficar envergonhado. — Foi por eu ter sido um imbecil, como sempre.

Tate fez carinho em seus cabelos úmidos e depois se afastou, respeitoso. Sky sentia que ele tinha medo de tocar e de se aproximar demais. Era bom, assim não se iludiria tanto, mas também era ruim, porque seu corpo inteiro acendia com um simples roçar de dedos. A sensação era muito gostosa.

Sky comeu o biscoitinho e fez um som de agrado, sendo interessante a sensação pastosa da crocância na boca. Tinha um sabor bom, apesar de artificial, e Sky pensou que poderia se acostumar a comer isso quando não tivesse um bolo em mãos.

Tate sorriu ao vê-lo beber mais do chá, arregalando levemente os olhos porque Sky os arregalou antes — uma mania meio estranha que tinha desde criança.

Então, ele deslizou a atenção para seu pescoço, sendo atraído, talvez, pelo *glitter* brilhante da camiseta. Quando a notou, abriu a boca em surpresa, um "oh" escapando suave dos lábios.

— O que foi? — Perguntou como quem não quer nada, mordendo os lábios em expectativa. Era sempre interessante observar as reações que Tate tinha quando o via usando a roupa.

— Nada, só que faz tempo que não te vejo usando. — Ele respondeu e limpou a garganta, recuperando-se. — Fiquei meio atordoado, mas já passou.

— Você parece sempre atordoado quando me vê com ela. — Sky disse provocativo e comeu mais um biscoito, as sobrancelhas erguidas em desafio. — É fofo, sabia?

— Não é fofo, Sky. — Tate não sorriu e Sky não entendeu, mas não conseguiu dizer nada, não quando ele se levantou para ir embora, mordiscando os lábios com os dentes. — Vou te deixar sozinho agora para dormir. Me desculpe de novo pela estupidez.

Tate fez carinho em seus cabelos novamente, antes de ir à porta, e foi aí que Sky sentiu culpa de novo, culpa pelo que quer que tenha acontecido entre ele e Armin. Sentiu o coração inchar no peito enquanto seu cérebro traidor repetia dezenas de vezes que era crueldade iludi-lo dessa forma, quando tinha sido o causador de algo aparentemente horrível.

— Preciso te contar uma coisa. — Sussurrou e encolheu-se um pouco quando Tate fez uma careta confusa. — É importante.

Tate voltou lentamente para onde estava, sentando-se no mesmo lugar e olhando para Sky atentamente, com a boca meio aberta, em uma mania concentrada que aparecia sempre que ele ficava nervoso.

Sky olhou para baixo, visando a caneca com o resto do chá, e mordeu os lábios ansioso. Sentia que, se não falasse, não se livraria da sensação ruim no peito. Não conseguiria encará-lo sem se sentir patético e traidor, e não respiraria, sem sentir uma pontada de culpa na costela.

— Estou ouvindo.

"Claro que sim."

Sky tomou fôlego e pausadamente começou a dizer:

— Dei um bilhete a Armin naquele dia que você destruiu o apartamento. — Sussurrou e, muito apavorado, apertou a cerâmica entre os dedos trêmulos, raspando as unhas na figura. — Eu o achei embolado na sua cômoda quando dividimos a cama.

Tate primeiro inclinou a cabeça, parecendo não entender, mas depois suavizou o rosto duro, em um *flash* de memória rasgando seus olhos escuros em um brilho intenso, quase como um risco de fósforo, e então ofegou sendo pego de surpresa.

Ele se remexeu desconfortável e desviou os olhos para outro lugar, talvez para os pés descalços, umedecendo os lábios e sugando o inferior enquanto pensava.

Sky ficou com tanto medo que quase o agarrou pelos braços e implorou por perdão, mas não sabia se seria uma boa ideia, então continuou quieto esperando por uma resposta.

— Sky, aquilo era muito pessoal, por que você fez isso? — Ele perguntou em um murmúrio, depois do que pareceu uma eternidade, e seu tom de voz era tão chateado que Sky quis abrir a boca para respirar melhor. — Por quê?

Então, Tate levantou a cabeça para encará-lo e foi tão difícil de suportar que a primeira lágrima singela escorreu pela bochecha. Ele tinha razão, era pessoal demais para Sky simplesmente decidir que tinha que compartilhar com alguém. Só o fato de ele parecer mais chateado do que irritado serviu de gatilho para suas mãos tremerem mais, nervosas pela reação inesperada.

— Eu não sabia que vocês acabariam brigando. — Confessou com a voz soprada e embargada, largando a caneca e o pote na cômoda. — Eu não sabia.

— Sky, não brigamos, quase nos socamos. — Sentiu um bico se formar juntamente com um olhar duro. A escuridão residindo sobre as íris azuis. — Armin me disse coisas muito ruins, e minha mãe precisou entrar no meio.

Foi pior para Sky, porque não imaginou que tivesse sido uma briga tão feia assim. Seu coração pareceu murchar do tamanho de uma ervilha e, de repente, a culpa esmurrou seu corpo com tanta força que até os ossos pareceram feridos, os pensamentos desmembrados cutucando o cérebro como um meio de desestabilizar suas táticas de respiração, suas táticas de controle.

— Me desculpa, cometi um erro. — Disse em alto tom quando Tate balançou negativamente a cabeça, os olhos nos pés outra vez, a expressão frustrada. — Me desculpa, por favor.

— Acho melhor eu ir.

Tate levantou-se, e Sky estendeu o braço para puxá-lo de volta, mas ele não viu por estar de costas. O desespero desceu tão grosseiro pela garganta que Sky se engasgou com a saliva e a liberou em um soluço alto, com o resto quase escorrendo pelos cantos da boca.

— Eu só estava com medo! — Permitiu que escapasse e foi quase como um grito, mas só percebeu que tinha saído tão esganiçado quando Tate deu um pulo e virou a cabeça por cima do ombro para encará-lo, com os olhos bem abertos de susto.

— O quê? — Ele perguntou, com a mão na maçaneta para puxar a porta. — Com medo? Como assim "com medo?".

Sky controlou a tremedeira das mãos e a respiração, decidindo contar-lhe o que sentia, por mais que viesse a doer depois e que estivesse correndo o risco de ser rejeitado por cometer um erro que, talvez, cobrisse seus sentimentos mais sinceros.

— Fiquei com medo de te perder.

Viu quando Tate congelou no lugar, os ombros retesados e a respiração travada nas costas, pulmões prestes a explodir.

— De me perder?

— Fiquei com medo de perder você, Tate. — Repetiu. — Achei o bilhete estranho, achei assustador. Só pensei no pior, pensei que pudesse... Pensei que pudesse se machucar.

— Sky...

— Mas não só isso. — Impediu-o de terminar de falar, limpando rapidamente o rosto úmido antes de continuar. — Pensei que, se Armin conseguisse uma conversa, você me veria. Pensei que aceitaria e me corresponderia. Só pensei longe demais e fantasiei algo impossível.

Tate entendeu. Ele entendeu, porque largou a maçaneta e caminhou de volta, sentando-se outra vez perto de Sky, com uma mão carinhosa abraçando o tornozelo dele por cima das cobertas e um toque quente fazendo sua nuca arrepiar.

Tinha certeza de que estava parecendo uma bagunça, de que seu rosto inteiro estava contorcido em uma feia careta assustada, mas Tate não pareceu se importar, já que apenas o encarou profundamente. Essa nova expressão era difícil de ler, não tinha curvas nem sombras, era apenas lisa e homogênea.

— Não precisa ter medo de nada, Sky. — Tate disse depois de um tempo em silêncio, com os lábios se mexendo quase em câmera lenta. — Você não precisa ter medo, porque não vou a lugar algum.

A frase parecia conter um duplo sentido que o cérebro atordoado de Sky não conseguiu pegar no momento, mas não era como se importasse, não quando tinha finalmente conseguido falar o que o incomodava há um bom tempo, não quando Tate estava bem na sua frente e não do outro lado do prédio.

— Me desculpa por ter feito vocês brigarem, eu não queria que isso tivesse acontecido. — Sussurrou, com barulho irritante perfurando os ouvidos sensíveis. — Não pensei que isso aconteceria, não pensei. Me desculpa, fui tão burro!

— Tudo bem, *Boy*. — Ele respondeu e se aproximou, com a mão subindo para sua coxa quando um beijo singelo foi depositado em seu maxilar, quase em seu pescoço. — Tudo bem, já passou.

Sky fechou os olhos ao toque suspirando. Quando Tate estava por perto, não tinha controle do próprio corpo, o que era totalmente esperado, afinal estava apaixonado por ele.

— Fica. — Sky disse quando recebeu outro beijo, dessa vez no queixo. — Fica aqui comigo.

Tinha tantos significados nessa frase que Tate pareceu confuso por um tempo, mas só sorriu no final e se levantou para ir até o outro lado da cama, enfiando-se por baixo das cobertas até estar de frente para Sky, com a cabeça apoiada em um braço dobrado.

Sky esticou o corpo e virou para ele, praticamente imitando sua posição para que pudesse encará-lo nos olhos, olhos esses cheios de pontinhos de luz lunar que atravessava a cortina azul.

O quarto era uma mistura de preto, azul e cinza, e Tate parecia infinitamente mais bonito assim — com o rosto esculpido coberto, parcialmente, pelas sombras ondulantes, feixes de luzes brancas e púrpura em lugares estratégicos, como lábios, nariz e bochecha.

Ele parecia uma obra de arte, a mais valiosa de todas.

— Canta pra mim. — Murmurou para ele, praticamente nem piscando. — Canta alguma coisa bonita.

Tate umedeceu a boca e pareceu pensar por um instante, hesitante, mas varreu um pedaço de sua franja para trás de sua orelha e resmungou que estava escolhendo uma música especial, com os dedos mornos circulando seu rosto por milésimos de segundos antes de se afastarem.

— *Hey you, standing in the aisile, with itchy feet and fading smile, can you feel me?*

Tate cantarolou uma parte avulsa de *Hey You*, do Pink Floyd, e Sky abriu um sorriso tão grande que sentiu o nariz enrugar, apenas o simples ato fez Tate sorrir junto, um sorriso encantador.

— *Hey you, don't help them to bury the light, don't give in without a fight.*

Fechou os olhos e esticou a mão para entrelaçar na dele enquanto escutava a voz baixa e rouca cantarolar quase em um sussurro, com as palavras pouco melodiosas e mais sopradas.

— *Hey you, don't tell me there's no hope at all. Together we stand, divided we fall.*

Tate parou de cantar, e Sky abriu os olhos, sentindo o coração bater forte no peito e um formigamento na base da coluna, que parecia amortecer seus movimentos e seus instintos. O mundo, de repente, era pequeno e estreito demais.

Tate apertou sua mão contra a dele, mexendo-se para ficar ainda mais próximo, com o calor dos corpos terminando de selar a bolha que circulava os dois, dentro da qual desejo e algo mais fazendo parte da composição química dela.

— Gosto de Pink Floyd — Sky disse depois de um tempo, só sorrindo feito bobo. — Gosto muito.

— Acalma a alma. — Tate sussurrou de volta. — Sua vez agora.

— Minha vez? — Levantou uma sobrancelha em desafio.

— Uhum. Canta alguma coisa pra mim também.

Sky negaria, sua voz provavelmente esganiçada depois de tanto estresse, mas Tate esperava com tanta expectativa que ele percebeu que não importava como saísse sua voz, pois Tate a amaria de qualquer forma.

— *Now that I've tried to talk to you and make you understand, all you have to do is close your eyes and just reach out your hands and touch me, hold me close, don't ever let me go.*

More Than Words, do Extreme. Sky gostava dessa música e sempre teve o sonho de usá-la para alguma coisa real, alguma coisa que significasse mudanças em sua vida, então foi o momento perfeito, principalmente porque Tate estava olhando direto em seus olhos e mantendo o sorriso pequeno gentil das primeiras vezes, aquele tímido que dizia nada e tudo ao mesmo tempo.

— *More than words is all I ever needed you to show, then you wouldn't have to say that you want me, cause I'd already know.*

Sky trocou o *love me* original por *want me*, porque pensou que amor era uma palavra forte demais e que dizê-la em forma de música, por mais que parecesse bonito, seria injusto. Ele só não queria estragar o momento, criando um clima constrangedor, então manteve aquela empolgação estranha que borbulhava para dentro de seu estômago, bem guardada no fundo dele.

Tate soltou um riso quando Sky terminou de cantar e apertou os lábios entre os dentes, parecendo querer dizer alguma coisa, o que fez a ansiedade revirar em suas entranhas e cutucar seu abdômen como agulhas finíssimas, com o choque ruim arranhando a pele do lado de fora.

— Você é esperto. — Tate sussurrou e aproximou-se um pouco mais, estando tão perto que Sky sentia o nariz dele contra o seu e o hálito refrescante de menta, com traços singelos de nicotina ao fundo. — Tão espertinho, Sky.

— É claro que sou. — Murmurou e fechou os olhos, cansado de encará-lo por um tempo, porque Tate era tão bonito que machucava a vista. — Sou um poço de esperteza, você sabe disso.

— Abra os olhos, *Boy*.

Sky, lentamente, obedeceu-lhe e sentiu a garganta fechar instintivamente ao perceber que algo no rosto de Tate carregava uma resposta simples para uma pergunta imensa, aquela pergunta que sapateava sua mente desde sempre, a maldita pergunta que atormentava seus malditos sonhos desde a maldita festa do Galpão.

"Ele sente o mesmo que eu sinto?"

Sentiu os dedos de Tate tocarem sua bochecha outra vez e quase não teve tempo de preparar a respiração quando a boca dele cobriu gentilmente a sua em um selinho fraco experimental. Foi tão leve que Sky pensou, por um momento, que estava roçando em veludo, mas seus olhos estavam abertos e conseguiam enxergar a pele dourada iluminada pelo azul-neon da cortina, com pontos singelos de luz pelos cílios grossos e rastros fracos de maquiagem vermelha nas pálpebras.

Era Tate e era real.

Era suficiente.

Tate afastou-se apenas para tentar falar alguma coisa, porém Sky o impediu.

— Mais que palavras, Tate. — Disse. — Mais que palavras.

E quando Tate o beijou mais uma vez, Sky entregou completamente seu coração ao correspondê-lo. Embrenhou a mão na nuca de Tate com um pouco de dificuldade e puxou todo ar que conseguiu pelo nariz antes de abrir a boca e deixar, sem cerimônias, que ele empurrasse a língua contra a sua. Um resmungo satisfeito bateu de frente com o seu quando o choque do contato atravessou certeiro a linha do umbigo.

Tate parecia inicialmente afobado e não conseguia manter um ritmo bom porque estava ocupado demais em experimentar cada canto de sua boca como se estivesse morrendo de fome, com o nariz reproduzindo sons curtos que mais se pareciam com gemidos. Mas Sky não se importou, não quando ele era quente e macio contra seu corpo, trêmulo sempre que ousava morder um dos lábios.

Sky estava tão em êxtase que conseguia ouvir *Heroes*, do David Bowie, tocando ao fundo de sua cabeça.

I, i will be queen and you, you will be king, though nothing will drive them away, we can beat them, just for one day, we can be heroes, just for one day.

Era como se a sensação o tornasse invencível e capaz de tudo, com a confiança escorrendo de seus poros quando levantou a perna para entrelaçá-la na cintura de Tate.

Ele se afastou um pouco para respirar e segurou sua perna pela traseira do joelho, puxando-a mais para cima e, consequentemente, seu corpo mais para perto, ombros batendo desengonçados e mãos perdidas entre os rostos, bocas abertas procurando uma pela outra na penumbra do quarto.

Foi quando Tate pareceu perceber que Sky estava sem calças, porque apertou a pele quente de um jeito engraçado e olhou para baixo, mostrando-se surpreso por um momento.

— Jesus Cristo! — Ele sussurrou e deslizou a mão pela coxa nua lisa, esfregando-a calmamente de um lado para o outro, os calos dos dedos fazendo tudo em Sky arrepiar. — Sky, você é tão quente.

Não respondeu, apenas esticou o rosto para beijá-lo de novo, dessa vez conseguindo apoio no ombro forte, que se movia para frente e para trás por causa das carícias em sua perna. Elas desciam até suas panturrilhas e subiam até seu quadril, em uma sensação de descoberta, embrulhando o estômago de um jeito bom enquanto seus lábios eram amassados pelos dele, parecendo incrivelmente inchados e lubrificados, tão fáceis de deslizar que o encaixe era simplesmente perfeito.

A euforia inicial passou, e Tate comandava um ritmo lento e forte que o torturava, com o som da saliva passando de um lado para o outro, e era um dos melhores depois das respirações pesadas e controladas pelo nariz. A intensidade massacrante que ele colocava, sempre que as línguas se encontravam, permitia até mesmo arquear sua coluna e empurrar sua cabeça levemente para trás, os dedos fortes precisando agarrar a manga da camiseta para que apenas não caísse de barriga para cima.

Quando sentiu Tate roçar timidamente o quadril de um lado para o outro, Sky o percebeu duro contra seu abdômen, o que quase o fez soltar um risinho divertido, porque estava começando a ficar excitado naquele momento, enquanto ele, provavelmente, ficou logo no primeiro contato.

Deixou que Tate se esfregasse em seu corpo por um tempo,

com a mão grande cobrindo sua cintura em um toque que enrugou sua pele. A camiseta da Joplin subia consideravelmente pelo amasso intenso, e as unhas raspavam seus poros arrepiados instintivamente.

"Porra", Sky sentia-se no céu.

Suspirou em deleite quando Tate mordeu seu lábio. Pensou em se afastar porque estavam indo longe demais, mas Tate fez isso primeiro e se jogou ao seu lado, cruzando as mãos em cima do peito e mordiscando a boca, olhos meio vidrados no teto sem graça.

Sentiu o pavor crescer dentro do coração e estava se preparando para escutar que tudo tinha sido um erro, não se repetiria e era para ele ficar longe, mas isso não aconteceu.

Tate somente abriu um sorriso e era tão luminoso que poderia facilmente ser usado de abajur dentro do quarto escuro.

— Sky, isso foi tão bom. — Ele disse entusiasmado, e sua voz era um pouco rouca por conta da garganta seca. — Me sinto bem.

— É? — Perguntou e deitou-se de lado para observá-lo, o perfil bonito exposto só para seus olhos, como uma obra de arte particular. — Também me sinto bem, Tate. Muito bem.

— Me sinto diferente. — Tate fez um biquinho, pensativo, lábios levemente vermelhos contrastando com a mistura de cores que era seu rosto inteiro. — Me sinto completo, acho.

— Isso é ruim? — Acariciou as ondas da franja, meio molhada do banho, descendo o dedo indicador para contornar nariz, lábios e queixo, voltando à testa em seguida. — Acha que foi ruim?

Tate balançou a cabeça e respirou levemente, e seu peito tão tranquilo subia e descia chegando a ser um milagre.

— Não, não é ruim. É só… novo. É uma novidade, mas uma novidade boa. Merda, me sinto um adolescente. — Ele riu e Sky riu junto, concentrado na voz vibrante dele, voz feliz e fluida. — Um adolescente cheio de hormônios.

— Talvez você só não tenha aproveitado bem sua adolescência. — Sky sugeriu. — Talvez seja isso.

— Pensei que era broxa. — Tate disse e riu de novo. — Pensei que tinha alguma disfunção e que meu pau pararia de subir gradativamente até virar só um negócio molenga pendurado no meu corpo.

— Tate! — Sky gargalhou e acertou um chute na canela dele. — Jesus, o que te fez pensar uma coisa dessas?

— Não conseguia ficar excitado com nada. — Ele deu de ombros. — Revistas, mulheres, minissaias, decotes, nada. Enquanto isso, Armin parecia um cachorro no cio.

— Você se sentia inferior? — Perguntou e aproximou-se para fazer carinho no ombro dele, com círculos aleatórios por cima da camiseta cheirosa.

— Sim. — Respondeu. — No começo, me sentia por fora das conversas, porque meus amigos e Armin falavam sobre masturbação e virgindade e só eu não tinha nada para contar. Depois, quando todos já tinham feito sexo pela primeira vez, eu me sentia fraco, porque a minha não foi como a deles, não foi sensacional, sequer fiquei tão animado. Acho que sufoquei isso com o tempo e me esqueci, mas aí você apareceu e eu… eu me questionei.

— Você fica excitado pensando em mim?

Tate virou a cabeça para encarar Sky e, pela primeira vez, não tinha medo dele, muito menos arrependimento.

— Sim, fico. — Ele umedeceu os lábios e estalou a língua no céu da boca. — Fico muito.

— Não tem nada de errado nisso. — Disse e aproximou-se mais, pousando a cabeça no peitoral dele e sendo acolhido por um braço forte e quente. — Não tem nada de errado, você pode pensar em mim dessa forma, não me importo e não é ruim, Tate. É natural, então siga o fluxo natural.

— Acho que estou percebendo isso agora. — Ele resmungou. — Estou percebendo agora.

O quarto ficou em silêncio, e Sky percebeu que estavam perto de dormir, então puxou a coberta para cobrir os corpos e esticou a perna na barriga de Tate, com a traseira de seu joelho segurada pela mão livre dele.

Em poucos minutos, adormeceu com o coração batendo feliz.

Quando Tate abriu os olhos, não conseguiu saber, de primeira, onde estava.

Levou cerca de cinco segundos ou um pouco mais para identificar o quarto de Sky, o cheiro do perfume cítrico dele adornando levemente seu nariz enquanto se habituava à cama estranha que parecia infinitamente mais macia que a sua, com alguns travesseiros grossos entre suas pernas e outros apoiando sua cabeça.

Piscou e apertou a traseira da mão contra o nariz, espantando o sono evidente e desnecessário. Sua cabeça borbulhava de um lado para o outro como se ele tivesse bebido um litro de vodca ou fumado centenas de baseados.

— Porra. — Resmungou e virou preguiçoso para o lado, apenas se deparando com um espaço vazio. Ainda estava quente e isso indicava que Sky esteve ali até pouco tempo atrás, o que Tate poderia considerar algo bom, especialmente depois do que fizeram na noite passada, em uma atitude meio impensada sobressaindo à racionalidade que jurava ter. E o mais estranho é que não estava arrependido, não do jeito que imaginou que ficaria.

Bom ou ruim, tanto faz, Tate sentia-se nas nuvens e isso era a única coisa que importava, além de seu sorriso bobo insistente que não abandonava nunca seu rosto, nem quando se levantou para cambalear até o banheiro, com o reflexo no espelho assustando-o momentaneamente.

"Estou parecendo um bicho", foi o que pensou, mas o burburinho gostoso no estômago ainda estava lá e seus dentes retos ainda apareciam entre os lábios.

"Meu cabelo está um ninho", foi o que resmungou mentalmente, mas o calor da boca de Sky contra a sua ainda era muito presente. Seu pescoço estava entrando em chamas junto das orelhas e bochechas.

"Estou ficando maluco", foi o que deduziu enquanto lavava o rosto repetidas vezes na tentativa de fazer desaparecer os resquícios de sono.

"E não dou a mínima", foi o que respondeu enquanto se secava com a toalha roxa pendurada ao lado do armário.

Sorriu mais uma vez para si mesmo e ajeitou os fios cinza antes de sair do banheiro e ir até a cozinha, atraído pelo cheirinho de café fresco e pelo som da voz melodiosa de Sky, uma nota entre a outra como se ele estivesse tentando encontrar um ritmo bom.

Ele estava sentado à mesa circular e tinha um cigarro pela metade entre os lábios, uma caneca fumegante em uma das mãos e uma caneta cinza na outra, a ponta dela rabiscando sem parar um caderno velho de couro na cor laranja e os dedos tão espremidos entre a circunferência que chegavam à coloração vermelha com muita facilidade.

Sky estava concentrado e era lindo de se observar, principalmente quando ele franzia as sobrancelhas e permitia que a franja caísse ao redor delas. Seu biquinho adorável descia ao queixo e dentes proeminentes mordiscavam peles mortas vez ou outra.

Tate poderia observá-lo a vida inteira e tinha certeza de que nunca se cansaria, não quando seu coração batia acelerado à mínima reação de Sky, não quando as pernas pareciam moles e pesadas a cada singelo cantarolar.

— Bom dia! — Disse depois de um longo tempo, assustando-o um pouco. — Escutei você cantar lá do quarto. O que está fazendo?

Sky encarou-o com olhos grandes e assustados, com o brilho frenético passando de uma pupila para a outra como se estivesse vendo uma alucinação, e Tate achou-o lindo mesmo assim, tão doce que ele podia sentir o sabor na ponta da língua.

Sorriu e aproximou-se, olhando para o caderno. Estava cheio de riscos, palavras soltas e frases que não se ligavam, mas Tate estava admirado com a determinação dele, tão admirado que o corpo retraiu.

— Estou escrevendo uma música, mas não estou gostando do rumo do refrão. — Sky resmungou e suspirou insatisfeito, tragando o cigarro logo em seguida, com uma respiração potente esticando o peitoral. — Tem alguma coisa me incomodando.

Tate apoiou uma mão no ombro de Sky e abaixou-se até estar com a bochecha quente colada na dele, olhos curiosos tentando decifrar os versos.

— *Heavy Soul.* — Leu em voz alta e soltou um som parecido com "hmm", então endireitou o corpo e enfiou a outra mão no bolso da calça moletom. — Você já terminou?

Sky balançou a cabeça e jogou a bituca no cinzeiro de vidro antes de se recostar na cadeira e dar um gole longo no café quente.

— Não, ainda falta o final. — E ele disse. — Falta o final, mas não vou conseguir avançar enquanto não organizar esse refrão.

— Você quer ajuda? — Sky virou a cabeça para cima ao ouvir a pergunta, e Tate sorriu para ele um sorriso tranquilizador. — Não sou um bom compositor de letras, geralmente me dou melhor com as melodias, mas posso tentar.

Sky fez um biquinho pensativo e, logo, voltou a olhar para o caderno, batucando a caneta na mesa três vezes antes de virá-la para a outra ponta e rabiscar mais algumas palavras, com sua letra desengonçada manchando o papel.

Depois de alguns minutos, ele parou, leu sussurrado e então largou a caneta longe, cruzando os braços no peito após um grunhido alto e furioso.

— Me ajuda, Tate. — Sky disse com a voz mais manhosa possível, e Tate riu antes de ir até o balcão para pegar um pouco de café. — Foi tão fácil escrever *These And Those Stigmas*, não sei o que estou fazendo de errado.

Tate encheu uma caneca branca simples até a metade e voltou à mesa, puxando a cadeira ao lado de Sky e se sentando perto dele, com os ombros quentes se roçando mesmo que através das camisetas.

— Tudo bem, *Boy*, algumas vezes nos faltam palavras, então tudo bem ter dificuldade em alguma letra. — Tate disse depois de limpar a garganta e inclinou-se para perto do caderno, com um braço apoiado na mesa, e o outro, na própria coxa. — Vamos ver o que temos aqui.

Heavy Soul
Alma Pesada

It's the weight of morbidity in my soul
that takes away my hope
É o peso da morbidez na minha alma que
leva embora minha esperança

Sometimes, in the few times that I'm sober, I feel the shiver
Algumas vezes, nas poucas em que estou sóbrio, sinto o arrepio
That one familiar at the fingertips
Aquele familiar na ponta dos dedos
Happiness, they say
Alegria, eles dizem
Future, they say
Futuro, eles dizem
Immensity, they say
Imensidão, eles dizem
Euphoria, they say
Euforia, eles dizem

The sky is still gray for me
O céu ainda está cinza para mim
Can you see the lost star inside it?
Você consegue ver a estrela perdida dentro dele?
Deep down among the dark clouds
Lá no fundo, entre as nuvens escuras
Can you see the light they swear that exist?
Você consegue avistar a luz que juram existir?
Deep down, inlaid between the limit
of the earth and the infinite
Lá no fundo, incrustada entre o limite
da Terra e do infinito

I think I have no way
Acho que não tenho caminho
I think I got lost between one route and another
Acho que me perdi entre uma rota e outra
I think darkness is my middle name
Acho que escuridão é meu nome do meio
I think I died
Acho que morri
But, maybe, I'm still here and just refuse to see
Mas, talvez, eu ainda esteja aqui e só me recuse a enxergar

[Chorus/Refrão]

Do you see me?
Você me enxerga?
Deep inside my soul, do you see what I was once?
Bem dentro da minha alma, você enxerga o que um dia fui?

Puxou o ar com força para dentro do peito e soltou-o bem lentamente, afetado demais para conseguir dizer qualquer coisa de imediato. Sky era sempre tão intenso no que escrevia que deixava qualquer um sem palavras, e em geral Tate precisava tomar um pouco de fôlego antes de dizer o que pensava para não parecer um "completo imbecil" gago com uma mente do tamanho de um grão de ervilha.

Tomou um gole de café para umedecer a garganta e passou a língua pelos lábios doces em uma mania nervosa, lendo desde o começo mais três vezes enquanto formulava o que comentar ou o que escrever em seguida.

— Não preciso dizer que ficou incrível, preciso? — Tate disse depois de um longo tempo em silêncio e olhou para Sky. Ele estava com a cabeça baixa, então precisou descer a sua, quase na mesa, para conseguir contato visual. — Sky, a música está ficando linda, não precisa ficar triste. Ei, olha pra mim.

Sky levantou de leve a cabeça, com a franja contornando os olhos, e Tate sorriu para ele, cutucando-o pelo queixo com o dedo indicador antes de beijá-lo no pescoço, em uma pintinha charmosa que ele tinha bem perto da orelha.

— Me sinto pressionado. — Sky murmurou e encolheu-se ao toque, porém não o afastou, apenas se aproximou ainda mais, de forma indireta pedindo por mais um beijo, o qual foi atendido prontamente, dessa vez no maxilar. — Já estamos tocando para tantas pessoas que estou nervoso, não quero errar nem quero passar uma impressão ruim.

— Todo mundo erra, Sky. — Murmurou quando se afastou, olhando-o nos olhos mais uma vez, com o rosto amuado fazendo seu coração doer um pouco. — É um território desconhecido para todos nós, então é claro que vamos cometer alguns erros, mas isso não significa que estamos fracassando, só que tentamos.

Sky respirou fundo e depois bufou, apoiando a bochecha na mão aberta enquanto parecia pensar por um momento, e seus dentes mordiscavam a pele dos lábios quase de forma involuntária.

— Acho que tem razão, mas não me sinto menos nervoso por isso. — Confessou. — Tento ser perfeito em tudo e fico frustrado quando as coisas não saem do jeito que eu quero, como esse maldito refrão.

— Você é humano. — Tate repetiu para Sky o que ele tinha dito no dia em que estavam sentados no sofá, discutindo coragem e covardia. — Você é só humano, tudo bem errar.

Sky sorriu pequeno e balançou a cabeça para despistar um pensamento, ajeitando-se na cadeira antes de começar a escrever de novo, com a língua no canto da boca como forma de expressar concentração.

— Vamos tentar dessa forma. — Ele disse com a voz bem baixa, procurando passar para o papel o que estava na mente. — O que acha?

Tate puxou o caderno para ler a continuação, com coração palpitando enquanto entendia, nas entrelinhas, o que aquilo significava e o que representava. Eram sentimentos expostos ainda que de modo implícito e indireto.

Here in the chest, roaring and grunting, do you see?
Aqui no peito, rugindo e grunhindo, você enxerga?
Do you see me, even if I don't allow it?
Você me enxerga, mesmo que eu não permita?
The edges are transparent and I'm letting you look
As bordas estão transparentes e estou te deixando olhar

Era sobre os dois, e Tate teve certeza disso quando Sky puxou seu rosto para perto e beijou delicadamente seu queixo, escorregando a boca para a sua em um toque suave e tranquilo. Era apenas uma pressão sensível que fez seu corpo inteiro entrar em chamas, com o coração acelerado pela simples lembrança da noite passada.

Quando ele se afastou e pareceu envergonhado por alguns segundos, Tate inclinou-se para frente e beijou-o de novo, dessa vez com um pouco mais de intensidade. Assim, segurou-o pela nuca e abriu a boca para experimentar a língua acariciando a ponta da sua antes de se juntarem quase em uma só, enquanto o deslizar ganhava um pouco mais de velocidade e calor, com a cabeça indo de um lado para o outro, no mesmo ritmo dos arrepios pela coluna.

— Cigarro. — Tate resmungou contra os lábios dele e sentiu-o sorrir, então sorriu junto. — Preciso de um cigarro agora.

Encerrou o beijo com um selinho rápido e puxou o maço para perto, tirando um cigarro da caixa com os dentes e procurando por um isqueiro nos bolsos, mas Sky apenas acendeu o próprio com um rosquear de dedo, guiando a chama forte para a ponta branquinha, que acendeu prontamente.

Segurou-o entre os dedos indicador e médio e tragou fundo, pegando a caneta em cima do caderno para encarar os versos que surgiam lentamente. Balançou a cabeça de um lado para o outro em um ritmo que visualizou ser bom para a música, lábios em volta do cigarro, murmurando *Cryin*, do Aerosmith.

Soltou a fumaça e começou a escrever, sorrindo de canto pela ideia promissora brotando na mente.

Can you see
Consegue ver?
Can you unveil?
Consegue desvendar?
It's here, just lean better
Está aqui, apenas se incline melhor
It's here and it's all yours
Está aqui e é todo seu

— Temos um refrão. — Tate disse e deu um peteleco no caderno, empurrando-o em direção a Sky para que ele pudesse ler. — Se você gostar, é claro.

Sky levantou uma sobrancelha e inclinou-se para ler. Tate aproveitou a posição para acariciá-lo nos cabelos e beijá-lo na bochecha, descendo para o pescoço, com os lábios molhados experimentando a pele quente e cheirosa.

Tragou o cigarro e bebeu mais um pouco do café, esperando por uma resposta, com olhos fugazes deslizando pelos detalhes do rosto neutro de Sky, como as pequenas pintinhas distribuídas como gotículas de tinta, as sobrancelhas perfeitamente adornadas acima dos olhos grandes e a boca rosada soprando palavras.

— Incrível! — Sky falou animado e virou para Tate, com uma expressão travessa fazendo seu ar faltar. — "Não sou bom compositor de letras", hein? Mentiroso do caralho.

— Qual é, não ficou das melhores! — Defendeu-se e levantou as mãos, inclinando a cabeça enquanto baforava fumaça, com o cigarro entre os dentes. — Provavelmente, você fará algumas boas modificações.

— Nem fodendo, vai ficar do jeito que está. — Sky disse decidido e voltou a rabiscar, desviando rápido de um beliscão na bochecha que Tate estava pronto para dar. — É sua marca registrada, o que acha disso?

— Você gostou? — Sky balançou a cabeça em confirmação. — Bom, então gostei também.

— Ótimo, meu bem, agora você pode assistir a algo na televisão enquanto termino aqui.

Sky fez um gesto com a mão como se o despachasse, e Tate fez um biquinho se aproximando para que ele pudesse vê-lo.

— Me usou e agora não precisa mais de mim? É isso, *Boy*?

— Já sei como terminar. — Ele deu de ombros. — Sai, sai!

Tate insistiu mais um pouco só para fazer graça, mas se levantou da cadeira depois de amassar o cigarro no cinzeiro e caminhou até o sofá, jogando-se nele com as pernas esticadas e pegando o controle amassado por sua bunda.

Não soube quantos minutos ficou assistindo ao *Heathers*, um filme sobre um casal de estudantes colegiais que matavam as patricinhas do colégio com suicídios forjados, mas, quando Sky decidiu se juntar a ele, as cenas eram as finais e Jason Dean estava prestes a explodir a escola quando Veronica apareceu, imbatível como sempre.

Sky puxou suas pernas para longe e sentou-se no lugar em que elas estavam, colocando-as em cima das coxas cobertas por uma calça de pijama fina e laranja, com as curvas dos músculos naturais se sobressaindo quando o tecido foi para cima.

— Esse filme é bom. — Sky comentou, com os dedos delicados acariciando os tornozelos de Tate. — Jason é gostoso.

Tate olhou para ele, horrorizado.

— Ele é um assassino?! — A afirmação saiu como uma pergunta com toque exclamativo no final, com uma voz grossa reverberando alta pelo apartamento. — Caralho, que gosto por homem é esse?

— Ele é um assassino "gostoso", e daí? Assim como o Billy, de *Pânico*. — Sky riu de um jeito muito maléfico e levantou as sobrancelhas, com um tom desafiador circulando o ar. — Meu gosto inclui homens como você, então não deveria criticá-lo dessa forma.

Tate abriu a boca para contestar, mas o sorriso bobo cresceu tão rápido que ele nem conseguiu impedir. As bochechas apertavam seus olhos enquanto seu coração acelerava por conta de uma simples frase, com o calorzinho gostoso rodando no pé do estômago.

— Besta. — Resmungou e virou para a televisão, bem a tempo de ver os créditos subindo pela tela.

— Um besta agradável, tem que me classificar direito!

Recebeu um tapa forte na panturrilha, mas sequer se mexeu, estava ocupado demais pensando em como as coisas tinham evoluído com uma rapidez impressionante. Parecia que tinha dito isso a Sky há anos, quando, na verdade, não tinham se passado nem cinco meses direito. A relação deles cresceu gradativamente até chegarem a discutir sobre homens gostosos depois de uma noite regada a beijos intensos e amassos simples.

Era estranho, mas também era muito bom, era tão bom que Tate não queria nunca mais sair de perto de Sky, nunca mais olhar para outra pessoa que não fosse ele.

Caleb tinha acertado precisamente no conselho, pois não era mais tão difícil tocá-lo depois de colocar na cabeça que era hétero e não precisava correr de uma possível paixão, porque ela claramente nunca aconteceria. Assim, aproveitar a companhia de Sky era cem por cento agradável pela primeira vez em meses.

Enquanto tagarelavam sem parar sobre qualquer coisa sem sentido, *Clube dos Cinco* começou a passar e Tate gostava desse filme, então ficou em silêncio por um tempo durante a apresentação dos personagens, em especial a de John Bender, o homem mais bonito dentre os três.

— Gosta? — Perguntou a Sky e apontou para a televisão com o queixo. — Ele é bonito.

— Claire é a mais bonita. — Sky resmungou. — Ela tem uma boca charmosa e olhos afiados. Gosto dela.

Tate lembrava-se dos amigos da infância dizerem a mesma coisa, mas nunca viu muita graça em Claire, apesar de ela ser realmente linda.

Era linda, mas não o atraía, então sempre gostou muito mais do John, o jeito *bad boy* dele era legal e as jogadas de cabelo também.

— Sky? — Chamou enquanto observava o pequeno brilho na orelha do ator, um brinco singelo afundado na carne.

— Hm? — Ele respondeu sem tirar os olhos da televisão.

— Acha que ficaria bom em mim? — Acompanhou o brilho indo de um lado para o outro na tela, e a ideia interessante começava a tomar sua mente. — Um brinco. Você acha que ficaria bom em mim?

Sky finalmente desviou a atenção do filme para analisá-lo e, enquanto o fazia, a mão continuava o carinho nos tornozelos, que já estava se tornando torturante para Tate.

— Um brinco? — Sky olhou para a televisão rapidamente. — Ficaria bonito em você, Tate. Uma argola, talvez?

— Hummm. — Imaginou-se usando um brinco de argola e a imagem não foi tão ruim, então sorriu para si mesmo e mordiscou os lábios ansioso. — Sky, vamos fazer um furo na orelha?

— O quê?! — Ele riu incrédulo. — Do que está falando?

— Só estou pensando aqui, já que ando fazendo um monte de coisas que pensei que nunca faria, talvez um brinco não seja grande coisa.

Sky mexeu-se desconfortável, mas suas sobrancelhas subiram como se indicassem que ele estava considerando a ideia, com o canto dos lábios trêmulos subindo para um sorriso.

— Você quer ir a um estúdio de *piercing*? É isso?

Tate quase riu com a pergunta, porque não tinha grana para ir a estúdios, mas Sky era um anjo e Tate não queria debochar de sua sugestão desse jeito, então só fez um som parecido com "pff" e levantou-se para esticar a coluna, empurrando os braços para frente.

— Sem verdinhas para um estúdio, *Boy*. — Respondeu com um sorriso. — Vamos furar em casa.

E foi aí que Sky pareceu verdadeiramente assustado, abrindo a boca para deixar um ofego alto escapar.

— Tate, não vou furar sua orelha! — Sky exasperou e tentou, sem sucesso, passar seriedade, mas seu rosto ainda estava inchado de sono e seus olhos arregalados pareciam os de um cachorrinho. — Pode esquecer, não vai rolar!

— Sky, por favor. — Ajoelhou-se na frente dele e puxou-o pelas mãos, juntando-as dentro das suas, usando a seu favor um biquinho que dobrava os lábios. — Vai ser rápido, nem deve doer tanto. Vamos fazer isso, estou te implorando, olha só.

— Não! — Ele riu e puxou as mãos de volta, escondendo-as entre as coxas. — Isso pode infeccionar e ficar horrível, não vou ser o responsável pela amputação da sua orelha.

Tate rolou os olhos e inclinou-se um pouco para cima, segurando o rosto de Sky pelas duas bochechas e apertando-as até que ele não conseguisse fazer mais nada além de respirar pelo nariz.

— Não vai infeccionar, prometo. — Beijou o nariz dele, depois o queixo, depois a boca espremida. — Vamos?

Sky balançou negativamente a cabeça, e Tate bufou, jogando-se ao lado dele no sofá para encará-lo como se tivesse metralhadoras nos olhos. Estava estranhamente animado para fazer mais alguma coisa de diferente, mas não queria fazer sozinho, então se Sky não topasse, nunca rolaria.

— Não vou furar, mas conheço uma pessoa que faz isso sem pensar duas vezes. — Sky murmurou e levantou uma sobrancelha. — Está pensando em quem estou pensando?

Tate vasculhou a mente para encontrar de quem Sky estava falando, mas não demorou nem cinco segundos para visualizar o sorriso tão enorme que cegava, nariz arrebitado sempre parecendo brilhante de hidratante, olhos pequenos de maconheiro e cabelos laranja.

— Hyun. — Respondeu e apertou os lábios para sufocar uma risada, porque ele realmente toparia sem pensar duas vezes, ainda mais se lhe oferecessem uma cerveja antes.

— O próprio.

Sky levantou-se em um pulo e sumiu para dentro do quarto, voltando com o celular em mãos, com os dedos rápidos digitando pelas teclas.

Tate espremeu os olhos para analisar o modelo e, quando o reconheceu, só faltou cuspir fogo.

— O novo Nokia, *Boy*? — Perguntou espantado, e Sky levantou a cabeça para analisá-lo, com sua língua dobrando no canto da boca. — Com o jogo da cobrinha?

— Sim. — Sky resmungou e voltou a olhar para a tela, enquanto Tate revirava o rosto em uma careta descontente. — Qual o motivo da pergunta?

— Todo mundo que conheço tem um desse menos eu. — Disse com a voz baixa e emburrada. — Odeio ser pobre.

Sky riu daquele jeito sapeca de sempre e colocou o celular na orelha, cutucando a bochecha enquanto esperava, com o deboche fervendo o rosto enquanto provocava Tate a distância.

— O jogo nem é tão legal assim, a única coisa boa do celular é que posso mandar mensagens mais longas. — Sky deu de ombros, e Tate praticamente se pôs de pé para contestar o absurdo, porém ele levantou um dedo e deu um passo para trás. — Hyun, sou eu. Sim, sei que duas da tarde é cedo demais para você, desculpa se te acordei. Não, sei, tudo bem, desculpa. Hã? Não, não quero um baseado, quero saber se topa furar a orelha. Será em casa mesmo, o Tate teve a ideia. Sim? Legal! Está perguntando se podemos ir aí?

Sky tirou o celular da orelha e cobriu o microfone dele com a palma da mão, levantando o queixo para Tate em indagação, que apenas deu de ombros.

— Tanto faz. — Respondeu.

— Podemos. — Ele continuou. — Nos fundos da loja mesmo? Certo, anotado. Você pode ir a algum lugar comprar os materiais? Fica mais perto do centro. É, sim, pergunta ao atendente o que é preciso para furar orelha em casa, ele vai te responder. Ok, acho que chegamos aí em uma hora. Você vai dormir mais? E se não escutar a campainha? Esquece, esquece, pode dormir. Até logo, Hyun.

Sky desligou e jogou o celular de qualquer jeito na mesa de centro, bocejando longamente antes de olhar para Tate, por um momento parecendo se esquecer de que estavam resolvendo a situação juntos.

— E então? — Tate puxou. — Quando podemos ir?

— Ah, é, nossa. — Sky massageou os olhos antes de bocejar outra vez. — Vou só tomar um banho, então podemos sair. Podemos ir a pé, meu salário ainda não caiu e estou zerado.

— Podemos ir na minha bicicleta! — Tate disse como se fosse óbvio, mas suas sobrancelhas caíram em uma carranca assim que a imagem da sua magrela sendo atropelada atravessou sua mente. — Me esqueci de que não tenho mais uma bicicleta.

— Vamos a pé mesmo, Tate. Vou tomar um banho, já venho.

— Podemos ir no meu patinete! — Gritou quando Sky sumiu dentro do banheiro. Ele gritou um "nem pensar" de volta, mas Tate já estava decidido. — Vou tomar um banho também, me encontra no corredor!

Meia hora depois, Tate insistiu para que eles fossem em cima daquele patinete rosa instável e, apesar de ter protestado muito, Sky não conseguiu fazê-lo mudar de ideia, especialmente em um momento em que ele estava se sentindo tão invencível e poderoso.

Agarrou a cintura dele quando já estavam do lado de fora do prédio e subiu no patinete, engolindo em seco quando o sentiu tremer sob seu peso, fazendo Tate rir e virar a cabeça por cima do ombro para olhá-lo, com o capacete cobrindo boa parte de seu cabelo cinza e espremendo seu queixo com o elástico.

— Pronto? — Perguntou e posicionou-se para começar a empurrá-los. — Prontos ou não, aí vamos nós!

— Tate, acho que ele nem vai sair do lugar e…

Tate deu impulso com a perna e, no instante em que voaram por uns três metros sem parar, o patinete tombou, e eles caíram na calçada de qualquer jeito. O capacete de plástico que Tate usava quicou para tão longe que, depois de um tempo, era só um ponto rosa-pastel no horizonte.

Sky resmungou alguma coisa por culpa da dor no cotovelo e sentou-se com dificuldade, verificando a pele ralada dos joelhos. Ela estava vermelha e levemente ensanguentada, mas não toda "estragada", não como a de Tate pareceu quando se acidentou com a bicicleta.

Olhou para Tate, que rolava para ficar de barriga para cima, usando uma careta sofrida enquanto esfregava as palmas assadas e a cintura que serviu de apoio para a queda.

— Que porra! — Ele gritou e se pôs de joelhos, olhando ao redor e parecendo atordoado. — Como isso aconteceu?

— Eu disse que a gente ia cair. — Sky resmungou e tentou levantar-se, tropeçando um pouco. — Agora, vamos aparecer na casa do Hyun parecendo malucos. Como vai explicar a ele que tentou fazer um patinete andar com duas pessoas em cima?

Tate levantou-se também e coçou a cabeça constrangido.

— Invento uma desculpa, digo que um carro veio em direção à calçada e nos jogamos no chão para nos salvar.

Sky suspirou e balançou a cabeça, puxando-o pelo pulso para que começassem a andar de volta ao prédio. Tate segurava o patinete com a outra mão suada.

— Fala sério.

— O quê? Ele vai acreditar, tenho certeza!

Depois de limparem os machucados e guardarem o patinete, saíram em direção à casa de Hyun e chegaram lá exatamente uma hora depois, a longa caminhada enfraquecendo suas pernas e transformando-as em verdadeiras gelatinas recém-cozidas.

Sky parou diante da loja fechada e retomou o fôlego antes de apertar a campainha três vezes seguidas, e uma quarta só para garantir que ele acordasse.

Minutos depois a porta de ferro abriu, e Hyun apareceu sem camiseta, com a cara toda amassada, o cabelo laranja parecendo um verdadeiro ninho de passarinho e um cheiro de álcool vazando mesmo que ainda nem tivesse aberto a boca para falar.

— Dormindo até agora? — Tate perguntou com ar de deboche, e Hyun só sorriu para ele, encolhendo os ombros por um instante. — Você é muito preguiçoso, cara.

— Não fode. — Hyun respondeu com a voz grossa e levemente embargada, o que indicava que ele estava de ressaca. — Entrem aí.

Hyun deu um passo para o lado, e eles entraram ignorando todos os instrumentos lindos enquanto caminhavam para a porta dos fundos, que Hyun abriu sem cerimônias, com um puxão forte fazendo ranger e tremer como se estivesse colada na parede.

— Boa tarde, Hyun. — Sky disse com um sorriso quando passou para o corredor ao ar livre que os levaria a casa, *War Pigs*, do Black Sabbath, tocando ao longe em um som aparentemente explosivo. — Você dorme escutando música?

Hyun olhou por cima do ombro e sorriu, com os olhos fechando pelo esforço, depois voltou a cabeça para frente enquanto os guiava reto com seus braços fortes balançando de um lado para o outro. Paredes amarelas comuns surgiam delicadamente, revelando um jardim bem-cuidado.

— Liguei o rádio antes de abrir para vocês, só durmo em silêncio absoluto. — Ele respondeu e então já estavam de frente para a casa, que parecia incrivelmente comum, portas e janelas de madeira com espaços em vidro espesso e uma placa de "lar, doce lar" em tinta laranja pendurada na lateral da entrada.

Sky ficou surpreso. Ele tinha imaginado qualquer coisa meio rockeira, talvez como a casa da mãe de Tate, mas isso era completamente diferente da imagem que tinha na cabeça e era como se uma mulher vestida em um avental rosa fosse aparecer a qualquer momento para cuidar dos girassóis do jardim e da pequena fonte com uma cabeça de peixe cuspindo água, com tudo isso no meio da grama verdinha e podada.

Olhou para Tate, que parecia igualmente chocado. Ele estava encarando a fonte com interesse genuíno, e seus olhos levemente arregalados pareciam adoráveis por um momento, antes de Sky começar a observar os lábios tentadores e o pescoço dourado meio suado pela longa caminhada.

— Sua mãe parece ser uma mulher tão diferente de você. — Tate soltou sem nenhuma vergonha na cara, caminhando para perto de Hyun com as mãos dentro dos bolsos da bermuda preta. — Aposto que gosta de *pop* genérico e usa vestidos rodados com babados na barra.

Hyun riu e abriu a porta da casa, esfregando os pés no tapete marrom grosso que dizia "bem-vindo" antes de entrar, com um cheiro estranho de menta antisséptica atingindo diretamente o nariz de Sky, que o esfregou na tentativa de impedir um espirro grosseiro.

— Minha mãe morreu no meu parto, então não a conheci, mas meu pai diz que ela era adorável.

Sky parou, pausando o momento de limpeza de suas botas por conta da fala de Hyun, franzindo as sobrancelhas para a informação passada com tanta naturalidade.

— Desculpa, Hyun. — Tate disse quase em um sussurrar, o olhar arrependido e sem jeito parecendo brilhar. — Não sabia, sinto muito por isso.

Hyun balançou a mão no ar como um gesto para desconsiderar e segurou a porta aberta para que pudessem entrar, com um sorriso tranquilo nunca abandonando o rosto.

— Não se preocupe, isso já tem muito tempo. — Ele respondeu quando já estavam dentro da sala pequena e aconchegante, as cores vibrantes incomodavam um pouco a vista. — *Mi casa es su casa!*

Sky olhou ao redor e, novamente, se surpreendeu. A sala tinha dois sofás pequenos de couro azul, com almofadas verdes em cima, uma mesa de centro redonda com um cinzeiro no meio, uma estante média cheia de livros em prateleiras inferiores, uma televisão quadrada em cima e, no canto, um vaso alto de alguma planta estranha que não tinha cor de planta, apenas de um marrom estranho.

O toque final era, com certeza, o papel de parede florido cobrindo "tudo".

Sky assobiou e olhou para Hyun com a intenção de zoá-lo, mas pensou que talvez fosse a decoração da mãe, então desviou a atenção rapidamente para os próprios sapatos, antes que ele visse, com a cabeça balançando ao som de *Iron Man*, do Black Sabbath.

— Bela casa. — Tate elogiou e olhou ao redor mais uma vez. — Melhor que meu apartamento pelo menos.

— *Thanks*.

Hyun caminhou para os fundos da casa, e Sky acompanhou-o, Tate logo atrás segurava delicadamente em sua cintura enquanto cantarolava baixinho a música, com uma voz grossa perto de seu ouvido fazendo sua concentração em analisar o resto da casa se perder um pouco. Hyun abriu uma porta, e a música ficou mais alta quase a ponto de fazer sua cabeça tremer.

— Você vai ficar surdo! — Sky gritou com os olhos fechados. — Abaixa isso!

Hyun obedeceu-lhe e, quando o volume diminuiu, Sky abriu os olhos e observou o quarto pintado apenas de branco, com uma cama gigante no meio, um guarda-roupa simples de frente para ela, um rádio rangendo em cima de uma cômoda vermelha e três guitarras coloridas penduradas nas paredes desocupadas.

— Caralho, elas são lindas. — Tate murmurou extasiado. Ele andou pelo quarto grande e parou diante de uma guitarra azul--cobalto, com o braço tremendo levemente na vontade de tocá-la. — Cara, que inveja de você. Já tocou todas essas?

Hyun sentou-se na beirada da cama e puxou um saquinho de farmácia para perto, virando-o de cabeça para baixo para deixar o que estava dentro cair.

— Já, prefiro a minha. — Ele respondeu. — Mas sou ciumento com elas, e não quis vendê-las.

— Mas me deu a Black Beauty.

— É, dei. — Hyun virou para Sky e sorriu antes de soltar uma piscadela. — Mas só porque me deixou entrar para a banda.

— "Hmmm". — Tate resmungou e não tirou os olhos da guitarra, seu sorrisinho de canto crescendo involuntariamente. — Parece que fiz uma boa escolha, então.

— Parece que você fez. — Hyun respondeu enquanto se levantava, e Sky conseguiu visualizar os materiais para perfuração espalhados em cima do lençol. — E então?

Tate finalmente parou sua observação e virou-se para Hyun, cruzando os braços ao observá-lo levantar uma agulha oca na frente do rosto, com uma expressão divertida servindo de plano de fundo para ela.

— E então? — Sky perguntou curioso e sorriu quando Tate sorriu. — O que vem agora?

— Vamos furar as orelhinhas lindas.

NEWS
GLITTER: ALGUÉM MAIS QUER FAZER GRACINHA?

SOMOS DEUSES AGORA

TATE ESTAVA MORRENDO DE MEDO e nem tentou esconder quando viu Hyun tirar as agulhas estranhas dos saquinhos e colocá-las na cama. Os olhos arregalaram-se automaticamente enquanto pensava que estava cometendo uma loucura terrível, um erro gigantesco, uma burrada sem noção.

Um brinco?! Um brinco colocado por Hyun, um cara que não sabe "nada" sobre perfurações?! O resultado disso só poderia ser um desastre completo, com certeza acabaria com o tímpano perfurado por um daqueles instrumentos de tortura e depois teria que correr para o hospital como um verdadeiro imbecil.

Fechou os olhos e respirou fundo. Estava sendo impulsivo de novo, e tudo isso porque se esfregou com Sky em cima de uma cama na noite passada, com seus hormônios adormecidos de adolescente acordando todos de uma vez e gritando para o cérebro que estavam finalmente prontos para coisas mais ousadas e aventuras mais perigosas.

Eles podiam estar, mas Tate definitivamente não estava! Nunca sequer tinha pensado em colocar um brinco antes, nunca tinha pensado em cutucar o corpo com objetos agudos perigosos, nunca tinha pensado em derramar uma gota de sangue por pura estética; nem mesmo tatuagens, que eram seu verdadeiro fraco, Tate tinha criado coragem para fazer.

Respirou fundo outra vez, tentando se controlar para não desistir. Seria feio e constrangedor, Sky o acharia um medroso ridículo e poderia até mesmo perder a vontade de beijá-lo outra vez, o que com certeza faria Tate ter um ataque cardíaco de desespero, porque a boca de Sky era como o céu e, depois que você o experimenta, se torna dependente dele, como uma maldita droga ainda mais perigosa que a heroína.

Merda, estava com a cabeça virada direto para o núcleo da Terra e, embora estivesse apavorado com tantas novidades, não queria parar e não queria pensar em parar; não queria mais ser covarde e não queria mais se deixar ser controlado por tantas paranoias.

— Quem vai ser o primeiro? — Hyun perguntou depois de um tempo arrumando as coisas em cima da cama. — Preciso aquecer essa agulha e amortecer a orelha de vocês com o gelo, aí é só furar direto no sabonete que comprei.

— O Tate teve a ideia, então ele vai primeiro. — Sky disse em um tom divertido que fez seu estômago berrar e girar, a risadinha final terminando de torcer seu órgão até ele ser só um pedaço achatado de carne. — Não vale gritar, hein?

Tate tentou sorrir para liberar a tensão, mas, pela cara debochada que Hyun fez, o sorriso não saiu como ele esperava. Suspirou nervoso, como ninguém nessa situação realmente ficaria, e franziu as sobrancelhas pesando os pensamentos mais uma vez.

"Faço ou não faço?"

Olhou para o Sky. Ele balançou de leve a cabeça em um incentivo e sorriu, levantando o braço até a altura de seu pescoço, mas o desceu tão rápido que Tate não demorou a entender que teria ganhado um carinho na bochecha se estivessem sozinhos.

— Vou primeiro. — Tate respondeu corajosamente e virou para Hyun, mordendo os lábios em ansiedade. — Vai logo esquentar essa porra.

— Uau, que garoto mais irritadinho, até me fez suspirar por dentro. — Hyun riu e Tate fez uma careta, mas nem tanto pela brincadeira e, sim, pelo enjôo súbito que apertou sua garganta ao saber que seria furado em alguns minutos. — Já venho.

Hyun saiu com a agulha balançando em uma cordinha que ele inventou de amarrar na ponta para dar mais "estabilidade", e Tate sentiu-se aliviado por um momento, já que não tinha mais à vista as coisas que fariam sua preciosa orelha sangrar até secar.

Sentiu os dedos de Sky deslizarem pela sua cintura e, quando virou para encará-lo, engasgou-se com os olhos brilhantes tão próximos dos seus, com a respiração batendo certeira em seu nariz, tão quente que seu corpo acendeu de imediato, com as sensações fantasmas da noite passada pairando pela pele.

— Está nervoso? — Sky perguntou preocupado, e os lábios dele roçaram os seus, provocantes. — É só respirar fundo, não deve doer tanto.

Tate ficou sem reação por um momento, mas foi em um piscar de olhos que a paralisação de seu corpo sumiu e ele se inclinou para juntar as bocas em um selinho forte que só serviu para deixá-lo sedento por mais, sedento por línguas e dentes, por mordidas e chupões.

— Não estou nervoso. — Uma tentativa péssima de mentir, porque sua sobrancelha tremeu e ele a sentiu subir, o que significava que Sky também tinha visto. — Quer dizer, estou, mas é porque não quero que fique feio.

— Tate, a probabilidade de ficar torto é enorme. — Sky riu e afundou levemente o rosto em seu pescoço, beijando-o molhado. Fechou os olhos, sentindo a nuca inteira arrepiar. — Mas não se preocupe, ninguém vai perceber.

— Sei. — Sorriu de canto, debochado, e o afastou levemente assim que escutou Hyun cantando no corredor e aproximando-se do quarto.

Sky encolheu os ombros e deu uma piscadela. Ele encostou o corpo à parede ao lado do batente, cruzando uma perna em cima da outra em uma pose que Tate achou incrivelmente sexy mesmo que não tivesse nada de realmente sensual nela.

Seus hormônios, agora, estavam explodindo uma garrafa de *champagne* dentro da sua virilha.

— Agulhinha fervendo e gelinho derretendo, então senta a bunda na beirada da cama de uma vez. — Hyun disse assim que entrou no quarto. Estava segurando tudo dentro de um pano de prato, com as mãos firmes em volta dele.

Tate suspirou e obedeceu-lhe. Sentou-se de frente para ele e subiu o queixo para que pudesse observá-lo melhor, e o coração de Tate acelerou com a visão do ferrinho minúsculo inteiramente vermelho de calor se aproximando do seu rosto.

Engoliu em seco.

— Tenho que esfregar gelo na orelha? — Perguntou e olhou para Sky, em dúvida, mas ele só fez um biquinho e balançou negativamente a cabeça. — Vai servir de anestesia?

— O cara da farmácia disse que sim. — Hyun respondeu e jogou a pedra gelada na sua mão. A sensação úmida subiu até seu pulso como pernas de uma aranha. — Vai querer o brinco na orelha esquerda ou na direita? Escolhe bem, os boatos de que gays furam a direita são fortíssimos e não quero ter que quebrar um pulso socando a cara de um desgraçado que vier com gracinha para cima de você.

E foi nesse momento que Tate travou e evitou olhar para Sky, o pânico acumulou-se em forma de saliva espessa em cima da língua só pela simples menção da sexualidade, assunto que andava atormentando seus sonhos nos últimos dias e impedindo seu cérebro, que provavelmente estava metade corroído pela maconha e metade pela confusão de sentimentos, de funcionar direito.

Olhou para o gelo derretendo entre os dedos e mordeu os lábios, nervoso demais para conseguir responder sem tremer. A respiração socava o pulmão ao entrar e rasgava ao sair, com o pavor controlando cada parte de seu maldito corpo, que arrepiava aos toques de um outro homem, que esquentava aos beijos de um outro homem, que desejava o corpo de outro homem.

Porra, estava no meio de uma merda toda confusa e nem tinha ideia de como torná-la menos insuportável, já que não estava disposto a sair antes de experimentar de tudo.

— Me diz você. — Resmungou para Hyun e levantou a cabeça, sustentando o olhar surpreso dele. — Onde você acha que fica melhor em mim?

Hyun pareceu pensar por um instante e olhou para Sky, e a expressão no rosto dele sugerindo que buscava "aprovação". Tate torceu o nariz, incomodado. "Por que todas as pessoas parecem saber coisas sobre mim que nem eu mesmo sei?".

— É só um brinco, os boatos são só boatos. — Hyun respondeu, por fim. — Isso não vai te definir, então você coloca onde quiser.

— Mas você não acabou de me dizer que eu tinha que escolher bem, porque não quer quebrar um pulso socando a cara de um desgraçado que vier com gracinha para cima de mim? — Levantou uma sobrancelha, com a voz saindo mais ácida do que o planejado. — Não entendi.

Hyun piscou lentamente e coçou a nuca constrangido.

— Era brincadeira, Tate. — Ele encolheu os ombros. — Não precisa ficar tão na defensiva.

Abriu a boca surpreso e, depois, fechou os olhos arrependido. Estava praticamente se entregando e se queimando sozinho, agora tinha certeza de que o cérebro estava mesmo corroído pela maconha e pelas preocupações, o que era um ponto a mais para sua ex-professora — chata e implicante, a propósito — do terceiro ano, que discursava negativamente sobre o uso de drogas.

Tate estava exatamente do jeito que ela sempre descreveu, burro e lento.

Escutou Sky rir baixinho e, quando olhou para ele, tentou repreendê-lo, mas o rosto já parecia vermelho de tanta risada acumulada, com a mão cobrindo levemente a boca rasgada em um sorriso gigante.

Bufou indignado e rolou os olhos antes de escolher uma orelha.

— Esquerda. — Resmungou. — Fura a esquerda.

— Certo, esfrega o gelo na orelha até não estar mais sentindo nada nela. Vou esquentar a agulha outra vez.

Hyun saiu do quarto e um silêncio se assentou ao redor de Tate. Estava com uma postura tão amuada como se fosse preso por um crime horrível, com a palavra "culpado" brilhando em letras garrafais na cor vermelho-neon bem no meio da testa.

— Você está bravo comigo? — Perguntou em um sussurro, com olhos focando a mão molhada que estava apoiada na coxa.

Não sabia o porquê de estar perguntando isso a Sky, mas sentia que precisava, sentia que, lá no fundo, tinha que ter escolhido a direita. Tinha que ter escolhido a direita porque isso significava alguma coisa, significava uma resposta oculta no fundo de seu peito que parecia cutucá-lo mesmo depois do conselho de Caleb, mesmo depois de ter se consolado ao admitir que beijar Sky não significava estar apaixonado, não significava perder sua heterossexualidade, não significava "se" perder.

Mas aqui estava magoado e arrependido como se estivesse "gostando" de Sky, gostando de verdade, gostando do jeito que garotas gostam de garotos, do jeito que mulheres gostam de homens, que héteros gostam de outros, mas só haviam trocado beijos quentes por alguns minutos, o que, em sua percepção, não era suficiente para fazer uma paixão nascer.

Contudo, se os beijos não eram a única coisa que faziam seu coração disparar, o que era?

— Você vai ficar? — Tate virou para Sky ao escutar a pergunta, encarando aqueles olhos doces e amáveis e sorriso curto de canto. — Vai ficar?

— Vou. — Respondeu sem nenhuma hesitação, balançando a cabeça para cima e para baixo. — Vou, *Boy*.

— Então, um brinco é só um brinco. — Sky pressionou os dedos indicador e médio no queixo e depois os estendeu em sua direção em um beijo a distância que, mesmo assim, parecia quente e afável. — Nada disso te define.

Tate responderia com alguma coisa extremamente gay e sem nexo, mas Hyun apareceu no quarto no segundo seguinte. Ele estava com um baseado na boca, o que só fez seus nervos borbulharem mais, com o medo de ele errar feio o furo, provocando uma leve tensão nos ombros.

Hyun parou bem na sua frente e inclinou-se para olhar sua orelha já amortecida, com o rosto inexpressivo indicando que ele já estava entrando na *vibe* tranquila da maconha.

— Tate, quem era aquela garota que apareceu no camarim no fim do show de ontem, hein? — Hyun perguntou com a voz baixa e concentrada e abriu o pacote novo de sabonete com a mão livre. — Ficou o maior climão depois que ela saiu.

Tate sentiu os lábios repuxarem para baixo automaticamente e o desgosto crescer destrutivo dentro do peito. Só de pensar em Heather, Tate sentia a raiva voltando com tudo. Ela era completamente maluca e cruel, tinha um jeito estranho de falar, de rir e de olhar, era como se estivesse sempre dizendo "posso estrangular você durante o sono". Embora tivesse essa impressão, nunca teve coragem de chamar Armin para conversar sobre o assunto porque, além de saber que eles mais transavam casualmente do que namoravam de fato, Tate tinha muito medo dela. Só de pensar em mencioná-la de forma torta, sentia calafrios e não tinha coragem nem mesmo se chamasse Armin para conversar em uma cabana no meio do nada, preocupado de que as paredes e janelas pudessem ter ouvidos astutos que contariam a ela toda a verdade na primeira oportunidade, como se suas palavras pairassem no ar em forma de energia burra.

Quando a conheceu, Heather era só uma garota qualquer usando maquiagem pesada. Ela era bonita, muito bonita, e Tate gostou de ser olhado de uma forma tão intensa, gostava de ser desvendado. Storm fazia exatamente a mesma coisa, mas, diferentemente de Heather, ela não parecia tramar mil e um jeitos de cometer um crime, como colocar fogo em um celeiro, por exemplo.

O maldito celeiro na maldita rota estadual afastada do Brooklyn.

Quando pensava que já havia esquecido o assunto, ele simplesmente voltava com tudo para perturbar sua mente.

— Heather é uma ex-namorada do Armin. — Resmungou irritado. — Ela é problemática.

Hyun riu de um jeito que Tate achou estranho, mas, quando ia perguntar o que aquilo significava, ele soltou a bomba.

— Transei com ela ontem, foi mal.

O queixo faltou cair em cima dos joelhos, tamanho choque que sentiu.

— Você transou com a porra do inimigo, seu filho da... Ai, caralho, seu desgraçado! — Chiou com a dor da agulha perfurando sua carne. O cutucão rápido que atravessou de uma vez sua orelha foi tão dolorido que Tate sentiu os olhos tremerem. — Isso dói demais!

Puxou o ar entre os dentes e tentou afastar a cabeça, mas Hyun o segurou com força na lateral da testa, empurrando o brinco para dentro do buraco da agulha e escorregando-o até o fim sem precisar tocar na parte ferida com os dedos.

— Ela é gostosa, é óbvio que a convidei para a minha casa. — Hyun estava com um sorrisinho irritante nos lábios secos quando retirou a agulha e prendeu o brinco no lugar com a tarracha. — Foi uma foda meio rápida, eu estava cansado.

Tate fez uma careta de dor e de nojo. Levantou-se da cama para olhar o resultado no espelho e, quando encarou a orelha ensanguentada, quase choramingou de raiva, porque tinha ficado absolutamente torto, a pedra brilhosa estava quase tocando a entrada do ouvido.

— Puta que pariu! Quando eu trocar para a argola, isso vai ficar muito feio. — Resmungou, fazendo Sky rir escandalosamente. — Caralho, Hyun, você fez merda "duas" vezes!

— Cara, isso ficou uma obra de arte, não me amola. — Sentiu a mão pesada dele no seu ombro e o rosto alegre apareceu ao lado do seu no espelho. — E eu não sabia que a garota era uma inimiga, estou te pedindo desculpas só porque te considero um amigo, mas nem isso me impediria de deixá-la montar no meu…

— Não começa! — Desviou dele e voltou a se sentar na cama, apoiando o queixo na palma aberta da mão. Foi só nesse momento que notou gotas de sangue na calça jeans. — "Argh", você deve estar com o cheiro dela até agora!

— Tate, deixa eu ver. — Sky puxou suavemente seu rosto pelo maxilar, e os olhos devoraram os seus antes de deslizarem até a sua orelha. — Ficou bonito!

Torceu o nariz e continuou emburrado. Quer dizer, o brinco era o de menos. Hyun tinha transado com uma garota que ele queria manter o mais longe possível. Porra, dar brecha à Heather não tinha sido uma boa escolha, ela com certeza voltaria para tentar oferecer o que quer que vendesse e grudaria nos ombros deles como um verdadeiro parasita.

— Ficou torto. — Resmungou para Sky. — Hyun, cara, você está arrumando problema para a cabeça.

Ele levantou uma sobrancelha soando debochado.

— Foi só uma transa de uma noite, Tate. Você já teve momentos assim, não teve? Não pretendo vê-la de novo, fica "sussa". — Hyun deu de ombros e começou a preparar as coisas para furar a orelha de Sky, que se sentou ao seu lado e cutucou a sua costela com o cotovelo em uma tentativa de fazer alguma risada sair. — Mas qual é a treta com ela? Você já disse que é uma inimiga, mas isso tem motivo?

— É claro que tem! — Exaltou-se um pouco. — Isso envolve Armin e não quero tocar no assunto agora, mas não confio nela, Hyun. Não confio nas intenções dela. Porra, Heather estava com a banda em Manhattan e, pelo que fiquei sabendo, estava fazendo bastante sucesso por lá, muito mais do que nós, e aí ela simplesmente volta assim, do nada, e querendo nos oferecer "coisinhas"? Que coisinhas, caralho?

— Ela é cantora? — Sky perguntou.

— Heather tem uma voz do cacete, e a banda dela é muito boa, mas ela é maluca e quero distância. Acho que o sentimento é recíproco, então não sei o motivo dessa visita ridícula. Pensei que nunca mais a veria.

— Ela trouxe um baseado ótimo. — Hyun disse, abrindo um saquinho de brinco com os dentes. — O negócio me deixou tão brisado que quase nem senti a boca dela no meu pau.

— Vai se foder, cara! — Grunhiu, fazendo Hyun rir. — Não preciso de detalhes!

— Todos os caras querem detalhes, você é o primeiro a sentir tanto nojo. É só sexo, mané!

Tate rolou os olhos. Não precisava ouvir, mais uma vez, qualquer piada sobre a sua incapacidade de sentir tesão em sexo hétero ou em corpos femininos, já bastava sua mente confusa trazendo isso à tona de minuto a minuto.

— Só acho que ela não está mexendo com coisas saudáveis. — Voltou ao assunto principal. — Se ela te trouxe um baseado, o que mais pode ter?

— Está preocupado que ela queira passar drogas? — Sky indagou preocupado e levantou um pouco a sobrancelha, parecendo em dúvida. — Quer dizer, um baseado é só um baseado.

— Não é com as drogas que estou preocupado, *Boy*. — Balançou a cabeça, sentindo a perna esquerda tremer. — Todo mundo usa drogas hoje em dia, e não ligo para isso. Quem nunca cheirou uma carreira na vida? O que estou dizendo é que não confio "nela". Se fosse qualquer outra pessoa vendendo, não me sentiria tão ameaçado.

— Se fosse qualquer outra pessoa, você cheiraria pó? — Sky fez uma careta e Tate o achou adorável assim, de bico e cenho franzido.

— Ué, você nunca encheu o nariz de coca? — Hyun perguntou amarrando um fiozinho em uma agulha nova.

— Não! — A voz de Sky saiu infantil. — Meu negócio é só maconha e cigarro.

— Você já, Tate?

Deu de ombros ao se lembrar da única vez em que cheirou uma carreira. Estava no segundo ano do ensino médio, em uma festa na casa de um idiota qualquer do time de *lacrosse*, quando Armin chegou com um pacotinho minúsculo cheio de pó branco. Armin tinha um sorriso largo no rosto, e Tate percebeu de imediato que era cocaína. Não pretendia usar nem pretendia sequer chegar perto, mas Armin estava "alto" e parecia feliz, então quis sentir o que ele estava sentindo e aspirou tudo de uma vez, o que causou um sangramento nasal que escorreu como calda de morango pelos lábios e queixo.

Pelo menos, ficou tão eufórico que sequer se lembrou do fiasco que tinha sido a última tentativa de transar com Jennifer, mas não era algo que ele sentia tanta vontade de repetir, não quando tinha vomitado toda a cerveja por três horas seguidas no quintal depois que o efeito passou.

— Só uma vez. — Respondeu. — Mas isso já tem muito tempo, quase dez anos.

— Já cheirei algumas vezes também. — Hyun balançou a cabeça bem rápido, simulando como realmente fica quando se está chapado. — Até que gosto.

— Hyun, fica longe de qualquer coisa que a Heather te der. — Tate repreendeu e, dessa vez, sua voz estava séria e firme. Hyun olhou para ele, indiferente e sarcástico como sempre. — Ainda não peguei qual é a dela, então é melhor ficarmos de olhos abertos com essa filha da puta.

— Claro. — Hyun voltou a sorrir. — Foi só uma transinha, como já disse.

— Ótimo. — Resmungou.

— Sky, vou esquentar a agulha e trazer gelo para você.

Hyun saiu do quarto mais uma vez, e Tate olhou para Sky, captando a preocupação no rosto dele, um biquinho caindo perto do queixo enquanto parecia pensar em alguma coisa.

— Está preocupado de verdade, não está, meu bem? — Sky sussurrou. — Quer me contar depois o que aconteceu?

Tate negou levemente com a cabeça. Não queria preocupá-lo e não queria estragar um bom momento falando de coisas que ficaram no passado. Ele lidaria com o que quer que viesse sem precisar ficar relembrando situações desagradáveis e o maldito celeiro pegando fogo que parecia queimar sua consciência sempre que Heather aparecia ameaçadora em sua mente.

— Só vamos ficar longe dela, tudo bem? — Respondeu. — Só vamos manter distância.

Quando Hyun voltou com a agulha fervendo, Sky disse que queria furar as duas orelhas, sorrindo de um jeito completamente insinuante, o que fez Tate se lembrar das palavras da mãe sobre ele gostar de homens "e" de mulheres.

Durante a perfuração, Sky agarrou sua mão com toda força. Os dedos dele eram quentes contra os seus, completamente macios e livres de calos, com exceção de algumas poucas curvas pelos recentes treinos de violão, e foi quando percebeu o contraste quase absurdo entre os dois. Tate era um verdadeiro estabanado, com mãos grandes demais e fortes demais, um jeito de falar que chegava a ser caipira e uma estranha obsessão por calças largas, enquanto Sky era elegante, com mãos delicadas, mas ainda masculinas, fala fluida extremamente charmosa e um gosto incrível para roupas.

Não sabia o que Sky tinha visto nele, não sabia mesmo. Tinha medo de perguntar, no entanto. Se Sky hesitasse, onde enfiaria a cara? Como o olharia depois?

Ou pior, se Sky dissesse que estava fazendo tudo isso por "pena", como continuaria "vivendo"?

Depois de furar as orelhas de Sky e preenchê-las com os brincos, Hyun achou que seria boa ideia tentar colocá-los em si mesmo sozinho. Sky tentou protestar e disse que faria, mas ele simplesmente insistiu e, quando tentou passar a agulha fervente pelo lóbulo esquerdo, ameaçou desmaiar, e Tate precisou segurá-lo para que ele não fosse direto ao chão.

Teve que terminar para ele, é claro, e a tarefa foi um pouco difícil, mas se vingou e deixou o furo completamente torto, soltando uma risadinha maléfica no final, fazendo Hyun socá-lo no ombro três vezes com força.

Foi embora com Sky depois de tomar uma cerveja gelada e, no caminho, segurou a vontade de juntar as mãos outra vez, de sentir o calor da palma dele contra a sua, das unhas curtas arranhando a pele e fazendo-a arrepiar até o cotovelo. A verdade era que queria tocar em Sky o tempo todo e já não estava mais conseguindo esconder. Não beijos, não amassos, não sexo, mas qualquer toque, qualquer coisa para senti-lo firme e real contra seu cérebro amortecido e desacreditado, qualquer coisa para fazer seu coração disparar de um jeito que nunca disparou com mais ninguém, qualquer coisa para fazer sua vida ter algum sentido, por menor que fosse.

Queria estar vivo, e o calor de Sky fazia com que se sentisse assim, fazia sua respiração parecer menos artificial.

E Tate achava que não conseguiria mais viver sem.

Assim que chegaram ao corredor do prédio, em frente aos apartamentos, apoiou as costas na porta e Sky se apoiou na dele, sorrindo pequeno e virando a cabeça de um lado para o outro, esbanjando seus brinquinhos brilhantes que, no momento, eram apenas substitutos para as argolinhas.

— Ficaram lindos em você. — Disse. — Tudo fica lindo em você.

— O seu ficou mais bonito. — Sky respondeu, destrancando a porta sem virar para ela, com os olhos colados nos seus. — Aliás, destacou bastante o rosto maravilhoso que você tem, sabia?

Tate balançou a cabeça constrangido e soltou um riso que se aproximou do deboche, fazendo Sky franzir as sobrancelhas.

— Vem aqui, Tate. — Sky esticou uma das mãos em sua direção. Hesitou, mas pegou na mão dele e foi puxado bruscamente até ele. — Quero te falar uma coisa, vamos entrar.

Ele empurrou a porta, e Tate entrou, de repente nervoso demais com o que quer que Sky estivesse preparando. Ele era sempre uma caixinha de surpresas e adivinhar seus pensamentos era tarefa complicada, então estava se preparando para qualquer coisa, inclusive para uma bronca quando a porta bateu bem atrás de seu corpo. Tate deu um pequeno pulo, assustado até mesmo com o próprio coração martelando nas costelas, mas se acalmou com os dedos gentis de Sky segurando seu queixo.

Olhou para ele confuso, mas a expressão que via era simplesmente indecifrável.

— O que foi? — Perguntou sem jeito.

Sky inclinou-se para frente e beijou sua testa, depois a ponta de seu nariz, então as bochechas, seu queixo, seus olhos e, por fim, sua boca; um selar simples e delicado que significava muita coisa no momento.

— Você não tem noção do quão bonito é, tem? — Sky perguntou tão baixo que Tate demorou a processar. — É um dos homens mais bonitos que já vi.

— Mais bonito que o Kurt Cobain?

Sky soltou um risinho.

— Era isso que eu queria ter respondido naquela noite, no parquinho. Não era o Staley que eu ia citar, era você, mas fiquei com medo de como reagiria.

Abriu a boca chocado e sentiu algo perto de animação deslizar quente pela linha do umbigo.

— Está falando sério, Sky? — Sussurrou atônito.

— Nunca falei tão sério em toda a minha vida. — Ele respondeu ainda sorrindo. — Gosto de tudo em você; da sua sobrancelha mais erguida que a outra; das suas pintinhas; da sua boca; de como suas bochechas lembram bolinhos quando você sorri e gosto desses seus dentinhos tortos aqui.

Sky deslizou levemente a ponta do polegar para a boca de Tate e o passou de um lado para o outro nos dentes da frente, na pequena diferença de tamanho que eles tinham.

Tate arregalou os olhos, surpreso, mas não fez nada além de deixar Sky tocar em seus lábios com os dedos, depois em seu nariz, em suas bochechas, em suas sobrancelhas, em seus olhos e, por último, em seu queixo outra vez.

— Está me deixando com vergonha. — Confessou em um resmungo, apertando-se contra a porta quando o sentiu mais perto, com o peito colado ao seu. — É sério.

— Vou te deixar com vergonha todas as vezes que se chamar de feio perto de mim, então é melhor tomar cuidado. — Sky afastou-se só para direcionar a ele um olhar de repreensão. — Você é tão lindo que o ar me falta, Tate. Você é tão lindo que não consigo parar de te olhar. Você é tão lindo que eu queria tatuar sua cara na minha bunda.

Tate gargalhou tão alto que sua cabeça bateu na porta e seu peito tremeu, as mãos buscando apoio na cintura de Sky e puxando-o para mais perto em um abraço torto que o fez mergulhar o rosto em seu pescoço, com uma risada gostosa batendo direto em sua pele quente e arrepiada.

— Isso foi horrível. — Tate disse em um tom divertido, apertando Sky com ainda mais força. — Se você tatuasse minha cara na sua bunda, eu tatuaria seus olhos na minha e aí ficaríamos quites.

— Meus olhos? — Sky afastou o rosto do pescoço de Tate e encarou-o curioso. — Por que só meus olhos?

— Porque eles e aquela maquiagem preta me fizeram suspirar gostoso pela primeira vez em muito tempo. — Respondeu, sincero pela primeira vez. — Seus olhos despertaram alguma coisa dentro de mim que me deixa confuso e assustado, mas feliz e animado ao mesmo tempo, e acho que estou viciado nisso, "viciado em você".

Sky sorriu e inclinou o rosto até estar com a testa apoiada na de Tate. As mãos dele desceram lentas para sua nuca, e os dedos apertaram sua pele em um gesto de incentivo. Os olhos brilhantes dele esperavam por mais alguma coisa, algo que nem Tate sabia direito o que era.

— Tatuaria sua boca. — Ele sussurrou charmoso, e Tate sentiu-se estremecer um pouco. — É dela que saiu a única voz que me fez acordar para a vida e sentir vontade de cantar de novo. Foi por causa dela que entrei em uma banda incrível, com pessoas difíceis, mas ainda incríveis, e conheci melhor um guitarrista que faz meu coração bater mais rápido.

Tate arregalou os olhos surpreso.

— Você voltou a cantar por minha causa? Você voltou a cantar porque me ouviu cantar?

Sky balançou a cabeça.

— Na festa do Galpão. — Ele encolheu os ombros. — Quando você cantou *Summertime* e me mostrou todos seus piores sentimentos, acho que foi aí que eu... — Sky interrompeu-se, com a voz morrendo aos poucos enquanto ele pensava como continuar. — Que eu quis me aproximar também. Foi tão lindo, você tem uma voz tão poderosa, Tate. Eu só queria que pudesse se ver do jeito que te vejo, então aí nunca mais duvidaria de si mesmo, porque não duvido nadinha.

Tate quase pôde sentir o sangue jorrando para fora do coração. Teve certeza de que o ouviu explodir em um som oco e abafado, espatifando entre as costelas como carne moída. Ele acelerou com tanta força que chegou a doer, e aquela coisa que piscava bem lá no fundo só foi empurrada para frente, ficando mais impossível de ignorar.

Beijou Sky no nariz e depois sorriu, achando difícil encará-lo nos olhos enquanto a tal coisa estranha pulsava em seu peito como um órgão vivo e carregado que supria todos os outros, que dava sentido a todos os outros, que dava sentido ao seu sistema nervoso, que controlava seus pensamentos, suas falas, seu jeito de agir e "seus sentimentos".

— Quando te ouvi cantando *Summertime*, uma parte de mim morreu, sabia? — Confessou. — A parte que achava que me lamentar pela morte de Jorja era a melhor opção, a parte que achava que ela era a única pessoa especial da minha vida. Eu estava errado e ouvir você cantando me fez enxergar.

— Está dizendo que sou uma pessoa especial? — Ele perguntou, com uma risada soando por entre as palavras.

— Sim, *Boy*. — Tocou o rosto dele com a traseira dos dedos. — Você é uma pessoa muito especial.

Então, Sky sorriu emocionado.

— Me beija de uma vez.

Tate obedeceu-lhe e levou a boca até a dele, cobrindo-a gentilmente antes de apertá-lo na cintura para trazê-lo ainda mais para perto, com a língua ansiosa procurando pela dele assim que o sentiu cedendo. O choque do contato arrepiou sua coluna e fez uma de suas pernas amolecer mais que a outra, com o joelho quase atingindo o chão se não fosse segurado pelos ombros.

Sky puxou o ar com muita determinação e abraçou seu corpo como se abraçasse a própria vida, rodeando os braços pelo seu corpo. Então beijou sua boca com uma fome gigante, pendurando-se em seu pescoço e os pés saindo do chão por um segundo ou dois.

Tate resmungou e apoiou-se na porta, deixando Sky tombar o corpo para cima do seu. Sky moveu a cabeça de um lado para o outro, ritmando um beijo lento e intenso, com a língua deslizando na sua do jeito mais gostoso e insano possível.

Sem pensar muito, levou as mãos timidamente para dentro da camiseta amarela que ele vestia e tocou a pele macia com os dedos calejados, sentindo-a arrepiar. Era tão bom tê-lo assim, entregue e desejoso, com o coração batendo no mesmo ritmo que o seu e o calor transbordando no mesmo nível que o seu, que nada realmente importava naquele momento além disso.

Sky afastou-se por um momento e mordeu suavemente seu lábio superior antes de puxar o inferior para dentro da boca, chupando-o em um estalo enquanto arrastava seu corpo para algum lugar. Tate foi empurrado para sentar-se no sofá, e Sky beijou-o outra vez, de pé na sua frente e com o corpo inclinado em sua direção, segurando seu rosto entre as duas mãos, com a respiração presa no nariz ao iniciar um ritmo mais acelerado agora, quase batendo os dentes nos seus pela afobação.

Tentou puxá-lo para mais perto, porém seus joelhos atrapalharam um pouco, então grunhiu irritado e os afastou para que Sky pudesse se colocar entre eles. Agarrou, sem muito pudor, a cintura fina outra vez, raspando as unhas de trás para frente, do cóccix ao umbigo, com os polegares rodeando a pele quente sempre que se aproximavam um do outro.

Sky lambeu sua boca de baixo para cima, mordeu seu lábio e agarrou sua língua para fora por um curto momento antes de juntá-las para dentro de novo, chupando-a como um profissional e fazendo seu ar faltar tão rápido que precisou puxar a cabeça para trás para respirar, com o peito subindo e descendo com pressa.

— Sky. — Disse e sentiu selinhos dele por toda a sua boca, depois em seu queixo, depois em seu maxilar. — Ei, Sky?

— "Hmm?" — Ele respondeu, claramente afetado e sem intenção de realmente ouvir, mas o que Tate queria falar era sério, então o segurou no rosto e fez com que olhasse em seus olhos meio trêmulos. — O que foi? Estou passando dos limites?

— Sky, você pode… — Passou a língua pelos lábios. Estava nervoso, mas também estava ansioso demais para simplesmente parar por ali. — Você pode me tocar?

Sky franziu o cenho, confuso.

— Estou te tocando. — Sorriu e esperou que Tate sorrisse também, provavelmente achando que tudo não passava de uma piada, mas, quando Tate não sorriu de volta, Sky pareceu entender. — De que jeito você quer que te toque?

Tate desviou os olhos constrangido e tentou gaguejar alguma coisa, contudo não saiu do jeito que estava esperando, assim apenas puxou o ar para dentro dos pulmões com muita força e o soltou em um suspiro reto antes de responder direito.

— De qualquer jeito. — Praticamente sussurrou. — Quero que você me toque de qualquer jeito.

— Assim? — Sky perguntou e beijou seu pescoço, com um beijo molhado bem parecido com o de língua, e Tate sentiu a saliva fina deslizando curta por sua pele quente. — Ou assim? — Ele lambeu do limite do peitoral até o queixo, depois desceu e chupou levemente seu pomo de adão, fazendo uma descarga estranha descer direto para o meio das pernas.

Tate suspirou rendido e quase enlouqueceu quando, lentamente, Sky se sentou em seu colo, passando uma perna de cada lado no seu quadril, com a bunda firme pesando em toda sua ereção já marcada na calça.

Gemeu inconscientemente, com a mente em um completo branco pelo primeiro contato mais íntimo com uma pessoa que fazia sua excitação correr descontrolada pelas veias. Fechou os olhos com muita força e apoiou a cabeça no encosto do sofá para que Sky continuasse beijando e lambendo seu pescoço. Ele segurou em seus ombros e começou a rebolar. Não era muita coisa, mas, como Tate nunca se sentiu desse jeito, aquele contato era capaz de tirar toda sua pouca sanidade não corroída pela maconha.

Tate tinha certeza de que, algum dia, ou morreria por causa dela ou por causa do tesão que sentia por Sky.

— *Boy.* — Sussurrou e sentiu a perna tremer de leve quando Sky girou o quadril de um lado para o outro com um pouco mais de força, espremendo seu pau com a bunda. — Espera um pouco, vai mais devagar.

Sky já estava completamente lento, mas Tate sentia que poderia gozar em menos de três segundos com isso. Era muito constrangedor estar necessitado e perdido como um garoto de quinze anos ficaria dando seu primeiro amasso com uma garota bonita, e pensar isso fez aquele sentimento esquisito preencher o peito outra vez.

Talvez Sky fosse seu garoto bonito, seu primeiro garoto bonito, e achava que conseguiria se acostumar com isso se tentasse, com muita força, ignorar completamente o leve sopro gelado da paixão distorcida que arrepiava seu corpo inteiro.

— Você me pediu para ir mais rápido. — Sky provocou com uma risadinha e acelerou o rebolar, agora para frente e para trás, fazendo Tate sentir a ereção dele no abdômen toda vez que os corpos se aproximavam. — Está bom para você assim?

Tate quase suspirou um gemido, com a voz saindo quebrada e baixa de um jeito inexperiente. Segurou Sky pela cintura e abriu a boca, surpreso com a velocidade em que ele estava se movendo, com as pernas firmes abraçando a lateral das suas e com a bunda dura indo de um lado para o outro, de um jeito tão bom que o estômago começava a esquentar e o formigamento na cabeça do seu pau expulsava o pré-gozo capaz de melar a frente inteira da cueca.

— Espera, espera. — Pediu, praticamente implorou, mas Sky apenas voltou a beijar seu pescoço, lambendo, com a língua bem solta, um pedaço de pele até as orelhas, uma mordidinha no lóbulo dela completando a tortura. — S-S-Sky, mais devagar, desse jeito não vou durar muito!

— Pode vir, meu bem. — Sky sussurrou em seu ouvido com uma voz tão diferente e sensual que Tate gemeu em resposta, controlando o som ao segurar o lábio com os dentes. — Goza em mim.

Tate apertou a cintura dele entre os dedos longos e foi aí que Sky parou de se mover para levantar um pouco os joelhos e espremer a ereção na sua, forçando o quadril no seu e esfregando-o de um lado para o outro.

Foi sentir o pau de Sky pulsando duro contra o seu que Tate amoleceu, gemendo desesperadamente, e sentiu o corpo explodir em tremores incontroláveis, com a virilha desatando um nó e liberando gozo por toda sua cueca, tanto que ele ficou morrendo de vergonha e escondeu o rosto no pescoço de Sky. Empurrou o quadril para cima para tentar estender a sensação incrível e diferente que percorria todos seus nervos e parava exatamente em sua nuca, aquecendo-a como um beijo molhado e cheio de pressão.

Sentiu a respiração acelerar e, por um tempo, estava apenas bufando sem perceber, com os lábios cheios de saliva e a garganta querendo expulsar sons estranhos e satisfeitos que, se colocados para fora, só terminariam de matar Tate de constrangimento.

Sim, estava parecendo um maldito adolescente.

Sim, tinha plena noção disso.

Sim, queria se enterrar.

Sky fez carinho em seus cabelos e puxou sua cabeça para trás por um momento. Ele olhou dentro de seus olhos nublados e meio úmidos de algumas lágrimas de prazer que não foi capaz de evitar e sorriu.

— Isso foi horrível, não durei nem um minuto. — Murmurou e tentou desviar os olhos, mas o aperto em seu cabelo se intensificou, e Tate chiou de dor, olhando de volta para ele. — Sky, estou com tanta vergonha, para de me olhar desse jeito.

— Não tem nada de vergonhoso nisso, você só estava muito excitado. — Ele deixou uma risada gentil escapar. — Acontece, não precisa se esconder de mim.

Tate fez "tsc" com a língua e soltou-se dos dedos de Sky, relaxando o corpo no sofá e abraçando a cintura dele só para ter um lugar para apoiar as mãos.

— Tentei segurar, mas não consegui. — Olhou para baixo e viu a mancha escura na lavagem clara do jeans. — Você só estava indo rápido demais e não consegui segurar.

— Não tinha que ter segurado, queria te dar um bom orgasmo e dei, não dei? — Sky beijou sua boca em um selinho curto e carinhoso, acariciando seu pescoço com os dedos quentes.

Tate abriu um sorriso meio bobo e ainda meio tímido, mas ele cresceu e, por um momento, cobriu seus olhos com as bochechas altas e adoráveis.

— Foi o melhor de todos esses vinte e seis anos inúteis de vida. — Confessou e se permitiu rir um pouco, um riso alegre e genuíno. — Você... Você tem uma bunda muito...

— O quê? — Sky pressionou, apertando seu queixo entre o indicador e o polegar. — Fala, quero que você fale.

Tate mordeu os lábios, ponderando a ideia, mas decidiu ligar o foda-se e soltou de uma vez.

— Muito gostosa. Você tem uma bunda muito gostosa, *Boy*.

Sky sorriu outra vez.

— É, tenho mesmo. — Ele disse e levantou-se, desabotoando a calça e descendo o zíper dela enquanto caminhava para o corredor. — E o melhor é que ela é toda sua agora.

— Ei, para onde você está indo? — Gritou para que Sky ouvisse e ele apenas apontou com a cabeça para a própria ereção evidente. — Ah, entendi...

Sky riu e, então, sumiu, batendo a porta do banheiro em um som abafado e lento.

Tate suspirou, pensando no que tinha acabado de fazer e em como Jennifer estava exatamente na mesma posição de Sky há algumas semanas e não tinha chegado nem perto de deixá-lo duro daquele jeito, não tinha chegado nem perto de provocar todos aqueles arrepios gostosos em seu umbigo e coluna. Era engraçado e um pouco estranho como sentir um pau roçando no seu tinha sido simplesmente o suficiente para deixá-lo suspirando de tesão e tão descontrolado que poderia acabar infartando.

Era engraçado, mas também era bom, muito bom e gostoso, então não tinha mais motivos para se impedir de ter prazer, só precisava durar um pouco mais da próxima vez, é claro.

Quis se esconder de vergonha mais uma vez, pois não conseguia acreditar na própria afobação. Se pudesse voltar um pouco a fita, teria segurado Sky no lugar por alguns minutos apenas para ter a sensação de que não gozou como um virjão, mas não tinha mais como fazer isso agora, então ele remoeria esse fato até se afogar na própria decepção e enterrá-la no cu da mente como sempre fazia.

Porra, maldito pau não tão inútil mais. E pensar que se achava broxa há alguns poucos meses. O destino era muito sádico, e Tate acabava de comprovar isso.

Depois de passado uns minutos pensando no mico de antes, algumas batidas à porta ressoaram.

— Sky, sou eu, Armin. Tate está com você? Preciso falar uma coisa com ele.

O desespero bateu tão rápido contra seu corpo que Tate viu tudo preto por um segundo, e o quase desmaio praticamente cortava seus sentidos e sua tranquilidade de minutos atrás. Estava com uma maldita mancha de porra na calça, com uma cara estranha de quem acabou de fazer sexo e o cheiro de Sky por todo o corpo, o que caralhos diria para Armin e "como" teria coragem de olhar para ele sabendo o que tinha acabado de fazer?

— Sky, entendo se Tate não quiser falar comigo, mas diga a ele que é um assunto sério. — Armin insistiu, batendo à porta outra vez. — Por favor!

Levantou-se do sofá em um pulo e olhou para a porta, sem saber exatamente o que fazer. Deveria fingir que não estava e ligar para ele depois? Deveria arriscar, abrir a porta e deixá-lo deduzir o que fazia um pouco antes?

Passou as mãos pelos cabelos, nervoso, e soltou o ar em um chiado alto, com o som das batidas ficando mais alto e mais difícil de ignorar, a voz melodiosa de Armin chamava por ele sem parar e deixava claro que o assunto realmente era para aquele momento e esperar talvez fosse foder com tudo.

— Armin, eu estava dormindo, já vou abrir para você! — Gritou e então fechou os olhos, amaldiçoando-se pela conotação maliciosa que criou sozinho. — Quer dizer, estava deitado no sofá, estava cochilando! Já vou!

Escutou Armin resmungar algo parecido com "ok" e correu para o banheiro. Chamou por Sky em um sussurro, com medo de atrapalhar o momento íntimo, mas desesperado demais para não fazê-lo.

— O que foi? — Sky resmungou do lado de dentro, e o tom da sua voz era quebradiço e bastante rouco também. — Espera.

Tate ia dizer alguma coisa atrás da porta mesmo, mas Sky abriu apenas um vão e colocou o rosto corado e suado para fora, com a respiração ofegante saindo em suspiros pelos lábios abertos e úmidos de saliva.

Era uma visão do paraíso. De repente, Tate sentiu a garganta secar e o corpo arrepiar.

— S-S-Sky, você está fazendo isso por minha causa? — Foi a única coisa que conseguiu perguntar depois de encarar os olhos brilhantes e grandes de Sky. — Eu... eu te deixei excitado desse jeito?

Sky sorriu, e seu sorriso era confuso e, por um momento, ele só passou a língua pela boca e esperou por mais alguma pergunta, Tate, porém, não tinha nenhuma outra a fazer.

— Sim, Tate. — Ele respondeu, gentil, e apoiou a bochecha na porta. — Estou me esfregando na minha mão porque te acho gostoso.

Tate abriu um sorriso. Estava realmente surpreso, nunca conseguiu satisfazer muito bem suas antigas namoradas e saber que tinha feito isso com Sky significava muita coisa, fazia uma confiança correr veloz por suas veias e disparar gostoso o coração.

— De verdade? — Perguntou apenas para se certificar, fazendo Sky soltar um riso curto. — Tipo, você não está pensando em outra pessoa, está?

"Em Storm, por exemplo."

— Estou pensando em você e só em você. — Sky afirmou. — Quer ver?

Tate quase engasgou quando ele levantou uma sobrancelha em insinuação e, por reflexo, deslizou os olhos pelo vão da porta, curioso para realmente ver o que tinha logo ali, mas só teve a visão de uma parte do peitoral nu e da lateral da barriga definida.

Engoliu em seco e suspirou afetado. Tate queria muito ver, mas Armin estava bem na porta e não podia correr o risco de arranjar mais uma enorme ereção que seria capaz até de dizer um "olá" por ele.

— Não. — Respondeu de uma vez, contudo quando Sky pareceu chateado, Tate se apressou em corrigir. — Quer dizer, quero, mas Armin está me chamando na porta e acho que é um assunto sério, então preciso ir.

Sky suavizou o rosto e sorriu pequeno, balançando a cabeça para cima e para baixo.

— Coloca uma calça minha e deixa a sua na cama, lavo e te entrego depois. — Sky disse e puxou levemente Tate pela nuca, esticando um pouco mais a cabeça para fora do vão da porta para beijá-lo na boca. — A gente se vê amanhã?

— Uh, sim! — Beijou-o de volta e simplesmente quis ficar ali para sempre, mas as batidas à porta recomeçaram e Tate se afastou bruscamente para correr para o quarto de Sky e colocar outra calça. — Até amanhã!

Só puxou a calça suja com rapidez para fora do corpo e pegou um moletom preto na gaveta de Sky, vestindo-o pelas pernas suadas antes de voar até a entrada do apartamento. Tate ajeitou os cabelos com os dedos trêmulos e passou a mão pelo rosto na intenção de livrá-lo de todo suor, respirando fundo antes de abrir a porta e passar para o lado de fora com pressa, querendo esconder desesperadamente aquele cheiro de sexo da sala.

Quase trombou com Armin, que se afastou com uma careta e olhou confuso para seu rosto, perguntando silenciosamente o que estava acontecendo.

— Pensei que tivesse morrido lá dentro, o que estava fazendo? — Ele perguntou quando Tate bateu a madeira atrás do corpo e sorriu amarelo. — Você está todo esquisito e, ei, isso é um brinco?!

— Não é nada, é que eu estava assistindo à televisão e acabei dormindo. — Caminhou para o próprio apartamento, as chaves já em mãos para destrancar a fechadura. — Estou sem a minha, então eu…

— Espera, espera! — Armin interrompeu-o com um tom de voz estridente, quase fazendo seu corpo pular de susto. — O que aconteceu com a máquina mortífera? E que brinco é esse?!

Tate empurrou a porta e entrou, dando de ombros ao apertar o interruptor e jogar as chaves de qualquer jeito em cima do balcão.

— Ela só parou de funcionar, Armin. Aquela televisão já era velha mesmo. — Mentiu e sentou-se na banqueta alta, cruzando os braços na pedra gelada. — E coloquei esse brinco com Hyun.

— Era do nosso pai. — Armin resmungou e foi para o lado de dentro do balcão, para ficar de frente para Tate, que só fechou o rosto em uma carranca. — Deixa pra lá, ela era mesmo muito velha. E esse brinco… Bom, ficou bonito em você.

Quis dizer que tinha jogado aquela porcaria de televisão no chão justamente por ter se lembrado do maldito pai quando entrou devastado no apartamento depois daquela briga horrível. Foi a primeira coisa que Tate quebrou e, embora estivesse um pouco arrependido no momento, não sentia vontade de tê-la de volta, porque só faria com que remoesse um monte de coisas que queria deixar para sempre no passado.

— Armin, o que você quer? — Perguntou de uma vez, apoiando a bochecha na palma aberta e olhando diretamente nos olhos dele. Olhos que sempre pareceram acolhedores e gentis, que sempre o fizeram se sentir seguro e se transformavam agora em algo muito diferente. — Você disse que era um assunto sério, então por que estamos discutindo sobre a televisão?

Armin espremeu os lábios, no entanto não desviou o rosto para nenhum outro lugar, mantendo o contato visual por tanto tempo que o ar ficou denso e difícil de engolir, com uma bolha gosmenta de mágoa e rancor contornando ambos os corpos.

— Heather veio me ver hoje. — Ele disse e bateu com as unhas no balcão. — Ela saiu de casa há pouco, e a mamãe quase a fuzilou com os olhos.

— Heather? — Tate franziu as sobrancelhas e endureceu a postura, de repente atento demais para pensar em qualquer outra coisa que não fosse ela. — O que ela queria com você?

— Não sei, disse que queria saber como eu estava, se minhas mãos estavam melhores. — Armin resmungou e encolheu os ombros, sua expressão assustada entregando a Tate exatamente o que ele diria em seguida. — Você não acha que ela voltou por causa "daquilo", acha? Quer dizer, ela me disse que está indo muito bem com a banda e que estão com shows marcados em muitos lugares, então não entendi o que veio fazer aqui. Só pode significar…

— Está delirando. — Atacou para se defender, para evitar que as hipóteses criassem formas reais para fora de suas cabeças. Armin piscou confuso. — Você já se esqueceu de que não tivemos "nada" a ver com aquilo? Foi tudo culpa da Heather, não sabíamos que ela tinha aquelas bombinhas nos bolsos.

— Você tem como provar isso?

Um silêncio cortou o ar, e Tate engoliu duramente a saliva, irritado demais para conseguir esboçar qualquer sorriso debochado. A mente viajou para uma das noites mais estranhas de sua vida, em que labaredas cobriam boa parte de sua visão e drogas estranhas amorteciam todo seu sistema.

— Não importa, aquela filha da puta não teria coragem de abrir aquela boca de merda. — Retrucou agitado, com a voz em uma imensidão grossa e carregada. Essa carga, porém, pareceu não atingir Armin, que só mordiscou os lábios e balançou a cabeça, ponderando. — É nossa palavra contra a dela, então Heather não seria burra a esse ponto. Não diga nada sobre o assunto, pode ser que ela nem esteja aqui para isso e reviver o incidente só pode fazê-la ter ideias malucas.

— Mas, Tate…

— Sem "mas", Armin! — Aumentou o volume, transformando a frase em um quase grito que, agora, sim, fez Armin se encolher, o que não deixou seu coração mal, porque, durante aquela discussão, também se encolheu feito um animal indefeso e se sentiu uma presa do próprio irmão. — Não quero mais saber sobre isso, não adianta vir aqui tagarelar desse jeito, não vou mais te ouvir.

— Fugir do assunto não vai fazer ele desaparecer! — Armin gritou também, voltando a usar a pose inabalável de antes. — Precisamos conversar sobre isso e nos preparar para qualquer coisa, será que não consegue entender? Tate, você está agindo como um egoísta!

— Para de me chamar desse jeito, porra! — Levantou-se da banqueta e bateu com as mãos no balcão, praticamente inclinando o corpo para perto de Armin. — Só quero ter um pouco de paz depois de tantos dias difíceis. Eu estava bem antes de você chegar, estava me sentindo bem, então, de novo, você veio me perturbar! Só deixa aquela merda no passado, é tão difícil?!

— Me desculpa pelo que eu disse, não era o que eu queria, só me descontrolei por um momento! — Armin circulou o balcão até estar de frente para Tate, quase colando os corpos em um só, com a respiração acelerada saindo chiada pelo nariz enquanto os olhos se enchiam de lágrimas. — Tetê… Tate, me arrependo muito, mas você precisa entender que também estou triste e que…

— "Não" aceito suas desculpas. — Disse em um tom de voz baixo, quase sussurrando, ao mesmo tempo que olhava firme para Armin, sentindo-se um pouco feliz pela expressão de choque que recebeu. — Não aceito desculpas pelas coisas que precisei ouvir, por você ter me magoado daquele jeito, por ter me chamado de gay e por ter me feito, por um tempo, te odiar.

— E você não é, Tate?! — Armin explodiu em lágrimas e em uma voz alta embargada, praticamente empurrando-o pelos ombros com mãos fortes. — Olha no fundo dos meus olhos e me diz que você não gosta de homens! Quero ver você conseguir!

Tate sentiu o impacto dessas palavras com tanta força que recuou, atordoado, e puxou o ar com a boca aberta, e a testa se dobrou em um vinco tão fundo que quase foi capaz de sentir o suor deslizando dentro dele e pingando grosso em suas sobrancelhas.

Abriu a boca para dizer algo, mas percebeu que olhava para a boca de Armin, então fechou e o encarou nos olhos, tentando colocar tudo para fora e dizer que, apesar de sentir atração por homens, não era apaixonado por eles, não tinha essa capacidade e achava que nunca teria, porém, por algum motivo, ele só estendeu o silêncio, incapaz de responder qualquer coisa.

E, então, a raiva veio.

— Vai embora. — Resmungou e caminhou até a porta, puxando-a com força e apontando para fora. — Só vai embora antes que uma outra briga feia comece.

— Você não tem coragem. — Armin cuspiu enquanto se preparava para sair, parando em sua frente só para olhar dentro de seus olhos com um deboche mudo que dizia tudo e nada ao mesmo tempo. — Não quer aceitar minhas desculpas? Ótimo, que enfie elas no cu e gire. Se Heather aparecer para reviver aquela merda, não vou cobrir a porra da sua bunda e você sabe que vai feder mais para seu lado do que para o meu.

Armin saiu e Tate bateu a porta, quase a fazendo balançar com a intensidade do impacto, então se arrastou para a sala a passos tão lentos que até uma tartaruga seria uma corredora habilidosa perto dele.

Tate jogou-se em cima do sofá duro e entrelaçou as mãos na barriga, soltando um longo suspiro cansado. Estava encarando o teto enquanto mordia os lábios. Fazia um esforço para tentar não pensar em Armin ou Heather agitando suas moléculas. Procurava manter-se focado para, também, não pensar que a relação com o próprio irmão estava, lentamente, se transformando em uma fina linha capaz de romper a qualquer segundo sem aviso prévio e destruir a visão que tinha de serem os dois contra o mundo, fortes e inabaláveis, cobrindo as costas um do outro sem hesitação.

Não se sentia mais seguro perto de Armin, e isso doía muito, apesar de toda a mágoa, a raiva e o rancor guardados. Tate o amava demais, mas sentia que só se machucava, e que Armin queria feri-lo o tempo inteiro ao forçar, para dentro de sua cabeça, a ideia da homossexualidade, uma ideia que ele sequer sabia de onde tinha vindo.

Armin realmente não o conhecia como Tate pensava que conhecia, então talvez o vínculo deles nunca tenha sido tão especial, tão firme. Provavelmente, para se protegerem do abandono do pai, tenham criado essa visão de que eram tudo um para o outro e, quando cresceram, os olhos lentamente se abriram para a realidade e para o imperfeito.

Não eram nem sabiam nada um sobre o outro. Ao menos, não Armin. Ele não sabia nada sobre sua vida, e Tate fazia questão de que continuasse assim.

Era sábado e Sky estava mais feliz do que nunca.

Depois de domingo, os dias passaram voando e sempre que chegava do trabalho, cansado demais para conseguir passar a chave na fechadura sem choramingar, sentia as mãos de Tate escorregando lentamente pela sua cintura até se fecharem em sua barriga, com os braços quentes envolvendo seus quadris enquanto o queixo, com uma barbinha meio irritante, pousava em seu ombro sem muita hesitação, e o risinho soprado tocando seu pescoço dolorido pelo esforço do dia.

Tate realmente falou sério quando disse que poderia ficar facilmente viciado em Sky, porque parecia quase impossível mantê-lo longe ou afastado por muito tempo. Não que Sky reclamasse, já que isso fazia seu coração virar mil piruetas e gritar de alegria, mas era muito engraçado como, há poucas semanas, Tate parecia sentir medo de tocar em qualquer parte de seu corpo, incluindo seus ombros ou suas mãos, e agora estava tão atraído por eles e por todo o resto como se fossem revestidos de ímãs.

Era muito sexy, para falar a verdade. A sensação de tê-lo sempre desesperado era muito excitante, fazia um calor subir certeiro pelo umbigo e se abrigar quietinho no estômago.

Sabia que era o primeiro da vida de Tate em muitos aspectos, mas sempre que parava para pensar que o sexual parecia ser o mais aflorado ultimamente, se sentia animado e muito jovem, ansioso para ajudá-lo com as recentes experiências. Apesar de não terem avançado absolutamente em nada desde domingo, isso não era bem um problema, porque rebolar no colo de Tate era bom também, era muito bom.

Era só isso que eles faziam de ousado, e Sky sempre ia ao banheiro depois, com medo de assustá-lo. A probabilidade de isso acontecer era bem alta, então preferia não se arriscar e, embora fizesse todo o serviço sujo sozinho, era divertido saber que Tate estava bem na sala, com aquele olhar curioso e hesitante de sempre, calças manchadas de gozo e pernas ainda trêmulas do orgasmo intenso.

Quando terminava, Tate estava pronto para fazer de novo e ele pedia com tanto jeitinho que Sky simplesmente não conseguia negar e acabava no colo dele mais uma vez, girando a bunda por dois minutos ou três antes de tê-lo se contorcendo contra seu corpo e gemendo contido entre seu ombro.

Era tão bom que quase se excitava só com isso, com as reações de Tate ao clímax. Dar prazer a ele era seu mais novo vício e não conseguia mais fingir que era mentira, não quando ele ficava fodidamente sexy com as sobrancelhas franzidas em agonia e a boca aberta para bufar, junto de uma veia saliente que contornava boa parte da linha do ombro, dando-o um ar imperativo extremamente diferente de qualquer outra expressão usual. Mas o que completava a estranha animação de Sky era, com certeza, o dengo que Tate parecia sempre disposto a dar depois que o tesão — ou parte dele — passava.

Não era só sexo, e Sky tinha certeza disso. O brilho nos olhos de Tate era inconfundível, o sorriso bobo também, e todos os beijos delicados só cooperavam para ele começar a pensar que, talvez, não fosse o único apaixonado dos dois, no entanto tinha medo de perguntar, porque não podia chegar a Tate e abordá-lo de uma forma tão ríspida, pois isso com certeza o faria se sentir encurralado e pronto para atacar e para se defender, como Sky já viu acontecer algumas vezes.

Não negaria que queria muito saber em vez de só especular. Queria que ele lhe dissesse ou demonstrasse de um jeito que ficasse completamente claro, sem borrões ou rabiscos na frente.

Não que fosse fazer diferença, já que estava perdido de paixão a ponto de ultrapassar todos os próprios limites pessoais, não restando mais nenhum passo a retroceder para se proteger de uma decepção.

Recíproco ou não, Sky não conseguiria se afastar nem se quisesse, nem se precisasse, nem se levasse um fora. Era sua maldição e estava contando que ela se transformasse logo em bênção.

— Sky, está pronto?

Ouviu Tate chamando da sala e apenas olhou para a porta antes de deslizar o *gloss* rosa-queimado pelos lábios secos, girando na frente do espelho do quarto antes de aprovar a própria aparência para o ensaio da banda.

Estava usando uma bermuda preta de tecido grosso com cordões no lugar dos botões, camiseta da Joplin e *all star* azul de cano alto. Nada nos olhos, apenas uma corzinha na boca e, nas orelhas, ainda servindo de substituto, os brincos de *strass*.

Simples, mas bonito. Perfeito para a ocasião e para Tate também, porque tinha certeza de que ele adoraria vê-lo usando a preciosa camiseta que já estava quase criando pernas para andar sozinha por aí.

Riu com o pensamento e arrumou os cabelos ainda meio molhados do banho antes de sair do quarto e ir até um Tate que vestia uma calça preta justa e uma regata cinza aberta nas laterais, com o boné azul velho de sempre, virado para trás. Tate estava esperando no sofá por mais de uma hora, vítima da vaidade de Sky que simplesmente dobrou de intensidade por culpa da paixão besta que o fazia sentir vontade de estar arrumado o tempo todo.

— Que cara de bunda. — Disse quando o viu completamente relaxado no sofá, com pernas abertas e braços cruzados em cima do peito. Ele estava com uma expressão tediosa que Sky achou engraçada. — Demorei tanto assim?

Tate virou a cabeça para olhá-lo e notou, de primeira, os olhos brilhantes da Joplin no tecido preto. Ele congelou, como sempre fazia, mas depois sorriu como se nada tivesse acontecido e se levantou, esticando os braços para cima em uma ação que fez sua coluna estalar tão alto que Sky se assustou.

— Storm tinha razão quando disse que você parece uma princesa se arrumando. — Respondeu e levantou uma sobrancelha. — Sei lá quanto tempo fiquei aqui esperando, mas sei que meu traseiro tá quadrado agora.

Sky revirou os olhos e pegou a carteira e um maço de cigarros em cima da mesa de centro, passando por Tate para sair do apartamento, mas ele segurou em seu pulso e puxou seu corpo para perto com uma rapidez e uma vontade impressionantes, afundando o rosto em seu pescoço repleto de perfume.

Tate aspirou o aroma bem lentamente, e Sky suspirou ao sentir a boca dele beijar a pele quente e os dedos curiosos enrolarem na barra da camiseta, puxando-a para frente e para trás como se quisesse tirá-la.

— Qual é seu fetiche com essa camiseta, hein? — Perguntou provocativo e tentou afastá-lo pelos ombros, mas sem sucesso. — Responde agora ou te expulso do meu apartamento.

— Não tem fetiche, você só fica muito bonito usando ela. — Tate riu contra seu pescoço e depois levantou de leve a cabeça, exibindo olhos brilhantes e nublados. — Acertei em cheio quando te dei, não é?

— Não acredito em você. — Murmurou. — Algum dia vai me contar a verdade?

Tate soltou seu corpo e olhou para cima pensativo.

— Talvez. — Sorriu pequeno. — Vamos?

Sky estreitou os olhos por alguns segundos, esperando uma resposta melhor, mas Tate sustentou o sorriso e deu de ombros, usando um jeito debochado para dizer "pode esquecer".

Bufou e puxou-o pelo pulso para sair do apartamento, fazendo uma nota mental para questioná-lo mais uma vez quando estivessem sozinhos.

Quando Sky e Tate chegaram à garagem, o primeiro problema com que se depararam estava sentado no sofá xadrez, com uma cara não muito agradável, as mãos ainda enfaixadas, segurando as bochechas vermelhas como se elas fossem cair a qualquer momento.

Armin ainda não tinha se recuperado das feridas, e Nolan precisou gritar para que ele não tocasse enquanto não cicatrizassem completamente. Elas estavam com cascas grossas que romperiam facilmente se forçadas nas baquetas e, pelo nível de brutalidade com que ele costumava tocar, os resultados seriam ainda mais desastrosos que os da primeira vez, e Armin precisava das mãos para continuar tocando, então era muito melhor esperar mais dois ou três dias antes de arriscar usá-las outra vez.

Armin não concordava, é claro, mas Sky achava que era Tate quem o deixava nervoso nessa situação. Por Tate ter dito que Armin fodeu com tudo, ele queria, a todo custo, provar que não era verdade e que, mesmo com dores agudas que se estendiam até os pulsos, conseguiria fazer um bom show.

Ele não conseguiria e estava cego demais para enxergar isso, então, quando Nolan deu um ponto final na discussão, a banda estava em uma saia justa que não chegava aos joelhos nem se puxassem com muita força, porque estavam sem um baterista e o show aconteceria em algumas horas.

Quando se viram completamente sem saída, as sugestões começaram a chegar. Cancelar a noite e tocar só acústico, e Jaden parecia inquieto demais, encostado na porta fechada da garagem, mascando um chiclete como se mascasse fumo, com os olhos ansiosos passando de um rosto para o outro. Tudo nele gritava "notícia ruim", mas Sky só foi perceber isso quando o ouviu suspirar de um jeito que nunca tinha feito antes.

Era um suspiro completamente desolado.

— Jaden? — Perguntou. — O que aconteceu?

A discussão parou por um tempo, e o silêncio se estendeu quando todos olharam para Jaden, que abriu a boca como se tivesse sido pego no flagra. Ele realmente tinha sido, mas Sky pensou que ele só estava meramente nervoso com a situação de Armin, o que caiu por terra quando o viu franzir as sobrancelhas e gemer em frustração, indicando que o problema era realmente outro.

— Temos um problema. — Ele disse depois de um longo tempo só pensando. — Um problema enorme.

Tate remexeu-se ao seu lado, desconfortável, e Sky sentiu-o quase levar a mão à sua cintura por força do hábito, porém o calor dos dedos dele se dissipou rapidamente e o corpo relaxou de novo.

— Que problema? — Hyun perguntou nervoso. — Esse suspense tá me dando dor de barriga, então fala logo.

— Consegui arrumar outro lugar para vocês tocarem hoje e estava contando que Armin fosse se recuperar rápido. — Ele resmungou, mexendo na franja vermelha com os dedos. — Em uma casa de shows em Williamsburg. Acabou de inaugurar e vocês seriam os primeiros a tocar.

A única coisa que conseguiram ouvir foi Armin chutando o latão que servia de mesa. O latão tombou e rolou aos pés de Nolan, que chutou de volta com tanta força que ele praticamente quicou pelas paredes descascadas e saiu voando pela porta de entrada.

— Porra! — Armin gritou, e Jaden não esboçou nenhuma reação além de outro suspiro decepcionado. — Porra, mil vezes porra!

— Caralho, nossa vida é muito fodida. — Hyun sentou-se no chão, devastado, e esfregou as mãos nos cabelos laranja. — Está falando sério mesmo? Em Williamsburg?

— É óbvio que sim, cara. — Tate respondeu por Jaden. A voz dele era baixa demais para ser levada a sério, mas combinava perfeitamente com a situação. — Aqueles *hippies* devem ter pirado com Sky vestido de Joplin e com você vestido de Hendrix. Que oportunidade do cacete.

Sky sentiu o ar escapando aos poucos do peito, mas simplesmente não conseguiu dizer nada, nem mesmo lamentar. Estava apenas estático demais, encarando as pernas esguias de Jaden enquanto pensava em uma solução, em qualquer coisa que não os fizessem cancelar a noite em uma das partes mais festeiras e *hippies* do Brooklyn.

— Os donos do lugar aceitaram vocês na hora, levei uma fita de gravação de um dos shows e eles nem assistiram a tudo antes de apertarem minha mão e pedirem que apareçam por lá hoje. — Jaden desencostou da porta e torceu os lábios, encarando Armin com uma intensidade desgastante. — Mas só tocariam neste sábado por causa da inauguração, eu teria que pedir para que aceitassem nas sextas para não atrapalhar as noites no bar dos meus pais.

— Só que não temos o que fazer! — Tate gritou furioso. — Caralho, hein, Armin? Parabéns pela genialidade!

— Vai se foder! — Armin gritou e levantou o dedo do meio para Tate. — Não me enche o saco!

Sky rolou os olhos e suspirou tão alto que só isso serviu para fazer Tate desistir de iniciar uma briga com Armin do nada. Tate relaxou com o corpo no sofá e bufou, cruzando os braços no peito.

— Se alguém daqui soubesse tocar bateria, poderíamos diminuir uma guitarra ou um baixo e daria para fazer um show meia boca de improviso, e raras pessoas notariam a falta de um dos instrumentos. — Jaden sentou-se ao lado de Hyun e apoiou o queixo na palma aberta, agindo como um bom empresário. — Um show de rock ainda é um show de rock sem uma guitarra para complementar, mas um show de rock se transforma em uma merda sem uma bateria.

Foi então que uma ideia estalou na cabeça de Sky. Pulou do sofá por um momento, levantando-se tão rápido que precisou se segurar em Tate para não cair de cara no chão.

— E se tivéssemos alguém que sabe tocar? — Sky quase gritou. — Quer dizer, poderíamos diminuir as luzes que ficam em cima da bateria até ser impossível enxergar quem a está comandando.

Nolan franziu o cenho e entortou de leve o nariz, preocupado com a sugestão, e Hyun apenas piscou, parecendo comprar rapidamente a ideia. Quando virou para Tate e Armin, eles não tinham nada além de uma carranca desgostosa que era mais fruto da briga do que da sugestão.

— Mas quem? — Jaden perguntou franzindo o cenho. — Tem que ser alguém que já tocou com a banda, porque aí será mais fácil de harmonizar.

— Naquele nosso show no fliperama, a mãe do Tate disse que Cassie tocava bateria. — Olhou para trás outra vez, captando um brilho estranho nos olhos de Armin que talvez sugerisse animação. — Ela tocava com vocês, não tocava?

— Só por hobbie. — Tate respondeu. — Mas Cassie toca bem.

— Sua mãe não disse que ela não harmonizava tão bem assim com você? — Hyun indagou. — Acho que ouvi algo assim.

— Não importa. — Sky balançou a mão, cortando o assunto antes que um climão se estabelecesse. — Pode não ser um dos nossos melhores shows, mas vai ser melhor que simplesmente não aparecer quando já estão nos esperando. Isso, sim, vai ser vacilo.

— Pensando por esse lado... — Jaden divagou sozinho, olhando para o teto. — Acho que pode dar certo, mas ela precisa aparecer, tipo, agora. Se enrolar demais, não vai dar tempo de treinar e montar a composição da música nova para semana que vem.

— Cas é do caralho. — Armin disse sorridente. — Ligo pra ela. Estamos de acordo, então?

Um minuto de silêncio antes de resmungos de aprovação, então Armin se levantou do sofá e entrou em casa para pegar o celular, o ar pesado se dissipando assim que ele fechou a porta com força atrás do corpo.

— Nosso tempo está bem curto. — Nolan passou a alça do baixo pelo ombro. Estava de cabeça baixa e parecia preocupado, mas a voz era tranquila como sempre. — Vamos ter que acelerar. Já temos uma ideia da *setlist* de hoje?

— The Doors. — Sky respondeu sem hesitação. Estava animado para montar um show todo em cima dessa banda, que era, sem sombra de dúvidas, uma de suas favoritas. — Podemos começar com *Satisfaction*, do Rolling Stones, só para animar, e depois partimos para *Riders On The Storm*, que é boa pra porra.

— Aquela do álbum mais famoso? O último com o Morrison? — Nolan batucou o ar com os dedos, tentando lembrar-se da melodia. — *Into this house we're born, into this world we're thrown*? Ele cantarolou, e Sky abriu um sorriso, acompanhando o ritmo com a cabeça e incentivando-o a continuar. Nolan tinha uma voz muito bonita e agradável, apesar de a vergonha fazê-lo desafinar em alguns poucos momentos.

— Essa! — Respondeu animado. — Essa aí.

— Quer passar pelo álbum todo, *Boy*? — Tate perguntou preocupado, e Sky assentiu. — Jaden, teremos quanto tempo de show?

— Mais ou menos uma hora e meia.

— Temos tempo, então. — Sky mordiscou os lábios. — Como não vamos tocar a música nova hoje, podemos ir até o final com The Doors.

— Mas os caras *hippies* vão curtir um show inteiro só com o L.A. Woman? — Jaden perguntou. Ele tinha uma expressão confusa no rosto. — Não seria melhor se vocês tocassem um pouco do The Doors? As músicas desse álbum são as mais psicodélicas, dá para curtir uma brisa sem sentir vontade de chorar por um amor perdido.

Tate gargalhou atrás de Sky, e o sopro da voz dele alcançou sua nuca. Sky riu também, e quando estava prestes a responder, três batidas lentas e hesitantes soaram na porta da garagem.

Parado bem na frente da porta, com um sorriso largo e olhos curiosos, estava um homem que Sky nunca tinha visto na vida.

Ele era alto, muito alto, mais alto que Jaden. Era forte também, mas não de um jeito exagerado, apenas com alguns músculos singelos aparecendo na camisa social meio abarrotada. Seus olhos eram escuros e observadores, confiantes de um jeito atraente, e o sorriso era muito gentil, quase caloroso. Rodeando o maxilar, o queixo e boa parte das bochechas, uma barba grossa e bem-desenhada, com cantos milimetricamente cortados. As sobrancelhas eram bem marcadas, davam um ar de seriedade que batia de frente com toda a simpatia que exalava do rosto.

Entortou os lábios em uma careta, completamente perdido.

— Acho que acertei a casa? — A afirmação saiu meio interrogativa e ele riu disso, olhando para alguém atrás de Sky. — Até que você não se confundiu tanto ao me passar o endereço, Tate.

Então Sky virou para Tate, perguntando em silêncio quem era aquele homem, mas perdeu as forças ao ver que Tate tinha um brilho no rosto completamente diferente e um sorriso tão largo que quase cegava a garagem, as bochechas altas destacando uma alegria exasperada.

— Caleb, você veio! — Tate levantou-se e foi até o, agora, Caleb. Abraçou-o de um jeito meio torto e constrangido, passando os braços pelos ombros dele. — Pensei que não me levaria a sério.

Sky olhou para Nolan e para Jaden, querendo perguntar a eles quem era aquele cara, mas nenhum dos dois parecia saber também. Tate não era uma pessoa muito sociável e nunca tinha mencionado nenhum Caleb, o que tornava a situação toda muito esquisita, sobretudo pela reação dele em vê-lo.

"Foi alegre demais."

— Você me disse que tinha uma banda. Não conheço nenhuma banda de garagem, é claro que fiquei curioso. — Caleb riu de novo, foi um som agradável e muito gostoso, realmente caloroso. — Estou surpreso por você não estar vestido como um *punk* anarquista.

— Nunca me vesti desse jeito! — Tate respondeu fingindo um tom ofendido. Ele estava tão feliz, parecia outra pessoa, uma pessoa que Sky não conhecia.

— Quem é você?

Sky olhou para trás, para Armin. Ele estava parado na frente da porta, incomodado, e tinha uma sobrancelha erguida, claramente tão confuso quanto todo mundo ali.

— Caleb. — Ele caminhou até Armin e estendeu uma das mãos a ele. Tão perto, Sky só conseguia reparar em como ele era realmente "alto". — E você?

— Armin. — Armin respondeu e apertou a mão dele de um jeito meio robótico por conta das ataduras. — Mas o que você está fazendo aqui, exatamente? Ninguém aparece nos nossos ensaios, ainda não temos esse tipo de fã.

Caleb riu e olhou para Tate, que riu de novo tão solto e leve que Sky sentiu uma coisa estranha no estômago, algo como desconfiança e, talvez, "ciúmes".

— Sou amigo do Tate. — Ele respondeu, dando de ombros de um jeito charmoso. — Fui convidado para assistir ao ensaio da banda. Aliás, legal conhecer vocês!

— Caleb, esse é Armin, meu irmão mais velho. — Tate aproximou-se dele, ombros lado a lado e sorrisinhos cúmplices. — Hyun, meu apoio na guitarra. Nolan, o baixista. Jaden, nosso pseudo-empresário que deve estar travado de tanto passar nervoso com a gente, e esse aqui é o Sky, o vocal.

Caleb passou os olhos de rosto em rosto até chegar ao de Sky, que sentiu a boca secar com tamanha intensidade de observação.

— Tate falou muito sobre você. — Ele resmungou piscando disfarçadamente. — Ele disse que seus olhos ficam lindos cheios de maquiagem, especialmente com esse azul da sua camiseta.

Sky olhou para baixo, para a camiseta da Joplin, e sentiu vontade de sorrir daquele jeito bobo de sempre, com o coração acelerado só de saber que Tate falava sobre ele a pessoas por aí.

— Não foi bem assim! — Tate alterou a voz, meio rindo e meio tossindo, e empurrou Caleb para que ele se sentasse no sofá. — Não foi bem assim que eu disse.

— Não? — Caleb levantou uma sobrancelha. — Poxa, pensei ter escutado exatamente isso... ou talvez tenha sido "ele é lindo o tempo todo e...".

— "Hahahahahaha!" — Tate chutou a canela dele e arregalou os olhos, mas isso foi uma coisa que só Sky viu, porque Tate estava de costas para o resto. — Que piada engraçada!

— Tate quem me deu essa camiseta. — Sky disse bem baixinho, só para Caleb escutar, e ele levantou o rosto, curioso. — Ele disse que fico bonito com ela.

— Ele disse o óbvio, né? — Tate abriu a boca, chocado, ao ouvir Caleb dizer isso. — Você tem belos olhos, aposto que o *glitter* azul fica incrível neles.

Sky desviou o rosto, um pouco constrangido. Caleb era muito direto, e isso não era bem do feitio de alguns homens, principalmente não de um... tão bonito como ele. Homens bonitos eram sempre medrosos e meio babacas, Sky tinha uma lista de decepção com eles.

— Ei! — Tate reclamou. — Que isso?

Caleb abriu a boca para responder, mas Nolan pigarreou e, quando os três saíram da bolha em que estavam, ele arregalou os olhos e varreu a garagem com eles, querendo dizer que tinham coisas mais importantes a fazer.

— Mas de onde você conhece o Tate? — Armin perguntou, com tudo no rosto gritando "desconfiança". — Ele não gosta muito de conhecer pessoas novas, o último amigo que fez foi o Sky, e isso depois de quase três anos só se escondendo naquele apartamento mofado.

Caleb virou para Tate, com um sorriso de canto divertido e insinuante.

Tate entrou em pânico e de repente não sabia o que dizer, com a cabeça parecendo fritar em busca de uma resposta, o que só fez a sensação ruim voltar com tudo ao estômago de Sky, que decidiu respirar fundo e não dar atenção às paranoias sem fundamento.

— Ahn, foi em um... — Ele olhou para cima, fazendo um esforço sobrenatural para não surtar, com o rosto meio vermelho contorcido em nervosismo. — Em um... F-F-Foi naquele lugar de sempre, n-n-no... é...

— Em um bar. — Caleb respondeu, cruzando uma perna em cima da outra. Sua voz era natural e tranquila, totalmente diferente da de Tate. — Foi em um bar do centro, em uma noite qualquer. Ele estava mesmo muito fechado, parecendo desolado, então falei qualquer coisa sobre a banda que tocava e começamos a conversar.

Um longo silêncio se estendeu, e Tate apenas abriu um sorriso enorme e falso, balançando a cabeça para cima e para baixo com muita rapidez.

— Foi isso!

— Então tá... — Nolan fez uma careta, e Hyun soltou um risinho contido. Encostado ainda na porta da casa, Armin observava tudo calado. — Sky, e a música que você fez? Trouxe para darmos uma olhada?

Sky deu um sobressalto e confirmou em um resmungo, puxando o papel do bolso e desdobrando-o rapidamente para ler uma última vez antes de entregá-lo a Nolan.

Heavy Soul
Alma Pesada

It's the weight of morbidity in my soul
that takes away my hope
É o peso da morbidez na minha alma
que leva embora minha esperança
Sometimes, in the few times that I'm sober,
I feel the shiver
Algumas vezes, nas poucas em que estou sóbrio,
sinto o arrepio
That one familiar at the fingertips
Aquele familiar na ponta dos dedos
Happiness, they say
Alegria, eles dizem

Future, they say
Futuro, eles dizem
Immensity, they say
Imensidão, eles dizem
Euphoria, they say
Euforia, eles dizem

The sky is still gray for me
O céu ainda está cinza para mim
Can you see the lost star inside it?
Você consegue ver a estrela perdida dentro dele?
Deep down among the dark clouds
Lá no fundo, entre as nuvens escuras
Can you see the light they swear that exist?
Você consegue avistar a luz que juram existir?
Deep down, inlaid between the limit
of the earth and the infinite
Lá no fundo, incrustada entre o limite
da Terra e do infinito

I think I have no way
Acho que não tenho caminho
I think I got lost between one route and another
Acho que me perdi entre uma rota e outra
I think darkness is my middle name
Acho que escuridão é meu nome do meio
I think I died
Acho que morri
But, maybe, I'm still here and just refuse to see
Mas, talvez, eu ainda esteja aqui e só me recuse a enxergar

[Chorus/Refrão]

Do you see me?
Você me enxerga?
Deep inside my soul, do you see what I was once?
Bem dentro da minha alma, você enxerga o que um dia fui?

Here in the chest, roaring and grunting, do you see?
Aqui no peito, rugindo e grunhindo, você enxerga?
Do you see me, even if I don't allow it?
Você me enxerga, mesmo que eu não permita?
The edges are transparent and I'm letting you look
As bordas estão transparentes e estou te deixando olhar
Can you see?
Consegue ver?
Can you unveil?
Consegue desvendar?
It's here, just lean better
Está aqui, apenas se incline melhor
It's here and it's all yours
Está aqui e é todo seu

It's the salty kisses that cure the pain
São os beijos salgados que curam a dor
Candy pour out unnecessary hope
Os doces despejam esperança desnecessária
And I just know that you're perfect for this
E eu apenas sei que você é perfeito para isso
Perfect for my wounds
Perfeito para minhas feridas
Cause you feel what I feel, Cause you carry what I carry
Porque sente o que sinto, porque carrega o que carrego
Your kisses don't wake me, they push me
Seus beijos não me despertam, eles me empurram
Pushes straight into the rectum
Empurram direto para o reto
Pushes straight to what I need
Empurram direto para o que preciso

[Chorus/Refrão]

Do you see me?
Você me enxerga?
Deep inside my soul, do you see what I was once?
Bem dentro da minha alma, você enxerga o que um dia fui?

Here in the chest, roaring and grunting, do you see?
Aqui no peito, rugindo e grunhindo, você enxerga?
Do you see me, even if I don't allow it?
Você me enxerga, mesmo que eu não permita?
The edges are transparent and I'm letting you look
As bordas estão transparentes e estou te deixando olhar
Can you see?
Consegue ver?
Can you unveil?
Consegue desvendar?
It's here, just lean better
Está aqui, apenas se incline melhor
It's here and it's all yours
Está aqui e é todo seu

Stay, Cause my soul is too heavy
Fique, porque minha alma é pesada demais
Stay, Cause enduring is hard
Fique, porque suportar é difícil
Stay, Cause smiles don't exist
Fique, porque sorrisos não existem
Stay, Cause I need you
Fique, porque preciso de você
But stay Cause you want
Mas fique porque quer
Stay Cause you love me
Fique porque me ama
Stay Cause you want me
Fique porque me deseja
Stay Cause you see me
Fique porque me vê

If you see me, then why run?
Se me vê, então para que correr?

Sky completou a música depois que Tate foi assistir à televisão e estava orgulhoso dela, tinha seus sentimentos mais sinceros ali e achava que cantá-la seria como colocar mais um pouquinho para fora e diminuir certo peso do coração.

Sorriu e entregou a Nolan, que analisou o papel de um lado para o outro, como sempre fazia, antes de começar a lê-lo em voz alta, fazendo Sky levantar o queixo, orgulhoso e satisfeito.

— Tate ajudou-me a escrever. — Disse quando Nolan chegou à metade da música. — Foi no domingo.

Quando ele terminou de ler, fez um bico enorme e balançou a cabeça, parecendo aprovar.

— É uma história de amor, Sky? — Caleb perguntou quebrando o silêncio confortável. — Parece bem trágica.

— Ahn, não exatamente. — Mentiu coçando a nuca. — Bom, é, um pouco, mas não de agora.

— Gostei. — Hyun disse e sorriu. — Está melancólica, com uma *vibe* parecida com a da primeira. A diferença é que essa parece um pouco mais esperançosa.

— Como se seu amor fosse voltar a qualquer momento e não como se ele tivesse morrido. — Nolan pontuou. — Ficou incrível, Sky. Temos mais uma música então, não temos, Armin?

Sky olhou para Armin, que continuava encarando Caleb como se quisesse decifrar alguma coisa.

— Claro, claro. — Ele respondeu com uma voz meio perdida e desatenta. — Gostei da música.

— Quem diria que Tate teria um lado tão romântico? — Jaden brincou e soltou uma gargalhada. — Estou impressionado pra caralho.

— Ah, não fode! — Tate resmungou e levantou o dedo do meio para ele. — Só me embalei nos versos iniciais, só isso!

— Parece bem envolvente para mim. — Caleb cutucou e foi aí que Tate fechou a cara e soltou, de novo, um "hahaha" bem debochado, mostrando a língua a ele.

Continuaram conversando até Cassie chegar, cerca de vinte minutos depois, montada em uma moto que Sky achou simplesmente irada. Ela tirou o capacete inteiro preto da cabeça, sacudiu os cabelos e entrou na garagem com aquele sorriso lindo de sempre, luminoso e dócil, e com seus olhos azuis de oceano que passaram de rosto em rosto, com o contato durando mais com Sky do que com todo o resto.

Quando ela se sentou na bateria para começar a tocar as músicas iniciais da *setlist*, Sky soube, na hora, que o show não seria nada além de sucesso total, porque Cassie tocava bem para caralho.

Mais tarde, depois de rachar um táxi com Tate, Hyun, Armin e Nolan, Sky estava parado na frente da casa de shows, e o lugar era tão grande e tão colorido que seus olhos quase ficaram cegos por um momento.

A estrutura parecia bastante com um galpão, e as paredes eram basicamente feitas de um latão, na cor roxa, bem-cuidado e polido. O brilho que vinha do material refletia nas lentes amarelas de seus óculos redondos e transformava seu rosto em uma ilusão psicodélica irada. Na frente, duas portas de correr formavam a entrada principal, que estava coberta por dois seguranças grandes, vestidos de Elvis Presley, com topetes e *collants* específicos, com as mãos cruzadas na frente das virilhas, na típica posição dos filmes. No topo, como uma forma de reconhecimento, tinha um letreiro verde piscante que dizia "*Rest In Peace*", e Sky achou muito engraçado, porque parecia que estavam dizendo que a morte era divertida, muito embora fosse assustadora para a maioria das pessoas.

Era possível enxergar alguns corpos lá dentro, dançando e fumando ou simplesmente bebendo e gargalhando, mas a maior parte ainda estava do lado de fora, esperando pela banda principal que era, felizmente, a Glitter. De frente para o segurança, uma multidão dançava em círculos, de mãos dadas, cantarolando alguma coisa que Sky não reconheceu enquanto, do outro lado da rua, na calçada que dava para o rio East e para a ponte de Nova Iorque e Brooklyn, estava outra multidão sentada tranquila em mesas de bares e cafeterias próximas. Tudo parecia bem iluminado e colorido, com lâmpadas fortes penduradas em cordinhas de um poste para o outro.

Em Williamsburg, seus maiores sonhos eram possíveis e a viagem cósmica era garantida.

Seria a noite perfeita para eles.

Cassie chegou depois, de moto, e como combinado, entraria como uma frequentadora qualquer e ficaria esperando perto do palco, escondida entre uma coluna e outra, até a banda inteira subir e as luzes em cima da bateria diminuírem.

Quando viram ela passar, caminharam todos juntos e atrás de Jaden até a entrada, aguardando permissão dos seguranças, que conferiram os nomes deles em pranchetas riscadas com giz azul-pastel. Sky observou que na parte de trás das pranchetas "*Rest In Peace*" aparecia várias vezes, junto de símbolos da paz e de folhas de *marijuana*.

— Estou nervoso. — Resmungou para Tate e Hyun, que estavam um de cada lado de seu corpo. — Estou muito nervoso.

— Vai dar tudo certo, *Boy*. — Tate sussurrou, e Sky molhou os lábios pintados de um vermelho-escuro fosco. — Ensaiamos, então vai dar tudo certo. Sua versão do Morrison ficou incrível.

Sky balançou a cabeça, mas seu cérebro doeu só de pensar que estava tocando em um lugar maior, com muito mais fãs por metro quadrado e, consequentemente, com mais críticas escapando das bocas maldosas e embriagadas.

— Se errar feio em alguma nota, finge um desmaio. — Hyun riu e tocou de leve em seu ombro coberto pela jaqueta jeans. — Te seguro e faço um drama, digo que está infartando.

Sky conseguiu soltar algo perto de uma gargalhada, mas o nervoso embrulhou seu estômago mais uma vez assim que os seguranças puxaram a corda da entrada e deram passos para o lado, liberando a passagem deles.

— Vamos. — Jaden disse e foi à frente mais uma vez, passando uma imagem de empresário confiante, seu queixo erguido demonstrando que ele enxergava mesmo talento na banda, talento em Sky.

Eles entraram e entrar foi realmente como morrer. O lugar inteiro piscava em uma luz laranja-escura e muito forte, enquanto uma espécie de fumaça estranha que não parecia em nada com maconha, e muito menos com gelo seco, contornava os corpos dançantes e aparentemente drogados. Seus braços e pernas estavam duros, impedindo sua passagem para os fundos, em direção ao palco.

O meio da casa era somente para a música, o lado esquerdo era para bebidas e comidas, com bares e uma cozinha gigante bem atrás, e o direito era para banheiros, cocaína e o que mais estivesse jogado em cima das mesas longas e dos sofás de couro vermelho-sangue encostados em paredes de latão que pareceram muito sufocantes por um segundo ou dois.

O palco, que Sky pôde ver quando se aproximou, era extenso em largura e comprimento, mas a altura não era assim tão assustadora e sentia que poderia facilmente subir em cima dele só forçando uma perna antes da outra, o que não lhe passava em nada uma sensação de segurança. Isso porque, se ele achava que dava para subir pela frente, então qualquer um poderia achar o mesmo e, então, se alguém decidisse que não estava gostando do show, o que aconteceria depois?

Sky não sabia e, para ser sincero, não queria saber, porque acabaria tendo falta de ar se tentasse.

— Cara, que lugar maneiro! — Nolan gritou por cima da música alta que tocava nas caixas grandes de som. — Parece tudo muito caro e luxuoso!

— Mas é, seu burro! — Armin respondeu. — Essa merda é da burguesia!

— Vocês podem subir e arrumar os instrumentos. — Jaden instruiu e chegou perto do círculo deles para que ninguém mais pudesse ouvir. — Cassie está esperando na entrada do palco, então cubram ela para que ninguém a veja, entenderam?

Tate balançou a cabeça e, então, começou a andar para os fundos, sendo seguido pelos outros. Sky, por último, analisava as costas deslizantes deles e sentia um aperto escalando a garganta enquanto se aproximavam de Cassie escondida nas sombras de uma cortina preta pesada que cobria toda a parede daquele lado.

— Estou pronta. — Ela disse e sorriu, lambendo os lábios manchados de rosa e piscando delicadamente os olhos cobertos de preto. — Sky, você está lindo!

— Obrigado, Cas. — Respondeu e torceu a boca, constrangido. — Você também está.

Sky usava só uma jaqueta jeans de lavagem clara, fechada com todos os botões, e mais nada por baixo. Nas pernas, uma calça de couro preta que apertava boa parte dos músculos sem tornar a ação de andar desconfortável e, nos pés, botas sociais com um salto pequeno, apenas o suficiente para ser elegante e formal. Estava com óculos finos de lentes amarelas e maquiagem inteira vermelha, com uma sombra deslizando sorrateira até o arco de suas sobrancelhas.

Sabia que estava bonito, mas Sky não tinha intenção de continuar com alguns itens quando o show começasse, então talvez isso tenha cooperado para seu nervosismo e a estranha vontade de vomitar em cima de todo mundo.

Nessa noite, Sky ousaria e não sabia se estava tão pronto para isso.

— Cassie, você não está bonita, está linda. — Armin disse com um sorriso doce e gentil. Era definitivamente um sorriso "agradável". — Vamos subir?

De frente para o microfone e olhando a plateia que ainda nem tinha percebido a banda em cima do palco, Sky sentiu aquele leve calor deslizar pelas entranhas, capaz de provocar uma dor de barriga instantânea que não tinha nada a ver com as necessidades fisiológicas, muito embora ele achasse que, se desse muita brecha, acabaria cagando nas calças ou despejando todo o café de mais cedo em cima daqueles corpos dançantes.

"Não", aquele tremor era puramente insegurança, e a insegurança não cabia em um momento como aquele, para a situação no geral. Estavam crescendo, estavam conquistando fãs, então não fazia sentido ele ter tanto medo, não fazia sentido ele se torturar tanto. Era cantar, se mexer e não parar até o último som do último instrumento tocar, aí então respirar aliviado, sorrir por ter feito o que mais ama e agradecer às pessoas pelo apoio.

Fácil e fácil, só precisava respirar fundo.

Foi o que fez quando a música cessou e a plateia parou confusa. Foi o que fez quando abriu a boca para saudar todos os corpos suados e bêbados. Foi o que fez quando apresentou a banda e explicou que tipo de música tocariam. Foi o que fez quando levantou os óculos para o topo da cabeça, revelando sua maquiagem ousada e diferente, e foi o que fez quando Cassie engatou em *Satisfaction* e o resto acompanhou, dando-lhe só mais um segundo para mais um puxão de ar antes de deixar a voz sair fluida e macia.

— *I can't get no satisfaction, i can't get no satisfaction.*

Foi o que bastou para que começassem a dançar de novo, com a energia *hippie* sendo uma das mais contagiantes. Eles pulavam mesmo que não tivessem ritmo e cantavam mesmo que não soubessem a letra, o que era completamente diferente do bar dos pais de Jaden, onde pessoas bem mais velhas apareciam para apreciar a música com um pouco mais de calma.

Sky agarrou o microfone, como sempre fazia, e então incorporar Mick Jagger se tornou uma coisa fácil demais, com os trejeitos exagerados e charmosos dele praticamente vazando originais por suas mãos, pernas e quadris. Seus pés iam de um lado para o outro para acompanhar a vista inteira da casa, que começava a encher com o som ecoando até mesmo do lado de fora.

— *'Cause i try, and i try, and i try, and i try.* — A cada pausa, Sky só girava até parar de frente outra vez, sentindo o calor gostoso e confortável abraçar seu corpo como uma forma de consolo. — *I can't get no, i can't get no!*

Era divertido receber assobios, elogios e a maioria das garotas atuavam como pervertidas, usando suas línguas enroladas de maconha, e Sky apenas segurava o riso no nariz quando escutava "gostoso", "tesudo" ou "corpudo" entre algumas palavras da música jogadas no ar denso e difícil de tragar, tão difícil quanto o primeiro cigarro, mas tão gostoso quanto.

Na metade da música, Sky simplesmente deixou os óculos caírem da cabeça e, largou o microfone na frente do rosto quase suado para que pudesse cantar sem se atrapalhar, deslizou os dedos pelos botões da jaqueta e soltou um por um dos buracos, piscando charmoso para uma mulher escandalosa da frente, que arregalou os olhos quando o tecido grosso começou a correr para fora de seu corpo, acertando o chão em um baque abafado.

Estava com o tronco de fora e isso atiçou tanto a plateia que Sky gargalhou, dessa vez sem se conter, agarrando o microfone e exibindo o peitoral salpicado de *glitter* vermelho, com os ombros contornados, mamilos eriçados pela mudança brusca de temperatura e pele arrepiada gritando em suor e bronzeado.

— *And i'm tryin' to make some girl who tells me, baby, better come back later next week.*

Virou para o resto da banda, que encarava Sky como se encarasse um fantasma, com olhos esbugalhados que transbordavam talvez medo, mas parte do brilho era também de admiração. Até mesmo Armin, sentado ao lado da bateria, parecia incrivelmente maravilhado.

Sorriu cafajeste para Tate, que simplesmente não parava de olhar para seu corpo, mantendo a boca escancarada. O brilho em seus olhos, no entanto, era diferente dos outros, porque tinha tesão líquido, e Sky sabia reconhecê-lo muito bem, pois já sabia ler quando ele estava excitado e decifrar quando ele estava pensando em milhares de coisas pervertidas.

Ótimo, pediria a ele para manter essa *vibe* até o final da noite.

Sky voltou à plateia e a voz não perdeu o ritmo nem por um segundo, nem quando trocou para *Riders On The Storm*, do The Doors, muito menos quando engatou em *Been Down So Long* e continuou por todo o L.A. Woman, álbum aclamado da banda, que continha, em sua opinião e em muitas outras, as melhores músicas, compondo um dos melhores trabalhos da curta carreira da banda.

Após terminar, com um carisma encantador e uma sensualidade que escorria dos lábios vermelhos, *Crawling King Snake*, Sky começou *L'America* e foi durante a metade dela que o problema da noite começou.

No meio da plateia, um pouco na frente e não tão atrás, entre Storm, com sua gravadora enorme, e alguns corpos em êxtase, Sky viu um brutamonte tocar, sem permissão, e várias vezes, uma garota quieta que tentava curtir o show sem arranjar problemas.

Ele a puxou pelos ombros, depois pela cintura, depois pelos longos cabelos soltos e, por último, pelo rosto dela, o que a fez se encolher e começar a chorar. Foi nesse momento que Sky encheu os pulmões de um ar irritado e extremamente explosivo que encontrou sua forma assim que ele abriu a boca para o verso seguinte.

— Ei, você aí! — Gritou e a guitarra chiou rasgada atrás de seu corpo suado, os instrumentos parando todos de uma vez enquanto um silêncio horrível parou o ar. — Você, careca da direita, com uma tatuagem ridícula de cobra na cara, larga a garota ou desço aí pra te meter o cacete!

O brutamonte olhou para o palco, atordoado e meio irritado, fazendo uma careta tão desgostosa como se Sky tivesse sentido o hálito ruim dele mesmo a tantos metros de distância.

Ele se afastou, mãos para cima como quem diz "você quem manda", e Sky virou para Tate, acenando com a cabeça e permitindo que voltassem a tocar, o refrão da música pegou melodia rápido e profissional, tão profissional que a plateia quase não percebeu o que tinha acontecido e voltou a cantar e a pular, acompanhando a melancolia de Jim.

Sky já tinha quase se esquecido do incidente e provavelmente o show terminaria de forma tranquila se o careca não decidisse recomeçar e, para piorar, ser ainda mais agressivo, prendendo o corpo da garota entre os braços fortes e cheios de tatuagens estranhas que davam até medo.

— Seu filho da puta!

Foi a única coisa que Sky gritou antes de, guiado pela adrenalina, saltar do palco e correr até o brutamonte como se fosse invencível.

Praticamente nem piscou quando puxou a garota com muita força para longe dele e acertou, sem hesitar ou prever consequências, um soco na cara inchada e perversa do homem grosseiro, que cambaleou como um imbecil enquanto segurava o nariz jorrando sangue, que espirrou como um *spray* velho para a frente, para o rosto de Sky.

— Cara, qual é a sua?! — Escutou alguém gritar, mas apenas não deu ouvidos e empurrou o brutamonte com mãos fortes e esguias, fazendo-o simplesmente se despejar no chão como uma gelatina.

Bufou, virou para a garota e a guiou gentilmente pelo pulso para perto de Storm, quase jogando-a contra ela pela simples pressa de voltar ao palco e finalizar o show antes que tudo fosse de mal a pior.

Subiu a placa baixa de madeira, agarrou o microfone e, depois de limpar um pouco do sangue que não parecia nada perturbador no momento, Sky disse:

— Alguém mais quer fazer gracinha?

No dia seguinte, registrado por uma câmera de amador, em uma captura tremida e um pouco escura, Sky estampava o principal jornal da região com seu belo rosto manchado de maquiagem vermelha e seu punho levantado em um *flash* ou outro, logo depois de acertar o brutamonte bem no meio do rosto.

NEWS

GLITTER: ALGUÉM MAIS QUER FAZER GRACINHA?

Vocalista de banda do subúrbio, que está iniciando carreira em bares e casas de show hippies, agride homem após vê-lo assediando garota da plateia.

Alguma vez Sky leu sobre grandes deuses, sentados no Olimpo, controlando as ações e os desejos humanos. Os nomes conhecidos adornaram a mitologia e fizeram história em museus, mas, os que ninguém nunca ousou pronunciar, estes caíram e foram completamente esquecidos.

E aquela manchete sensacionalista seria o renascimento ou a queda da banda, dependeria de como o público reagiria a isso.

SOBRE A AUTORA

Primeiramente, quero agradecer à minha irmã, que me apoiou sem me julgar, pois acho que se continuasse escondendo quem realmente sou por muito tempo, teria me machucado. Além disso, foi mais do que bom poder compartilhar algo que significa muito para mim com uma pessoa que eu amo. Agradeço também à **M**, porque sem ela eu não seria nada e por ter me ensinado tudo que eu sei, ajudando-me a encontrar minha identidade como escritora e, embora tente negar sempre, sendo minha maior inspiração. Sou grata, ainda, às minhas amigas, Ingrid e Gabriella, por terem acreditado em *Glitter* quando ninguém mais acreditava, e me reconhecerem como escritora. Não poderia deixar de agradecer a BTS, pois vocês salvaram a minha vida, e, por fim, à Editora Euphoria, pela oportunidade incrível.

AGRADECIMENTOS

GLITTER
I ♥ NY

Julls nasceu nos anos 2000, no interior de São Paulo. Escreve desde os onze anos, mas começou a publicar em plataformas online aos quatorze. Tem inspiração nos contos clássicos do terror moderno, Stephen King e Edgar Allan Poe, e nos textos do escritor de suspense, Harlan Coben, mas se descobriu no romance, sendo o que mais escreve atualmente.

GLITTER
Melodia do Caos VOL. 1, 1a edição
Dimensões 16x23 Papel Pólen 90g

editoraeuphoria.com.br